中国诗歌
专题史丛书

中国诗学批评史
（第四版）

A HISTORY OF CHINESE POETICS CRITICISM

良运

陈良运 著

江西教育出版社
·南昌·

图书在版编目（CIP）数据

中国诗学批评史 / 陈良运著. -- 4 版. -- 南昌：江西教育出版社，2021.11
ISBN 978-7-5705-2691-8

Ⅰ.①中… Ⅱ.①陈… Ⅲ.①诗歌史－文学批评史－中国 Ⅳ.① I207.209

中国版本图书馆 CIP 数据核字 (2021) 第 111271 号.

中国诗学批评史（第四版）
ZHONGGUO SHIXUE PIPING SHI
陈良运　著

江西教育出版社出版
（南昌市抚河北路 291 号　　邮编：330008）

各地新华书店经销
山东临沂新华印刷物流集团有限责任公司印刷
开本：965 毫米 ×635 毫米　　16 开
印张：42.5 印张　字数：558 千
2021 年 11 月第 1 版　2021 年 11 月第 1 次印刷

ISBN 978-7-5705-2691-8
定价：128.00 元

赣教版图书如有印装质量问题，请向我社调换　电话：0791-86710427
投稿邮箱：JXJYCBS@163.com　　电话：0791-86705643
网址：http://www.jxeph.com

赣版权登字 -02-2021-414
版权所有 侵权必究

接受读者与时间的考验
—— 增订本自序

我在《中国诗学体系论·三印补跋》中曾写道："拙著接受了十年时间的考验，21世纪第一次印本又将问世，深谢读者的厚爱。"此书与彼书是姊妹篇，在增订本即将问世之时，抱着同样的感激之情，面对拙著的权威评判者——读者与时间，还想略作补述。

任何一个真正的学术工作者，他从不敢奢求自己的著述能列入热门畅销书，或靠传媒炒作，获得十万百万的读者；但他的内心必有一个企求，那就是自己的研究成果，在前人与后人之间，站得稳脚跟，经得起较长时间的考验。而这种考验，当然首先是通过读者来实现的。学术著作的读者，必定是欲求学问、有学术之心的一群。说到此，一位距今近400年的诗学专家寂寞的身影又飘忽在我眼前，那就是《诗源辩体》的作者许学夷。他"不治边幅，不理生产，杜门绝轨，惟文史是紬"，积40年之功，成38卷。但他没有财力付之出版，支持他的精神力量是什么？那就是他在去世前一年预留的《诗源辩体自序》中特别提到的："昔虞仲翔言'使天下有一人知己者，足以无恨'。"他如此自慰，在他看来，只要还有一位读者，心血就没有白费。但时间成就了许学夷，400年后，《诗源辩体》还有成千上万的读者。

本人积四十余年学习和研究的经历，研读前人和同时代他人的著作，几部拙著也已行世有年，深切地体会到，只有时间和读者才是学术事业的最高裁判。十年二十年，一代两代读者还不足以确证你的著述可以流传后世，五十年、一百年之后，后来者的知识结构、学术取向发生了你生前根本预想不到的变化，他们对你的名字已完全陌生，你的书还有人要读吗？实在不可盲目乐观，著述者自己需要做的是扪心反省一下，是不是像许学夷那样耗尽一生心血，如果真正地做到了"每著一书，皆是生命心血的倾心投入"，或许后人也不会报以白眼。

本书也与《中国诗学体系论》一样，是著有"廿年积累，十年探索"而后成书（一"史"一"论"的著述目标得以实现）。我常常揣测今人或后人发问："你的诗学批评史反映了历史的本来面目吗？"这样的问题真令我惶惑，四个诗学层次和四种批评形态的划分，接近中国诗学批评发展史的本来面目吗？自己从来不敢妄断，记得当年写作之时，也对"历史本来面目"这一命题做过思考。中国诗学三千年间形成的历史面目，有过确切的本来面目吗？透过汗牛充栋的历代典籍，我个人的感觉是它实在有多种不同的面目：有浑身尘垢的面目，也有眉眼清晰的面目；有老态龙钟的面目，也有美秀亮丽的面目；有循规蹈矩的面目，也有桀骜不驯的面目……往往在不同的时代、不同人从不同方位观察，在他们不同的言语之中或不同笔墨之下，呈现不同的面目。我作为其中一个来著史，到底描述哪一种面目？此事颇费踌躇，在本书初版后记所述"著史原则"中，已表示了著者当时的抉择，即致力于描述的是中国诗学眉目清晰、美秀亮丽、桀骜不驯的面目，如果或因历史悠久而示其老态龙钟，或因以儒家诗学为根基而示其循规蹈矩，那么，后世的读者可能更会不屑一顾。因此，本书不搞历代理论批评的陈列，而是择取每个时期那些最有创造性、最富诗学和美学意蕴的理论批评的命题做深入的探讨，尽可能贴近本义的阐释，亦留下我自己思考的烙印，遵循现代接受美学的原则，拓开新的视野以面向未来。如此是否略具"历史的面目"，也只能由未来的读者去评说。

本次新版曰"增订"，是终于使这部书显得完整一些。"中国诗学"不只是"诗"的一体之学，诗、词、曲三大文体构成中国古典诗歌的阵容，我在"有生之年，尚有余力"之时，增写了词学与曲学两章，虽显疏略，但总算弥补了初版、再版时的缺憾。此次增补能差强人意地完成，实在要感谢《中国历代词学论著选》和《中国历代赋学曲学论著选》两书的合作者，是他们汇精拔萃之功，使我省却许多查阅众书之力。

"接受读者与时间的考验"，是著者留在本书上诚挚的心声。每次重印都是新一轮考验的开始。但愿本书能荣幸地多享有几次愈来愈严峻的考验，直到它终于经受不起而消逝于历史的尘埃。

2006 年 11 月 24 日
于榕城花香园

序

钱中文

20世纪80年代中期，我与几位同行在撰写《文学原理》时，感到难点很多。原有的文学观念由于其自身的简单化、绝对化，对于原本是复杂的文学现象，已难以进行合理的阐释。但是在短期内要写出一本能够解释当今潮流的文学理论著作，也并非易事。不易之处在于，一是破了并不一定就能立。破字当头，立在其中，这种大批判式的不用气力的号召，事实证明并不灵验。二是当时正是我国（同时也是西方）文学观念发生大变化的时期，当自己正在清理诸多文艺思想，尚未形成自己的文学观念时，如何能执笔为文？

在大力译介西方文论的热潮中，也有人以为只要把外国的文学理论教本、著作移译过来，奉作圭臬，由此就可解决我们的问题，就可以使我们进入国际潮流，这自然不免虚幻。

在东西方文化同时也包括文艺的交流中，不少人愈来愈认识到，我们必须建立一种具有中国特色的文艺理论。这一方面要求对我国古代文论进行缜密、细致的梳理，同时又要对当代文论、外国文论进行认真的辨析，结合创作实践，在多方融合的基础上，提出新的理论思想来。

我国是个诗歌大国，理论性的思想资料极为丰富。它们充满悟性、灵气与诗慧的闪光，各种精思妙想，俯拾即是，但有如堆堆散珠，未能构成体系。如果说，我们的前人由于东方文化、思维的特征，未能在广泛的思想资料的基础上，建立起诗学的系统，那么这份光荣正好被今天我国研究古代文论的学者接过来了。

十多年来，我国古代文论研究成绩斐然，出现了多种中国文学理论史、中国文学批评史，各类专题著作也不断涌现。我自己虽不做古代文论的研究，但很留意这方面的成果。在这一领域，陈良运先生著述丰富，是十分活跃、卓有成就的一位。

大约在20世纪80年代中期，我读到良运先生论述我国古代诗歌论发展轮廓的文章，该文提出了中国诗学发展的五大范畴，就给我留下了印象。20世纪90年代初，良运先生出版了多部著作，如《文与质·艺与道》《诗学·诗观·诗美》《中国诗学体系论》等。一个偶然的机会，我们通起信来，真是以文会友，谈得很是投机。读了这些著作，深感其作者是位孜孜以求、勤奋执着的学者。他的著述都以那篇轮廓为纲，对其提出的范畴，作了细致、深入的微观的理论阐发，并从宏观的系统的把握，进行独辟蹊径的体系建构。如今，良运先生的《中国诗学批评史》又已面世，使我深为感佩，一个人的忘我奋发的追求，可以做出多么令人羡慕的成绩来。作者自己说，这是"廿年积累，十年探索"的结果，实为多年努力，功到自然成。阅读良运先生的著作，使人在心理上感到踏实，它们资料翔实，阐精发微，标新立异，自成一说。作者的主要贡献，就是关于中国诗学的"五""四"说。

"五"者，即作者梳理我国古代诗论，从众多的范畴里归纳出中国诗学的五大范畴——核心观念，即"志""情""象""境""神"说。在古代诗学众说纷纭的范畴探讨中，这种尝试与判断，要求作者具有理论功力与魄力。一方面，要求作者对这些核心观念进行字义的辨析，掌握它们的历史演变规律，而后在扎扎实实的论证中，确定它们各自的内涵与外延。这样的探讨有两种。一种是层层上溯，到源即止。对人自有启发，但它们的内在联系是什么，不甚分明。另一种探讨是，论者自觉明确，我国古代文论中的许多重要观念，原非诗学观念，它们往往从各种哲学中移入。这里要求追根溯源地微观探讨，找出审美中介，从社会学的、心理学的、思潮的、文学实践等方面，阐明其在逐渐演变中如何获得美学新质，成为诗学范畴的。良运先生的探讨正是属于后一种方式。这使得作者能够显示核心观念的来龙去脉，揭示其本义及其衍变的形态，在不同学科中的本义的变异，阐明各个过渡阶段，最终形成的美学含义，以及在美学上的不断演变，这就避免了过去的那种混沌笼统之弊。这种方式有可能使作者在各个范畴演变的过渡中把握范畴而作出新的阐释，提出新的见解。例如"诗言志"，过去被当作古代诗论的奠基石，但经过作者的追本溯源，发现原说并不确切。"诗言志"原是针对接受而言，而后才具创作性质。又如"缘情说"，作者的论说也与一般不同，而同时也首次提出了"境"与"意象"的原型。

另一方面，也是十分困难的一面，就是需要阐明，为什么恰恰就是这几个观念成了核心观念？找出它们之间横向的联系，纵向的发展的相关性，逻辑与历史的内在机制，并使之联系合成一个有机的整体，最终使之形成中国诗学内在的美学结构。这里就需要作宏观的把握，高屋建瓴的整体构思。作者说，二十年间，他读遍了中国诗学各种著作，在分类中发现了那些复现率很高的审美观念，这就是志、情、象、境、神，经过梳理与探索，发现了一条以它们为主线的脉络。诗论对创作实践的抽象表述是：发端于"志"，演进于"情"与"象"，完成于"境"，提高于"神"。探索并找出诗学的内在构架，是项十分有意义的工作。它规定了诗学的内涵与精神，在各个范畴的相互联系与影响中，使之上升为一个诗学系统与体系。诚如作者所说："这五个字所蕴含的仅仅是中国诗学的精神历程，但它们是最重要的、足以区别于西方诗学精神历程的标识；五个观念范畴所建构的体系，好像是一座大厦的力学结构，一个人生命力运行的经络系统。"

"四"者，是作者把古代诗学的思想系统，置于历史的发展之中，确定各个历史时期的主要特征与型态，描绘它们的历史演变，于是遂有诗学发展的"四层次"说、"四型态"说。如果说，中国诗学发展分为四个时期，这也许在其他有关诗学的著作里，可以见到某些端倪或影子，那么将四个时期的诗学发展分为四个层次，四种历史的美学型态，却是本书作者一种很有识见的理论定性与创见。这就是先秦、两汉时期的"功利批评说"；魏晋南北朝时期的"文体""风格"批评说；隋唐、两宋、金、元时期的"美学批评说"；明、清、近代的综合了上述几种批评的"流派批评说"。

这四"型态"说，第一，阐明了诗学中的核心观念在各个历史时期自身演变的历史，丰富的内涵和演变而呈现的不同"型态"。第二，在揭示这些核心观念发展中形成的不同美学特征时，区分了各个历史时期诗学中的主导与非主导倾向。第三，在历史的前后相互联系中，勾勒了不同时期发展的线索，同时在整体把握中，构成了以创作为背景的理论体系发展的生动的动态画面。对于这"五"与"四"，可能有些学者会有不同看法，如一些核心观念被突出了，其他范畴的论述相应简约了一些。但就批评史整体而言，本书虽然受到篇幅的严重限制，它却富有探索精神，极有创见，较之一般采用平铺直叙写作方法的文论史，更富逻辑色彩，更具理论深度。

良运先生的"五""四"说，在中国诗学的体系的建构中，可以说自成一家。自然，只要持之有故，言之成理，中国的诗学体系，还可以有另外多种形态构成。但是本书作者的方法，我以为是值得重视的。

我在前面说过，阅读良运先生的著作，使人在心理上感到踏实。其实，有经验的读者一接触阅读对象，就会很快感觉出来，这就是作者的观点与他所把握的思想材料的关系问题。他提出的论点，是从众多的材料中，去芜存精概括出来的，还是根据别人的观点，不作注明，大加发挥而成的？是苦思苦索的结果，还是对某种时髦潮流的迎合？同是旁征博引，是追本溯源，理出问题线索，分析不同形态，印证观点，还是东拉西扯，故作高深，随意挥洒，并只拣有利于自己观点的材料加以使用而不及其余？本书作者在态度上是严肃的，在方法上是谨严的。他广泛收集，钻研材料，凡几十年。不仅是古代诗学著作，就是其他文史典籍，只要涉及诗歌，哪怕只言片语，也不放过。同时他还主编了《中国历代诗学论著选》，对纷繁复杂的诗论材料进行了精选。正是在这一坚实的基础上，他才有感悟、才有判别，在比较中建立了具有他个人特色的诗学范畴系统与批评史构架，在横向深入、纵向发展的交叉网络中，展示诗学的整体发展趋势。批评史作者经历了这一过程，所以他的文字厚实，论证有力，富首创精神。马克思说："研究必须充分地占有材料，分析它的各种发展形态，探寻这些形式的内在联系。只有在这项工作完成以后，现实的运动才能适当地叙述出来。这点一旦做到，材料的生命一旦观念地反映出来，呈现在我们面前的好像是一个先验的结构了。"① 我觉得本书作者正是这么做的，中国诗学内在结构及其发展的历史轨迹与特征，正是这样被描绘出来的。

在古代诗学乃至古代文学的研究中，存在多种方式。其中之一是以资料的考证与阐述为主的方式，即"以古注古"的方式。这种研究方式，自然是一种学问，有它的价值。一种是努力掌握当代文论思想包括外国文论中的观念以及多学科的思想观念，不是牵强附会地，而是实事求是把新观念、新思想，融入古代文论、古代文学研究中去。这里就涉及古代文论研究的当代性问题。

当代性的要求不是把古代文论加以当代化、现代化，把古代文论与当代文论作简单的比附，使之庸俗化。当代性的要求，是运用多种新的观念与方法，诸如当代哲学、美学、文艺学、社会学、心理学、人类学、民俗学、科学等多学科的观念与方法，来观照古代文论。这一观照与阐释，能使我们在古代文论的纷繁的诸多观念、范畴中，归纳、分离出贯穿历史发展并起主导作用的核心观念、核心范畴；能使我们把握这些核心范畴在不同阶段发展中的多种形态，不致因其形态的变异，而迷失其本性；能使我们将前人零星的诗意感悟，经过积淀

---

① 马克思、恩格斯：《马克思恩格斯选集》第 2 卷，人民出版社，1995，第 217 页。

与选择，发掘其本义的丰富内涵，增强我们的认识深度，在它们局部的相互联系、发展中，通过宏观的整合而把握其历史的整体，进而使古代文论系统化、体系化，显示其固有的理论品格，从而上升到文艺哲学的思想高度。我注意到本书作者自觉地注意到当代性的要求，所以在理论上格调自高。当代性也包括将那些符合创作规律的古代诗学观念，用来阐释今天的文学现象。使用我国固有的诗学观念阐释新文学现象，差不多已中断七八十年，现在正是消除这种隔阂的时候了。

　　探索古代文论的范畴与体系，使古代文论本身进一步系统化、体系化、科学化，必然会推动与当代文论的融合。1992年11月，我在一次会议上谈道："古代文论内涵十分丰富，关于文学、创作动因、心理、鉴赏、批评、接受等方面，有它自己的一套主张，如何清理出古代文论中的一些至今具有生命力的系列概念，使其获得大致公认的共识，使这些具有独创性的范畴与当今没有被简单化的文学理论融合起来，整合成一个既具有我国民族特色的传统范畴又具科学性的当代形态的文艺理论体系，这是令人十分向往的事。"[①] 古代文论不仅面临本身的系统化，而且也要走向与当代文论的整合；而当代文论的发展，也有赖于与古代文论的融合。我国的当代文论的基本范畴，主要来自外国，在接受中虽不断给以改造，但与古代文论的关系隔断了已七八十年，一下融合起来，也会是有困难的，可能需要花费一代人乃至几代人的心力，但融合，看来是一种趋势。当代、古代文论各有自己的优势。当代文论由于吸收了现代的多种学科的观念、方法，所以思路开阔，思想活跃，大大扩展了对文学现象的阐释；而古代文论中的不少观念、范畴，经历了千百年的积淀，也具有强大的生命力。通过现代文论思想的激活，可以冲刷原有的理论范畴，使其内涵获得丰富，使其重新获得生命。在这种理论的整合中，一种新型的对话关系是极为

---

　　① 文集编委会编《回顾与展望：'92全国中外文学理论学术讨论会文集》，河南大学出版社，1993，第8页。

重要的。这样古、今文论的界线就会逐渐淡化，使原有的那些范畴成为通用的范畴而进入当代文论，走向融合。在古代、当代文论交融以及对外国文论吸收的基础上，在与文学实践结合的基础上，建立具有我国民族特色的新的文艺理论形态，这是今天不少理论工作者正在努力求索的目标，并已初见成效。

最后我要说的是，我和良运先生只有书信来往，至今未曾谋面。在《中国诗学批评史》出版之际，良运先生嘱我为序，着实使我犹豫再三，多时未敢下笔，主要是我对古代文论未有深涉。但其情殷殷，不好违拂，是为上文，也算是一段文字因缘吧。不妥之处，恭请方家指正。

目录

导言 001

■ 第一篇 先秦两汉 诗歌观念的演进与功利批评的形成

第一章 诗歌创作观念与接受观念的萌芽
一 上古时代的诗歌形态 013
二 "《诗》三百"中的诗歌创作观念 018
三 《左传》中的诗歌接受观念 023

第二章 先秦诸子诗歌观念的演进
一 孔子及其弟子论《诗》与用《诗》 032
二 子思、孟子称《诗》及"以意逆志"说 039
三 "诗言志"与荀子的文体观念形成 045
四 屈原新体抒情诗中的诗歌观念 049
五 "乐"与"诗"观念互补 054

第三章 两汉的功利主义诗学观
一 尊《诗》为"经"的功利定向 060
二 儒家诗教的确立 063
三 《诗大序》与《诗谱序》的理论意义 069
四 《离骚》评价之争 077

第二篇　魏晋南北朝　诗歌本体的重构与风格批评的出现

第四章　诗歌文体的重新认识
一　曹丕、陆机、葛洪的诗美特征说 … 088
二　"以意为主"对"言志"的变通 … 095
三　"形似之言"与"声律"论 … 101

第五章　《文心雕龙》的诗歌理论
一　诗歌文体发展的历史考察 … 112
二　论作家、作品风格的形成 … 119
三　创作方法与鉴赏批评 … 126

第六章　第一部诗论专著——《诗品》
一　诗歌美学特征的确认 … 136
二　五言诗独特情质与诗人个体风格 … 144
三　流派探索与比较批评 … 149

第七章　齐、梁趋向唯美的诗歌理论
一　"文""笔"之说与"美文"意识 … 156
二　冲决儒家诗教的"宫体"诗论 … 163
三　儒家诗教传人的反批评 … 171

第三篇　隋唐宋金元　诗歌精神的升华与美学批评的崛起

第八章　重振诗歌人文精神的"风骨"论
一　隋至初唐的诗学批评 … 182
二　陈子昂之"兴寄"与"风骨" … 187
三　李白等盛唐诗人的"风骨"诗学观 … 192

第九章　标志诗歌艺术走向成熟的"诗境"说
一　王昌龄的"诗有三境"说 … 201
二　释皎然论"取境"与造境 … 206
三　权德舆、刘禹锡的"境在象外"说 … 212

第十章　政教与审美结合的现实主义诗论

一　杜甫、元结的诗歌美学思想 …………………………………… 218
二　古文家的"文""诗"分别论 …………………………………… 232
三　白居易的现实主义诗学纲领 …………………………………… 238
四　现实主义诗学之承续 …………………………………………… 247

第十一章　司空图《诗品》与唐末五代诗论

一　司空图诗论的哲学、美学思想基础 …………………………… 256
二　艺术哲学的经典之作——《诗品》 …………………………… 262
三　唐末、五代诗论 ………………………………………………… 272

第十二章　唐代诗选家的审美鉴赏批评

一　审美鉴赏向诗境整体把握的提高 ……………………………… 278
二　审美接受准则的确定 …………………………………………… 282
三　唐代诗选家的审美态度 ………………………………………… 287

第十三章　北宋诗文革新运动的诗学走向

一　宋人对唐诗的接受与评价 ……………………………………… 293
二　诗文革新运动者的诗学主张 …………………………………… 297
三　苏轼的诗歌美学观 ……………………………………………… 302

第十四章　两宋理学家的诗学观

一　邵雍的"情伤性命"与"以物观物"说 ……………………… 311
二　朱熹"文皆是从道中流出"的诗论 …………………………… 316
三　包恢三种"自然"说 …………………………………………… 321

第十五章　江西诗派的诗法理论及其嬗变

一　黄庭坚首立诗之"法度" ……………………………………… 329
二　诗法理论从"悟"到"活法"的发展 ………………………… 336
三　诗法理论在南宋的嬗变 ………………………………………… 341

第十六章　《岁寒堂诗话》与《沧浪诗话》

一　张戒由"思无邪"论"意""气""韵""味" ……………… 355
二　严羽"以禅喻诗"重塑诗学本体 ……………………………… 359
三　"参诗精子"的美学批评 ……………………………………… 367

第十七章　金、元诗论缀要

一　苏、黄之辨与元好问《论诗三十首》……… 372
二　江西诗派再评价与方回《心境记》……… 382
三　刘将孙的诗趣说与杨维桢的"人品"论……… 387

■ 第四篇　明清近代　流派理论的拓展与诗学本体的深化

第十八章　以"格调"为核心的明代"复古"诗论

一　复古之先声与茶陵派的"格调"说……… 396
二　前七子诗学理论的两面性……… 401
三　后七子中谢榛、王世贞的诗论……… 408
四　胡应麟的"体格声调、兴象风神"论……… 414

第十九章　以"性灵"为核心的文学解放思潮

一　文学解放运动先行者的理论纲领……… 421
二　公安派的"独抒性灵"与"法不相沿"说……… 429
三　竟陵派之"孤怀孤诣"与"厚出于灵"论……… 435

第二十章　晚明三家诗论

一　许学夷之"通变"而"入圣""入神"论……… 442
二　陆时雍关于"韵"的美学阐释……… 448
三　陈子龙"忧时托志"的"救亡"诗论……… 453

第二十一章　重整与改善的儒家诗学

一　虞山派论"诗人之诗"与"儒者之诗"……… 459
二　黄宗羲的"万古之性情"说……… 466
三　王夫之的"兴、观、群、怨"新释……… 470
四　叶燮重建儒家诗学体系……… 477

第二十二章　清代四大流派的诗学观

一　王士禛"神韵"说的美学意义……… 491
二　以儒家诗教为本的"格调"说……… 498
三　袁枚"性灵"说——诗人"天分"论……… 504

四　倡导"学人之诗"的"肌理"说 513

第二十三章　繁荣的清代诗话与论诗诗
　　一　《诗辩坻》等论"作诗之人" 524
　　二　《诗筏》等论诗的审美创造 530
　　三　赵翼、张问陶等的论诗诗 536

第二十四章　"诗界革命"时代的到来
　　一　龚自珍倡导个性解放的理论与实践 547
　　二　黄遵宪、梁启超的"诗歌革命"论 553
　　三　王国维"境界"说之系统观 559
　　四　鲁迅"求新源"振"雄声"的《摩罗诗力说》 570

■　第五篇　词学与曲学　诗歌文体的更新与诗学批评的增容

第二十五章　词学——诗学的偏离与深致
　　一　词学初立与"诗余"之辩 578
　　二　词分二派：理论并行发展 584
　　三　词学深致之一：由"比兴"而"寄托" 595
　　四　词学深致之二：由"词心"而"词境" 604

第二十六章　曲论对中国诗学的贡献
　　一　"曲如赋"——诗歌文体再次新变 612
　　二　"豪辣""至情"——传统情感论的突破 618
　　三　"本色"——充实内涵与拓展外延 624
　　四　"俗而不俗"——"雅、俗之辨"新论 629
　　五　"真诗在民间"——民歌理论的发生 636

主要引用书目和参考书目 643

后记 653

新版跋 659

导言

中国古代诗歌理论,与诗歌创作一样源远流长,虽说《尚书·尧典》"诗言志"云云,将诗歌观念的发生推到远古时代,实不可信①,但在商周之际及至西周和春秋时代,却是的确出现了,有《尚书》里年代可靠的《金縢》(文中有"于后公乃为诗以贻王"之语)和《诗·大雅》("诗"字出现于《卷阿》《崧高》之中)可以为证。

诗,首先是一种"言",然后才是一种"言"的特殊方式。"言",按马克思的说法:

> 语言和意识具有同样长久的历史;语言是一种实践的、既为别人存在并仅仅因此也为我自己存在的、现实的意识。语言也和意识一样,只是由于需要,由于和他人交往的迫切需要才产生的。(《德意志意识形态》)

我们的先人,非常重视与他人交往的"言",在最古老的文献之一《易经》中,就出现了关于"言"初具理论意义的表述:"言有序"(《艮·六五》爻辞)。"有序",只是对"言"最基本的要求,即言有条理顺序,进一步的要求则是"言"须有文采。《左传·襄公二十五年》记孔子语:"《志》有之:'言以足志,文以足言。'"孔子所说的《志》,不详是何种更古老的文献,但可肯定,远在孔子之前,人们就高度重

---

① 参见拙著《中国诗学体系论》之《"诗言志"正源》章,中国社会科学出版社,1992,第33—49页。

视"言"之"文"了;《国语·郑语》记史伯对郑桓公语"声一无听,物一无文",则可证在公元前806—前771年间(郑桓公在位之年),人们就开始给"文"下定义了。稍后,解释《易经》的《易传》,其中《象传》在释《家人》卦象中见"言有物"之语,《系辞传》中又有"物相杂,故曰文"一语,于是,"物""言""文"三足鼎立,为中国的语言文学理论而奠基。诗歌理论率先建构于这三块基石之上。

"诗"字的构成,"言"赫然于左,右旁之"寺",宋代王安石释为"寺人",那么,"诗"便是"寺人之言"。此说由于缺乏充足证据,不为人信。近见青年学者叶舒宪《"诗言寺"辨——中国阉割文化索源》[①]一文,以充足的论据,证明了上古——远古时代,所谓"寺人"就是主持祭礼的掌坛者,他又是宫廷中被阉割过的内官。《诗·小雅·巷伯》有"寺人孟子,作为此诗,凡百君子,敬而听之"句,《巷伯》就确为"寺人之言"了。《秦风·车邻》有"未见君子,寺人之令"句,朱熹注"寺人"曰:"内小臣也",有司守宫门之责。《左传》僖公五年与二十四年的记载中,都有"寺人披"出现:"公使寺人披伐蒲",据《国语·晋语二》是晋献公"令阉楚刺重耳",韦昭注曰:"楚谓伯楚,寺人披之字也。"重耳即位为晋文公后,寺人披又去求见,自称"刑臣",为他受君命刺杀重耳而辩护。可见其时"寺人"已参与重大的政治军事行动。既然在诗的观念出现之时已经确有"寺人"一职,那么,诗字"言"旁之"寺"就肯定有来由了,"寺人"规谏君王的"巧言"或主持祭礼所吟诵的祷告词(《诗》中的《周颂》《鲁颂》《商颂》之类),就称为"寺人之言",后又合而称"诗"。因"寺人"地位较低,推而广之,凡是地位较低的人,以富有文采的语言呈述心意于比自己地位更高的人,也均以"诗"称之:《金縢》中说的是周公以"诗"呈给成王;《诗·大雅·卷阿》所谓"矢诗",也是说臣献诗于君;《大雅·崧高》中"其诗孔硕"之语,又是周宣王大臣尹吉甫献诗于比他地位高的周宣王母舅申伯。从

[①] 叶舒宪:《"诗言寺"辨——中国阉割文化索源》,《文艺研究》1994年2期。

商、西周到《左传》所记载的春秋时代（前770—前476），诗作为一种文体的观念，被人们普遍接受了，歌、谣都纳入了诗的范围，来自民间的民歌民谣，被称为"风诗"。（《礼记·王制》："天子……命大师陈诗，以观民风。"）周代的乐官将"风""雅""颂"汇编起来，合而称《诗》，成为宫廷文献。

《诗》被朝廷作为一种典籍文献而存在，又通过各种途径传播开来，历时一代代，于是又有了对诗的种种运用和议论，中国最早的诗歌批评就随之产生了。这种批评的原始操作，纯粹是对于文献的《诗》而非文体的诗，且主要是应用性的接受而非审美的鉴赏；接受的性质多是为适应某些政治、外交活动的需要，又常作为君臣、父子、夫妻关系的范式而"取义"。经过漫长的岁月，诗学批评的对象才逐渐地从历史文献的《诗》转向作为美文学文体的诗；批评的内容也从单一的实用接受，扩展到审美鉴赏的品评、文体特征的阐释、创作方法的探索、风格流派的研讨，以及诗歌历史变迁的观照，等等。与中国作为世界上泱泱诗歌大国的地位相对应，中国也是世界上诗学批评最为发达的国家，三千年来积累的丰富又精深的诗歌理论，是中华民族最珍贵的文化遗产之一。

如此漫长的发展变化历程，怎样对其实现总体的把握又不失其细节的真实性？这一问题著者已有多年思考，早在1987年写的《关于中国文学批评史分期的思考》一文中提出过："文学创作在不同的发展阶段上会呈现这样或那样的规律性现象，批评史则应对此在不同的层次上实现理论的把握。文学史为准确而集中地展现文学创作发展全过程中不同阶段上不同的文学现象，采取分期叙述的方式进行；批评史为实现对应性的理论把握，亦有分期论证的必要。不过，批评史的分期，实质上是体现文学理论不断发展、不断积淀的层次性，最终显示出一个民族、一个国家在文学理论方面积淀的深度与厚度。"观照中国诗学批评全过程的发展状况（对应诗歌创作发展的实际情况），它的积淀之深度与厚度，由此体现出来的层次性，我认为大致可以划分为四个时期，分别为诗学批评发展的四个层次，又表现为历代诗学批评的四种型态。

第一期历先秦、两汉。诗歌观念从发生到演进，属基础性的层次，功利批评为其主要型态。这一时期可上溯到周、商以远，诗的观念发生已如前述，祭祀典礼等政治活动需要诗，下层百姓表达自己的感情、愿望需要歌，由此又有"天子"巡狩时"命大师陈诗，以观民风"，诗便被推到有关政教治化的地位。"古者，诗三千余篇"，这可能是周代乐官们收集掌握官方诗歌与民间诗歌一个大概的数字（《史记·孔子世家》取此数目），代代沿用，于是诗便成为朝廷珍藏的神圣的历史文献，与集历代诰命而成的《书》，同为朝廷"礼""乐"之本，被尊为"义之府"（《左传》中赵衰语）。到春秋时代，出现了接受与用《诗》的第一次高潮。学《诗》用《诗》的首要功能是为"言"，使"言以足志"有很好的"文"，孔子直率地说过："不学诗，无以言。""言"是为政治服务的，春秋时代的君臣之间，两国交往的主客之间，交谈时常以"赋《诗》"，即引用《诗》的某篇某章来充分说明某种政治观点，治国策略，宣扬某种历史经验或教训，亦借《诗》称扬对方或委婉地批评其不当之处，有时甚至用《诗》作为政治斗争的工具，引《诗》者"《诗》以言志"，倾听者则凭《诗》"观志"。这种批评，由孔子在理论上加以肯定："诵《诗》三百，授之以政，不达；使于四方，不能专对；虽多，亦奚以为？"又经子思、孟子的发挥而到极致。从荀子到西汉、东汉，诗学在两条道上并行发展：一是以历史文献的《诗》为中心，对其接受和应用加进道德说教的内容，以《关雎》乃是歌颂"后妃之德"为"风始"，正式尊《诗》为"经"，而把《诗经》当作道德伦理的教科书，从另一个角度使《诗》为现实的政治服务，这在西汉的鲁、齐、燕、赵四家说《诗》中发挥到极致。二是从荀子、屈原开始把诗作为"言志""抒情"的一种独立文体。将诗从历史文献中解放出来，作为文体的诗从此发展，但荀子又把诗作为言"圣人之志"的载体，新创作的诗篇都要求有政治教化的功能，于是文献《诗》的道德准则与文体《诗》的政治原则，又合而为汉代诗学的功利观。这种有双重内容的功利诗学在西汉后期编定的《礼记》和东汉出现的《诗大序》中得到集中体现并牢固地确立下来，功利批评的基础型态至此完善。但可喜的是，关于诗歌文体本身的观念发展，没有凝定在功利的接受与批评之中，从屈原创造《楚辞》的新诗歌文体始，"骚"体吸取《诗》中言"心"的创作经验而发明"抒情"的新观念，诗的审美本质开始被人们觉察到了，到两汉，连坚持道德说教的《诗经》博士也触及了这一本质问题，治《齐诗》的翼奉说"诗之为学，情性而已"（《汉书》卷七五《翼奉传》）和《诗大序》中"情动于中而形于言"云云，都对"情"之于诗歌创作的心理机制有明智的论断。东汉的王逸，以南方学者对产生于南方的《楚辞》的特殊感情，高度评价了"抒情"的屈原并进一步肯定了"露才扬己"的抒情诗个性化表现原则，最终使"骚"获得与《诗》同等重要的地位。自此而后，就有了本体的与附庸（指"情"为"志"的附庸）的，审美的与功利的、正统的与变异的……两种诗学观和创作路线的矛盾和斗争，绵延两千余年，共同构成一部有对立有统一的中国诗学批评史。

第二期历魏晋南北朝。由于自东汉以来，诗歌形式发生重大变化，五言诗的出现，使传统的四言诗逐渐消退，在诗歌文体的范围，实属一种全新的文体，虽然只有一字之增，朴实的偶言变为灵动的奇言，从语言形式的变化带来诗的内容、审美特征、审美趣味等一系列变化，于是有了重新认识和重新建构诗歌本体的必要。诗歌形式的变化，从《楚辞》就开始了，《楚辞》主体形式为六言，单句的语言信息容量超过了《诗》，但还属偶言，为弥补偶言的平实，屈原在句中或句末加"兮"字，这使诗句的音节发生了变化，感情色彩也更为明显。五言诗的诗美特征更多地承接了骚体，汉代扬雄说过："诗人之赋丽以则，辞人之赋丽以淫。"从发展的观点看，"丽以淫"即美的形式繁复多彩，实胜过仅有简朴之美的四言诗。到魏晋时，人们实际上更着眼于"美""丽"来审视诗歌文体，曹丕强调"诗赋欲丽"，陆机标举"诗缘情而绮靡"，葛洪则申言今诗为追求美而"莫不雕饰",胜于古诗尚无审美自觉的"事事醇素"。从曹丕开始,以五言诗为主体的重新建构,是在审美基础上的重构,这美是诗人感情之美,诗的形象意象之美,语言的声律音韵之美,刘勰在《文心雕龙·情采》篇中概括为"情文""形文""声文"。鲁迅说,从曹丕开始的一个时代是"文学的自觉时代",出现了"为艺术而艺术的一派",具体地说来,就是有了诗人作为创作主体的自觉,有了诗歌作为人的情感载体的审美自觉。到南朝齐、梁时代,对于诗美的追求甚至有了唯美的倾向,"文""笔"之分,实将抒发感情的美感文学与偏重理性认知的实用文章作了区分,"美文"意识已成了一种公众意识:萧子显将"文章者,盖情性之风标,神明之律吕……"载入了史书;萧统《文选》拒选"不以能文为本"之作;萧纲以"文章且须放荡"而区别于"立身先须谨重";萧绎则将"美文"定义为"绮縠纷披,宫徵靡曼,唇吻遒会,情灵摇荡"。这些,都是对"有韵"之文的美感要求,更集中于五言诗一体,以至钟嵘在《诗品》中乃说:"五言居文辞之要,是众作之有滋味者也。"由五言诗这一诗体形式变革而引发的"为艺术而艺术"乃至"唯美"的倾向,与先秦至两汉重功利不重审美的倾向,形成强烈的反差,这是中国诗学批评发展一次划时代的转变。强调诗的内外形式之美,矫枉虽然有些过正(主要表现为宫体诗过于绮靡的诗风),但若没有对于诗美的如此重视,或许就没有诗歌艺术黄金时代的到来。

这一时期的批评型态,重构诗歌文体的种种论述,可以称之为文体批评;与之并行的是出现了另一种重要的批评型态——风格批评。曹丕《典论·论文》首先提出"文以气为主,气之清浊有体,不可力强而致。……至于引气不齐,巧拙有素,虽在父兄,不能以移子弟",就是作家创作必有个人风格的理论基础。"风格"一词最早出现于葛洪《抱朴子·疾谬》篇:"以倾倚屈申者为妖妍标秀,以风格端严者为田舍朴骏。"至沈约提出"文以情变。……相如巧为似之言,班固长于情理之说,子建、仲宣以气质为体",将作家个人气质、感情风格与文体之变联系论之。刘勰在《文心雕龙》则以"体性""风骨"建构作家与文体相互作用的风格理论,"辞理庸俊,莫能翻其才;风趣刚柔,宁或改其气……各师成心,其异如面"。几可作"风格"之定义了,与千年之后法国作家布封提出的"风格即人"的著名定义相类似。再至钟嵘评诗"敢致流别",创作主体之有个人风格,文体演变之有时代风格,完全被确认了。《诗品》是我国第一部诗学批评专著,纵向深析汉魏至齐梁五言体诗人创作风格之传承与演变,横向比较不同气质、不同境遇诗人风格之差异,成为这一批评型态经典性的作品,使文体、风格批评从此有了鲜明的面目。

第三期历隋、唐、两宋和金、元。在这近八百年中,中国古典诗歌登上了艺术的高峰,"化成天下"的"人文"精神在创作与理论领域均得以酣畅淋漓的升华与辐射,美学批评成为这一时期主要的批评型态。自唐而后,诗从"文章"领域彻底解放出来,与散文分道扬镳,诗的文体样式空前丰富,最具"声文"之美的近体诗的成熟和发展,为诗走向艺术高峰起着很大的推动作用,又一次证明了诗歌文体形式的变化与更新,便会造成诗歌新的大繁荣(宋代以词、元代以曲,又形成两次大繁荣)。在此同时,诗歌理论也走向多元化,这就是道家与佛家的美学思想进入了诗学批评领域,全面地改变了儒家美学思想一统天下的局面。唐代诗学实为三元组合:以释皎然《诗式》《诗议》等为代表的蕴含佛家,尤其是禅宗美学思想的诗学;以白居易《与元九书》等为代表的传统的但又有所发展和改善的儒家诗学;以司空图《诗品》等为代表的贯彻道家美学思想的诗歌艺术哲学。有佛道美学思想加入的诗学批评,超越了一般的文体批评,大大地提高了风格批评,升华到非常自觉而臻艺术哲学层次的美学批评。唐代诗学最大理论成果是"意境"说的产生,宋代诗学最具争议的成果是江西诗派的"诗法"理论,而这两大理论成果都与新加入的美学思想有密切关系。

诗歌审美境界的标举,由王昌龄的"心中了见"到释皎然的"但见情性,不睹文字",到刘禹锡的"境生于象外",再到司空图的"韵外之致""味外之旨",都是以道、禅学说揭示"意境"说的美学本质。"诗法"理论的展开,其核心是标举"活法",又有参禅之"悟"的引入和体用,进入到"以禅喻诗"的境界。至南宋的严羽,更进一层阐明:作诗是由"惟在妙悟""惟在兴趣"而达"至矣,尽矣,蔑以加矣"的"诗而入神"。他将"透彻之悟"列入"诗法"之中,实为重建了中国诗学的灵感理论。① "诗而入神"这一具有中国诗学最高审美理想性质的命题,与"妙悟"互为因果,揭示了中国诗歌美学本质最高实现的奥秘与途径,竟与现代中外美学界所崇尚的"美是人的本质力量对象化"那一著名论断遥相对应!严羽自诩他的《沧浪诗话》是"惊世绝俗之谈,至当归一之论",虽然在具体的论证时只以汉魏盛唐诗为标准文本或最高范例,有复古之嫌,但他的确摄住了盛唐诗美之灵魂,将超越以往一切批评型态的美学批评,推到一个崭新的高度,乃至成为中国古典美学体系建构的终结!

当然,这一期的诗学发展并不尽是那么高明纯正。以儒家诗教为基础的现实主义诗学也卓有新的成就,陈子昂倡导的"风骨"说与"意境"说相互沟通,杜甫将政教与审美结合的优秀诗篇及其理论,都是儒家诗学在新时代里还有强大生命力的表现。但在元结、白居易等人那里,功利主义的诗学观也在强化,到了宋代,程颐、邵雍、朱熹等理学家更将功利批评发挥到超过汉儒的地步,企图使诗完全沦为政教、道德的工具(程颐干脆取消诗的存在价值)。但是,这些诗论对于已形成大势的美学批评之主潮,未能实现有效的遏制,虽有一定的影响,更多的是遭到正凝神求"悟"和一心研究"诗法"的诗人们无言的否定,甚至理学阵营内部,也有如包恢者从"心学"出发,论诗之美学本质而殊途同归,从开明理学的立场,成全主要由道、佛二家和开通的儒家共同建构的美学批评的格局。

---

① 中国古代文学艺术创作中的"灵感"理论,最早见于东晋书法家卫夫人《笔阵图》中"通灵感物",以后画论与文论中的"神思""精思"等说,都具"灵感"的性质。

第四期历明、清两朝直至近代，综合了功利批评、风格批评与美学批评的流派批评，是近六百年间诗学批评的主要型态。从宋代开始真正有领袖、有骨干、有群体，又有理论纲领的诗歌流派相继出现，但只有江西诗派成了大气候。越过短暂的元朝（金朝实为南宋异地同时）后，明代产生了众多的诗、文流派，由台阁体、茶陵派、唐宋派、前七子、后七子、公安派、竟陵派等著名流派所提供的理论主张，几乎就是一部明代诗学批评史。清代的"神韵""格调""性灵""肌理"四大流派，在很大程度上决定了清代诗学的多元走向。流派批评，各立门庭，或相互呼应，或相互对峙，各有所崇尚和排斥。明代以复古和反复古为两大阵营，清代以尊奉儒家诗教和坚守诗歌美学本体为两大阵营，每个阵营中又有若干独立的流派。每个阵营、每个流派都有自己反复申说的核心理论观点，如明代复古阵营以"格调"为核心，反复古阵营则以"性灵"为核心；但到了清代，格调派已不是明代前后七子的"格调"，性灵派也不再是明代公安、竟陵两派的"性灵"。各个流派与古人的关系也错综复杂，复古派"文必秦汉，诗必盛唐"，但对严羽的诗论颇为看重，对于功利的儒家诗学则不太以为然；遵奉儒家诗教的或反对复古（如虞山派），或仅从精神上尊古，却都视严羽为谬种。明代倡言"性灵"者不提严羽，清代倡言"性灵""神韵"者却"深契"严羽之说。这就是说，对中国诗歌美学有突出贡献的严羽及其《沧浪诗话》，在明代为艺术观较保守的流派所接受，在清代则为在诗艺方面立异标新的流派乐于采纳。流派理论的特殊价值是，"立门庭者"及其追随者（在我们今天看来，不管是正派、反派），对各自崇尚或排斥的对象，大都作了深入细致的研究，颇能切中其利弊；他们之中学术胸襟较开通者，还能将对立一方的精华之论暗暗引进，试图建构自己完善的理论体系，清代叶燮的《原诗》就是这样做的，批评了严羽又化用了《沧浪诗话》中某些美学观点，将功利道德中心论与审美中心论调和融合，达到更新、振兴儒家诗学的目的。再是，由于不同的流派各自有所深入，然后又有所发明，过去不少尚未明确的诗学观念,在流派论者笔下形成了较为系统的理论,如"性灵"一词在《文心雕龙》《诗品》中就出现了,唐宋也有人常用它,但直到公安派、竟陵派、性灵派特别标举,挖掘或赋予它新的内涵,才成为有特定意义的一大诗说。"格调"说也是如此,唐代王昌龄早说过"意是格,声是律;意高则格高,声辨则律清",但到明代茶陵派、前后七子才确定有特定意义的"格调"说,清代沈德潜又赋予"格调"以"审宗旨""标风格""辨神韵"的理论内涵。王士禛同样是将前人使用过的"神韵"一词,发展为"留连山水,点染风景"为主旨的山水诗创作理论。从上述两点意义来说,流派理论虽然没有再提出什么诗学新观念,但从不同的方位对诗学本体理论有所拓展,有所深化。

1840年以后的近代诗学,在倡导"诗界革命"者那里,解放被封建礼教桎梏的个性,放开经欧风美雨洗拭的眼界,三千年来的中国诗学批评随着"含新意境"之诗的出现,进入了发生重大质变的临界线。"诗界革命"论者将新的即促进社会改良的重任赋予诗,期待诗一变而为唤起民众的号角。诗歌美学观念或为适应其时的政治环境而更新(如梁启超),或吸取西方哲学、美学思想而更新(如王国维),但是,他们尚未意识到诗歌文体形式必须有一场大变革,才能造成诗的又一次大繁荣。连"诗界革命"叫得最响的梁启超也不敢否定"旧风格",反将"旧风格含新意境"奉为"革命"的典范,暴露了资产阶级改良主义者新诗学观严重的局限性。历史的经验已几度证明,只有在诗歌文体发生新变之时或稍后,诗歌创作才会有新的大繁荣,诗学批评才会有新的长足的进步。鲁迅在《摩罗诗力说》中发出了"求新源",向西方资本主义上升时期的浪漫主义诗人学习的呼声,为中国现代新诗的诞生率先作舆论准备。

宏观地扫描了中国诗学批评发展的全部历程,有了全局在胸,让我们再从头开始进入每一个具体的历史时期、进入每一位诗论家每一部诗论著作所创造的理论境界吧!

第一篇 先秦两汉诗歌观念的演进与功利批评的形成

第一章

诗歌创作观念与接受观念的萌芽

自"人猿相揖别"以后,诗歌发展的历史几乎与语言发展的历史一样久远,凡是有人类语言传播的地方就有人类的诗歌。谣、谚、歌、诗,是人类早期的语言从杂乱走向有序的开始,表现为人们口头语言种种特殊的组合方式。先人们以此作为人际交往的信息语言,作为祭天求神的祷告词,作为聚会娱乐时宣泄情感的声音符号,作为记叙家族部落历史乃至日常生活劳动的父传子诵的一种便于记忆的表述方式。在古老的东方大地上,在滔滔东流的黄河两岸,中华民族何时开始有了诗?这怕是一个永远不能解开的历史之谜!比较确切的历史,只能是有文字记载的历史;史前先人歌唱的声音早已消失在时间的长河之中,唯有用文字记录下来的声音,才能让我们领略原始诗歌风貌之一斑。具体地说,中国诗歌历史的发端,现在我们只能上溯到夏、商、周时代,而作为诗学批评的考察,又只能是诗歌创作已基本定型并有了较稳定的发展之后,我笔下这一部将要跋涉三千余年漫长历程的《中国诗学批评史》,就从商、周之际迈开它的脚步吧!

一 上古时代的诗歌形态

没有同步的文字记载的历史时代,我们姑且称远古时代,那是"只几个石头磨过,小儿时节"①,被称为"肇开声诗"的《康衢》《击壤》,据说是出现于传说中的五帝时代,前者是:"立我蒸民,莫匪尔极。不识不知,顺帝之则",是一种很熟练的四言句式。后者是:"日出而作,日入而息。凿井而饮,耕田而食。帝力于我何有哉!"不但有四言,而且出现了七言句及较为复杂的语法结构("于我"介词结构),这都不像是远古先民所能唱出来的;且四言句式是周代诗歌的主要形式,从帝尧至西周,其时间距离千年以上(约前21世纪以远,至前11世纪),四言句式不可能在千年以前就出现了而没有什么变化发展。中国古代的文人多有一种修饰历史的弊病,为的是加强历史的权威性,那些远古时代的歌谣,都出现在语言文字相当发达时代的文人著作中(《击壤》首见于汉代王充《论衡·艺增》,《康衢》见于《列子·仲尼》),后来的文人更从一些历史典籍中作了广泛的搜集整理,以《风雅逸篇》(明·杨慎)、《风雅广逸》(明·冯惟讷)、《古逸》(清·沈德潜《古诗源》首篇)称之,正如《中国诗史》的作者陆侃如、冯沅君所指出的:"这些作品有的可能是真的,但在后人追记的时候不免有些改动,有的可能就是后人伪托的。"②所谓"改动",更多是形式的改动,使之接近已广为流行的诗歌形式。从语言由简而繁的发展看,出自《吴越春秋》、相传黄帝时的《弹歌》,作为远古歌谣更可信:

断竹,续竹。飞土,逐宍(肉)。

二言句式,语法结构简单,这首歌可视为四言诗的雏形。

到了商、周时代,以四言句作为一种语言规范,并开始向五、六言发展,则是有甲骨、钟鼎上的文字可考了,如有一首商代卜辞:

父甲一牡,父庚一牡,父辛一牡。③

这是一首记事卜辞,牡,指牡(公)羊,记商王武丁祭祀阳甲、盘庚、小辛之事,已相当于后来的四言排比句式。甲骨卜辞不但有四言,还

---

① 毛泽东:《贺新郎·读史》。
② 陆侃如、冯沅君:《中国诗史》上册,人民出版社,1983,第5页。
③ 《殷墟书契后编》上,二五·九。

有二、三、五言相杂的句式，如一首占问天气的卜辞：

癸卯，今日雨。其自西来雨？其自东来雨？其自北来雨？其自南来雨？①

很像一首歌谣了。刘师培先生在其所著《论文杂记》中，关于诗歌的产生有一段很精辟的论述：

上古之时，先有语言，后有文字。有声音，然后有点画；有谣谚，然后有诗歌。谣谚二体，皆为韵语。"谣"，训"徒歌"，歌者，永言之谓也。"谚"，训"传言"，言者，直言之谓也。盖古人作诗，循天籁之自然，有音无字，故起源亦甚古。②

根据现在可见到的上古文献典籍，这个结论是正确的。《尚书·牧誓》记录了周武王起兵灭商在牧野决战前的誓辞，誓辞引"古人"之言曰："牝鸡无晨。牝鸡之晨，惟家之索。"这实质上是一则民间谚语，"直言"女人不能主家，以指斥商纣宠信妲己。商代谚语、歌谣已相当发达，更有《易经》可为确证。《易经》的卦、爻辞相传为周公旦所作，凭其中有"帝乙归妹""王用享于岐山"等词判断，作于商周之际无疑。爻辞中有不少谚语形式的文辞，如"无平不陂，无往不复"(《泰·九三》)、"虎视眈眈，其欲逐逐"(《颐·六四》)、"枯杨生稊，老夫得其女妻"(《大过·九二》)、"三人行则损一人，一人行则得其友"(《损·六三》)、"大人虎变"(《革·九五》)、"君子豹变"(《革·上六》)等等。有的卦、爻辞可说就是首完整的歌谣了，如《震》卦卦辞："震来虩虩，笑言哑哑。震惊百里，不丧匕鬯。"将在惊雷滚动之时一个人又畏又敬的生动神态表现出来了。又如《中孚·九二》爻辞："鸣鹤在阴，其子和之。我有好爵，吾与尔靡之。"几可与《诗·小雅》中的《鹤鸣》一诗媲美。再如《明夷·初九》爻辞："明夷于飞，垂其翼；君子于行，三日不食。"用飞倦了的鸟儿喻写一位疲惫旅人的形象，已经是诗人笔法了。卦、

---

① 郭沫若：《卜辞通纂》，第375片。
② 刘师培：《论文杂记》，人民文学出版社，1959，第110页。

爻辞已反映了商周之际的语言发展水平与人们对语言的规范、表达能力，为真正的诗歌产生，提供了充分的条件。

《诗》被汉朝人定为"经"，其中的那些诗，可视为上古时代已基本定型并广为流传的真正诗歌了。《诗》由《风》《雅》《颂》三部分组成，其中《风》诗以民间歌谣为主体，是周代的乐官们从民间收集来的。《礼记·王制》曰："天子，五年一巡狩。岁二月，东巡狩，至于岱宗……命大师，陈诗，以观民风。"那些歌谣，有的可能就是商代流传下来的，卫国、郑国都是殷商故地，爱情歌谣特别发达且最为优美，必定有民风民俗的历史传承。冠以"诗"的歌谣，与以前谣谚的区别在于：（一）"著文字于竹帛"，不再凭口头流传而有了文字的定本。（二）再不是如《易》之卦、爻辞以摘句断篇形式出现，有"篇"的内容与形式的完整。（三）歌唱者主体在歌谣中开始出现，不但"我"大量出现，而且直接言及"我心"之具体情感状态（如"我心匪鉴""我心伤悲"等等）。（四）由于有完整的"篇"，表现手法更为完备，因而使后人得以有"赋""比""兴"的发现和归纳。如果根据此四种区别可以确认《风》谣（郑樵说"风土之音"）已属于诗的观念范畴，那么《雅》特别是其中的《小雅》就是真正意义上的诗了，由《风》诗而后有《雅》诗，实属诗歌开始向更高的层次发展，《雅》诗与《风》诗大致又有如下区别：（一）除了《小雅》还有少数民歌（如《隰桑》《何草不黄》等短篇），《雅》诗多数属于个人创作。《小雅》作者多是中、下层知识分子与军队中有创作才能的将士，抒发多是个人的哀怨之情，其个性特征较《风》诗中同类题材作品更为明显。《大雅》的作者则多是士大夫之类上层人物，或奉命而作有明显的创作动机和政教目的，或抒发个人政治境遇中恩怨之思，诗的格调离民间歌谣更远。（二）题材特定性强。较之《风》诗"男女相与咏歌各言其情"（朱熹《诗集传序》中语）以及申诉生活痛苦之类更具普遍性的题材，《雅》诗中有的反映战争生活，表现将士征戍之劳、思家念亲，有的反映统治阶级内部矛盾，有的表现贵族们的享乐生活，有的是记事性的史诗……

总之，题材范围很广泛，涉及社会生活各个方面，但每种题材又有一定的特殊性，而《大雅》之篇有着明显的政治功利目的。（三）形式、结构较之《风》诗更为复杂。《雅》诗中有很多突破了有规则的四句一节，《大雅》三十一篇中有二十六篇是五至十二句一节，足称长诗的《抑》十二节一百十四句，《桑柔》十六节一百十二句，且每首诗中每节句数也参差不齐，六、八、十句不等，诗人视抒情、叙事的需要而随机把握，这表明知识分子诗人运用诗的形式更为自由自如。内容丰富造成结构的复杂化，不再如《风》诗那种感情单纯、情绪事态单线发展的格式；那些反映国家政治生活、个人荣辱进退的诗篇如《桑柔》，抒情叙事的展开往往一波三折，陈诉、抒情、议论、呼号、怨愤、讽谕，多绪并举，交织一体。这种内容丰富、形式多变、结构复杂、规模宏大的诗篇，显然不太适宜口头传唱了。

　　唐代孔颖达说："《风》《雅》《颂》者，诗篇之异体。"（《毛诗正义》卷一）三种不同体的诗篇凭什么划分？后世学者有不同的看法，以《毛诗序》为代表是据《诗》的表现对象与作用；以朱熹《诗集传》为代表是按《诗》的作者身份及《诗》的内容；以郑樵《六经奥论》为代表是凭音乐的地域与属性[①]；等等。如果我们依据文本进行思想与艺术的分析和比较，便首先可以作出前已述及的结论：由《风》诗而及《雅》诗，尤其是其中的《小雅》，实是诗在高一层次发展，《小雅》大多数诗篇不但在文体特征、诗人创作个性等方面较前者表现更为突出，而且在艺术表达方面也更为细致精微（如《采薇》较之《豳风·东山》便见此种区别）。《诗》三百作为上古时代一种诗歌形态的完善，《小雅》之诗应属高级的形态了。但是，如果我们以《风》与《小雅》为一端，以《大雅》与《颂》为另一端，又可窥识另一种走向，那就是：以歌谣为主体的《风》诗，是作为真正的诗歌文体的起点，《小雅》

---

　　① 郑樵说："风土之音曰风，朝廷之音曰雅，宗庙之音曰颂。"十五国风是十五个地方的乐词，"雅"是当时周都城镐的乐调。

之诗是这一文体走向完善,而《大雅》(从总体看)与《颂》,开始了对诗的本体进行变通以实现某种政治的或其他的功利目的,走向实用的领域了。可以这样看:由《风》而《颂》,创作意识由不自觉趋向自觉(《大雅》多数诗篇与《颂》全部作品是有目的自觉创作)、功利的追求从无到有而至强化(从"男女相与咏歌各言其情"到"言王政之废兴"乃至"美盛德之形容")。创作自觉意识的获得与功利目标的明确,无疑对于此后提高诗的历史地位与发挥诗的作用有重大的启示意义(《毛诗序》所言"国史明乎得失之迹"云云,就是此种意义的阐发)。但重心倾向后者,一开始就隐伏下一个"体""用"分歧的危机,追求与实现某些功利目标,就可能要以削弱诗的文体特征和在一定程度上牺牲诗的艺术为代价,由《风》《小雅》而《大雅》《颂》,诗的审美情感等特征就已表现出由强而弱乃至消失,诗的艺术感染力由浓郁而逐渐淡化,后来《毛诗序》所说"发乎情,止乎礼义",似乎可作此种走向的概括性表述。

上古时代已基本完成的诗歌形态,当时无人对它进行理论的阐释,结合它对于漫长的中国诗歌发展历史深而广的影响进行考察,我们会豁然而悟:这一诗歌形态中,实质上已蕴藏着两种相互矛盾着的意识、观念形态——审美的与功利的,本体的与附庸的,言情的与礼义的。两种意识、观念形态渗透了中国诗歌发展的整个流程,此后又有儒、道、玄、佛等各家哲学、美学思想的加入与互渗,各据一端阐述与发挥,于是形成一部"体"与"用"、"道"与"艺"、"文"与"质"……纷说不休的中国诗学批评史。

二 "《诗》三百"中的诗歌创作观念

有了形态已基本稳定的诗歌,尤其是有了较为自觉的创作意识,诗歌创作的动机和目的从不甚明确到明确,于是创作实践中就有具体的创作观念发生。在谣、谚流行的时代,人们编创和运用谣谚,似乎主要是为了与他人交际时把话说得更好、更中听。在《诗》之前的典籍中，我们发现唯一可称之为稍具理论意义的经验之谈，便是《易经》中《艮·六五》爻辞：

　　艮其辅，言有序，悔亡。

"艮"，抑止也；"辅"，指口（原意为上牙床）。抑止其口不随说乱道，井然有序地将要说的话说出来，悔恨的事情就不会发生。为防止"祸从口出"，这条爻辞便反映了先人们对于语言的表达变杂乱为有序的愿望与要求。① 在《诗》三百"中，谈到歌吟与作诗动机的诗句就多起来了，检索全书，约有十六处，但一百六十篇《风》诗中只有三处，七十四篇《小雅》有七处，三十一篇《大雅》有六处。这种分布，又可证明《雅》诗较之《风》诗，是在更自觉的创作状态中产生的。《风》诗三处是：

　　维是褊心，是以为刺。（《魏风·葛屦》）

　　心之忧矣，我歌且谣。（《魏风·园有桃》）

　　夫也不良，歌以讯之。（《陈风·墓门》）

前首是一位缝衣女奴讥讽她的主人装腔作势，请她试新装，她却"宛然左辟，佩其象揥"。这本是一件小事，但反映了人与人之间的不平等，激起了缝衣女的怨怒之情，于是作诗讽刺她。《园有桃》是一位贫穷知识分子忧贫畏饥而"歌且谣"，诉说自己不为人知的忧伤，已是直接抒己之情了。《墓门》是讽刺"不良"统治者的作品（一说刺陈国篡权之君陈佗），以"墓门有棘，斧以斯之"起兴，先是说"夫也不良，国人知之。知而不已，谁昔然矣"，那是一个有恶行不肯悔改的坏蛋，"夫也不良，歌以讯之；讯予不顾，颠倒思予"。有意编个歌儿讥刺他，警告他。这也说明作者意识到了"歌"比一般的批评指斥更有作用，更有力量，更有社会影响。《小雅》诗七处是：

　　是用作歌，将母来谂。（《四牡》）

---

① 《家人》卦"象曰：'君子以言有物而行有恒。'"《象传》是春秋或战国时人所作，"言有物"是从"家人"之卦象"风自火出"发挥出来的。

>　　家父作诵，以究王讻。(《节南山》)
>
>　　作此好歌，以极反侧。(《何人斯》)
>
>　　寺人孟子，作为此诗。凡百君子，敬而听之。(《巷伯》)
>
>　　君子作歌，维以告哀。(《四月》)
>
>　　虽无德与女，式歌且舞。(《车舝》)
>
>　　啸歌伤怀，念彼硕人。(《白华》)

除《车舝》一首充满欢乐气氛、抒发欢愉之情外，其余六首皆是有所怨而发。《四牡》的作者是个小官吏，他长年奔波在外，"四牡騑騑，周道倭迟。岂不怀归？王事靡盬，我心伤悲！"欲归而不能归，不能与父母团聚，只能"唱支歌儿诉衷肠，日夜思念我亲娘"。《节南山》是一首讽刺诗，作者"家父"(《鲁诗》与《齐诗》均作"嘉父")，讽刺对象是周幽王时代的太师尹氏，"赫赫师尹，民具尔瞻"，那是个炙手可热的人物，一个祸国殃民的奸臣，诗的前四节（每节八行）列数尹太师种种恶行，有愤怒的控诉；后四节（每节四行）直接抒发诗人要求"我王"铲恶除奸的强烈愿望，追究王朝祸乱之根以"式讹尔心，以畜万邦"，这是他作"诵"的动机与目的。《何人斯》与《巷伯》所表达的思想感情与前二诗类似，此"好歌"传唱开去，揭露反复无常的小人，或作诗倾诉自己遭谗受害的怨愤，列数"彼谮人者"诬陷他人的种种伎俩，公之于众，引起更多的人警惕。《四月》是一首述怀诗，作者为求生存而到处奔波，可是事事不如意："相彼泉水，载清载浊。我日构祸，曷云能谷？"深感做人处世之难，因而作歌"告哀"。《白华》是一位贵族妇女被夫君冷落抛弃后而作的怨诗（历来认为是周幽王因宠褒姒而废黜申后，申后因作此诗），她怀念以往夫妻恩爱，而今被夺爱，"之子之远，俾我独兮"，"维彼硕人，实劳我心"，于是每天以泪洗面，"啸歌伤怀"；此诗以感情真挚所造成的艺术感染力，实在不让于司马相如代汉武帝之陈皇后所作的《长门赋》。以上七首《小雅》诗所自白的创作动机，用后来《毛诗序》所说"情动于中而形于言"来作理论的概括，是非常恰切的，只是他们仅具指自作之诗，尚未上升到抽象的理论形态。《大雅》诗六处是：

矢诗不多，维以遂歌。(《卷阿》)

王欲玉女，是用大谏。(《民劳》)

犹之未远，是用大谏。(《板》)

虽曰"匪予"，既作尔歌。(《桑柔》)

吉甫作诵，其诗孔硕，其风肆好，以赠申伯。(《崧高》)

吉甫作诵，穆如清风。(《烝民》)

与《小雅》七诗比较，这六首只有《桑柔》的"既作尔歌"是因"政教尤衰，周室大坏"，使作者（周厉王的大臣芮良夫）积怨于心而不得不发，如后来屈原之"怀朕情而不发兮，余焉能忍而与此终古"(《离骚》)。《民劳》与《板》都可说是用四言形式作的谏章，前者劝诫周厉王安民防奸，后者正告他要顺从而不能违背天意，虽稍示抱怨之情而实为逆耳忠言。两诗均以议论成篇，艺术性较差，作者自言"是用大谏"，突出了诗歌之"用"，以"用"名体，是两篇典型的政教诗。《卷阿》是一首颂歌，周王出游卷阿，诗人献上此即兴之作："有卷者阿，飘风自南。岂弟君子，来游来歌，以矢其音。"诗里说的全是好话，呈现一片吉祥优美的气氛，"凤凰鸣矣，于彼高冈。梧桐生矣，于彼朝阳。菶菶萋萋，雝雝喈喈"，极尽比兴美喻之能事。"矢"者，献也；"不多，多也"(《毛传》："不"为语词，无意义)。"矢诗不多"即献诗的人很多，"维以遂歌"谓我唱这首歌答谢周宣王的礼贤下士。《崧高》《烝民》两诗皆为周宣王大臣尹吉甫所作，又都是赠别诗。前诗送别周宣王母舅申伯回归封地谢城，后诗送别去齐国筑城的仲山甫，两诗都谕扬被送者的美德，勉励他们为国效力。但两诗结语都未提到作诗的动机和目的，而是自言诗之美，前诗说"其诗孔硕，其风肆好"，即含义深切丰富，音调优美铿锵；后诗则以"清风"喻诗之优美舒和，令人受之畅快，且益其语曰："仲山甫怀之，以慰其心。"以诗抚慰离人之心，也是此诗的创作动机吧。

仅就上述说到作诗的十六处加以分析，细察当时的诗人们之诗歌创作观念，可以归纳如下几点：

第一，有了比较明确的诗歌文体意识。以四言为主体的口语文体或书写文体，他们称之为"歌""诵""诗"。这三个概念是互通的；"矢诗不多，维以遂歌"，"歌""诗"同义；"吉甫作诵，其诗孔硕"，"诗""诵"一致。这里似乎还没有后来所谓"不歌而诵谓之赋"（《汉书·艺文志》）的严格区别，如果说"诗"与"诵"只在《雅》诗中出现的话，那可能是不歌而吟诵（《风》诗中未出现"诵"字）。"诵"与"歌"发音方式不同，"歌"唱而不诵，"诗"诵而不唱。"诗"与"诵"关系更密切，"诵"本为动词，动词名化，"诵"便可代指"诗"了；若诗入乐而唱，又称之为"歌"了。关于"诗"字，在《尚书》中已出现过两次，一是《尧典》中所谓"诗言志"，那是后人伪托，不足信；二是《金縢》有"于后公乃为诗以贻王"之语，所说是西周初期事，较可信。"诗"字是西周初期出现的，《诗》三百中三次出现"诗"字都在《雅》诗里，可认为这个字当时还只在上层知识分子中应用，作为与"歌"、与"诵"同义的文体专用词。

第二，"歌""诵""诗"的社会功用，确实如后来学者所总结的："美""刺""讽""谏"。《风》诗的民间歌手们，功利观念很淡薄或无功利观念，他们以抒发感情为主，正如明代诗论家陆时雍所道："十五《国风》，皆设为其然而实不必然之词，皆情也。"（《诗镜总论》）抒情而没有明确的功利目的，"率性自然"，因此《风》多是比较纯粹的抒情诗。《小雅》有不少诗篇亦属此类，但以表现怨情为主，"刺"与"讽"是其思想与感情的指向。《大雅》虽然有少数诗篇也含讽怨讥刺，但"美"与"谏"是其主要倾向，"是用大谏"，其之谓也。而"美"，谓美化最高统治者（以周文王为主要对象）、美化贤明政治和忠宰良臣；那些有关周王朝兴起和夺得全国性政权的史诗，更是以"美"为主旨（"美盛德之形容"的《颂》，属于纯粹谀美的庙堂文学更不用说了）。后来的儒家诗学强调功利目的，对《诗经》的《雅》《颂》倍加推崇，立足于此而言诗；汉儒们对于功利性本来就不强、不明显的《风》诗，也强加"一件功利主义的外套",那是过犹不及了。

第三,对于"歌""诵""诗"文体自身的审美趣味与文体特征,已有初步的觉察,那就是少数知识分子诗人如尹吉甫。说"其诗孔硕"是对诗的内涵意蕴而言,"其风肆好"是就艺术感染力而言;而"穆如清风",则是指一首风情曲调优美的诗如清风拂人,给读者带来艺术的享受和审美的愉悦感。这种从创作与接受鉴赏两方面生发的审美意识,已大大超越"言有序"的仅仅是语言规范的要求,可说这是中国上古时代最早标举的关于诗歌的审美标准了。

三 《左传》中的诗歌接受观念

如果说《诗》三百中已出现了中国最早的诗歌创作观念,那么,对《诗》的接受观念,最早出现于《左传》二百五十余年的历史记载之中。《左传》所载的历史年代与《诗》三百中有些诗的创作年代是互含的,如《硕人》《清人》《黄鸟》《载驰》等篇都产生于《左传》所记录的历史事件之中。《左传》所记录的对《诗》的接受都是如何用《诗》,所谓"赋《诗》",多是借现成的诗篇来充当外交辞令、辩说依据,以及曲述己意己志。朱自清先生在《诗言志辨·兴义溯源》中做过一个统计:

> 《左传》所记"赋诗",见于今本《诗经》的共五十三篇,《国风》二十五,《小雅》二十六,《大雅》一,《颂》一。引《诗》共八十四篇,《国风》二十六,《小雅》二十三,《大雅》十八,《颂》十七。重见者均不计。再将两项合计,再去其重复的,共有一百二十三篇,《国风》四十六,《小雅》四十一,《大雅》十九,《颂》十七。占全《诗》三分之一强,可见"《诗》三百"当时流行之盛之广了。

根据这一统计再计:《大雅》诗利用率最高,达百分之六十一;《小雅》次之,百分之五十五;再是《颂》,百分之四十二;利用率最低的是《风》诗,仅百分之二十。由此我们可见春秋时期各国君臣用诗的重点所在了。

《左传》记史的历史年代,起自鲁隐公元年(前722),止于鲁哀公二十七年(前468),孔子生于前551年,逝于前479年,《左传》中很多关于谈《诗》的记载发生于孔子出生前或孔子尚年幼时,因此可以断定,《左传》中那些历史人物"称《诗》",是中国最早的口头诗歌评论。如果《左传》作者记述那些话,确实有原始资料为依据,那么这当然是最珍贵的诗歌史料。由此,我们可以得知:远在孔子出生之前,《诗》已经作为典籍与其他历史文献并称了。僖公二十七年(前633),晋大臣赵衰向晋文公推荐郤縠为伐曹、卫以解楚围宋之危的三军统帅,他赞扬郤縠很有教养:

> 臣亟闻其言矣,说礼、乐而敦《诗》《书》。《诗》《书》,义之府也;礼、乐,德之则也;德、义,利之本也。①

明确地将《诗》与散文体记载先王业绩的历史文献《书》并提,可见《诗》在当时的政界就有极高的地位,因而应用也就非常广泛。

《左传》"用《诗》"的记载,主要见于上层人物的活动。春秋时代的君臣之间、两国交往主客之间,交谈之时常以"赋《诗》"或引《诗》表达难以直言的心事、愿望与某种情感,亦借《诗》委婉曲折地批评对方不当之处,或用《诗》佐证某种事理,以强化语言的说服力,有时甚至用《诗》作为政治斗争的工具。总之,《诗》成了一种学问,一种"言"的范本,一种实用的无形工具,孔子所说"诵《诗》三百,授之以政,不达;使于四方,不能专对;虽多,亦奚以为?"以及说学《诗》"迩之事父,远之事君",大概就是春秋时代政治经验的总结。"赋"字在《左传》中有二义,郑玄曰:"赋者或造篇,或诵古。""造篇"为创作之义,这是一个新的创作观念;"诵古"即吟诵古人之诗。前义在《左传》中仅出现数次,如"卫人所为赋《硕人》"、

---

① 本书所引《左传》文及注,均据杨伯峻《春秋左传注》,中华书局1990年版。以后引文只注纪年。

秦人"为之赋《黄鸟》"。后者之义则俯拾即是，主要是从"诵古"的记述中，我们可以考察先人们对《诗》是如何接受的，虽然还谈不上美学的接受，不足以言"鉴赏"，但对《诗》义的阐述、发挥和运用，已相当于现代"接受美学"所谓"创造性地接受文本"和"把重点放在共时的尺度上"。①

"赋《诗》断章，余取所求"（《襄公二十八年》记卢蒲癸语），是人们对《诗》的接受、应用最主要的特点和方法。为了说明某个道理，达到某一目的，赋《诗》或引《诗》者往往不顾《诗》的原义，仅取其中一章或数句暂合于己意者而引申之。《僖公二十二年》记邾人进犯鲁国，僖公以邾是小国，不足畏而"不设备御之"，大臣臧文仲进谏："国无大小，不可易也。无备，虽众，不可恃也。诗曰：'战战兢兢，如临深渊，如履薄冰。'又曰：'敬之敬之！天惟显思，命不易哉！'……"说的是要警惕、不能麻痹轻敌的道理，但所引二诗本义皆不为此，前为《小雅·小旻》末章最后三句，该诗讽刺周幽王听任小人，错误决策国事，最后又表露诗人自己恐遭祸殃那如临深履薄的心情；后引《周颂·敬之》首章前三句，周成王自诫并告诫群臣谨遵天命天意而执政。臧文仲却由此发挥出一种国防决策，"先王之明德，犹无不难也，无不惧也，况我小国乎？"联系当前现实而发挥诗教作用。

像这样断章取义来说明道理，全凭诵《诗》者的主观择取，只体现他个人的接受观，往往有这样的情况：赋《诗》人所取之章，听者不予接受，双方对同一首诗有不同的理解；或是发现对方赋此《诗》动机不当，心事不正，失礼背道。《文公四年》记卫国宁武子到鲁国访问，宴请时文公"为赋《湛露》及《彤弓》"，宁武子听后"不辞，又不答赋"，无声地抗议文公的政治野心。原来，宁武子认为《湛露》是"昔诸侯朝正于王，王宴乐之"所赋之诗，是"天子当阳，诸侯用命"

---

① 意大利接受美学家弗·梅雷利加语，见《论文学接受》，译文载《文艺理论研究》1983年3期。

之意("湛湛露斯,匪阳不晞",宁武子认为"阳"是喻天子);而《彤弓》是"诸侯敌王所忾,为王前驱",于是王有赐"彤弓""彤矢"之宴。文公颂此二诗,宁武子感到他有潜天子之命,因而不予接受。

"余取所求"之断章没有普遍性意义,于是又有一个"歌诗必类"的准则。"类",就是符合"礼乐""德义",君臣尊卑有别,所诵之《诗》必须符合自己的身份地位。《襄公四年》记"穆叔如晋",晋悼公宴请,宴会上出现颇富戏剧性的场面:"金奏《肆夏》之三,不拜;工歌《文王》之三,不拜;歌《鹿鸣》之三,三拜。"①穆叔为何有此表现?宴会之后他才对人说明:"《三夏》天子所以享元侯也,使臣弗敢与闻;《文王》,两君相见之乐也,使臣不敢及。《鹿鸣》,君所以嘉寡君也,敢不拜嘉?《四牡》,君所以劳使臣也,敢不重拜?《皇皇者华》,君教使臣曰'必咨于周'。臣闻之:访问于善为咨,咨亲为询,咨礼为度,咨事为诹,咨难为谋。臣获五善,敢不重拜?"奏《肆夏》、歌《文王》都是"不类",歌《鹿鸣》等三诗才算"类",穆叔对"类"与"不类"的诗接受与否,都以礼制与道德的原则来衡量。如果地位较低者为地位高者"赋"而不"类",那就可能招致祸灾。《襄公十六年》记晋平公"与诸侯宴于温",齐国只派一特使高厚与会,宴席间晋平公"使诸大夫舞,曰'歌诗必类'",要求赋诗主旨一致;可是,"齐高厚之诗不类"(《左传》未记他诵何诗),晋大臣荀偃立即怒且曰:"诸侯有异志矣!"高厚逃归齐国,与会各诸侯盟曰:"同讨不庭!"

由于"余取所求"的用《诗》方法,赋《诗》者自然要与被引之诗发生一定程度的思想感情联系,"古人所作,今人可援为己诗;彼人之诗,此人可赓为自作,期于'言志'而止"(清·劳孝舆《春秋诗话》卷一)。将诗与"言志"最早联系起来的记载就出现在《左传》。《诗》三百"未出现"志"字,不仅是《风》诗作者,即使有

---

① 《文王》之三,指《大雅》中《文王》《大明》《绵》三篇。《鹿鸣》之三,指《鹿鸣》《四牡》《皇皇者华》三篇。

自觉的文体意识与创作意识的作者,也无自觉而明确的"言志",把《诗》三百"都说成是"言志"之作,是将后人观念强加给古人。《左传》中的赋《诗》尚无此种强加现象,他们只是借古之作来表达自己的心意志向,完全从接受角度言己之志,并不认定古人已有此志。"志"字在《左传》中已大量出现,并有三义:一是记载记录,曰"志之";二是专指古代文献,如"仲尼曰:《志》有之……";三是个人之志向、志愿。《襄公二十七年》记"郑伯享赵孟于垂陇"的宴会上群臣赋《诗》的故事,首见"《诗》以言志"之说,对于中国诗学批评的发展有重大意义:

  郑伯享赵孟于垂陇,子展、伯有、子西、子产、子大叔、二子石从。①赵孟曰:"七子从君,以宠武也。请皆赋,以卒君贶,武亦以观七子之志。"

  赵孟欲观之"志",其实是要窥探郑国君臣对晋君及对他的态度,郑君之臣有六人默领此意而遵"歌诗必类"的准则。子展赋《草虫》,有"未见君子,忧心忡忡。亦既见止,亦既觏止,我心则降"之语,赵孟说:"善哉,民之主也!抑武也,不足以当之。"他理会子展赋此是忧国而信晋,尊他为君子,但自以为不足以当君子。子西赋《黍苗》之四章:"肃肃谢功,召伯营之。烈烈征师,召伯成之。"比赵孟于周宣王之功臣召伯,赵孟辞谢:"寡君在,武何能焉?"子产赋《隰桑》,原诗义为见君子尽心以事之,赵孟说:"武请受其卒章。"卒章是"心乎爱矣,遐不谓矣;中心藏之,何日忘之?"他领会子产希望郑晋之间保持永久的友谊而以卒章代答。子大叔赋《野有蔓草》,有"邂逅相遇,适我愿兮"之语,赵孟说:"吾子之惠也。"印段赋《蟋蟀》:"无以大康,职思其居。好乐无荒,良士瞿瞿。"这是暗示地表白自己也勉励赵孟兢兢业业、忠心耿耿为国尽职,赵孟立即表示赞赏:"善哉,保家之主也!吾有望矣。"公孙段赋《桑扈》,这是一首祝福性的

---

① "二子石"是印段、公孙段二人。

诗，意为君子有礼文，故能受天之祐，卒章曰："兕觥其觩，旨酒思柔。彼交匪敖，万福来求。"赵孟受此祝福非常得意："'彼交匪敖'，福将焉往？若保是言也，欲辞福禄，得乎？"大概赋诗者是按官阶次序排定，第二位赋《诗》者伯有发出了不和谐之音，他赋的《鹑之贲贲》（今本作"奔奔"），这是《鄘风》中一首讽刺诗，刺卫国君主淫乱废政，有"人之无良，我以为兄""人之无良，我以为君"怨而怒之语；赵孟一听，即生警觉，意识到伯有与郑伯之间有矛盾，他作为一个外人不能介入，因而立即作拒绝接受的表示："床笫之言不逾阈，况在野乎？非使人之所得闻也。"伯有对郑伯心存怨愤，平时不好发泄，便借有宾客在场作掩护，一吐郁闷之气，在外宾面前丢郑伯的脸。《鹑之贲贲》在此种场合诵出，明显"不类"。宴会后，赵孟对叔向说：

伯有将为戮矣。《诗》以言志，志诬其上而公怨之，以为宾荣，其能久乎？幸而后亡。

这诗，是已成为历史文献的《诗》，是作为经典的《诗》，赵孟一方面"观"赋诗者诵何诗，其言外之意隐藏什么样的"志"，这已是明显地追求《诗》外之思、"言外之旨"了，是对《诗》一种积极的接受。七子所诵之诗，有的纯粹是民间情歌（像《郑风·野有蔓草》），可是在这庄严的场合诵出，居然转化为另一种意义。另一方面赵孟也借他人所诵之《诗》，根据自己的理解加以发挥而申述自己的"志"，造成宾主之间思想感情的契合交融。我们惊奇地发现，这种积极的接受态度，已与现代接受美学的某些观点完全符合："不存在对某文本的难以更改的绝对性阅读，也不存在独一无二的意义。""一切的解释，只要在文本中找到相应的理由，便或多或少是合理的；因此，一切的解释都是相互补充的，即使它与最初的解释相对立。"（均见《论文学接受》）从这个意义来说，《左传》所反映、所表现出来的接受观念几乎可以认定是现代西方接受美学的东方前驱。当然，这种接受也有缺陷，"赋诗断章"，不顾原诗的整体内容，只取迎合己意或听者之意的片言只语，所谓《静女》之三章，取'彤管'焉；《竿旄》'何以告之'，取其忠也"(《定公十年》)。造成这种缺陷的根本原因，是因为他们接受的指导思想以功利为主导，"《诗》三百"功用价值的发挥，春秋时代是第一个热潮。

重在"言志"的功利性接受，在审美方面的接受观念便很淡薄。《左传》所反映的时代，人们对于音乐的接受已有审美的意识，而当时，音乐与《诗》是密切一体的，评论音乐之美也间接地体现了《诗》之美，《襄公二十九年》记吴公子季札出使鲁国"请观于周乐"，鲁国的乐师们以各国的乐曲唱各国之《诗》。《诗》没有提及具体篇目，乐则提到具体的乐调，季札的评语重在乐曲的风格与给他什么样的审美感受，再联及其政教功利价值，让我们将其评语排列开来看：

《周南》《召南》："美哉！始基之矣，犹未也，然勤而不怨矣。"

《邶》《鄘》《卫》："美哉渊乎！忧而不困者也。吾闻卫康叔、武公之德如是，是其卫风乎？"

《王》："美哉，思而不惧，其周之东乎？"

《郑》："美哉！其细已甚，民弗堪也，是其先亡乎？"

《齐》："美哉！泱泱乎，大风也哉！表东海者，其大公乎？国未可量也。"

《豳》："美哉，荡乎！乐而不淫，其周公之东乎？"

《秦》："此之谓夏声。夫能夏则大，大之至也，其周之旧乎？"

《魏》："美哉，沨沨乎！大而婉，险而易行，以德辅此，则明主也。"

《唐》："思深哉！其有陶唐氏之遗民乎？不然，何其忧之远也。非令德之后，谁能若是？"

《陈》："国无主，其能久乎？"

《小雅》："美哉！思而不贰，怨而不言，其周德之衰乎？犹有先王之遗民焉。"

《大雅》:"广哉,熙熙乎!曲而有直体,其文王之德乎?"

《颂》:"至矣哉!直而不倨,曲而不屈,迩而不偪,远而不携,迁而不淫,复而不厌,哀而不愁,乐而不荒,用而不匮,广而不宣,施而不费,取而不贪,处而不底,行而不流。五声和,八风平,节有度,守有序,盛德之所同也。"

《国风》十五,只有《桧》《曹》没有评论("自《桧》以下无讥焉"),对音乐的评论,就是对《诗》的美感性质及功用价值间接的概而括之的评论。季札来自南方,他有着明确的审美观念:"渊乎""泱泱乎""荡乎""广哉""熙熙乎"等描述语,表现了他心目中的崇高、博大之美;"大而婉""乐而不淫""怨而不言"等语,尤其是评《颂》那一连串的四言句与三言句,表现出当时已形成"中和"的审美观。这一年,孔子才八岁,他后来所说的"《关雎》乐而不淫,哀而不伤"(《论语·八佾》)可能本于此。"中和"审美成了后来儒家诗教"温柔敦厚"说的基础,对中国数千年的诗学批评产生深远广大的影响!

第二章
先秦诸子诗歌观念的演进

《左传》是一部史书,它记载春秋时代君臣们谈《诗》的话都是历史家的转述,像赵孟所说的"《诗》以言志"有无现场记录的原始资料?后人无从考察。自孔子之后,有些大学问家的言论被他们的学生直接记录下来,有的则自著其书,于是不少诗歌观念开始确定下来并不断演进了。在先秦的儒、道、墨、法、阴阳等百家学派中,唯有儒家重视《诗》,但由于孔子提倡"述而不作",他自己与嫡系弟子及至孟子,对于诗的观念就是对《诗》三百"的接受观念,而非把"诗"作为一种独立的文体观念,从如何创作这一角度进行考察和研究。自西周以来,乐官们收集整理民间和宫廷诗歌入典册,春秋时代的君臣们又把《诗》当作一种学问和历史的经验,《诗》被尊为神圣的历史文献,一种具有形象性、情感性和言之有"文"的历史文献。孟子说:"王者之迹熄而《诗》亡。《诗》亡,然后《春秋》作。"(《孟子·离娄》)可见他就是把《诗》看作《春秋》之前的史书。孟子的同时代人庄子,他是道家中人,对《诗》不那么热心拜仰,他的著作中不称引《诗》,仅在《庄子·天下》篇中提到了《诗》,且把《诗》归于"旧法""世传之史"之中,是"邹、鲁之士、缙绅先生多能明之"的学问:"《诗》以道志,《书》以道事,《礼》以道行,《乐》以道和,《易》以道阴阳,《春秋》以道名分。其数散于天下而设于中国者,百家之学时或称而道之。"

《天下》见于《庄子》"杂编"之中，可能是庄子后学所作，它特别提到"邹、鲁之士"，似乎是把这些典籍列为儒家之学。在把《诗》尊为历史文献的时代，学者与政治家们对《诗》的态度主要是"用"。

到战国时代的中、晚期，诗歌观念终于发生了历史性的变化，那就是荀子等人将文献的《诗》逐渐向文体的诗还原，确认诗首先是作为一种文体；与荀子大致同时代的屈原，创造了一种新的诗体——"骚"，并在他的创作实践中，确立了诗的本质特征——"抒情"，至此奏响了"作者有名"的文人诗创作的序曲；而稍后出现的《乐记》，言音乐创作之理而及诗，开始接触到诗歌创作中的诗人心理状态了，与《诗》三百"中所反映的创作观念相呼应并大有发挥。

现在，让我们依次考察这一历史时期诗歌接受观念与创作观念的演进。

一 孔子及其弟子论《诗》与用《诗》

孔子生于周灵王二十一年（前551），他的出生地鲁国是周公旦的封地。以制礼、乐而著称的周公，将周室虞、夏、商、周四代的乐、舞保存得最完整，以至于五百年之后，吴公子季札出使鲁国时还"请观于周乐"。孔子自小受诗、乐之风的熏陶，成为"文质彬彬"的知识分子，在四十多岁的时候，周、鲁政纲大坏，"陪臣执国政"，他居家不仕，"退而修诗书礼乐，弟子弥众，至自远方，莫不受业焉"。他在此时对已经流传了数百年的民间、宫廷、庙堂诗歌进行删定、编纂：

> 古者《诗》三千余篇，及至孔子，去其重，取可施于礼义，上采契、后稷，中述殷、周之盛，至幽、厉之缺，始于衽席。故曰《关雎》之乱以为《风》始，《鹿鸣》为《小雅》始，《文王》为《大雅》始，《清庙》为《颂》始。三百五篇，孔子皆弦歌之，以求合《韶》《武》《雅》《颂》之音。礼乐自此可得而述，以备王道，以成六艺。

从数千篇诗中精选三百零五篇，孔子肯定下了大功夫，这功夫是如何下的，后人不得而知，但我们从他如何学操琴曲，可体悟和联想他对待文艺作品是怎样的态度："学鼓琴师襄子，十日不进。师襄子曰：'可以益矣。'孔子曰：'丘已习其曲矣，未得其数也。'有间，曰：'已习其数，可以益矣。'孔子曰：'丘未得其志也。'有间，曰：'已习其志，可以益矣！'孔子曰：'丘未得其为人也。'有间，曰：'有所穆然深思焉，有所怡然高望而远志焉。'曰：'丘得其为人，黯然而黑，几然而长，眼如望羊，心如王四国，非文王谁能为此也！'师襄子辟席再拜曰：'师盖云《文王操》也！'"① 这就是说，他对于一件作品的研习，不满足掌握一般的技巧规律，而是要进而得其作者之志，再进而"得其为人"，然后才有自己对作品深刻的理解和把握，才能获得审美的愉悦和思想感情的升华。大概就在《诗》选定之后，他对自己的选本作了一个颇为得意的评价：

《诗》三百，一言以蔽之曰：思无邪。②

关于"思无邪"，历来的学者有两种解释，一为："邪"即斜，"不正"或邪恶，"无邪"即纯正，朱熹说："凡《诗》之言，善者可以感发人之善心，恶者可惩创人之逸志，其用归于得其性情之正而已。"(《诗辨证》) 二为："无邪"即"诚"，"程子说：'思无邪，诚也。'何谓'诚'？即'实'。所谓'思无邪'，就是说《诗》三百篇都是表达真实思想感情的作品。"③ 我以为第二种解释更符合《诗》三百"所选作品的实际情况：诗中有"怨"、有"刺"，有的表现非常缠绵的男女之情，特别是被后人目为"淫"的郑、卫之诗，如《狡童》《褰裳》，不可不谓其表现性爱之情颇为显露（朱熹把《褰裳》解释为"淫女语其私者"），对这样的诗，孔子居然大量选入（郑诗达二十一首之多），若以后来儒家的理论教条来衡量，就不能说是"纯正"了，可是这些情诗都表现了人的真实感情，不虚不伪，孔子欣赏的正是这一点，虽然他也曾

---

① 以上引文均见于司马迁《史记·孔子世家》。
②《论语·为政》。
③ 陈彤：《先秦文学探新》，北京师范大学出版社，1990，第259页。

说过"郑声淫","恶郑声之乱雅乐也"(《论语·阳货》),那主要是对音乐而言,反对下里巴人之乐与庙堂雅乐混杂在一起,表达男女真挚爱情的诗篇是"淫"而"无邪",可传之于世。后来,王国维对此作过有力的辩解,说有些诗"可谓淫鄙之尤,然无视为淫词、鄙词者,以其真也。……非无淫词,读之但觉其亲切动人;非无鄙词,但觉其精力弥满(《人间词话·六二》)"。这可帮助我们破解孔子"郑声淫"同时又是"思无邪"的内在之意。

《论语》中记孔子与学生、儿子谈诗,还有十一处,且让我们分类而析:

一、涉及对具体作品的感受和评论,超越一般的用《诗》水准,进入到思想内涵的领悟,审美尺度的把握。《学而》篇有:

> 子贡曰:"贫而无谄,富而无骄,何如?"子曰:"可也,未若贫而乐,富而好礼者也。"子贡曰:"《诗》云:'如切如磋,如琢如磨',其斯之谓与?"子曰:"赐也,始可与言《诗》已矣,告诸往而知来者。"

子贡引《诗》见于《卫风·淇奥》,那是一首赞扬卫国一位有才华的君子的诗,他"瑟兮僴兮,赫兮咺兮"(庄严威武,光明磊落),才学德行则"如金如锡,如圭如璧",并且宽厚温柔,说话有风趣,待人平易不刻薄("善戏谑兮,不为虐兮")。他正是孔子所崇尚的"富而好礼"的典范。孔子认为"贫而无谄,富而无骄"还只是个人品德起码的修养,"贫而乐,富而好礼"才是人生的高境界。在他的启示下,子贡立即联想到了《淇奥》,这两句诗是说,有美好的品质如美玉,还要不断地琢、磨,精益求精。子贡能如此活用《诗》,举一而反三,掇取其精华之语来发挥孔子的思想,正是善于积极地接受《诗》的表现,因此孔子非常高兴地说:我可以与你子贡谈诗论道!这也反映了孔子善于沟通、升华感受的接受观。《八佾》篇记录的一次谈话则反映了孔子的审美观:

> 子夏问曰:"'巧笑倩兮,美目盼兮,素以为绚兮。'何

谓也？"子曰："绘事后素。"曰："礼后乎？"子曰："起予者商也，始可与言《诗》已矣！"

子夏引《诗》出自《卫风·硕人》，是一首赞美卫庄公夫人庄姜的诗，"巧笑""美目"描写庄姜动人的外貌。但她不止有外貌的美，且有更美的内在品质，据《毛传》说："庄公惑于嬖妾，庄姜贤而不答，终以无子。"庄姜如果美而不贤，国人就不会"闵而忧之"为她赋诗了。孔子由此引申出内在之美必先于外在之美，有内美方可言外美的美学思想。"素"与"美"，"质"与"文"，在他心目中已是相应的两对审美范畴，"质""文"相称，"文质彬彬"已是他一贯的主张。"绘事"先于"素"，就是"文胜质则史"，有虚饰之嫌；"绘事"后于"素"，则是"文"与"质"相称，有内外合一之美。子夏从"绘事后素"一语，立刻悟到"仁"与"礼"的关系，"仁"是"礼"的内质，"礼"是"仁"的外化，"仁"于"礼"为先，"礼"为"仁"之后，孔子已说过："人而不仁，如礼何？人而不仁，如乐何？"（亦见《八佾》）失"仁"不足言"礼"，无"素"之美好则"绘事"何补？一句"礼后乎"，正中孔子下怀。将审美观与伦理道德观融化而一，将老师的思想观念诗化，可能是孔子也始料未及的，因而反过来赞扬子夏启迪了他。《八佾》《泰伯》中还有孔子两条语录，都是对《关雎》的评论：

子曰："《关雎》乐而不淫，哀而不伤。"

子曰："师挚之始，《关雎》之乱，洋洋乎盈耳哉！"（"乱"，为合乐者，升歌为"始"，合乐为"乱"。）

前者从季札评"周乐"联系到《诗》，反映孔子崇尚"中和"之美的诗学观，"喜怒哀乐之未发谓之中，发而皆中节谓之和"，是《中庸》里关于"中和"的定义。"中和"成了儒家学者对诗歌表达人的情感一个重要规范，为"诗教"之基础。后者是孔子听太师挚演奏《关雎》之乐，从升歌之始直至合乐曲终，都感到美妙动人的乐音充溢于耳，身心无限愉快。可见孔子确有一颗知诗的心，一双"有音乐感的耳朵"。

二、关于《诗》对个人修养和政治教化的功用,是孔子论《诗》、用《诗》的重心所在。他是中国功利主义诗学观承前启后的权威性人物。《诗》被他当作历史、政治、伦理、道德的教材,同时也没有忘记《诗》又有益于智育和美育。个人学《诗》是为了加强自身的修养,"君子博学于文、约之以礼"(《雍也》),学《诗》是学"文"的重要内容;君子有"文",首先是会说话,《左传·襄公二十五年》引过他的话:"言之无文,行而不远。"《论语》记录孔子关于学《诗》以助"言"的见《述而》《季氏》:

> 子所雅言。《诗》、《书》、执礼,皆雅言也。

> 不学《诗》,无以言。

孔子常说"雅言"(周王朝京都地区的标准官话),是从《诗》《书》中学来的,他以自己的切身体验,教导儿子孔鲤(伯鱼),不学《诗》就不能提高自己的语言表达能力,讲不好话,也不能与有学识的人对话。当然,加强个人修养又主要是为了适应孔子所向往的礼、乐政治的需要,《泰伯》云:"兴于《诗》,立于礼,成于乐。"《诗》被列为首位,它可激发学子美好的情感与高尚的志趣,从而于"礼"(国家政治制度的象征)有所建树,成功于国家政治、上下尊卑的协调、谐和("乐",此处非专指音乐,是国家上下和乐的一个代指)。《子路》《阳货》中,对于学《诗》从政为国家服务,恢复周公时代的礼乐政治,他对儿子对学生有更具体的教导:

> 诵《诗》三百,授之以政,不达;使于四方,不能专对;虽多,亦奚以为?

> 子谓伯鱼曰:"女为《周南》《召南》矣乎?人而不为《周南》《召南》,其犹正墙面而立也与!"

他强调学《诗》是为了实用,能达政,能出使他国而"专对",这道出了加强个人修养、能"言"的最终目的。为什么特别强调要学通《周南》《召南》呢?因为二"南"是正宗的周诗,"周监于二代,郁郁乎文哉,吾从周(《八佾》)"。二"南"是周初礼乐政治最佳的感性显现。入门须正,学《诗》不从二"南"入门,便如面墙而立不能向前进步。总之,孔子奔波一生,都是以建成礼、乐之邦为其最高的政治理想,《诗》是这种政治理想(他心目中周公时代的政绩)的载体之一,因此他常把《诗》当作攀登那个理想境界的第一个台阶,《礼记·仲尼燕居》还记载他这样的话:"不能《诗》,于礼谬;不能乐,于礼素;薄于德,于礼虚。"《诗》简直成了"礼"之本,难怪后来的董仲舒将"诗道志"推演成志于"礼"。诗作为政教的工具,孔子至少在理论上是"始作俑者",将春秋时代君臣们的称《诗》经验上升到了理论的高度加以演述。

三、关于诗的本体特征及其审美效应方面的揭示,孔子的真正贡献是"兴""观""群""怨"之说。他虽然重《诗》之社会功利,但尚能顾及《诗》的本体特征,以及与其他历史文献不同的社会效应,尚能顾及政教功利与审美感化的一致,没有像后来汉儒那样把《诗》推进"政教中心"的死胡同,《阳货》篇记录了孔子这方面的重要见解:

子曰:"小子何莫学夫《诗》,《诗》可以兴,可以观,可以群,可以怨;迩之事父,远之事君;多识于鸟兽草木之名。"

四"可以"说不是从创作而是从接受方面而言的,这四个重要的观念,历代经学家有不同的解释:关于"兴",或说"引譬联类"(孔安国),或说"起情"(刘勰),或说"感发志气"(朱熹);关于"观",或说"观风俗之盛衰"(郑玄),或说"考见得失"(朱熹);关于"群",或说"群居相切磋"(孔安国),或说"和而不流"(朱熹);关于"怨",或说"怨刺上政"(孔安国),或说"怨而不怒"(朱熹)……这些解释,有的并没有道着四个观念的本质性内涵。孔子虽然是从接受角度立言,但实质上已接近了诗的本体特征,他将"兴"置于首位,等于突出了诗激发情意的审美效应,推而言之,诗本身就具备了抒情的特征,有诗人之"兴"然后才有接受者、读者之"兴";"怨",本身就有强烈的感情色彩,诗人有怨情发泄才能唤起读者欲言而己不能言或不敢言的同类型情感。"观"者,耳目可接方能谓之"观",诗中有具体的人与事的形象描写，风俗景物也好，人情世态也好，诗中有一定的"感性显现"，读者才有"观"之对象，这不又道着作为文学的诗又一重要特征吗！"群"，众多读者读一首诗，可激发相同或类似的感情，实即"和鸣"，也就是今天所说的"共鸣"，诗人在诗中抒发的感情引发读者感情的共鸣，是一种抒情效应。如果按照从创作到接受、从诗人到读者的次序，四者可易位为："兴"→"怨"→"观"→"群"。前二者主要体现在创作方面，"怨"标示了一种具体情感状态；后二者主要体现在接受方面，"群"标示一种最佳情感效应。梁代钟嵘论诗颇为"当行"，他独取"怨""群"二字："诗'可以群，可以怨'，使穷贱易安，幽居靡闷，莫尚于诗。"（《诗品》）简捷明了地揭示了诗在创作——接受过程中的情感要素。

孔子敏锐地把握了诗之本体最主要的特征，前面已说，他对"《诗》三百"说"思无邪"是指感情真实可信而言。对情感之真，他也有过强调，《礼记·表记》录有他"情欲信，辞若巧"一语，虽不是对诗说的，可视为他关于个人情感状态的一个基本观点。在《论语·子罕》篇还有一例：

"唐棣之华，偏其反而，岂不尔思，室是远而。"子曰："未之思也，夫何远之有？"

所引四句诗是"逸诗"，孔子知道有此诗而不选，选了另一首《常棣》入《小雅》，可看出他的取舍标准就在于感情表达真实可信与否。诗人说：唐棣（即常棣，今之谓棠梨树）树开花，翩（偏）翩摆动，先开后合，难道我不想念你？只是居住相隔遥远！这可能是一首思念情人、或处江湖之远而思君的诗，孔子发现并批评其感情表达不真的迹象：是不想念啊，如果真心地想念，怎么会觉得遥远呢？的确，"海内存知己，天涯若比邻"！或许，"唐棣之华"就因此失去了进入《诗》三百"的光荣，不如《郑风·狡童》之类情歌幸运。

孔子谈诗韵言论比较零散，归纳一下并深一步地考察。发现他对于诗还是有些真知灼见，无愧于作为中国诗歌史上的第一位选家。

他的弟子中好《诗》者不少，"文学：子游、子夏"，小孔子四十四岁的子夏（卜商），与孔子讨论诗歌之事在《礼记·仲尼燕居》中也有记载，他问："《诗》云'凯弟君子，民之父母'，何如斯可谓民之父母？"引出孔子"志之所至，《诗》亦至焉；《诗》之所至，礼亦至焉；礼之所至，乐亦至焉；乐之所至，哀亦至焉。哀乐相生"这样一段逻辑地揭示《诗》、礼、乐均系于人的情志的论述。子夏后来"居西河教授，为魏文侯师"，《乐记·魏文侯篇》记有他关于《诗》、乐的阐述。他把《诗》、乐尊为古之"德音"："天下大定，然后正六律，和五声，弦歌诗颂，此之谓德音，德音之谓乐。"这是"礼后乎"的历史考察。他又从正、反两面论证"志之所至，《诗》亦至焉"，反面的是："郑音好滥淫志，宋音燕女溺志，卫音趋数烦志，齐音敖辟乔志。"音乐之声可以影响人的感情，从而激发他产生什么样的志意："石声磬，磬以立辨，辨以致死；君子听磬声，则思死封疆之臣。丝声哀，哀以立廉，廉以立志；君子听琴瑟之声，则思志义之臣。……"这是从正面而论。子夏是一位研究《诗》、乐的专家，以至自汉以来，皆传著名的《诗大序》是他所作。

二　子思、孟子称《诗》及"以意逆志"说

战国时代的学者称《诗》，较之春秋时代的君臣称《诗》，虽然也还在"断章取义"，但是也有显著的不同，那就是极少或不用《诗》言己之志，而是用《诗》说理、明理，从《诗》引发出人生哲理与道德伦理的思考。孔子与子贡谈《诗》已开其端，他的弟子及其弟子的传人对此种用法渐至纯熟。在《四书》之一的《大学》中，有些章节简直是用《诗》连缀而成的政论（参见该书第三章释"止于至善"）；对于孔子已视为"富而好礼"典范的《淇奥》，《大学》的作者逐句作解，以"'如切如磋'者，道学也；'如琢如磨'者，自修也；'瑟兮僩兮'者，恂慄也；'赫兮咺兮'者，威仪也；'有匪君子，终不可谖兮'者，道盛德至善，民之不能忘也"，逐步展示君子如何通过修身养性、自

我完善而臻"止于至善"的精神与行为之至高境界。子思是孔子的孙子，被宋人列为《四书》之一的《中庸》据说是他所作（依朱熹说）。《中庸》里正式提出了"中和之美"的命题，前已述及；"中庸"本身又是一个哲学命题，"不偏谓之中，不易谓之庸；中者，天下之正道；庸者，天下之定理。"《中庸》大量引《诗》，以一诗证一理，如第十三章引《豳风·伐柯》之"伐柯伐柯，其则不远"来申述"道不远人。人之为道而远人，不可以为道"的哲学意蕴。子思以中庸之理言《诗》，又以《诗》证中庸之理，三十三章云：

> 《诗》曰"衣锦尚䌹"，恶其文之著也。故君子之道，暗然而日章；小人之道，的然而日亡。君子之道，淡而不厌，简而文，温而理，知远之近，知风之自，知微之显，可与入德矣。

《卫风·硕人》有"衣锦褧衣"之句，《郑风·丰》也有"衣锦褧衣，裳锦褧裳"之句，皆是描写女子服饰之美。子思认为衣色不能太艳丽，"文"过于昭著即"文胜质"，那就有虚饰之嫌，文采"暗然"，其质（道）则愈加显露；文采"的然"，其质则必逐渐消亡，在审美倾向上取其"中"。如果说"乐而不淫"，"怨而不怒"等等是"中和"之美对情感表现的要求，那么子思所说的"淡而不厌，简而文，温而理"就升华为抽象的"中和"之审美观念了。影响中国多数文人两千余年的一种审美趋向，在《中庸》里已作出哲学与心理学的论定。

子思的学生孟子，是先秦诸子中最善于用《诗》的大学者，将《诗》背诵得滚瓜烂熟的就是他。孟子是一位雄辩家，《诗》成了他雄辩术的重要组成部分，此仅举一例：孟子劝齐宣王施仁政，齐宣王以"寡人有疾，寡人好货"以及"寡人好色"来搪塞，孟子即以"昔者公刘好货""昔者大王好色爱厥妃"辩之，随即诵《大雅》之《公刘》《绵》两诗中有关章节强化论辩的力度：

> 《诗》云："古公亶父，来朝走马；率西水浒，至于岐下。爰及姜女，聿来胥宇。"当是时也，内无怨女，外无旷夫。

王如好色，与百姓同之，于王何有？

《緜》这节诗，只是叙述古公亶父带着妻子迁居岐山之下，实在谈不上就是"好色"，孟子也在"余取所求"，在此种场合下引颂扬周朝先王的《诗》无疑使齐宣王不能再狡辩。孟子关于《诗》本身的论述有两点值得我们特别注意，一是关于"怨"的定义，二是如何接受评论《诗》。

孔子提出了《诗》"可以怨"，是从接受角度而言的，孟子则对《小雅·小弁》与《邶风·凯风》两诗所表现的怨情进行了具体的分析，见于《告子章句下》：

> 公孙丑问曰："高子曰：'《小弁》，小人之诗也'。"孟子曰："何以言之？"曰："怨。"曰："固哉！高叟之为诗也。有人于此，越人关弓而射之，则己谈笑而道之，无他，疏之也。其兄关弓而射之，则己垂涕泣而道之，无他，戚之也。《小弁》之怨，亲亲也。亲亲，仁也。固矣夫，高叟之为《诗》也！"曰："《凯风》何以不怨？"曰："《凯风》，亲之过小者也；《小弁》，亲之过大者也。亲之过大而不怨，是愈疏也；亲之过小而怨，是不可矶也。愈疏，不孝也；不可矶，亦不孝也。"

《小弁》是一首抒发儿子被父亲放逐、充满哀怨之情的作品，① 儿子无过受罚，父亲听信谗言而"不惠"，真正有"过"且"过大"的是为父者。按那位高叟的观点，父亲对儿子不好，儿子是不应该怨的，若怨，就是"小人"而非"君子"了。孟子认为高叟治《诗》太死板了，"执滞不通"（朱熹释"固"之语），他于是以人际间亲、疏关系划定一个可怨可不怨的界限：遭到与本人关系疏远的人攻击、陷害，可"谈笑而道之"，无所谓怨（当然可怨而反抗）；蒙受与自己关系至亲者的冤枉、误伤，那就要"垂泪而道之"，倾诉哀怨之情，这怨，表现的是怨与

---

① 前人有说周幽王宠褒姒而驱逐了太子宜臼，《小弁》为宜臼自作或他的老师代作。又有说这是宣王之臣尹吉甫的儿子伯奇，因受父的虐待而作。

被怨者之间的亲密,没有忘却"亲亲"的关系,是"仁"的表现,仁人之怨怎能说是小人之怨呢?说《小弁》是"小人之诗",高叟完全弄错了!"亲亲"之间又不是都可怨,孟子又从比较《小弁》与《凯风》,划定可以怨与不可怨第二条界线:亲人过错大,可以怨;亲人过错小,不可怨,而是要反省自身的过错。《凯风》是一首儿子劝慰母亲并自责的诗,卫国有位生养了七个儿子的寡妇准备改嫁,她为什么"不能安其室"?或许是她本人的原因(朱熹说是"卫之淫风流行"所致),或许是儿子们待她不好。儿子们不责怪母亲而反省自己:"母氏圣善,我无令人","有子七人,莫慰母心",主动自责以求母亲回心转意。"不能安其室"只能算小过错,如果为此而怨她,是"不可矶也"(水激石谓之"矶","不可矶",即不能或没有激起自己反省之意),若是也因至亲而怨,亦是不孝。很明显,孟子以伦理关系而划定的两个可以怨("亲亲"与"亲之过大")与不可怨("疏"与"亲之过小")的界限,如果延伸到人际的政治关系中,那就是:君王有大过错,臣必怨,不怨就是疏远了君王,是不忠的表现;国家乱政而君王过失小,为臣者就应该反躬自责,不能怨上,不自责而怨,是不忠不孝的表现。孟子将诗"可以怨"界定在一种特定的情境之中,这对于以后有着儒学观的诗人进行创作,几乎成了一种律条,是儒家诗教中重要的一笔,恐怕是孔子也始料未及的。

关于如何接受和评论《诗》,《万章》篇提出了著名的"以意逆志"说与"知人论世"说。先看前说:

咸丘蒙曰:"舜之不臣尧,则吾既得而闻命矣。《诗》云:'普天之下,莫非王土;率土之滨,莫非王臣。'而舜既为天子矣,敢问瞽瞍之非臣,如何?"曰:"是诗也,非是之谓也;劳于王事而不得养父母也。曰此莫非王事,我独贤劳也。故说《诗》者不以文害辞,不以辞害志,以意逆志,是为得之。如以辞而已矣,《云汉》之诗曰:'周余黎民,靡有孑遗。'信斯言也,是周无遗民也……"

咸丘蒙所举例的《小雅·北山》诗，是一位小官吏怨恨他的上司分配徭役劳逸不均而作，咸丘蒙所引述的第二节有六句，后两句是："大夫不均，我从事独贤。"他提这个问题的本身，就暴露对此诗接受理解的几个错误：（一）《北山》作于西周，"瞽叟之非臣"已是千年以远的事，以千年之后专制王朝的政治观念要求"帝力于我何有哉"的远古之人，岂不荒唐？（二）尧让天下于舜，舜"不以尧为臣，使北面而朝"（朱熹语），正是尊重尧、有礼于尧的表现，即使是"率土之滨，莫非王臣"，也是一个合理的例外。（三）所引四句诗不在于强调国人都是国王的臣仆，用意主要是埋怨王事不均，唯我特别辛苦。咸丘蒙断章取义太偏狭了，顾头不顾尾，孟子针对他错误的发问，发表了对《诗》接受批评颇为重要的见解：（一）读《诗》论事，不能张冠李戴，"是诗也，非是之谓也"，此诗与彼事无关，看一首诗，要看它产生的具体时代背景，要看诗作者为什么事而作，《北山》表达作者"莫非王事，我独贤劳"的怨恨，读诗者要把握这一主旨领会全诗的意思，不能无端地上纲上线，把它看作是提出了某些重大政治原则的诗篇。（二）诗是讲究文采的，有文采的艺术语言，允许修饰、夸张，必要的夸张、修饰是为了更有力地表达作者心里所深深蕴含的情感和愿望，因此读者不能据其夸饰之文采去曲解其辞，更不能以曲解之辞歪曲作者的本意。言国人"莫非王臣"本意在"我独贤劳"；《大雅·云汉》是周宣王时求神祈雨的诗，极言旱情严重，老天再不下雨，周国剩余的百姓会全部死光，那是以夸饰之辞惊动天神，如果仅据这两句诗真的以为周人死光了，那就荒谬绝伦了。（三）理解一首诗，从"文"、从"辞"而入，深入体会，以自己所得之意去揣测、去迎合（"逆"）、去把握诗人作此诗的动机、本意与其"志"，力图做到读者与诗人意会的一致，既不逐末舍本，因其文采炫目而误解了辞的本义，又不因辞有多义而误解了诗人本来的情志。说《诗》者之意与诗人之志相互迎合，就庶几得此诗之真谛了。在这个接受理论的基础上，孟子进一步提出了"知人论世"说：

> 以友天下之善士为未足，又尚论古之人。颂其诗，读其书，不知其人，可乎？是以论其世也，是尚友也。

作为一个学者，以当今天下之善士为友，也应当与古代之善士为友。对当今之人可以听其言、观其行而知其为人，对古之人颂其诗，读其书，亦当知其为人，知其"当世行事之迹"，从个人的、历史的、社会的诸种关系中去理解、去体察其情意志行，然后才能对其诗、书知之甚深，如此对待古人，方是与古人为友的正确态度，"以意逆志"也就庶几不差了。孟子这一接受与批评观，对后世文学理论批评影响甚大甚深，应当说是中国文艺社会学批评的真正始祖。

孟子自己到处说《诗》，是否都做到了"以意逆志"呢？还大可讨论。他是一个"讲道德，说仁义"的哲学家、政治家而不是文学家，他常以己之道德仁义之意乃至种种伦理观念去揣测诗人之志，也就常会发生逆反现象，即让诗人之志迎合他孟轲之意。《尽心》章记载公孙丑就《魏风·伐檀》而问："《诗》曰：'不素餐兮'，君子之不耕而食，何也？"此诗是劳动者讥刺、埋怨剥削者不劳而获之作，文、辞、意皆明畅无误，且看孟子怎样回答："君子居是国也，其君用之，则安富尊荣，其子弟从之，则孝弟忠信。'不素餐兮'，孰大于是。"这完全是为不劳而获强作辩解，以他"劳心者治人，劳力者治于人"那一套维护封建剥削制度的理论观念，曲解这首富有反抗情绪的诗，其"逆志"完全混淆了方向！

"王者之迹熄而《诗》亡"，孟子是将《诗》看作神圣历史文献的，这为稍后荀子把《诗》结论为表现"百王之道"、为汉儒把《诗》尊为"经"并视为"圣道王功"之奇迹，提供了"历史"的依据和理论上的准备。孟子继春秋时代产生的对《诗》的接受观念，提出了一个比较完备的接受理论纲要，并能以情感的观点释《诗》，是对中国诗学的贡献；但他仅以道德仁义去"逆"诗人之"志"，由是诗人及其诗皆是道德仁义，且又以伦理关系来规范情感，以忠孝与否判断诗人情感之价值，这就只对儒家诗教有功了。

三 "诗言志"与荀子的文体观念形成

诗,作为一种文艺的独特样式,作为一种文体,在前面涉及的史传典籍之中,都没有明确的标示,谈到它,都是指已经成为历史文献的有特定内涵的《诗》。毫无疑义地不是说《诗》,而确凿地将诗作为一种文艺样式的,倒是今文《尚书·尧典》中记载舜对他的乐官夔所说的那段话:

> 帝曰:夔!命汝典乐,教胄子。直而温,宽而栗,刚而无虐,简而无傲。诗言志,歌永言,声依永,律和声。八音克谐,无相夺伦,神人以和。

现在我们分析这段话,可以作出一个重大的否定性判断和一个重要的肯定性判断:这段话被司马迁写进《史记·五帝本纪》(字句稍异)以来,一直被视为中国最早的诗论,日本著名汉学家铃木虎雄所著《中国诗论史》即以此开篇,说"尧舜时代的诗论,从《尚书·舜典》[①]记载舜命夔典乐时所说的一段话可见一斑"。实际上,尧舜时代绝对不可能出现如此明断的诗论,因为连"诗"字也是西周时候才出现。据陈梦家《尚书通论》的推断,《虞书》之《尧典》《舜典》均为战国时代的著作;近人蒋善国综合古今各家学者的考证成果,并将《尧典》中所涉及的历史文物和语义特征,与先秦诸子著作及其他有关典籍作了详细的比较,勘定《尧典》出现于公元前372—公元前289年之间,即孟子所生活的时代。[②]我以为,这一判断是可信的,还有一些其他的理由,我已在《中国诗学体系论》中作了陈述,[③]此不赘言。这就是说,《尧典》中历来被认为中国最早的诗论这段话,是战国中期某位无名氏整理史书时的拟作,《诗》已流传甚久,算是晚进的诗论了。

那位拟作者既然是借舜之口说出了"诗言志",那么,肯定不是

---

① 今本《舜典》是从《尧典》中分出来的。
② 蒋善国:《尚书综述》,上海古籍出版社,1988,第168页。
③ 陈良运:《中国诗学体系论》,中国社会科学出版社,1992,第33—36页。

指特定的自商至西周春秋时代的、已成为历史文献的《诗》,而肯定是确指一种文艺样式——与"歌"并行的作为一种文体的诗。这个"诗言志",区别于赵孟所说的"《诗》以言志"(以古人之《诗》言我之志),亦有别于庄子所说《诗》道志"(道,"导"也,古人之《诗》感发、导引人的志意),而是实实在在地说:诗"言"诗人之"志",诗是"言志"的文体,"言志"是诗的一大功能,或曰:"音乐所歌咏的内容的语言形式的诗,是人的心志的表现。"(铃木虎雄语)[①]孟子说"以意逆志",是承认《诗》中蕴含着作诗人的心志,"诗言志"出现于同一时代,表明在这个时代里,人们关于诗的文体意识豁然明朗了。紧接着,荀子有了明确的文体观念并着手运用传统文体创新篇,又创造了新的文体。

荀子名况,生于约公元前313年,卒于约公元前238年,他从事政治活动和学术活动的时代稍后于孟子(孟子去世时他已八岁),但他表现出与孔、孟等儒学大家不同的思想特征,其"性恶"论与孟子的"性善"论针锋相对,也不遵从孔子"述而不作"的治学原则,而是大作文章,作散文、作政论,作《成相》、作《赋》、作《饱诗》,是先秦唯一创造了多种新文体的杰出文章家。在他的文章中,称引《诗》的现象大量存在,每当对某个问题论述结束时,便常有"《诗》曰'……'。此之谓也"的句式出现,几乎成了一个特定的模式。他对中国诗学建设的贡献不在于用《诗》有绩,而在于论述作为文献的《诗》,有利于儒家诗教的确立。

他对《诗》的总体评价是:"《诗》者,中声之所止也。"(《荀子·劝学》,以下所引只出篇名)所谓"中声",即"乐而不淫,哀而不伤"的中和之音。评《国风》与《小雅》:

《国风》之好色也,《传》曰:"盈其欲而不愆其止。"其诚可比于金石,其声可内于宗庙。《小雅》不以于污上,自

[①] 引铃木虎雄语均见许总译《中国诗论史》第一篇第一章,广西人民出版社1989年9月版。

引而居下，疾今之政，以思往者，其言有文焉，其声有哀焉。
（《大略》）

《风》诗中充盈男女爱欲之情的篇章，感情是真诚的，有金石之质（荀子誉其"诚"，又可证孔子云"思无邪"就是"诚"），虽是男女情诗，亦可在庄严的宗庙中演唱。《小雅》是哀怨之音，可是不犯上，以"居下"之位"疾今之政，以思往者"，充满感情，而有文采。这犹如孟子所说的"亲亲"之怨，荀子也是完全肯定的。荀子这段话，后来被《诗大序》的作者吸取而作了更明确的理论表述："国史明乎得失之迹，伤人伦之废，哀刑政之苛，吟咏情性，以风其上，达于事变而怀其旧俗者也。故变风发乎情，止乎礼义。"荀子对于用《诗》，有更迫近现实的功利态度，指出《诗》作为历史文献有脱离现实的局限，《劝学》篇云："学莫便乎近其人。《礼》《乐》法而不说，《诗》《乐》故而不切，《春秋》约而不速。"如果学子只是舍近求远的学习，"顺《诗》《书》而已耳，则末世穷年，不免为陋儒而已！"历史文献只能提供一些历史掌故，因年代久远，不易切近现实，他在《儒效》篇更明确地提出："法后王，一制度，隆礼义而杀《诗》《书》。"把对于礼义的实践置于首位，把学习和记诵历史文献放到次要的地位。

荀子对于诗学的贡献，更重要的是把文献《诗》还原为文体诗，对"诗言志"作了更详尽的阐释和发挥，并把"志"与圣人、与"百王之道"联系在一起，首次对"志"的内涵作出界定和规范：

圣人也者，道之管也。天下之道管是矣，百王之道一是矣，故《诗》、《书》、"礼"、"乐"之道归是矣。《诗》言是，其志也；《书》言是，其事也；"礼"言是，其行也；"乐"言是，其和也；《春秋》言是，其微也。故《风》之所以为不逐者，取是以节之也；《小雅》之所以为《小雅》者，取是而文之也；《大雅》之所以为《大雅》者，取是而光之也；《颂》之所以为至者，取是而通之也。天下之道毕是矣。（《荀子·儒效》）

"是"，即"圣人之道"，天下、百王之道皆归于它，《诗》言是，其志也",就是说《诗》之所言皆是圣人之道,是圣人"志之所之"。照荀子的说法,"《诗》三百"的作者,都是圣人的门徒了。尽管这一说法是荒谬的,但至少有一点明确了:《诗》是诗人言志的载体。荀子进一步对诗人所言心志内涵作出了他独特的阐释,即以圣道为主旨,正因为如此,《风》诗之情才有所节制("盈其欲而愆其止"),《小雅》才有文采,《大雅》才正大光明,《颂》才臻于"道"的最高境界。荀子如此阐释《诗》之"志",虽然是说已成为历史文献的"故而不切"的古人之作,但无形中为此后兴起的文体诗之"言志"作出了界定:大凡作诗者都要以体现圣人之道为己志。而他自己,率先进行了这方面的创作实践。

一部《荀子》中,具有文学色彩的新文体,主要是《成相》《赋》两篇。《成相》取民间唱词之体("成",奏之意;"相",是一种乐器,配合乐器演奏而歌唱),每首五句,句式为三、三、七、四、七言,较之四言为主体的《诗》,形式活泼得多。荀子自己未明言《成相》是诗,但他已利用这一新文体言自己所崇尚的圣人之志——"治之志":"治之志,后执富,君子诚之好以待,处之敦固,有深藏之能远思。""思乃精,志之荣,好而壹之神以成。精神相反,一而不贰为圣人。"他作《成相》的目的,是欲达到"观往事,可自戒,治乱是非亦可识",但从文学的、审美的角度看,《成相》虽然运用了民间诗歌的形式,却缺少应有的情感表现,"托于成相以喻意"也无多少形象性,因此还谈不上是真正的诗。《赋》可能是荀子自认为真正的创作。《左传》中所用"赋"字有二义,其中一义即创作,荀子大概取此义,将自己创作的诗都称为"赋"。《赋》有五篇是近于诗体的言理、咏物散文,有两篇诗:一称《佹诗》,一称《小歌》(也可看作一篇的两部分)。前五篇分别咏"礼""知""云""蚕""箴",不管所咏对象是抽象的观念还是具体事物,荀子都着力体现圣人之道,咏"礼"则曰:"非日非月,为天下明。生者以寿,死者以葬,城郭以固,三军以强。……"连咏"箴"(针)这样的小物也以论"道"的语言:"以能合从,义善连衡。下覆百姓，上饰帝王。功业甚博，不见贤良。时用则存，不用则亡。……"比较起来，《佹诗》确可称为文体诗。"佹"，杨倞注曰："佹异激切之诗，言天下不治之意也。"以"佹"这一情感表述词与"诗"并称，表明他对诗的情感特征已有一定的自觉意识。该诗以四言为主体，情调似《小雅》，但议论性较强，极写乱世之征："……道德纯备，谗口将将。仁人绌约，敖暴擅强。天下幽险，恐失世英。螭龙为蝘蜓，鸱枭为凤凰。……"在语言形式方面较之《诗》更自由一些。此诗之后的"反辞"，或是另一首独立的诗，又名《小歌》，其抒情气氛更强烈：

念彼远方，何其塞矣。仁人绌约，暴人衍矣，忠臣危殆，
谗人服矣。琁、玉、瑶、珠，不知佩也。杂布与锦，不知异也。
闾娵、子奢，莫之媒也。嫫母、力父，是之喜也。以盲为明，
以聋为聪，以危为安，以吉为凶。呜乎上天，曷维其同！

《诗》早已成了历史文献，孔子又主张"述而不作"，由此而谁敢妄作诗？致使一个非常活跃的文体被封冻起来，从《诗》亡到荀子的时代三百余年间，文坛上几乎没有诗（只有少许歌谣记录在历史著作中），没有传下多少属于个人创作的诗篇。荀子作为一位学者而非诗人，重新形成了诗的文体观念，并进行了新的创作实验，虽然他又附加给诗以沉重的非诗因素的负担，但还是使诗被公认为一种文体而存在了。此功不可没，朱自清先生在《诗言志辨》一书中说："战国以来，个人自作而称为诗的。最早是荀子《赋》篇中的《佹诗》。"[1]定此为"作诗言志"之始。

四 屈原新体抒情诗中的诗歌观念

其实，自觉地"作诗言志"最早的一位诗人应该是屈原，不过，屈原没有将自己的作品称为"诗"或"歌"（《九歌》是南方楚国民歌的整理或改作），"诗"字在他的作品中只出现一次，见于《九章·悲

---

[1] 朱自清：《朱自清古典文学论文集》上册，上海古籍出版社，1980，第218页。

回风》:"介眇志之所惑兮,窃赋诗之所明。"此"诗"有可能是指文献《诗》,沿古代"赋《诗》明志"之意;由此,后人称他的作品也不曰"诗",称"赋"或"楚辞"。实际上,屈原是第一位突破了四言体而创造了一种崭新诗体的大诗人,他年长荀子二十多岁(生于公元前约339年),辞世先荀子四十年(约前278年),创作长诗《离骚》和组诗《九章》时,荀子才是三十岁左右的青年学者,因此可断定屈原"作诗言志"必早于荀子。

屈原没有留下任何关于他的新体诗歌的理论文字,但我们在《离骚》《九章》中可以发现他在创作实践中所表现出来的一些诗歌观念。这些观念,奠定了中国抒情诗的理论基础,归纳起来,有如下三项:

一、抒情、言志。屈原以前的诗歌创作只有自发的言志、抒情,《诗》的作者们尚无"情""志"的明确观念,只是以"心"统而言之。在屈原的作品中,"情""志"二字常常直接出现,就其作品总体表现来说,以言志激发诗人对生活和政治的丰富情感,又在强烈的抒情氛围中表达他的政治理想与愿为此而献身的坚定意志。请先看他作品中言及"情"的诗句:

"怀朕情而不发兮,余焉能忍与此终古?"(《离骚》)

"惜诵以致愍兮,发愤以抒情。"(《惜诵》)

"情沈抑而不达兮,又蔽而莫之白也。心郁邑余侘傺兮,又莫察余之中情。"(《惜诵》)

"结微情以陈词兮,矫以遗夫美人。"(《抽思》)

"申旦以舒中情兮,志沉菀而莫达。"(《思美人》)

"焉舒情而抽信兮,恬死亡而不聊。"(《惜往日》)

"愿陈情以白行兮,得罪过之不意。"(《惜往日》)

"万变其情岂可盖兮,孰虚伪之可长?"(《悲回风》)

现在已通用的"抒情"一词,为屈原自创,他以新创的诗歌文体来抒情是非常自觉的,多数诗作都以"情"名篇。关于《离骚》,司马迁说:"《离骚》者,犹离忧也";班固说:"'离',犹'遭'也,骚,忧也，明己遭忧之辞也"；王逸说："离，别也；骚，愁也。……"①尽管前人说法不一，都以"骚"为一种情感状态。至于《九章》中《惜诵》《惜往日》之"惜"，有哀伤、痛惜之意，两诗就其情感品质而析，都是哀伤之辞。其他如"哀"（《哀郢》）、"怀"（《怀沙》）、"思"（《思美人》）、"悲"（《悲回风》），都透射出强烈的感情色彩。特别值得一提的是《悲回风》，叙事成分极少，通篇几乎是纯粹的抒情，是"心冤结而内伤"的痛苦倾诉，篇中多用富于音乐美的双声叠韵联绵词，传导种种低徊往复的情思，如："惟佳人之独怀兮，折芳椒以自处。曾歔欷之嗟嗟兮，独隐伏而思虑。泣涕交而凄凄兮，思不眠以至曙。终长夜之曼曼兮，掩此哀而不去……"抒情气氛极为浓郁，而此种哀怨、悲怆之情，是因为"志"不能伸而发。在抒情的同时亦直接言志：

"固烦言不可结而诒兮，愿陈志而无路。……惩热羹而吹齑兮，何不变此志也。……欲横奔而失路兮，盖志坚而不忍。"（《惜诵》）

"抚情效志兮，冤屈而自抑。……离慜而不迁兮，愿志之有像。"（《怀沙》）

"欲变节而从俗兮，媿易初而屈志。……吾将荡志而愉乐兮，遵江夏以娱忧。"（《思美人》）

"深固难徙，更壹志兮。……嗟尔幼志，有以异兮。"（《橘颂》）

"介眇志之所惑兮，窃赋诗之所明。……抚佩衽以案志兮，超惘惘而遂行。……心调度而弗去兮，刻著志之无适。"（《悲回风》）

屈原所怀、所言之志，是他的治国主张和政治理想，是他十分热烈、十分执着的爱国、救国的壮志雄心。他无意于以圣人、百王之道为己志，而是抒发在种种现实的遭遇中所激发出来的不吐不快的具有

---

① 分别见《史记·屈原列传》《离骚赞序》《楚辞章句·离骚经序》。

强烈个性特征的情志，情因志生，志因情显，皆与家国生死存亡息息相关，绝非为一己之私，所以后来刘安和司马迁都给予了极高的评价："推此志也，虽与日月争光可也。"

二、"露才扬己"——抒情诗的个性化表现。"露才扬己"本是班固对《离骚》的批评，可是他歪打正着，道出了屈原抒情诗的个性化特征。如果将《大雅·桑柔》与《离骚》比较一下，虽然两者都出于士大夫之手，都是忧国伤时之作，但是，前者更多的是客观叙述，诗人隐去了自我形象，"虽曰匪予，既作尔歌"，没有出于不屈个性的抗争，仅将自己处于"献诗"的地位。后者则大异于此，自叙平生种种坎坷遭逢，突出抒情主体的自我意识与自我形象，诗人毫不作态地表白自己："纷吾既有此内美兮，又重之以修能。"反复地表白自己美的个性与品质，与丑的他人他物对照、比较，形成强烈的反差，如："众皆竞进以贪婪兮，冯不厌乎求索；羌内恕己以量人兮，各兴心而嫉妒。"再如，以这样的诗句突出地表现他刚直不阿的个性："忳郁邑余侘傺兮，吾独穷困乎此时也！宁溘死以流亡兮，余不忍为此态也！鸷鸟之不群兮，自前世而固然。"这样的个性表现是他人无法替代的，屈原没有儒家那种"谨言慎行"的情性修养，他据理抗争、大义凛然的表现，在封建伦理笼盖的社会是极少见的！与此相应的是他在诗中自我形象的描绘，《涉江》中有一节诗可谓形神兼备，后来的画家大概就据此绘出屈原之像：

  余幼好此奇服兮，年既老而不衰。带长铗之陆离兮，冠切云之崔嵬。被明月兮佩宝璐。世溷浊而莫余知兮，吾方高驰而不顾。

何其芳在《屈原和他的作品》一文中指出屈原诗歌艺术方面贡献，"首先在于第一次创造了十分富于个性的诗歌，并且大大地扩大了诗歌的表现能力。……《诗经》中也有许多优秀动人的作品，不能说那些作品没有作者的个性闪耀。然而，像屈原这样用他的理想、遭遇、痛苦、热情以至整个生命在他的作品上打上异常鲜明的个性烙印的，却还没有。"①汉代正统儒家学者据此指责屈原"露才扬己",殊不知一位真正的抒情诗人如果既不"露才"(或无才可露),又不"扬己"(或己无所扬),他的诗就只能是无棱无角的平庸之作,没有持久的生命力,屈原"露才扬己",为"言志"的抒情文学开了新生面。

三、"怀质抱情","内美"与"修能"并重。王国维曾就《离骚》"纷吾既有此内美兮,又重之以修能"句说:"文字之事,于此二者,不能缺一。然词乃抒情之作,故尤重内美。无内美但有修能,则白石耳。"(《人间词话删稿·四八》)屈原这两句诗本是就自己内在品质与外部修饰而言的,王国维引申为作品美的内容与美的形式;屈原的作品是他本人"本质力量"的对象化实现,因此同样是"内美"与"修能"并重。屈原接受了孔子关于"质"的见解,屈原同样注重以内在的质之美为先:

芳与泽其杂糅兮,唯昭质其犹未亏。(《离骚》)
内厚质正兮,大人所盛。(《怀沙》)

前者言在美与丑、香与臭杂糅,即小人当道、邪正混淆的环境中,永葆自己清白本质未受损污而可昭著于世;后者言内心敦厚、品质方正,为长者所赞美。屈原关于"文"的观念,一是"文"之本义,《橘颂》中"青黄杂糅、文章烂兮",合"物相杂,故曰'文'"(《易传·系辞》)之义,但我们发现,屈原将"文"与"情"并称,说"文质"亦说"情质":

文质疏内兮,众不知余之异采。(《怀沙》)
恐情质不可信兮,故重著以自明。(《惜诵》)
怀质抱情,独无匹兮。(《怀沙》)
情与质信可保兮,羌敷居而闻章。(《思美人》)

有美好的品质必有美好的情感,情感外化即是美之"文","苟余情其信芳""苟中情其好修"(均见于《离骚》),说的情之美亦是文之美。

---

① 《人民文学》1953年6月号。

后三条中之"情"实有"文"之义:"重著以自明"必是文、质并"明";"文质彬彬,君子也",方可称"独无匹";①"情与质信可保兮"句之前,尚有"芳与泽其杂糅兮,羌芳华自中出。纷郁郁其远蒸兮,满内而外扬",说的就是"文"之美出自"质"之美,文与质真实("信")地存在,处身于偏僻之地也声名远扬。为什么他又说"文质疏内"呢?原来是叹息自己如黑色的花纹,又处于幽暗的地方("玄文处幽兮,矇瞍谓之不章"),置身于一个"变白以为黑兮,倒上以为下,凤凰在笯兮,鸡鹜翔舞;同糅玉、石兮,一概以相量"的环境里,他的"质"与"文"呈现疏疏落落,别人不知道他不同寻常的风采表现在哪里。后来刘勰在《文心雕龙·知音》篇提到这两句诗,然后说:"见异唯知音耳。"一位诗人的为人及其作品内在与外在之美,需要知之甚深、独具慧眼的读者才能发现。

屈原已经视"情"为"文",这是诗歌乃至整个文学观念领域一个重大发现!当然,《离骚》《九章》之文还表现在它们的形式之美,想象与形象意象之美,辞令之美……所有的美都是情之美的感性显现。以"情"为"文",启示了刘勰在《文心雕龙·情采篇》特别标举"情文",与"声文""形文"并列。刘勰对于屈原文质并茂的作品评价是:"金相玉式,艳溢锱毫。"(《辨骚》)

五 "乐"与"诗"观念互补

先秦以远,"歌"与"诗"观念是并行的,《尚书·尧典》中那段话,证明了在战国时代人们对"歌""诗"关系有了完整的认识,孔颖达疏曰:"诗言人之志意,歌咏其义,以长其言;乐声依此,长歌为节;律吕和此,长歌为声。"(《尚书正义》)歌给诗插上音乐的翅膀,孔子选《诗》三百五篇"皆弦歌之,以求合韶武雅颂之音"。因为诗最终

---

① 马茂元先生亦将此"情"视为"文",他注"怀质抱情"一语曰:"犹言'怀文抱质,'质'与'晴'为对文,'质'指内蕴的实质;'情'指外现的文采。"(《楚辞选》,人民文学出版社,1980,第153页)

通过"乐"传播开来,"乐"成了一种重要媒介,能够直接地产生情感效果,所以"乐"在当时更引起人们的重视,与"礼"并行,在盛大宫廷与民间典礼上演示出来,或许因此,先秦没有系统的诗论却有了系统的乐论。当然,论"乐"又离不开诗,诗的情感特质、特征,反在乐论中有更完整的论述。

荀子有《乐论》,是为反驳墨子《非乐》而作,从音乐的政治教化作用立论,并未进入音乐本体,只是反复阐述"乐行而志清,礼修而行成"相辅相成的关系,强调"以道制欲"是先王之乐的最大功能。相传孔子再传弟子公孙尼子所作的《乐记》,则是一部真正的音乐理论著作,虽然在乐的政教功能方面与荀子《乐论》观点是一致的,但在研究人的情感发生、深入阐述感情在艺术创造中的地位和作用等方面,基本上进入了音乐本体,并且联系到了诗,实际上也成了诗学情感理论的基础,充实和丰富了诗的创作观念。

关于音乐的产生,《乐记·乐本篇》(以下只出篇名)有正确的论述:"凡音之起,由人心生也。人心之动,物使之然也。感于物而动,故形于声。声相应,故生变,变成方,谓之音。比音而乐之,及干戚羽旄,谓之乐。"反过来又说:"乐者,音之所由生也,其本在人心之感于物也。"接着列举了"人心之感于物"在音乐中六种感情之声音表现:

  其哀心感者,其声噍以杀;其乐心感者,其声啴以缓;
  其喜心感者,其声发以散;其怒心感者,其声粗以厉;其敬
  心感者,其声直以廉;其爱心感者,其声和以柔。

这可称之为物感本位论,是由"人心"感物产生的音乐,不是应政治、伦理、道德的需要而制造的音乐(荀子所谓先王"制《雅》《颂》之乐以导之"即属后者)。《乐记》也论及了音乐与时代与政治的关系,但不是什么样的音乐"导"什么样的政治,而是什么样的政治状态产生什么样的音乐,从而反映出一个时代里人们的心声:

  凡音者,生人心者也。情动于中,故形于声;声成文,
  谓之音。是故治世之音安以乐,其政和;乱世之音怨以怒,

其政乖；亡国之音哀以思，其民困。声音之道，与政通用矣。

这段话完全适应于谈诗歌创作，所以被《诗大序》的作者录以论诗。音乐与诗都因"情动于中"而发，对于一切属于人类精神劳动的艺术创造，是千古不易之论，尤其是诗、歌、舞三种艺术样式，《乐象篇》更统而言之：

  德者，性之端也；乐者，德之华也；金石丝竹，乐之器也。
诗，言其志也；歌，咏其声也；舞，动其容也：三者本于心，
然后乐气从之。

由"情动于中"进而明言诗、歌、舞"三者本于心"，其中关于"诗，言其志"而"本于心"，意义尤其重大！这是首次明确地在理论上作出逻辑推导并承认：诗之"言志"就是言诗人心中之志，是创作主体心理意向活动的表现。说"抒情"也好，道"言志"也罢，惟"本于心"最透彻地把握了诗的本质特征，界定了这一文体最有效的创作方法。"本于心"与荀子的本于"道"、言"圣人之志"有了根本的区别，虽然《乐记》也重复了"以道制欲"的观点，但有"本于心"为前提，那"道"至少也经创作主体心理化了。有了主观的真实，由内而外是："情深而文明，气盛而化神，和顺积中而英华发外。"

去"伪"求"真"，是《乐记》对于诗的情感理论大有补益的一个重要观点。上引"英华发外"之后还有一句："唯乐不可以为伪。"这就是说，音乐作品必须表现人的真实感情，不能以虚伪矫情达人之耳，"乐者乐同，同则相亲"，感情不真就不能让听者认"同"，即引起共鸣的效果。"乐由中出，礼自外作"，从人心出可以入人心，音乐家以其真挚感人之心声而"善民心"，起着潜移默化的教化作用。真而不伪之情善而美，伪而不真之情恶而丑，《乐象篇》说："凡奸声感人，而逆气应之，逆气成象，而淫乐兴焉。正声感人，则顺气应之，顺气成象，而和乐兴焉。倡和有应，回邪曲直，各归其分，而万物之理，各以类相动也。"这似乎是说，人的感情之真顺乎自然之理，因此接着又提出："是故君子反情以和其志，比类以成其行"。所谓"反

情",是指反(返)归中情,《庄子·缮性》有曰:"中纯实而反(返)乎情,乐也。""反情和志"即谓回归自己的真实感情而与心中之志相应和。怎样"反情"?《乐本篇》中提出了一个人不能化于物的观点:

> 夫物之感人无穷,而人之好恶无节,则是物至而人化物也。人化物者也,灭天理而穷人欲者也。于是有悖逆诈伪之心,有淫佚作乱之事。

人因感物而动情是无可非议的,但是人不能为物所化,在物之前失去人的主体意识;人之欲望不能因"物之感人无穷"而无穷,应该自觉地有所节制,不能为此,好、恶之情滥发不止,生理的和物质的欲望恶性膨胀,就势必失去感物之初情的真挚,失去纯真自然的本性,"悖逆诈伪"之情因此而生,于是"奸声乱色,不留聪明;淫乐慝礼,不接心术"。

《乐记》既论述了人感物动情,又强调了葆情之真,初步揭示了艺术创造中审美感情的品质、品格,对于以抒情为主的诗歌创作当然有更大的启示意义。后来,孔颖达在《毛诗正义》中诠释"情发于声,声成文,谓之音"一语时,进一步论证了"唯乐不可以为伪"的道理,且与诗联系一体而谈:

> 诗是乐之心,乐为诗之声,故诗、乐同其功也。初作乐者,准诗而为声;声既成形,须依声而作诗。故后之作诗者,皆主应于乐文也。设有言而非志,谓之矫情;情见于声,矫亦可识。若夫取彼素丝,织为绮縠,或色美而材薄,或文恶而质良,惟善贾者别之;取彼歌谣,播为音乐,或词是而意非,或言邪而志正,唯达乐者晓之。

诗有真感情,依诗而谱曲的乐者,也就能谱出真情之声;如果诗之情矫饰虚伪,"见于声"就能识其假。人的言词可以作伪,如哀悼之词可为他人代作,但动人心魄的哀哭却不是非哀戚之人可以替代的,假心假意的嚎哭决不能感人肺腑。一首诗表达的感情是真是伪,或词是而意非,或志正而言邪,"播为音乐",精于音乐者一听就能分辨出来。"唯乐不可以为伪",对"乐之心"的诗是一个严格的检验;孔颖达指明诗、乐在艺术方面可能形成的反差,对于作诗者是一个警惕。《乐记》强调"本于心"而"情深""气盛",实为所有表现人的心志、情感的艺术样式最基本的创作原则,唯有"本于心"方有真情实感的发生,唯有"情深"才有真正的文采昭著,唯有"气盛"方能产生出神入化的审美效应。后来,曹丕提出"文以气为主",陆机张扬"诗缘情而绮靡",刘勰标举"情文",无不与先秦诗、乐之学的观念有一定的渊源关系。

第三章
两汉的功利主义诗学观

先秦儒家学派的先师及弟子，多数未进入过政治权力中心，儒家思想尚未成为统治阶级独尊的治理国家的思想，不过是百家中一家之说。及至秦始皇时代，"焚《诗》《书》，坑术士，'六艺'从此缺焉"（《史记·儒林列传》）。自孔子以来的儒学大业受到严重摧残。政治与学术的厄运迫使儒家传人奋起，孔子后人孔甲"持孔氏之礼器往归陈王"，参加陈涉起义；高阳儒生郦食其，楚人陆贾，都为汉高祖刘邦打天下直接出谋划策，使扬言居马上得天下不"事《诗》《书》"的刘邦，对于儒生之论也不得不"称善"。或许是儒家之术为汉王朝的建立功绩卓著，儒家思想升格为刘氏家族的统治思想（汉景帝十余年间曾"不任儒者"，因窦太后"好黄老之术"），自汉武帝始更是"独尊儒术"，使儒家学派称雄两汉思想界和精神领域达四百年之久。

儒术的盛行，儒家传统的功利主义态度愈益强化。功在国家，巩固刘氏王朝的统治秩序；同时功在自身："及窦太后崩，武安侯田蚡为丞相，绌黄老、刑名百家之言，延文学儒者数百人，而公孙弘以《春秋》，白衣为天子三公，封以平津侯。天下之学士靡然向风矣。"按公孙弘所制定的"功令"，"能通一艺者"可获高官厚禄。汉武帝建元五年（前136年）开始设"五经博士"，《诗》《书》《礼》《易》《春秋》，皆被尊为神圣的经典,成为官府之学。《诗》被进一步功利化,正如罗根泽先生所言:"两汉是封建功用主义的黄金时代,没有奇绩而只是优美的纯文学书,似不能逃出被淘汰的厄运,然而《诗经》却很荣耀的享受那时朝野上下的供奉,这不能不归于儒家送给了它一件功用主义的外套,做了它的护身符。"①以解释、评论《诗经》为中心,两汉功利主义之于诗学是空前的,也可说是绝后的。

一 尊《诗》为"经"的功利定向

秦始皇一把火、几抔土,使所有历史文献几乎尽毁,据说《书》到汉文帝时,才由晁错根据济南秦博士伏生口述而记录下来,于是有了《今文尚书》。《诗》幸运一些,传《诗》的有四家:鲁之申培公,齐之辕固生,燕之韩婴,赵之毛苌。申培公与韩婴俱为汉文帝时博士,"婴推诗人之意而作内外传数万言"(《韩诗外传》传世影响较大)。辕固生为汉景帝时博士。以上三家为今文学派,皆立于学官。毛苌为河间献王博士,属古文学派,未立于学官。《毛诗》晚出,但影响最大,自东汉郑玄为之作"笺"之后,学《毛诗》者多,鲁、齐、韩三家《诗》便逐渐亡佚了。四家说《诗》不尽相同(如韩婴,"其语颇与齐鲁间殊然"②),但是却有最大的共同之处,那就是将每首诗都与圣道王功联系起来,每句诗都具有政教风化的功能。如果说,孟子尚能明智地"以意逆志",那么汉儒将此颠倒过来了,完全是以《诗》之志迎合己之意,由说《诗》者主观臆断,作任意的发挥、阐释,然后纳入他们的"礼义"模式之中。治《齐诗》的匡衡是这样总论《风》诗的:"室家之道修,则天下之理得,故《诗》始《国风》,礼本冠婚。始乎《国风》,原情性而明人伦也;本乎冠婚,正基兆而防未然也。"把《国风》中男女情诗上升到"明人伦""正基兆"的道德、政治之纲纪。请看他怎样进一层论述《关雎》:

---

① 罗根泽:《中国文学批评史》(一),上海古籍出版社,1984,第71页。
② 《汉书》卷八十八《儒林传》。

孔子论《诗》以《关雎》为始，言太上者，民之父母，后夫人之行不侔乎天地，则无以奉神灵之统而理万物之宜，故《诗》曰："窈窕淑女，君子好逑。"言能致其贞淑，不贰其操，情欲之感无介乎容仪，宴私之意不形乎动静，夫然后可以配至尊而为宗庙主，此纲纪之首，王教之端也。自上世已来，三代兴废，未有不由此者也。（《汉书·匡衡传》）

《关雎》是一首描写一个青年男子热恋一个采荇菜女子的诗，"女子采荇于河滨，君子见而悦之"（闻一多《风诗类钞》），全诗内容一目了然，孔子按诗之感情表现，也只说了"乐而不淫"。在汉儒们眼中，那位普通的民间少女被升格为"后夫人"，外加了一连串森严的妇德观念，无中生有地引申到国家兴废皆由此，道德说教式的接受升级到了无以复加的地步。再看韩婴又是怎样说《关雎》：

子夏问曰："《关雎》何以为《国风》始也？"孔子曰："《关雎》至矣夫！夫《关雎》之人，仰则天，俯则地，幽幽冥冥，德之所藏，纷纷沸沸，道之所行，虽神龙化，斐斐文章。大哉，《关雎》之道也，万物之所系，群生之所悬命也；河、洛出《书》《图》，麟凤翔乎郊，不由《关雎》之道，则《关雎》之事将奚由至矣哉？夫六经之策，皆归论汲汲，盖取之乎《关雎》。《关雎》之事大矣哉！冯冯翊翊，自东自西，自南自北，无思不服，子其勉强之，思服之。天地之间，生民之属，王道之原，不外此矣。"子夏喟然叹曰："大哉《关雎》，乃天地之基也。"（《韩诗外传》卷五第一章）

韩婴聪明一些，把不着边际的议论托于孔子。他将男女婚姻爱情高度抽象化，好像不是在说《诗》，而是在将《周易》说"有天地然后有万物，有万物然后有男女，有男女然后有夫妇，有夫妇然后有父子，有父子然后有君臣，有君臣然后有上下，有上下然后礼义有所措"（《序卦传》）加以演绎，一首仅五节二十行的情诗，竟获得"天地之间，生民之属，王道之原"的如此神圣地位！《韩诗》传人薛汉还稍据原诗之意，作出勘破谜语式的解释："诗人言关雎贞洁慎匹，以声相求，必于河之洲，隐蔽于无人之处。故人君退朝，入于私宫，后妃御见，去留有度；应门击柝，鼓人上堂；退反宴处，体安志明。今时大人内倾于色，贤人见其萌，故咏关雎，说淑女，正容仪，以刺时也。"以《关雎》诗表现的情境与宫廷环境类比，或者说就是内廷"人君"私生活的隐喻，这种"以文害辞"、"以辞害意"实在太出格了！同一首《关雎》，同作功利主义的阐释，但因说《诗》者欲求之功不同，各说又相互矛盾：《韩诗》最后落在"刺时"上；《鲁诗》却以为是"美"周康王王后："后夫人鸡鸣佩玉去君所，周康后不然，诗人叹而伤之"；《齐诗》则认为主旨在讽谕："周室将衰，康王晏起，毕公喟然，深思古道，感彼关雎，德不双侣，愿得周公妃，以窈窕防微渐，讽谕君父"；《毛诗》开宗明义突出教之以德的"教"字："《关雎》，后妃之德也，风之始也，……风也，教也；风以动之，教以化之。""刺""美""讽""教"，汉儒功利观的几项主要指标，《关雎》全具备了。董仲舒在《春秋繁露·精华》篇有云：

《诗》无达诂，《易》无达占，《春秋》无达辞。

说《诗》无达诂，本是一个很通达的接受理论，用今天的话来说，形象大于思想；蕴含于诗的形象或意象中的思想意义，接受者因对形象或意象体认、感受不同，可以作出各自的理解与阐释，"不存在对某文本的难以更改的绝对性阅读，也不存在独一无二的意义"[①]。从方法论而言，汉儒对《关雎》作出多种阐释似乎无可指摘，可是他们阐释的指向与结局却又是不容置疑的"达诂"，毫无掩饰的"达"功利而"诂"！将先秦那种"断章取义，余取所求"的纯属于个人的接受与实用，转化为大一统的、适合于统治集团群体的接受，并服从一个统一的功利目的。又正如罗根泽先生所言：功用主义的外套有了图样，"从此你添一针，他缀一线，由是诗的地位逐渐崇高了，诗的真

---

① [意] 弗·梅雷加利：《论文学接受》，冯汉津译，《文艺理论研究》1983年3期。

义逐渐汩没了"。（引文出处同前）

传世至今的《毛诗》，每首诗前均有"小序"，每"序"不出"美""刺""讽""谏"的判断，"礼义""政教"的推导。《召南·草虫》明明写一位摘菜女子思念外出的丈夫，"小序"却说是"大夫妻能以礼自防也"；《郑风·将仲子》以初恋少女给情人的叮嘱，表现情爱难舍又畏人言的矛盾心情，"小序"却说是"刺庄公也，不胜其母，以害其弟，叔失道而公弗制，祭仲谏而公弗听，小不忍以致大乱焉"。种种牵强附会、生拉硬扯，就连宋代道学家朱熹也难以容忍，他说："大率古人作诗，与今人作诗一般，其间自有感物道情，吟咏情性。几时尽是讥刺他人？只缘序者之例，篇篇要作美刺说，将诗人意思尽穿凿坏了。……必欲如序者之意，宁失诗人之本意不恤也，此是序者大害处。"（《诗序辨说》）朱熹注《诗经》就敢于与《毛诗》唱对台戏，《郑风·山有扶苏》，"小序"说"刺忽也"，他则说"淫女戏其所私者"；《郑风·狡童》，"小序"也说"刺忽也，不能与贤人图事，权臣擅命也"，他则说"淫女语其所私者"。……朱熹虽然厌言《郑风》，说"多是妇人戏男了，所以圣人犹恶郑声也"，但多少还了这些情诗的本来面目。本来就不是"止乎礼义"的作品，《毛诗》作"序"者硬要以"风化""美刺"妄解，只能说是功利追求迷心障目所致，也正是"独尊儒术"恶性发展而必然产生"文化专制"的结果。《诗经》的功利定向，由此而形成了一种畸形的文学接受模式，对于后世诗歌的创作、鉴赏、评论都产生过极不好的影响。

二 儒家诗教的确立

汉儒把解《诗》与用《诗》推向功利主义的极致，虽然常将孔子推到前台，但实质是他们忠实地继承并予以强化的是来自荀子的理论，《荀子·儒效》篇中关于《诗》是本圣人之道、言圣人之志那段话，奠定了汉代诗学的基础，从而反不如孔子、孟子论诗有一定的灵活性。

强化"志"的理性内涵，是汉代功利主义诗学的出发点，这种强化,汉朝建国之初就开始了。帮助刘邦定天下的陆贾,奉刘邦"试为我著秦所以失天下,吾所以得之者何,及古成败之国"之命,著《新语》十二篇"粗述存亡之徵",①在《道基》篇就说及《诗》之"道":"《鹿鸣》以仁求其群。《关雎》以义鸣其雄。《春秋》以仁义贬绝。《诗》以仁义存亡。"《诗》等于是"仁义"的代名词了。在《慎微》篇又提出,作为仁人君子的言行,要"合道德,采微善,绝纤恶,修父子之礼以及君臣之序,乃天地之通道",接下去说的便是:

> 故隐之则为道,布之则为文诗,在心为志,出口为辞,矫以邪僻,砥砺钝才,雕琢文雅,抑定狐疑,通塞理顺,分别然否,而情得以利,性得以治。

这就是说,文与诗都是"天地之通道"的外化表现,与荀况之论一脉相承。陆贾还特别强调含道之文、诗,对人的情性之熏陶作用,在《怀虑》篇中又说了:一个人"心佚情散,虽高必崩",情、性得治,表现为"气感之符,清洁光明,情素之表,怡畅和良"。

继陆贾而申荀况之论的,还有汉文帝时年轻的博士贾谊(前200—前168),贾谊所著《新书》之《道德说》,以"道"为"德之本",又以"德"为纲领,称"德有六理","曰:道、德、性、神、明、命";又进而言"德有六美……有德有道有仁有义有忠有密"。这六德、六美"著此竹帛谓之书,《书》者,此之著也;《诗》者,此之志也,《易》者,此之占也;……"接着又有如下解释:

> 《书》者,著德之理于竹帛而陈之,令人观焉以著所从事。故曰:《书》者,此之著者也。《诗》者,志德之理而明其指,令人缘之以自成也。故曰:诗者,此之志者也。……

贾谊不过是将荀子所言的"道"换成"德",其实质则完全一致。他所说的"志",可以理解为《诗》是"德之理"的标志,但联系"明其指",又可理解为诗人以阐明"德之理"为自己的志向,使读者缘

---

① 《史记·郦生陆贾列传》。

此理"以自成",这就是继荀子而后又一次强化"志"的理性内涵。

将"志"的理念性内涵进一步强化并与政教功用联系得更密切的是董仲舒,他在《春秋繁露·玉杯》篇中,提出了两个对儒家诗学在汉代发展有重大影响的观点:"志于礼""志为质"。

汉代是一个中央集权的统一国家,建立完美的统治秩序尤其重要,而这一秩序,就是以"礼"来维系君臣父子、尊卑贵贱之间的谐和关系,董仲舒应统治阶级的需要,提出并强调"礼之所重者在其志";反过来,看一个人是否有"志",或志高志低,就看他对待"礼"的态度,能否服从"礼"的约束:

> 志敬而节具,则君子予之知礼;志和而音雅,则君子予之知乐;志哀而居约,则君子予之知丧。故曰:非虚加之,重志之谓也。

这番话本是就《春秋》"讥文公以丧娶"而发的,鲁文公父丧三年未满即"纳币"定婚,"全无悼远之志",被孔子贬笔讽刺。董仲舒"缘此以论礼",作出"重志"即"重礼"的论断,将"志"与"礼"完全等同起来。如果说,"志于道"还给人留下较为开阔的思维空间,不管"天道"还是"人道"、"仁义"之道,总还具有形而上的意义;那么"志于礼"则把"志"驱入一个狭隘的实用性空间,因为"礼",仅仅是"其行也"(荀子语),更多在实践性方面,更近功利的"用之邦国""用之乡人"的行为。当然,"礼"也有一定的观念性内涵,但那是经过了严格的规范,传统的伦理纲常不容超越;虽说"志敬""志哀"也有一定的情感因素,至"知礼""知乐""知丧"就应该戛然而止。董仲舒尚未直接以此论诗,但后来《诗大序》所说"发乎情,止乎礼义",实出此辙。承"重志之谓",董仲舒接着又说:

> 志为质,物为文;文著于质,质不居文,文安施质?质文两备,然后其礼成。文质偏行,不得有尔我之名;俱不能备而偏行之,宁有质而无文。

孔子提出"文质"说时,是以"质"为事物内蕴和人的内在品质,不只是作为某种心理和行为意向的"志"。"质"是一个比"志"包容性更大的概念,若从"志"是人的思想意识中更具本质意义的心理活动内容而言,说"志为质"也未尝不可。但董仲舒是承"礼之所重者在其志"而言此的,那当然是以"礼"为"志"之"质"了;进而言之,"志"与"礼"一体了。"质文两备,然后礼成",那就是"礼"的最完美的表现,他又以《春秋》之序道"为典范:"先质而后文,右志而左物,故曰:'礼云礼云,玉帛云乎哉!'"进行了上述演绎,由"礼"而"志",由"志"而"质",又由"质"而"礼"这样一个循环,董仲舒终于归纳到了"六艺":

> 君子知在位者不能以恶服人也,是故简六艺以赡养之。《诗》《书》序其志,《礼》《乐》纯其美,《易》《春秋》明其知。六学皆大,而各有所长。《诗》道志,故长于质;《礼》制节,故长于文;《乐》咏德,故长于风;《书》著功,故长于事;《易》本天地,故长于数;《春秋》正是非,故长于治人。

荀子、陆贾以"道",贾谊以"德",董仲舒以"礼"来界定"六艺"(荀子未提《易》)的本质,又分别以"道""德""礼"为诗人"志"之所本,这样,春秋时代出现的"言志"说,就被一层层的理念包裹、渗透而强化了。

强化了"志"的理性内涵之后,汉儒们的注意力又集中到诗的情感性内涵,与《诗经》博士们释《诗》相互呼应,强化诗歌情感表现的功利目的。汉宣帝时的博士戴圣,根据古代各种有关礼仪文献,编纂《礼记》,主要依据《诗》情感表现及其效应而标举《诗》教。《经解》篇有如下记载:

> 孔子曰:"入其国,其教可知也。其为人也,温柔敦厚,《诗》教也;疏通知远,《书》教也;广博易良,《乐》教也;絜静精微,《易》教也;恭俭庄敬,《礼》教也;属辞比事,《春秋》教也。故《诗》之失,愚;《书》之失,诬;《乐》之失,奢;《易》之失,贼;《礼》之失,烦;《春秋》之失,乱。其为人也,

温柔敦厚而不愚,则深于《诗》者也;疏通知远而不诬,则深于《书》者也;广博易良而不奢,则深于《乐》者也;絜静精微而不贼,则深于《易》者也;恭俭庄敬而不烦,则深于《礼》者也;属辞比事而不乱,则深于《春秋》者也。"

"《诗》教"列"六艺"之教首位。但是,在孔子的时代根本未出现过这样的"六艺"观念(《周礼·地官·保氏》以礼、乐、射、驭、书、数为"六艺"),孔子五十岁以后才接触《易》[1],比较可靠可信的孔子及其同代学生的言论(以《论语》为主),也未提到过《春秋》一书,且据《左传》《孟子》之说,《春秋》为孔子自作。《易》尚未普及,怎能"入其国"就知其《易》教的效果和作用呢?《春秋》才写作出来,怎么就自吹自擂在一国之内会有"属辞比事而不乱"的社会效应呢?显然,这段话不是孔子的真传[2],是汉儒们拟议出来的,按照自荀子至贾谊、董仲舒所给定的经籍,一一就其"教"之得、失与作用效果论列。《诗》列为情感教育课目,《书》属于观今鉴古的政治、历史之教,《乐》属于修身养性之教,《易》属于思维方法之教,《礼》属于社交行为之教,《春秋》属于"立德"而后"立言"之教。看来,汉儒们已将"六经"建构成一个严密的教育体系,个人、社会、国家都在这教育体系发挥效用的范围之内。

为什么要强调《诗经》的情感教育作用并列于首位呢?这不能不说注重功利的汉儒们也感觉到了诗歌文体的情感特点,只是他们要把表现于三百零五篇诗里情感,都纳入一个经过了严格规范的轨道,这就是"温柔敦厚"。"温柔敦厚"的标举,根源于"中庸""中和"的哲学、美学思想,引申而对诗中表现喜、怒、哀、乐之情"发而皆中节",明确为四种具体的审美形态,亦承子思所谓"淡而不厌,简而文,温

---

[1] 《论语·述而》:"加我数年,五十以学《易》,可以无大过矣。"《史记·孔子世家》:"孔子晚而喜《易》。"

[2] 陈澔《礼记集说》引"石梁王氏"之说即有此见,以"孔子时,春秋之笔削者未出","易性与天道不可得而闻,岂遽此以教人哉",断定"绝非孔子之言"。《礼记集说》,上海古籍出版社,1987,第273页。

而理",成为更集中更完善的表述。这是四个中性概念的组合,并且又介于抽象与非抽象之间,孔颖达在《毛诗正义》里释云:"温谓颜色温润,柔谓情性和柔。《诗》依违讽谏,不指切事情,故云温柔敦厚,是《诗》教也。"他没有解"敦"和"厚"。"敦",朴实、本色之谓也(《老子》中有"敦兮其若朴"之语),可见"敦"是谓"颜色温润""情性和柔",还须是人朴实、本色的表现,不可作伪。"厚",即是"忠厚"之意,谓人须有品德之厚,"厚人伦",有深厚的伦理道德修养。《经解》又说了失于温柔敦厚"则愚","温柔敦厚而不愚,深于《诗》者也"。陈澔注《礼记集说》①引"方氏"曰:"然务温柔敦厚而溺其志,则失于自用矣,故《诗》之失愚。"又引"应氏"曰:"敦厚者未必深察情伪,故失之愚。"我以为,"失之愚"不在"温柔敦厚"本身,而在失于此种情感规范则陷入愚钝、愚顽的精神状态;"深于《诗》者",由外而内,由貌而心,都有一种良好的情感状态和精神状态,如陆贾所语:"情素之表,怡畅和良。"总之,这一"《诗》教"就是以颜色温润,情性和柔,本质朴实,品德淳厚这样审美与伦理道德合一的情感标准,来教育并规范进入社会的人,尤其是其中的知识分子。

将情感教育列于首位,这是因为在此之前的政治家和哲学家们已经高度重视这一问题,董仲舒的著作中有连篇累牍的论述,或说"明于情性乃可与论为政,不然,虽劳无功";或说"圣人治国也,因天地之性情";或说"礼,体情而防乱者也"。他强调人天生之性情还须接受教化,说"质朴之谓性,性非教化不成;人欲之谓情,情非制度不节"②等等。治《诗经》的博士们,如韩婴,亦将"情"与"礼"联及言之,或说"礼者则天地之体,因人之情而为之节文者也。……礼然而然,是情安于礼也";或说"圣王之教其民也,必因情而节之以礼,必从其欲而节之以义"(《韩诗外传》卷五、十五、十六章)等等。

---

① 陈澔:《礼记集说》,上海古籍出版社,1987,第273页。
② 分别见《春秋繁露》之《正贯》《保位权》《天道施》及《元光三年举贤良对策》(《全汉文》卷二十三)。

治《齐诗》的翼奉，以阴阳五行说来观人之性情，并以"知性情"为"诗学"之术：

> 察其所繇，省其进退，参之六合五行，则可以见人性，知人情，难用外察，从中甚明，故《诗》之为学，性情而已。五性不相害，六情更兴废。观性以历，观情以律。(《汉书》卷七五,《翼奉传》)

"五性"者，肝性、心性、脾性、肺性、肾性也；"六情"者，哀、乐、喜、怒、敬、爱也（据颜师古注《汉书》引晋灼语和《乐记·乐本》篇）。翼奉认为人之性情与五行六合相生相参，是天地自然与人之生理相互感应的结果，从诗歌中最能观人之性情。他的"《诗》之为学,性情而已"，与《诗》之为教，"温柔敦厚"，分别从学术、从教育角度，突出了情感在诗歌领域的重要位置，儒家于《诗》的"学"与"教"统一了。

儒家诗教在《礼记》编成的汉宣帝时代，可以认为正式确立了。在这确立的过程中，以强化"志"的理性内涵于前，以对情感的规范于后。中国诗学批评之核心情志说，有了最权威和较为完善的理论形态，它将通过《诗大序》和郑玄笺注《毛诗》而系统化。

三 《诗大序》与《诗谱序》的理论意义

《诗大序》又名《毛诗序》，是毛苌所传《诗毛氏传》列于首篇《关雎》题下的一篇序言。现存《毛诗》三百零五篇，每篇有"序"，以《关雎》之序最长，具有全书总序的性质，为区别于其余各篇小序，因称"大序"。这篇序相传为子夏所作，唐代陆德明《经典释文》卷五引沈重语："郑（玄）《诗谱》意，《大序》是子夏作，小序是子夏、毛公合作，卜商意有未尽，毛更足成之。"定子夏作没有确凿的证据，子夏之后有子思、孟子等儒学传人，都未提及子夏序《诗》之事,《乐记》中有与《诗大序》中相同的言辞（如"治世之音安以乐……"），如确系子夏有言在先，当不至于不提子夏之名（《魏文侯篇》又主要记子夏论《诗》、乐）。再从现在所见《诗大序》文本分析，孔子稍后，思、孟之前，不可能有如此明确的诗歌观念和系统的理论阐释，一些重要的理论观点，如"在心为志，发言为诗"，"发乎情，止乎礼义"，都是在孟子、荀子之后才显露某些端倪，到汉人手中逐渐明晰起来。更为重要的一点是：子夏的时代还只有作为历史文献《诗》的观念，没有作为文体的"诗"的观念，《诗大序》论诗，显然有了明确的后一种观念。范晔《后汉书·儒林列传·卫宏》定《诗大序》为西汉末、东汉初在光武帝时做过议郎的卫宏所作，其云：

> 卫宏，字敬仲，东海人也，少与河南郑兴俱好古学。初，九江谢曼卿善《毛诗》乃为其训。宏从曼卿受学，因作《毛诗序》，善得风雅之旨，于今传于世。（《后汉书》卷一〇九）

范晔的时代距东汉之亡仅两百余年，说《毛诗序》"于今传世"必有可靠的文献典籍为依据，不然，绝不敢将孔子嫡传弟子、魏文侯师这样一位儒学大家的作品，轻易地断为《毛诗》后传弟子所作。

《诗大序》首尾两段，似乎属《关雎》的"小序"（唐陆德明《经典释文》引旧说，认为"《关雎》，后妃之德也"至"用之邦国焉"为"小序"；自"风，风也"至篇末为"大序"），其理论重心恰在首尾段之间。《诗大序》的作者总结了"《诗》三百"的创作经验及其社会效应情况，吸取了先秦诗、乐理论中一些精辟论点，同时又将董仲舒等汉儒的诗学观化入其中，在此基础上概括归纳出比较系统的、纯属于儒家的文艺理论——诗学的与美学的——若干原则。它是中国诗歌理论发展史上第一篇诗学专论，对此后诗歌创作和理论批评的发展，乃至整个文学艺术领域创作与理论批评的发展，都产生过重大的影响。在如下四个方面，《诗大序》初步系统地建构了儒家诗学的理论与批评原则：

第一，从文体诗而不再是从文献《诗》的角度，正式确认为"作诗言志"；从诗人作为创作主体而不再是依附于"圣人"，阐述了诗的精神特质与诗歌创作的心理发生过程。《诗大序》首论诗之本体性质与特征：

> 诗者，志之所之也，在心为志，发言为诗。情动于中而

形于言，言之不足故嗟叹之，嗟叹之不足故永歌之，永歌之不足，不知手之舞之，足之蹈之也。

这不再是《左传》中那种"赋《诗》言志"的形态，首先指出诗是诗人之志的载体，而"志"先是蕴藏在诗人心中，发于外而为诗。这一提法，化《礼记·仲尼闲居》记孔子语"志之所至，《诗》亦至焉"而来，可又不是说"志"动则诵《诗》，而是"志"动则激发出创作的欲望。这一提法，比《乐记·乐象》所说"本于心"又有所发挥，由"所之"而"发言"，表述了"英华发外"的动态过程。接着，进一层言及"情"：情由志发、志因情动，"形于言"的直接动因还在于"情动于中"，这就是说，"志"与"诗"之间的重要传媒是"情"，情动而后有诗之"言"。诗之"言"已不同于一般的日常生活的语言，因为后者并不都要"情动于中"才发；诗之"言"还不止于此，有限的语言往往不足以表达诗人心中微妙精深或广大高远的情志，"言不尽意"（《周易·系辞》语）而"嗟叹之"，"嗟叹"是诗人进入一种极不寻常的精神状态与言语状态，真正的诗美就在这种状态中生发出来，正如古希腊学者德谟克里特所说："一位诗人以热情并在神圣的灵感之下所作成的一切诗句，当然是美的。"①"嗟叹之"后那段话，直接化用《乐记·师乙》篇中"故歌之为言也，长言之也。说（悦）之故言之，言之不足故长言之，长言之不足故嗟叹之，嗟叹之不足……"那是说唱歌，《诗大序》由歌而诗，由诗而歌而舞，强化了一切艺术创造中情感激发的特殊状态；把"言志"之诗与音乐、舞蹈相衔接，也等于正式承认了诗是一种艺术样式，是一种美文学！这段关于诗本体的论述，继《乐记》"本于心"之说，皆成了千古不易之论。

第二，论述了诗与时代、与政教的关系，强调诗"教以化之"的功用，从而标举诗有着崇高的社会地位：

情发于声，声成文谓之音。治世之音安以乐，其政和；

---

① 转引自北京大学哲学系美学教研室编《西方美学家论美和美感》，商务印书馆，1982，第17页。

乱世之音怨以怒,其政乖;亡国之音哀以思,其民困。故正得失,动天地,感鬼神,莫近于诗。先王以是经夫妇,成孝敬,厚人伦,美教化,移风俗。

这段话是诗的功用纲领性论述,但基本上是糅合先秦之成说,前半部分直接引自《乐记·乐本》篇(前章已述及),对诗歌创作来说就是:什么样的时代产生什么样的诗篇,诗是世态人情的真实反映,而不是什么样的诗可以造就一个什么样的时代。后半部分则取意于《荀子·乐论》中"乐行而志清,礼修而行成,耳目聪明,血气和平,移风易俗,天下皆宁"那段话,发挥为诗有"修身、齐家、治国"的重大功能。如果我们从总体理解,诗是诗人的心声,必然表现出诗人所处的时代和自身具体生存环境的风貌,时代与社会的兴衰成败都会在诗中反映出来,这段话大致是正确的;按荀子"美善相乐"的观点,寓教于乐,寓功利作用于审美感化之中,也是可行的。但是这段话又把诗的地位抬得太高了,把诗的作用过于夸大了,由此,反而取消了诗作为美文学文体的独立地位,诗人即使抒个人之情,言个人之志,也必须以社会群体意识为依归,他负有"正得失"这样重大的政治任务;他所作的主要是"上以风化下,下以风刺上",所运用的方法是"主文而谲谏",即对上不直言其失,以富有文采的言辞,隐约、曲折地表达自己欲言之意,而达到"言之者无罪,闻之者足戒"的目的。如此规定,诗主要还是作为"达政"的一种主要工具,而"经夫妇"等五大功用,更是治世之所托了。要看到,在理论上将文体诗推向一个崇高的地位,比将《诗经》置于崇高的地位危害性更大,因为对于已成为历史文献的《诗》强加规范,不过是强加于古人,孰是孰非已成历史的陈迹;而对文体诗作如此规范,则预制了一个诗歌创作的模式,强加给后代诗人一个定向的思维方式,或重或轻地制约以至扼杀他们自由的审美创造。中国自古以来就有一个文艺为政治服务的传统,从诗与音乐的接受理论开其端,至《诗大序》的创作理论而成其型,给后来中国文学造成积极的(政治方面)和消极的(艺术、审美方面)影响都是难以估量的。

　　第三，以《诗经》作品为范例，论述了诗的体裁和艺术表现手法，"主文而谲谏"是诗歌艺术表现特征的总括，开后来"含蓄""隐秀"说之端，而于诗之体，承《周礼·春官》"太师……教六《诗》"之说，明确地论定"诗有六义"：

　　　　一曰风，二曰赋，三曰比，四曰兴，五曰雅，六曰颂。……是以一国之事，系一人之本，谓之风；言天下之事，形四方之风，谓之雅。雅者，正也，言王政之所由废兴也。政有大小，故有小雅焉，有大雅焉。颂者，美盛德之形容，以其成功告于神明者也。

"六义"，应该说就是六种类型的诗，有的以所表现的内容特征为体，用今天的文学分类法，"风"应归于较纯粹的个人抒情诗之列，而"雅"以"言王政之所由废兴"应属政治抒情、讽谏或叙事诗之列，至于"颂"，那完全是政治的和宗教的赞美诗了，后来作为新文体的"铭""诔""箴""赞"，实质上都本于《大雅》与《颂》而来。这里论"六义"不释赋、比、兴而专标风、雅、颂，是基于"用之邦国，用之乡人"的观点，将诗为政教服务划分为三个等级，其作用由小至大，由狭而广，由低级上升到高级。至于赋、比、兴不论，因为此三者属于表现手法，已包蕴在三种体式之中，孔颖达《毛诗正义》中"疏"道：

　　　　风、雅、颂者，《诗》篇之异体；赋、比、兴者，《诗》文之异辞耳。……赋、比、兴是《诗》之所用，风、雅、颂是《诗》之成形。用彼三事，成此三事，是故同称为"义"。

　　事实上也是如此，风、雅、颂随《诗经》成为历史文献而成为后人不再使用的诗体，赋、比、兴却成了后人常用常新的表现手法，直到毛泽东在谈诗的《致陈毅的一封信》中还郑重地提及。

　　第四，《诗大序》论《诗经》，还有一个非常值得注意的观点，那就是《诗》的发展有"正"有"变"，这是"治世之音""乱世之音"理论上的总结。《关雎》《麟趾》之化，王者之风，故系之周公。'南'，言化自北而南也。《鹊巢》《驺虞》之德，诸侯之风也，先王之所教也，故系之召公。《周南》《召南》，正始之道，王化之基。"在他心目中，这是正宗的风、雅，与此相对的则是"变风""变雅"，其产生原因与思想艺术特征是：

> 至于王道衰，礼义废，政教失，国异政，家殊俗，而变风、变雅作矣，国史明乎得失之迹，伤人伦之废，哀刑政之苛，吟咏情性，以风其上，达于事变而怀其旧俗者也。故变风发乎情，止乎礼义，先王之泽也。

以"正""变"言《诗》，可说拓宽了解释《诗》三百"的视野，以之言文体诗，则拓展了诗歌创作的路子，因为"变"以讽刺怨谏为主要指向，以"伤""哀"为情感主潮，从而突破了"美盛德之形容"的格局。《关雎》在汉儒们看来也有"乐"有"忧"有"哀"，但那是"乐得淑女，以配君子；忧在进贤，不淫其色；哀窈窕，思贤才，而无伤善之心焉"。此种感情完全是圣人之情，一般的诗人不可及，唯有"变风""变雅"，才给予诗人们表达自己真实感情的机会，"吟咏情性，以风其上"。"吟咏情性"新观念发生，是"变"的最大成果之一，由此而才有作为文体诗的"情动于中而形于言"的正确认识。一个"变"字，还启迪了后来诗人作家的创新意识，刘勰说："文律运周，日新其业，变则其久，通则不乏。"（《文心雕龙·通变》）但是，《诗大序》的作者在肯定"变"的同时，又立即规定了"变"的方向，规范了"变"的方法，《诗》不过是从弘扬王道变为"救亡"王道，"吟咏情性"也不是对新生事物、新的前景的向往与赞美，而是回过头去"达于事变而怀其旧俗"，发思古之幽情，怀念那"先王之泽"的美好。"发乎情，止乎礼义"之底蕴，原来尽在于此！于是，"吟咏情性"与"发乎情"实质上只是半截子诗论，另一半又陷入功利追求之中去了！

这种"变"的观念及其规范，给以后的中国文学史造成了不少矛盾现象。那就是：即使要创新，也以"复古"的面貌出现，唐代韩愈、柳宗元和明代前、后七子的复古运动，都是典型之例。以复古为通变，在某些具体的历史环境中虽然有一定的积极意义,但拘泥"达于事变而怀其旧俗",必然缺乏思想全新之变的勇气与魄力,恋于"先王之泽"尤有思想倒退之虞。

《诗大序》对于中国诗学批评的发展有重大的开创性的意义,但它在理论上又充满了矛盾,有明显的两面性:附庸的与本体的,[①]功利的与审美的,正统的与变异的……且往往是前者制约、规范着后者。矛盾着的两方面,几乎都分别成为后世不同的诗学派别(如"言志"派与"缘情"派)的理论依据,各自发挥而共同构成一部又矛盾又统一的中国诗学批评史。

卫宏作《诗大序》之后,郑众、贾逵传《毛诗》,后马融作《毛诗传》,郑玄作《毛诗笺》。郑玄《毛诗笺》传于后世影响最大,唐代孔颖达撰《毛诗正义》即以此为底本。郑玄(127—200)所作《诗谱序》及其他一些有关诗的论述,是对《诗大序》的重要补充,《诗谱序》是一篇诗歌产生和发展的史论性质的文章,首先就提出一个诗自何时而有的个人见解:

> 诗之兴也,谅不于上皇之世,大庭、轩辕,逮于高辛,其时有亡,载籍亦蔑云焉。《虞书》曰:"诗言志,歌永言,声依永,律和声。"然则诗之道,放于此乎?有夏承之,篇章泯弃,靡有孑遗。迄及商王,不风不雅。何者?论功颂德,所以将顺其美;刺过讥失,所以匡救其恶。各于其党,则为法者彰显,为戒者著明。

他怀疑诗歌产生于"上皇之世",也怀疑舜有"诗言志"之说,因为无史籍记载可证;商代也不见风诗、雅诗,因为那时"论功颂德"与"刺过讥失"都顺其事而行,"彰显"而"著明",无须"主文谲谏"。他认为诗主要是因为上下"情志不通"才有所作,另有《六艺论》一

[①] 朱自清《诗言志辨·作诗言志》章指出:"《诗大序》变言'吟咏情性',却又附带'国史……伤人伦之废,哀刑政之苛'的条件,不便断章取义用来指'缘情'之作。"指出此时"缘情"还是"言志"的附庸。

文力申此见：

> 诗者，弦歌讽喻之声也。自书契之兴，朴略尚质，面称不为谄，目谏不为谤。君臣之接如朋友然，在于恳诚而已。斯道稍衰，奸伪以生，上下相犯。及其制礼，尊君卑臣，君道刚严，臣道柔顺，于是箴谏者希，情志不通，故作诗者以诵其美而讥其过。（孔颖达《毛诗正义》卷首《诗谱序正义》引）

他认为等级制度不森严的时代没有诗，也不需要诗，诗是君尊臣卑时代为"通情志"才显示其必要性。《诗谱序》把诗的产生定在周王朝兴起的时代，且美诗先于刺诗而出现："周自后稷播种百谷，黎民阻饥，兹时乃粒，自传于此名也。""此名"，即"诗"之名；自此而后，"至于大王、王季，克堪顾天。文、武之德，光熙前绪"，于是有了《周南》《召南》《鹿鸣》《文王》诗，又及"成王、周公致太平，制礼作乐，而有颂声兴焉"。他将这一段时期所出现的诗尊为"诗之正经"。至于"刺诗"，是自"懿王始受谮亨齐哀公"至"陈灵公淫乱之事"，这一段时期"政教尤衰，周室大坏。《十月之交》《民劳》《板》《荡》，勃尔俱作。众国纷然，刺怨相寻"。郑玄称那些刺诗为"变风变雅"，对《诗大序》之谓"变风变雅"作了历史的、诗歌性质的界定。

郑玄把诗歌的产生也论定为与政教有密切的关系，认识过于狭窄了，是从当时已有的"饥者歌其食，劳者歌其事"之诗歌起源说的后退。①但他对"变风变雅"给予了特别的注意，指出其"忧娱之萌渐，昭昭在斯，足作后王之鉴"，并且按司马迁的《史记·年表》为《诗经》排定年谱，是谓"诗谱"，大力倡导联系时代背景而释《诗》："欲知源流清浊之所处，则循其上下而省之；欲知风化芳臭气泽之所及，则傍行而观之。此诗之大纲也。举一纲而万目张，解一卷而众篇明，于力则鲜，于思则寡。"这是孟子"知人论世"批评观的发展，使文艺

---

① 何休《春秋公羊传·宣公十五年解诂》："男女有所怨恨，相从而歌。饥者歌其食，劳者歌其事。"（《十三经注疏·春秋公羊传注疏》卷十六。）

的社会学批评趋于严密和完善。

郑玄也是对诗之表现手法"赋""比""兴"作出正式而全面解释的第一人。在他之前,郑众(?—83)也解释了比、兴:"比者,比方于物也;兴者,托事于物。"(《周礼注疏》)郑玄则曰:

> 赋之言铺,直铺陈今之政教善恶。比,见今之失,不敢斥言,取比类以言之。兴,见今之美,嫌于媚谀,取善事以喻劝之。

弥补了《诗大序》之缺,也基本上道中了这三种诗歌表现手法的特征,但他又将这些手法的产生和运用限于特定的功用范围之内,皆与《诗》之政教美刺内容相关,反不如郑众之说简明扼要。

四 《离骚》评价之争

虽然《诗经》在汉代取得了崇高的地位,以《离骚》为代表的屈原作品,也有着巨大的影响,汉代文学史的最大标志——赋,就是汉代文学家学习屈原、宋玉之"赋"而创造、独立于诗的新文学文体。但是,对于如何评价屈原的作品,从西汉至东汉发生过漫长的论争,这场论争以肯定、基本否定、再肯定的形态展开,涉及一些重大的诗学理论问题和批评原则,不但丰富了汉代的诗学内容,且开魏晋"文学自觉时代"之先声。

首次评价在汉武帝时代[①]。据说,汉武帝很喜爱《离骚》,命淮南王刘安为之作"传",刘安"自旦受诏,日早食已"(高诱《淮南鸿烈解叙》)。现已见不到刘安所作全文,据班固《离骚序》引,有如此评价:

> 《国风》好色而不淫,《小雅》怨诽而不乱,若《离骚》者可谓兼之。蝉蜕于浊秽之中,浮游于尘埃之外,皭然泥而

[①] 汉文帝时代贾谊作过《吊屈原赋》,对屈原的悲壮人生表示了敬仰之情,但未及作品,此不论。

不淄。推此志也，虽与日月争光可也。

刘安是不"独尊儒术"的，他与门人幕僚合著的《淮南子》，杂取儒、道、黄老之术，他对《诗》之评价沿用儒家之说，在他心目中，《离骚》兼有《风》诗与《小雅》的优点，是出众超群之杰构。在《淮南子·修务篇》中，他曾论人之精神的高境界，拟圣人而言之："且夫精神滑淖纤微，倏忽变化，与物推移，云蒸风行，在所设施。君子有能精摇摩监，砥砺其才，自试神明，览物之博，通物之壅，观始卒之端，见无外之境，以逍遥仿佯于尘埃之外，超然独立，卓然离世，此圣人之所以游心。"由此可推知，《离骚》之"蝉蜕于浊秽之中，浮游于尘埃之外"，正是有刘安所崇尚的那种"无外之境"，与宇宙同在，与日月争光。这是对《离骚》的哲学——美学的评论，是对屈原人品与诗品至高无上的评价。

与刘安同时代的司马迁，以他自己履忠被谮的愤懑心态，对屈原及其作品有着锐敏的感受与深刻的理解，说及屈原的创作动机，在《报任安书》与《史记·太史公自序》中，都以"屈原放逐乃赋《离骚》"，与"文王拘而演《周易》，仲尼厄而作《春秋》"并列，他们都是"倜傥非常之人"，他们的作品都是"人皆意有所郁结，不得通其道，故述往事思来者"。他在《史记》里为屈原立传，《屈原列传》中对其悲壮的"发愤而抒情"的情感品格，作了探本索源的剖析：

> 屈平疾王听之不聪也，谗谄之蔽明也，邪曲之害公也，方正之不容也，故忧愁幽思而作《离骚》。离骚者，犹离忧也。夫天者，人之始也；父母者，人之本也，人穷则反本，故劳苦倦极，未尝不呼天地也；疾疼惨怛，未尝不呼父母也。屈平正道直行，竭忠尽智以事其君，谗人间之，可谓穷矣。信而见疑，忠而被谤，能无怨乎？屈平之作《离骚》，盖自怨生也。

司马迁从人之本性、常情而充分肯定了屈原之怨，这虽然还属孟子界定的"可以怨"的范围，但因为司马迁是以自己的人生经验而与《离骚》的"忧愁幽思"共鸣的,没有受到"志于礼"和政教风化功利观的左右,是与刘安哲学——美学评价相应的贴近诗之本体的真切感受。接着,他援引了刘安的《风》与《小雅》"兼之"之语,作了展开性评述,高度评价《离骚》的思想性和艺术性:

  上称帝喾,下道齐桓,中述汤武,以刺世事。明道德之广崇,治乱之条贯,靡不毕现。其文约,其辞微,其志洁,其行廉,其称文小而其指极大,举类迩而见义远。其志洁,故其称物芳;其行廉,故死而不容自疏。濯淖淤泥之中,蝉蜕于浊秽,以浮游尘埃之外,不获世之滋垢,皭然泥而不滓者也。推此志也,虽与日月争光可也。

这里,司马迁三次颂扬屈原之"志",其志高洁,故与大自然一切芳香美好的东西同在,故出污泥而不染,故不能为俗世所容,但可与日月争光。司马迁关于"志"的观念与董仲舒的"诗道志,故长于质"确有"质"的区别,此"志"是诗人独特人格与社会现实碰撞所闪现的灿烂光华!他又以"太史公"的身份曰:"余读《离骚》《天问》《招魂》《哀郢》,悲其志。"他到过屈原自沉的地方,"未尝不垂涕,想见其为人";他也曾"怪屈原以彼其材,游诸侯,何国不容,而自令若是";后来读到贾谊的《鹏鸟赋》受到启发,屈原"同生死,轻去就"的崇高品质和伟大人格,使他感到"爽然自失矣"。

  如果说,司马迁等以肯定屈原情志为重心,对其作品作出崇高的评价,那么,西汉晚期的扬雄(前53—18),对此就态度游移了;及至约两百年之后东汉的班固(32—92),对此作出了基本否定的评价。扬雄一生"好古而乐道",以宣扬文武周公孔子之道为己任,在《法言》中"自比于孟子"。他又是一位文学家,并以辞赋见长,到晚年却又悔其少作,说"童子雕虫篆刻……壮夫不为",又说"诗人之赋丽以则,辞人之赋丽以淫"(均见《法言·吾子》),还是尊《诗》为正经,以辞赋为末技。扬雄对屈原的人格、品德十分敬仰,说是"如玉如莹,爰变丹青。如其智,如其智"(同上)。他专作《反离骚》之赋,对屈原的遭遇表示深刻的同情，有"愍吾累之众芬兮，飏烨烨之芳苓。遭季夏之凝霜兮，庆夭顇而丧荣"等语。但是他反对屈原的"同生死，轻去就"，《汉书·扬雄传》揭其旨云："又怪屈原文过相如，至不容，作《离骚》，自投江而死。悲其文，读之未尝不流涕也。以为君子得时则大行，不得时则龙蛇。遇不遇，命也，何必湛身哉？乃作书，往往摭《离骚》文而反之。"这就是——当屈原说："众女嫉余之蛾眉兮，谣诼谓余以善淫。"《反离骚》则说："知众嫭之嫉妒兮，何以扬累之蛾眉？"《离骚》结语云："既莫足与为美政兮，吾将从彭咸之所居。"扬雄"反"之曰："弃由、聃之所珍兮，跖彭咸之所遗。"等等。屈原不该扬美于众，应该走逃避现实的道路而不必以身殉志。扬雄虽然同情屈原，但又以不能明哲保身责备屈原，对屈原的高尚志向、爱国衷情的否定，实质也是对其作品间接的否定。扬雄还算委婉的批评，稍后则为班固所强调。

　　班固在《汉书·艺文志》中，虽说了"楚臣屈原离谗忧国"而"作赋以风"，但又将"赋"贬为"贤人失志"之作。所谓"失志"，就是失于圣人之志，班固的情志说是属于儒家正统观念的，以他前代汉儒所释《诗》之志为准则，"省其诗而志正"（《汉书·礼乐志》语）是他对诗的非审美之求，认为创作是"或以抒下情而通讽谕，或以宣上德而尽忠孝，雍容揄扬，著于后嗣"（《两都赋序》）。按他这样的准则来衡量屈原作品，当然是不那么合格的。他作了《离骚赞序》和《离骚序》两篇文章，前者，可能是因为屈原的崇高声望不敢轻易抹杀，对屈原政治遭遇尚能以史家之笔，给予较为客观和公正的评述，说《离骚》是"明己遭忧之辞"，"其辞为众贤所悼悲，故传于后世"；后者，则以论辩刘安的《离骚》评价"斯论似过其真"始，继之对屈原及其作品作出大部分是否定的论评，其文曰：

　　　　且君子道穷，命矣。故潜龙不见是而无闷。《关雎》哀周道而不伤。蘧瑗持可怀之智，宁武保如愚之性，咸以全命避害，不受世患。故《大雅》曰"既明且哲，以保其身"，斯为贵矣。今若屈原，露才扬己，竞乎危国群小之间，以离谗贼。然责数怀王，怨恶椒、兰，愁神苦思，强非其人，忿怼不容，沉江而死，亦贬絜狂狷景行之士。多称昆仑、冥婚宓妃虚无之语，皆非法度之政、经义所载。谓之兼《诗》风雅，而与日月争光，过矣！

"明哲保身"云云，不过是重复扬雄的责难，而全文要害之处是指摘屈原的"露才扬己"，这完全是离开了具体作品的非文学批评！按班固的逻辑，屈原还有"犯上"之嫌，且又不识时务，强己之所为，实在说不上是一个其志高洁、品行清白令人景慕的高士。屈原的"露才扬己"，正是作为一位伟大的抒情诗人表现于他作品中强烈而独特的艺术个性，设若他在《离骚》里隐去自我，混灭才性，淡化愁思，其辞能为"众贤所悲"吗？任何优秀的艺术作品，都是艺术家人格的对象化实现，班固否定屈原的人格高尚，实质是全盘否定了他的作品，以史笔之褒贬强夺文学之评析。何况班固之史笔远非公正，晋代杨泉说："吾观班固《汉书》，论国体则饰主阙而抑忠臣，叙世教则贵取容而贱直节，述时务则谨辞章而略事实，非良史也。"[①] 对屈原的评论，正是他"抑忠臣""贱直节"的表现。关于《离骚》的艺术性，班固对那些艺术的虚构，奇特的想象，最能体现屈原作为一位真正诗人出众才华的那些无中生有意象化创造，指责为"皆非法度之政、经义所载"，真是腐儒之见，井蛙不可与语海也！且又以他史家的"述时务"来度量诗人的"神与物游"。鉴于屈原作品对汉代文学的巨大影响，他也不得不说"然其文弘博丽雅，为辞赋宗。后世莫不斟酌其英华，则象其从容"，有限度地称屈原为"妙才"，然而又以"非明智之器"贬之，充分表现了他那"正统"儒家、官方史家的"至论于目睫也"。[②]

班固对屈原的否定传出后，不久就激起一位后起的《楚辞》学家

---

① 《物理论》，转引自马总《意林》卷五。
② 范晔评班固语，见《后汉书·班固传》。

王逸据理而针锋相对的反驳。王逸（生卒年不详）在东汉安帝元初年间（114—119）任校书郎，负责校勘书籍，《楚辞章句》是他这方面的传世成果，是现存《楚辞》注本中最古的一部。他将自己所作哀悼屈原的《九思》收入《楚辞》中（他是湖北宜城人，也算楚人），又为各篇作注，作叙文，总揽全书有《楚辞章句序》。就在此序中，王逸针对班固的《离骚序》几乎是逐句逐段地进行了批驳。

他首先肯定了淮南王刘安的评价，赞其"大义粲然"，而"后世雄俊，莫不瞻慕，舒肆妙虑，缵述其词"。接着就"明哲保身"反驳道："且人臣之义，以忠正为高，以伏节为贤。故有危言以存国，杀身以成仁。……若夫怀道以迷国，详（佯）愚而不言，颠则不能扶，危则不能安，婉娩以顺上，逡巡以避患，虽保黄耇，终寿百年，盖志士之所耻，愚夫之所贱也。"王逸对班固所引以为榜样的蘧瑗、宁武，嗤之以鼻，他所论实际是上承孔孟之教，比班固的"正统"还正宗；同时，他说这番话是有直接的依据，那就是楚地前贤陆贾在《新语·慎微》篇早已讲过类似的话："夫播布革，乱毛发，登高山，食木食，视之无优游之容，听之无仁义之辞，忽忽若狂痴。推之不往，引之不来，当世不蒙其功，后代不见其才，君倾而不扶，国危而不持，寂寞而无邻，寥廓而独寐，可谓避世，非谓怀道者也。故杀身以避难，则非计也；怀道而避世，则不忠也。"陆贾之语，好似是为驳班固诬屈原而预说的，王逸因此而理直气壮。以下就集中反驳"露才扬己"之说：

今若屈原，膺忠贞之质，体清洁之性，直若砥矢，言若丹青，进不隐其谋，退不顾其命，此诚绝世之行，俊彦之英也。而班固谓其露才扬己……是亏其高明，而损其清洁者也。……且诗人怨主刺上曰："呜乎小子，未知臧否。匪面命之，言提其耳。"风谏之语，于斯为切，然仲尼论之，以为大雅。引此比彼，屈原之词，优游婉顺，宁以其君不智之故，欲提携其耳乎？而论者以为"露才扬己""怨刺其上""强非其人"，殆失厥中矣！

王逸充分肯定高度评价屈原之"己",这就是"忠贞之质""清洁之性",刚直不阿,疾恶如仇,是人中俊杰。为国为民,此"己"为什么不可扬?他是站在坚定的儒家立场为屈原辩护的,竭力将屈原塑造为一个属于儒家的英雄诗人,所作所为完全符合先圣孔子之教。此说屈原是以"风谏之语"提携其不智之君,《离骚经序》且说:"上述唐、虞三后之制,下序桀、纣、羿、浇之败,冀君觉悟,反于正道而还己也。"这完全是"依诗人之义",有什么可指责的呢?至于屈原之"才",那更多在艺术的创造方面表现出来,王逸又按儒家准则,肯定《离骚》之文都是"依托五经而立义",并摘句与《诗》《易》《尚书》《禹贡》之语类比,有力地反驳班固"虚无之语"的批评,并以此肯定屈原"智"与"才"的统一:

智弥盛者其言博,才益多者其识远。屈原之词,诚博远矣。

屈原不但有"妙才",且首先是"明智之器",因而他的作品"金相玉质,百世无匹"。在《离骚经序》中,王逸对其诗歌艺术还有总结性的论述:"《离骚》之文,依《诗》取兴,引类譬喻。故善鸟香草,以配忠贞;恶禽臭物,以比谗佞;灵修美人,以媲于君;宓妃佚女,以譬贤臣;虬龙鸾凤,以托君子;飘风云霓,以为小人。其词温而雅,其义皎而朗,凡百君子,莫不慕其清高,嘉其文采,哀其不遇,而愍其志焉。"这就是:屈原的"智"与"才",其作品的思想与艺术、创作动机与效果,达到了高度统一,是先秦时代与《诗》并峙的文学高峰,"名垂罔极,永不刊灭",对后世文学产生了巨大而深远的影响。

王逸虽然也是站在经学家的立场、大体未出儒家规范而为屈原辩护,可能他自己也没有意识到,他是为真正的文学辩护,为诗人的"言志""抒情"正名。诗人言什么样的"志",怎样言志,他承司马迁、刘安之后,深入到诗人创作心理动机的层面,初步作出区别经史学家的理论阐述。尤其是他肯定了屈原的"露才扬己","扬"个性化人格之"己","露"脱俗超众的艺术之"才",为中国抒情文学理论亮出了新的旗帜。王逸之论,发生于《毛诗》正热传之时(他与郑玄是同时代人，略早于郑玄），较之于儒家诗教"温柔敦厚"而"止乎礼义"，颇有标新立异之勇。

两汉历时近三百年《楚辞》评价论争，是与"独尊儒术"、尊《诗》为"经"平行发展的，王逸为这场论争划了一个圆满的句号。这场论争的意义远不止于正确评价《楚辞》的本身，更重要的是打破了儒家诗学一体化的格局，正如近人刘师培《南北文学不同论》所云："盖东汉文人，咸生北土，且当此之时，士崇儒术，纵横之学，屏绝不观，《骚》经之文，治者亦鲜。故所作之文，偏于记事析理，而骋辞抒情，嗣响无人。惟王逸之文，取法《骚经》。"①由此而开了文学的新生面，对于后来魏晋"缘情"的文学发生发展，起着潜移默化的作用，刘勰在《文心雕龙》中，不是将《明诗》而是将《辨骚》置于"文之枢纽"，是深得其旨的。

---

① 《国粹学报》第一年第九期。

第二篇 魏晋南北朝
诗歌本体的重构
与风格批评的出现

第四章

诗歌文体的重新认识

诗歌文体在汉代已经基本确立,尤其是东汉以来五言诗的发展,超越了一向作为历史文献的《诗》与有地域性观念的《楚辞》,成了一种完全独立的、有普遍性意义的诗歌文体。东汉作者所创作的《古诗十九首》,在五言诗的初创时代就已成为经典之作,诗的意蕴、抒情方式、形象意象、语言表达等方面,都令人耳目一新,较之《诗》《骚》,有同更有异,这为诗人和理论家们重新认识诗歌文体,提供了新的典范之作。

东汉在建安时代(196—220),汉室政权实际已落入曹氏之手,曹魏始祖曹操(155—220),是一位具有文学家气质的政治家和军事家,他"外定武功,内兴文学"[①],自己创作了像《步出夏门行》《蒿里行》《短歌行》《苦寒行》等杰出的四言诗和五言诗。曹操是一个敢作敢为的英雄人物,他的思想意识较少受到汉儒思想的束缚,鲁迅先生评价曹操思想行为的一大特点是"尚通脱":"通脱即随便之意,此种提倡影响到文坛,便产生多量想说什么便说什么的文章。更因为思

---

① 陈寿《三国志·魏志·荀彧传》裴松之注引《魏氏春秋》。

想通脱之后，废除固执，遂能充分容纳异端和外来的思想，故孔教以外的思想源源引入。"①这就是说，魏尚未立国之时，汉代"独尊儒术"的思想统制就提前结束了，思想意识已先于政权政治改朝换代了。

曹操又是一个重视人才的政治家，他征求人才，"不忠不孝不要紧，只要有才便可以"②，因此，在曹氏父子周围，集聚了一批杰出的文学家，"建安七子"是其中的代表（孔融、陈琳、王粲、徐幹、阮瑀、应玚、刘桢）。以"七子"而言，他们的文学创作各有成就，而文学观点也并不一致，如阮瑀的《文质论》重质抑文，应玚的《文质论》则强调"文"的重要作用。但是就总体和主流而言，以曹丕的《典论·论文》为旗帜，中国文学的发展，终于进入了一个自觉的时代。这个进入，又以纯文学的诗、赋为先锋。由魏及晋，自觉意识愈益强化，以文体的自觉与创作主体的自觉为主要标志，随之还有文学批评的自觉，其影响绵延至南北朝，发展到对"发乎情，止乎礼义"的儒家诗教公开的反叛。

一 曹丕、陆机、葛洪的诗美特征说

曹丕（187—226）字子桓，是曹操次子，因其兄曹昂早死，建安二十二年（217年）立为太子，三年后曹操死，继位为丞相及魏王，不久即废汉献帝自立为皇帝，在位仅七年多，他的文学活动，主要在称帝以前。曹丕是一位有才华的诗人，好与文士们结交，"行则连舆，止则接席……每至觞酌流行，丝竹并奏，酒酣耳热，仰而赋诗"③。他擅作乐府诗歌，四言、五言、杂言，形式不拘，其《燕歌行》二首，在七言诗发展史上有重要地位。《典论》是他"成一家言"的论著，写成于建安末，全书亡佚于宋代，其中《论文》一篇流传下来，这是

---

① 《鲁迅全集》（第三卷），人民文学出版社，1973，第381页。见《而已集》:《魏晋风度及文章与药及酒的关系》。

② 鲁迅此语，据曹操《举才勿拘品行令》:"……负污辱之名，见笑之行，或不仁不孝，而有治国用兵之术……勿有所遗。"

③ 曹丕:《与吴质书》。

我国文学批评史上第一篇综合性的文学专论。

《典论·论文》仅七百余字,却包含了论文人、论文体、论文气、论文学价值等多方面的丰富内容,而文人与文气实质是密切联系于一体的。"文以气为主,气之清浊有体,不可力强而致。譬诸音乐,曲度虽均,节奏同检,至于引气不齐,巧拙有素,虽在父兄,不能以移子弟。"这段话是论文人乃至文体之纲。

"气",远在春秋时代,就是人们用来解释宇宙生成等自然现象与人的生命存在一个内涵深广的观念,《管子·内业》云:"凡物之精,化则为生。下生五谷,上为列星,流于天地之间,谓之鬼神,藏于胸中,谓之圣人,是故名'气'。杲乎如登于天,杳乎如人于渊,淖乎如在于海,卒乎如在于屺。是故此气也,不可止以力,而可以安以德;不可呼以声,而可迎以意。"气是宇宙间生命的本源;"气者,身之充也",又是人的生命力的体现。人之气,从生理学而观,就是血气;从心理学而言,就是人的气质。据《左传·昭公九年》记载一个名屠蒯的"膳宰",从人的生理——心理转化,说出了"味以行气,气以实志,志以定言,言以出令"一番话。后来,孟子对此种生理与心理活动的相互作用,阐释得更加明确:"夫志,气之帅也;气,体之充也。夫志,至焉;气,次焉,故曰:持其志无暴其气。……志壹则动气,气壹则动志。"(《孟子·公孙丑》)曹丕所说的"气",既有生理的因素也有心理的因素,"清"气,一般是指俊爽超迈的阳刚之气,相当于孟子所说的"浩然之气","浊"气一般指凝重沉郁的阴柔之气。不同人之气清浊各"有体",决定着不同个性、才能直至思想和行为,一个作家也因此而适应不同的文体。结合他另一篇《与吴质书》,我们看他是怎样评价建安七子的(按《典论·论文》所列次序):

  王粲——"王粲长于辞赋"。"仲宣独自善于辞赋,惜其体弱,不足起其文;至于所善,古人无以远过。"

  徐幹——"徐幹时有齐气,然粲之匹也。……幹之《玄猿》《漏卮》《圆扇》《橘赋》,虽张、蔡不过也;然于他文,未能称是。""伟长独怀文抱质,恬淡寡欲,有箕山之志,可谓彬彬君子者矣;著《中论》二十余篇,成一家之言,辞义典雅,足传于后,此子为不朽矣。"

陈琳、阮瑀——"(陈)琳、(阮)瑀之章表书记,今之隽也。""孔璋(陈琳字)章表殊健,微为繁富。……元瑜书记翩翩,致足乐也。"

应玚——"应玚和而不壮"。"德琏常斐然有述作之意,其才学足以著书,美志不遂,良可痛惜。"

刘桢——"刘桢壮而不密"。"公幹有逸气,但未遒耳;其五言诗之善者,妙绝时人。"

孔融——"孔融体气高妙,有过人者,然不能持论,理不胜词,以至乎杂以嘲戏,及其所善,扬、班俦也。"(《与吴质书》中未提到孔融)

七位作家气质不同,便有所擅长或不擅长的文体,王粲"体弱",徐幹"有齐气"①,刘桢有"壮而不密"的"逸气",孔融"体气高妙"这四位作家对于诗赋文体有所长;陈琳、阮瑀、应玚则长于章表书记之类的议论文体。这样,曹丕就将作家气质个性与其所适应的文体,一并而观了,"文非一体,鲜能备善",就从根本上得到了理论的说明,开了魏晋南北朝对作家与作品风格批评的先声。

关于各种文体的特征,曹丕作了简洁的界定:

夫文本同而末异。盖奏议宜雅,书论宜理,铭诔尚实,诗赋欲丽。此四科不同,故能之者偏也,唯通才能备其体。

文体的分类,在汉代就已经出现,东汉刘歆著《七略》,"有《辑略》、有《六艺略》、有《诸子略》、有《诗赋略》、有《兵书略》、有《术数略》、有《方技略》",是文体分类的雏形,班固著《汉书·艺文志》

---

① 《文选》李善注:"言齐俗文体舒缓而徐幹亦有斯累。"徐幹为齐人,其文有舒缓散漫之象。

"删其要，以备篇籍"，其中《诗赋略》中列了"诗""赋""歌谣"三种文体①，但对各文体特征尚未描述（只说了"代、赵之讴，秦、楚之风，皆感于哀乐，缘事而发"）曹丕在此文中开列了八种文体，每两种用一字概括其特征，而"诗赋欲丽"的意义特别重大。

"丽"，也不是曹丕的发明，"诗人之赋丽以则"云云早为扬雄言及，但那个"丽"，不过是"发乎情，止乎礼义"的引申，因而有"则"与"淫"的褒贬系之。曹丕勇敢地甩掉了"则"与"淫"的附加。此所谓"丽"，其义即美，"丽"之初义是"偶也"（《周礼·郑玄注》），相对"物一无文"而言（《国语·郑语》），物"偶"就是"文"的表现，"文"是美的形式（对"质"而言），由此，"丽"就逐渐演变为与"文"与"美"同义，如《楚辞·招魂》："被文服纤，丽而不奇些"，"文"与"丽"对应。宋玉《神女赋》："茂矣，美矣，诸好备矣；盛矣，丽矣，难测究矣。"又《登徒子好色赋》："楚国之丽者莫若臣里，臣里之美者莫若东家之子。"又都是"丽"与"美"并举。因此，曹丕所说"欲丽"就是欲美，突出了诗赋的最主要的特征就是美，而不是其他，要呈现一种不带任何附加物的美的特质。

"诗赋欲丽"一言九鼎，具有划时代的意义、鲁迅实际上就是根据这句话作出一个重要的理论判断：

> 他说诗赋不必寓教训，反对当时那些寓训勉于诗赋的见解，用近代的文学眼光看来，曹丕的时代可说是一个"文学的自觉时代"，或如近代所说，是为艺术而艺术（Art for Art's Sake）的一派。

在鲁迅看来，"欲丽"是与"寓教训"对立的，就是将诗赋从汉儒所施加的重重的政教功利束缚中解脱出来。"为艺术而艺术"是一种比较纯粹的审美追求，诗歌文体至此才真正成为具有审美意义的文体；诗人有了审美的自觉对待这种文体，从而进行能动的美的创造，

---

① 《艺文志》有"序诗赋为五种"，郭绍虞注"五种"为屈原赋、陆贾赋、孙（荀）卿赋、杂赋、歌诗五种，实为三种文体。

曹丕本人的创作实践体现了这种审美的追求,"所以曹丕做的诗赋很好,更因他以'气'为主,故于华丽以外,加上壮大。归纳起来,汉末魏初的文章,可说是:'清峻、通脱、华丽、壮大'"①。

进一步肯定诗须美且揭示为什么而美,是陆机(261—303)。陆机字士衡,三国时东吴名将陆逊之孙,吴亡入晋,与弟陆云,文才倾动一时,时称"二陆",他为了探讨解决文学创作中"意不称物,文不逮意"而作《文赋》。《文赋》所论的主题将在下节阐述,此处且看它关于各种文体特征的一节:

> 体有万殊,物无一量,纷纭挥霍,形难为状。辞程才以效伎,意司契而为匠。在有无而俛仰,当浅深而不让。虽离方而遁圆,期穷形而尽相。故夫夸目者尚奢,惬心者贵当,言穷者无隘,论达者唯旷。诗缘情而绮靡,赋体物而浏亮。碑披文以相质,诔缠绵而凄怆。铭博约而温润,箴顿挫而清壮。颂优游以彬蔚,论精微而朗畅。奏平彻以闲雅,说炜晔而谲诳。虽区分之在兹,亦禁邪而制放。要辞达而理举,故无取乎冗长。

先言诗赋文章体制有别,适应于作家描写对象千状万态的变化;作家凭自己的才思与文辞技巧,在不同的文体中,兴致淋漓将自己胸中所蕴育思想与形象表达出来;作家气质个性不同,表达的方式与审美趣味也不同,诗文的风格各异。诗、赋两种文体列于其他八种文体之前,陆机将曹丕"诗赋欲丽"更具体化了,"赋体物而浏亮"无多少新义,"诗缘情而绮靡"一语,对于中国诗学理论的发展却具有重大意义,首先是它完善了曹丕的"欲丽"说。

"绮靡",是一个具有通感意味的美感表述词,是由对一种丝织物精美细密的视觉触觉美转化为内在感觉美的"精妙之言"(李善注《文选》释"绮靡"语),是"彩色相宣,烟霞交映,风流婉丽"(唐·芮

---

① 以上引文均见《魏晋风度及文章与药及酒之关系》。

挺章《国秀集序》释"缘情而绮靡"语）之美的一个总括，这无疑较之"丽"有更具体的美感。陆机比曹丕更大的贡献，还在于他是诗学史上第一次提出诗因"缘情"而美，把"情"推进了诗歌美学的范畴，将诗情的关系说得这么直接，撇开了"言志"，东汉的刘歆也曾道过："诗以言情，情者，性之符也。"①但没有联及美。陆机在他现存的著作中，"缘情"一词还出现了两次，一见于《叹逝赋》："顾旧要于遗存，得十一于千百，乐隤心其如忘，哀缘情而来宅。"一见于《思归赋》："彼思之在人，恒戚戚而无欢；悲缘情以自诱，忧触物而生端。"可见他在文学创作中，对情感的作用有深切的体会，"缘情而绮靡"已是他自觉的审美意识。朱自清先生在《诗言志辨·作诗言志》中说："'缘情'的五言诗发达了，'言志'以外迫切需要一个新标目，于是陆机《文赋》第一次铸成'诗缘情而绮靡'这个新语。'缘情'这个词组将'吟咏情性'一语简单化、普遍化，并隳桔了《韩诗》和《班志》的话，扼要地指明了五言诗的趋向。"②我认为，"缘情"说的提出，不仅仅是限于五言诗创作的趋向，因为刘歆在五言诗尚不发达并早于班固，就说了"诗以言情"的话，而"缘情"与"绮靡"的结合，从根本上来说，同时体现了创作主体的自觉和文体的自觉，也包含了魏晋作家对《诗经》的重新认识，包含了对一切美感文学（赋等）创作方法的总体认识。言"缘情"而不附加言"志"，可说是对"发乎情，止乎礼义"反叛的开始，这场反叛到南朝齐梁时代发展到高峰。

　　大力张扬"美"，并且强调"今诗"之美胜于"古诗"之美，旗帜更为鲜明的是与陆机同时代的葛洪（约283—363）。葛洪字稚川，自号抱朴子，晋代哲学家，医学家，撰《抱朴子》一书，其中外篇有多卷涉及文艺美学问题。他明确地指出"美"与"丽"可以是人主观的需要，主动的追求，美是需要施以人工的创造，《勖学》中写道："虽

---

① 《七略》，《全汉文》卷四十一。
② 朱自清：《朱自清古典文学论文集》（上），上海古籍出版社，1980，第223页（"饥者歌其食，劳者歌其事"见于汉代何休《春秋公羊传·宣公十五年解诂》）。

云色白，匪染弗丽；虽云味甘，匪和弗美。故瑶华不琢，则耀夜之景不发；丹青不治，则纯钩之劲不就。火则不钻不生，不扇不炽；水则不决不流，不积不深。故质虽在我，而成之由彼也。"这段话，可说是对孔子"绘事后素"提出了异议，认为"素"必须施之以"绘事"才有美，"质"虽好，但成之于用却有赖于"文"。前已提到，阮瑀写过一篇《文质论》，表达他重"质"轻"文"的思想："若乃阳春敷华，遇冲风而陨落；素叶变秋，既究物而定体。丽物若伪，丑器多牢；华璧易碎，金铁难陶。"应玚亦作《文质论》驳议，针对其"文"华而不实，"质"而不美但牢靠有用的观点说："若和氏之明璧，轻縠之桂裳，必将游玩于左右，振饰于宫房，岂争牢伪之势，金布之刚乎！"应玚只作美亦有用于世之辩，葛洪则比他更进一层反驳阮瑀之说："罽锦丽而且坚，未可谓之减于蓑衣；辎軿妍且又牢，未可谓之不及椎车也。"（《钧世》）强调美的东西质亦好，远胜过那些原始的质朴无华的东西，联系到文学艺术作品：

> 且夫《尚书》者，政事之集也，然未若近代之优文诏策军书奏议之清富赡丽也。《毛诗》者，华彩之辞也，然不及《上林》《羽猎》《二京》《三都》之汪濊博富也。……今诗与古诗，俱有义理，而盈于差美。方之于士，并有德行，而一人偏长艺文；不可谓一例也。比之于女，俱体国色，而一人独闲百伎，不可混为无异也。（《钧世》）

曹丕在《典论·论文》中批评了"贵远贱近"的不良积习，葛洪则正言"今胜于古"。为什么今诗胜于古诗？那就是今诗讲究美，"莫不雕饰"，不似"古者事事醇素"，他列举自汉至晋司马相如、郭璞、夏侯湛、潘岳等人的诗赋作品，一一指出胜过《诗经》中某篇某篇，对"近者"夏、潘二人推举尤甚，说"诸硕儒高才之赏文者，咸以古《诗》三百，未有足以偶二贤之所作也"。可谓"贵近贱远""厚今薄古"了。

葛洪的文学、美学观念较之传统观念，发生了根本性的变化，在他看来，是"时移世改，理自然也"。在《辞义》篇中，又提出"义以罕觐为异,辞以不常为美","挺逸丽于笔端"的创作原则;承曹丕文气有清浊、"文非一体,鲜能备善",再次发挥作家气质、个性、才能与文体有关之说:

> 夫才有清浊,思有修短,虽并属文,参差万品。或浩瀁而不渊潭,或得事情而辞钝,违物理而文工。盖偏长之一致,非兼通之才也。暗于自料,强欲兼之,违才易务,故不免嗤也。(《辞义》)

由建安而晋,由曹丕经陆机而至葛洪,文学,特别是其中的诗赋,创作主体的自觉、文体的自觉、审美的自觉愈来愈明朗。尤其是审美的自觉,的确在魏晋南北朝文学中,形成了"为艺术而艺术"的一派,中国古代诗歌艺术走向艺术的高峰,由《诗》《骚》至此,迈出了自觉自为的关键性一步。

二 "以意为主"对"言志"的变通

如果说"诗赋欲丽"包含了"诗赋不必寓教训","诗缘情而绮靡"更是"言志"以外的"一个新标目",那么,作为诗赋的怎样表现(美的形式)与表现什么(美的内容)便成了要一体解决的问题。"情",还只是诗人感物一种外化的表现,尚属浅层次的心理活动的内容,"发乎情"应当有更深层次的心理内蕴,才能产生激荡人心的诗美。用一个什么新观念词才能取代"言志"说又能吸收其"本于心"的合理内核?陆机率先在《文赋》中特别标举"意"。

"意",在诗以外的场合并不是一个新词,作为人对外界客观事物的认识活动而发生、累积的心理活动的内容,先人们早已用"意"来表述了,产生于战国时代解释古老《易经》的《易传·系辞》中,"子曰'书不尽言,言不尽意',然则圣人之意其不可见乎?子曰:'圣人立象以尽意……'"早已是代代传诵的名言了。《墨子》一书中后期墨家所作的《小取》,其论"是非之分""名实之辨",也有"以名举实,以词抒意"的话。《庄子·天道》篇中,更将"意"作为一种深邃精微的心理活动而加以界定,并认为是语言表达所不能穷尽的:"世之所贵道者书也，书不过语，语有贵也。语之所贵者，意也，意有所随。意之所随者，不可以言传也。"在《外物》篇中又提出了一个著名论断："荃者所以在鱼，得鱼而忘荃；蹄者所以在兔，得兔而忘蹄；言者所以在意，得意而忘言。"三国时的青年哲学家王弼，就是根据《易传》"立象以尽意"和庄子"得意而忘言"之说，在《周易略例》中提出了"得象而忘言""得意而忘象"的新说，为将哲学论辩中的"意""象""言"引向文学领域架起了桥梁。

陆机的《文赋》是为了探讨文学创作中如何解决"意不称物，文不逮意"而作，其"物"、"意"、"文"（文辞，即"言"）实与"象""意""言"对应，而"意"又处于中枢与主导的地位。我们知道，儒家正统的"言志"说及"志"的发生，并不是客观世界的外物感应心灵的结果，只是对于抽象的"道"及"礼义"的感悟和向往而"心之所之"；陆机在此首标"物"对"意"的感发，"意"就与"志"有微妙却又是深刻的区别了。具体地说，"物"是"意"发生的本源，"意"是作家感于物的能动的心理活动；作家有感于物才有"思"（"遵四时以叹逝，瞻万物而思纷"），才有悲、喜等六情的唤起（"悲落叶于劲秋，喜柔条于芳春"），才有高洁懔然的思绪意向欲求表达（"心懔懔以怀霜，志渺渺以凌云"）。心志或情志在《文赋》中被统称为"意"（有时又称为"理"，适应于一些议论性文章），作家将自己的"意"表现出来，于是就有了"文"，即各体文章。外物内化而生"意"，"意"外化而成"文"，文学作品的生成过程，第一次被陆机从理论上较为完整地揭示出来。

诗文的思想内容及主旨，言"意"言"理"（人事之理与物事之理）而不言"志"与"道"，是又一个重大观念变化，对此，罗根泽先生很敏锐地指出："'理'已不似'道'的严格，'意'较'理'更为游移；可以包括严格之'道'，也可以包括微温之'情'。"① 这就是说，"意"

---

① 罗根泽：《中国文学批评史》，上海古籍出版社，1984，第124页。见第三篇《魏晋南北朝文学批评史》第一章第二节《文学概念的转变》。

比"志"的内涵更为宽泛,"理"比"道"的内涵更为实在。还须特别指出的是,《文赋》言"意"有两义:一是文外之意,即作家主观的情志,感物而得,伫在作家的胸中尚未外发;二是文内之意,即作家通过文辞表达于诗文中的思想内容。属于前者如:

> 意不称物,文不逮意。
>
> 辞程才以效伎,意司契而为匠。
>
> 心牢落而无偶,意徘徊而不能揥。
>
> 或竭情而多悔,或率意而寡尤。

这些例句中所言之"意",显然还在作者主观方面,处于构思立意阶段,心中之意畅或不畅,致使下笔或易或难。文内之意(包括用"理"代"意")如:

> 理扶质以立干,文垂条而结繁。
>
> 其会意也尚巧,其遣言也贵妍。
>
> 或辞害而理比,或言顺而义妨。
>
> 或文繁理富,而意不指适。

郭绍虞先生曾撰专文《论陆机〈文赋〉中之所谓"意"》,指出《文赋》之意可有三种解释:第一种是"意义之意","指每一词或每一句所表达的意",再扩大一些范围,"指的是一篇一章中所蕴含的总意义。这即是所谓思想内容"。第二种是指"通过构思所形成的意",即作家通过构思的作用,心中有了要表现的意图,于是把外在的语言文字转化为充满情思的语言,如果作家文字功夫好,那就"意司契而为匠",反之则"文不逮意","意徘徊而不能揥"。第三种,"指结合思想倾向性的意,当然这也是所谓的思想内容,但似乎更重在作品所起的作用,因为这是可以看出作者的思想倾向的"。① 第一、三种都可说是文内之意,第二种是文外之意,即作者之意。作者之意与文章之意,应该说是一致的,一体的,但也会有不一致的情况,陆机已清楚地意识到

---

① 郭绍虞:《照隅室古典文学论集》下编,上海古籍出版社,1983,第140—142页。

这一点，因而发出了"虽兹物之在我，非余力之所勠。故时抚空怀而自惋，吾未识夫开塞之所由也"之叹息。真正要进入"意称物""文逮意"的创作境界，那就是"思风发于胸臆，言泉流于唇齿。纷葳蕤以馺遝，唯毫素之所拟。文徽徽以溢目，音泠泠而盈耳"。作者构思之意，左右逢源、淋漓酣畅地表现出来，"凌云健笔意纵横"（杜甫语），彻底摆脱那种"期于言志而止"的被动创作状态。

陆机的《文赋》因为不是纯文学理论，他虽然不言"道"与"志"，但是多言"理"，且常常"意""理"不分，若以"理"言之于诗，那么与"缘情"就不融洽了。自陆机之后，又出现了几位作家，他们在创作和理论中，都表现对传统的"言志"说有所改变。与陆机同时代的诗人潘岳（247—300），在他的名作《悼亡诗》第二首中直言"赋诗欲言志，此志难具纪"，即使用了"志"字，也完全与"道"无干，与政教无关，那是悼念亡妇之情意。晋宋之间的著名诗人陶渊明（365—427），在自我写照的《五柳先生传》中写道："闲静少言，不慕荣利。好读书，不求甚解；每有会意，便欣然忘食。……常著文章自娱，颇示己志。忘怀得失，以此自终。……黔娄之妻有言曰：'不戚戚于贫贱，不汲汲于富贵。'其言兹若人之俦乎？衔觞赋诗，以乐其志。无怀氏之民欤？葛天氏之民欤？"很显然，陶渊明一己之"志"更无关风教，而是乐在田园山水之间，忘怀个人得失，置政治的得失于身外，再不以"明得失之迹"为己任，实是对《诗大序》的训诫一种委婉的拒绝。"质性自然，非矫厉所得"（《归去来兮辞》序中语），可作为他诗文中所表达情与意的总括。又据记述晋时士大夫言行的《世说新语·文学》中有一则：

> 庾子嵩作《意赋》成，从子文康见，问曰："若有意邪，非赋之所尽；若无意邪，复何所赋。"答曰："正在有意无意之间。"

庾子嵩是东晋人，永嘉中为石勒所害，他作《意赋》，不是如陆机作《文赋》论文那样论"意"，而是"见王室多难，知终婴其祸，乃作《意赋》以记怀"。（据梁·刘孝标注）作于"有意无意之间"且又以"意"名题，这"意"包含了浓厚的情感性内容，进入自觉的"以意为主"的创作境界了。

在理论方面，与陆机同时代的挚虞（？—311）写过一部《文章流别论》，这部书主旨是辨文章之体裁，"于诗、赋、箴、铭、哀、词、颂、七、杂文之属，溯其起源，考其正变，以明古今各体之异同，于诸家撰作之得失，亦多评品"（刘师培语）。挚虞是从比较保守的观点论文体特征的，比如当时五言诗已颇为发达，可他还坚持说"雅音之韵，四言为正；其余虽备曲折之体，而非音之正也"。但他论述赋与诗两种文体时，都未抛却一个"情"字，说"古诗之赋，以情义为主，以事类为佐"；说"诗虽以情志为本，而以成声为节"，一"情义"、一"情志"，可见其观念变化的蛛丝马迹。当然，更具理论价值的是范晔的《狱中与诸甥侄书》：

> 文患其事尽于形，情急于藻，义牵其旨，韵移其意。虽时有能者，大较多不免此累，政可类工巧图绩，竟无得也。常谓情志所托，故当以意为主，以文传意。以意为主，则其旨必见；以文传意，则其词不流；然后抽其芬芳，振其金石耳。此中情性旨趣，千条百品，屈曲有成理，自谓颇识其数。尝为人言，多不能赏，意或异故也。性别宫商，识清浊，斯自然也。①

范晔（398—446）字蔚宗，为南朝宋代史学家，是《后汉书》的作者。元嘉二十二年，因与一桩所谓"谋反"案件有牵连，下狱被杀。《狱中与诸甥侄书》是他临终前所作的遗书，向自己的甥侄们（他儿子同时被杀）叙述一生事业的得失，将自己所作《后汉书》与班固所作《汉书》一较优劣，中间插述一段他的文学观点。范晔年轻时想成为一个文学家，但自觉"才少思难，所以每于操笔，其所成篇，殆无

---

① 据沈约《宋书》卷六十九《范晔传》引，以下有关范晔事迹与引文均出此传。

全称者",因此,"常耻作文士",后来从政,"但多公家之言,少于事外远致,以此为恨。亦由无意于文名故也"。①他是史学家且有文名,可见他在此书中所说的"文",实指纯文学之文,有"事外远致"的诗赋之文。

这段论述重要的理论价值在于:范晔改变了陆机"意""理"观念混淆的状况,独标"以意为主"。且明确地界定了"意"的观念内涵:"情志所托。"在他心目中,"情"与"志"不再是两个独立的概念,感情与思想融合一体而无间即"意",此"意"先是文外之意,在作家主体;"以文传意",转化为具体的作品,文辞各得其位恰到妙处,"意"与"文"又是一次融合,其总体美的表现是"抽其芬芳,振其金石";而其文内之意是:"此中情性旨趣,千条百品,屈曲有成理。"这种对于文内之意的态势描绘,较之《文赋》中所谓"理扶质以立干"就更具美感文学的特征。范晔是精通音乐的,善弹琵琶,此信最后一段是谈他演奏乐曲的一些感受,对于"意"有更深切的体验:

  吾于音乐,听功不及自挥,但所精非雅声为可恨,然至于一绝处,亦复何异邪?其中体趣,言之不尽;弦外之意,虚响之音,不知所从而来,虽少许处,而旨态无极。亦尝以授人,士庶中未有一豪似者,此永不传矣!

对于文学,范晔是"自谓颇识其数",但拙于自作;对于音乐,他是"听功不及自挥",在自己弹奏乐曲时,他对"意"之于乐曲的奥妙有更多的心领神会。"所精非雅声",可见他喜爱情调优美的非庙堂音乐,此所谓"体趣言之不尽","旨态无极",实是曲内之"意"另一种表述方式,而"弦外之意",又是他一大发明。从乐曲之意触发联想产生"弦外之意",说明"自挥"过程又是一个精品细赏以至进入再创造的过程,联系他前面对"意"的表述,便清楚地揭示了"意"于文学艺术的三段性:作者(文外)之意→诗文乐曲(文内)之意→

---

① 钟嵘在《诗品》中亦留范晔之名,列在"下品",评为"不称其才"。

读者品鉴触发联想（弦外、文外）之意；作者欲表达之意不尽同于诗文乐曲实际所蕴含之意，读者领会生发之意又不尽同于作品之意。这三个层次"意"的发明，使"意"完全摆脱了"道"与"理"的规范性，进入了更为自由更为"游移"的领域，强化了创作实践中"以意为主"的重大意义。

再回过头来看，范晔还提出了如何在创作中体现"以意为主"的原则，那就是不能仅止于描绘事物的形貌（"事尽于形"），不能以敷设华词丽藻为急务（"情急于藻"），不能固执于某些缺乏普遍性的事义而牵制了须着力表达的主题意旨（"义牵其旨"），不能为趁音就韵不惜改变要表达的原意（"韵移其意"）。范晔也强调了作家要据自己的气质个性而为文，承曹丕所言"气之清浊有体，不可力强而致"而说"性别宫商，识清浊，斯自然也"，把声律音韵之美亦与"情性旨趣"之美紧密联系在一起，自然而然地随"意"而行。他批评当时过于注重藻彩音韵而忽视传情达意的创作之病，谓是不从"根本中来"；声称自己作《后汉书》论、赞之类的文章，"皆有精意深旨，既有裁味，故约其词句"，力求"笔势纵放"，但又"殆无一字空设，奇变不穷，同合异体，乃自不知所以称之"。在《后汉书·文苑传赞》云："情志既动，篇辞为贵。抽心呈貌，非雕非蔚。殊状共体，同声异气。言观丽则，永监淫费。"也包含着"以意为主"反对过分文饰的意思。

范晔的"情志所托，以意为主"说，使中国诗学批评从"言志"说变通、发展，有了一个明显的标志，为以后专门的诗学论著所本。

三 "形似之言"与"声律"论

由魏晋而至南朝，人们对于诗歌的审美特征在进一步的探索并时有新的发现。"诗缘情而绮靡"和以"意"对"言志"说的变通，使诗的内在之美得以畅达地表现，诗人们的注意力便转移到诗的外在形式的美，于是诗的形象美与音乐美在创作实践和理论中被深入研究和大力提倡，诗歌文体的重新建构由内而外地进入完善阶段。

五言体诗的发展与山水诗的兴起，分别对形象美与音乐美的理论探讨起了很大的促进作用，前者使诗歌语言较之四言体有更多变化，后者使"物"成为诗人的主要审美对象，自然而然地使诗歌艺术面临新的突破。

五言体诗在东汉兴起以来，虽然有了《古诗十九首》这样经典式的作品，但尚无突出的地位，尽管"建安七子更唱迭和，号为极盛"（清·姜宸英：《五七言诗选序》），可是晋代的挚虞还在说："然则雅音之韵，四言为正；其余虽备曲折之体，而非音之正也。"（《文章流别论》）实际上，自建安以来，五言体已成为诗的主要形式了，阮籍《咏怀诗》，左思《咏史诗》，郭璞《游仙诗》等等，都是颇具规模的五言体组诗，并成为具有广泛影响的名作。及至南朝之宋、齐、梁，大批专作五言诗的名家相继涌现，在理论上为五言体正名实在是非常必要了，这时我们看到了历仕宋、齐、梁三朝的才子江淹（444—505）作了一篇《杂体诗序》，力辩"五言之兴"在诗歌发展史上的地位：

夫楚谣汉风，既非一骨；魏制晋造，固亦二体。譬犹蓝朱成彩，杂错之变无穷；宫角为音，靡曼之态不极，故蛾眉讵同貌而俱动于魄，芳草宁共气而皆悦于魂，不其然欤？……然五言之兴，谅非夐古。但关西邺下，既以罕同；河外江南，颇为异法。故玄黄经纬之辨，金碧浮沉之殊，仆以为亦各具美兼善而已。

江淹的《杂体诗》共三十首，均为五言体，系模拟自汉至南朝宋三十位诗人（包括佚名作者的《古诗十九首》）的诗美特征，意在弘扬五言诗。他主要的论点是：既然楚谣汉风可以不同于《诗经》，魏晋以来的五言诗也可独成一体，五言诗有其独特的形象与音韵之美。不同的作家作品，可以有不同的独特风格，不同时代、不同地域也有不同的风貌气象。五言诗虽然不是自古就有，但经过汉、魏（关西、邺下）和东晋、西晋、南朝（河外、江南）诗人多样化的创作实践，虽有"玄黄经纬""金碧浮沉"之表现不同，但均不失其诗之美。江淹对于轻视新体诗之论颇为不满，认为那是"论甘而忌辛，好丹而非素"，"贵远贱近"，"重耳轻目"，如果是持"通方广恕，好远兼爱"的正确态度，就能充分认识和公正地评价五言诗的历史地位。

关于山水诗的兴起，刘勰《文心雕龙·明诗》中有段描述："宋初文咏，体有因革，庄老告退，而山水方滋；俪采百字之偶，争价一句之奇，情必极貌以写物，辞必穷力而追新，此近世之所竞也。"在《物色》篇里又说："自近代以来，文贵形似，窥情风景之上，钻貌草木之中。"山水诗出现于晋末宋初的诗坛，可说是一反一正两种文艺倾向合力推动的结果。反的方面是东晋玄言诗的泛滥。所谓玄言诗，是一种阐释老庄和佛教哲理的诗歌，以托意玄远、崇尚虚谈为务，如沈约所说："为学穷于柱下，博物止乎七篇，驰骋文辞，义殚乎此。"诗意苍白贫乏，用钟嵘的话来说就是"理过其辞，淡乎寡味"，缺乏艺术形象和真挚的情感，实是文学自觉的时代一股小小的逆流，引起具有真正文学气质的诗人们的强烈反感，宋初的著名诗人颜延之、谢灵运，就是从这股逆流中突破出来。正的方面是晋末宋初的绘画领域，山水画的创作有大的发展，东晋顾恺之关于人物画的形神理论被应用到山水画中来，并且在理论上已有所反映，宗炳的《山水画序》说"山水以形媚道"，画家在青山秀水之间"身所盘桓，目所绸缪，以形写形，以色貌色也"。同时代的另一位年轻画家王微提出："夫绘画，竟求容势而已。"所谓"容势"，就是要求既画山水之形，又传山水之神："本乎形者，融灵而动变者，心也。灵亡所见，故所托不动；目有所极，故所见不周。于是以一管之笔，拟太虚之体；以判躯之状，画寸眸之明。"（《叙画》）山水诗的发展，没有相应的理论，但诗人们也是按"以形媚道"的创作原则"模山范水"，代表这一时期山水诗最高成就的前有谢灵运，后有谢朓。谢灵运因政治上的不得意，移情山水，他"寻山陟岭，必造幽峻，岩障千重，莫不备尽"①，写山水"尚巧似"而

---

① 《宋书》卷六十七《谢灵运传》。

有"逸荡"之思(钟嵘《诗品》语)。应该指出,到了南朝不仅山水诗如此,大凡以客观事物为审美对象的诗作,均注重形象的描写。钟嵘《诗品》把"巧构形似之言"首归西晋诗人张协,而谢灵运主要是受他的影响,其后颜延之、鲍照也都"尚巧似"或"善制形状写物之词"。颜之推评梁代诗人何逊也说"多形似之言",可见,形象描写的"形似"之说,已在诗人创作中广泛实现并为诗评家所重视了。

在刘勰、钟嵘之前,以历史发展的眼光阐释诗体的演变以及不同时代的诗歌所表现出来的不同艺术风格,以沈约的《谢灵运传论》较为系统和精辟。沈约(441—513)字休文,在齐代,他与后来成为梁代开国皇帝的萧衍以及著名诗人谢朓、任昉等为"竟陵八友"的成员,萧衍建立梁朝后,官至尚书令。他学问渊博,诗写得很好,有"沈诗任(昉)笔"之称,文学思想很开放,又是著名史学家,在其所著《宋书》一百卷中,谢灵运独占一卷,足见他对这位著名诗人的重视。在传后又写了"史臣曰"一大段文字,这就是文学批评史上著名的《谢灵运传论》,其似与本传无多大关系,主要是发表沈约自己对于文学发展的一些见解,并将他创立的声律学说附论其后,欲以其依附正史而传诸后世。其始云:

> 史臣曰:民禀天地之灵,含五常之德。刚柔迭用,喜愠分情。夫志动于中,而歌咏外发;"六义"所因,"四始"攸系;升降讴谣,纷披风什。虽虞夏以前,遗文不睹,禀气怀灵,理无或异。然则歌咏所兴,宜自生民始也。

这是略论诗歌的起源,虽然其中有《诗大序》的影子,但没有说诗是圣人用以教化和"国史"用以讽谏的工具,反是强调诗是"民禀天地之灵"而有喜愠之情需要抒发的精神产物,这里虽说了"志动于中","志"实是"情"的同义词(对应《诗大序》的"情动于中"),以一个"情"字为全文的核心论点而展开诗歌发展变化的论述。

"文以情变"是本文一个重要的创见。从"生民始",人类社会愈发展,人们的感情愈丰富,愈多变化,周室衰亡之后,文采风流似曾一度消亡,但诗辞歌赋,很快又复兴崛起。"屈原、宋玉导清源于前,贾谊、相如振芳尘于后,英辞润金石,高义薄云天。自兹以降,情志愈广,王褒、刘向、扬、班、崔、蔡之徒,异轨同奔,递相师祖。"在沈约看来,"情志愈广"正是文学发展内在的推动力,汉代的诗赋正是屈、宋抒情叙事诗赋的必然发展,虽然也存在缺点(指出"芜音累气,固亦多矣",正是为他的声律理论张目),但他不因此而"贵远贱近"。接着他谈到"文以情变"到文体之变:

> 若夫平子艳发,文以情变,绝唱高踪,久无嗣响。至于建安,曹氏基命,二祖、陈王,咸蓄盛藻,甫乃以情纬文,以文被质。自汉至魏,四百余年,辞人才子,文体三变:相如巧为形似之言,班固长于情理之说,子建、仲宣以气质为体。并标能擅美,独映当时,是以一世之士,各相慕习。原其飚流所始,莫不同祖风骚,徒以赏好异情,故意制相诡。降及元康,潘、陆特秀,律异班、贾,体变曹、王,缛旨星稠,繁文绮合,缀平台之逸响,采南皮之高韵。遗风余烈,事极江右。

平子指东汉天文学家兼辞赋家张衡,他的《思玄赋》《归田赋》《定情赋》以及更著名的《四愁诗》,都是为抒发胸中郁悒之情而作,效"屈原以美人为君子,以珍宝为仁义,以水深雪雾为小人,思以道术相报,贻于时君"(《四愁诗·序》)。张衡这些作品都成为魏晋作家热衷模拟的对象(陶渊明作《闲情赋》序中就有"初,张衡作《定情赋》……缀文之士,奕代继作;并因触类,广其辞义"等语),不再远绍屈、宋以至《诗》三百,所以,沈约把张衡的作品当作"文以情变"新的典范之作,为魏晋文学之变的先声。如果说,"文以情变"可理解为"情变"是主导,"文"随"情变"而变尚属被动的话,那么,在曹氏父子那里便出现了"情以文变"的倾向,那就是随着诗美的外形式的变化,诗人们欲表现的思想感情也随之发生相应的变化,如五言诗所表现的情质与四言诗所表现的情质就有不同,所谓四言以"雅润为本",五言以"流丽为宗",实质上抒情的内容以及方式方法便随"雅润"之美或"流丽"之美发生相应的变化。曹氏父子"咸蓄盛藻",于"文"的变化有了自觉的意识,有了"为艺术而艺术"的倾向,"以情纬文"即凭自己之情选择文体,组织文辞,以显示独特的文采;"以文被质"即是使美的形式涵盖所表现的美的内容,用今天的话来说,就是使美的形式成为富有意味的形式。沈约在这时提出了一个非常重要的"情"与"文"相互作用的观点;在他之前,已有人提出,但尚不明确,如《世说新语·文学》有一则说:"孙子荆除妇服,作诗以示王武子。"王武子读了后很感动地说:"未知文生于情,情生于文,览之凄然,增伉俪之重。"文与情交融契合于一,当是至情妙文。

文体的变化,或以"文"变为主要识别标志,或以"情"变为重要依据,沈约是第一个从宏观把握的高度,作出自汉至魏四百余年间"文体三变"的正确判断。"相如巧为形似之言",是从其"文"的特征而言;"班固长于情理之说"是从"质"的内涵而定;"子建、仲宣以气质为体"则是就其"情"与"文"融合之总体表现而形成的文学风格而观。他充分肯定这三次变化的文学史意义和各自的审美价值,又进一步指出文体变化的根本原因,是"徒以赏好异情,故意制相诡"。"三变"之后还在不断变化之中,西晋潘岳、陆机又是一变,按沈约的表述,此次变化主要是更讲究形式之美,"缛旨星稠,繁文绮合"云云,潘、陆诗文之文采较之子建、仲宣更为丰富,形象性与音乐性都更鲜明。但是东晋之变,"玄风独振"而生出的怪胎玄言诗,"虽缀响联辞,波属云委,莫不寄言上德,托意玄珠,道丽之辞,无闻焉尔",那就无所谓"情"与"文"了,是文体之变中的逆流。当然,这种反复只是短暂的,文学的自觉已是大势所趋,"爰逮宋氏,颜(延之)、谢(灵运)腾声,灵运之兴会标举,延年之体裁明密,并方轨前秀,垂范后昆"。文体之变重新进入正确轨道,承前启后。

"情""文"互用,"情""文"互变,"情"是内在的,"文"是表现于外的。沈约在对于"情变"有充分认识的基础上,他更着力于"文"

之变，即更为注重诗歌外在的形式美的追求，他的"声律"说之提出，就是这种追求的逻辑发展。请看他在《谢灵运传论》后半部分纲领性的论述：

> 若夫敷衽论心，商榷前藻，工拙之数，如有可言。夫五色相宣，八音协畅，由乎玄黄律吕，各适物宜，欲使宫羽相变，低昂互节，若前有浮声，则后须切响。一简之内，音韵尽殊；两句之中，轻重悉异，妙达此旨，始可言文。

声律说在沈约作《宋书》之时已广有创作实践，风行于齐永明年间（483—493），据《南齐书·陆厥传》载："永明末，盛为文章。吴兴沈约，陈郡谢朓，琅琊王融，以气类相推毂；汝南周颙，善识声韵。约等文皆用宫商，以平上去入为四声，以此制韵，不可增减，世呼为永明体。""永明体"以讲究音律声韵为特征，实开近体诗之先声，此种诗体均属五言，所以声律说实为五言诗的兴盛而从理论上提出的一个新课题。由于前虽然已有"声文"之说，但"声成文，谓之音"说得过于笼统，对用语言文字创作的作品尤难把握，因此常有"芜音累气"之病。五言诗比四言诗多了一个字，音节的变化更为复杂，如何使音节声韵的变化规范化并且增"声文"之美？沈约《答甄公论》云："作五言诗者，善用四声，则讽咏而流靡；能达八体，则陆离而华洁。"[①]将音乐之"五声"与语言文字之四声综合起来规范五言诗的每一句每一字，那就使字与字、句与句之间抑扬顿挫，参差有致，无"芜音"之累。

魏晋之前，有音乐的五声（宫、商、角、徵、羽）说，无语言文字的四声之分，到永明年间才提出四声说，有人认为是当时佛经转读和梵文拼音的影响（据陈寅恪《四声三问》），周颙著《四声切韵》于前，沈约著《四声谱》于后。沈约的声韵说是对周颙之说的发展，他最大的贡献是将四声说化入五言诗的具体操作，应该怎样作和不应该怎样作，一一作出具体规定。所谓"能达八体"，就是四声的运用时

---

① 转引自《文镜秘府论》天卷《四声论》，中国社会科学出版社，1983，第103页。

避免犯八种毛病,这"八病"就是:平头、上尾、蜂腰、鹤膝、大韵、小韵、旁纽、正纽。要作到"两句之中,轻重悉异",就不能犯前四"病":上一句开头两字不得与下一句开头两字平仄相同,犯之则是"平头"之病;上一句末一字不得与下一句末一字平仄相同,犯之则是"上尾"之病;两句中的一句前两字与后两字用仄声,中间的一字用平声(仄仄平仄仄),是"蜂腰"之病;与之相反(平平仄平平),则是"鹤膝"之病。要作到"一简之内,音韵尽殊",就不能犯后四"病":"大韵"是指一句中前四字与最后一字犯同韵;"小韵"是指一句中的前四个字相互之间犯同韵;"旁纽"是指一句中用了双声字;"正纽"是指一句中平、上、去、入四声相纽(如五字中已出现平声字"溪",就不能再出现上声字"起"、去声字"憩"、入声字"迄")。①在沈约的心目中,精心地选字用韵,没有犯上述八种毛病,其诗则"工";若犯了"八病"之一种,其诗则"拙"了。他实际上把诗的声律音韵之美提高到首要地位,当然他也没有忘记五言诗还有"形似之言"的形象、色彩之美,将"五色相宣"与"八音协畅"并提,说两种诗美形态都是"由乎玄黄律吕,各适物宜"。他还列举曹植《赠丁仪王粲诗》、王粲《七哀诗》等佳作,说明作诗只要是"直举胸情,非傍诗史",就能使诗的"音律调韵,取高前式"。

四声八病之声律说,确实如沈约所自诩的:"自灵均以来,多历年代,虽文体稍精,而此秘未睹。"但是"八病"之说也过于烦琐,使作诗过程中人为的功夫过重,范晔在《狱中与诸甥侄书》中就有"胜别宫商,识清浊,斯自然也"的要求;稍后,钟嵘在《诗品》中也说,声律之"务为精密,襞积细微,专相陵架",致使"文多拘忌,伤其真美"。沈约自己也意识到声律之用要"适物宜"而自然地表现,说了"高言妙句,音韵天成,皆暗与理合,匪由思至"的话,"妙手偶得"也是音韵美的审美理想。他在《答陆厥书》中虽然强调了"天机启则

---

① "八病"之释,依郭绍虞先生主编《中国历代文论选》中《谢灵运传论》注。

律吕自调，六情滞则音律顿舛"，同时也说了"韵与不韵，复有精粗，轮扁不能言，老夫亦不尽辨此"，声律说就不免有点神秘色彩了。

虽然声律初创时有烦琐而多拘忌的缺点，从总体而观，却使诗的"声文"之美发生了划时代的变化，是诗歌本体建构进一步完善的一项重大成果，它的烦琐等毛病将会在诗人不断的创作实践中，因掌握和运用语言的技巧愈益娴熟而得到克服，富有"天机"的诗人使它发展演变得更加完善。清代诗论家赵翼对此曾说："至唐初沈（佺期）、宋（之问）诸人，益讲求声病，于是五七律遂成一定格式，如圆之有规，方之有矩，虽圣贤复起，不能改易矣。盖事之出于人为者，大概日趋于新，精益求精，密益加密，本风会使然。故虽出于人为，其实即天运也。"（《瓯北诗话》卷十二）唐代的近体诗成为中国古典诗歌艺术高峰上的奇葩，永明声律说大有开拓、首途之功。声律说实属诗歌艺术规律的一项重大发现，是诗歌审美观念更新的必然结果。在中国文学进入自觉的时代建此伟业，更有发人深思的历史意义。

第五章
《文心雕龙》的诗歌理论

从曹丕开始的文学的自觉,至少表现在三个方面:文体的自觉,创作主体的自觉,文学批评的自觉。三个方面的自觉意识相互推动,历魏、晋而至南朝宋、齐、梁,诗歌创作以"缘情"而不再"寓训勉",且"贵形似"、重声律,呈现出全新的风貌,文学批评则从零散、局部的论评走向对文学本体的整体把握。如果说,陆机主要还是在创作过程中对物、意、言三者关系试图进行总体把握的话,那么,到了齐、梁时代的刘勰,则在致力建构一个文学(准确地说是"文章学")的源流、文体、创作、鉴赏批评等方面综合的理论体系,于是有"体大思精"的《文心雕龙》问世。

刘勰(约465—约532),字彦和,祖籍东莞莒县(今山东莒县),世居京口(今江苏镇江)。少时家贫,在定林寺(在今南京紫金山)礼佛十余年,梁初入仕,任过南康王萧绩的记室和昭明太子萧统的通事舍人等职,深得萧统的爱重。他著《文心雕龙》,据其中《时序》篇中有"暨皇齐驭宝,运集休明"等语,可知完成于齐代(502年之前)。相传书成之后,曾献书于沈约车前,希得其赏览。沈约读后非常器重,认为"深得文理,常陈诸几案"(《梁书·文学传下·刘勰传》)。

《文心雕龙》的整体结构,刘勰在《序志》篇中自己作了描述:"盖文心之作也,本乎'道',师乎'圣',体乎'经',酌乎'纬',变乎

'骚',文之枢纽,亦云极矣。若乃论文叙笔,则囿别区分,原始以表末,释名以章义,选文以定篇,敷理以举统,上篇以上,纲领明矣。至于割情析采,笼圈条贯,摛神性,图风势,苞会通,阅声字,崇替于《时序》,褒贬于《才略》,怊怅于《知音》,耿介于《程器》,长怀《序志》,以驭群篇,下篇以下,毛目显矣。位理定名,彰乎大《易》之数,其为文用,四十九篇而已。"刘勰排定于上篇的次序是不可变易的,"文之枢纽"实为文学本原论,以《原道》为核心,总体把握文学之"理"与"情"在汉代之前正或变的理论态势;次论文体,按当时的"文""笔"之分,分为十篇论"文"的十六种文体(诗、乐府、赋、颂、赞、祝、盟、铭、箴、诔、碑、哀、吊、杂文、谐、隐)和十篇论"笔"的十八种文体(史、传、诸子、论、说、诏、策、檄、移、封禅、章、表、奏、启、议、对、书、记)。而于下篇篇目的排定,以今天的文学理论观念体系,似可略作调整,而不统称为"创作论"。现试作调整如下(括号中为原篇序):

创作论
- 构思谋篇:《神思》(二十六)、《物色》(四十六)
- 结构布局:《定势》(三十)、《镕裁》(三十二)《附会》(四十三)
- 艺术手法:《情采》(三十一)、《事类》(三十八)、《比兴》(三十六)、《夸饰》(三十七)、《隐秀》(四十)
- 文学语言:《声律》(三十三)、《章句》(三十四)《丽辞》(三十五)、《练字》(三十九)
- 总论:《总术》(四十四)

文学风格论:《体性》(二十七)、《风骨》(二十八)
文学流变论:《通变》(二十九)、《时序》(四十五)
鉴赏批评论:《指瑕》(四十一)、《知音》(四十八)
作家论:《养气》(四十二)、《才略》(四十七)、《程器》(四十九)

将下篇"毛目"作如此调整，对《文心雕龙》的理论体系就有了更明晰的认识。从上篇我们看出，在"文"与"笔"诸文体中，刘勰更重视"文"，而"文"之诸体中，又以"诗""乐府""赋"置于前列；在"文之枢纽"中，以论《骚》置于如此重要地位，足见他对于诗辞歌赋的重视。在下篇，从诸篇的"选文""敷理"看，他的论述更多地偏重于"文"，尤其是诗赋的创作，有的通篇举例皆是诗歌作品（如《物色》），因此，《文心雕龙》中的诗学理论是相当丰富的，本章分类择要予以介绍。

一　诗歌文体发展的历史考察

诗歌文体的发展是刘勰叙述文学历史发展的一项重要内容，综合《辨骚》《明诗》《通变》《时序》诸篇分析，可归纳出刘勰关于诗歌文体变化的三个动因：（一）政治盛、衰与社会治、乱，是变化的根本原因；（二）受时代变化的影响，诗人自身的思想感情发生变化而直接引起诗歌文体特征、风格发生变化；（三）诗人在艺术上追求创新标异，致使个人创作风格和文体发生新变，其杰出者给一代文学产生巨大的影响。这三个动因中，第一个是发生于诗歌文体外部的"外因"，后两个属于"内因"。

《时序》篇刘勰着力论述了第一个动因，其云：

时运交移，质文代变，古今情理，如可言乎！昔在陶唐，德盛化钧，野老吐"何力"之谈，郊童含"不识"之歌。有虞继作，政阜民暇，"薰风"诗于元后，"烂云"歌于列臣。尽其美者何？乃心乐而声泰也。至大禹敷土，九序咏功，成汤圣敬，"猗欤"作颂。逮姬文之德盛，《周南》勤而不怨；大王之化淳，《邠风》乐而不淫。幽厉昏而《板》《荡》怒，平王微而《黍离》哀。故知歌谣文理，与世推移，风动于上，而波震于下者也。

他从诗歌的起源讲起，治世与乱世，都必然在诗歌中反映出来，"德盛化钧"的时代，诗的表现是"心乐而声泰"，而在昏暗衰微的乱世，"怒"而"哀"就成了诗的主调。这是因为一个时代的政治状态，必然直接影响人民群众的社会生活，直接引发人们产生相应的感情，"本于心"的诗歌是发泄感情的渠道，"治世之音安以乐"，"乱世之音怨以怒"，"亡国之音哀以思"。从吴公子季札"观乐"到《诗大序》，自春秋时代以来的人们特别是儒家的学者们，已充分认识到诗歌与"时运"的密切关系，刘勰在此只是略加发挥。他特举《诗·大雅》中《板》《荡》与国风《周南》进行情感状态的比较，前者是"勤而不怨"，后者虽是上层文人的创作，或谆谆劝谏，或托古讽今，其"质"其"文"都发生了明显的变化，从"不怨"而变为"怒"，可见其时运的变化引起诗歌面貌的变化何等急剧。

　　在一人独尊的封建时代，君王是最高政治权力的象征，他们对文学价值的取向或爱好，也影响文学变化、发展或停滞。这一文学历史现象，可能是由刘勰第一个发现并郑重地提出来。他列举自汉武帝时代至南朝宋齐，文学的兴盛出现了三次高潮，三次高潮都是最高统治者起了很大的推动作用。第一次是"孝武崇儒，润色鸿业，礼乐争辉，辞藻竞骛"，于是有汉赋的崛起，成为一代文学的特殊标志；有突破"四言"的五言、七言（"柏梁展朝宴之诗"属七言）诗出现。这次兴盛延续了百余年，其间"辞人九变"，可见其发展变化之速。第二次是汉末建安至曹魏时代，"魏武以相王之尊，雅爱诗章；文帝以副君之重，妙善辞赋；陈思以公子之豪，下笔琳琅；并体貌英逸，故俊才云蒸"。这一时期的文学状况，在此不必赘述了。第三次是南朝文学的新变，"自宋武爱文，文帝彬雅，秉文之德，孝武多才，英采云构"。大凡君王们提倡文学时，就有文学人才辈出，文坛出现"霞蔚而飚起"的盛况，各种文体都会有新的发展，取得超越前人的成就。

　　一个时代的学术思潮，也会影响文学之变。在《辨骚》篇中，刘勰已指出屈原作品发生于"经义"之外的变化如"诡异之辞""谲怪之谈""狷狭之志""荒淫之意"，是"体慢于三代，而风雅（杂）于战国",在《时序》篇则具体指出:"观其艳说,则笼罩雅颂,故知晔烨之奇意,出乎纵横之诡俗也。""纵横之诡俗"即是以苏秦与张仪为代表人物合纵连横的政治权术,他们游说各国诸侯之辞诡异多端,变化莫测,于是也影响到文学创作奇意迭出。有些学术思潮给文学创作带来负面影响,刘勰列举了东汉与东晋两例。东汉"光武中兴,深怀图谶,颇略文华",到明帝、章帝时代,更推崇经学,于是"群才稍改前辙,华实所附,斟酌经辞",使美文学的光彩大为暗淡。东晋时玄学兴起,"因谈余气,流成文体。是以世极迍邅,而辞意夷泰,诗必柱下之旨归,赋乃漆园之义疏"。"理过其辞,淡乎寡味"的"玄言"诗就是玄学"流成文体"的怪胎,阻碍了"缘情而绮靡"的诗歌正常发展。

刘勰将《文心雕龙》送沈约"赏览",可见他对沈约的学问是很尊崇的,沈约"文以情变"的观点,他完全接受过来了。《明诗》篇叙述诗歌文体的发展变化,就是以"情变"为线索("铺观历代,而情变之数可监"),而在此之前的《辨骚》,则是确立"情变"说的理论基础。评论屈原《离骚》及其他作品,刘勰不敢绕过依"经义"还是不依"经义"之说,企图在班固与王逸之间取折中的态度,他举四例来证明屈原作品有依"经义"的"典诰之体""规讽之旨""比兴之义""忠怨之辞",又举四例即"诡异之辞""谲怪之谈""狷狭之志""荒淫之意"来证其"异乎经典",但他没有指责屈原的意思,而是巧妙地为之辩护。从屈原的情志特点出发,高度评价"情变"于雅颂的"楚辞":"观其骨鲠所树,肌肤所附,虽取熔经意,亦自铸伟辞。故《骚》经《九章》,朗丽以哀志;《九歌》《九辩》,绮靡以伤情;《远游》《天问》,瑰诡而惠巧;《招魂》《招隐》,耀艳而深华;《卜居》标放言之致,《渔父》寄独往之才。故能气往轹古,辞来切今,惊采绝艳,难与并能矣。"刘勰充分肯定这些作品"其叙情怨,则郁伊而易感;述离居,则怆怏而难怀;论山水,则循声而得貌;言节候,则披文而见时"的质、文之变,亦即肯定了对《诗》"乐而不淫,哀而不伤"情感状态之变的合理性。《时序》篇有"笼罩雅颂"之语,此处则说"气往轹古",言外之意是"情变"使楚辞超越了《诗经》。为此篇作结的"赞曰"数语,刘勰特别强调了诗人的才情在超越前人之变中的重要作用:"不有屈原,岂见《离骚》。惊才风逸,壮志烟高。山川无极,情理实劳。金相玉式,艳溢锱毫。"

"情变"是诗歌文体特征与风格发生变化内在的动因,在《明诗》篇,刘勰首标"人禀七情,应物斯感,感物吟志,莫非自然"的精辟论断,缘此而从远古歌谣、《诗经》、《楚辞》至五言诗的变化历程。先民们尚无言情的自觉意识,尧的《大唐》歌与舜的《南风》诗,仅是"辞达而已";自大禹时代始,歌谣初具"顺美匡恶"的感情色彩;商、周时代的诗歌文体已经"圆备","四始彪炳,六义环深",使子夏能感觉到"素以为绚兮"之美,又使子贡能悟到"如切如磋,如琢如磨"的深刻意蕴;《诗经》之后,"逮楚国讽怨",有了"《离骚》为刺"的"楚辞"。诗之有五言,并不是汉代才见,远者《诗·召南·行露》就有半章五言诗("谁谓雀无角,何以穿我屋?谁谓女无家,何以速我狱"),近者则如童谣《邪径》("邪径败良田,谗口乱善人。桂树华不实,黄雀巢其颠……"汉成帝时流传),汉代出现的《古诗十九首》等五言佳作,"观其结体散文,直而不野,婉转附物,怊怅切情",那是最适宜表达诗人个性情感的五言体诗走向成熟了。接着,刘勰论述五言诗在不同时代和情怀各异的诗人笔下,所呈现出的品格和风貌。建安时期曹丕、曹植、王粲、徐幹、应玚、刘桢的五言诗是:

  并怜风月,狎池苑,述恩荣,叙酣宴,慷慨以任气,磊落以使才;造怀诣事,不求纤密之巧,驱辞逐貌,唯取昭晰之能。

这是一个诗人群体,这批诗人对于当时的社会现状有共同的感受而产生大致相同的情绪,且又是相互之间有亲密交往的朋友(见曹丕《与吴质书》),他们的诗虽然多是以游玩饮宴为内容,所表现出来的感情却是慷慨激昂,气盛辞雄,用刘勰在《时序》中另一说是:"良由世积乱离，风衰俗怨，并志深而笔长，故梗概而多气也。"这一时期这些诗人的五言诗，后来被称作"建安体"（见严羽《沧浪诗话·诗体》）。自建安之后，五言诗体的"质"与"文"又发生了几次显著的变化，魏之中期，有所谓"正始体"（正始，魏齐王曹芳年号）："正始明道，诗杂仙心，何晏之徒，率多浮浅。唯嵇志清峻，阮旨遥深，故能标焉。"此体以嵇康、阮籍为代表，尚有建安遗风。何晏是清谈派的领袖人物，他们一班人以玄学为务，诗中混杂着"玄远"旨趣，浮浅而不足称道。至西晋，有所谓"太康"体（太康，晋武帝司马炎年号）："晋世群才，稍入轻绮，张潘左陆，比肩诗衢，采缛于正始，力柔于建安，或析文以为妙，或流靡以自妍。"这是五言诗自觉地有了"缘情而绮靡"的审美追求，三张（张载、张协、张亢）两潘（潘岳、潘尼）一左（左思）二陆（陆机、陆云）虽然各有风格，但总体是骨力不如"建安"，文采胜于"正始"。再至东晋，"正始"何晏之徒的清谈玄风流漫，愈益严重地侵染了诗歌创作，"嗤笑徇务之志，崇盛忘机之谈"，产生一批寡情少采的玄言诗。这是学术思潮对文学干扰的典型之例，前已谈及，何晏曾提出所谓"圣人无情"之论①，是玄学理论的一个极端，作玄言诗的诗人也以"无情"相标榜，与"缘情"背道而驰，可视为一种特殊的"情变"。到南朝刘宋，五言诗冲破"玄言"的迷雾，"体有因革"，又有了新的发展，"庄、老告退，而山水方滋"，山水诗成为"元嘉体"（元嘉，宋文帝刘义隆年号）的鲜明特征，"俪采百字之偶，争价一句之奇，情必极貌以写物，辞必穷力而追新"，这四句话，不但可看作"元嘉体"的艺术特征，美学风格，而且应视为整个南朝诗歌风貌的总体描述（刘勰说"此近世之所竞也"，应包括了齐代）。南朝五言诗之变（还有刘勰所没有谈及的"永明体"声律之变），是五言古体向五言近体之变的重要标志，具有划时代的意义。

"时运"之变与"情变"，是诗歌文体变化相互依存的外因与内因，

---

① 何劭《王弼传》："何晏以为圣人无喜怒哀乐，其论甚精，钟会等述之，弼与不同。"

第三个动因则更多地具有个人的性质。诗人独特的才识与创造精神，艺术方面刻意求新的审美追求，往往使文体之变在某些诗人那里，先于时代性总体之变而发生变化，使这些诗人的创作具有"先锋"的性质。

在《明诗》篇中，刘勰已注意到这种文学现象，"华实异用，惟才所安"，即任何一种诗体虽有比较一致的诗美特征（四言"雅润为本"，五言"流丽居宗"），但在有才华的诗人笔下，因其个人情性的能动发挥，又可以各擅其美。在五言诗方面，刘勰举了张华和张协二人为例，一个"凝其清"，一个"振其丽"。这两位都是晋代诗人，张协已有创作山水风景诗的成功尝试，钟嵘说他"巧构形似之言"，如此看来，宋初谢灵运等"情必极貌以写物"的山水诗，已是步他的后尘了。张华的诗，据钟嵘所评是"其体华艳，兴托不奇，巧用文字，务为妍冶"，且"儿女情多，风云气少"，这在晋诗中当属特例，但在南朝，此种诗艺已蔚然成风了，甚至可说，萧纲等人宫体诗"儿女情多"的特点，在张华诗中就见其端倪了。

诗歌文体的变化是不可能整齐划一的，有时"质"变于先，有时"文"变于先，这就更多地取决诗人自身的才识胆力了。"诗有恒裁，思无定位，随性适分，鲜能通圆。若妙识所难，其易也将至；忽之为易，其难也方来"，刘勰很精辟地指出诗人的主观能动性在诗歌新变中独特作用，他在《通变》中，更进一层地提醒作家主动把握"变文之数"：

> 夫设文之体有常，变文之数无方，何以明其然耶？凡诗赋书记，名理相因，此有常之体也；文辞气力，通变则久，此无方之数也。名理有常，体必资于故实；通变无方，数必酌于新声；故能骋无穷之路，饮不竭之源。然绠短者衔渴，足疲者辍途，非文理之数尽，乃通变之术疏耳。

诗赋文章的体裁样式有一定之规，而"文辞气力"则可因人而异，所谓"变文之数"，即是"文辞气力"变化之术。不同时代不同的作家，对于沿用已久的文体，在"文辞气力"方面可以有无穷无尽的变化，而"绠短者"与"足疲者"（缺乏创作才能与创造精神者）写出一些陈陈相因的文章,不是文体本身"数尽",而是他们缺乏"变文"之术。这样,刘勰就将文采常新而使文体常新的问题,提到了每一位作家的面前。如果说,"时运"之变决定了一个时代文学发展方向之变,"情变"又大体形成了文学作品"质"的取向,那么,"文辞气力"之变就是前两个变的前提下,艺术表达方式之变,文采之变,刘勰用了一个很好的比喻来巧示这一道理:"故论文之方,譬诸草木,根于丽土而同性,臭味晞阳而异品矣。"

《通变》篇论述的重点是文采之变,艺术的表现不断创新。他首先列举从远古歌谣到《诗经》由"质"而"广",由"广"而"文",由"文"而"缛",由"缛"而"丽"。自《诗经》以后,其文采变化当然繁富,但是,刘勰本于他"宗经"的立场,也有着"贵远贱近"的传统意识,在理论上正确地提出了"通变无方,数必酌于新声"的观点,但接触到《诗经》以后文学不断发生新变的具体事实,却又暴露出他大有异于葛洪"今胜于古"的保守思想。请看他下列之论:"榷而论之,则黄唐淳而质,虞夏质而辨,商周丽而雅,楚汉侈而艳,魏晋浅而绮,宋初讹而新。从质及讹,弥近弥淡。何则?竞今疏古,风味气衰也。"这一段论述,不但与他上述理论观点发生矛盾,而且与其他篇中某些论述也发生矛盾,如《时序》说魏之"时文"是"志深而笔长,故梗概而多气也",与此处"浅而绮"之说,不是大相径庭吗?原来,他强调在继承传统的基础上创新,而传统又归宗于"经",所谓"练青濯绛,必归蓝蒨,矫讹翻浅,还宗经诰,斯斟酌乎质文之间,而櫽括乎雅俗之际",因此,他此处所说的"通变"是变而通"经",文采之变要不与经学传统相违。

虽然如此,当刘勰不作纵向的历史考察而注重于对具体作品的艺术表现作横向比较时,或是对创作原则作高度抽象的表述时,又非常切合他本来的理论观念了。关于前者,他列举了汉代枚乘、司马相如、马融、扬雄、张衡五家赋中描写日升月落的情景,"广寓极状,五家如一",相互因袭,缺乏变化,重申"参伍因革,通变之数也",要求

在艺术上有创新之举。关于后者,他又有把握全局的纲领性论述:

    是以规略文统,宜宏大体。先博览以精阅,总纲纪而摄契;然后拓衢路,置关键,长辔远驭,从容按节,凭情以会通,负气以适变,采如宛虹之奋鬐,光若长离之振翼,乃颖脱之文矣。若乃龌龊于偏解,矜激乎一致,此庭间之回骤,岂万里之逸步哉!

他要求作家首先从大处着眼、从根本处入手把握"变文"之术,那就是从传统中吸取精华,将文体变化的主要规律融会于心,然后开拓自己的创作道路,掌握关键之处,按照文体自身的特点,依凭自己的感情来贯通文辞,运用自己的气力来促其变化。这样既有传统根底又是标新立异的创作成果,文采辉煌,灵动洒脱,从传统的文体中脱颖而出,实现了文之新变!倘若只局限于个人片面的理解,矜持地坚持自己一隅之偏见,那就好比在院子里跑马,岂能驰骋万里?

《通变》篇较集中地阐述文体之变的理论问题,因为"时运"之变与"情变"最终都要通过诗人、作家的个人创作实践来实现,"文辞气力"是这一切的具体体现。"文律运周,日新其业。变则可久,通则不乏。趋时必果,乘机无怯。望今制奇,参古定法。"刘勰以高瞻远瞩的目光和魄力,肯定文学变化的历史必然性,强调顺应时代发展的趋势,文学要不断地出奇创新,作家要抓住一切有利于变的时机,显示出自己的才识胆力而促其变,展现时代的新风采与个人创作的新风格。如果我们把"参古定法"理解为尊重传统,汲取传统中的精华以融通古今,使变中蕴含一种历史的纵深感,那就不必过于苛责刘勰了。

二 论作家、作品风格的形成

魏晋之时,士林盛行人物品藻之风,前有刘劭的《人物志》,为人物品藻提供了理论依据,据现代著名学者汤用彤先生说,《人物志》"书中大义可注意者有八",其一是"由心所显观心所蕴",由人之可外观的"形容声音"而"辨其情性","论情性则谓风操、风格、风韵,此谓为精神之征"。①这是一条重要原则，南朝宋代刘义庆所撰《世说新语》，记述晋时士人清谈时，便以此评估观察对象，如评李元礼是"风格秀整，高自标持"，评王坦之是"雅贵有识量，风格峻整"，评陆机是"清厉有风格"，等等。也有另用"风骨"一词来表述一个人的具体形态与神态，如有人评韩康伯"将肘无风骨"（《说林》引范启语云"韩康伯似肉鸭"，讥其一身胖肉似无骨头）。沈约作《宋书·武帝纪》中，称刘裕"身长七尺六寸，风骨奇特"，其中又引桓玄语："刘裕风骨不恒，盖人杰也。"与前引"风格"对勘，前者稍为抽象，后者更为具体，如果用"风格即人"这一近代流行的外国定义来对照，中国则是由人而论"风格"。

刘勰在论"时运"之变与"情变"时，涉及具体的文学作品思想艺术的种种倾向，实际上就在表述文学不同的时代风格与不同的文体风格。在文体论的《议对》一篇中出现了"风格"一词："及陆机断议，亦有锋颖，而腴辞弗剪，颇累文骨，亦各有美，风格存焉。"这是指个人及其作品的风格。真正全面地有理论深度的论述作家作品风格的形成，是《体性》与《风骨》两篇。

曹丕提出的"文以气为主"，是创作主体自觉的一个标志，作家在创作中主体意识的自觉发挥，作家自身的"风格"或"风骨"就对象化实现于作品之中。刘勰就是在"气"的基础上建立他的风格理论的。这在《神思》篇论创作之初的构思就已见其端倪，有"思理为妙，神与物游，神居胸臆，志气统其关键"之语；在《风骨》篇写道：

> 魏文称"文以气为主，气之清浊有体，不可力强而致"，故其论孔融，则云体气高妙；论徐幹，则云时有齐气；论刘桢，则云有逸气。公幹亦云，孔氏卓卓，信含异气，笔墨之性，殆不可胜，并重气之旨也。

"气"是作家的气质、气度，首先是一种内在的品质；表现于外，

---

① 汤用彤：《汤用彤学术论文集》，中华书局，1983，第196—197页。

则是作家的风度、神采。刘勰在《体性》篇中,扩大了"气"的内涵:

> 才力居中,肇自血气;气以实志,志以定言,吐纳英华,莫非情性。

一个作家的"才""志""情性"都是由气而生,气贯通于其中,这是先天的,是天赋。先天的才气情性又深刻影响着后天的"学"与"习",回过来看《体性》开明宗义的一段,他对作家及其作品风格的形成,作了全面周到的揭示:

> 夫情动而言形,理发而文见,盖沿隐以至显,因内而符外者也。然才有庸俊,气有刚柔,学有浅深,习有雅郑,并情性所铄,陶染所凝,是以笔区云谲,文苑波诡者矣。故辞理庸俊,莫能翻其才;风趣刚柔,宁或改其气;事义浅深,未闻乖其学;体式雅郑,鲜有反其习。各师成心,其异如面。

这段话讲的是作家与作品的关系,气、才、情性、学、习,在作家本身是"隐",发而为文为作品就"显"了,任何一部作品,都是作家内在的资质与外现的文学素质高度的统一。文坛上的作品像云彩一样变幻,艺苑中的创作像波翻浪涌那样诡异,归根结底都是因为作家才气情性与学识习染有各种各样的差别。才能之平庸或杰出,决定作品辞理或平庸或卓绝不凡;气质之刚健或柔婉,决定作品的风趣或刚健或柔婉;学识之浅或深,决定作品中用事释义或浅薄或渊博;习染之雅正或轻靡,决定作品的体制品格或雅润或轻靡。总之,这些形成风格的基本要素,使作品面貌如作家本人的面貌仪容,不同作家的作品相异之处就如同作家们体态面貌之异。由此刘勰列举了从贾谊到陆机十二位作家因气才情性不同而形成各异的作品风格:

> 贾谊:"俊发"→"文洁而体清"
>
> 司马相如:"傲诞"→"理侈而辞溢"
>
> 扬雄:"沈寂"→"志隐而味深"
>
> 刘向:"简易"→"趣昭而事博"
>
> 班固:"雅懿"→"裁密而思靡"

张衡:"淹通"→"虑周而藻密"

王粲:"躁锐"→"颖出而才果"

刘桢:"气褊"→"言壮而情骇"

阮籍:"俶傥"→"响逸而调远"

嵇康:"俊侠"→"兴高而采烈"

潘岳:"轻敏"→"锋发而韵流"

陆机:"矜重"→"情繁而辞隐"

前者为"里",后者为"表",人与文"表里必符";前者是"自然之恒资",后者见其"才气之大略"。这就是刘勰关于文学风格形成颇有辩证意义的观点。

总体论述了作家与作品风格的关系之后,刘勰进一步论述表现于作品本身的思想风格和美学风格。虽然说"风格即人",但人与作品毕竟不能直接画等号,天才的作家有时也会写出平庸的作品,与他本来的风格迥异,因为创作过程是复杂的,影响作品成败的因素是多种多样的,"方其搦翰,气倍辞前,暨乎篇成,半折心始"(《神思》篇语)。紧承《体性》之后的《风骨》篇,是告诉作家如何自觉地把握作品的思想风格与美学风格,用什么样的标准来判断评价它们。

"风",在《周易》产生的时代它就成为一个审美的观念,《易》之"巽"卦就讲的是风:"巽,入也。"风无形而无处不可入,在空间流动,是自由的象征。大凡与风有关系、风所触及之物,都有美的表现,风吹树木而摇摇,风吹水面生波纹,风过天空云彩飞扬,都给人以美感或联想到一些美的事物,如《小畜》卦是"风行天上,……君子以懿文德";《涣》卦是"风行水上",成了文采的象征,"文兒,风行水上,而文成焉"[①]。自然界风的观念向审美观念转化,到魏晋之时已形成了一系列直接表述美与文采的词语,如"风采""风华""风韵""风度""风神""风姿""风味"等等。《风骨》篇发语云:"诗总六义,风冠其首,

---

[①] 朱骏声:《六十四卦经解》,中华书局,1958,第257页。

斯乃化感之本源，志气之符契也。"这几句就是讲"风"的美学意义，美能感化人、教育人，美与"志气"相表里，就有了"动天地，感鬼神"的诗产生。

"骨"，是"质"这一抽象观念的感性转换，孔子说"文质彬彬，君子也"，后来在品评人物中，强调直观感，便以"骨"替"质"。王充《论衡》有《骨相》专章，指出"骨相隐匿微妙"，"相或在内，或在外，或在形体，或在声气"，如果"察外者遗其内，在形者亡其声气"，仅以貌取人，以言取人，就会"失其实"。由此，"骨"就用来强调人的内在的质的属性，又强调由内而外的张力、强度。《世说新语》中就有如"王右军目陈玄伯，垒块有正骨""时人道阮思旷，骨气不及右军"等语。在绘画理论中，用"骨"的观念品画更是常见，顾恺之在《魏晋胜流画赞》中，评《伏羲》《神农》画像"有奇骨而兼美好"，评《孙武》画像"骨趣甚奇"，评《汉本纪》"有天骨而少细美"。谢赫《古画品录》评曹不兴画龙，有"观其风骨，名岂虚成"之语……画家心目中的"奇骨""天骨""风骨"又都具有审美意味。在书法理论中，"骨"更多地与"力"联系在一起，王羲之的老师卫夫人在《笔阵图》中说："善笔力者多骨，不善笔力者多肉。"南齐书法家王僧虔评郗超的草书"紧媚过于父，骨力不及也"。

德国文学理论家威克纳格有个关于风格的定义："风格是语言的表现形态，一部分被表现者的心理特征所决定，一部分则被表现的内容和意图所决定。"[①]《文心雕龙》之《体性》已经论述了作家创作的心理特征，《风骨》恰是重点论述后者及其"语言的表现形态"：

> 是以怊怅述情，必始乎风，沈吟铺辞，莫先于骨。故辞之待骨，犹体之树骸，情之含风，犹形之包气。结言端直，则文骨成焉；意气骏爽，则文风清焉。若丰藻克赡，风骨不飞，则振采失鲜，负声无力。是以缀虑裁篇，务盈守气，刚

[①] 威克纳格：《诗学—修辞学—风格论》，载歌德等《文学风格论》，王元化译，上海译文出版社，1982，第18页。

健既实，辉光乃新，其为文用，譬征鸟之使翼也。故练于骨者，析辞必精，深乎风者，述情必显。捶字坚而难移，结响凝而不滞，此风骨之力也。若瘠义肥辞，繁杂失统，则无骨之征也。思不环周，索莫乏气，则无风之验也。

这段论述包含了三个层次：(一)什么是"风"，什么是"骨"；(二)"风骨"之形成及其思想、美学之特征；(三)"风骨"之丧失。后两层意思是交错论述的。

前面说过，"风"已是一个美学观念，刘勰说"诗总六义，风冠其首"之"风"，既是沿用具有《诗经》文体意义的提法，又将其转化为具有新义、与"骨"相对应的一个词。综观所述，"风"是"气"与"情"的总括，二者都是作家精神领域内运行流荡之物。"诏怅述情，必始乎风"，此所言之"风"，确切地说是指"气"，"气"之动必先于"情"之动，前者更多属于生理活动的性质，后者更多属于心理活动的性质，本篇结语谓"情与气偕"指的就是"风"；《体性》篇云"才力居中，肇自血气……吐纳英华，莫非情性"亦可证此。"气"由内而发于外是通过"情"来显现的，"气"或清或浊不可识，转化为"情"或刚或柔则可感，这样，"情"就成了"气"之载体，因此而说"情之含风，犹形之包气"。既然如此，刘勰为什么不直接言"气"而称之为"风"呢？原来，他是从审美的角度来考虑的，美的东西一定是五官可感的，一般地说，"气"并不可以直接引起美感，气流动而为风，就可引起快感和美感（如宋玉《风赋》所描写的"快哉此风"）。由此可见，刘勰所用"风"之含义，包蕴了审美情感发生、由静而动、由内而外的全过程。什么是"骨"？刘勰亦以人之骨体为喻，"辞"犹如人之血肉，无骨骸则不能成人体，可见"骨"是"辞"之所本，是内在的质。陆机《文赋》云"理扶质以立干，文垂条而结繁"，讲"文"与"质"的关系，亦即刘勰的"辞"与"骨"之关系。这"骨"，是诗人欲言之志，是"理"(《文心雕龙》中常将"情""理"对举，亦用"意"统称)，总之，是具有质的属性的思想内容。

"气"与"骨"都是内在的,"情"与"辞"都是外观的,作品的思想风格发生于前者,美学风格生发于后者,总体风格是二者的统一,二者不可缺一。"析辞必精"而"结言端直","意气骏爽"而"述情必显",便有"骨峻风清"之美;"丰藻克赡""瘠义肥辞"是无骨的表现;"索莫乏气""振采失鲜"是无风的迹象。"风骨"成败的关键还是"气","气以实志",它亦作用于"骨",影响"骨"的有力或无力,在作品中则显示其思想感情有无一定的分量,"相如赋仙,气号凌云,蔚为辞宗,乃其风力遒也"。因此一个作家在"缀虑裁篇"时,最重要的是"守气",气高则骨劲,才能使写出的文章"刚健既实,辉光乃新"。在《养气》篇中,他还对此有更全面的论述:"是以吐纳文艺,务在节宣,清和其心,调畅其气,烦而即舍,勿使壅滞,意得则舒怀以命笔,理伏则投笔以卷怀,逍遥以针劳,谈笑以药倦,常弄闲于才锋,贾余于文勇,使刃发如新,凑理无滞,虽非胎息之迈术,斯亦卫气之一方也。""卫气"也是"守气",它作用于文艺创作的全过程。

　　文学的艺术是语言的艺术,从"气以实志,志以定言"到"结言端直,文骨成焉","骨"通过语言显示其力度与强度。"情",诚然是"气"的载体,要在文学作品中表现出来,当然也要以言辞为载体,这样,"辞"就有了双重的负载任务,"风骨"的呈现,最终还是"语言的表现形态"。"丰藻克赡,风骨不飞,则振采失鲜,负声无力",主要是指语言说,词藻繁富而内涵贫乏,就如鸟有华美丰茂的羽毛但骨力不劲,飞不起来,唯有"捶字坚而难移,结响凝而不滞"才显示出"风骨之力"。在《体性》篇中,刘勰列举了八种风格体式:典雅、远奥、精约、显附、繁缛、壮丽、新奇、轻靡。八体中,后六体均涉及语言的表现形态:"精约者,核字省句,剖析毫厘者也;显附者,辞直义畅,切理厌心者也;繁缛者,博喻酿采,炜烨枝派者也;壮丽者,高论宏裁,卓烁异采者也;新奇者,摈古竞今,危侧趣诡者也;轻靡者,浮文弱植,缥缈附俗者也。"他对"新奇"与"轻靡"两体有贬意,后者显然是"无骨之征"。这八体是各种"文辞根叶"的"苑囿",当然是要依据其语言特征来区别其"雅与奇""奥与显""繁与约""壮与轻"。

中国文学的风格理论,在《体性》与《风骨》两篇中,已建构得相当完整了,由创作主体而及创作者的实践主体(即作品),由作家的"气""才""情""性"而及作品的内容与形式——"意"与"言","质"与"文",刘勰都从两个方面展开交错的论述,二者相互联结,相互渗透。一方面是"才性异区,文辞繁诡。辞为肤根,志实骨髓",由人及文;一方面是"情与气偕,辞共体并,文明以健,珪璋乃聘",由文及人。这样,人之体性亦是文之体性,文之风骨亦是人的风骨。有了如此清晰的认识,应该说是创作主体自觉的典型表现,这对于主体意识表现得特别鲜明的诗创作,有着更重要的启示意义,稍后,钟嵘在《诗品》中所作一系列的风格批评,就是沿着这一理论的思路而展开的。

三 创作方法与鉴赏批评

刘勰将他的理论巨著命名曰《文心雕龙》,"雕龙"必有"术",因此他非常注重创作的方法与技巧,在《总术》篇中说:"是以执术驭篇,似善弈之穷数;弃术任心,如博塞之邀遇。故博塞之文,借巧傥来,虽前驱有功,而后援难继,少既无以相接,多亦不知所删,乃多少之并惑,何妍蚩之能制乎!"不讲究创作的方法和技巧,赋诗作文便如赌博("博塞"),只能凭巧遇而获得成功,对美丑的审视没有自觉自为的把握能力。如果能像善下棋的人一样讲究方法技巧,精于运筹,那么他的创作就会"按部整伍,以待情会,因时顺机,动不失正。数逢其极,机人其巧,则义味腾跃而生,辞气丛杂而至。视之则锦绘,听之则丝簧,味之则甘腴,佩之则芬芳"。自先秦以来,论诗说文重在其社会功能,赋、比、兴是通用的创作方法,并无细致的方法与技巧的探求,扬雄说"雕虫小技,壮夫不为",更对美文学之技有轻视之意。刘勰则以方法与技巧为"雕龙"之术,对于如何构思,如何结撰布局,如何删繁就简,如何使其文采斐然等等,都一一作了精深的探讨和论述,全面地奠定了文学创作方法与技巧理论的基础。本节限于篇幅关系，不能作面面俱到的介绍，只能对刘勰那些极富创见的，对后世美文学尤其是诗歌创作极有影响的精辟之论，如"神思""意象""情采""隐秀"，作些简要的阐释。

文学创作主要是人的精神活动，人与现实的关系在创作过程中转化为精神与物的关系，刘勰认为，物有"神理"（见《原道》），人有"神思"，他将《神思》置于创作论之首篇，是有其深刻用意的。陆机《文赋》中"收视反听，耽思旁讯，精骛八极，心游万仞"也讲的是创作构思，但未若刘勰所言作家主体之神笼罩了创作中所发生的一切："文之思也，其神远矣。故寂然凝虑，思接千载；悄然动容，视通万里；吟咏之间，吐纳珠玉之声；眉睫之前，卷舒风云之色；其思理之致乎。""神思"，还不能说是现代意义的"灵感"，但已接近于"灵感"的真谛。卫夫人在谈书法时有"自非通灵感物，不可与谈斯道"（《笔阵图》）之语，或许可作"灵感"一词的字面解释；宗炳《画山水序》中有"万趣融其神思"与"畅神"等语，亦可看作"灵感"的释放状态。刘勰以"形在江海之上，心存魏阙之下"①来喻"神思"，足见是一种比较持久的精神活动，其间有潜在的心理意识瞬间激活，有想象和联想超越空间与时间，创作灵感可能就在这种"神思"状态中发生。"骏发之士，心总要术，敏在虑前，应机立断。……机敏故造次而成功"，显然，这"机敏"之状就具有灵感启动的性质。但从总体说来，刘勰将创作中"意""象""言"三要素，均置于作家主体之神的辉照之下，换用他的话，"思理""意象""辞令"都在"神"的运行中由隐而至显，且相互依存、相互渗透，相互激活："思接千载""视通万里"与"吐纳珠玉之声"；"神居胸臆""物沿耳目"与"辞令管其枢机"；"酌理富材""研阅穷照"与"驯致怿词"……这样的"神思"，就是"神与物游"；"神思方运，万涂竞萌，规矩虚位，刻镂无形，登山则情满于山，

------

① 此语源于《庄子·让王》中山公子牟对瞻子说的话："身在江海之上，心居乎魏阙之下"，为思念之意；《淮南子·俶真训》略改几字成为"身处江海之上，而神游魏阙之下"，刘勰取《淮南子》之意。

观海则意溢于海"；神在"敏在虑前，应机立断"而"无务苦虑"；神在"至精而后阐其妙，至变而后通其数，伊挚不能言鼎，轮扁不能语斤"等等。刘勰也提到问题的另一方面，即神思不畅，虽然"方其搦翰，气倍辞前"，但"暨乎篇成，半折心始"，原因是神于意（"意翻空而易奇"）而未神于言（"言征实而难巧"），或是主体之神对客体之神尚未洞彻和把握，以致"或理在方寸而求之域表，或义在咫尺而思隔山河"。此时"神思"往往会退化为"苦思"，或是"理郁""辞溺"，或是"情饶歧路，鉴在疑后，研虑方定"等等。刘勰"神思"之论，可说对陆机"意不称物，文不逮意"的困惑作了比较明确的解答。

由"神思"而产生另一个创作理论的成果，是"意象"的推出。在刘勰之前，"意象"一词已出现在王充《论衡·乱龙》篇："夫画布为熊麋之象，名布为侯，礼贵意象，示义取名也。"这是以箭靶上画不同级别的野兽来显示射箭人权位的高低，寓权位意识于种种具象之中，此为一般的象征性意象，无多少文学色彩。刘勰在"神与物游"的前提下提出"独照之匠，窥意象而运斤"，那就是"神用象通，情变所孕"之"象"了，是具体的物象由"视听之区"向心灵转化之象，它已贯通了作家神、气，渗透了作家的主观情思，呈现为"物色尽而情有余"的审美意象。在《物色》篇中，刘勰对于"模山范水"的"形似之言"略有微词和针砭，认为即使是作"穷形而尽相"的描写，也不能以"丽淫而繁句"逞其才。他列举《诗经》中"一言穷理""两字穷形"的精彩诗句，升华出"以少总多，情貌无遗"的描写原则，以其极简练的语言传审美对象之神，这就是"独照之匠"，"独照"创造的意象"虽复思经千载,将何易夺"，他人不可重复这种独特的创造。刘勰不赞赏"贵形似"，还有另一个重要理由，那就是"物有恒姿"。一切具体物象，自古至今变化不大，如果今人一味求"形似"就不能超越"诗骚所标，并据要害"的创作成果。有出息的富有创造才能的诗人，必须根据自己独特的感受"因方以借巧，即势以会奇，善于适要"来创造"味飘飘而轻举，情晔晔而更新"的审美意象。从"神用象通,情变所孕"到"物色尽而情有余者,晓会通也",刘勰将意象发生、创作及其审美特征,作了比较完整的概括性描述,对后来唐朝诗人"意象""兴象""境象"的创造有很大的启示意义。

陆机提出了"诗缘情而绮靡",诗因有情的抒发与表现而美,刘勰则进一步论证了"情"本身就具美的品质,是文学作品最重要的文采所在,因而立《情采》专章。其云:"立文之道,其理有三:一曰形文,五色是也;二曰声文,五音是也;三曰情文,五性是也。五色杂而成黼黻,五音比而成韶夏,五情发而成辞章,神理之数也。"请注意,"情文"是刘勰第一个标举的,以"辞章"为形式的文学作品,"情文"实质是"形文"与"声文"之本。"形似之言"与"意象"均是"形文","情晔晔而更新"才能使"形文"更美;声律音韵是"声文","标情务远,比音则近;吹律胸臆,调钟唇吻"(《声律》),渗透诗人感情的"声文"才有感动人的力量。前已论及,刘勰将"情"纳入"风"的美学范畴,此说"情采""情文",是更切实地揭示文学作品的美学品质,直言"美"根于"情","情"生一切文采:

> 夫铅黛所以饰容,而盼倩生于淑姿;文采所以饰言,而辩丽本于情性。故情者,文之经;辞者,理之纬;经正而后纬成,理定而后辞畅,此立文之本源也。

这一论述,可说是情性本位论(稍前还有"文质附乎性情"之语),主要是对纯文学创作而发,把握了"情"这个纲,创作中很多具体的操作便都有所遵循,如动笔之前选择哪种文体来表现自己的心理态势更为合适,就要"因情立体,即体成势"(《定势》)。要解决"少既无以相接,多亦不知所删"的疑难,就要把握"情理设位,文采行乎其中"的全局,以"櫽括情理,矫揉文采"为炼意、炼辞的基本原则(《镕裁》)。在行文过程中分章分节的处理,也要依据情感状态而定,"设情有宅,置言有位;宅情曰章,位言曰句"(《章句》)。至于运用比兴、夸饰等方法,创造"深文隐蔚,余味曲包"(《隐秀》)的含蓄之趣,更是"心术之动远矣,文情之变深矣"使然。在《附会》篇,刘勰又有个总结性的提法：

> 夫才量学文，宜正体制，必以情志为神明，事义为骨髓，辞采为肌肤，宫商为声气，然后品藻玄黄，摛振金玉，献可替否，以裁厥中。斯缀思之恒数也。

虽然是情志并提，但"情"被提升到"神明"之位，是够有意思的了。《情采》篇中，刘勰还提出了一个重要观点，那就是"为情而造文"，反对"为文而造情"。此"文"不仅仅是指文采，实质讲的是创作动机，为表达胸中不吐不快的情思而写诗作文是"为情而造文"；"心非郁陶，苟驰夸饰"为沽名钓誉而创作，就是"为文而造情"。情有真、假，有深情或矫情，情质有别，文采亦有别，"为情者要约而写真，为文者淫丽而烦滥"。有的人热衷于高官厚禄，却空泛地歌唱田园的隐居生活；有的人心里牵挂着理不清的世俗之务，却虚说世外的情趣。真实的感情根本不存在，空有文辞的漂亮，这就是"树兰而不芳"，创作效果适得其反。有真实的思想感情表达于文，"桃李无言而成蹊"，动机与效果就自然而然地统一起来了。

《隐秀》是《文心雕龙》中残缺不全的一篇，但它对后来诗歌创作和理论很有影响，"诗贵含蓄"，"两重意以上，皆文外之旨"，"言有尽而意无穷"等创作术语，均本于此。"隐"与"秀"是两个审美观念，但又是联结一体的，"源奥而派生，根盛而颖峻"。以树为喻，则其根为"隐"，其枝叶为"秀"；以此言文："隐也者，文外之重旨者也；秀也者，篇中之独拔者也。隐以复意为工，秀以卓绝为巧。"宋人张戒在《岁寒堂诗话》中录存了今已成为佚文的两句："情在词外曰隐，状溢目前曰秀。"由此可断，"隐"是对情意言，"秀"是对文辞言。关于前者，陆机《文赋》中有"石蕴玉而山晖，水怀珠而川媚"，庶几近之，因为刘勰也说了："夫隐之为体，义生文外，秘响傍通，伏采潜发，譬爻象之变互体，川渎之蕴珠玉也。故互体变爻，而化成四象；珠玉潜水，而澜表方圆。"这样说来，凡是最精彩的意蕴含而不露就是"隐"，《易》卦之爻，一般都具有隐喻的性质，以一卦六爻之变来推演含而不露的吉凶祸福之义，因为不用叙述性语言直接说破，往往使卦辞与爻辞之解具有多重性。"隐"与"秀"，是艺术的辩证统一，"隐"的含而不露是不直露，是一种凝聚、收缩，这样反而增加向多方辐射的艺术魅力，使一般的文辞难以表现，"澜表方圆"是也。但是，它总要通过某种特定的渠道，或采用某种特定表现手法不露而欲露，使读者意识到它的存在，后来明朝人补缀《隐秀》阙文，有"始正而末奇，内明而外润，使玩之者无穷，味之者不厌矣"之语，可谓道著。"秀"，所谓"篇中之独拔者"，就是传导"隐"的信息一个"以小纳大"的载体，或是一个精警的语句，起着画龙点睛的作用，如陆机《文赋》所说"立片言以居要，为一篇之警策"；或是一个"物色尽而情有余"的意象，使人感觉得到"其中有精，其精甚真，其中有信"（《老子》语）。"隐"与"秀"相表里，共同构成一种后来称为"含蓄"的机制及其艺术表现，"深文隐蔚，余味曲包"可看作"含蓄"的定义。一篇作品有"隐"有"秀"的含蓄，是诗人"才情之嘉会""思合而自逢"的结晶。刘勰还特别指出："隐"不是深奥晦塞，"秀"也不是"研虑所得""雕削取巧"。二者是"自然会妙，譬卉木之耀英华；润色取美，譬缯帛之染朱绿"。又说"言之秀矣，万虑一交"，"秀"是各种各样的情思融汇而孕育出来的，都得之自然，发之自然。后来，司空图在《诗品·含蓄》中发挥为："不著一字，尽得风流。语不涉己，若不堪忧。是有真宰，与之沉浮。如渌满酒，花时返秋。悠悠空尘，忽忽海沤。浅深聚散，万取一收。"中国诗学的"含蓄"理论，实自《隐秀》篇始。

刘勰在《序志》中说："夫文心者，言为文之用心也。昔涓子琴心，王孙巧心，心哉美矣。"他将属于方法论范畴的都称为"心术"，《神思》说"秉心养术，无务苦虑"，《情采》说"心术既形，兹华乃赡"，《隐秀》说"夫心术之动远矣"，等等，足证他谈创作方法与技巧是偏重于纯文学创作的，而对"本于心"的诗歌创作尤为亲切。既然作品都是作家运用"心术"的成果，那么，读者对具体作品的鉴赏批评也要用心去体验。《文心雕龙》专论鉴赏批评的有两篇，《指瑕》主要是批评前人创作中用字用词用典的毛病，连曹植也逃不过刘勰的指摘。同时也批评了后人注解前人著作中的某些错误，涉及对前人文意正确理解的问题。真正的鉴赏批评理论则集中在《知音》一篇。

刘勰鉴赏批评的实践，可说遍及于《文心雕龙》绝大多数的篇章，他以评立论，论而兼评，从《易经》之文到南朝宋初之诗，一一经过他的褒贬。在《辨骚》中全面地评价了屈原的作品，同时还有对汉人评价《离骚》的批评："四家举以方经，而孟坚谓不合传，褒贬任声，抑扬过实，可谓鉴而弗精，玩而未核者也。"怎样才能鉴而精、玩而核呢？《知音》提出了一个最基本的鉴赏方法：

> 夫缀文者情动而辞发，观文者披文以入情，沿波讨源，虽幽必显。世远莫见其面，觇文辄见其心，岂成篇之足深，患识照之自浅耳。夫志在山水，琴表其情，况形之笔端，理将焉匿？故心之照理，譬目之照形，目了则形无不分，心敏则理无不达。

鉴赏与创作刚好是呈逆反的向度，作者是先有思想感情，然后通过文辞表达出来；读者则是先接触作品的文辞，然后通过文辞的表达方式领会体悟作者的思想感情，这就是"沿波讨源"。读者之心在鉴赏过程中沟通作者之心，读者"心敏"，就能洞鉴作者情思文理之幽微，好像用眼睛观察形象一样灿然明了。作者的创作有其与众不同的特殊韵味，读者深入鉴赏能识得这种韵味，就堪称作者的知音，屈原有言："文质疏内兮，众不知余之异采。"（《九章·怀沙》）刘勰认为"见异唯知音耳"。他还描述善于鉴赏的愉悦："夫唯深识鉴奥，必欢然内怿，譬春台之熙众人，乐饵之止过客。盖闻兰为国香，服媚弥芬；书亦国华，玩泽方美。知音君子，其垂意焉。"这就是以心会心的鉴赏方法。

刘勰论述了影响鉴赏批评作出正确判断的几个常见的误区：一是"多贱同而思古，所谓'日进前而不御，遥闻声而相思'也"，即贵远贱近，厚古薄今；二是"崇己抑人"，文人相轻，如曹丕早已指出过的班固轻视傅毅；三是"信伪迷真"，将一些不实的传闻作为鉴评的依据，以致"爱奇而失实"；四是个人鉴赏方面有偏爱，往往喜欢某种风格的作品而不能接受其他不同风格的作品，形成主观片面的批评，"夫篇章杂沓，质文交加，知多偏好，人莫圆该。慷慨者逆声而击节，酝藉者见密而高蹈，浮慧者观绮而跃心，爱奇者闻诡而惊听。会己则嗟讽，异我则沮弃，各执一隅之解，欲拟万端之变，所谓东向而望，不见西墙也"。这种偏爱、片面错误的形成，既是不了解不同的作家有不同的气质个性，又不知道文学本身的风格面貌是多种多样的，评论者自己眼界狭隘，知识准备不足。要克服这些错误，必须多读多研究不同风格不同流派的作品，这就是"操千曲然后晓声，观千剑而后识器"，有"阅乔岳以形培塿，酌沧波以喻畎浍"的比较研究，"无私于轻重，不偏于憎爱"，然后就能"平理若衡，照辞如镜"。

在《宗经》篇中，刘勰提出判断好的诗文作品有"六义"即六条标准："一则情深而不诡，二则风清而不杂，三则事情而不诞，四则义直而不回，五则体约而不芜，六则义丽而不淫。"可说也是创作原则。在《知音》篇中，他从鉴赏批评的角度又提出大致相应的"六观"："一观位体，二观置辞，三观通变，四观奇正，五观事义，六观宫商"。"观位体"即考察作品的体制风格，是典雅还是新奇，是壮丽还是轻靡，是刚健还是柔婉……由此而了解作家的气质、个性在作品中如何体现。"观置辞"则细辨作者如何运用辞采，"练于骨者，析辞必精，深乎风者，述情必显"，这是把握作品风骨的要领。"观通变"则研究作品有何继承有何创新，是食古而不化还是"近附而远疏"。"观奇正"是考察在艺术表现上有无影响思想内容的正确表达，是"执正驭奇"还是"逐奇失正"。"观事义"指运用成语典故是否正确，是否做到了"据事以类义，援古以证今"，使作品的思想意蕴有一定的历史纵深感。"观宫商"则是品赏作品的声律音韵，领略"声文"之美。"六观"应是评论者在"披文以入情"以后，有异于一般读者的感情鉴赏，他从作品中跳出来再作理性的思考，对一篇作品的思想价值与审美价值，作出全面的不失公允的判断和评价，这样的评论者就不仅是某位作家、某类作品的知音，而是整个文学界的知音。刘勰在本篇开头就说过："知音其难哉！音实难知，知实难逢，千载其一乎！"要做一个历代作家、千载作品的"知音"，成为一个大评论家，确非易事，他在《序志》中谈到自己写作《文心雕龙》的甘苦，说总论历代文章时"虽复轻采毛发，深极骨髓"，但有些作品"曲意密源，似远而近"，很难用理论语言将其表述。在评论具体的作品时，则力图根据自己的见解而发，不忌于"同乎旧谈"，也不怕"异乎前论"，"有同乎旧谈者，非雷同也，势自不可异也；有异乎前论者，非苟异也，理自不同也。同之与异，不屑古今，擘肌分理，唯务折衷"。

　　刘勰有作为一个锐进的理论批评家的勇气，建立了系统的理论批评观，使《文心雕龙》成为一部"体大思精"的理论巨著。但是儒家传统诗教对他文艺思想的影响也是很深的，总是把"六经"当作人文的最高典范，最完善的作品总是古人的，在属于文学史范畴的论述中，常有"抑今""贱近"之论；不过，他对"近世之竞"的批评态度，显得温和、宽容，不失学者的风度。

第六章

第一部诗论专著——《诗品》

中国古代长期沿用一种杂文学体制，缘情的、审美的作品与理知的、应用的作品统称为文章，因此文论之作都是为适用各种文体而立论，《文心雕龙》也只在文体论中为诗设立专章。以整部著作论诗评诗的，钟嵘的《诗品》开其端。《诗品》的出现，在我国诗歌理论批评史上，有着重大而又独特的意义。

钟嵘（约468—约518），字仲伟，祖籍颍川长社（今河南长葛），据《南史·钟嵘传》记载："嵘，齐永明中为国子生，明《周易》。"在齐做过"司徒行参军"之类的小官，入梁之后，又得过"记室"之类秘书性质的职务，于晋安王（萧纲未登帝位前的封号）记室任上去世。他跟刘勰是同时代人，也曾"求誉沈约，约拒之"，看来没有刘勰幸运。他的《诗品》评梁代作家，卒年可考的以沈约为最迟，沈约卒于梁武帝天监十二年，由此推知《诗品》完稿写定当在钟嵘四十五岁以后至去世之前。

钟嵘虽然与刘勰是同时代人，政治、生活经历也大致相似，但他的文学思想比刘勰更为开放，更为激进。最明显的一点是刘勰的诗歌文体观念，坚持以四言为"正体"，以五言为"流调"，并且以近世的五言诗"讹而新"，"风味气衰"，不肯给予高度评价。钟嵘则相反，认为四言体已经过时了，五言体"居文词之要"。他以上、中、下三品评诗，谢灵运进入上品，与他同时代的齐、梁诗人有六人进入中品；而对沈约所推崇"长于情理之说"，刘勰也以"雅懿"称之的班固，却置之下品。钟嵘还对"赋、比、兴"，"兴、观、群、怨"等儒家诗学的成说，作了新的调整和发挥，也不再突出诗的美刺教化作用。通观《诗品》，回归诗的本体论诗与评诗是其突出的特点，重在对诗人、作品美学风格的审视是其所长。儒家诗教色彩的淡化，实开了稍后萧纲等反叛儒家诗教的先声。

一　诗歌美学特征的确认

按传统儒学的观点，诗的产生和传播，都与政教风化有关，刘勰在《明诗》中还采用汉儒一个观点："诗者，持也，持人情性。"将诗作为人的情性修养之依持，这给他的"人禀七情，应物斯感，感物吟志,莫非自然"戴了一个极不合适的帽子。到底是"感物"动情而有诗，还是为"持人情性"而作诗？钟嵘没有搞二元论，《诗品》发语即云：

气之动物，物之感人，故摇荡性情，形诸舞咏。照烛三才，晖丽万有，灵祇待之以致飨，幽微藉之以昭告。动天地，感鬼神，莫近于诗。

这是表述非常简洁的诗歌发生论，诗就是诗人有感于外物而性情摇荡的精神产品，没有附带任何功利目的，甚至也没有提及"言志"这个常与诗联系在一起的传统观念，特别值得一提的是细览《诗品》全文，论诗和评论诗人作品，都没有"言志"的说教，全无儒家诗教高台讲章的架势；也不言"理"，不像刘勰常将"情""理"并提，全书只有两处出现"理"字，第一处是批评玄言诗"理过其辞"，另一处是评论任昉"善铨事理"，以致作诗也"动辄用事"，都是否定性的。钟嵘言诗，以"情"为纲，由"情"及"意"，不仅是用"以意为主"来变通"言志"说，更是"以情为主"来淡化"言志"的倾向。他认为诗之五言胜于四言："夫四言，文约意广，取效风骚，便可多得。

每苦文繁而意少,故世罕习焉。五言居文词之要,是众作之有滋味者也;故云会于流俗。岂不以指事造形,穷情写物,最为详切者耶!"这就是说,"指事造形,穷情写物"是五言诗的特点,比"文约意广"乃至后来那些"文繁而意少"仿制品的四言诗,更有滋味。即使是提到四言,提到《诗经》,钟嵘从不提《大雅》与《颂》,只提《国风》与《小雅》,将《国风》《小雅》《楚辞》这三种感情色彩浓烈的诗体,当作五言诗直接的源头。还有一个值得我们注意的观念变化是,自《诗大序》以来广为流行的"诗有六义"之成说,在钟嵘的笔下却是明标"诗有三义",他将不适用于五言诗的"风""雅""颂"作为过时的观念抛弃了,而对"赋""比""兴"三义又作了次序的调整,将"兴"调至首位,将"赋"移到末位,并对"三义"作出了与郑玄等汉儒不同、也与刘勰不同的解释:

  文已尽而意有余,兴也;因物喻志,比也;直书其事,寓言写物,赋也。宏斯三义,酌而用之,干之以风力,润之以丹采,使味之者无极,闻之者动心,是诗之至也。若专用比兴,患在意深,意深则词踬;若但用赋体,患在意浮,意浮则文散,嬉成流移,文无止泊,有芜漫之累矣。

此所言之"兴",与郑玄所说"兴,见今之美,嫌于媚谀,取善事以喻劝之",全不同义;较之刘勰所说"兴者,起也。……起情者依微以拟议"及"兴则环譬以托讽"(《文心雕龙·比兴》),更直接地揭示了"兴"的情感本质,倒是接近"物色尽而情有余"之说。不过,"情有余"是就意象创造而言的,是局部性的,以"兴"言"文已尽而意有余",是就一首诗整体的审美效果而观。"兴"就是情,标"兴"为首也就是标"情"为首,它包容了"因物喻志"与"寓言写物";联系前面所说"穷情写物",也就是要求诗人竭尽自己胸中之情进入创作状态,融物于情,情、物交融。这样,钟嵘实质将"兴"即"情",视为诗的本体,"比""赋"为诗之所用;"兴"与"比""赋"的关系是"体"与"用"的关系。后来,唐朝诗人对"兴"即"情"作了更明确的判断:"感物曰兴。兴者,情也。谓之外感于物,内动于情,情不可遏,故曰兴。"①于是将"情有余"的意象干脆称为"兴象"。可见他们亦承《诗品》所论,将"兴"视为诗的情感本体,不再仅仅是一种创作方法。有感而"兴",钟嵘还有一段精彩的论述:

  若乃春风春鸟,秋月秋蝉,夏云暑雨,冬月祁寒,斯四候之感诸诗者也。嘉会寄诗以亲,离群托诗以怨。至于楚臣去境,汉妾辞宫,或骨横朔野,魂逐飞蓬;或负戈外戍,杀气雄边;塞客衣单,孀闺泪尽;或士有解佩出朝,一去忘返;女有扬蛾入宠,再盼倾国。凡斯种种,感荡心灵,非陈诗何以展其义?非长歌何以骋其情?故曰:"诗可以群,可以怨。"使穷贱易安,幽居靡闷,莫尚于诗矣。

  这段话是前引"气之感物,物之动人"诗歌发生论的延伸,更为具体地联及诗人创作心理态势,诗情发生于"四候之感",更发生于诗人的人生遭际,命运之感。诗是人的生命体验,且是对自身生存环境的精神感应,或荣或辱,或聚或离,或顺或逆,诗成为人们精神与感情的寄托,"摇荡性情""感荡心灵"而有诗;穷贱的悲愁,幽居的苦闷,又借诗得以泄导和解脱。钟嵘在此引用了孔子的名言,但只用了一半:"可以群,可以怨。""群"指诗可以引发人们感情的共鸣,这种共鸣可以超越空间和时间,古人之情可以感染今人。"怨"指诗可以寄托或引发人们心中的怨情,这"怨"不是原来意义"怨刺上政",有功利的性质,而是指可以表现人生的痛苦,生存的困境,人在现实的社会里永远得不到自满自足的怨情忧思。他没有用"可以兴",因为"骋其情"就是"兴";没有说"可以观",因为"观风俗之盛衰"又有功利的意味,而诗人与读者主要是感情的沟通,心灵与心灵的感应,或者说"观"已化入"群",化入"怨"。

  综观《诗品》上述诗歌观念的展开,理论的演进,钟嵘已不容置

---

① 见托名贾岛所著《二南密旨》,《诗学指南》卷三。

疑地确认：诗的审美本质是抒情。与此紧密联系的是：诗的美感特征是"有滋味"。

古代中国人美感的发生，最先似乎是依凭味觉，因为"美"字的构成便是"羊大为美"，大羊肉肥味美，品"味"便与审美联系起来了。《论语·述而》记云："子在齐闻《韶》，三月不知肉味，曰：'不图为乐之至于斯也'。"《韶》乐之美胜于肉味，是听觉与味觉的通感。南朝宋代画家宗炳的《画山水序》中有"澄怀味象"之语，即以澄明的心境品味山水之灵趣，是味觉与视觉和心灵的通感。刘勰在《文心雕龙》中也多处使用"味"作为一种美感的表述，《明诗》说"张衡怨篇，清典可味"；《物色》有"使味飘飘而轻举"之语；《隐秀》有"余味曲包"之言；《声律》中则说："是以声画妍蚩，寄在吟咏，吟咏滋味，流于字句。"使用了"滋味"一词来形容声律之美。钟嵘使用"滋味"一词来总括诗的所有美感特征，既不是从听觉，也不是从视觉向味觉的转换，而是以心灵或说情的感觉与象征性的味觉的通感。五言诗之所以是"众作之有滋味者也"，是因为它"指事造形，穷情写物，最为详切"；兴、比、赋"酌而用之"，又"干之以风力，润之以丹采"，更是"使味之者无极，闻之者动心"，是"诗之至"。他评张协的诗，"风流调达，实旷代之高手，词采葱倩，音韵铿锵，使人味之亹亹不倦"；评应璩的《百一》诗，"至于'济济今日所'，华靡可讽味焉"。从这些品评可知，钟嵘的"滋味"就是心领神会的品味而得，要求诗能引起读者无尽的审美体验，请再看并没有用"味"字的关于阮籍《咏怀诗》的评论：

可以陶性灵，发幽思。言在耳目之内，情寄八荒之表。

洋洋乎会于风雅，使人忘其鄙近，自致远大，颇多感慨之词。

厥旨渊放，归趣难求。

"归趣难求"也就是审美趣味悠远无穷，品之难尽。钟嵘完全是从鉴赏体验的角度来言阮诗之味，语近情远是"味"之源，引发"幽思"而"致远大"则是"味"生发的审美效应。基于此种审美经验，钟嵘对东晋的玄言诗作了比沈约、刘勰更为尖刻的批评，谓其"理过其辞，淡乎寡味"，"平典似道德论"；又将孙绰、许询等四位"玄风尚备"的诗人同入下品，且在评语中无一句正面肯定之语，这在所有各家评语中是绝无仅有的。钟嵘也将名气很大的班固置于下品，那是因其咏史诗"质木无文""老于掌故"。总之，他坚定认为，诗绝不应该负载任何政治伦理观念或玄理道义，强加读者以教诲和训诫。诗应如高明的厨师调制的大羹佳肴，让人去品赏其味，给人沁透心脾的审美快感。钟嵘的"滋味"说，实在是悄悄地对儒家诗教开始了反叛，以审美为中心论诗评诗，来反叛以政教功利为中心的论诗评诗。自钟嵘始，"味"成为中国古典美学中一个重要的纯美学范畴，对后来的诗论、画论都产生了深远的影响，唐代的司空图在《与李生论诗书》《诗品》等著作中，作了更详细精深的发挥。

《诗品》不止论述了诗的审美本质与美感特征，钟嵘对历代作品的品评中，还发现了诗美创造的途径。他从反对诗"诠事理"、用"掌故"出发，首提"直寻"之说：

> 夫属词比事，乃为通谈。若乃经国文符，应资博古，撰德驳奏，宜穷往烈。至乎吟咏情性，亦何贵于用事？"思君如流水"，既是即目；"高台多悲风"，亦惟所见；"清晨登陇首"，羌无故实；"明月照积雪"，讵出经史。观古今胜语，多非补假，皆由直寻。

据钟嵘所列举的名句看，所谓"直寻"，就是"物之动人"使人"摇荡性情"，诗人欲作诗化的表现，就将情直入于物，而不借助任何典故曲折地表现，用事用典，就是"补假"，有碍于诗人对外物的直接感受与表达。"明月照积雪"是谢灵运的诗句（《岁暮》诗），钟嵘在评谢灵运时有曰："若人兴多才高，寓目辄书，内无乏思，外无遗物。""寓目辄书"就是"直寻"的注脚。在评陆机时又有"尚规矩，不贵绮错，有伤直致之奇"之语，"直致之奇"也是"直寻"的效果，刘勰评陆机"矜重，情繁而词隐"，也有"尚规矩，不贵绮错"之意，不能用流畅明朗的语言将自己对外物的直接感受表达出来,就无"直致之奇"。"直寻"与"寓目辄书"合起来理解,就是今天所说的"直感"或"直观"。"诗是直观形式中的真实;它的创造物是肉身化的概念","艺术是对于真实的直观写照,或者是形象中的思维"。(见《别林斯基论文学》)钟嵘强调"直寻",就是要求诗人感物动情之后,直接进入形象的思维,排除理性思维的干扰,情与景直接交融、契合。

与"直寻"密切相连的是"巧构形似之言"。"形似之言"是形象思维直接的产物。钟嵘在"形似"与"意象"的问题上落后于刘勰一步,他评诗"贵形似","指事造形,穷情写物"就是对"形似"审美的追求。他将算不了晋代大诗人的张协,因其"巧构形似之言"而位列上品;评谢灵运也有"尚巧似"之语。评列在中品的诗人颜延之与鲍照,前者是"尚巧似,体裁缜密,情喻渊深",后者是"善制形状写物之词"。但是"形似"又贵在自然,不宜着意刻划和雕琢,颜、鲍虽都尚"形似",但颜诗如"错采镂金",雕画过甚,不如谢灵运诗"芙蓉出水"般自然可爱;鲍照则往往"不避危仄,颇伤清雅之调"。但是,在这个问题上,钟嵘的审美观与刘勰又有些不同,前已谈过,刘勰要求描写物象"以少总多",对"模山范水,字必鱼贯"不满,认为是"辞人丽淫而繁句"。而钟嵘认为,只要有诗人情感的贯通,繁句亦不失其美,潘岳诗繁缛华彩,他赞成谢混对潘诗"烂若舒锦,无处不佳"之评,还说"嵘若谓益寿(谢混字益寿)轻华,故以潘为胜"。谢灵运的"尚巧似"较之张协的"巧构形似之言",情感更为超放——"逸荡过之",人们认为谢诗有"繁富之累",钟嵘则为之辩护,说他因为"寓目辄书",立意无纷杂的思绪,描写物象精妙入微,"名章迥句,处处间起,丽典新声,络绎奔会。譬犹青松之拔灌木,白玉之映尘沙,未足贬其高洁也"。因而肯定地说:"其繁富,宜哉!"总之,钟嵘对于刘勰含贬义的"情必极貌以写物"是持赞赏态度的,"穷情写物"也正与此语相呼应。

由诗的审美本质到美感特征,再至诗美创造的途径,钟嵘已作了较为系统的论述,对于诗美的品质,他还有什么特定的标准吗?有!

在总序中出现"自然英旨""真美"之语,"自然"而"真"就透露他对诗美品质之所尚。他又说,玄言"微波尚传"之时,郭璞"用俊上之才,变创其体",把诗从"理过其辞,淡乎寡味"中解救出来,接着是"刘越石仗清刚之气,赞成厥美"。我们要特别注意钟嵘使用的这个"清"字,用"清"来评论汉至齐梁五言诗的美的品质、品格,几乎贯穿《诗品》全文。

"清",自曹丕提出"气之清浊有体",一般是说阳刚之气则"清",阴柔之气则"浊","清"与"浊"本无特别的优劣之分。但在以男性为中心的社会,崇尚阳刚之美,并审美于自然环境,也以天地清和,清风清水、花木清新等更赏心悦目。由此,"清"便成为一个特定的审美观念,《世说新语》品评人物已有"清通简畅""清远雅正""清蔚简令""清易令达""清朗""清和""清便"等审美术语;《言语》篇有则记述:"司马太傅中斋夜坐。于时天月明净,都无纤翳。太傅叹以为佳。谢景重在坐,答曰:'意谓乃不如微云点缀。'太傅因戏谢曰:'卿居心不净,乃复强欲滓秽太清邪?'"在文学领域,《文心雕龙》中也已见"风清骨峻""文洁而体清"言及"清"的审美判断。《诗品》言"清"处达十余处之多,兹录如下:

> 评《古诗》"清音独远";评嵇康"托喻清远";评刘琨"自有清拔之气";评陶渊明"风华清靡";评鲍照"不避危仄,颇伤清雅之调";评范云诗"清便婉转,如流风回雪";评沈约"长于清怨";评戴逵诗"有清上之句";评谢庄诗"气候清雅";评鲍令晖诗"崭绝清巧";评江祏诗"猗猗清润";评虞羲诗"奇句清拔"。

不论其诗居于上品、中品还是下品,含"清"的评语都是赞赏性的(评作玄言诗的王济、孙绰等有"永嘉以来,清虚在俗"之语,"清虚"有清淡虚无之意,即"贵黄、老,稍尚空谈")。"清"作为一个诗美观念,含多种意义:一是阳刚之美。前说刘琨"仗清刚之气",后又说他"善为凄戾之词,自有清拔之气",实以刚健挺拔为"清",虞羲诗中的"奇句"也是属此类。二是纯净纯正之类。沈约"小闲于经纶",不将诗依附政教,不屑于"朝庙之制",诗情皆胸中流出,因此其诗美为"清怨";谢庄诗感情较为单纯,"兴属间长,良无鄙促",因而美于"清雅"。三是诗的形象清新自然,音韵爽朗流畅。陶渊明"欢言酌春酒""日暮天无云"等句,平易如田家语,含绮丽于清淡之中(用后来苏东坡之评是"质而实绮,癯而实腴")是为"风华清靡";范云诗的"清便婉转,如流风回雪",江祏诗的"猗猗清润",都是合其"形文""声文"而言,"清上""清巧"都属此种审美形态。四是意味深长之美。这是钟嵘最为欣赏的,此种美是上述三种美的融汇。《古诗》因"文温以丽,意悲而远"而有"清音独远",这就是"文已尽而意有余",是"味之者无极"之美。钟嵘竭力推崇"清"之美,我们从他列举的一些诗创作的缺陷,如"意浮""文散""芜漫之累""平钝""拘挛补衲""兴托不奇"等等,可知都是"清"的反面,皆伤诗美。确立"清"为诗美之最佳品格,对以后诗人的审美创造,也有极大的启示意义,李白诗"蓬莱文章建安骨,中间小谢又清发"(《宣州谢朓楼饯别校书叔云》)、杜甫诗"不薄今人爱古人,清词丽句必为邻"(《戏为六绝句》之五)都注意了这个"清"。司空图的《诗品》更是用"清钟""清酒""清露""清风""清真"来喻诗的各种境界之美,并专立《清奇》一品,标举"神出古异,淡不可书,如月之曙,如气之秋"的美,"清"是自然之美,也就是"真美"。

　　本节还有必要提一下钟嵘对诗歌声律音韵的审美观。他对沈约等人的永明体及其声律之说,持怀疑和反对的态度,认为千百年来都"不闻宫商之辨,四声之论",古代诗歌要"被之金竹"、不调五音则"无以谐会",诗有韵而能歌唱,就有音韵之美,与今所言宫商不同。沈约等所创声律论,四声八病之说,因为他们的地位高,在知识界影响极大:"于是士流景慕,务为精密,襞积细微,专相陵架。故使文多拘忌,伤其真美。"他还有意贬低声律发明的意义,说"平上去入,余病未能,蜂腰鹤膝,闾里已具",那不过是来自民间的玩意儿。《四库提要》说,沈约拒见钟嵘,"嵘怨之",因此"攻击约说"。或许稍有此意,但钟嵘的根本观点是诗要自然而美,于"声文"亦然:"余谓文制,本须讽读,不可蹇碍,但令清浊通流,口吻调利,斯为足矣。"他赞扬张协诗"音韵铿锵",也表明他并非不重视音韵之美,只是反对过细过繁的因音求字究句,伤诗之"真美",影响诗情畅达,影响"直寻"而达"直致之奇"。当然,他从总体反对"声律"说,还是有片面偏激之嫌,没有看到"声律"说对诗歌文体变化所产生的重要作用。

二 五言诗独特情质与诗人个体风格

汉儒们谈诗的美、刺、讽、怨,既不是审美的,也不是从诗人主体角度而言的,其对象都是"上政"。但是刘安、司马迁等人已发现,凡是文人创作的纯属表达个人性情的作品,"怨"成为感情抒发的主调,"《小雅》怨诽而不乱","怨"就概括了《小雅》中那些或小或大的知识分子所创作的诗篇独特的情质,屈原的作品更是"盖自怨生也"。钟嵘谈的是五言诗,钱锺书先生在《诗可以怨》[①]一文中指出,钟嵘《诗品序》中有一段话,"我们一向没有好好留心",那就是"嘉会寄诗以亲,离群托诗以怨"那一段。钱先生说:"说也奇怪,这一节差不多是钟嵘同时代人江淹那两篇名文——《别赋》和《恨赋》——的提纲。钟嵘不讲'兴'和'观',虽讲起'群',而所举压倒多数的事例是'怨'。……《序》的结尾又举了一连串的范作,除了失传的篇章和泛指的题材,过半数都可以说是怨诗。"的确如此,但这说明一个什么问题呢?

五言诗起于东汉,经过了一场浩大的农民起义,自汉武帝确立的"独尊儒术"的统治思想基础,已经出现了明显的动摇,儒家思想对人性的束缚受到冲击,于是就有人的自我意识的觉醒。人们对于自己命运的关注,胜于对"上政"的关注,他们终于发现自己有一个丰

[①] 钱锺书:《诗可以怨》,《文学评论》1981年第1期。

富的感情世界，并且有了强烈的表现欲望。王逸对屈原作品"发愤抒情"与"露才扬己"的充分肯定，"盖自怨生"的屈子精神给了文学家以深刻的影响，"叙情怨，则郁伊而易感；述离居，则怆怏而难怀"，更直接作用于正在生长发育的五言诗。无名氏所作的《古诗十九首》，可说已通体获得了这样的情感特质，"婉转附物，怊怅切情"，成为一种新的诗歌典范。又自建安以来，政治上的改朝换代产生了更加激烈的思想和感情的震荡，刘勰在《时序》篇说的"风衰俗怨"，应该理解为儒家之风衰而民多"乱离"之怨。就在这个时候，连当时最高统治者曹操、曹丕，也不再把诗当作政教工具，而当作"叙情怨"的载体了，"人生几何""人生若尘露""时哉不我与"之类的"梗慨"，几乎充满了各种诗篇。曹丕的"文以气为主"，给在觉醒中的作家主体意识注入了强化剂，而他的《与吴质书》，则以沉重的伤感感染了多少后代文人。怀念友人是"谓百年已分，长共相保，何图数年之间，零落略尽，言之伤心"；叹人生短促是"行年已长大，所怀万端，时有所虑，至乃通夜不瞑，志意何时复类昔日，已成老翁，但白头耳"。他们把创作当作一种"自娱"，作为忧悲愁思的慰藉，如"古人思秉烛夜游，良有以也"。三曹及建安七子的思想感情及创作倾向，形成了钟嵘所崇尚的"建安风力"，形成了"悲凉之雾，遍布华林"的一代文学风貌。

　　钟嵘是在非常自觉地认定诗是"吟咏情性"的前提下，发现自东汉以来五言诗多"怨"这种情感特质的,怨情既构成五言诗的时代风格、文体风格，又造就了诗人个体风格。钟嵘又十分重视诗人个体风格的剖析和体认，在《序》中，先是表现了对当时关于诗的审美尺度混乱的不满，以至对诗人评价褒贬失度，如"笑曹、刘为古拙，谓鲍照为羲皇上人，谢朓今古独步"，几近于盲人摸象；那些附庸风雅的王公缙绅之士，"每博论之余，何尝不以诗为口实，随其嗜欲，商榷不同，淄渑并泛，朱紫相夺，喧议竞起，准的无依"。同时，他认为自陆机以来的诗文论述，或"通而无贬"，或"疏而不切"，或"密而无裁"，或"精而难晓"（没有提《文心雕龙》，或许他尚未见到），"皆就谈文体而不显优劣"；当时流行的一些诗文"志录"也都"并义在文，曾无品第"。由此种种原因，他选定了"百二十人"（实数为：上品12、中品39、下品72，共123）以"辨彰清浊，掎摭利病"。"辨彰清浊"就是对诗人个体风格的辨析与彰显。

钟嵘对诗人个体风格的辨析，涉及"怨"及"怨"相通的情感状态如"悲""感恨""悲凉"等，有近二十种之多（包括《序》的结尾所举"范作"的诗人）。其上品，无名氏《古诗》与十一位诗人作品的十二则评论中，有七则揭示了此种情感特质，可见他对此种风格的推重。评《古诗》是："文温以丽，意悲而远，惊心动魄，几乎一字千金！"钟嵘所称《古诗》不只是萧统《文选》中所定《古诗十九首》，还包括"陆机所拟十四首"和"其外'去者日以疏'四十五首"（他提到的"去者日以疏""客从远方来""橘柚垂华实"均见于今传《古诗十九首》中）。这组无名氏留下的杰作，或描写"与君生别离"的痛苦，或代拟女子"空床难独守"的幽怨，或是对人生无常的慨叹，或是对世态炎凉的愤懑……每首诗的感情都是复杂的，表现出诗人的心情充满了种种矛盾，苦闷与行乐，感叹与自慰，消沉与奋发，失望与希望等等不同类型的情思，交织糅合在一起，使诗情更显得沉郁和悲凉。在艺术表现方面，使用大量象征性意象，如"青青陵上柏""冉冉孤生竹""郁郁园中柳""迢迢牵牛星""白杨何萧萧"等等，来表现种种相对应的情思。刘勰评《古诗》"结体散文，直而不野，婉转附物，怊怅切情"，指出其新的审美特征，钟嵘则从总体把握作出"意悲而远"的风格判断，是深层的把握。明朝诗论家胡应麟评《古诗》"蓄神奇于温厚，寓感怆于和平，意愈浅愈深，词愈近愈远，篇不可句摘，句不可字求"（《诗薮》内编卷二），就是继钟嵘评价的发挥。

评论具体诗人时，钟嵘也注重"气"的观照，从诗人气质个性而及诗的气象风格。评曹植，以"骨气奇高"为纲领，而后有"词采华茂，情兼雅怨，体被文质"的品评，再有"粲溢今古，卓尔不群"的盛赞。刘桢也是"气"高的一位诗人,他"仗气爱奇,动多振绝。真骨凌霜,高风跨俗",但刘桢"气"有偏激之处,正如曹丕所说"有逸气,但未遒耳",不太能适应"婉转附物",以至"气过其文,雕润恨少",次曹植一等。陆机则刚好与刘桢相反,"气少于公幹",虽然其诗"才高词赡,举体华美",但又缺乏"直致之奇"。有的评论,则直接从其作品语言格调之刚柔来判断诗人气质,前已提及的刘琨,从其"善为凄戾之词"而见其有"清拔之气""清刚之气";而评张华,也是从"其体华艳,兴托不奇,巧用文字,务为妍冶"而判断其"儿女情,风云气少"的情性特征,这与时人评张华"为人少威仪,多姿态"①暗合。

从诗人的身世际遇联及作品的考察,也是钟嵘风格批评的重要依据。李陵《与苏武诗三首》,前人认为是东汉人拟作,但即便是拟作,也很逼真地表现了李陵身处异乡逆境的心态。"仰视浮云驰,奄忽互相逾。风波一失所,各在天一隅"的失落故国之感,"临河濯长缨,念子怅悠悠,远望悲风至,对酒不能酬"的离愁别恨,"携子上河梁,游子暮何之,徘徊蹊路侧,恨恨不能辞"的羁旅情怀,就是钟嵘所说的"文多凄怆怨者之流"。联系李陵生平遭遇:"陵,名家子,有殊才,生命不谐,声颓身丧。使陵不遭辛苦,其文亦何能至此!"刘琨也是一位"英雄失路"的诗人,在两晋交替的动乱中"罹厄运",因此他的诗"善叙丧乱,多感恨之词",形成"凄戾"而"清拔"的风格。女性诗人班婕妤,生活于深宫之中,始得宠而后失宠,以"团扇短章"抒写自己的不幸,她的诗情有别于男性诗人的"凄怆""凄戾",而是"词旨清捷,怨深文绮,得匹妇之致"。虽然同是表现怨情,班姬是典型的女性风格。

《诗品》多处出现"体"或"文体"的概念,又是钟嵘区别诗人个体风格的一个标识。《序》中有"先是郭景纯用俊上之才,变创其体",

---

① 《世说新语》注引《文士传》,转引自陈延杰《诗品注》。

这是指郭璞以《游仙》诗变革玄言诗体。在"中品"列郭璞，评曰："宪章潘岳，文体相辉，彪炳可玩，始变永嘉平淡之体，故称中兴第一。"郭体"词多慷慨，乖远玄宗"，诗虽似乎是高蹈游仙，但实质却是"坎壈咏怀"。王粲诗的特点是"发愀怆之词，文秀而质羸"，但文不及曹植的"词采华茂"，质不及刘桢的"真骨凌霜"，曹丕诗"颇有仲宣之体"。张协诗"文体华净，少病累，又巧构形似之言"，钟嵘又称其为"景阳体"；谢灵运亦"尚巧似"，虽"其源出于陈思"，却"杂有景阳之体"，即兼具张协文体的优点。钟嵘往往还从文体表层特征的直观再及深层情致来判断诗人的整体风格。评陶渊明是"文体省净，殆无长语，笃意真古，辞兴婉惬。观其文，想其人德，世叹其质直"，陶虽屈居中品，评语倒是谓其由外而内皆佳。评颜延之是"体裁明密，情喻渊深。动无虚散，一字一句，皆致意焉"，有形式与内容结合紧密之意。从下面三个例子，更可看出钟嵘有时用"文体"来表述诗的形式特点：评陆机有"举体华美"于前，又有"气少于公幹"云云于后；评张华有"其体华艳"于前，又有"风云气少"于后；评袁宏有"虽文体未遒"于前，又有"而鲜明紧健，去凡俗远矣"于后。陆机、张华有形式美而内美稍逊，袁宏则内有"鲜明紧健"之美而外在的形式有欠完美。诗人的最佳风格应该体现于内容与形式、质与文、"气"与"辞"的高度统一。

总体把握对诗人气质或身世际遇的辨析、观照，对诗的内容、形式结合状态的考察，是钟嵘判断诗人个体风格的几种主要方法（另有流派考察与比较批评详见下节）。他以上、中、下三品铨次优劣，上品全部是一人一题，论之略详，下品绝大多数是二人以上一题，评之过简，且往往仅以某篇诗、某一局部特征言之，实不足为据。他根据自己对诸家诗的品味而定品次高低，虽然对于诗美特征在理论上有明确的认识，但在品评实践中并非都能十分准确地把握，因而就表现出了某些主观随意性。上品是品评的重点，从汉到宋，各以他认定的代表作家入选，但代表"建安风力"的只选三人，重要诗人曹丕列于中品，曹操与五言诗"妙绝时人"的徐幹竟入了下品。对曹丕"百许篇"

诗以"皆鄙质如偶语"概之，仅"西北有浮云"十余首"美赡可玩，始见其工"。刘勰曾说："魏文之才，洋洋清绮，旧谈抑之，谓去植千里，然子建思捷而才俊，诗丽而表逸；子桓虑详而力缓，故不竞于先鸣。而乐府清越，典论辨要，迭用短长，亦无懵焉。但俗情抑扬，雷同一响，遂令文帝以位减才，思王以势窘益价，未为笃论也。"（《文心雕龙·才略》）此话说在钟嵘作《诗品》之前，是否钟嵘也未免"俗情"呢？评曹操仅有"曹公古直，甚有悲凉之句"一语，评徐幹则仅以刘桢与徐幹的赠答诗为据："虽曰以莛扣钟，亦能闲雅矣"。以刘为"钟"，以徐为"莛"（草茎。草茎撞钟不能鸣），将徐幹贬得太低了，引起后来很多诗歌史家、诗评家的不满。晋代诗歌实力不如建安，刘勰说"晋世群才，稍入轻绮"，但钟嵘录入上品的有五人，差近上品之半。"嵇志清峻，阮旨遥深"却入阮不入嵇；张、潘、左、陆"采缛于正始，力柔于建安"，张协、潘岳、左思、陆机皆居上品；晋代大诗人陶渊明，虽然给他的评价并不亚于上述四人，甚至高于陆机，却仍让他屈居中品。钟嵘如此置品，后人看来是有所失误，或有"势窘益价"之嫌。好在他自己也说了："至斯三品升降，差非定制，方申变裁，请寄知者耳。"申明三品定人次第还可商榷调整，有待于诗歌专家再行裁夺，非他一言而定鼎。他写完《诗品》后不久就去世了，或许有需要修改调整之处，尚未来得及进行。

三 流派探索与比较批评

刘勰论文学的历史变迁，尚无流派观念，只强调前代对后代的影响，后人对前人的继承，所谓"楚之骚文，矩式周人；汉之赋颂，影写楚世；魏之篇制，顾慕汉风；晋之辞章，瞻望魏采"，而至南朝"才颖之士，刻意学文，多略汉篇，师范宋集"（《文心雕龙·通变》）。这样的论述，过于机械。钟嵘自述"谅非农歌辕议，敢致流别"，表明他已有流派观念，实际上也用了探源辨流的方法来探索五言诗的发展。

对于五言诗的起源，他说："夏歌曰'郁陶乎予心'，楚谣曰'名余曰正则',虽诗体未全,然足五言之滥觞也。逮汉李陵,始著五言之目矣。"他将感情色彩强烈且"兴""比""赋"均能"酌而用之"的《国风》《小雅》《楚辞》列为五言诗三个源:《古诗》、曹植诗源于《国风》,李陵诗源于《楚辞》,阮籍诗源于《小雅》。概而言之,就是《诗经》和《楚辞》两大源,之所以特别标出《国风》《小雅》,是有意识地将《大雅》与《颂》排除在外。为什么不以"风骚"为总源而分别有所承呢?这里见钟嵘用心辨析之细。"风"诗在他心目中是情感与文采结合的最高典范,《古诗》之"文温以丽,意悲而远",曹植之"骨气奇高,词采华茂",与吴公子季札评"风"之"美哉,渊乎,忧而不困者也""美哉!泱泱乎,大风也哉"是一个类型的美学风格;阮籍诗"言在耳目之内,情寄八方之表……厥旨渊放,归趣难求",与季札评《小雅》之"思而不贰,怨而不言"是另一类型的美学风格;李陵之"有殊才,生命不谐"而诗情"凄怆",则是类似屈原因"信而见疑,忠而被谤"的"盖自怨生"的感情主调。阮籍诗没有流而成派系,源于《国风》与《楚辞》的则又分成几个流派。

《国风》派,一支由《古诗》传,刘桢与左思属于此派,察其特征是有"风力"。刘桢"真骨凌霜,高风跨俗",左思取源于他,则是"文曲以怨,颇为精切,得讽谕之致",后来的陶渊明"又协左思风力"。该派继承了《古诗》"意悲而远",但"文温以丽"方面则稍差。另一支由曹植传,继承者众多,直接承继者是陆机和谢灵运,他们主要是类似曹植的"词采华茂",陆"才高词赡,举体华美",谢文采"繁富","名章迥句,处处间起,丽典新声,络绎奔会"。这一支主要以文采取胜,在"气""骨"方面不如《古诗》一派。颜延之直承陆机,他的诗被汤惠休评为"错采镂金",文采炫目,直承颜的诗人有谢超宗等七位齐代诗人,均被钟嵘置于下品,重词采若如"芙蓉出水"之自然美者,齐梁却无一人能继承。谢惠连(谢灵运族弟)与谢朓的风格实接近谢灵运,惠连"才思富捷。……《秋怀》《捣衣》之作,虽复灵运锐思,亦何以加焉。又工为绮丽歌谣,风人第一",且谢灵运的名句"池塘生春草",据说也是梦见谢惠连而得,钟嵘未说他源所自。谢朓也是以山水诗称名于世,"一章之中,自有玉石,然奇章秀句,往往警遒,足使叔原(谢混)失步,明远(鲍照)变色"。钟嵘却说他其源出于"才力若弱,故务得清浅,殊得风流媚趣"的谢混,甚是不妥。

《楚辞》派自李陵后分为三支:班姬、王粲、曹丕。班姬无传人,中品列入了女诗人秦嘉之妻徐淑,他们夫妻叙别之作"文亦凄怨",钟嵘只说"亚于团扇"而未言其源。下品列入了鲍令晖、韩兰英两位女诗人,"令晖歌诗往往崭绝清巧","兰英绮密,甚有名篇,又善谈笑",二人显然无班姬之"怨深",但齐武帝萧赜说过:"借使二媛生于上叶,则玉阶之赋,纨素之辞,未讵多也。"言其有班婕妤之才;王粲上承李陵,其《七哀诗》等"发愀怆之词",与"凄怆"同属一个类型的情调,直承王粲的有潘岳、张协、张华、刘琨、卢谌五人,但除了刘琨、卢谌具"凄戾""感恨"类于"愀怆"外,其余三人均或以文采"烂若舒锦,无处不佳",或以"文体华净,少病累","巧用文字,务为妍冶",则恰似王粲的"文秀而质羸"。又直承潘岳、张协、张华三人的郭璞、鲍照、谢瞻、谢混等晋宋两代诗人,还有直承鲍照的沈约,均以"文"胜于"质"、文彩"彪炳可玩"、"靡嫚"、"风流媚趣"为此流派后期特点。以曹丕为中介传承的一支有应璩、嵇康与直承应璩的陶渊明。曹丕本人又颇有"仲宣之体",钟嵘说他"鄙质如偶语",但又有"西北有浮云"等诗的"美赡可玩,始见其工",那就亦是"文秀而质羸"。但是我们看到他评应璩是"善用古语,雅意深焉,得诗人激刺之旨";评嵇康"过为峻切,讦直露才……然托喻清远,良有鉴裁",结论应该是"质直"而文采稍逊。对应璩评价似在曹丕之上,对陶渊明评价又在应璩之上(因为陶"又协左思风力"),看来这一支的形成未能顺理成章。钟嵘对曹丕、嵇康、陶渊明均列中品的失误,将他们拼凑为一流,便不能自圆其说。

流派探索有一定的文学史意义,进入钟嵘"流别"之网的有三十六位重要或一般的诗人,但观其由汉魏至齐梁的发展趋势,给人以"屋下架屋,愈见屋小"之感。曹植诗是"譬人伦之有周、孔,鳞羽之有龙凤",至钟嵘所处身的梁代,已是"庸音杂体人各为容"。齐梁尚未出现大诗人,也确是历史的事实,在《序》中称梁武帝萧衍得天下之后,"八纮既奄,风靡云蒸,抱玉者联肩,握珠者踵武,固以瞰汉魏而不顾,吞晋宋于胸中",这当然不无谀美之意,但其"致流别",却肯定有正本清源,以使五言诗再度振兴的动机。《诗品》中关于五言诗的美学阐述,更证明钟嵘不是五言诗行将消亡的论者,而是寄其审美理想的实现于未来。

流派探寻也可看作钟嵘纵向的风格批评,他还有一个运用得很娴熟的手段,那就是横向的比较批评。通过比较评判,可以更清晰地分辨诗人在文学史上地位的高下、作品的优劣,乃至风格、艺术表现、语言等多方面的细微区别。

先看他在诗人之间的比较:"孔氏之门如用诗,则公幹升堂,思王入室,景阳、潘、陆,自可坐于廊庑之间矣。"这就是说曹植是第一流,次则刘桢,与他们二人比较,张协、潘岳、陆机尚未能升堂入室。评刘桢时又重申:"陈思以下,桢称独步。"王粲实际上也与刘桢在同一条水平线上,他"在曹、刘间别构一体,方陈思不足,比魏文有余"。比较"二陆"即陆机、陆云两兄弟的高下则云:"清河之方平原,殆如陈思之匹白马",就是说两兄弟之间的差别,犹如曹植与曹彪之差(曹彪、曹植之间也是"以莛扣钟",但陆云有幸列人中品,高曹彪一品)。在一题中评谢瞻、谢混、袁淑、王微、王僧达五位宋代诗人时,虽然他们都"才力苦弱,故务得清浅,殊得风流媚趣",但钟嵘"课其实录"后,还是分其高下,作了一个很形象的比喻性描述:"豫章(谢瞻)、仆射(谢混)宜分庭抗礼;徵君(王微)、太尉(袁淑)可托乘后车;征虏(王僧达)卓卓,殆欲度骅骝前。"三等分之,了然明白。

诗人之间风格特征之比较,在《诗品》中更为普遍。如陆机:他与刘桢比较是"气少于公幹";与王粲比较是"文劣于仲宣";与潘岳比较,则引谢混语说"潘诗烂若舒锦,无处不佳;陆文如披沙拣金,往往见宝",潘华美,陆深沉,"陆才如海,潘才如江"。而左思与陆机、潘岳比较,亦是"野于陆机,而深于潘岳",即诗之美不如陆机,诗意蕴之深超过潘岳;张协诗与左思、潘岳相比,则是"雄于潘岳,靡于太冲"。通过相互之间的错综比较,我们可看出,陆机虽文采不如王粲,但比左思强,与潘岳则各擅其美;左思文采难比陆机,也不如张协。这样说来,陆机与张协的文体风格倒更接近。在谢灵运、颜延之、鲍照之间:谢、颜有自然之美,"如芙蓉出水"与人工之美"如错采镂金"之比;鲍与颜则有"驱迈疾于颜延"之比,谓鲍诗较之颜诗更为奔放。江淹、范云、邱迟、任昉、沈约也有错综之比:江淹"诗体总杂,善于摹拟。筋力于王微,成就于谢朓";范云诗"清便宛转,如流风回雪";邱迟诗"点缀映媚,似落花依草",美则美矣,但"意浅于江";沈约诗"不闲于经纶,而长于清怨",在"谢朓未遒,江淹才尽"之时尚可一时"独步",他虽然"词密于范"即诗美胜于范云,但"意浅于江矣"!这五人中,以江淹最佳,沈约次之,最差的是任昉,他"既博物,动辄用事,所以诗不得奇",文采不如邱、范("秀于任"),"世称沈诗任笔,昉深恨之"。任昉以议论文章著称于世,其诗根本不能与沈约并称。这样的批评方法又可称为连坏式的比较法,将同一时代或时代相近的一群诗人创作中思想艺术的异同,在多向度的比较中加以突出,予以确定,这对于揭示诗人个体风格是一个重要的补充。如对陆机,若仅据其专题之评,似不足以居上品,反是在与潘岳等诗人比较中,可释读者之疑。

《诗品》作为中国第一部诗歌理论批评专著,不但在回归诗歌本体归纳总结诗歌文体美学特征方面有重大的贡献,而且在诗歌批评方法方面,实有首创开拓之功。清代学者章学诚在《文史通义·诗话》篇对此给予了高度的评价:

> 《诗品》之于论诗,视《文心雕龙》之于论文,皆专门名家,勒为成书之初祖也。《文心》体大而虑周,《诗品》思深而意远;盖《文心》笼罩群言,而《诗品》深从六朝溯流别也。论诗

论文而知溯流别,则可以探源经籍,而进窥天地之纯、古人之大体矣。此意非后世诗话家流所能喻也。

但章学诚也只发见一端。我以为,自有钟嵘的诗歌风格批评、美学批评,诗歌评论从汉儒的功利批评圈子里冲决出来了,这是钟嵘及其《诗品》历史性的功绩!

第七章

齐、梁趋向唯美的诗歌理论

后人对于"缘情"的美感文学或贬或誉,南朝齐、梁两代的文学都成为显豁的目标(陈代为齐、梁余波,似乎不值一提),杜甫有"窃攀屈宋宜方驾,恐与齐梁作后尘"(《戏为六绝句》)之语,元好问有"沈宋横驰翰墨场,风流初不废齐梁"之论,都是将齐、梁并提。在中国历史与文学史上,以"风流"称齐、梁确实很恰切。"风流齐梁",是中国中古时代的文学尤其是诗歌,以"为艺术而艺术"的唯美取向,以"绮丽""繁文缛采"的诗风,以对儒家诗教的大胆反叛,前与秦、汉乃至魏晋文学有鲜明的色彩反差,后与唐、宋文学又有显著的分量轻重之别。"风流齐梁"又是中国美学、文学思想史上理论成果辉煌的新时代(《文心雕龙》《诗品》皆出自这七八十年间),一个特殊的、不可缺少的"矫枉"但有所"过正"的时代。正如建安时代"曹公父子,笃好斯文"所造成的一代文学繁荣,齐、梁的萧氏皇帝爱诗尚美,亦给两朝风流起着推波助澜的作用。齐代开国皇帝萧道成能诗善文,钟嵘评他的诗"词藻意深",录入《诗品》;齐武帝萧赜也是一位很会鉴赏诗的人君,《诗品》录入了他称扬鲍令晖、韩兰英的赞语。梁朝的好几位皇帝皆风流人物。梁武帝萧衍在齐代为官时,便与沈约、谢朓等一班文士密切交往,为著名的"竟陵八友"之一,登上帝位之后,又以尊儒崇佛为其统治思想的基础,给美文学发展创造了优良的生存环境。其子萧统、萧纲、萧绎都相继以太子或帝王之尊成为文坛领袖，父子四人相继以《书评》《文选》《金楼子》及大量的诗赋文章传世。梁简文帝萧纲及其幕僚们首创的"宫体"诗，继齐代"永明"体之后，在描写对象及艺术表现手法等方面，为诗歌创作带来了很多新的东西。

齐、梁趋向唯美的诗歌理论，其发端于"文笔"说的出现。这是自曹丕时代开始的文体自觉在理论观念上的明确化，杂文学体制走向解体，纯文学体制迅速确立，而诗又成为纯文学发展的先锋。因此，诗歌理论也具有比较纯粹的美学内涵（以《诗品》为首），这为进入唐代以后诗、文理论再行分途发展作好了准备。

一 "文""笔"之说与"美文"意识

曹丕《典论·论文》所说"奏议宜雅，书论宜理，铭诔尚实，诗赋欲丽"，八种文体虽然总称"文章"，也以四个定性词概括了八种文体的特征。但是，这八种文体还有各自的形式特点没有明说，只从排列顺序上可看出来：前四种文体不用韵，后四种均为有韵之文。陆机《文赋》列举了十种文体，诗、赋、碑、诔、铭、箴、颂七种有韵之文列于前，论、奏、说三种不用韵的列于后。这就是说，在曹丕、陆机心目中，已有了美感的文学与理知的文章在形式方面进行分类的尝试。范晔在《狱中与诸甥侄书》中前一大段讲的实质是纯文学之文（参见第四章第二节），后面有"手笔差异，文不拘韵故也"之语，那就明确地将"不拘韵"的文章称之为"笔"了。又在沈约所著《宋书》中，有了"文""笔"分称的观念，《颜竣传》云：

> 太祖问延之："卿诸子谁有卿风？"对曰："竣得臣笔，测得臣文，㝢得臣义，跃得臣酒。"

颜延之告诉宋文帝刘义隆，他的四个儿子中，颜竣善作议论文章得之于他，颜测（《颜延之传》作"㥄"）善作诗赋亦得之于他。以"文""笔"来区分作家，更为世人所称的是沈约与任昉，那就是《诗品》已见的"世称沈诗任笔"。任昉"博物"，"善铨事理"，因此他工于"笔"而"诗不工",这就不止有韵无韵,而是将用事说理的文章都称之为"笔"了。刘勰《文心雕龙·总术》中对"文""笔"之别作了明确的说明:

> 今之常言,有文有笔,以为无韵者笔也,有韵者文也。

> 夫文以足言,理兼《诗》《书》,别目两名,自近代耳。

尽管刘勰对颜延之的"'笔'之为体,'言'之文也;经典则'言'而非'笔',传记则'笔'而非'言'"的定义,表示了反对意见,但他又承认了这种区别,其二十篇文体论即是以十篇"论文",以十篇"叙笔"而"囿别区分"。

有了"文""笔"的区分,在齐、梁时代,"文"就特别地突出了,实际上形成了自觉而明确的"美文"意识。"美文"一词出现于钟嵘《诗品》,在评谢超宗等七位齐代诗人的评语中,引他"从祖正员"话云:

> 大明、泰始中,鲍休美文,殊已动俗,惟此诸人,傅颜、陆体。

其实,颜、陆也是"美文","美文"主要是指五言诗①。鲍照、汤惠休②在"文章殆同书钞"之时(宋武帝至宋明帝时代),就以其绮靡之诗文惊动凡俗。由宋至齐、梁,是"美文"全面兴盛的时代,刘勰所说"俪采百字之偶,争价一句之奇,情必极貌以写物,辞必穷力而追新,此近世之所竞也"(《文心雕龙·明诗》),可见"美文"的面貌。更值得注意的是,齐高帝萧道成之孙萧子显(489—537),入梁之后所撰的《齐书》,在其《文学传论》中,以官方史学家的身份而论文学,所言"文章"的特点,是"文"而非"笔",下面所引两段话,可看作是关于"美文"的定义:

> 文章者,盖情性之风标,神明之律吕也。蕴思含毫,游心内运,放言落纸,气韵天成。

> 属文之道,事出神思,感召无象,变化不穷。俱五声之

---

① 《隋书·经籍志》存目有"宋太子洗马刘和注《古今五言诗美文》五卷"。
② 汤惠休原是僧人,善诗文,宋世祖命他还俗,官至扬州刺史。钟嵘列他于下品,评曰:"惠休淫靡,情过其才。世遂匹之鲍照,恐商、周矣。"

音响,而出言异句;等万物之情状,而下笔殊形。

强调了"情性""神明""游心""气韵""神思",也讲到了声律与形象、意象,这正是构成美感文学的种种要素。他说的"美文"虽不仅指诗赋,还包括其他有韵之文,如傅毅、袁宏之"颂"、裴頠之"章表",谢庄之"诔"等等。但他特别突出诗之美文,说"陈思'代马'群章,王粲'飞鸾'诸制,四言之美,前超后绝。少卿'离辞',五言才骨,难与争骛。'桂林''湘水',平子之华篇;'飞馆''玉池',魏文之丽篆,七言之作,非此谁先"等等,都以"美""华""丽"赞之,还特别指出:"五言之制,独秀众品。"

萧子显不以"文"的唯美趋向为怪,他承葛洪所说"古者事事醇素,今则莫不雕饰,时移世改,理自然也"的观点,将在不断的美的追求中文学所发生的变化,看作是文学创造的必然:

习玩为理,事久则渎,在乎文章,弥患凡旧,若无新变,不能代雄。建安一体,《典论》短长互出;潘、陆齐名,机、岳之文永异。江左风味,盛道家之言,郭璞举其灵变,许询极其名理。仲文玄气,犹不尽除;谢混情新,得名未盛。颜、谢并起,乃各擅奇,休、鲍后出,咸亦标世。朱蓝共妍,不相祖述。

请注意,萧子显将文章与赏玩娱乐之具同等看待,也就是认为文学作品的鉴赏应给人美感和快感,若是同一种美感形态久而无变,便会使人失去新鲜感,发生厌倦,唯有不断创造出新的美文,发生"新变",才有一代新的文风。他列举建安以来各代文章有不同的美学风格,中间有"江左风味"的美感淡化,但自郭璞始又发生"灵变",至宋初又走上求美的正道,颜延之、谢灵运并起而各擅奇美,其后又有"休、鲍美文"惊世动俗。他们以各自绚丽的色彩辉耀文坛,皆不依傍前人,自成一体。

萧子显将齐、梁的文章分为"三体",一是出自谢灵运之体:"启心闲绎,托辞华旷,虽存巧绮,终至迂回。宜登公宴,本非准的。而疏慢阐缓,膏肓之病,典正可采,酷不入情。"二是类似"傅咸《五经》、应璩指事"之体:"缉事比类,非对不发,博物可嘉,职成拘制。或全借古语,用申今情,崎岖牵引,直为偶说,唯睹事例,顿失清采。"三是"鲍照之遗烈":"发唱惊挺,操调险急,雕藻淫艳,倾眩心魂。亦犹五色之有红紫,八音之有郑、卫。"三体中,唯第二种缺少美感,毫无光彩。第一种学谢灵运,没有学到家,"酷不入情",缺乏感染力量,虽有"华旷""巧绮"之美,但只适宜于公宴之类的场合以示"风雅"。第三种有"倾眩心魂"之美,但美感过于强烈,有刺激性,显示出人为造作的痕迹。萧子显心目中的"美文"是什么样的呢?"三体之外,请试妄谈",从创作构思到作品最后呈现出的审美风貌是:

> 若夫委自天机,参之史传,应思悱来,勿先构聚。言尚易了,文憎过意,吐石含金,滋润婉切。杂以风谣,轻唇利吻,不雅不俗,独中胸怀。

这段话的意思是前引两段关于美文定义的延伸与呼应,在此强调了写作需要有天赋才能,同时也要有广博的学问知识,"应思悱来,勿先构聚",就是前所说的"事出神思,感召无象"。萧子显是继刘勰之后第二个使用"神思"这一观念来描述创作构思的,那就是作文不必苦思,在外物的触发下情动兴起,自然而然地命笔成文,所谓"须其自来,不以力构"。钟嵘从诗评家角度谈过"四候之感诸诗",萧子显本身也是位诗人,并且以"宫体"诗闻名,他从诗之"神思"角度也说过类似的话:"若夫登高目极,临水送归,风动春朝,月明秋夜,早雁初莺,开花落叶,有来斯应,每不能已也。"(《自序》)在情不能已的情况下"放言落纸",就有"气韵天成"之美,这是美文形成的基本要素;然后要求其语言平易明了,意蕴与文采融合一体,再融汇一些民间歌谣的情采风韵,使作品吟诵起来流畅圆转,朗朗上口。请注意,萧子显用了"不雅不俗"一语,"不俗"容易理解,但在崇尚"雅",以"雅"为最高审美标准之时(刘勰与钟嵘亦如此)而敢于提出"不雅",无疑是针对传统诗歌"雅润为本""雅音为正"而言的。"不雅"就是不必去追求古代那种朝廷庙堂式的高雅、典雅,也不要像当时以清雅自居的"谈士"们那样"理胜其辞",应当是蕴含着诗人气质、个性的"天机"自露。"独中胸怀"一语也特别值得注意,这就是作家的作品,首先要使自己感到快心惬意,自己感到激动才能感动他人,自己产生了审美愉悦感,才能使他人也产生相应的美感。作家应有审美的自觉与标准,而不以时尚的审美趣味来左右自己的创作。

萧子显站在史家的立场,论述古今文学朝求美的方向发展,并从创作与鉴赏角度形成了一种自觉的美文意识。与萧子显同时的昭明太子萧统(501—531),则从选家的立场,高扬"美文"的大旗。他以"譬陶匏异器,并为人耳之娱;黼黻不同,俱为悦目之玩"和"以能文为本"为选文标准,选辑"远自周室,迄于圣(梁)代"一百三十位作者的诗文七百余篇,各种文体的主要代表作大致具备,这就是中国文学史上第一部规模宏大的诗文总集《文选》。萧统自撰的《文选序》,反映了这位杰出选家的审美观。首先,他认为与"天文"相对应的"人文",是随着人类的进化、社会的发展、物质生产的进步,从无到有、从简到繁、日益丰富的。葛洪曾用过"辎軿妍而又牢,未可谓不及椎车也"来比喻"有文"之"质"胜过"无文"之"质",萧统亦说:

若夫椎轮为大辂之始,大辂宁有椎轮之质?增冰为积水所成,积水曾微增冰之凛,何哉?盖踵其事而增华,变其本而加厉;物既有之,文亦宜然;随时变改,难可详悉。

从朴质走向求美、审美,是人类自身与物质化的社会发展之必然,文学之业更是如此,越往后发展,其渴求文采更美的欲望愈强烈,审美的趣味与要求也就愈高。萧统选历代之文,就是为观其"踵其事而增华,变其本而加厉"的历史进化过程,展示美文发展的轨迹。他赞赏赋体文学"若其纪一事,咏一物,风云草木之兴,鱼虫禽兽之流,推而广之,不可胜载矣"。高度评价屈原及其作品:"含忠履洁,君匪从流,臣进逆耳,深思远虑,遂放湘南。耿介之意既伤,壹郁之怀靡愬;临渊有怀沙之志,吟泽有憔悴之容。骚人之文,自兹而作。"他对自汉以来的四言、五言及"少则三字,多则九言"的诗、铭、箴、赞、诔等各体文章,都以"入耳之娱""悦目之玩"而选择之。我们从萧统选入什么样的作品,不选入什么样的作品,可以窥探他的心目中什么是真正的美文,什么不能归入他的美文范围:"姬公之籍""孔父之书"不选,虽然说了"岂可重以芟夷,加以剪截",但实质将其视为道德、伦理、政教文章,不属美文之列;"老、庄之作,管、孟之流"不选,因为"盖以立意为宗,不以能文为本",不符合他的审美准则;还有"贤人之美辞,忠臣之抗直,谋夫之话,辩士之端"及"记事之史""系年之书"均不选,因为此类文字"事异篇章",不是结构完整的美文,且文字"繁博"。他乐意选的是:

若其赞论之综缉辞采,序述之错比文华,事出于沉思,义归乎翰藻。故与夫篇什,杂而集之。

由此可见,"辞采""文华"是萧统选文的审美尺度,还有一个重要标准是"事出于沉思,义归乎翰藻"。就是说所写的事要"本于心",经过艺术的构思,如萧子显所说"事出神思,感召无象,变化不穷",有作家深沉的情思贯通其中,其语言词藻都经过感情的浸融而显其华美。在这里,"沉思"是内容美的要求,"翰藻"是对形式美的要求,他还在《答湘东王求文集及诗苑英华书》中有"丽而不浮,典而不野,文质彬彬"之说,可见他并不只是偏重词采,"丽而不浮"才是真正的美文。

至于更注重形式美的,是萧统的两个弟弟:萧绎和萧纲。萧纲将在下节专门论评,此仅谈谈萧绎(508—555)。萧绎初封湘东王,萧纲在位时,侯景作乱,萧绎在江陵举兵讨伐,事平,登帝位于江陵,是为梁元帝。他是一位宫体诗人,对于诗美受他哥哥萧纲的影响,有刻意的追求。据《文镜秘府论·论文意》中有"故梁朝湘东王《诗评》云:作诗不对,本是吼文,不名为诗"之语,知其有诗歌评论的专文或专著,惜未存于世。在他所著《金楼子》一书中,有《立言》篇,将"文"与"笔"作了更明确的区分,且将美感的文学从儒家文统中剥离出来,又对"文"与"笔"的作者进行分类，进而区别性质不同的两大类文体。

萧绎追溯"笔"之作者群出自"夫子门徒"，而"文"之作者群是"屈原、宋玉、枚乘、长卿之徒"。前者依次为"儒"→"学"→"笔"："夫子门徒，转相师受，通圣人之经者，谓之儒。……今之儒，博穷子史，但能识其事，不能通其理者，谓之学。至于不便为诗如阎纂（疑为阎缵，《晋书》有传），善为章奏如伯松（张竦，字伯松，王莽时人），若此之流，泛谓之笔"。"学"与"笔"互有短长，"学者率多不便属辞，守其章句，迟于通变，质于心用"，即他们只能墨守五经章句，不能融会贯通，不能作独立思考的发挥，因此，也就不能"定礼乐之是非，辩经教之宗旨，徒能扬榷前言，抵掌多识，然而挹源之流，亦足可贵"。"笔"没有"学"的学识渊源，"退则非谓成篇，进则不云取义"，但能"神其巧惠笔端而已"，即也可显示一些作者的智慧于笔端，较之"不便属辞，守其章句"的"学"者略胜一筹。萧绎据其文学观，对"学"与"笔"实际上是有所贬抑的，而对于"文"，他说的是：

吟咏风谣，流连哀思者，谓之文……至于文者，惟须绮縠纷披，宫徵靡曼，唇吻遒会，情灵摇荡。

"文"在萧绎的笔下，完全成了一个特定的概念，既不是以往所指的文章，也不是常用的"文采"之谓，而是专指：一指能写抒情诗、文的文人即现代所说的诗人和作家；二指具有强烈的感情色彩、以情动人、文采繁富、音韵悦耳、吟咏之时有滋有味的作品（这样的"文"，必是"美文"无疑了）。他还认为，写抒情的美文比运用"笔"之类的文体更难，因为"文"的审美标准更难把握，"潘安仁清绮若是，而评者止称情切，故知为文之难也"。评论一位文人的作品，有辞藻、情质等多种要素，偏重某一种或忽视某一种，都不能得到全面的评价。他高度评价曹植与陆机，说："皆文士也，观其辞致侧密，事语坚明，意匠有序，遣言无失，虽不以儒者命家，此亦悉通其义也。……"意为他们虽不是"通圣人之经"的儒者，但在为"文"方面却能穷究天人之奥妙，远胜那些"博穷子史，但能识其事，不能通其理"的"今之儒"。

从曹丕的时代到萧氏梁朝,"美文"及其作者的地位不断提高,萧子显、萧统、萧绎更将言情的美感的文学确立为文坛盟主的位置,诗,当然又是美文的先锋,"宫体诗"的出现,正是美文意识不断强化的产物。

二 冲决儒家诗教的"宫体"诗论

晋代诗人张华的诗,钟嵘评曰"其体华艳,兴托不奇,巧用文字,务为妍冶。……犹恨其儿女情多,风云气少",实已开南朝轻绮诗风之端。到梁朝,梁武帝萧衍及吴均、何逊、刘孝绰等人继之而扬其波,稍后萧纲、萧绎以及聚集于他们周围一些文人如萧子显、徐摛、徐陵、庾肩吾等,所作的诗多描写宫廷生活的情趣,其中还有不少专写妇女的生活及其体态容貌的作品。这些诗偏重于美的感官享受,情调颇为"轻艳",与传统的"诗言志""发乎情,止乎礼义"大异其趣,于是被称为"宫体诗"。

"宫体"诗的领袖与代表人物是简文帝萧纲。萧纲(503—551)字世缵,梁武帝之子,萧统之弟,中大通三年(531年)萧统去世,他被立为太子,太清三年(549年)即位,在位仅二年,被叛将侯景用土囊压杀。死前于囚室题壁云:"有梁正士兰陵萧世缵,立身行道,终始如一。风雨如晦,鸡鸣不已。弗欺暗室,岂况三光?数至于此,命也如何!"这位风流皇帝,"六岁便属文,高祖惊其早就,弗之信也,乃于御前面试,辞采甚美,高祖叹曰:'此子吾家之东阿也!'"萧纲自序其诗亦曰:"余七岁有诗癖,长而不倦。"他所作诗,也不尽是"宫体",在登帝位前,曾外戍梁边界之地(丹阳、荆州、江州等),"驱驰五岭,在戎十年,险阻艰难,备更之矣"(《答徐摛书》),此期间所作《从军行》《雁门太守行》《度关山》等诗,在某些写作技巧上,已开唐人边塞诗的先河。而其宫体诗,于人物形、神的描写方面,尤其是对女子形象的诗化创造,就整体而言超越了前人[①],对后世有一定

---

① 参阅拙著《中国诗学体系论》,中国社会科学出版社,.1992,第201页。

的积极影响。至于他一些谈及诗歌的书信,除了宣扬诗歌唯美的思想,更充溢着向儒家诗教挑战的意味。

《与湘东王书》(据《梁书》卷四十九《庾肩吾传》引,《梁简文帝集》题为《答湘东王和受试诗书》)可看作萧纲"宫体"诗论之纲。这篇写给萧绎的信,是就"京师文体,懦钝非常"而发。作为梁朝统治集团中居高位的人物,他不是从政教功利方面评价"京师文体",反是对其受拘于政教功利而使诗文丧失审美价值,进行了激烈的批评。当时的"京师文体",文章学裴子野,诗学谢灵运。裴子野是一个坚守儒学正统的人物(下节将论及他),"乃是良史之才,了无篇什之美",他的文章长于说教,是"懦钝"的典型,不但缺少文采,亦"质不宜慕"。谢灵运是一位杰出的诗人,但是争相学他的人,学不到他的"吐言天拔,出于自然",只学到他的"时有不拘",作一种宽绰安舒、典雅雍容之态,即萧子显在《文学传论》中所说"典正可采,酷不入情"。萧纲竭力反对那些"既殊比兴,正背风骚"而长于道德说教或"宜登公宴"的"文体",更强烈地反对赋诗作文搬用古代经典:

若夫"六典""三礼",所施则有地;"吉凶""嘉宾",用之则有所。未闻吟咏情性,反拟《内则》之篇,操笔写志,更摹《酒诰》之作。迟迟春日,翻学《归藏》;湛湛江水,遂同《大传》。

萧纲将所有被人们目为神圣的(有的列入"六艺"的)古代典籍,一概排除于"吟咏情性"之外,直点其名,毫不忌讳而坦荡言之,足见其反传统的勇气!他还认为:一代有一代之文学,当世才人与古之才人,"观其遣词用心,了不相似",既不能以"今文为是,则古文为非",更不能以"昔贤可称,则今体宜弃"。这样说,实质上是要充分肯定吟咏情性的美文不可动摇的历史地位,从而进一步批评写诗作文不求美、不识美的"文之横流":

玉徽金铣,反为拙目所嗤;巴人下里,更合郢中之听。阳春高而不和,妙声绝而不寻。竟不精讨锱铢,核量文质。

有异巧心，终愧妍手。是以握瑜怀玉之士，瞻郑邦而知退；章甫翠履之人，望闽乡而叹息。诗既若此，笔又如之。徒以烟墨不言，受其驱染；纸札无情，任其摇襞。甚矣哉，文之横流，一至于此！

他对美文不为人所识颇为气愤，由于儒学思想影响的顽固，有才华的诗人还受"郑风淫"所桎，不敢抒写男女之间的爱情，有生花之笔的作家，面对一片文学的蛮荒之地无从施展。这种美丑不分的文学现象，实在不能令人容忍！他在《答张缵谢示集书》中将美文视为与天地之道共参的大业："日月参辰，火龙黼黻，尚且著于玄象，章乎人事，而况文辞可止，咏歌可辍乎？"对于扬雄所说辞赋是"雕虫篆刻，壮夫不为"，曹植所说"辞赋小道"，他非常反感，乃至说"论之科刑，罪在不赦"。萧纲要以扭转"文之横流"为己任！在这封信的末段，提出要建立一种以审美为准则的文学批评："辨兹清浊，使如泾渭；论兹月旦，类彼汝南。朱丹既定，雌黄有别，使夫怀鼠知惭，滥竽自耻。"这就是说，美与不美，要有一个明确区分的标准，确立了一种审美的尺度，就能使那些毫无美感可言的作品被摒弃于文学王国之外，使那些缺少文学才华或死抱儒家义统不放的人知惭目耻。

萧纲要求诗歌创作彻底排除功利性目的，要有感而作，在《答张缵谢示集书》谈到自己的创作兴感之由时说：

至于春庭落景，转蕙承风；秋雨且晴，檐梧初下；浮云生野，明月入楼。时命亲宾，乍动严驾；车渠屡酌，鹦鹉聚倾。伊昔三边，久留四载；胡雾连天，征旗拂日；时闻坞笛，遥听塞笳；或乡思凄然，或雄心愤薄。是以沉吟短翰，补缀庸音，寓目写心，因事而作。

这段话，完全没有了《诗大序》中所谓"国史明乎得失之迹，伤人伦之废，……吟咏情性，以风其上"的影子，而是道地的感物动情而作诗，诗完全是跟着自己的感觉走。钟嵘说谢灵运是"寓目辄书"，萧纲说自己是"寓目写心，因事而作"，并列举了自然景物、亲宾宴赏、边塞军戎三个方面为作诗兴感所生之由。他追求一种身心自由的环境，在另一篇《答湘东王书》中说，"暮春美景，风云韶丽，兰叶堪把，沂川可浴"，化用了《论语·公冶长》篇曾皙回答孔子的话："暮春者，春服既成，冠者五六人，童子六七人，浴乎沂，风乎舞雩，咏而归。"这是一种精神非常愉悦的审美心境，有这样的心境才能进行自由的审美创造。他为《昭明太子集》所作的序言中，对其兄文学成就的评价，也可说是"夫子自道"："登高体物，展诗言志，金铣玉徽，霞章雾密，至深黄竹，文冠绿槐，控引解骚，包罗比兴。……近逐情深，言随手变，丽而不淫。"虽然此公也用了"言志"的字样，但此志绝非符合圣人之道的"志"，而是一种心灵自由的感情趋向，且包蕴在璀璨华美的形式之中。萧纲作为一位堪称优秀的诗人，也不是时时处处一味追求"轻艳"的形式美，他在青年时代所作的边塞诗中，对于"山川之形势，介胄之勤劳，细民之疾苦，风俗之嗜好"（《答徐摛书》）也有所反映；所作大量的宫体诗，也不尽是"清辞巧制，止乎衽席之间；雕琢蔓藻，思极闺房之内"（《隋书·经籍志》评语），也有抒写女子痛苦、哀伤而颇见"情深"的作品，还有不少观察细致、有一定寓意而"言随手变，丽而不淫"的咏物诗。

　　诗以"宫体"而名，确也表现了萧纲等一批贵族诗人大异于前人的审美趣味，他们以女子为主要歌咏对象，描绘其容颜、体态、服饰及种种闺房生活情状、男女之间艳情等等。他们不再奉行"非礼勿视"的儒家道德准则，而是向美的尤物投去热切的目光。萧纲不但自己这样做，而且提示并鼓励他的兄弟、儿子也这样做，《与湘东王书》中说"握瑜怀玉之士，瞻郑邦而知退"，就是对于文学领域存在的千年禁区表示不满，认为对"郑邦"的封闭就是对美文学的扼杀。他有位堂弟——新渝侯萧溉，大概呈上了与萧纲唱和的三首诗，萧纲读后极为赞赏，即作《答新渝侯和诗书》：

　　　　垂示三首，风云吐于行间，珠玉生于字里；跨蹑曹左，
　　含超潘陆。双鬓向光，风流已绝；九梁插花，步摇为古。高

楼怀怨，结眉表色；长门下泣，破粉成痕。复有影里细腰，
令与真类；镜中好面，还将画等。此皆性情卓绝，新致英奇。
故知吹箫入秦，方识来凤之巧；鸣瑟向赵，始睹驻云之曲。
手持口诵，喜荷交并也。

这封评诗短简，颇有点惊世骇俗，钟嵘对于张华的"女郎诗"尚有"儿女情多，风云气少"的批评，萧纲却偏要说萧浑写女子形态情态的诗有"风云吐于行间"，虽说跨超曹植、左思、潘岳、陆机，有过誉之嫌，但敢下此评，只能说萧纲对此笃爱之深！他认为描绘和欣赏女子体貌神情之美，喜怨哀乐之色，抒发男女眷恋之情，皆出自人的本性，体会愈深，描绘越工，性情便表现得愈卓绝。"性情卓绝，新致英奇"，正是萧纲关于宫体诗的美学观点，与《诗大序》所谓"发乎情，止乎礼义"，唱的完全是反调。萧纲还有一篇《诫当阳公大心书》，是写给儿子的家信，训导儿子如何立身求学："汝年时尚幼，所阙者学，可久可大，其惟学欤。"但他反对学而不思的死学，尤反对"面墙而立，沐猴而冠"的假道学，此信中又道出了两句使正人君子们瞠目结舌的"警语"：

立身之道，与文章异，立身先须谨重，文章且须放荡。

作为有全国性影响的皇室人物，不能不考虑"立身"的大事，但是萧纲将"立身"与"文章"区分开来，"谨重"属于道德、政治品质修养的范畴，"放荡"属于审美的范畴。"放荡"是不受束缚，身心自在自由之意。《汉书·东方朔传》称东方朔之言"指意放荡，颇复诙谐"；《三国志·魏志·王粲传》称阮籍"才藻艳逸而倜傥放荡"；后来，杜甫回忆自己年轻时浪游生活也有"放荡齐赵间，裘马颇清狂"（《壮游》）之句。萧纲提倡"文章且须放荡"，在文学自觉的时代，具有鼓励文学家实现个性解放的重大意义，是创作主体自觉的高度表现，同时也是纯文学文体自觉的深化表现，强调美文就是吟咏情性，"寓目写心"，不必有明道致用的功利目的，更不必受陈规旧习之束缚，纵横驰骋，变古翻新，勇向唯美与浪漫之路迈进。萧纲本人"立身"并

不浪荡，确如他死前所言，"立身行道，终始如一"，虽好作宫体诗，但不是一个荒淫的皇帝，不是如后代某些正统史学家所说以文章放荡而亡身。明代崇祯年间，复社著名人士张溥在《〈梁简文帝集〉题词》为萧纲作了辩护："……武帝开门揖盗，自戕胤嗣，简文立颠沛之中，罹怀愍之酷。跋胡疐尾，孽非己作。后代尾其闵凶，并其文字指为无福，不得拟秋风，步短歌，亦足悲也。……帝诚当阳身须谨重，文章须放荡，是则其生平所处也。"

萧纲由于自己酷爱文学，又"引纳文学之士，赏接无倦，恒讨论篇籍，继以文章"（《梁简文帝纪》），在他身边形成了一个文学集团，庾肩吾、庾信、徐摛、徐陵等是这一集团中的骨干分子。其中徐摛在萧纲七岁时即任其"侍读"，对萧纲的成长和文学观的形成有极大的影响，《梁书·徐摛传》说："属文好为新变，不拘旧体。……文体既别，春坊尽学之，'宫体'之号，自斯而起。"看来，"宫体"诗始作俑者是徐摛。梁武帝萧衍听说他作此"轻艳"之新体诗并影响了萧纲，"闻之怒"，但在召见时发现徐摛"应对明敏，辞义可观，高祖意释"。因徐知识渊博，不但通"五经大义""历代史及百家杂说"，还懂"释教"，正投"崇佛"的梁武帝之所好，武帝"甚加叹异，更被亲狎，宠遇日隆"，这无异为"宫体"诗的发展添火加薪。徐摛的儿子徐陵（507—583），年轻时即随侍萧纲，萧纲作皇太子时，为东宫学士。据唐人刘肃《大唐新语》说："梁简文帝为太子，好作艳诗，境内化之，浸以成俗。晚年改作，追之不及，乃令徐陵撰《玉台集》以大其体。"《玉台集》即传世之《玉台新咏》，专收当时的宫体诗以及古代歌咏妇女和与妇女有关的作品。所谓"以大其体"，即以"古已有之"来显示此种诗歌文体渊源有自，借此为他们的"宫体"诗张目。徐陵还自作《玉台新咏序》，这是一篇别作一体的序言，既不谈为什么编撰此书，选诗的标准是什么，也不直接阐述自己的文学观点，序的前半部分犹如一篇美女赋：

夫凌云概日，由余之所未窥；千门万户，张衡之所曾赋。

周王璧台之上，汉帝金屋之中，玉树以珊瑚作枝，珠帘以玳瑁为押，其中有丽人焉。其人也，五陵豪族，充选掖庭；四姓良家，驰名永巷。亦有颍川、新市、河间、观津，本号娇娥，曾名巧笑。楚王宫里，无不推其细腰；卫国佳人，俱言讶其纤手。阅诗敦礼，岂东邻之自媒；婉约风流，异西施之被教。

这些丽人，都是宫廷贵族妇女，显然是为"宫体"诗的描写对象张目，序中对历代美女作了一番颇为绮丽轻艳的概括性形容和描写，读来使人心摇魄荡：

至如东邻巧笑，来侍寝于更衣；西子微颦，得横陈于甲帐。陪游馺娑，骋纤腰于结风；长乐鸳鸯，奏新声于度曲。妆鸣蝉之薄鬓，照堕马之垂髻。反插金钿，横抽宝树。南都石黛，最发双蛾；北地燕脂，偏开两靥。亦有岭上仙童，分丸魏帝；腰中宝凤，授历轩辕。金星将婺女争华，麝月与嫦娥竞爽。惊鸾冶袖，时飘韩掾之香；飞燕长裾，宜结陈王之佩。虽非图画，人甘泉而不分；言异神仙，戏阳台而无别。真可谓倾国倾城，无对无双者也。

在徐陵心目中，这些美女本身就是一首诗，而她们也不是虚有其貌，更有内秀之美：

加以天时开朗，逸思雕华，妙解文章，尤工诗赋。琉璃砚匣，终日随身；翡翠笔床，无时离手。清文满箧，非惟芍药之花；新制连篇，宁止葡萄之树。九日登高，时有缘情之作；万年公主，非无累德之辞。其佳丽也如彼，其才情也如此！

这里反映了宫体诗人们对女子比较全面的审美观，绝非市井渔猎女色的轻薄之徒可比。徐陵编选《玉台新咏》，"玉台"之名，取喻"妇人之贞"，所选作品，绝大多数是男性诗人所作，但选录女性诗人的作品亦不在少数，在女子无才便是德的封建时代，如此褒扬女子的才情，有着明显的反传统意味。而编选这部诗集的直接目的，徐陵在序中也作了明确的说明，居于宫中的女子，终日寂寞无聊，需要寻找一种精神的慰藉和寄托，所以：

> 无怡神于暇景，惟属意于新诗，庶得代彼萱苏，微蠲愁疾。但往世名篇，当今巧制，分诸麟阁，散在鸿都，不籍篇章，无由披览，于是燃脂暝写，弄笔晨书。撰录艳歌，凡为十卷。曾无忝于雅颂，亦靡滥于风人，泾渭之间，若斯而已。

《玉台新咏》是给宫中女子读赏的诗歌选本，一为她们解闷消闲，二为提高她们的情性修养和审美趣味，当然最主要的目的还是为宫体诗"大其体"，在文学史上取得一定的地位。

宫体诗的出现与《玉台新咏》的编选，不但在诗歌史上，而且在美学史上也有重要的意义。在西方，对于人类自身美的审视，始于古希腊时代，男人体与女人体的雕塑作品，公然坦陈于公众场合甚至神殿之上，因为女子有天然的曲线美，又更受到鉴赏者的青睐。女子之美是人类自身之美的最佳呈现。中国古代的文艺作品中，《诗经》中已有不少描写女子形象美的作品，《卫风·硕人》便是千古名篇，但后来由于儒家有"非礼勿视"的诫条，诗又强调"言志"和"发乎情，止乎礼义"，以及对"郑、卫之音"的贬低，描绘女子之美和男女爱情长期成为诗的禁区，只在宋玉等人的赋体文学作品中才有高唐神女、"东邻之女"等美女形象的描绘。西汉末至东汉，五言诗兴起之后，《古诗十九首》《陌上桑》等诗篇中终于又有了女子形象的复归。在此时期，西方古罗马诗人奥维德（前43—约17）创作不朽名著《爱经》，已有了男女情欲的描写，但"宫体"出现之前的五言诗，对妇女形象还只是一般的描绘，南朝前期的"形似"之说还只就"模山范水"而言，直至宫体诗中对女子形象体态的精描细写，才将"形似"之说从自然景物转向人，并发挥到极致。破除儒家戒律，对人类自身进行酣畅淋漓的审美观照，应该说是宫体诗一大功劳。同时宫体诗还对诗歌题材的开拓，对诗歌艺术乃至造型艺术的发展，均作出了重要的贡献。这是萧纲他们始料未及的，也是封建卫道者们拒不首肯的。

三 儒家诗教传人的反批评

文学的纯化,从功利中心朝审美中心的转向,虽然自建安以来就发生了异议(建安七子之一阮瑀的《文质论》就有否定美文的倾向),但尚未出现针锋相对的反对意见。到了齐梁时期,文学的唯美倾向愈来愈明显,针锋相对的反对派终于冒出来了,其代表人物就是萧纲所说的有"良史之才"但"了无篇什之美"的裴子野。

裴子野(469—530)字幾原,是一位历史学家,著有《宋略》二十卷(已佚),梁武帝时官至著作郎兼中书通事舍人。《梁书·裴子野传》称他"家传素业,实习儒史,苑囿经籍,游息文艺",又说他"为文典而速,不尚丽靡之词,其制作多法古,与今文体异",可见他是一个正统的儒家。他反对审美文学的"力作"就是《雕虫论》,此文序中说:"宋明帝博好文章,才思朗捷,常读书奏,号称七行俱下。每有祯祥,及幸燕集,辄陈诗展义,且以命朝臣。其戎士武夫,则托请不暇,困于课限,或买以应诏焉。于是天下向风,人自藻饰,雕虫之艺,盛于时矣。"其论似乎是对宋明帝时的文坛状况而发。但宋明帝在位(466—472)时,裴子野尚是幼童,而作此文时他自署"梁鸿胪卿",这不过是指远打近的手法,实是批评梁代萧纲等一班"贵游总角"的"雕虫之艺"。或许因此,萧纲才在《与湘东王书》中点了他的名,说"伏膺裴氏,惧两唐之不传"①,意即如果按裴子野的主张行事,很多美好的东西都不能传于世,饱有才华之士会遭到扼杀。

《雕虫论》一开始就重申儒家诗教的原则:"古者四始六艺,总而为诗,既形四方之风,且彰君子之志,劝美惩恶,王化本焉。"体现了裴子野在南朝文学"新变"的浪潮中还在顽固地坚持"法古"的立场。接着他就对自屈原始的美文学进行了攻击性批评:

---

① 《汉书·何武传》记载:何武爱惜人才,"为楚内史,厚两龚;在沛郡,厚两唐",颜师古注:"两唐"为唐林、唐尊。

> 后之作者，思存枝叶，繁华蕴藻，用以自通。若悱恻芳芬，楚骚为之祖，靡漫容与，相如扣其音。由是随声逐影之俦，弃指归而无执。赋诗歌颂，百帙五车，蔡邕等之俳优，扬雄悔为童子。圣人不作，雅郑谁分。其五言为家，则苏、李自出，曹、刘伟其风力，潘、陆固其枝叶。爰及江左，称彼颜、谢，箴绣鞶帨，无取庙堂。宋初迄于元嘉，多为经史，大明之代，实好斯文。高才逸韵，颇谢前哲，波流相尚，滋有笃焉。

对《诗经》以后的作家作品，裴子野几乎是全盘否定，在他眼中，美丽动人的诗文，都是只有"随声逐影"的文采，没有政教、伦理、道德的正确指向而归于雅正，因此"无取庙堂"，不能为朝廷政治所用。在他看来，诗文的审美愉悦作用根本不需要，有"劝美"就足够了，"劝"与"惩"，皆为政治教化。他对五言诗，也基本上采取敌视的态度，连曹植、刘桢"伟其风力"，也有在歧途上推波助澜之嫌，偏重于抒发个人情感且兼"形文""声文"之美的五言诗，都是"颇谢前哲"的。接着，他将攻击的矛头直接指向齐、梁文学：

> 自是闾阎年少，贵游总角，罔不摈落六艺，吟咏情性。学者以博依为急务，谓章句为专鲁。淫文破典，斐尔为功，无被于管弦，非止乎礼义。深心主卉木，远致极风云，其兴浮，其志弱。巧而不要，隐而不深，讨其宗途，亦有宋之遗风也。若季子聆音，则非兴国，鲤也趋庭，必有不敢。荀卿有言："乱代之征，文章匿而采。"斯岂近之乎！

如果我们将这段反面否定之言从正面看，裴子野恰恰是详切而全面地揭示了齐梁唯美文学对儒家诗教反叛的态势，他所激烈反对的，正是萧纲他们所充分肯定的，"摈落六艺，吟咏情性"在他看来是大逆不道，而萧纲则说"未闻吟咏情性，反拟《内则》之篇……"的确将"六艺"摈落于美文学创作之外。所谓"博依"，《礼记·学记》有云："不学博依，不能安《诗》。"注者云："诗人比兴之辞，多依托于物理，而物理至博也。故学《诗》者，但讲之于学校，而不能于退息之际，广求物理之所依附者，则无以验其实，而于《诗》之辞，必有疑殆而不能安者矣。"①用我们今天的话来说，"博依"就是认识客观世界，提倡"感物"，作文赋诗者感物起兴而抒发心中之情，以"博依"为务是完全正确的，诗人怎能从六经的章句中去寻觅诗情呢？从裴子野的责备中，可以看出齐、梁诗人正在努力冲决儒家传统思想的压制，诗歌创作进入到较为自由的精神王国，"发乎情"而再也不顾"止乎礼义"的约束，花草佳树，宇宙自然，均可作为感情寄托之物或驰骋之所。这样的诗，当然无所谓政教功利的追求，不符合儒家诗教"言志"的准则。尤其是宫体诗，将女子作为歌咏描写的主要对象，不避轻浮之嫌，以传统的标准来衡量，自然是"志弱"而"兴浮"了。裴子野批评齐、梁文学承"宋之遗风"，"巧而不要，隐而不深"，如果真正是从诗歌艺术而言，倒也击中一些要害，钟嵘也批评过当时一班"膏腴子弟……终朝点缀，分夜呻吟"，以至多有"独观谓为警策，众睹终沦平钝"之作。但裴氏并非言此，他的"不要""不深"，均是有关政教，以政治、国运之盛衰来评量诗之"要"与"深"，以吴公子季札评论音乐与诗跟政治的关系，以孔子教导儿学《诗》而"授之以政"，来要求诗再度发挥工具作用。他最后用荀子"乱代之征，义章匿而采"的话发出警告，也可见出他维护儒家诗教的苦心所在。

南朝治史兼论文的学者不少，范晔、沈约、萧子显都可称史学家，但他们都强调史是史，文是文，沈约并不将"文体三变"与政治盛衰联系起来，范晔不否定抒发个人情感的美文，还以自己"多公家之言，少于事外远致"为憾恨。裴子野则纯粹以史家观盛衰的眼光来观文学。或许，南朝宋、齐、梁、陈改朝换代之频繁，被他不幸而言中，但是，文学又能在其中负多少责任呢？以梁代为例，衰亡的祸根正是崇儒好佛、重用裴子野的梁武帝萧衍埋下的，他"开门揖盗，自戕胤嗣"，不过是让作宫体诗的萧纲作了替罪羊而已。

---

① 陈澔：《礼记集说》，上海古籍出版社，1987，第200页。

《雕虫论》在南朝没有得到什么人响应，只有由梁入北齐的颜之推（531—？），在他后来写的《颜氏家训·文章篇》中出现了一些折中性提法。颜之推也说"夫文章者，原出五经"，但这不过是重复《文心雕龙·宗经》的观点；又说：

> 文章当以理致为心胸，气调为筋骨，事义为皮肤，华丽为冠冕。今世相承，趋末弃本，率多浮艳。辞与理竞，辞胜而理伏；事与才争，事繁而才损。放逸者流宕而忘归，穿凿者补缀而不足。

对齐、梁文学重"华丽"而轻"理致"有所批评。他对"自古文人，多陷轻薄"的指责却是非常严厉的，从"屈原露才扬己，显暴君过"到"谢玄晖侮慢见及"，几乎将楚、汉、魏、晋、南朝所有优秀的有才华的文学家，都推入了"轻薄"之列，为后来隋朝的王通在《文中子·中说》里对南朝诗人谢灵运、沈约至湘东王兄弟、谢朓、江总等的恶性攻击提供了口实。颜之推还特别提道："自昔天子而有才华者，唯汉武、魏太祖、文帝、明帝、宋孝武帝，皆负世议，非懿德之君也。"他没有提到萧纲、萧绎兄弟，大概是他与其父都在萧绎手下做过官，不忍心非议故国之君吧。颜之推在论文格人格方面虽然显出一副儒家君子的面貌，可是对于诗赋等纯文学作品的态度，则与裴子野迥然有别。他认为："朝廷宪章，军旅誓诰，敷显仁义，发明功德，牧民建国，施用多途。至于陶冶性灵，从容讽谏，入其滋味，亦乐事也，行有余力，则可习之。"将有政教功利目的的应用文与"陶冶性灵""入其滋味"的美文区别对待。他又显然不同意扬雄关于作美文诗赋是"雕虫篆刻"之说，偏向于萧纲而不苟同裴子野：

> 或问扬雄曰："吾子少而好赋？"雄曰："然。童子雕虫篆刻，壮夫不为也。"余窃非之曰：虞舜歌《南风》之诗，周公作《鸱鸮》之咏，吉甫、史克，《雅》《颂》之美者，未闻皆在幼年累德也。孔子曰："不学《诗》，无以言。""自卫返鲁，乐正，《雅》《颂》各得其所。"大明孝道，引《诗》

证之。扬雄安敢忽之也？

萧纲是从"日月参辰，火龙黼黻，尚且著于玄象章乎人事，而况文辞可止，咏歌可辍乎"的角度，来评斥扬雄"小言破道"；颜之推则以圣人之言和儒家之经相标榜，发挥孔子"行有余力，则以学文"的思想，给予美文学一定的地位。

与《雕虫论》如出一辙又可说变本加厉的，是李谔的《上隋高祖革文华书》。李谔（生卒年不详）是从南朝投靠到北朝的一个政客，先"仕齐，为中书舍人"，周武帝宇文邕平齐，他又官拜"天官都上士"。见周之丞相杨坚"有奇表"，"深自结纳"，为杨坚谋国出计献策，及杨坚夺取北周政权称帝（隋文帝），"历比部考功二曹侍郎，赐爵南和伯"，后又官至"治书侍御史"①。他与颜之推是同时代的人。颜之推的《颜氏家训》作于隋灭陈之后，但他所论主要是南北朝时的作家作品，反映当时一种折中的文学观点，因而在批评史上将《家训》当作此时期的文学批评来论述。同样，李谔的《上隋高祖革文华书》虽然作于隋初（开皇四年，隋尚未灭陈之时——陈后主陈叔宝至德二年），批评指责主要对象也是南朝文学，其文学观点与裴子野完全一致，将它放到本节论述，可使我们对南朝义学反对派的面目有完整的认识。

《上隋高祖革文华书》实是声讨南朝文学的"檄文"，其开宗明义的还是文章有关政教风化那一套陈词滥调："五教六行，为训民之本；《诗》《书》《礼》《易》，为道义之门。故能家复孝慈，人知礼让。正俗调风，莫大于此。其有上书献赋，制诔携铭，皆以褒德序贤，明功正理。苟非惩劝，义不徒然。"他将文学的作用完全限制在"牧民建国"的势力范围之内而不及其他。接着他以美文学为唯一的攻击目标，较之裴子野陈数历代美文罪状，他的打击点又集中于"魏之三祖"和"江左齐、梁"：

降及后代，风教渐落。魏之三祖，更尚文词，忽君人之

---

① 据《隋书》卷六十六《李谔传》。

大道，好雕虫之小艺。下之从上，有同影响，竞骋文华，遂成风俗。江左齐、梁，其弊弥甚，贵贱贤愚，唯务吟咏，遂复遗理存异，寻虚逐微，竞一韵之奇，争一字之巧。连篇累牍，不出月露之形；积案盈箱，唯是风云之状。世俗以此相高，朝廷据兹擢士。禄利之路既开，爱尚之情愈笃。于是闾里童昏，贵游总角，未窥六甲，先制五言。至于羲皇、舜、禹之典，伊、傅、周、孔之说，不复关心，何尝入耳？以傲诞为清虚，以缘情为勋绩，指儒素为古拙，用词赋为君子。故文笔日繁，其政日乱。良由弃大圣之轨模，构无用以为用也。损本逐末，流遍华壤，递相师祖，久而愈扇。

南朝文学确有两大特点，一是唯美，二是反儒，二者结合起来，对于中国美文学的发展，确实有划时代的意义。中国文学史上如果没有这样一个时代，没有一批从帝王到普通文人的勇敢反叛者、开拓者，掀起一个"文章且须放荡"的大潮，儒家以政教功利为基础为核心的文统就不可能有丝毫动摇，文学就将永远沦为政治工具的地位而不能自觉、自主、自强。以"绮丽"为显豁特征的南朝美文学，在"为艺术而艺术"方面的确走了一些极端，过分追求文词、形式之美；但就突破儒家拘谨的又处于附庸地位的审美格局而言，不过是矫枉过正而已。两大特点的结合，触及了封建统治阶级安身立命之根。美文学的崛起，或许确要以政治的牺牲为部分代价，"弃大圣之轨模，构无用以为用"，正是政教功利中心论与审美、"为艺术而艺术"中心论的矛盾激化的表现，这种激化，一时影响了某些封建政权的稳定性。

裴子野、李谔都是封建统治坚定的维护者，李谔鉴于南朝"其政日乱"而向新上台的隋高祖献策，将文学"弃绝华绮"列为当务之急，强行规定"自非怀经抱质，志道依仁"者不得为官作宦；"其学不稽古，逐俗随时，作轻薄之篇章，结朋党而求誉"者，则要"闻风即劾"，动用法律治罪。李谔以文坛宪兵自居："臣既忝宪司，职当纠察。"还公告天下："请勒诸司，普加搜访，有如此者，具状送台。"动用权力与法律来"革文华",隋朝可能是首创其例,但最具历史性的讽刺是,虽竭力革除"文华",隋朝亦未免成为一个短命王朝,仅历三十八年而亡。后来,以诗赋取仕,美文学空前繁荣发达的唐朝,雄立于中国历史长河之上,其"文华"孰功孰过?

第三篇 隋唐宋金元 诗歌精神的升华与美学批评的崛起

第八章
重振诗歌人文精神的"风骨"论

唐初一代名相魏徵,唐太宗李世民命他主修周、齐、梁、陈、隋五代史,他亲自执笔的《隋书·文学传序》,开宗明义写道:

《易》曰:"观乎天文,以察时变,观乎人文,以化成天下。"《传》曰:"言,身之文也。言而不文,行之不远。"故尧曰则天,表文明之称;周云盛德,著焕乎之美。然则文之为用,其大矣哉!上所以敷德教于下,下所以达情志于上。大则经纬天地,作训垂范,次则风谣歌颂,匡主和民。或离谗放逐之臣,涂穷后门之士,道轗轲而未遇,志郁抑而不申,愤激委约之中,飞文魏阙之下,奋迅泥滓,自致青云,振沉溺于一朝,流风声于千载,往往而有。是以凡百君子,莫不用心焉。

以宏观的"人文"立论,似乎成为唐初史学家、文学家文论、诗论的一种最高格式,我们可以列举李百药的《北齐书·文苑传序》、姚思廉的《陈书·文学传序》、令狐德棻的《周书·王褒庾信传论》、李延寿的《南史·文学传序》以及许敬宗等的《芳林要览序》、杨炯的《王勃集序》等等。在近半个世纪里,各家论述基调如一,说明什么问题呢?大而言之,经过长期战乱后形成统一的李唐帝国,从开始就坚定地确立了"文治"的统治思想。贞观二年唐太宗对群臣说:"凡事皆须务本。国以人为本,人以衣食为本。凡营衣食,以不失时为本。

夫不失时者，在人君简静乃可致耳。若兵戈屡动，土木不息，而欲不夺农时，其可得乎？"（《贞观政要》卷八）此说"人君简静"，不使"兵戈屡动"，即是"文治"的体现。不以武力慑服天下，因此就欲以"人文"去"化成天下"。唐太宗也爱好作诗，《全唐诗》以他开卷，在《帝京篇十首》的序中，表述了他的文学观也可说是文治观："予以万机之暇，游息艺文。观历代之帝王，考当时之行事，轩、昊、舜、禹之上，信无间然矣！"反思历代崇尚武功的帝王，"征税殚于宇宙，辙迹遍于天下"，物欲无穷，乃至其国覆亡颠沛，他决心"以尧舜之风，荡秦汉之弊，用咸英之曲，变烂熳之音"，认为这样才顺乎天下人情。

魏徵所表述的"人文"思想是开放的，不只是传统的如《文心雕龙·征圣》所说的"政化"之文、"事迹"之文、"修身"之文，还特别将"离谗放逐之臣，途穷后门之士"即屈原一类文人的"发愤抒情"之文，亦作为人文一个重要的方面。将此与前朝裴子野《雕虫论》、李谔《上隋高祖革文华书》比较一下，见出这位大国宰辅有包容万象的胸怀，高瞻远瞩的气魄，为唐代未来文学的大发展造福不浅！他所提倡的广义的人文精神，既强调了文学有重要的社会功能，也不忽视文学表达个人情志的本体职能；而所谓"化成天下"，是立于"文"化（实即"美"化）本位而及"政化"。这一基本指导思想，使唐代大量的文学—诗学观念都进入了美学范畴，尤其在诗歌领域，以"风骨""兴象""意境"等为核心的美学批评，超越了传统的功利批评，升华了风格批评，大大丰富了文体批评。由唐而宋，中国古代诗学批评也进入了黄金时代。

一　隋至初唐的诗学批评

隋代历时仅三十七年，前期的文学批评多出自南北朝政客遗老如李谔等笔下，不过是裴子野之辈的应声虫而已，而在隋朝长大学成的文人如李百药、姚思廉、孔颖达、魏徵之辈，文学活动又皆在李氏门下，因此，有隋一代，可说没有反映该朝文学状况、有独特价值或时代意义的理论成果。值得一提的是王勃的祖父王通。

王通（584？—618）是以其短暂一生皆属隋朝的一位非常正统的儒家学者，被人称为"隋末大儒"，他的学生仿《论语》体杂记其言行，集为《中说》（亦名《文中子》）十卷。王通以孔子自比，竭力鼓吹王道，论文绝对重事功，对于南朝文学抱着极端仇视鄙夷的态度。《中说·天地》有一则记载，充分表现了这位孔教卫士的面目：李百药见王通，与他讨论从魏晋至南朝的诗歌，谈及"四声八病、刚柔清浊"等问题，王通根本不搭理他。李百药退出问其学生薛收是何原因，薛收曰：

  吾尝闻夫子之论诗矣，上明三纲，下达五常。于是征存亡，辨得失，故小人歌之以贡其俗，君子赋之以见其志，圣人采之以观其变。今子营营驰骋乎末流，是夫子之所痛也。不答则有由矣。

完全否定了自先秦以来的诗歌发展史，竟要求返回到《诗》三百》以前的时代，直承汉儒之论而过之。在《事君》篇，他骂倒绝大多数南朝诗人：谢灵运与沈约是"小人"，其文或"傲"或"冶"；鲍照、江淹、吴筠、孔珪，或"狷"或"狂"，其文或"急以怨"或"怪以怒"；徐陵、庾信、萧纲、萧绎等"宫体"诗人，或"夸"或"鄙"或"贪"，其文则或"诞"或"淫"或"繁"；谢朓、江总或"浅"或"诡"，其文或"捷"或"虚"。他们"皆古之不利人也"，无异于说是背叛孔教的文坛罪人，严责有加而毫无宽容的余地。颇有讽刺意味的是，王通如此卖力推行儒家诗教，他所事之君隋炀帝杨广，正热衷于学习并大作绮靡的宫体诗。

唐初，对于南朝及以往历代文学的评价，是从史学家开始的，大概与魏徵的指导思想有关，他们对文学的批评大体比较公允。李百药"藻思沉郁，尤长五言诗，虽樵童牧竖，并皆讽咏"，他的《北齐书·文苑传序》对于历代美文学颇多赞美："……至夫游、夏以文词擅美，颜回则庶几将圣，屈、宋所以后尘，卿、云未能辍简。于是辞人才子，波骇云属,振鹓鹭之羽仪,纵雕龙之符采……"姚思廉在他所作的《梁书》《陈书》中,对梁、陈文学极少贬辞。《陈书·文学传序》说:"自楚汉以降,辞人世出,洛汭、江左,其流弥畅。莫不思侔造化,明并日月,大则宪章典谟,裨赞王道;小则文理清正,申纾性灵。"或许他是陈代遗民(其父在陈官至吏部尚书),不忍指责故国。有趣的是,唐高宗时代主修《南史》《北史》的李延寿,与梁、陈毫无瓜葛,他在《南史·文学传序》中,述说梁代文学之盛,"盖由时主儒雅,笃好文章",且经常"赐以锦金帛"奖励文学之士。"至有陈受命,运接乱离,虽加奖励,而向时之风流息矣。……岂金陵之数将终三百年乎?不然,何至是也。"他否定了李谔"文笔日繁,其政日乱"的文学亡国论,反是因国运衰竭而造成文学的没落,于是一笔开脱了南朝文学的罪责。

对南朝文学进行了一番认真反思,并提出发展唐代文学有益见解的,还是要首推魏徵。在《隋书·文学传序》和《隋书·经籍志集部总论》两文中,对"自汉、魏以来,迄乎晋、宋"以至齐、梁、北朝"永明、天监之际"的文学都持肯定的评价,赞扬江淹、温子昇等南北著名作家"学穷书圃,思极人文,缛采郁于云霞,逸响振于金石。英华秀发,波澜浩荡,笔有余力,词无竭源"。南朝几位著名诗人似乎更为他所赏识:"灵运高致之奇,延年错综之美,谢玄晖之藻丽,沈休文之富溢,辉焕斌蔚,辞义可观。"与王通之论比较,何等迥异!魏徵将南北朝文学各自的特征作了比较,提出了一个很有建设性的构想:

> 江左宫商发越,贵于清绮;河溯词义贞刚,重乎气质。气质则理胜其词,清绮则文过其意。理深者便于时用,文华者宜于咏歌,此其南北词人得失之大较也。若能掇彼清音,简兹累句,各去所短,合其两长,则文质斌斌,尽善尽美矣。

唐代是一个已经实现了南北统一的大国,魏徵主张南北文学之长处可以相互融合,实际上已描述了唐代文学发展的蓝图,这个蓝图,半个多世纪之后就得到了完美的实现。

魏徵对于"梁自大同以后"的文学,基本上持否定的态度,认为是"雅道沦缺,渐乖典则,争驰新巧"。其焦点又在宫体诗,"清辞巧制,止乎衽席之间;雕琢蔓藻,思极闺闱之内",也以"亡国之音"目之。魏徵反对宫体诗,有现实指向的意图。初唐宫廷中,宫体诗还有相当的影响,贞观初年的进士上官仪(607—664),便是善作宫体很为唐太宗欣赏的青年诗人,"时太宗雅好属文,每遣仪视草,又多令继和"(《旧唐书·上官仪传》)。皇帝也作宫体诗,引起了一些正直大臣的警惕,虞世南谏阻道:"恐此诗一传,天下风靡,不敢奉诏。"(《新唐书·虞世南传》)一个百废待兴的新王朝,如果朝野上下沉迷于声色感官享受,那确有重蹈覆辙的危险。魏徵在史书上极言宫体之弊,目的亦在引起唐太宗的警惕。

在陈子昂之前,文学家批评南朝绮靡文风态度之严厉超过史学家的是"初唐四杰"中的王勃和杨炯。

王勃(650—676)字子安,山西绛州龙门人,是王通的孙子。大概家学所致,他文学才华高超而文学观念极为保守,爱好文艺又因颇有政治抱负而轻视文艺,说"君子所役心劳神,宜于大者远者,非缘情体物,雕虫小技而已"①。在《上吏部裴侍郎启》中又说:

> 自微言既绝,斯文不振,屈、宋导浇源于前,枚、马张淫风于后。谈人主者,以宫室苑囿为雄,叙名流者,以沉酗骄奢为达。故魏文用之而中国衰,宋武贵之而江东乱。虽沈、谢争骛,适先兆齐、梁之危;徐、庾并驰,不能免周、陈之祸。

于是识其道者卷舌而不言,明其弊者拂衣而径逝。

反对绮靡,连屈、宋、建安也予以否定,重弹文学误国论。

与他大约是同年的好友杨炯(650?—693),也附和王勃的观点,在《王勃集序》中,论汉魏则"亏于雅颂"或"失于风骚",批评两晋南北朝作家则谓"或苟求虫篆,未尽力于邱坟;或独徇波澜,不寻

---

① 《平台秘略赞·艺文》,《王子安集》卷十。

源于礼乐"。不过,杨炯批评初唐宫廷绵绵不绝的宫体诗风是很有诗学史价值的:

> 尝以龙朔初载,文场变体,争构纤微,竞为雕刻。糅之金玉龙凤,乱之朱紫青黄,影带以徇其功,假对以称其美,骨气都尽,刚健不闻。

龙朔初载距唐建国已近五十年,唐太宗好宫体,因大臣们谏阻,曾一度有所收敛,他与魏徵和大乐丞王绩等,也写过一些刚健壮美的好诗。唐高宗即位,上官仪等宫廷诗人再度活跃,龙朔年间,许敬宗、上官仪等编撰《芳林要览》三百卷,据现存于《文镜秘府论》中的序言,那是遍摘古今诗赋中"莫不竞宣五色,争动八音,或工于体物,或善于情理,咏之则风流可想,听之则舒惨在颜"①的秀词丽句。寻章摘句,大概就是杨炯批评所指"糅之""乱之"云云。

初唐四杰都是有才华的诗人,他们反对绮靡诗风,力图摆脱宫体影响,已经有创造适应时代发展的新体诗的尝试。年龄较长的卢照邻(634?—689)和骆宾王(640?—684),在理论上没有值得特别注意的论点,却都以在形式上区别五言宫体的七言歌行,辉耀于初唐诗坛。闻一多先生赞扬卢照邻的《长安古意》:"在窒息的阴霾中,四面是细弱的虫吟,虚空而疲倦,忽然一声霹雳,接着是狂风暴雨!"是诗人"放开了粗豪而圆润的嗓子"在歌唱,全诗以"人性的清醒",实现了"宫体诗中一个破天荒的大转变"。还说卢、骆的歌行体"背面有厚积的力量支撑着,这力量,前人谓之'气势',其实就是感情。有真实的感情,所以卢、骆的来到,使人们麻痹了百余年的心灵复活"。王勃与杨炯,则是以五言律诗"从台阁移至江山与塞漠"来改造宫体,有了"低徊与惆怅,严肃与激昂",从而成为"完整的真正唐音"②。

---

① 《文镜秘府论·集论》,中国社会科学出版社,1983,第363—370页。无题,日本学者铃木虎雄以为《芳林要览序》。

② 以上引闻一多先生语,分别见于《宫体诗自赎》和《四杰》两文。《闻一多全集》(三),生活·读书·新知三联书店,1982,第14—15页、第28页。

王勃和杨炯已提出了一些新的诗美观念和创作要求。王勃提倡诗文"气凌云汉，字挟风霜"（《平台秘略赞·艺文》）；又说："大丈夫……至若开辟翰苑，扫荡文场，得宫商之正律，受山川之杰气。……思飞情逸，风云坐宅于笔端；兴洽神清，日月自安于调下。"（《山亭思友人序》）可见他确实在追求一种"气势"。杨炯的《王勃集序》中，叙述了四杰与其"知音""知己"们，在"思革其弊，用光志业"的文学变革中创造的新文学气象：

　　　　八弦驰骋于思绪，万代出没于豪端，契将往而必融，防未来而先制。动摇文律，宫商有奔命之劳；沃荡词源，河海无息肩之地。以兹伟鉴，取其雄伯，壮而不虚，刚而能润，雕而不碎，按而弥坚。大则用之以时，小则施之有序，徒纵横以取势，非鼓怒以为资。

　　这确实令人振奋！虽然杨炯接着所说的"长风一振，众萌自偃。……积年绮碎，一朝清廓"，对于他们改革文风的影响和作用未免过于夸大。从王勃去世到陈子昂悲壮放歌幽州台的二十年间，初唐文坛还没有发生根本性改变，但是，他们"壮而不虚，刚而能润，雕而不碎，按而弥坚"的审美新意识，却的确成为陈子昂大力标举"风骨"的先声。

二　陈子昂之"兴寄"与"风骨"

　　当四杰"思革其弊，用光志业"时，四川射洪出生的青年诗人陈子昂（658—700）也进入了诗坛。他二十一岁出川途中写下的《白帝城怀古》《度荆门望楚》等诗作，就"雅有相如、子云之风骨"[1]。初入长安，周旋官场，也不免受到当时"上官体"诗风的影响，大作"烟花飞御道，罗绮照昆明"（《上元夜效小庾体》）之类的绮丽诗。但第一次入长安，以灰溜溜地落第而结束，人生长途上的第一次打击，

---

[1] 卢藏用《陈氏别传》中评陈子昂青年时所作诗文语。

使他顿时冷静下来，"离亭暗风雨，征路入云烟"（《落第西还别魏四懔》），从此开始了他真正的人生体验。两年后终于进士及第，再过两年，受到武则天的重视，稳居麟台正字多年，此后，除了几首为武则天歌功颂德的应制诗，他致力于诗的"风骨"之求了，《感遇》三十八首当为其代表作。这个以五言古体为形式的大型组诗，非一时之作，陆续成于二十六岁至四十二岁间，是他十七年仕宦浮沉的心灵记录。三十九岁（697年）在蓟丘作《登幽州台歌》，不久作《修竹篇并序》。在他生命最后几年里，经历了军旅生涯，人生风波更多，再加上人到中年，"感遇"又多，几乎有一半作品成于这一时期。探讨他的"风骨"内涵，聚焦于这几年的作品，当能作出较为准确的揭示。《与东方左史虬修竹篇序》披露了他的诗歌主张：

> 东方公足下：文章道弊五百年矣。汉魏风骨，晋宋莫传，然而文献有可征者。仆尝暇时观齐梁间诗，彩丽竞繁，而兴寄都绝，每以永叹。思古人常恐逶迤颓靡，风雅不作，以耿耿也。一昨于解三处见明公《咏孤桐篇》，骨气端翔，音情顿挫，光英朗练，有金石声。遂用洗心饰视，发挥幽郁。不图正始之音，复睹于兹，可使建安作者相视而笑。解君云："张茂先，何敬祖，东方生与其比肩。"仆亦以为知言也。故感叹雅制，作《修竹诗》一篇，当有知音，以传示之。

应当说，"汉魏风骨"已不是一个新话题，刘勰在《文心雕龙》里对"风骨"的专论已见前述，初唐论诗说文者亦运用了这个文质合一的概念，前面介绍了的杨炯《王勃集序》，提及王勃之兄王勔及王勮时，即有"磊落词韵，铿鎗风骨，皆九变之雄律"语。如果说刘勰是以作家作品的思想风格和美学风格来阐释风骨之义，那么陈子昂就是以"骨气端翔，音情顿挫，光英朗练，有金石声"来描述有"风骨"之诗的总体审美观，他对创作这种诗篇提出了一个原则——"洗心饰视，发挥幽郁"，那就是洗去心中世俗与势利之念，拭（饰同拭）去所见所感身外的事物（亦即审美对象）的虚形假象。透彻地把握对象的本质,心物交融地表现诗人的忧情幽思。"发挥幽郁",又是陈子昂"兴寄"说的真正含义。

东方虬的《孤桐篇》,今天已无原诗可证其有"风骨"之状,而《修竹篇》就是直接实践陈子昂自述理论主张的标准作品。这首长达三十六句的五言古诗,实是对"风骨"的暗示之作,且又处处寄托诗人与世俗不合的忧愤情思。诗的前半部写竹,这竹不是平凡之竹,"龙种生南岳,孤翠郁亭亭",它高踞峰岭之上,饱经"岁寒霜雪苦",但它"含采独青青"而又不与春木比荣,"春木有荣歇,此节无凋零,始愿与金石,终古保坚贞"。诗人歌颂修竹有坚贞之质,形象地描写竹的"骨气端翔",这是"洗心饰视"之竹,此竹亦隐喻诗人自身的气质。诗的后半部十八行,描述竹被制作箫笛,由于竹之骨质极好,音乐家用它吹奏各种妙曲,作风鸣之声。天生南岳之竹,"信蒙雕斫美,常愿事仙灵",于是奏出了神仙之乐,呈美声美景于天地之间:"驱驰翠虬驾,伊郁紫鸾笙。结交嬴台女,吟弄升天行。携手登白日,远游戏赤城。低昂玄鹤舞,断续彩云生。永随众仙去,三山游玉京。"修竹有超凡脱俗之质,才有箫笛吹奏的仙乐之美,这或许就是"光英朗练"云云之美的暗示,《修竹篇》也可看作"风骨"一个诗的隐喻。不过我们要注意,陈子昂已把"风骨"作为一个整体概念,以"骨气"为核心,偏重于魏徵所说"词义贞刚,重乎气质",以与"彩丽竞繁"形成鲜明的区别。他的《感遇》就是由"兴寄"而"发挥幽郁"而呈现"风骨"之征。在《感遇》及其他诗作中,"风骨"的具体内涵又是什么呢?

一是俯仰宇宙的哲理思索。《感遇》三十八首的排列次序,不知是否出自诗人自己之手,第一与第三十八首的位置颇令人玩味,那就是以感宇宙阴阳之道变动不居的"太极生天地,三元更废兴"为首唱,以自然变化规律非人力所能左右的"溟海皆震荡,孤凤其如何"为袅袅余音。从宇宙变化之道推及人事代谢之理,是《感遇》诗的主要内容,第五至第八首,都表现诗人不满污浊的现实,在痛苦的思索中,企图进入道家宇宙意识的境界以求精神的解脱,或言"窅然遗天地,乘化入无穷",或道"茫茫吾何思,林卧观无始",或用诗的语言演绎《周易》之理:"吾观昆仑化,日月沦洞冥。精魄相交构,天壤以罗生。"第十一首抒写诗人欲学战国时的隐士鬼谷子,优游于"青溪无垢氛"的美妙境界,"舒之弥宇宙,卷之不盈分"与大自然一同盈虚消息。陈子昂的宇宙观受道家哲学影响较深①,常常由此领悟宇宙和人生的哲理。

二是出入历史的人生慨叹。陈子昂笔下经常出现历史上的人和事,或借古讽今,或以古代名士命运与自己的命运类比。《感遇》第二十六至二十八,或以周穆王"日耽瑶台乐"来影射讽刺武则天统治集团的纵情享乐,荒淫无度;或以楚襄王"朝云无处所,荆国亦沦亡"的历史教训发出忧心忡忡的警告,"雄图今何在?黄雀空哀吟",表现诗人有一种深沉的悲愤!他三十八岁时有东北边关之行,在古来征战不息之地,历代兴亡盛衰之感更强烈地触动诗人的心弦,在《蓟丘览古赠卢居士藏用》组诗中,七首诗都是通过凭吊古迹,缅怀前人,抒发个人与国家命运息息相关的种种情思。他当时在军中作参谋,每每忠心耿耿出谋献策都得不到主将(武则天的亲信武攸宜)的信任,《感遇》第三十五首,更集中地表现了诗人"登山见千里,怀古心悠哉。谁言未亡祸?磨灭成尘埃"那种沉重的历史使命感与在现实生活中难以实现其壮志的矛盾心情。

三是直面现实的批判意识。陈子昂生活在武则天的时代,因曾作《大周受命颂》拥护武氏登上皇位,为后人所诟议,但他没有丧失诗人的良心,对于武则天所作那些危及国运民生的事情,一直是持批判的态度,很多触及当时社会现实的诗篇都充满了批判意识。《感遇》第十首抨击了当时朝野为争名夺利,极尽诬陷欺诈、蝇营狗苟之能事:"谗说相啖食,利害纷嚣嚣,便便夸毗子,荣耀更相持。"第十二首很明显的是对武则天大兴冤狱、大施酷刑的愤慨:"呦呦南山鹿,罹罟

---

① 卢藏用《陈氏别传》云:"子昂晚爱黄老之言,尤耽味《易》象,往往精诣。"

以媒和,招摇青桂树,幽蠹亦成科。"清白无辜者无端受到诬谣,"瑶台倾巧笑,玉杯殒双蛾",笔锋几乎是直指武则天。诗人批判的笔锋还指向朝廷对民间的巧取豪夺,指向只顾内部倾轧而边关不修……或许是诗人刚直不阿触犯了权势者,以至在三十六七岁时陷入冤狱两年,"青蝇一相点,白璧遂成冤",不肯向狱吏屈求苟安,于危难中见其铮铮骨气!

四是壮志难酬的悲愤情怀。陈子昂出川之后,本欲一心为国效力,他能突破封建传统观念,拥护武则天登皇位,并非出于个人私利目的,果其然的话,也可能成为来俊臣式的酷吏。他倒是想通过一个开明的统治者来实现自己富国强民的雄才大略,以至功垂后世。《感遇》第三十五首自述"本为贵公子,平生实爱才。感时思报国,拔剑起蒿莱",颇有一番英雄气概。《答洛阳主人》中透露出他"方谒明天子,清宴奉良酬。再取连城璧,三陟平津侯"的不凡抱负。当他久作朝官感到无所建树时,遂欲从军东征建立边功,在《东征答朝臣相送》诗中,高歌"旌节此从戎",表示自己"攫绳当系虏,单马岂邀功!孤剑将何托?长谣塞上风"!可是到了边关,主将以他"素是书生"而不纳其"奇策",后来反借故对他降职使用。陈子昂绝望了,当时就发出了"而我独蹭蹬,语默道犹懵。……丹立恨不及,白露已苍苍"的悲叹,稍后写出的《感遇》第十八首,好像他已彻悟了:"逶迤势已久,骨鲠道斯穷。岂无感激者,时俗颓此风。"刚正耿直之人及其道,在污浊之世就是行不通,卑鄙是卑鄙者的通行证,高尚是高尚者的墓志铭,只能如此!

也就是作《蓟丘览古》的同时,"因钳默下列,但兼掌书记而已。因登蓟北楼,感昔乐生、燕昭之事,赋诗数首,乃泫然流涕而歌曰:'前不见古人,后不见来者。念天地之悠悠,独怆然而涕下。'时人莫不知也"(《陈氏别传》)。这是卢藏用亲身见闻《登幽州台歌》这一千古名作的诞生经过。这首仅四句的杰作,几乎将他《感遇》三十八首所表现的俯仰宇宙、出入历史、直面现实、壮志难酬的主旨全部包容在其中了。四句诗中没有具象的描写(仅有最后一句是一个形体动作),但凸出了一个骨气铮铮、独立苍茫的诗人形象,创造了一个格调极高、历史与现实内涵都极为深邃广远的苍凉、悲壮境界,以"兴寄"而"发挥幽郁"可说已臻至极境!这是他十数年"感遇"的瞬间升华,是"骨气端翔,音情顿挫,光英朗练,有金石声"最出色的艺术实践,是有"风骨"的典范之作。较之他之前的初唐诗(包括"四杰"之作),《登幽州台歌》是无可争议的盛唐第一声!

"风骨"说不是陈子昂的发明,但他登高一呼,此后风及整个唐代诗坛,究其因,首先是陈子昂通过《感遇》《登幽州台歌》等诗作,具体地呈示了"风骨"的审美内涵,使"风骨"不再是一个理论的抽象概念,俯仰宇宙的"大道"体悟,出入历史的卓见杰识,关注现实的使命自觉,建功立业的人生追求,成了盛唐乃至延及中唐诗歌的四大主题,因而,崇尚"风骨"也就成了李白、杜甫等大多数诗人共同的审美趋向,"风骨"论则成为盛唐诗学的脊梁。

三 李白等盛唐诗人的"风骨"诗学观

陈子昂的"风骨"说及其创作实践,直接影响的第一位盛唐诗人便是李白。李白(701—762)生于陈子昂辞世后第二年。他对这位前辈乡贤是非常崇敬的,曾在一首《赠僧行融》诗中写道:"梁有汤惠休,常从鲍照游。峨眉史怀一,独映陈公出。卓绝二道人,结交凤与麟。"将陈子昂与南朝颇多慷慨不平之气、诗之气骨劲健的鲍照并提,誉二人为"凤与麟"。今李白集中第一个大组诗《古风》五十九首,朱熹说:"多效陈子昂,亦有全用其句处。李白去子昂不远,其尊慕之如此。"(《朱子语类》卷一百四十《论文》下)《古风》第一首,实是李白的艺术宣言:

《大雅》久不作,吾衰竟谁陈。《王风》委蔓草,战国多荆榛。龙虎相啖食,兵戈逮狂秦。正声何微茫,哀怨起骚人。扬马激颓波,开流荡无垠。废兴虽万变,宪章亦已沦。自从

建安来,绮丽不足珍。圣代复元古,垂衣贵清真。群才属休明,
乘运共跃鳞。文质相炳焕,众星罗秋旻。我志在删述,垂辉
映千春。希圣如有立,绝笔于获麟。

李白是一位充满浪漫情思的诗人,他的诗没有陈子昂那样肃穆庄重,在本诗中,表示要以继风雅为己任,也基本肯定了屈、宋、扬、马的美文学传统;对于自建安以来的文学,他反对的是"绮丽",也就是陈子昂所说的"彩丽竞繁"。据孟棨《本事诗·高逸》记载的李白另一论诗之语,更为明白地表达了这一观点:"梁、陈以来,艳薄斯极,沈休文又尚以声律。将复古道,非我而谁与?"同是南朝宋、齐、梁、陈间的诗人,只要不是以"绮丽"胜,而是合于他所追求的"清真"之美,便予以赞扬并认真学习,谢朓是李白倾慕的南朝诗人:"解道'澄江静如练',令人长忆谢玄晖。"(《金陵城西楼月下吟》)"蓬莱文章建安骨,中间小谢又清发。俱怀逸兴壮思飞,欲上青天揽明月。"(《宣州谢朓楼饯别校书叔云》)很显然,谢不在"绮丽不足珍"之列。鲍照、江淹、阴铿、庾信等被王通统统骂倒的诗人,也是李白肯定的对象,"览君《荆山》作,江鲍堪动色,清水出芙蓉,天然去雕饰"(《忆旧游书怀赠江夏韦太守良宰》),赞扬韦良宰兼及江淹、鲍照;杜甫说李白诗"清新庾开府,俊逸鲍参军"(《春日忆李白》)。"李侯有佳句,往往似阴铿。"(《与李十二白同寻范十隐居》)足可见他与上述南朝诗人的继承关系。

但从上述引诗就可看到,李白是崇尚建安风骨的,将"建安风骨"的美文学作品与藏于神山仙府的古经典籍并提,超越了前人对此的评价,他希望自己的作品也有如此风骨,曾在《上安州裴长史书》中,很得意地引述了苏颋对自己作品的评论:"此子天才英丽,下笔不休,虽风力未成,且见专车之骨。若广之以学,可以相如比肩也。"又引另一位"郡督马公"的话曰:"诸人之文,犹山无烟霞,春无草树。李白之文,清雄奔放,名章俊语,络绎间起,光明洞澈,句句动人。"他人评价,亦是李白颇为自诩之语。他没有重复陈子昂关于"风骨

的论述,但我们在他的一些诗文中,可以窥见他接近这一审美观念的表述:

兴酣落笔摇五岳,诗成笑傲凌沧州。(《江上吟》)

昨夜谁为吴会吟?风生万壑振空林。龙惊不敢水中卧,猿啸时闻岩下音。(《夜泊黄山闻殷十四吴吟》)

丑女来效颦,还家惊四邻。寿陵失本步,笑杀邯郸人。一曲斐然子,雕虫丧天真。棘刺造沐猴,三年费精神。功成无所用,楚楚且华身。《大雅》思文王,颂声久崩沦。安得郢中质,一挥成风斤。(《古风》三十五)

文以述《大雅》,道以通至精,卷舒天地之心,脱落神仙之境。(《奉饯十七翁二十四翁寻桃花源序》)

至人之心,如镜中影。挥斥万变,动不离静。彼质我斤,挥风是骋。了无物二,皆为匠郢。(《李居士赞》)

笔鼓元化,形成自然。明珠独转,秋月孤悬。(《江宁杨利物画赞》)

陈子昂强调诗须有"兴寄",李白也非常重视"兴"在诗歌创作中的重要作用,"兴酣落笔"正是这位号称"酒仙"的诗人进入创作时的亢奋状态。"兴"字在李白诗中,有的表现为触物生情而动诗心,如"感叹发秋兴,长夜鸣松风"(《岘山怀古》)、"爱此溪水闲,乘流兴无极"(《姑熟溪》)。有的表现为某种人生感慨,如"人分千里外,兴在一杯中"(《江夏别宋之悌》)、"还归布山隐,兴人云天高"(《赠别王山人师布山》)等。他有时言"逸兴"(如"俱怀逸兴壮思飞"),有时言"清兴"(如"人来有清兴")。"清",是李白继钟嵘之后表白最多的一种审美情趣,但李白之"清"较之钟嵘直寻、直观之"清"多了一些道家色彩,"圣代复元古,垂衣贵清真",是一种政治理想,也是一种审美理想。道家的"清真"是清静无为而返归本体之真,即"道以通至精"的境界,精神无限自由地"卷舒天地之心,脱落神仙之境"。引申到文学艺术领域,就是"清新""清发"而呈自然、天真之美,它的反面是"效颦""失本步""雕饰"。"清水出芙蓉,天然去雕饰",是这一审美形态的最佳描述。李白所说的"清",又不全同于道家无为的清静,反是强调"质",强调"动","挥斥万变,动不离静,彼质我斤,挥风是骋",就是说,"清"的审美效果的形成,是对有独特的"质"的审美对象(如《庄子·徐无鬼》中"匠石运斤成风"的对象是"立不失容"的郢人)再进行出神入化的艺术创造,"安得郢中质,一挥成风斤",也可说是李白关于有"骨"有"风",先有其"骨"而后有"风"的一个隐喻。对于诗人来说,"笔鼓元化,形成自然",是"一挥"的主体境界;"明珠独转,秋月孤悬",是主客体"了无物二"交融一体的有"质"的清美艺术境界。有"质"即有"骨",有"骨"即有力,因此李白喜用"清发""清雄奔放""清壮"(《题上阳台》:"山高水长,物象万千,非有老笔,清壮何穷?")等表现力度的审美语言。

较为全面地认识李白的诗学观,还有必要提一下过去的文学批评史论著中尚未提及的《泽畔吟序》,此为这位旷代大诗人为同代人诗集写的唯一的一篇序言。《泽畔吟》的作者是曾做过唐玄宗时监察御史后因事贬于湘阴的崔成辅,诗今已失传,《全唐诗》二六一卷仅录其《赠李十二白》诗一首:"我是潇湘放逐臣,君辞明主汉江滨。天外常求太白老,金陵捉得酒仙人。"据李白序中所叙,《泽畔吟》是"流离乎沅湘,摧颓乎草莽"时所作,"崔公忠愤义烈,形于清辞,恸哭泽畔,哀形翰墨。犹风雅之什,闻之者无罪,睹之者作镜"。李白对这组"书所感遇"的诗篇评论道:

  观其逸气顿挫,英风激扬,横波遗流,腾薄万古。至于微而彰,婉而丽,悲不自我,兴成他人,岂不云怨者之流乎?

如陈子昂评东方左史虬之《咏孤桐篇》而标"风骨""兴寄"一样,李白评《泽畔吟》也充分表达了自己的诗学见解,无须多加辨析,这就是李白的诗歌"风骨"论!崔成辅的《泽畔吟》是否真可当此评?我们不得而知;移作评李白自己的诗,倒是很恰当的。"逸气顿挫,英风激扬"是"骨气端翔"的进一步发挥,"微而彰,婉而丽"是"光英朗练"更明确的美感描述,"悲不自我,兴成他人"则将有"兴寄"

的诗篇所造成诗人与读者感情双向沟通、交流的艺术效果（李白自云"览之怆然，掩卷挥涕"），完整地表达出来了。

杜甫也是很尊崇陈子昂的，晚年入川后，曾到射洪观瞻陈子昂的遗迹，写出了"有才继骚雄，哲匠不比肩，公生扬马后，名与日月悬"（《陈拾遗故宅》）、"悲风为我起，激烈伤雄才"（《冬到金华山观因得故拾遗陈公学堂遗迹》）等怀念的诗篇。他本人崇尚"凌云健笔意纵横"，更是"风骨"论的当然继承者和发扬者，在《苏端薛复筵简薛华醉歌》一诗中有云："坐中薛华善醉歌，歌辞自作风格老。近来海内为长句，汝与山东李白好。何刘沈谢力未工，才兼鲍照愁绝倒。"赞扬薛华诗"风格老"而有"力"，就是审美风骨的另一种表述方式。杜甫在他的题画诗中，更多直接或间接地表达了重"骨气""骨力"的审美观。《丹青引》中他赞扬曹霸画马"意匠经营惨淡中。须臾九重真龙出，一洗万古凡马空"。曹霸画马胜于韩干，"干惟画肉不画骨，忍使骅骝气凋丧"。杜甫深知，"画骨"是艺术作品充满生气之本，在《戏为双松图歌》写韦偃画笔下之松："绝笔长风起纤末，满堂动色嗟神妙。两株惨烈苔藓皮，屈铁交错映高枝。白摧朽骨龙虎死，黑入太阴雷雨垂……"这是对松之风骨极为生动的描绘。《戏为六绝句》之四写道："才力应难跨数公，凡今谁是出群雄。或看翡翠兰苕上，未掣鲸鱼碧海中。"这是针对当时"轻薄为文"者贬低初唐四杰而发，杜甫对"翡翠兰苕"之类才力纤弱的诗作有嘲讽之意，他所向往的是如鲸鱼飞航于碧海的气势雄伟的诗篇。后来人们用《观公孙大娘弟子舞剑器行》诗序中"浏漓顿挫""抚事慷慨""豪荡感激"等语来评杜甫的诗，杜甫在《进雕赋表》中则有"至于沉郁顿挫，随时敏捷，扬雄、枚皋之徒，庶可企及也"的自我表白，于是，"沉郁顿挫"一语便历来无争议地用来概括杜诗的艺术风格。所谓"沉郁"，正是由陈子昂"发挥幽郁"而来，而"浏漓顿挫"正是"音情顿挫，光英朗练，有金石声"。严羽《沧浪诗话·诗评》有云："李、杜数公，如金䴇擘海，香象渡河。"前语喻其"笔力雄壮"，后者言其"气象浑厚"，李、杜之诗是盛唐风骨遒劲的典范表现。

与李白、杜甫同时代的诗人,多以边塞题材的诗作而著称,他们的边塞诗也直接受到陈子昂边塞诗的启发和影响,风格苍凉悲壮,饶有劲骨。"风骨"一词也出现于他们诗中,如高适《答侯少兼呈熊耀》:"东道有佳作,南朝无此人。性灵出万象,风骨超常伦。"岑参《敬酬杜华淇上见赠兼呈熊耀》有句:"得君江湖诗,骨气凌谢公。"由此可见,当时的诗人们已经将诗有"风骨"胜过南朝而相互标榜,促成一代风气之变。

更为全面地以重"兴寄风骨"来品评盛唐诗人的作品,反映盛唐诗歌的基本面貌,是唐诗第一位评论家殷璠编选的《河岳英灵集》。该书前《叙》称"起甲寅(开元二年,714),终癸巳(天宝十二年,753)"。这四十年间,正是孟浩然、王昌龄、王维、李白、高适、岑参、李颀、崔颢等一大批著名诗人在世并创作活跃的时期(杜甫未列入选目,大概他当时声名还不够大)。殷璠没有提到陈子昂倡"兴寄风骨"在先(他是江南丹阳人,陈氏远在四川川中,或许其作品尚未流传到他手中),但他在《叙》中批评南朝齐梁至初唐的诗风"都无兴象,但贵轻艳",与陈子昂语调类似,然后说:"贞观末,标格渐高;景云中,颇通远调;开元十五年,声律风骨始备矣。"这几句,囊括了陈子昂在世以来近百年间的诗风之变,将"声律"与"风骨"俱备即成熟,定在陈子昂去世后的二十七年,正好是又一代新诗人崛起于唐代诗坛并创作旺盛之时(其时,孟浩然39岁,王昌龄38岁,李白、王维均27岁,高适26岁,崔颢24岁)。陈子昂重风骨不大重声律,他的诗以五古为主,只有少量五律。这就是说,作为唐诗艺术精华的近体律绝,陈子昂还很少涉及。殷璠将"声律"与"风骨"并提,盛唐诗的内容美与形式美都兼及而全面了,将"音情顿挫"也落到实处。在《集论》中他又特别强调"预于词场,不可不知音律",声明《河岳英灵集》所选之诗,"既闲新声,复晓古体;文质半取,风骚两挟,言气骨则建安为传,论宫商则太康不逮"。虽言"声律",从他对各家评语中，可看出殷璠已以"风骨"作为批评盛唐诗歌的一个主要识别标志，直接言此的出现在下列各家评语之中：

评陶翰："既多兴象，复备风骨。"

评高适："然适诗多胸臆语，兼有气骨。"

评崔颢："晚节忽变常体，风骨凛然。"

评刘眘虚："情悠兴远，思苦语奇。……然声律宛态，无出其右。唯气骨不逮诸公。"

评薛据："据为人骨鲠有气魄，其文亦尔。"

评王昌龄："昌龄以还，四百年内，曹、刘、陆、谢，风骨顿尽。项有太原王昌龄，鲁国储光羲颇从厥游。且两贤气同体别，而王稍声峻。"

入选二十四家。有六家以"风骨""气骨"评，占四分之一。评李白："其为文章，率皆纵逸……然自骚人以还，鲜有此体调。"评岑参："语奇体峻，意亦造奇。"评孟浩然："文采芊茸，经纬绵密，半遵雅调，全削凡体。"评储光羲："格高调逸，趣远情深，削尽常言。挟风雅之迹，浩然之气。"等等。虽未直接以"风骨"言，似涉及"体""格"，亦是有骨之体另一种审美表述。

魏徵首先提出合"词义贞刚"与"宫商发越"于一体，"重乎气质"与"贵于清绮"而兼至，实开唐代赋予了新的内涵的人文精神"风骨"论之先声；四杰之"壮而不虚，刚而能润，雕而不碎，按而弥坚"，进一步推动了唐代"风骨"的形成。从陈子昂到李白、杜甫再到殷璠，从理论到创作实践再到具体的作品评论，"兴寄风骨"已成为一个非常重要且有瞩目的时代特征的审美取向。明朝诗论家胡应麟说："唐人自选一代诗，其鉴裁亦往往不同。殷璠酷以声病为拘，独取风骨。"（《诗薮》）这说明殷璠确有非常敏锐的审美眼光。

"兴寄风骨"理论到盛唐后，与此时出现的"兴象""意境"等理论逐渐融合，中国古代诗学理论又有新的拓展，诗歌美学批评上升到一个新的层面。

第九章

标志诗歌艺术走向成熟的"诗境"说

"境"或"境界"一词,在先秦两汉的典籍中有两种意义,一是表述地理空间、国土疆域之范围,如《商君书·垦令》云:"五民者不生于境内,则草必垦矣。"后来又扩为境界,如刘向《新序·杂事》云:"守封疆,谨境界。"二是"竟""境"互通,一曲之终曰"竟",终止、穷极曰"竟"。《庄子·齐物论》:"和之以天倪,因之以曼衍,所以穷年也。忘年忘义,振于无竟,故寓诸无竟。"此所谓"无竟",就是无止境之意。西汉刘安主持撰著的《淮南子·修务训》中出现了"无外之境"一词,其云:

> 且夫精神滑淖纤微,倏忽变化,与物推移,云蒸风行,在所设施。君子有能精摇摩监,砥砺其才,自试神明,览物之博,通物之雍,观始卒之端,见无外之境,以逍遥仿佯于尘埃之外,超然独立,卓然离世,此圣人之所以游心。

《修务训》主要是论述人虽有天生之才,也需通过后天的学习、磨砺,方能提高自己的精神修养,这段话即是表述人从必然王国走向自由王国的一种精神状态。"至大无外""至小无内"语出《庄子·天下》篇所引惠施之说,也是老聃、庄周、宋钘、尹文等道家学者对于充盈于天地之间的"道"的一种空间感受和描述,实质是道家宇宙意识的表现。"至大无外,谓之大一",是指人之身外无穷无尽的宇宙空间;

"至小无内,谓之小一",是指人之身内的心灵空间。道家的宇宙意识一开始就包括了物质的外宇宙与人心的内宇宙的统一,此说"见无外之境",表述主观化了的外宇宙,是人的心灵空间与物质空间的融合无间,是"至大"与"至小"、"无内"与"无外"的统一。"逍遥仿佯于尘埃之外"而"游心",即是说人之内宇宙的无限展开,与外宇宙融合贯通,人的心灵与精神在无穷无尽的空间里自由自在地遨游。

佛教自东汉传入中国后,因其经典中特别强调人在从事佛性修炼时,要能达到超脱尘世人间,超脱一切物质空间而回归自己的心灵空间与精神世界。佛家是不计"大一"而强调"小一"的,不见"无外",而唯入"无内"的,中国的佛经翻译者便借道家使用的"境",来表述佛家皈依本心的那种对于"小一"的微妙感受。因此,"境"或"境界"一词,在各种佛经中几乎俯拾即是。唐太宗李世民派唐僧玄奘去印度"取经",玄奘返国后,编译了印度大乘佛教瑜伽行派的代表著作《瑜伽师地论》《成唯识论》《解深密经》等,创立了中国的"唯识宗"。"唯识宗"认为人的"内识"就是世界的本体,客观外在的物质世界乃是依赖于人的精神世界而"随缘设施",以至完全消失于人的"内识"之中。它否定道家"大一"的"无外之境",而强调"唯识无境界",即根本没有外物投影于心中所呈现的境界;所谓的"见境",就好像眼睛生了翳障,看皎洁的月亮却说生了毛,这是没有佛性的人"不能了知心虚妄性,执离心外有别实境,执离彼境有别实心,妄计二取,为真为实"。这就是说,根本无实境可言,一切境界都是心造的幻影,不过是像人在梦中一样,"即患梦缘,心似种种外境相现,体实自心"①。

唐代诗人和诗论家,远绍道家的"见无外之境"说,近承佛家"境"由心造之论,创立了独特的诗境理论,这是中国诗学批评史上一件划时代的大事,它标志着中国古典诗歌艺术走向成熟。

---

① "唯识宗"论境界,此处只作极简略的叙述,请参读拙著《中国诗学体系论·创境篇》,引文据玄奘《成唯识论》和其弟子的《窥基述记》。

一　王昌龄的"诗有三境"说

唐代以"境"说诗者，做过唐玄宗宰相的张说（667—731）在《洛州张司马集序》中就有所述：

夫言者志之所之，文者物之相杂。然则心不可蕴，故发挥以形容；辞不可陋，故错综以润色。万象鼓舞，入有名之地；

五音繁杂，出无声之境。非穷神体妙，其孰与于此乎？

此说"有名之地"，就是描述客观"万象"的实有之境，而"无声之境"，就是诗人隐藏于作品中的精神境界。张说这一理论表述尚不明晰的判断，可视为王昌龄"诗有三境"说的雏形。

王昌龄（698？—756？）字少伯，京兆（今陕西西安）人，盛唐著名诗人，以擅长新兴近体七绝而有"诗家夫（一作天）子王江宁"的盛誉，他又是盛唐诗人中极罕见的有诗评专著传世的诗人之一，宋代欧阳修等编撰《新唐书·艺文志》著录有《诗格》二卷，《诗中密旨》一卷，现在见到的《诗格》与《诗中密旨》，收于明人所编《格致丛书》之中。但前人也有怀疑不是王昌龄作，近年傅璇琮等学者又力证《诗格》确为王作[①]。具有更可靠性质的是，唐德宗贞元二十年（804）入长安的日本留学高僧遍照金刚在回日之后所作的《献书表》中，也有王昌龄《诗格》之名，而他所编著的《文镜秘府论》，在《南卷·论文意》中，前一部分便是引述王昌龄论诗意、诗境之语（后一部分引述释皎然《诗议》），虽与今见《诗格》文字有所不同，但内容大致相同，足可证明唐代诗境说的创立者，非王昌龄莫属。

王昌龄所处的时代，正值唐朝"儒""释""道"三教合一的鼎盛期，从王昌龄在他诗中所记录的踪迹看，他既出入佛寺，也来往于道观（道家学派被宗教化，道教的基本教义还是源于道家思想），对于佛、道两家的"境"，他都有所体悟。在游佛寺时他咏叹："圆通无有象，

[①] 李华珍、傅璇琮：《谈王昌龄〈诗格〉——一部有争议的书》，《文学遗产》1988 年 6 期。

圣境不能侵……天香自然会，灵异识钟音。"(《同王维集青龙寺昙壁上人兄院五韵》)访道观时则云："暂因问俗到真境，便欲投诚依道源。"(《武陵开元观黄炼师院三首》之三)但他终究是诗人而非佛、道之徒，只是将种种体悟运用到诗歌创作中去，通观《文镜秘府论·论文意》的"王氏论文"(以下简称《论文意》)和《诗格》便可发现，王昌龄首先吸取了佛家的内识说，强调作诗之先的"立意""凝心"，然后达到"内识转似外境现"而有诗之境：

夫作文章，但多立意。令左穿右穴，苦心竭智，必须忘身，不可拘束。思若不来，即须放情却宽之，令境生。然后以境照之，思即便来，来即作文。如其境思不来，不可作也。

短短几句话中再三言"境"，这"境"的意思是什么呢？就是诗人主观情思与客观物象融合无间的一种审美态势。《诗格》的"诗有三格"是这样说的："一曰生思，久用精思，未契意象，力疲智竭，放安神思，心偶照境，率然而生。……三曰取思，搜求于象，心入于境，神会于物，因心而得。"所谓"生思"，就是生发诗思，诗人先有了"内识"而"立意"作诗，但先有意不行，还必须有相应的"象"与"意"契合，才能"似外境现"，这时必须使"内识"达到刘勰所谓的"神思"状态："神思方运，万涂竞萌，规矩虚位，刻镂无形，登山则情满于山，观海则意溢于海"，这就是"放情却宽之"，"心偶照境"。所谓"取思"，就是取象而触发诗思，诗人先被物象感动而兴起，但他不能满足于一般的物象摹写，而要进一步领会把握物象客体之神，这时反过来要最大限度地调动诗人主体之神，使之主、客观神会于一，诗境因此而得。这是王昌龄创造诗的审美境界两种主要的构思方式(还有一格是"感思"："寻味前言，吟讽古制，感而生思"，说的是从前人之作得到启发[①]，不可与上述两种创造性思维并列)，两种构思方式都不仅仅

[①]《论文意》中有一条："凡作诗之人，皆自抄古人诗语精妙之处，名为随身卷子，以防苦思。作文兴若不来，即须看随身卷子，以发兴也。"

是强调佛家的"内识",而是强调"内识"或先或后都须与外象契合,在《论文意》中有一段话似乎是个总括:

> 夫置意作诗,即须凝心,目击其物,便以心击之,深穿其境。如登高山绝顶,下临万象,如在掌中,以此见象,心中了见,当此即用。

这种心与物关系的表述,颇似近代西方美学家所说的"内心观照",诗人打开心灵的眼睛,以神遇而不以目视,触发诗的灵感,当外物完全转化为诗人意中之物,外境转化为诗人意中之境,"然后书之于纸,会其题目。山林、日月、风景为真,以歌咏之,犹如水中见日月。"王昌龄突破了"唯识宗"的"唯识无境界"说,将"心似种种外境相现"能动地改造为诗家的审美境界。在《诗格》中,王昌龄提出了"诗有三境"说:

> 诗有三境:一曰物境,欲为山水诗,则张泉石云峰之境,极丽绝秀者,神之于心,处身于境,视境于心,莹然掌中,然后用思,了然境象,故得形似。二曰情境,娱乐愁怨,皆张于意,而处于身,然后驰思,深得其情。三曰意境,亦张之于意,而思之于心,则得其真矣。

"物境""情境""意境",即可视为自古以来诗的三种类型的境界,又可视为区别诗之高下,从一般作品至最优秀的诗篇依次递进的三种境界。

"物境",是指以写自然景物为主的诗篇所展示的境界(也可描述其他社会或人事的具体事物),它的主要审美特征是"了然境象,故得形似"。但王昌龄也强调了物境是"神之于心""视境于心"而得的,"物境"之优劣,在《论文意》中他有更具体的论述。一是:"诗有'明月下山头,天河横戍楼。白云千万里,沧江朝夕流。浦沙望如雪,松风听似秋。不觉烟霞曙,花鸟乱芳洲。'并是物色,无安身处,不知何事如此也。"此诗句句写景,纯属物境,但看不出作者情思何在,因此见物不见人,无诗人之"安身处"。王昌龄很重视"物境"诗,

《论文意》中多有论述,但都强调诗人之"意兴"与"物色"交融:"凡诗,物色兼意下为好,若有物色,无意兴,虽巧亦无处用之。"又说:"凡高手,言物及意,皆不相倚傍……如'池塘生春草,园柳变鸣禽',又'青青河畔草''郁郁涧底松'是其例也。""意"与"物"在诗中不能使人见之为二,应是"相兼"而不是"相倚"。下面这段话,可说是他创造"物境"的经验之谈:"……景语若多,与意相兼不紧,虽理通亦无味。……春夏秋冬气色,随时生意。取用之意,用之时,必须安神净虑,目睹其物,即入于心;心通其物,物通其言,言其状,须似其景。语须天海之内,皆纳于方寸。""物境",用后来流行的诗学术语来说,就是"寄情于物,诗中有画"。

情境,《论文意》中举南朝徐陵《别毛尚书》说明之:"诗有凭意兴来作者,'愿子励风规,归来振羽仪,嗟余今老病,此别恐长辞。'盖无比兴,一时之能也。"(引诗还有后四句:"白马君来哭,黄泉我讵知,徒劳脱宝剑,空挂陇头枝。")这是一首表达与挚友别离之情的作品,"凭意兴"就是凭感情,"盖无比兴"就是诗中无寄情之景物描写。"娱乐愁怨"是人之情,诗人为表达胸中不吐不快的激情,他可不通过媒介之物,直接向读者袒露其胸襟,如王昌龄自作的《出塞》之一:"秦时明月汉时关,万里长征人未还。但使龙城飞将在,不教胡马度阴山。"没有具体的景物描写,没有展现大军出塞的壮丽图景,连"明月"与"关"这两个具体事物,都以互文的方式化为时间和空间观念而作为边塞历史的象征,整首诗表现的是诗人出塞时的具体感情经过概括提炼后,形成具有悲壮感的"情境"。明代诗论家陆时雍评曰:"怀古情深,隐隐自负,后二语其意显然可见。"(《诗镜总论》)这就是"深得其情"的效果。

"意境",王昌龄的定义似乎是承"情境"而来,强调"亦张之于意而思之于心,则得其真矣"。此所曰"真",通于道家与佛家之"真",那就是合于"道"即"真"。庄子说,"真者,精诚之至也","真"是人生思想感情的最高境界。王氏所说"意境"得其"真",实质上是臻至一种表达的内识、哲理和生命真谛的最高境界,但这"真"是"张之于意而思之于心"而来,因此关键在于意之"真"与升华,《论文意》中说"意是格","意高则格高……用意于古人之上,则天地之境,洞然可观",这"意境"也是充溢宇宙意识的"真境"!又说:"意须出万人之境,望古人于格下,攒天海于方寸。诗人用心,当如此也。"我们可以明显感觉,王昌龄每每言及"意"之境时,其深层底蕴就是道家的宇宙意识,具有一种自觉地把握空间与时间的气魄,请再看如下言词:

凡属文之人,常须作意。凝心天海之外,用思元气之前,巧运言词,精炼意魄。

诗有意阔心远,以小纳大之体。如"振衣千仞岗,濯足万里流"。

高手作势,一句更别起意;其次两句起意,意如涌烟,从地升天,向后渐高渐高,不可阶上也。

诗头皆须造意,意须紧,然后纵横变转。

四条中所言之"意",明显地有别于"情"。后来释皎然在《诗式·辨体》中说"缘境不尽曰情","立言盘泊曰意",即可用来判断王昌龄的"意"与"情"之别,他的"意"皆有"览物之博,通物之雍,观始卒之端,见无外之境"的磅礴气势。在谈到意之"纵横变转"时,他曾举自己的"相逢楚水寒"为例,这就是《岳阳别李十七越宾》:"相逢楚水寒,舟在洞庭驿,具陈江波事,不异沦弃迹。杉上秋雨声,悲切蒹葭夕,弹琴收余响,来送千里客。平明孤帆心,岁晚济代策,时在身未充,潇湘不盈画。湖小洲渚联,澹淡烟景碧,鱼鳖自有性,龟龙无能易。遣黜同所安,风土任所适,闭门观元化,携手遗损益。"此诗之境,既非"物",也不仅是"娱乐愁怨",表现的是诗人与友人在相逢又相别时种种深沉的人生况味之意绪,"楚水寒""秋雨声""孤帆心",都是物化为情,情的深化而凝成意味深永的诗句,全诗之意有五次明显的"纵横变转":空间之变易,时间之流逝,人生之不得意,继而对以鱼鳖龟龙有不易之性,喻自己与友人坚定的人生信念,最后以"闭门观元化,携手遗损益"的咏叹,将读者带入一种达观的哲理境界。细味此诗,感到诗人感情是复杂的,诗意是深沉的,是具有"张之于意而思之于心,则得其真"的典范之作。

诗境说的发明,使诗人的主观世界与客观世界的契合交融有了一个明显的标识,诗人融合二者可以建构一个高于二者的完美的诗歌宇宙,把在此之前分散的"言志""缘情""物感""形似""意象"诸说冶于一炉,彻底开通了诗歌创作"因内而符外,沿隐以至显"的路子,使诗人的艺术创造有了明确的审美指向。以"物境"为例,六朝的山水诗,往往在一首诗中只有局部的物境,因为他们是以"巧构形似之言"为主要目标,往往以主要段落写景,或前或后结合景物形态(不同季节之景物变化即钟嵘所谓"斯四候之感诸诗也")抒发相应的情思,尚未达到"神之于心,处身于境,视境于心"的境界,留下"意"与"物"不是"相兼道"的缺憾,比如谢朓诗,多是景物加议论,景句与议论句分别独立存在,没有形成整体境界,他的名句"余霞散成绮,澄江静如练",王昌龄就评曰"假物色比象,力弱不堪也",就是指诗中情感色彩不强烈,没有内在的张力。自唐以后,仅以"物境"的创造而言,中国古典诗歌就上升到了一个新的台阶,描写山水景物的诗也走向了艺术的成熟。

二 释皎然论"取境"与"造境"

清代的金圣叹评杜甫《游龙门奉先寺》诗中"已从招提游,更宿招堤境。阴壑生虚籁,月林散清影"四句时写道:"'境'字与'景'字不同,'景'字闹,'境'字静;'景'字近,'境'字远;'景'字在浅人面前,'境'字在深人眼底。如此十字,正不知是响是寂、是明是黑、是风是月、是怕是喜,但觉心头眼际有境如此。"[①]金氏将"境"与"景"的区别,论说至为精当;杜甫没有关于诗境说的理论文字,但他对"招

---

① 金圣叹:《杜诗解》,上海古籍出版社,1984,第6页。

提境"即佛家境界的体悟,给了后世诗评家莫大的启示。

自王昌龄之后,以佛门诗僧的身份继续研究,并阐释诗境说的是释皎然。皎然俗姓谢,字清昼,生卒年不详,活动于大历、贞元年间,大约在800年左右去世。他自称是谢灵运的后裔(十世孙),严羽评他的诗"在唐诸僧之上"(《沧浪诗话·诗评》)。其诗学论著有《诗式》五卷,《诗议》一卷,后者今仅见于《文镜秘府论·论文意》后半部分,另有《诗评》(也作《评论》)三卷,内容多与前二书相重复,疑为后人所编。他是据我们现在所知有诗学理论专著的第二位唐代诗人。

皎然虽然终其一生在佛门,但因为长期生活在江南(浙江吴兴),似乎没有受到"唯识宗"关于"唯识无境界"的制约,他是以诗人的气质写诗和论诗的,贞元七年(791年)出为湖州刺史的于頔为他的诗集作序说:"极为缘情绮靡,故辞多芳泽;师古兴制,故律尚清壮。其发明玄理,则深契真如,又不可得而思议也。"(于頔《释皎然杼山集序》)其论诗亦不以佛家为铁门槛,而是力图将佛、道、儒三家打通,其中一个典型之例便是论诗的多重意:

  两重意以上,皆文外之旨,若遇高手如康乐公览而察之,但见情性,不睹文字,盖诣道之极也。向使此道尊之于儒,则冠六经之首;贵之于道,则居众妙之门;精之于释,则彻空王之奥。①

这个论说是很通达的,"但见情性,不睹文字",本是佛家承佛祖释迦牟尼"在灵山会上拈花示众"所云"吾有正法眼藏,涅槃妙心,实相无相,微妙法门,不立文字,教外别传"(见《五灯会元·释迦牟尼佛》)而来的一个常用偈语,但皎然不认为是佛家独得之秘,而以此沟通《周易》的"言不尽意"说,道、玄的"得象忘言,得意忘象"说。又从诗家的审美艺术角度,认定诗有多重意即多义性,并举曹植"高台多悲风,朝日照北林"等为二重意诗例,举《古诗》"浮云蔽白日,

---

① 《诗式》卷一,据齐鲁书社1987年版《诗式校注》(李壮鹰校注),以下引文均据此本。

游子不顾返"为三重意诗例,又举《古诗》"行行重行行,与君生别离"为四重意诗例。将"但见情性,不睹文字"遵为诗人"诣道之极",实际已触及诗歌境界说的本质,皎然论诗头绪较多,但稍加梳理,可于"取境"和"造境"集中言之。《诗式·取境》云:

> 诗不假修饰,任其丑朴,但风韵正、天真全,即名上等。

予曰:不然,无盐阙容而有德,曷若文王大姒有容而有德乎?又云:不要苦思,苦思则丧自然之质。此亦不然。夫不入虎穴,焉得虎子?取境之时须至难、至险,始见奇句。成篇之后,观其气貌,有似等闲,不思而得,此高手也。有时意静神王,佳句纵横,若不可遏,宛若神助。不然,盖由先积精思,因神王而得乎?

皎然将诗之美置于很重要的位置,并且认为诗美的创造不能"无为",而是要有所为,才能创造出极高的审美境界,由"苦思""精思"而入至难、至险的境地,但篇成之后,又要销尽"有所为"的痕迹,好像是"不思而得"。在《诗议》中他又再次申说:"或曰诗不要苦思,苦思则丧于天真。此甚不然。固须绎虑于险中,采奇于象外,状飞动之句,写冥奥之思。夫希世之珠,必出骊龙之颔,况通幽含变之文哉?"他这种"取境"之说,与王昌龄所道"夫作文章,但多立意。令左穿右穴,苦心竭智……"是一致的,都反映了唐代诗人对诗的审美境界的追求与创造,有了高度的自觉性。但很显然,作为佛徒的皎然,他非常崇尚自然之美,可他又不只是认同原始的自然天真之美,而是主张通过诗人的创造达到一种人工的化境,从有技巧进入到无技巧境界。《诗式·诗有六至》更全面地反映了他这种审美观:

> 至险而不僻,至奇而不差,至丽而自然,至苦而无迹,至近而意远,至放而不迂。

在《诗议》中则从评《古诗》与建安诗比较说:

> 古诗以讽兴为宗,直而不俗,丽而不朽,格高而词温,语近而意远,情浮于语,偶象则发,不以力制,故皆合于语,

而生自然。建安三祖、七子，五言始盛，风裁爽朗，莫之与京，然终伤用气使才，违于天真，虽忘从容，而露造迹。

他不反对诗人以功力"取境"，亦不反对用气使才，只是要求"气高而不怒""力劲而不露""情多而不暗""才赡而不疏"，一有所偏失，其诗则或"失于风流"，或"伤于斤斧"，或"蹶于拙钝"，或"损于筋脉"。

"取境"说偏重在诗人的主观取向，诗思发动之后，凭自己的气质、才力、情感对外界的物境进行审美的再创造，因此不同的诗人或同一位诗人在不同的境遇中，在不同的精神状态下，可能获取不同的诗境，皎然先于司空图的二十四"诗品"，提出"辨体有十九字"，亦即十九种"文章德体"：

高：风韵朗畅曰高；逸：体格闲放曰逸；贞：放词正直曰贞；忠：临危不变曰忠；节：持节不改曰节；志：立志不改曰志；气：风情耿介曰气；情：缘境不尽曰情；思：气多含蓄曰思；德：词温而正曰德；诚：检束防闲曰诚；闲：情性疏野曰闲；达：心迹旷诞曰达；悲：伤甚曰悲；怨：词调凄切曰怨；意：立言盘泊曰意；力：体裁劲健曰力；静：非如松风不动，林狖未鸣，乃谓意中之静；远：非谓淼淼望水，杳杳看山，乃谓意中之远。

这十九体中有的偏重于诗的品格状态，有的偏重于情感状态，有的偏重于诗之意态，而如"忠""节""诚""德"似乎只重在思想内容，但皎然是将"十九体"一律作"境"看的，因为在这前面他还写了几句话："夫诗人之思初发，取境偏高，则一首举体便高；取境偏逸，则一首举体便逸。"于每一体，他没忘记诗之美，说是："不妨一字之下，风律外彰，体德内蕴，如车之有毂，众美归焉。"我们只要将十九字与司空图二十四诗品对读一下，就会发现其中大多数被司空图囊括了。

与"取境"相对应的"造境"，就涉到境界本身的审美特质了。《诗式序》中，皎然给诗下了一个总的定义："夫诗者，众妙之华实，六经之精英，虽非圣功，妙均于圣。彼天地日月，元化之渊奥，鬼神之微冥，精思一搜，万象不能藏其巧。"由此可见，他关于诗的审美境界,也有宇宙意识为其底蕴的,他强调诗境须"造",而不仅是对客观外境的摹写。"造境"一词,首见于他的《奉应颜尚书真卿观玄真子置酒张乐舞破阵画洞庭三山歌》一诗中。此诗描写"道流"画家玄真子作画的神态,作画之前,"如何万象自心出,而心澹然无所营",可谓构思之时是"致虚极,守静笃",一旦胸有画意:"手援毫,足蹈节,披缣洒墨称丽绝。石文乱点急管催,云态徐挥慢歌发。乐纵酒酣狂更好,攒峰若雨纵横扫。"画家沉迷于音乐歌舞与酒兴促发的灵感愉悦之中:

尺波澶漫意无涯,片岭崚嶒势将倒。眣睐方知造境难,象忘神遇非笔端!

王国维将境界创造分为"写境"和"造境","写境"属于"写实","造境"属于"理想",也就是说后者更多的是创造。释皎然的"造境"显然也是如此,"象忘神遇"是造境的最佳审美心态,亦如王昌龄所说"神会于物,因心而得"。在《周长史昉画毗沙门天王歌》中,皎然观赏周昉画的"雅而逸,高且真,形生虚无忽可亲"的神象时又说:"吾知真象本非色,此中妙用君心得。苟能下笔合神造,误点一点亦为道。"我们注意到,皎然诗论中常出现一个"神"字,前面引文中已见"意静神王","宛若神助",在《诗式序》中则有:"其作用也,放意须险,定句须难,虽取由我衷,而得若神授。至如天真挺拔之句,与造化争衡,可以意冥,难以言状,非作者不能知也。"又说:"夫诗人造极之旨,必在神诣,得之者妙无二门,失之者邈若千里。"他虽然不废"苦思",提倡"精思",但始终注重诗人主体之神所能发挥的能动作用,在这一点上,充分表现出他作为佛士在精神修炼方面的功夫与作用,认为只有"得若神授"的诗篇,才有令人神往的至美境界。在他的诗作中,多有关于"境"的审美快感的表述,如"静对春谷泉,晴披阳林雪。境清觉神旺,道胜知机灭""琴语掩为闻,山心声宜听,是时寒光澈,万境澄以静""偶来中峰宿,闲坐见真境,寂寂孤月心,亭亭园泉影"①

---

① 分别见《妙喜寺达公禅斋寄李司直公孙房都曹德裕从事方舟颜武康士聘四十二韵》《答郑方回》《宿山寺见李中丞》。

等,"清""澄""真"都是透澈心灵的美感。当然他还常常提到"禅境":"朝行石色净,夜听泉声小,释事情已高,依禅境无扰。""月彩散瑶碧,示君禅中境。真思在杳冥,浮念寄形影。"①皎然对"境"的感受,恰中前引金圣叹所云"静""远""在深人眼底"。

但是,皎然并不将"静"的禅境作为他追求的唯一审美境界,前面说过,他对诗的总体认识是有宇宙意识为底蕴的,因此,他更向往超越时空的恢宏壮阔境界。《诗式》开宗明义便是《明势》:"高手述作,如登荆、巫,觌三湘、鄢、郢山川之盛,萦回盘礴,千变万态。"这是总体描述诗的"开阖作用之势",在《诗有四深》中,又以"气象氤氲,由深于体势;意度盘礴,由深于作用"作了补充说明。他又将这种体势定为"奇势":"或极天高峙,崒焉不群,气势腾飞,合沓相属"是"奇势在工";"或修江耿耿,万里无波,欻出高深重复之状"足"奇势互发"。盛唐的绘画理论中,有"四品""四格"的评画标准,张怀瓘首先提出"神""妙""能"三品(《画品断》),后来朱景玄以"其格外有不拘常法"为"逸品",这是画中最高之品,皎然引入论诗,承"奇势"而说"古今逸格,皆造其极妙矣"。为达到这种"奇势"的境界,所以他才有"绎虑于险中,采奇于象外,状飞动之句,写冥奥之思"的"取境"法则,而其将"象外"说引入诗论,有其更大的意义。

"象外"说本出自哲学家评《周易》卦象之语:"象外之意,系表之言。"(见《魏书·荀攸传》注引何劭《荀粲传》)南朝画家谢赫首先引来论画:"若拘以体物,则未见精粹;若取之象外,方厌膏腴,可谓微妙也。"(《古画品录》)皎然言诗须采"象外"之奇,较之王昌龄的"了然境象""搜求于象"又前进了一步,因为王昌龄的"心中了见"只及"象"的本身,"境"的本身,而皎然以他真正的佛性修养,将审美视野拓展到了物象之外,亦是"境外"。在《诗议》中,他还有一段论"境象"的话:

---

① 分别见《奉酬颜使君真卿王员外圆宿寺兼送员外使回》《答俞校书冬夜》。

夫境象不一，虚实难明，有可睹而不可取，景也；可闻而不可见，风也；虽系乎我形，而妙用无体，心也；义贯众象，而无定质，色也。凡此等，可以对虚，亦可以对实。

所谓"境象"就是诗人主观之意与客观之象已经契合之象，是诗人意中之象也是作品的境中之象，这种象应当是似实而虚，似虚而实，在虚虚实实迷离恍惚之间，是"心似种种外境相现"又"体实自心"，唯有这种"境象"才是"妙用无体"，才是"镜中之象""相中之色"（后来严羽用此语，实本皎然），唯有这种"可以对虚，亦可以对实"的虚实相生的境界才有更开阔的审美空间，才可以任"飞动"，入"冥奥"。

由"取境"而至"造境"，由"象忘神遇"到求"奇势"，再至"采奇于象外"，是皎然境界理论的主要脉络。他上承王昌龄，下启权德舆、刘禹锡至司空图，对中国古代诗歌美学之中枢——诗境论的创立和发展，作出了重大贡献。

三 权德舆、刘禹锡的"境在象外"说

皎然有位高足弟子名叫灵澈，也是唐代著名诗僧，四方漫游，与当时的诗人交游甚广，刘长卿有《送灵澈》诗："苍苍竹林寺，杳杳钟声晚。荷笠带斜阳，青山独归远。"刘禹锡与他有诗往来并为之作《澈上人文集纪》。皎然曾向"少以文章名"后又仕途颇为发达的权德舆（759—818）介绍、推荐灵澈："灵澈上人，足下素识，具文章，挺瑰奇，自齐梁以来，诗僧未见其偶。"灵澈曾游居庐山，他回归浙江时，权德舆写了一篇《送灵澈上人庐山回归沃州序》，主要论述灵澈诗歌境界之妙：

上人心冥空无，而迹寄文字，故语甚夷易，如不出常境，而诸生思虑，终不可至。其变也，如风松相韵，冰玉相叩，层峰千仞，下有金碧。耸鄙夫之目，初不敢眠，三复则澹然天和，晦于其中。故睹其容，览其词者，知其心不待境静而静。况会稽山水，自古绝胜，东晋逸民，多遗身世于此。夏五月，

上人自庐峰言旋，复于是邦。予知夫拂方袍，坐轻舟，溯沿镜中，静得佳句。然后深入空寂，万虑洗然。则向之境物，又其稊稗也。

此中三出"境"字，但细辨不是直言诗之"境"，而是指"常境"，即日常所见人人可得之境界。"常境"一词，已见于殷璠《河岳英灵集》的评语中，评王维诗"词秀调雅，意新理惬，在泉为珠，着壁成绘，一句一字，皆出常境"。权德舆评灵澈诗看似平常，好像表现的是一般境界，但"诸生思虑终不可至"，说"常境"又非寻常，有境外不尽之意味，物之境"变"而为情之境或意之境，"风松相韵……下有金碧"云云，谓灵澈诗有超凡脱俗的形、声之美，反复品味之后，又可得"淡然天和"的另一种美的享受，这就是皎然说的"至丽而自然"的境界。这种境界的呈现，得之于诗人"心不待境静而静"，就是说，触发于客观外境、常境，又很快地超越外境、常境，进入到"澄以静"的"禅中境"。权德舆设想灵澈回到会稽山水间之后，优美的自然景物将助发诗人诗兴，当他又经过一番"深入空寂，万虑洗然"的苦思精思之后，一切自然界的"境物"便如"稊稗"①莹然掌中，"象外"之空间则无可限量。

从皎然"采奇于象外"到权德舆的出"常境"之外，于是引出了刘禹锡"境在象外"的明确定义。

刘禹锡（772—842）字梦得，洛阳人。他是一位与佛家人士交往很密切的诗人，他的诗集中专编"送僧"诗一卷，并且这些诗多有小序，序语中反映了刘禹锡与佛家诗人的诗歌美学观，在《送僧方及南谒柳员外》诗序中，记述九江僧人方及禅居庐山，"一时中颇属诗以摅思"，他"影不出山者十年"，大概对自己的诗作不甚满意，一日，"尝登最高峰，四望天海，冲然有远游之志。顿锡而言曰：神驰而形阂者，方内之徒。及吾无方，阂于何者？由是耳得必目探之，意行必身随之。

---

① "稊稗"，《庄子·秋水》中说："因其所大而大之，则万物莫不大；因其所小而小之，则万物莫不小。知天地之为稊米也，知毫末之为山也。"权德舆用此意。

云游鸟仙，无迹而远。"(《刘禹锡集》卷二十九)这位僧人悟到了要"神驰"方外之境，必须破除有形之隔阂，广之以亲身阅历而心入于境，方能写出好诗。刘禹锡在任连州刺史时，方及携诗拜访，果见其诗不凡。《秋日过鸿举法师寺院，便送归江陵》的诗前小序中，刘禹锡对佛家诗人"心不待境静而静"的诗境创造，作了比权德舆更深入和明确的论述：

  梵言沙门，犹华言去欲也。能离欲则方寸地虚，虚而万景入，入必有所泄，乃形乎词。词妙而深者，必依于声律。故自近古而降，释子以诗名闻于世者相踵焉。因定而得境，故翛然以清；由慧而遣词，故粹然以丽。

佛家境界说与道家境界说之所以能在造境的起点上相通，就在于都强调排除世俗的欲念对于人的精神创造活动的干扰，《老子》说："致虚极，守静笃，万物并作，吾以观复。"（十六章）亦即"去欲"而"虚"而"静"，这种因"无欲"而显得纯洁的心态，在文学艺术家的精神创造活动中，正是一种最佳的审美心态，"虚而万景入"，也就是《淮南子》所说的可以"与物推移，云蒸风行，在所设施"，从而可以"通物之雍，观始卒之端，见无外之境"。刘禹锡作为一位有丰富创作实践经验的诗人，他说上述这些话，并不是迎合释氏之学，而是他的确体会到了有"虚静"的心境，才能有纯净的诗的审美境界，"人稀夜复闲，虑静境亦随"①便是他自己的真切感受；而他所向往的诗美形态是"郢人斤斫无痕迹，仙人衣裳弃刀尺。世人方内欲相寻，行尽四维无处觅"②也就是要求在诗中销尽形迹的阻阂而使神驰无碍，由此而出"常境"之外。这种审美主张，集中见于他为并非诗僧的董侹所作的《董氏武陵集纪》中：

  片言可以明百意，坐驰可以役万景，工于诗者能之。风

---

① 见《和河南裴尹侍郎宿斋太平寺诣九龙祠祈雨二十韵》，《刘禹锡集》卷二十三。
② 见《翰林白二十二学士见寄诗一百篇，因以答贶》，《刘禹锡集》卷三十一。

雅体变而兴同，古今调殊而理异，达于诗者能之。工生于才，达生于明，二者还相为用，而后诗道备矣。余尝执斯评为公是，且衡而度之。诚悬乎心，默揣群才，钩铢寻尺，随限而尽。如是所阅者百态。一旦得董生之词，杳如搏翠屏，浮层澜，视听所遇，非风尘间物。亦犹明金绊羽得于遐裔，虽欲勿宝，可乎？

为他人作序跋，难免过誉之词，像李白为之作序的《泽畔吟》作者崔成辅一样，董侹也未在后世留下较大的诗名，但序之作者往往借此机会表达自己的理论主张乃至陈述某种审美理想，都具有一定的理论价值。此序中，刘禹锡将诗歌创作分为"能"和"难能"两个阶段，能"工"能"达"是"能"，亦可说是诗人的基本功，"诗道"之要义即在以少寓多，以近涵远，体常变而其情兴本质不变，这也是自古以来人们公认的评诗标准。但是现在有"杳如搏翠屏、浮层澜，视听所遇，非风尘间物"的诗出现，以上述传统的标准来评此种对传统有所突破的作品，显然不够了。这种呈现新的审美情趣的诗，是诗人"心源为炉，笔端为炭。锻炼无本，雕镌群形。纠纷舛错，逐意奔走"熔铸而成，是"造境"而非一般的"写境"。刘禹锡接着说：

> 诗者，其文章之蕴耶！义得而言丧，故微而难能。境生于象外，故精而寡和。千里之缪，不容秋毫。非有的然之姿，可使户晓，必俟知者，然后鼓行于时。

诗是一切文章中的精蕴，是文学中一种最高样式，"心之精微，发而为文；文之神妙，咏而为诗。犹夫孤桐朗玉，自有天律"[①]。刘禹锡对诗与文章之区别已有非常明确的认识，而诗中最"难"的又是"义得而言丧"，"境生于象外"。对于前者，从王弼"得象忘言"到皎然"但见情性，不睹文字"，前人尚已论及；对于后者，虽然前有王弼"得意忘象"、谢赫"取之象外，方厌膏腴"、皎然"采奇于象外"

---

① 见《唐故尚书主客员外郎卢公集纪》，《刘禹锡集》卷十九。

诸说，但将"境"与"象外"联系言之，刘禹锡是第一次。"唯识宗"说"唯识无境界"，刘禹锡却恰恰肯定了"识"之有境界，这境界在"识"的客观实有对象之外，在相对于心的"外境"之外。以王昌龄"诗之三境"而分，"物境"一般说来是客观外象之境；"情境"一般说来表现诗人自身内心之境；而"意境"则达"象外"之境了，是"象忘神遇非笔端"的"造境"，现实世界中无此境，人的心中原来也无此境，是诗人"心源为炉，笔端为炭"重新铸造的，"世人方内欲相寻，行尽四维无处觅"，这种境界的获得，完全取决于诗人主体之神的"妙用无体"。任何一种得心独运、脱尽一切模拟痕迹的创造，尤其是精神领域内的创造，都是不可能重复的，"精于寡和"势出必然，"能"与"难能"则是诗歌领域"小家"与"大手笔"之别。

  从盛唐到中唐，诗歌境界理论基本确立了，这是古典诗歌艺术在唐代走向高峰时获得的另一重要成果。"境界"论不能简单地说仅仅是唐以前诗歌创作经验的总结，而应该说是前人所有艺术经验的理论升华，是金圣叹所说的"深人眼底"的新发现。在诗歌境界论的萌生和发育过程中我们可以看到，佛家与后来完全中国化了的佛教——禅宗①的美学思想，起了极大的诱导作用。由"禅中境"而返归道家的"无外之境"，可以说是一个中、外合璧的创造性成果！到晚唐司空图那里，道家的审美意识和美学思想在境界论中进一步深化，成为完全中国化了的诗学理论，这是唐代诗人和诗论家对中国诗学也是对世界诗学的一大贡献！

---

① 禅宗向以慧能创立的南宗为代表。慧能为公元 638—713 年间人。释皎然与灵澈居江南，与南宗关系密切，有他们的诗为证。刘禹锡则为南宗六祖慧能等作过碑文，他交往的僧人，亦多属南宗。

第十章
政教与审美结合的现实主义诗论

从初唐到盛唐,"儒""释""道"三教合一的精神气候虽然已经形成,但是,传统久远的儒家思想,还是被唐代最高统治者作为治国驭民的基本思想,唐太宗命孔颖达、颜师古等人撰定《五经正义》(《周易》《尚书》《毛诗》《礼记》《春秋左传》)并"诏付国学施行",成为有唐一代士子必读的钦定教科书,可见儒家经典实际上有高出道、佛二家的地位。不过孔颖达等唐代儒宗并不墨守汉儒章句,常有一些开放性的发挥。他们对于文学的见解,有的便直接继承了六朝文学理论中的积极成果。孔颖达在《毛诗正义》中笺释《诗大序》"诗者,志之所之也,在心为志,发言为诗"一句时说:

> 诗者,人志意之所之适也。虽有所适,犹未发口,蕴藏在心,谓之为志。发见于言,乃名为诗。言作诗者,所以舒心志愤懑而卒成于歌咏。故《虞书》谓之"诗言志"也。包管万虑,其名曰"心";感物而动,乃呼为"志"。志之所适,外物感焉。言悦豫之志则和乐兴而颂声作,忧愁之志则哀伤起而怨刺生。《艺文志》云"哀乐之情感,歌咏之声发",此之谓也。

这种对"诗言志"的解释显得比较宽泛,将"心""志""意""情"进行了沟通,"言志"是言诗人一己之"志",是"感物而动"之"志"

而非圣人训诲之"志",强调了"志"的情感性内涵。在《春秋左传正义》中他又说:"在己为情,情动为志,情、志一也。"更可贵的是,他还强调了"情"之真,在"情发于声,声成文,谓之音"语下,辨析诗与乐之同异(见于本书第二章《"乐"与"诗"观念互补》一节中引述,此不再议)。诗唯有与音乐作品一样,志真情真,才是感人动人的好诗,《毛诗正义序》中则有一个总体性论述:

  夫诗者,论功颂德之歌,止僻防邪之训,虽无为而自发,乃有益于生灵。六情静于中,百物荡于外,情缘物动,物感情迁。若政遇醇和,则欢娱被于朝野;时当惨黩,亦怨刺形于咏歌。作之者所以畅怀抒愤,闻之者足以塞违从正。发诸情性,谐于律吕。故曰:"感天地,动鬼神,莫近于诗。"此乃诗之为用,其利大矣。

他当然也看重诗之"用"与"利",诗关政教风化,但又不同于汉儒颠倒了诗与时代影响的关系,而是明确指出一个时代的政教状态如何,便有相应的歌诗出现,"诗迹所用,随运而移。上皇道质,故讽谕之情寡,中古政繁,亦讴歌之理切"。如果说,汉儒们强调的是先有政教功利目的而后有诗的话,那么,以孔颖达为代表的唐代儒家诗教,则是主张先有情真志正的诗而后方有"塞违从正"之用。这个诗与政教关系的重要调整,造就了以杜甫为杰出代表的审美与政教趋向融合的现实主义诗歌和诗论,在中国诗歌此后漫长的发展历程中,较之道、佛两家偏重于诗歌美学方面的贡献,有着更重要而深远的影响与作用。

一 杜甫、元结的诗歌美学思想

在第八章论及"风骨"问题时,已略为提及杜甫。杜甫(712—770)没有专门论诗的文章,但我们从他的诗篇中可以钩索出很多独特见解的创作经验之谈,窥见杜甫有一个较为完整的诗学观。

杜甫是一个遵奉儒家传统的诗人,在他四十岁左右准备呈现给唐玄宗的《进雕赋表》中说:"自先君恕、预以降,奉儒守官,未坠素业矣。"唐初孔颖达等撰定的《五经正义》《春秋左传正义》取的是杜甫先祖、晋代名将杜预的注本,杜甫祖父杜审言在唐高宗至唐中宗时代累官至国子监主簿,修文馆直学士,又是当时的著名诗人。而他自己又是"七龄思即壮,开口咏凤凰"(《壮游》),儒家诗教使杜甫从小就受熏冶很深。如果以入川为界线来划分杜甫创作的前、后期,那么前期的杜甫是以诗歌作为"自谓颇挺出,立登要路津。致君尧舜上,再使风俗淳"的入仕之资和政教工具。入川之后,"立登要路津"的希望已经破灭,四十九岁(乾元二年十二月到成都,即759年)以后的杜甫,诗便成了他抒情遣怀、忧国伤时的精神寄托,进入以生命为诗,以诗为生命的创作境界。他告诫自己儿子:"诗是吾家事,人传世上情,熟精《文选》理,休觅彩衣轻。"(《宗武生日》)将诗当作他家的传世事业。大约是同年(大历元年,公元766年)所作《偶题》一诗中,或说"缘情慰漂荡",或说"稼穑分诗兴",或说"愁来赋别离",表明诗是他晚年流寓生涯中唯一殚精竭虑全力为之的事业。该诗前二十句,完整地表述了他的诗歌史观:

> 文章千古事,得失寸心知。作者皆殊列,名声岂浪垂。骚人嗟不见,汉道盛于斯。前辈飞腾入,余波绮丽为。后贤兼旧制,历代各清规。法自儒家有,心从弱岁疲。永怀江左逸,多谢邺中奇。骐骥皆良马,麒麟带好儿。车轮徒已斫,堂构惜仍亏。漫作《潜夫论》,虚传幼妇碑。……

文章是千古事业,作者欲名垂后世,就必须是全身心的投入。作为真正已有诗人主体自觉、诗的文体自觉和审美自觉的杜甫,他尊《诗》《骚》,"亲风雅"的现实主义精神与传统,但并不因此而否定风流绮丽的齐、梁,认为后人固然要继承前人的优秀遗产,也要敢于创新超越前人而有自己的"清规",大不必以前代、古人之"清规"是从。他对魏晋以来的诗人如邺中诸子、江左谢灵运、谢朓等诗人群在诗歌史上的"堂构"作用给予了充分的肯定。在作此诗前数年所写下的《戏为六绝句》和前数月写下的《解闷十二首》中，杜甫更明确地表达了既以"李陵苏武是吾师，孟子论文更不疑"为宗本的思想，又有"别裁伪体亲风雅，转益多师是汝师"的多元取向。他心目中的古人也包括了曾被王勃祖父一概骂倒的庾信、鲍照（《春日忆李白》中有"清新庾开府，俊逸鲍参军"），谢灵运、谢朓、何逊、阴铿（《解闷》之七"熟知二谢将能事，颇学阴何苦用心"），沈约、江淹等南北朝诗人；而对于同朝同代的诗人，他为杨炯、王勃、卢照邻、骆宾王的"当时体"辩护，谴责"轻薄为文哂未休"者"尔曹身与名俱灭，不废江河万古流"。他称赞孟浩然是"清诗句句尽堪传"，王维是"最传秀句寰区满"……杜甫诗中留下了大量对古人和同代人作品评价的诗句，都表明杜甫已回归到诗歌本体来评诗论诗，有时还将审美价值置于政教功利之上，在李白流放夜郎时所写的《不见》诗中，"世人皆欲杀，吾意独怜才"之句，便是一证。

对于以诗为生命，以生命为诗的杜甫的诗学观有了总体的把握，现在可以进一步探析杜甫诗学的具体内容，大致可从如下三方面进行归纳：

（一）注重反映现实（社会现实和自己的精神现实）是他一贯的创作纲领。他在入川前作的《进雕赋表》中说自己"虽不能鼓吹六经，先鸣数子，至于沉郁顿挫，随时敏捷，扬雄、枚皋之徒，庶可企及也"。此所说"随时敏捷"，的确是杜甫能敏捷地反映现实生活的一大本领，杰出的才能；而"抚事慷慨""豪荡感激"（《观公孙大娘弟子舞剑器行》序中语），又是他经常性的心理、情感状态。在他入川前的诗歌创作中，唐王朝的由兴盛转向衰落，多年的战乱造成人民的痛苦，都得到了真实而强烈的反映，"伤哉文儒士，愤激驰林丘"（《送韦十六评事充同谷防御判官》），由此而产生了《自京赴奉先咏怀五百字》《北征》《三吏》《三别》等堪称"诗史"的现实主义杰作。入川之后，由于远离了政治中心和战乱之地，大多数诗篇表现的是现实中的苦闷情思与自我排遣的意绪，直接地、近距离地反映现实的诗篇相对地少了，但是，"彩笔昔曾干气象，白头吟望苦低垂"（《秋兴八首》），国事民情总还是耿耿于怀。元结在广德二年（764）作于湖南道州的《舂陵行》和《贼退示官吏》二诗，三年后传到四川夔州，杜甫读到后非常激动，援笔立就写了《同元使君舂陵行》，序中交代了作此"同"诗的动机："今盗贼未息，知民疾苦，得结辈十数公，落落然参错天下为邦伯，万物吐气，天下小安可待矣。不意复见此比兴体制，微婉顿挫之词，感而有诗，增诸卷轴，简知我者，不必寄元。"显然，是元结反映道州人民疾苦的诗篇又唤起了杜甫对现实生活强烈的参与意识，"感而有诗"而要"简知我者"，是欲告诉人们他忧国伤时、为民请命的拳拳之心始终未泯，"同"于元结。他在诗中颇以有元结这样道合志同者自豪："吾人诗家秀，博采世上名。粲粲元道州，前圣畏后生。观乎《舂陵》作，欻见俊哲情。复览《贼退》篇，结也实国桢。贾谊昔流恸，匡衡尝引经。道州忧黎庶，词气浩纵横。两章对秋月，一字皆华星。致君唐虞际，淳朴忆《大庭》。何时降玺书，用尔为丹青。"他希望发扬自《诗经》以来诗人"忧黎庶"的优良传统，通过这样的诗篇唤醒驭民执政者的良知，实现儒家历来孜孜以求的"仁政"和"文治"。浦起龙评此诗曰："公之为此，第借元次山作一榜样，亦聊以寓想望古治之思。……末段仍归到己心之思朝廷，因而作诗以达苦情焉。序所谓'简知我'者，此也。然则公直自为想望古治之诗，元特借为感发之资矣。超极，脱极。"（《读杜心解》卷一之六）是为的论。杜甫这首作于晚年的诗篇，与他入川前反映现实的杰作相呼应，完整地体现了他一生关于文学与现实关系体用一致的追求，"法自儒家有"，在他"心随弱岁疲"的风烛残年还奉守如初，"感彼危苦词，庶几知者听"，希望自己的作品发挥济世安民的作用。

（二）高度重视诗的审美效应，是杜甫作为一个真正大诗人终生的孜孜所求。如果杜甫仅仅以儒家的政教功利为主导思想运用于自己的创作，那么他就不能成为一位在诗歌美学方面有极高造诣的伟大诗人。杜甫对中国诗学划时代的贡献是：他将自秦汉历六朝以来的政教中心说与审美中心说结合起来，在他的创作实践中，始终追求"诗清立意新"(《奉和严中丞西城晚眺》)、"凌云健笔意纵横"(《戏为六绝句》)、"语不惊人死不休"(《江上值水如海势聊短述》)等诗的内美与外美的融合。请看杜甫心目中诗的整体美学形态:

思飘云物动,律中鬼神惊。毫发无遗憾,波澜独老成。(《敬赠郑谏议十韵》)

意惬关飞动,篇终接混茫。(《寄彭州高三十五使君适虢州岑二十七长史参三十韵》)

诗罢地有余,篇终语清省。一阳发阴管,淑气含公鼎。(《八哀诗·故右仆射相国张公九龄》)

雕刻初谁料,纤毫欲自矜。神融蹋飞动,战胜洗侵陵。妙取筌蹄弃,高宜百万层。(《寄刘峡州伯华使君四十韵》)

他认为最好的诗应当是诗思之美与形式格律之美毫发无间地融合一体,情感的律动如江海波澜自然起伏,自在自由地臻至"从心所欲不逾矩"的境界。他又特别推崇诗的意兴意象的"飞动"美,这就是"凌云健笔意纵横"所造成的美感状态,"思飘""意惬""神融",都是诗人主体精神无限活跃、高飞远举的"飞动",在《赠高式颜》诗中还有"平生飞动意,见尔不能无",在《夜听许十一诵诗爱而有作》又有:"精微穿冥涬,飞动摧霹雳。陶谢不枝梧,风骚共推激。紫燕自超诣,翠驳谁剪剔。"都说到"飞动"。诗人飞动的精神与自然界飞动的万物相感相契,"群生各一宿,飞动自傳匹"(《写怀》之二),就形成杜诗"钟律俨高悬,鲲鲸喷迢遰"(《赠秘书监江夏李公邕》)的大气象。上四例引诗,还有两处提到"篇终",又提到"妙取筌蹄弃",由此我们还可得知,杜甫于诗还追求一种意兴、意象浑然一体的美。"妙取"句化用庄子之说,即"得意忘言"之义,"弃"的是游离于诗的意象意境之外的理语,不带情韵以行的干巴议论,使读者读至篇终得意外之意、象外之象,有进入到了"无外之境"的感觉("语清省"也就是言简而意有余)。我们在杜甫诗中,极少发现理念直露的现象(入川之前以叙事为主的诗中或有),清代沈德潜说,杜诗"江山如有待,花柳自无私""水深鱼极乐,林茂鸟知归""水流心不竞,云在意俱迟"等"俱入理趣",但不是"理语"。(《国朝诗别裁集·凡例》)后来,白居易作新乐府等诗,在诗中常发议论,还以"首句标其目,卒章显其志"(《新乐府序》)为鼓吹,结果其诗思想性胜于艺术性;从诗艺而言,"卒章显其志"是从"篇终接混茫"的后退。杜甫更为重视诗的艺术传导而无急切的功利实现,白居易则相反(至少是创作"新乐府"时),为了"闻之者深诫"而缺少深厚的余味。

严羽《沧浪诗话·诗辨》有云:"诗而入神,至矣,尽矣,蔑以加矣!惟李杜得之。""入神",确是杜甫所不断追求的诗之极境,并且是非常自觉的。"神融摄飞动",就是意识到了诗人主体之神在创作过程中的能动作用,在《写怀二首》之二中说"放神八极外,俯仰俱萧瑟。终焉契真如,得匪金仙术"说的就是诗人的神游。他观察别人,或说"飞腾知有策,意度不无神"(《奉寄李十五秘书文嶷》之二),或说"焉能终日心拳拳,忆君诵诗神憬然"(《逼仄行》)。凭自己丰富的创作实践经验,感觉到自己和别人创作出了满意的作品,都是主体"入神"所致,说自己"读书破万卷,下笔如有神"(《奉赠韦左丞丈二十二韵》),"感激时将晚,苍茫兴有神"(《上韦左相二十韵》),"醉里从为客,诗成觉有神"(《独酌成诗》)。评论他人"挥翰绮绣扬,篇什若有神"(《赠太子太师汝阳郡王琎》),"赋诗宾客间,挥洒动八垠。乃知盖代手,才力老益神"(《寄薛三郎中璩》),"静者心多妙,先生艺绝伦,草书何太苦,诗兴不无神"(《寄张十二山人彪三十韵》),等等。这些屡屡提到的"神",或是指灵感骤至时那种"凌云健笔意纵横"时的创作快感,或是指主、客体豁然贯通时那种兴会淋漓的审美愉悦,或是指作诗功力老到娴熟、技巧自由发挥的状态,或是指心游物外时那种"六合之内,一举万里"的"飞动"气势。杜甫还用"神"或"神妙"直接评论某些艺术作品,如评公孙大娘女弟子的剑器舞是"妙舞此曲神扬扬",评某画家的双松图是"绝笔长风起天末,满堂动色嗟神妙",评画家所画的马是"国初以来画鞍马,神妙独数江都王"。"将军善画盖有神",评他所见到的瓦棺寺维摩图是"虎头金粟影,神妙独难忘"①。作为客体与主体的"神"的观念,在《易传》中已大量出现,后经《庄子》《淮南子》的发挥,在魏晋南北朝转入到绘画领域而构成"形"与"神"的一对审美范畴,刘勰在《文心雕龙》扬"神思"之说,"神"从此进入了文学领域。杜甫是唐代对于"神"最敏感的第一位诗人,他对"神"的精深体悟并屡屡在诗中表达出来,使"神"从此成为诗歌艺术中层次最高的一个审美观念范畴,对以后司空图、严羽等诗论家产生了极大的启示作用,使他们对中国诗歌美学建构有了突破性的进展。这个在中国诗学建设中杜甫自己没有意识到的功绩,现在真应该大书特书。

诗歌是语言的艺术,杜甫的诗歌美学思想中对此更有深刻的体悟。近体诗是唐代具有代表性的新的诗歌文体,以格律形成富有音乐性的诗歌语言,将诗的语言艺术推至前所未有的高度。杜甫于古体有深湛的修养,入川以后,他又更多地致力于近体诗的创作,以至使他的近体(尤其五、七律、五排)诗达到前无古人、后人难以逾越的高度。这一艺术成就的取得,与他对于语言艺术的不倦追求和精益求精的创造密不可分。下面是杜诗中涉及语言艺术的一些诗句:

为人性僻耽佳句,语不惊人死不休。(《江上值水如海势聊短述》)

赋诗新句稳,不觉自长吟。(《长吟》)

叹息高生老,新诗日又多,美名人不及,佳句法如何?(《寄高三十五书记》)

题诗得秀句,札翰时相投。(《送韦十六评事充同谷防御判官》)

不薄今人爱古人,清词丽句必为邻。(《戏为六绝句》之六)

晚节渐于诗律细,谁家数去酒杯宽。(《遣闷戏呈路十九

---

① 以上五处引诗分别见《观公孙大娘弟子舞剑器行》《戏为韦偃双松图歌》《韦讽录事宅观曹将军画马图》《丹青引》《送许八拾遗归江宁觐省甫昔时尝客游此县于许生处乞瓦棺寺维摩图样志诸篇末》。

曹长》》

遣词必中律,利物常发硎。绮绣相辗转,琳琅逾青荧。(《桥陵诗三十韵因呈县内诸判官》)

"佳句"是杜甫评述诗语优美或壮美的一个常用词,他称自己年轻时"每于百寮上,猥诵佳句新",晚年居川东时又说"远游凌绝境,佳句染华笺",赞扬李白是"李侯有佳句,往往似阴铿"①。他的"佳句"的具体内涵是"秀句""清词丽句"。关于"秀",刘勰《文心雕龙·隐秀》云:"秀也者,篇中之独拔者也。……秀以卓绝为巧。"杜甫创造自己的"秀句",卓越地实现了刘勰的审美要求。"秀句"也是"清词丽句",孟浩然诗"清诗句句尽堪传",李白诗"清新庾开府,俊逸鲍参军";他不反对"绮丽","绮丽元晖拥"②,是赞扬谢灵运的话,而前引"挥翰绮绣扬",此所引"绮绣相辗转",也都是对"绮丽"之美的肯定,对"余波绮丽为"的认同。杜甫对于近体诗格律钻研尤深。创作尤勤。现据浦起龙《读杜心解》本统计:各体杜诗共计1458 首,前期(从秦州划线)292 首,后期1166 首。前期古体 142 首,近体 150 首;后期古体 262 首,近体 904 首。后期近体是古体的三倍半,后期近体是前期近体的六倍(如果按到成都后划线,近体比例还要大)。这个数字说明,杜甫自谓,"晚节渐于诗律细"非虚语。他自己"遣词必中律"以达到"律中鬼神惊"的境地,也为儿子"觅句新知律"而欣喜。杜甫律诗的成就,元稹给予了很高的评价:"铺陈终始,排比声韵,大或千言,次犹数百。词气豪迈而风调情深,属对律切而脱弃凡近。"刘熙载则说,"少陵以前律诗,枝枝节节为之,气断意促,前后或不相管摄",而到杜甫手中,"气格高古","开阖变化,施无不宜"③。杜甫对律诗发展作出了重大的贡献,他那才华与功力俱至的丰硕成果,

---

① 分别见《奉赠韦左丞丈二十二韵》《秋日夔府咏怀》《与李十二白同寻范十隐居》。
② 见《春日忆李白》和《寄岑嘉州》。
③ 分别见于《元氏长庆集》卷五十六、《唐故工部员外郎杜君墓志铭并序》、刘熙载《艺概·诗概》。

为以后诗歌理论家深入研究声律理论提供了应有尽有的范例。

（三）由"兴"而"入神"是杜甫现实主义诗学最重要的创作方法。"兴"与"赋""比"自古就在诗的"六义"之中，"兴"作为"起情""兴情"，是诗人内心感情外发的渠道。但直到钟嵘《诗品》才将"文已尽而意有余"的"兴"置于"赋""比"之前，突出了诗的抒情特质。杜甫诗集中，将"兴"与诗并提之处，较之他以前的诗人特别多。杜甫的"兴"，显然是承陈子昂的"兴寄"而来，郭绍虞先生据刘勰"兴则环譬以托讽"而说"兴寄是要暴露现实的"①。我以为，见事触物而发"兴"，"兴"的确实是诗人现实的情感和情感的现实，但"兴"作为一种诗歌创作大法，则是表明诗人情感不为事役、不为物役的自由发挥，如果时时处处为政教功利的理念所制，则"兴"不起来。杜甫的"兴"，有"野兴""归兴""别兴""清兴""逸兴""幽兴"等情感类型之分和"晚兴""秋兴"等时令引发之分。他明确地认识到，"兴"是诗歌诞生的温床，是使诗人进入创作状态的亢奋激情与淋漓兴致，"宽心应是酒，遣兴莫过诗"，"愁极本凭诗遣兴"，"诗尽人间兴"②，"兴"是诗之因，诗是"兴"之果。"讽兴诗家流"，"兴"是所有诗人共同的本领，"阮籍行多兴"，"庾信兴不浅"，元结是"兴含沧浪清"③，而他自己是"兴来不暇懒"，"兴尽才无闷"④。引起杜甫诗兴的，一是耳目所接的自然景物，如"云山已发兴""兴与烟霞会""发兴在林泉""山林引兴长""在野兴情深"⑤等等；二是家国人事沧桑之感，逢此发"兴"则有沉郁之情难以宽解，或说"平生江海兴，遭乱身局促"，或说"时清非造次，兴尽却萧条"，或说"年侵频怅望，兴远一萧疏"⑥。在乾元二年（759

---

① 郭绍虞：《中国文学批评史》，上海古籍出版社，1979，第114页。
② 分别见《可惜》《至后》《西阁》之二。
③ 分别见《毒热寄简崔评事》、《秦州杂诗》之十五、《八哀·张九龄》、《同元使君春陵行》。
④ 见《晦日寻崔戢李封》《风疾舟中伏枕书怀》。
⑤ 分别见《陪李北海宴历下亭》、《严公厅宴同咏蜀道画图》、《春日江村》之二、《秋野》之三、《课小竖锄斫舍北果林》等篇。
⑥ 分别见《南池》《奉赠卢五丈参谋琚》《瀼西寒望》三诗。

年)秋天写的《寄高使君岑长史》诗中说:"老去才难尽,秋来兴甚长。物情尤可见,辞客未能忘。"这年秋天,他以"遣兴"为题,一连写下了五组十八首五言古体,分别为怀亲友、忆边事、评古人、说世态等等,表现诗人在动乱的时局中极其复杂的心态和感情。或许正如刘勰所说秋天"天高气清,阴沉之志远"(《文心雕龙·物色》),晚年杜甫确是每到秋天就"兴甚长",大历元年(766年)流寓夔州时写的《秋兴八首》,这组足以代表杜诗最高艺术成就的不朽名篇,在"玉露凋伤枫树林""夔府孤城落日斜"的秋气悲情氛围之中,诗人将自己"孤舟一系"的故园之哀思,心抱"北斗京华"的长安之遥望,同学"轻肥"相笑的自身遭遇,时世剧变如"弈棋"的沧桑感慨,昔日盛唐气象的如梦追忆……以"瞿塘峡口曲江头"的空间展开,以"昆明池水汉时功"的时间远拓,写历史的烟云,诉灵魂的痛苦;最后以"彩笔昔曾干气象,白头吟望苦低垂"不绝余音而"篇终接混茫"。八首诗相互钩锁又开阖自如,诗情如波澜起伏,这是诗的交响乐!是杜甫自谓"沉郁顿挫"的典型表现,完美地体现了杜甫的诗歌美学思想。这一"秋兴",也表现"兴"之于杜甫,确有"情忘发兴奇""幽襟兴激昂"①的诗美创造之奇特功能,更证明了他所说的"诗兴不无神""苍茫兴有神","兴"而可臻至"诗而入神"的至高审美境界。杜诗中屡屡可见的"兴"字和杜诗由"兴"这一作诗大法所创造的登峰造极之杰作伟构,成为后人总结杜甫与一代唐诗创作经验的一大论题,严羽在《沧浪诗话》中说"盛唐诸人惟在兴趣",就是以杜诗之"兴"为本的。

被杜甫称扬为"国桢"的元结(719—772),字次山,河南洛阳人,他的人生经历比杜甫幸运,天宝十三年(754年)成进士后,一直在中央和地方作官,广德元年(763年)授道州刺史,到任"未五十日",见道州经战乱后,户"不满四千,大半不胜赋税",他不顾上司催缴符牒屡下,抗赋不交,"静以安人,待罪而已",写下了感动杜甫的《春

---

① 见《宴戎州杨使君东楼》《奉观严郑公厅事岷山沱江画图》二诗。

陵行》和《贼退示官吏》二首，树立一个"关心民瘼，为民请命"的正直官吏形象。他在道州任上六年，政绩昭著，颜真卿在《表元次山墓碑》记云："上以君居贫，起家为道州刺史。州为西原贼所陷，人十无一。君下车，行古人之政，二年间，归者万余家。贼以怀畏，不敢来犯。"当然，所谓"贼"也是朝廷黑暗、官逼民反所孳生的。元结立于"施仁政"的儒家立场，为稳定唐王朝的政权，作出了他的努力。

元结在政治方面奉行儒家政教，而诗歌创作上比杜甫更坚定的奉行儒家诗教。他留下的诗作不足百首①，在艺术造诣上，远逊于杜甫。他的诗集，开卷便是《二风诗》十篇。"治风""乱风"各五篇。这是他一度休官归家时效"古之贱士不忘尽臣之分"而"论订"的（原作于天宝五年），另有《二风诗论》②表明他的创作动机和目的：

客有问元子曰："子著《二风诗》何也？"曰："吾欲极帝王理乱之道，系古人规讽之流。"

所谓"二风"，一是颂古之明君以"规"，或"先之以仁明"，或"安之以慈顺"，或"成之以劳俭"，或"修之以敬慎"，或"守之以清一"，此谓之"治风"；二是借古警今之"讽"，或有"坏之以苛政"，或有"覆之以淫暴"，或有"危危以用乱"，或有"忘之于累积"，此谓之"乱风"。"著斯诗"而"系规讽"，是元结诗学理论表述的核心所在。他以复"古治"为己任，企望重现上古时代的礼乐之治，以为"乐歌"自太古始百世之后尽亡"古音""古辞"，自告奋勇而作《补乐歌十首》，以供"今国家追复纯古，列祠往帝，岁时荐享"之用。元结要这样做，主观愿望是无可指责的，他希望惨经七年战乱之后的国家，有一个安定的中兴之治。他也确实是一位敢于为民请命的好官。《补乐歌》最后一首《大濩》写道："万姓苦兮怨且哭，不有圣人兮谁护育？圣人生兮天下和，万姓熙熙兮舞且歌。"《舂陵行》的写作，大概也是他效圣人护育万姓

---

① 《全唐诗》存诗二卷。
② 元结著，孙望校《元次山集》卷一，中华书局，1960，第10—11页。

之举。在道州任上第五年，他将自己一生的诗文著作做了一次编辑整理，写了《文编序》，序中将自己的创作分为两个时期，安史之乱前，"切耻时人谄邪以取进，奸乱以致身，径欲填陷阱于方正之路，推时人于礼让之庭，不能得之，故优游于林壑，怏恨于当世。是以所为之文，可戒可劝，可安可顺。"安史之乱后，"更经丧乱，所望全活，岂欲迹参戎旅，苟在冠冕，触践危机，以为荣利，盖辞谢不免，未能逃命。故所为之文，多退让者，多激发者，多嗟恨者，多伤闵者。其意必欲劝之忠孝，诱以仁惠，急于公直，守其节分，如此非救时劝俗之所须者欤"(《元次山集》卷十)。这就是说，元结始终密切关注时事，作诗切入现实干预现实，前期以"规讽"为主旨，后期则以更积极的"救时劝俗"为创作指导思想。

出于"救时劝俗"的有关教化愿望，元结于天宝末年写了《系乐府》十二首，诗前小序云：

　　天宝辛未（疑是乙未，天宝十五年中只有辛卯）中，元子将前世尝可称叹者为诗十二篇，为引其义以名之，总命曰《系乐府》。古人歌咏，不尽其情声者，化金石以尽之，其欢怨甚邪戏。尽欢怨之声者；叩以上感于上，下化于下，故元子系之。(《全唐诗》元结卷一)

这组乐府诗不用古题，实开中唐白居易等新乐府之先声。他以"圣贤教"为主调，强调"滋移有情教，草木犹可化"(《陇上叹》)，但也有小知识分子批评时政"谄竞实多路，苟邪皆共求"的愤激之词(《贱士吟》)。有直接反映下层人民生活困苦的《贫妇词》《去乡悲》：贫妇诉说"所怜抱中儿，不如山下麑。空念庭前地，化为人吏蹊"；离乡背井流落他乡的"孤老"怨声载道："乃言无患苦，岂弃父母乡。"《农臣怨》中，诗人借农臣之口直怨"人主"只将农村贫苦归于天灾虫害，而不知为政之非，"巡回宫阙傍，其意无由吐。一朝哭都市，泪尽归田亩。谣颂若采之，此言当可取"，虽然还是说得很委婉，但实为以后白居易《重赋》《捕蝗》等为农民鸣疾苦的新乐府诗之先声。

元结对于诗歌艺术的追求却没有杜甫的自觉,杜甫赞扬他的诗有"比兴体制,微婉顿挫之词"及"两章对秋月,一字皆华星",都主要从其现实的思想内容而说的。元结不作近体诗,他的诗集中,除了《欸乃曲五首》有民歌风味,全部是古体之作。在写《舂陵行》之前的肃宗乾元三年(760年),他编选了一部《箧中集》,只选沈千运、王季友、于逖、孟云卿、张彪、赵微明、元季川七人二十四首诗,全是古体。他在序中说:

> 风雅不兴,几及千岁。溺于时者,世无人哉?呜呼,有名位不显,年寿不将,独无知音,不见称显,死而已矣,谁云无之。近世作者,更相沿袭,拘限声病,喜尚形似,且以流易为词,不知丧于雅正。然哉,彼则指咏时物,会谐丝竹,与歌儿舞女,生污惑之声于私室可矣,若今方直之士,大雅君子,听而诵之,则未见其可矣。①

这个对于自《诗经》以来诗歌发展历史的估价,是非常偏狭的。有唐以来,四杰与陈子昂、盛唐诸诗人以及与他同时代的杜甫,都被他一笔抹杀了,他不满的"拘限声病,喜尚形似",正是唐诗艺术的光辉成就,具有声律音韵美、意象意境美的诗篇并不都是会"生污惑之声"的。从元结所作的《箧中集序》及所选的诗来判断,他实有复古倒退的思想。作此序后五年,又在《刘侍御月夜燕会序》中说:"于戏!文章道丧盖久矣。时之作者,烦杂过多,歌儿舞女,且相喜爱,系之风雅,谁道是邪?诸公尝欲变时俗之淫靡,为后生之规范,今夕岂不能道达情性,成一时之美乎?"由此可见,元结诗学观的核心是儒家的政教功利观,他的"道达情性"就是达到"救时劝俗"的目的,所谓"一时之美"者,并不指诗的艺术美,还是《诗大序》所谓"达于事变而怀其旧俗"的"止于礼义"之美,回归儒家的审美规范。

元结的诗论,在当时也颇有同道者,与元结同科进士,后来亦任

---

① 元结、殷璠等选《唐人选唐诗》(十种),上海古籍出版社,1958,第27页。

地方刺史之官的独孤及（725—777），在《检校尚书吏部员外郎赵郡李公中集序》中亦表达了同样的观点："自《典谟》缺，《雅》《颂》寝，世道陵夷，文亦下衰。故作者往往先文字后比兴，其风流荡而不返。乃至有饰其词而遗其意者，则润色愈工，其实愈丧。及其大坏也，丽偶章句，使枝对叶比，以八病四声为梏拲，拳拳守之，如奉法令。……天下雷同，风驱云趋，文不足言，言不足志，亦犹木兰为舟，翠羽为楫，玩之于陆而无涉川之用。痛乎流俗之惑人也旧矣！"独孤及也主张"抒情性以托讽，然后有歌咏；美教化、献箴谏，然后有赋颂"。在李白、杜甫雄立于诗坛之时，唐诗艺术已造成前无古人的高峰，元结与独孤及还发如此保守的议论，似乎是使人难以理解的，是不是"贵远贱近"的思想又在作怪呢？关于独孤及，值得补充一说的是，他又不像元结那样瞧不起近体诗，在《唐故左补阙安定皇甫公集序》中，对皇甫冉所作"以古之比兴，就今之声律"的"新声秀句"近体诗，以"才钟于情"目之，并予以充分肯定，他论述近体美于古体是颇有见地的：

　　五言诗之源，生于《国风》，广于《离骚》，著于李、苏，盛于曹、刘，其所自远矣。当汉、魏之间，虽以朴散为器，作者犹质有余而文不足。以今揆昔，则有朱弦疏越、大羹遗味之叹。历千余岁至沈詹事（沈佺期）、宋考功（宋之问），始裁成六律，彰施五色，使言之而中伦，歌之而成声，缘情绮靡之功，至是乃备。虽去雅浸远，其丽过于古者，亦犹路鼗出于土鼓，篆籀生于鸟迹也。

这一论述与元结所指"拘限声病，喜尚形似"又是不同道的，也与他前所反对的"丽偶章句"云云自相矛盾，这同样使人难以理解。或可说，初、盛唐以来，唐诗的美学格局已经形成，政教与审美结合作为其中一种趋势，已不可逆转。元结的诗论初步提出了中唐白居易等人倡导的"新乐府"运动的一些原则，因此在诗歌理论史上有一定的意义。

二 古文家的"文""诗"分别论

在古代的中国,每每在改朝换代或发生一场大的动乱之后,一群知识分子官吏和文人总结亡国或动乱之由,往往都归咎于未遵儒家古道。唐代安史之乱以后,诗人元结已发出复"古治"的先声,但其所造成的声势,远不如当时已开始酝酿的"古文"运动。"古文"运动旨在政治上复归古道,文化思想方面复归儒家文统。儒学之士们总是积极入世、关注现实的,过去的文学史家们都将他们纳入"现实主义传统"的轨道,在此,也只得约定俗成。

唐代天宝年间至中唐前期,前已提到的独孤及与他为其文集作序的李华,还有萧颖士、梁肃、柳冕等,都提出了宗经明道的主张,并用散体作文而坚决摒弃齐梁体骈文,与诗歌领域中元结等专作古体摒斥近体相呼应。柳冕(? —805)是古文运动前期有代表性的古文家,他在几篇"论文"书中,都是原则性的"文""诗"同论,且往往以诗歌发展史论为主导。在《谢杜相公论房杜二相书》中,他的"文章"观念是包括了诗的,其云:"且今之文章,与古之文章,立意异矣,何则?古之作者,因治乱而感哀乐,因哀乐而为咏歌,咏歌而成比兴。故《大雅》作则王泽盛矣;《小雅》作则王道缺矣;《雅》变《风》则王道衰矣;诗不作则王道竭矣。至于屈、宋,哀而以思,流而不反,皆亡国之音也。……"不意经过了一个文学的盛唐之后,又出现了酷似裴子野、李谔、王通的声音!柳冕实际在批评"今代"诗文:"于是风雅之文,变为形似;比兴之体,变为飞动;礼义之情,变为物色。诗之六义尽矣。"我们不得不佩服作为儒学卫道者锐敏的判断,他所说的"变",正是诗歌从政教中心向审美中心转变(他的"比兴",实际是取郑玄之义),"形似"(唐代发展到"意似""神似""意象""兴象")、"飞动"、"物色",不正是自魏、晋、江左至初、盛唐诗歌美学走向增值的主要手段吗?柳冕也承认"文生于情,情生于哀乐",但他又偏狭地说"哀乐"只"生于治乱","故君子感哀乐则为文章,以知治乱之本",屈、宋以降的诗人，或"感哀乐而亡雅正"，或"感声色而亡风教"，或"感物色而亡兴致"(《与滑州卢大夫论文书》)。柳冕在古文方面固然有他一定的成就，有些文论也有精辟之言，如《答衢州郑使君论文》中说的："夫善为文者，发而为声，鼓而为气。真则气雄，精则气生，使五彩并用，而气行于其中。"但是，他的倒退复古的诗学史观，完全是无视于当时诗歌发展现实的，在艺术精神方面是反现实的。

唐代的"古文运动"领袖人物韩愈（768—824），他提倡"文以明道""文以贯道"的"古文"理论，自然更比柳冕等人更为系统，弘扬先王、孔孟之道的旗帜也非常鲜明，但他恰恰又是一个"文""道"并重者，而他的"文"的观念，包涵了"美"的内容，《答尉迟生书》[①]云："夫所谓文者，必有诸其中。是故君子怀其实。实之美恶，其发也不掩，本深而末茂，形大而声宏，行峻而言厉，心醇而气和，昭晰者无疑，优游者有余。体不备不可以为成人，辞不足不可以为成文。"所为"古文"，是相对骈文而言，当韩愈作为一个古文家，与骈文势不两立；但当他作为一个诗人，不但不反对源自齐梁的近体，而且自己大作近体诗（"江作青罗带，山如碧玉簪"的名句出自五律《送桂州严大夫》；"云横秦岭家何在，雪拥蓝关马不前"出自七律名作《左迁至蓝关示侄孙湘》）。对他的古文理论，此不赘述；他的论诗之言，是很有新鲜见解并非常可取的。

关于自《诗》三百到唐朝李、杜、孟郊的诗歌发展史，韩愈不发独孤及、柳冕那种每下愈况的论调，而认为是盛衰交替的走向，《荐士诗》云："周《诗》三百篇，雅丽理训诰。曾经圣人手，议论安敢到？五言出汉时，苏、李首更号。东都渐弥漫，派别百川导。建安能者七，卓荦变风操。逶迤抵晋宋，气象日凋耗。中间数鲍、谢，比近最清奥。齐梁及陈隋，众作等蝉噪。搜春摘花卉，沿袭伤剽盗。国朝盛文章，子昂始高蹈。勃兴得李杜，万类困陵暴。后来相继生，亦

[①]《四部丛刊》影印元刊一《朱文公校昌黎先生集》卷十五。

各臻阃奥。……"诗中特别标举从陈子昂到李白、杜甫,是诗的一次"勃兴"。他又力排元结等人无视李、杜的创作成就而发的"文章道丧盖久矣"的盲目之论,在《调张籍》诗中,怀着高度的热情写道:"李杜文章在,光焰万丈长,不知群儿愚,那用故谤伤?蚍蜉撼大树,可笑不自量。伊我生其后,举颈遥相望,夜梦多见之,昼思反微茫。……"这些议论,早于元稹对杜甫的高度评价,韩愈是唐代诗人中第一个发现并推定李白、杜甫在中国诗歌发展史上双峰并峙的地位。他还在另外一些诗中,表示自己学习、追随李杜的愿望,如说"昔年因读李白、杜甫诗,长恨二人不相从"(《醉留东野》);"近怜李杜无检束,烂漫长醉多文辞"(《感春四首》之二);"少陵无人谪仙死,才薄将奈石鼓何"(《石鼓歌》);"远追甫白感至诚"(《酬司门卢四兄云夫院长望秋作》);等等。韩愈在散文方面是复古道,作"古文",以我们今天的眼光来看,他的立场、观点是保守的,但是对于诗,却基本无成见,能够作出符合客观实际的判断,到底不愧其大家的气度!

韩愈关于诗歌创作有一个新颖独特的观点,那就是历代动人心魄的好诗,多是落魄才子所发之"愁思之声",而非名利场中志得意满之徒的"和平之音",在《荆潭唱和诗序》中说:

夫和平之音淡薄,而愁思之声要妙;欢愉之辞难工,而穷苦之言易好也。是故文章之作,恒发于羁旅草野。至若王公大人气满志得,非性能所好之,则不暇以为。

这是对身居高位又无才能却要附庸风雅者颇不敬的观点(当然对不"气满志得"又能"志存乎诗书"者是个例外),却又正确提示了大多数诗歌现象的实际根底,为什么会如此?在《送孟东野序》中说:

大凡物不得其平则鸣。草木之无声,风挠之鸣;水之无声,风荡之鸣。其跃也或激之,其趋也或梗之,其沸也或炙之;金石之无声,或击之鸣。人之于言也亦然。有不得已者而后言,其歌也有思,其哭也有怀。凡出乎口而为声者,其皆有弗平者乎!

诗人的"愁思之声"就是其遭遇坎坷而愤愤不平之鸣；韩愈这一观点，直承屈原"发愤以抒情"，强调唯有表达"郁于中而泄于外"的真情实感的作品，表现了自身所处的环境与自身遭遇而"自鸣其不幸"的作品，才是"善鸣者"，才是真文学。李白、杜甫"家居率荒凉"（此语见《调张籍》)，在本文列入唐代"以其所能鸣者"之列；他的弟子孟郊、张籍、李翱，"三子者之鸣信善矣，抑不知天将和其声，而使鸣国家之盛耶？抑将穷饿其声，思愁其心肠，而使自鸣其不幸耶？"韩愈这些不同于世俗的看法，其深层意义还在于：诗，主要是表达诗人自身人生体验、感情意识的载体，而不是实现某种政教功利目标，"温柔敦厚"的"和平之音"难为好诗，"不平则鸣"者方称善鸣。这无异于突破了儒家诗教的规范。这在韩愈，可能是不自觉的，始料未及的，他只是尊重诗的艺术规律说了一些老实话。

韩愈对于诗之审美的见解也特别值得注意，他崇尚气势美、险怪美。这与他作古文的美学追求有密切关系。《答李翊书》论"气"云："气，水也；言，浮物也。水大而物之浮者大小毕浮。气之与言犹是也。气盛则言之短长与声之高下者皆宜。"他赞扬李、杜诗之气势美："想当施手时，巨刃摩天扬。垠崖划崩豁，乾坤摆雷硠。"自己欲入此种审美境界，以至于夜梦昼思："我愿生两翅，捕逐出八荒。精神忽交通，百怪入我肠。刺手拔鲸牙，举瓢酌天浆。"(《调张籍》)气势之美于韩愈，又体现于"雄""奇""险""怪"，四者或分或合之美态，常在他的诗文中加以描述，在《荐士》中评孟郊诗：

有穷者孟郊，受材实雄骜。冥观洞古今，象外逐幽好。

横空盘硬语，妥贴力排奡，敷柔肆纡余，奋猛卷海潦。荣华肖天秀，捷疾逾响报。

在《酬司门卢四兄云夫院长望秋作》诗中说：

望秋一章已惊绝，犹言低抑避谤讟。若使乘酣逞雄怪。造化何以当镌劖！

在《醉赠张秘书》诗中说：

> 今我及数子，固无莸与薰。险语破鬼胆，高词媲皇坟。
> 至宝不雕琢，神功谢锄耘。

在《送无本师归范阳》诗中说：

> 无本于为文，身大不及胆。吾尝示之难，勇往无不敢。蛟龙弄角牙，造次欲手揽。众鬼囚大幽，下觑袭玄窞。天阳熙四海，注视首不领。鲸鹏相摩窣，两举快一啖。夫岂能必然，因已谢黯黮。狂词肆滂葩，低昂见舒惨。好穷怪变得，往往造平淡。……

韩愈实际是有意独钟于"怪"之美，这是敢于破格、敢于出奇的构思怪、想象怪乃至出语怪，在《与冯宿论文书》中说他的作品有两种情况，一种是"每自则意中以为好，则人必以为恶矣。小称意，人亦小怪之；大称意，即人必大怪之也。"一种是："时时应事作俗下文字，下笔令人惭，及示人，则人以为好矣。小惭者亦蒙谓之小好，大惭者即必以为大好矣。"这是说他的古文，依其所好推之，追求"小称意"和"大称意"更在于诗。当然，这"怪"不在于玩弄诡谲神秘之术，而在"及其为诗，刿目怵心，刃迎缕解，钩章棘句，掏擢胃肾，神施鬼设，间见层出"（《贞曜先生墓志铭》①）。有"大怪"之美的诗，又应当是"往往造平淡"，呈"至宝不雕琢，神功谢锄耘"的本色、自然之美。韩愈这些诗美追求，在他自己的创作实践中得到了实现，我们只需引用对于诗美非常敏感、眼光很高的司空图几句评语，足可证其诗作有不寻常的气象："尝观韩吏部歌诗累百篇，其驱驾气势，掀雷揭电，奔腾于天地之间，物状奇变，不得不鼓舞而徇其呼吸也。"（《题柳柳州后记》）

"古文运动"中与韩愈齐名的古文家柳宗元（773—819），亦善作诗，并且近体诗也写得不错，前引司空图文中又有："今于华下方得柳诗，味其搜研之致，亦深远矣。"柳宗元也是"文以明道"的主张者，但

---

① 孟郊性格耿直，他死后，大家送他的谥号是"贞曜先生"。

他的道又不同于韩愈的"古道",而是"以辅时及物为道"(《答吴武陵论非国语书》),因此也就有更切入现实的功利观。对于诗,他没有多少论述,但在《杨评事文集后序》里,有一个文与诗功能、效应不同论,值得注意:

> 文有二道:辞令褒贬,本乎著述者也;导扬讽谕,本乎比兴者也。著述者流,盖出于《书》之《谟》《训》,《易》之《象》《系》,《春秋》之笔削。其要在于高壮广厚,词正而理备,谓宜藏于简册也。比兴者流,盖出于虞、夏之咏歌,殷、周之风雅,其要在于丽则清越,言畅而意美,谓宜流于谣诵也。兹二者,考其旨义,乖离不合。故秉笔之士,恒偏胜独得,而罕有兼者焉。

这是明确的宣布:文(散体之文)属于政教功利的应用领域,是"经国之大业";诗属于审美的领域,是吟咏情性的文学。他还特别强调二者"旨义,乖离不合",根本不能用古文的标准来要求于诗,诗应当是一种更自由的文体,当"道"之不行,"文"无能为力,诗便可使人"以文墨自慰,漱涤万物。牢笼百态,而无所避之"(《愚溪诗序》)。请再看他的《娄二十四秀才花下对酒唱和诗序》:

> 君子遭世之理,则呻呼踊跃以求知于世,而遁隐之志息焉。于是感激愤悱,思奋其志略以效于当世。故形于文字,伸于歌咏,是故有其具而未得行其道之为之也。娄君志乎道,而遭乎理之世,其道宜行,而其术未用,故为文而歌之。有求知之辞,以余弟同志而偕未达,故为赠诗以悼时之往也。余既困辱,不得预睹世之光明,而幽乎楚越之间,故合文士以申其致,将俟乎木铎以间于金石。大凡编辞于斯者,皆太平之不遇人也。

此文与前引韩愈《荆潭唱和诗序》等文相呼应,深化了前者诗是"不平之鸣""愁思之声"的观点,也更强化了诗的审美怡情的作用,与政教的联系也不过是在"感激愤悱"中"思奋其志略以效于当世"。唐代两位声望极高的古文家，在倡导"文以明道"的同时，又明确界定"文"与"诗"不是一"道"，应该分途而行。这对于诗歌的发展，真是一大功德！宋代欧阳修、苏轼等古文运动后继者，继承和发扬了这一功德。

三 白居易的现实主义诗学纲领

安史之乱平定以后，唐朝国势明显衰弱，为鉴析动乱之由的历史教训，为寻觅国家中兴之途，一代又一代的诗人文学家，都在重新思考文学的功用问题。战乱之中和之后十余年间，李白、杜甫、王维、王昌龄、岑参、高适等盛唐大诗人相继去世，诗歌如何进一步发展，人们有一种模糊的期盼。唐代宗大历十余年间（766—779），有被称为"大历十才子"的钱起、司空曙、李端、卢纶、耿沛、吉中孚、苗发、崔峒、夏侯审、韩翃（据姚合《极玄集》李端下注）等人的创作活动较引时人注目，同时有韦应物、刘长卿、李嘉佑、戴叔伦、戎昱、畅当等名气较大的诗人活跃诗坛。渤海人高仲武（生卒年不详）大约在唐德宗贞元四年（788）前后①编选了一部《中兴间气集》，选诗132首，起自肃宗至德元年，终于代宗大历末年，入选者二十六人中，"大历十才子"中有钱起、韩翃、崔峒三人。高仲武为每位入选者写了评语，标其警句（将在本书第十三章综论），在序言中，他试图为当时的诗歌发展导向："因事造端，敷弘体要，立义以全其制，因文以寄其心，著王政之兴衰，表国风之善否"。但他实际所取却在于"体格新奇、理致清赡""风调闲雅"之作，亦不排斥沿袭六朝的"绮靡婉丽"，杜甫、元结的诗反而一首未选，反映了安史之乱后崛起一代新诗人的审美取向，所谓著"兴衰"表"善否"，尚未得到切实认真的体现。

就在大历才子们活跃于诗坛之时，韩愈、柳宗元、白居易、元稹等正在经历他们青少年阶段，公元七世纪末、八世纪初，他们相继走上政坛、文坛、诗坛，先是韩、柳在散文领域掀起"文以明道"的

---

① 此据《中兴间气集序》中"唐兴一百七十载"语判断。

"古文运动",强调了"古文"以明"古道"而未及诗,给诗留下了抒发个人情性的余地,已如前述;但是,当时一班新起的诗人,似乎不甘政治上的落后,认为诗要反映社会现实、介入政治生活,真正做到"著王政之兴衰,表国风之善否",于是有了与"古文运动"相呼应的,以白居易、元稹为旗手的"新乐府运动"。新乐府运动的倡导者,继承了陈子昂、杜甫、元结以来的现实主义诗学观,进而在理论上予以强化并逐渐纲领化,对整个中唐一代诗歌乃至以后历代的现实主义诗歌,都产生了深远的影响。

班固《汉书·艺文志》说:"自孝武立乐府而采歌谣,于是有代赵之讴,秦、楚之风,皆感于哀乐,缘事而发。亦可以观风俗,知厚薄云。"乐府诗是朝廷乐府机关的乐官们采集到的民间歌诗,这些歌诗真实地反映了民间疾苦与老百姓的心境、情绪,有强烈的现实意义。这些采集来的歌诗,往往以第一句为题,或诗中描写的内容概括而为题,于是形成了一批"乐府古题",如《薤露》《蒿里》《战城南》《怨歌行》等等。汉魏以下至隋唐,都有诗人沿用古题创作乐府诗。李白《战城南》《关山月》《将进酒》《蜀道难》等等、皆是用乐府古题写出的名篇。但也有诗人采用乐府诗形式(长句、短句交错,语言口语化等),诗成后另标新题,像杜甫的《兵车行》《丽人行》《哀江头》等。前章已提到元结的《系乐府》十二首,都是新题乐府。元和四年(809),与白居易同龄的诗人李绅,首先写出《乐府新题》二十首送给元稹,元稹读后认为"雅有所谓,不虚为文",于是"取其病时之尤急者,列而和之",写成了《和李校书新题乐府十二首》,且在诗前小序中申言:

> 昔三代之盛也,士议而庶人谤。又曰:世理则词直,世忌则词隐。予遭理世而君盛圣,故直其词以示后,使夫后之人,谓今日为不忌之时焉。

这里实际上已提出了"新乐府"一个重要的创作原则,那就是直接触及当代时事,不走借古喻今的曲线道路。他的《上阳白发人》《骠国乐》《胡旋女》《蛮子朝》等写的是天宝、贞元年间的本朝事,《阴山道》

一首则写的是元和二年发生的事。元稹的好友白居易,见到李绅、元稹之作后,诗兴大发,陆续写下《新乐府》五十首,他将元稹的十二个新题,全部囊括无遗,另增三十八个新题。这个庞大组诗的序写道:

> 凡九千二百五十二言,断为五十篇。篇无定句,句无定字,系于意,不系于文。首句标其目,卒章显其志,《诗》三百之意也。其辞质而径,欲见之者易谕也;其言直而切,欲闻之者深诫也;其事核而实,使采之者传信也;其体顺而肆,可以播于乐章歌曲也。总而言之:为君、为臣、为民、为物、为事而作;不为文而作也。

在此之前的贞元、元和之际,白居易在长安,"闻见之间,有足悲者,直歌其事",已写下五言古体《秦中吟》十首,当时似乎没有找到"直歌其事"的新形式,是李绅、元稹的"新题乐府"启发了他,于是"新乐府"之名,通过白居易这组影响很大的新作,正式确定下来了。

白居易(772—846),字乐天,晚年号香山居士。他是新乐府运动的主要理论家,其理论的思想基础是儒家之学。早年他为晋身仕林所作的《策林》中,就特别强调文学的社会功用、政教目的:"上以纽王教,系国风;下以存炯戒,通讽谕。故惩劝善恶之柄,执于文士褒贬之际焉;补察得失之端,操于诗人美刺之间焉。今褒贬之文无核实,则惩劝之道缺矣;美刺之诗不稽政,则补察之义废矣。虽雕章镂句,将焉用之?"将文学与诗的作用归纳于"惩劝补察",用此标准衡量自己也评价别人的作品。他听说有个叫唐衢的人,读他的诗而哭,于是很为自己的乐府诗得遇知音而感奋:"篇篇无空文,句句必尽规。功高虞人箴,痛甚骚人辞;非求宫律高,不务文字奇。惟歌生民病,愿得天子知;未得天子知,甘受时人嗤。"(《寄唐生》)当他读到比他年长几岁的张籍的《古乐府》,君子道同,异常激赏,认为"举代少其伦":"为诗意如何,六艺互铺陈,风雅比兴外,未尝著空文。读君《学仙》诗,可讽放佚君;读君《董公》诗,可诲贪暴臣;读君《商女》诗,可感悍妇仁;读君《劝齐》诗,可劝薄夫敦。上可裨教化,舒之济万民；下可理情性，卷之善一身。"(《读张籍古乐府》)在白居易之前，可说没有任何一位诗人，将诗的惩劝补察作用，发挥得如此具体，因为他们似乎还没有找到一个得心应手的形式，一种新的诗歌文体。白居易显然是找到了，他的"新乐府"对"古乐府"有继承有发展：(一)古乐府本是民间之音，有长于叙事的特点；新乐府叙事并间以议论，使"其事核而实，使采之者传信也"。(二)古乐府形式自由，属"杂言"体，不同于古体诗五言或七言的"齐言"体。新乐府"篇无定句，句无定字，系于意，不系于文"，给予了诗人表情达意、叙事议论的自由。(三)古乐府有古题的限制，后人作古乐府体诗只能依题拟议，所歌之事要大致于古题相合；新乐府"首章标其目"，新题之下作新诗，使古乐府发生了质的变化，"卒章"揭示其主题思想("显其志")，较之古乐府事尽言止，意竟声歇，更能体现诗人的创作动机和惩劝补察的明确意向。(四)既是乐府诗，诗的语言不求典雅，"其辞质而径"，"其言直而切"，明白晓畅，通俗易懂，以至"老妪能解"，便于深入民众，广泛传播，发生最大的社会效应。

　　白居易将他创作"新乐府"及其他大量反映现实生活诗篇的创作经验，从理论上升华，形成一个现实主义的诗学纲领，是他四十四岁(元和十一年，816年)被贬逐到江州作司马时所作的《与元九书》。政治上失意之时，"浔阳腊月，江风苦寒，岁暮鲜欢，夜长无睡"，回顾自己半生经历，作诗甘苦，虽然其中不少自慰之言，但通篇读罢，不无悲壮之感。在这长篇书信中，提出了一些他认为是最重要的现实主义诗学原则：

　　第一，"人之文，六经首之。就六经言，诗又首之。"将诗提高到"人文"首中之首的崇高地位，既然"人文"是"化成天下"的主要方式，那么诗便是"化成天下"最重要的手段和工具。"圣人感人心而天下和平。感人心者，莫先乎情，莫始乎言，莫切乎声，莫深乎义。诗者，根情、苗言、华声、实义。"由此强调，圣人"感人心"之情是诗人之情的典范，那就是使"天下和平"之情，不是纯属个人的愁乐哀怨，而是大而化之的类型化的群体之感情:"类举而情易见,情见而感易交。于是乎孕大含深,贯微洞密,上下通而一气泰,忧乐合而百志熙。"这个高于个人情性之上的"情",是古之五帝三皇治国平天下、垂拱而理的"大柄"和"大宝"。诗人唯有体察和表达这种超越个人之上的"圣人之情",才能使诗上以"补察时政",下以"泄导人情"。请注意,这"泄导人情",不是屈原所谓的"发愤以抒情"。自《诗经》之后,"六义始缺",就在于诗人开始注重抒发个人之情,楚之屈原,汉之苏武、李陵,皆"各系其志",或"归于怨思",或"止于伤别","彷徨抑郁,不暇他及耳"。晋、宋、梁、陈以下,诗人们或多"溺于山水"、或"偏放于田园",发展以完全表达个人情性,远离圣人之情,"于时,六义浸微矣"。再至于唐,陈子昂有《感兴诗》,李、杜有"人不逮矣"大量佳作,但都偏重表现个人遭际之情,"索其风雅比兴,十无一焉";杜诗最多,然撮其要只有《三吏》等章,"朱门酒肉臭,路有冻死骨"之句,"亦不过三四十"可差拟圣人之情。这是"诗道崩坏"的令人痛心的表现。白居易在此信中发挥了儒家诗教的情感观,明确肯定了"情"是诗人之"根",这是无可异议的,但是又特别强调了诗之情的归属,依据《诗大序》提出的"发乎情,止乎礼义"而作出的发挥是:根乎"情"而从于"圣人之道"。此为白氏现实主义诗学探本溯源所提出的第一个重要原则,即诗人情感本体最基本的原则。

第二,现实主义诗学的创作原则是"文章合为时而著,歌诗合为事而作"。在端正了诗的情感本位之后,"为时""为事"自然是"合"于"圣人感人心"之道,将诗作为治国理政活动的补助手段:"擢在翰林,身是谏官,手请谏纸,启奏之外,有可以救济人病,裨补时缺,而难于指言者,辄咏歌之。欲稍稍递进闻于上,上以广宸聪,副忧勤;次以酬恩奖,塞言则;下以复吾平生之志。"这无异于明确宣布,他所著文作诗,主要是为政治服务,而个人"平生之志",也不外是朝廷的政治清明,"上下通而一气泰"。白居易尤其将"惟歌生民病,愿得天子知"作为自己最重要的创作动机,认为"不欲使下之病苦闻于上",

"何有志于诗者"？为此，他提出诗要近距离反映现实，直接地干预时政，有良知的诗人要有这种勇气，在《伤唐衢二首》之二中写道："忆昨元和初，忝备谏官位。是时兵革后，生民正憔悴。但伤民病痛，不识时忌讳。遂作《秦中吟》，一吟悲一事。贵人皆怪怒，闲人亦非訾。"在此信中又对元稹说："闻《秦中吟》，则权豪贵近者相目而变色矣；闻《乐游园》寄足下诗，则执政柄者扼腕矣；闻《宿紫阁村》诗，则握军要者切齿矣。大率如此，不可偏举。"由此可见，白居易的所谓"时"，是指时之治乱，所谓"事"，是国计民生的大事，触及、切入这样事关国运兴衰的重大时事，才是他现实主义诗学原则的最高实现。对于"时"，他还有一说："大丈夫所守者道，所待者时。时之来也，为云龙，为风鹏，勃然突然，陈力以出；时之不来也，为雾豹，为冥鸿，寂兮寥兮，奉身而退。"他"出"而"达"时，以"兼济天下"为志，所作，"合于时"之诗，"谓之'讽谕诗'，兼济之志也"；他"退"而"穷"时，则"行在独善"，所作则"谓之'闲适诗'，独善之义也"。他对自己两类作品，前者评价高，后者评价低，尤对于"或诱于一时一物，发于一笑一吟，率然成章"的"杂律诗"，说是"非平生之所尚者"他日"有为我编集斯文者,略之可也"。可见他是何等忠于自己"为时""为事"而诗的创作原则。

第三，现实主义诗学的美学原则是"系于意，不系于文"，即反对所谓"空文"（"篇篇无空文"，"未尝著空文"已见前引《寄唐生》等二诗）。此信中提出的"根情、苗言、华声、实义"四者之中，"华声"是有审美意义的，但这不是独标格律声韵之美。白居易也是善作格律诗的，而对于"新乐府"之类针砭现实的诗篇,则是"非求宫律高，不务文字奇"，只求"意激而言质"。他在早年《策林六十八·议文章》中曾有云："稂莠秕稗生于谷，反害谷者也；淫辞丽藻生于文，反伤文者也。"犹如农夫"耘稂莠、簸秕稗"而"养谷"，"删淫辞，削丽藻"则是"养文"。他甚至建议皇帝"诏主文司"："谕养文之旨，俾辞赋合炯戒讽谕者，虽质虽野，采而奖之；碑诔有虚美愧辞者，虽华虽丽，禁而绝之。若然，则为文者必当尚质抑淫，著诚去伪。"这颇似李谔上书隋高祖"革文华"的语气。十余年后作此长信时，他还在坚持这一观点，批评李白、杜甫都很赞赏的谢朓、鲍照之诗说："'余霞散成绮，澄江静如练''离花先委露，别叶乍辞风'之什，丽则丽矣，吾不知其所讽焉。"他也赞扬杜甫"贯穿今古，视缕格律，尽工尽善"，但符合他的思想与审美尺度的，"可传者千余首"中"亦不过三四十"。他似乎也不绝对反对风雪花草入诗，但要求像《三百篇》中那样，"'北风其凉'，假风以刺威虐也；'雨雪霏霏'，因雪以愍征役也；'棠棣之华'，感花以讽兄弟也；'采采芣苢'，美草以乐有子也"。于是他确定了一个"华声、实义"的规则或公式："兴发于此，而义归如彼"，不若是，则绝对不可以。其实，白居易作为一位真正的具有灵性才气的诗人，不少诗篇是很有艺术性的，他却很为读者"见者皆谓之工，其实未窥作者之域"而懊恼，为此宣布："今仆之诗，人所爱者，悉不过'杂律诗'，与《长恨歌》已下耳，时之所重，仆之所轻。"

如果我们仅以此来判断白居易的诗歌美学思想，那就只能得出他是一个教条主义诗人的看法，实际上，当他一本正经地申述自己惩劝补察的诗学原则时，又有作为诗人的本性流露，他对自己的早慧颇为自诩，为自己的佳作流传民间颇为得意，以娼妓夸"我诵得白学士《长恨歌》"由是增价而窃喜，说"此诚雕虫之戏，不足为多。然今时俗所重，正在此耳。虽前贤如渊、云者，前辈如李、杜者，亦未能忘情于其间哉"。他把王褒、扬雄、李白、杜甫请出来，证明他自己也不能忘情于"时俗所重"。他又在《编拙集诗成十五卷因题卷末戏赠元九李二十》诗中云："一篇《长恨》有风情，十首《秦吟》近正声。每被老元偷格律，苦教短李伏歌行。"可见他对《长恨歌》与"杂律诗"也还是很看重的。这十五卷诗中，除了"题为《新乐府》，共一百五十首，谓之'讽谕诗'"，还有："又或退公独处，或移病闲居，知足保和，吟玩情性者一百首，谓之'闲适诗'。又有事物牵于外，情理动于内，随感遇而形于叹咏者一百首，谓之'感伤诗'。又有五言、七言、长句、绝句，自一百韵至两韵者四百余首，谓之'杂律诗'。"这还只是他四十四岁以前的作品，却以他"非平生所尚"的"杂律诗"最多。后三类应是没有严格按照现实主义诗学原则写作的诗篇，已占"约八百首"的八成多。如果按今传世的存诗三千余首的《白氏长庆集》计算，"讽谕诗"所占的比例就更小了，因为他自贬江州以后的岁月里，"兼济"之心渐消，而转向"宦途从此心长别，世事从今口不言"（《重题》），"面上灭除忧喜色，胸中消尽是非心"（《咏怀》）。哲学思想与世界观从儒家转向佛、道，其诗的现实主义光芒亦渐暗淡，再无作《秦中吟》《新乐府》的锐气和勇气。他的挚友元稹对上述几类诗有个概括性评价，曰："讽谕之诗长于激，闲适之诗长于遣，感伤之诗长于切，五字律诗，百言而上长于赡；五字七字，百言而下长于情。"（《白氏长庆集序》）这可说明白居易的诗歌艺术是比较全面的。

白居易认为作诗要有天赋之才，再加上后天苦学。《与元九书》中叙述自己"生六七月时"始识字，"及五六岁，便学为诗。九岁，谙识音韵"，此后便是"不遑寝息"的"苦学力文"的漫长历程。《故京兆元少尹文集序》则强调了诗人须有灵气：

> 大地间有粹灵气焉，万类皆得之，而人居多。就人中，文人得之又居多。盖是气凝为性，发为志，散为文。粹胜灵者，其文冲以恬；灵胜粹者，其文宣以秀；粹灵均者，其文蔚温雅渊，疏朗丽则，捡不扼，达不放，古常而不鄙，新奇而不怪。

所谓"粹"，是指性情的纯正（《易·乾》"刚健中正，纯粹精也"）。纯正的性情与灵气是文人必具的气质与心理素质，其情性胜于灵气者或其灵气胜于情性者，其文或冲淡恬和或绚丽美秀，各有一态；二者均和者，则有兼美。他赞扬刘禹锡的"雪里高山头白早，海中仙果子生迟""沉舟侧畔千帆过，病树前头万木春"等诗句，"真谓神妙，在在处处，应有灵物护之"。他还特别说，"文之神妙，莫先于诗"，可见他对诗的最高审美境界是有所领悟的，不尽是"兴发于此而义归于彼"的原则教条。他在创作"新乐府"时所遵循的"其辞质而径""其言直而切""意激而言质",造成新乐府诗的艺术性远逊于思想性,实际上自己也早有觉察。元和五年,元稹因弹劾贪官,触怒宦官,被贬为江陵士曹,到江陵后写了一组以花鸟等为题材而婉转发兴抒情的作品寄白居易,白居易发现自己最亲密的诗友诗风大异于前,"时一吟读,心甚贵重。然窃思之:岂仆所奉者二十章,遽能开足下聪明,使之然耶?抑又不知足下是行也,天将屈足下之道,激足下之心,使感时发愤而臻于此耶?若两不然者,何立意措辞,与足下前时诗如此之相远也"。发现了元稹诗风的变化,引起了自己的思索和反省:"顷者在科试间,常与足下同笔砚,每下笔时辄相顾,共患意太切而理太周,故理太周则辞繁,意太切则言激;然与足下为文,所长在于此,所病亦在于此。"(以上引文见《和答诗十首序》)已知是一"病",他也有意改之,因此后来作"闲适诗"时,一反前习,求"思淡而词迂"。于是,白居易在中国古典诗歌宝库中留下了不少脍炙人口而又艺术性极高的佳作。

元稹作"新题乐府"于白居易之前,这两位千古名友的论诗主张亦大体相似,只是元稹不及白居易之系统全面,亦无超出白居易之上的精辟观点。唯有论及杜甫,他有些独特见解。在《叙诗寄乐天书》中说:"得杜甫诗数百首,爱其浩荡津涯,处处臻到,始病沈、宋之存寄兴,而讶子昂之未暇旁备矣。"已认识到杜甫在盛唐诗中的巨大艺术成就和崇高地位,作于元和八年(813年)的《唐故工部员外郎杜君墓志铭并序》,则对杜甫作了全面的评价,发语就说:"予读诗至杜子美,而知大小之有所总萃焉。"他所谓"大",是指"干预教化之尤者"的"三百篇"之类,属于传统诗教范畴的"意义格力";所谓"小",是指声律音韵文体样式等形式美的东西。他将二者结合,集中评价杜甫在诗歌文体之变中的丰功与声律音韵等方面的巨大成就。"唐兴,官学大振,历世之文,能者互出,而沈、宋之流,研练精切,稳顺声势,谓之为律诗。由是而后,文变之体极焉。然而莫不好古者遗近,务华者去实；效齐、梁则不逮于魏、晋，工乐府则力屈于五言；律切则骨格不存；闲暇则纤秾莫备。"这是说杜甫出现以前，唐代古体诗尚未能超越古人，近体诗尚未走向成熟境地。他笔锋有力地一转，写道：

> 至于子美，盖所谓上薄风骚，下该沈、宋，古傍苏、李，气夺曹、刘，掩颜、谢之孤高，杂徐、庾之流丽，尽得古今之体势，而兼人人之所独专矣。使仲尼考锻其旨要，尚不知贵，其多乎哉？苟以为能所不能，无可无不可，则诗人以来，未有如子美者。

这是肯定其"大"者。杜诗之"意义格力"笼盖了所有古今文体，杜甫对于各种形式不同的诗歌文体的运用达到自由自在的境界，接着又说：

> 时山东人李白，亦以奇文取称，时人谓之李、杜。予观其壮浪纵恣，摆去拘束，模写物象及乐府歌诗，诚亦差肩于子美矣。至若铺陈终始，排比声韵，大或千言，次犹数百，词气豪迈而风调清深，属对律切而脱弃凡近，则李尚不能历其藩翰，况堂奥乎！

这是肯定其"小"者，有扬杜抑李之论，是后人所不能首肯的。李白不大作近体，"只有很少几首律诗"（毛泽东《致陈毅》信中语），杜甫不但擅长五七律绝，当时他人极少为之的长篇"排律"亦佳作迭出，如果仅从近体诗来评判二人高下，元稹"藩翰""堂奥"云云尚不至大错，与白居易《与元九书》中"至于贯穿古今，觀缕格律，尽工尽善，又过于李"的评价是一致的。不过元稹之"铭序"作于白居易之"书"前，白可能是重复元的观点，此证元稹更推崇杜诗的美学成就。这篇出现最早而又较为完整的杜诗专论，是政教与审美结合诗论一个侧面表现，在以后的现实主义诗学流派中，遵杜成了一个传统的论题。

四 现实主义诗学之承续

与元、白同时代的著名诗人刘禹锡，其论诗重点在审美境界方面，已于第九章论列。接近或承续现实主义诗学主张的后来者，应推晚于元、白一辈或两辈的著名诗人杜牧、李商隐、皮日休。

杜牧（803—853）字牧之，京兆万年（今陕西西安）人。他是一位富有才华的诗人，也善作散文，清洪亮吉谓"有唐一代，诗文兼擅者，惟韩、柳、小杜三家"（《北江诗话》）。他文遵韩柳，诗遵李杜，《冬至日寄小侄阿宜诗》写道："高摘屈宋艳，浓熏班马香。李杜泛浩浩，韩柳摩苍苍。近者四君子，与古争强梁。"他的文学观是"先意气而后辞句，慕古而尚仁义"，属儒家文统，《答庄充书》一文，论的是散文创作，但于各种文体有普遍性意义：

> 凡为文以意为主，气为辅，以辞彩章句为之兵卫。未有主强盛而辅不飘逸者，兵卫不华赫而庄整者。四者高下圆折，步骤随主所指，如鸟随凤，鱼随龙，师众随汤、武，腾天潜泉，横裂天下，无不如意。苟意不先立，止以文彩辞句，绕前捧后，是言愈多而理愈乱，如入阛阓，纷纷然莫知其谁，暮散而已。是以意全胜者，辞愈朴而文愈高；意不胜者，辞愈华而文愈鄙。是意能造辞，辞不能成意，大抵为文之旨如此。

论"文以意为主"，南朝范晔的《狱中与诸甥侄书》已有先见，杜牧引而申之，"气为辅"之说，显然又承韩愈"气盛则言之短长与声之高下皆宜"之论。唐代诗、文理论中，"意"作为文学观念已占据重要位置，"意境"说就是以"意"为根基的，杜牧在此强调的是"意"与辞令文采的从属关系，亦是对作家创作过程中主体意识能动发挥的强调，在诗歌领域，他以此观点评诗，进入了诗的意境美的领悟，《读韩杜集》云："杜诗韩集愁来读，似倩麻姑痒处搔。天外凤凰谁得髓，无人解合续弦膠。"他在二十八岁时为已故诗人李贺写的《李贺集序》，对这位不为时人所赏（但为韩愈所重）的诗歌怪才和其"深妙奇博"的作品，给予了高度的评价：

> 云烟绵联，不足为其态也；水之迢迢，不足为其情也；
> 春之盎盎，不足为其和也；秋之明洁，不足为其格也；风樯

阵马，不足为其勇也；瓦棺篆鼎，不足为其古也；时花美女，不足为其色也；荒国陊殿，梗莽丘垅，不足为其恨怨悲愁也；鲸呿鳌掷，牛鬼蛇神，不足为其虚荒诞幻也。盖《骚》之苗裔，理虽不及，辞或过之。《骚》有感怨刺怼，言及君臣理乱，时有以激发人意。乃贺所为，无得有是！贺能探寻前事，所以深叹恨古今未尝经道者，如《金铜仙人辞汉歌》《补梁庾肩吾宫体谣》，求取情状，离绝远去笔墨畦迳间，亦殊不能知之。贺生二十七年死矣，世皆曰："使贺且未死，少加以理，奴仆命《骚》可也。"

杜牧独标屈子《离骚》与李贺诗比较，不迁就于《诗经》而肯定诗人浪漫主义的风格，这是难能可贵的。他虽然也认为李贺诗"理"有不足，缺少"言及君臣理乱"一类干预现实的内容，但是又高度评价李贺诗的艺术特色，奇丽无比的审美境界。这说明杜牧不以政教功利作为最重要的审美标准，在此序中就将审美评价提到主导地位。对于曾以"为时""为事"而作相鼓吹的白居易、元稹，他反表示了极大的不满，在《唐故平卢军节度巡官陇西李府君墓志铭》中借死者李戡之词曰："尝痛自元和以来有元白诗者，纤艳不逞，非庄士雅人，多为其所破坏。流于民间，疏于屏壁，子父女母，交口教授，淫言媟语，冬寒夏热，人人肌骨，不可除去。"这大概是指元、白那些"闲适""感伤"以及二人酬和唱答的所谓"元和体"。杜牧自己的诗写得很好，近体律绝尤其是七言绝句有很大的艺术成就，如《过华清宫》《泊秦淮》《江南春》《山行》《寄扬州韩绰判官》以及格调并不是很高的《遣怀》《赠别》等诗，脍炙人口，流传久远，但他留下的创作经验谈很少，惟在《献诗启》有数语："某苦心为诗，本求高绝，不务奇丽，不涉习俗，不今不古，处于中间。既无其才，徒有其奇，篇成在纸，多自焚之。"似乎是一种"中庸"的诗学观，可是强调了以"才"而求"高绝"，不"徒有其奇"。

李商隐（813？—858）字义山，怀州河内（今河南沁阳）人，与杜牧齐名,时人称"小李杜",但他在对待散文创作方面异于杜牧,反对"古文"而大作骈文,对古文家"学道必求古,为文必有师法"的论调,表示极大的不满,反诘曰:"夫所谓道,岂古所谓周公、孔子独能耶?盖愚与周、孔同身之耳。以是有行道不系今古,直挥笔为文;不爱攘取经史,讳忌时世。"(《上崔华州书》)这反是较之古文家更为激进的现实主义文学观。由此,他很欣赏元结的诗文,直接反映现实,怀着极大热情为元结的文集作序,称"次山之作,其绵远长大,以自然为祖,元气为根,变化移易之"(《唐容州经略使元结文集后序》)。李商隐论诗,强调"刺时见志"与"绮丽缜密"之美的结合。在《献相国京兆公启》中写道:

> 人禀五行之气,秀备七情之动,必有咏叹,以通性灵。故阴惨阳舒,其途不一。安乐哀思,厥源数千。远则郦、邶、曹、齐以扬领袖,近则李、苏、颜、谢用极菁华。嘈囋而鼓钟在悬,焕烂而锦绣入玩。刺时见志,各有取焉。

诗通人的性灵,种种个性情思的发动,其源甚多,其途不一,因此诗便产生不同的社会效应和审美效应,或作钟鼓警世之鸣,或作锦绣怡悦之玩,各有其可取之价值。又在《献侍郎钜鹿公启》中说:

> 夫玄黄备采者绣之用,清越为乐者玉之奇。固以虑合玄机,运清俗累,陟降于四始之际,优游于六艺之中。……况属词之工,言志为最。自鲁、毛兆轨,苏、李扬声,代有遗音,时无绝响,虽古今异制而律吕同归。我朝以来,此道尤盛,皆陷于偏巧,罕或兼材。枕石漱流,则尚于枯槁寂寥之句;攀鳞附翼,则先于骄奢艳佚之篇;推李、杜则怨刺居多,效沈、宋则绮靡为甚。至于秉无私之刀尺,立莫测之门墙,自非托于降神,安可定夫众制。

他所主张的是既合于"言志"之则,又须有文彩清越之美。在此文中,似乎批评李白杜甫诗"怨刺"过多,但在他的《漫成五章》之二中又云:"李杜操持事略齐,三才万象共端倪。"还是持赞扬的态度。

李商隐明确反对的有两端：一是脱离或逃避现实生活的"枕石漱流"的遁世之辞，其诗缺乏人间生气、生机而"枯槁寂寥"；一是"攀鳞附翼"借权势以自显，其诗取悦权贵世俗而呈"骄奢艳佚"之态。此两端皆不是健康的诗歌现象。李商隐言自己作诗"比兴非工，颛蒙有素"，这是谦辞，他的诗最大的特点是"深于寄托，工于比兴"，这几乎是历代诗评家对李商隐的定评。他的《无题》诗，堪称中国古典诗歌的精品、神品。《锦瑟》一诗，当代学术大师钱锺书先生认为是李商隐的论诗之诗，"以锦瑟喻诗"，犹如杜甫、刘禹锡等人以"玉琴"喻诗，"锦瑟、玉琴，正堪两偶"。钱锺书先生逐联阐释云：

  首两句"锦瑟无端五十弦，一弦一柱思华年"，言光景虽逝，篇什犹留，毕世心力，平生欢戚，"清和适怨"，开卷历历，所谓"夫君自有恨，聊借此中传"①。三四句"庄生晓梦迷蝴蝶，望帝春心托杜鹃"，言作诗之法也。心之所思，情之所感，寓言假物，譬喻拟象；如庄生逸兴之见形于飞蝶，望帝沉哀之结体为啼鹃，均词出比方，无取质言。举事寄意，故曰"托"；深文隐旨，故曰"迷"。……五六句"沧海月明珠有泪，蓝田日暖玉生烟"，言诗成之风格与境界，犹司空图之形容《诗品》也。……"日暖玉生烟"与"月明珠有泪"，此物此志，言不同常玉之冷，常珠之凝。喻诗虽琢磨光緻，而须真情流露，生气蓬勃，异于雕绘汩性灵、工巧伤气韵之作。……七八句"此情可待成追忆，只是当时已惘然"，乃与首二句呼应作结，言前尘回首，怅触万端，顾当年行乐之时，即已觉世事无常，抟沙转烛，黯然好梦易醒，盛筵必散。登场而预有下场之感，热闹中早含萧索矣。②

《锦瑟》一诗冠李商隐全集之首，钱先生说"倘非偶然，则略比

---

① 李商隐：《谢先辈防记念拙诗甚多，异日偶有此寄》有云："星势寒垂地，河声晓上天。夫君知有恨，聊借此中传。"——引者注。

② 钱锺书：《谈艺录》，中华书局，1984，第436—438页。

自序之开宗明义"。此诗明显具有多义性，按钱锺书之解析，当作李商隐表述自己对诗歌创作感受体验与美学追求，似无不可。因为这个表述可以用来阐释李商隐"深于寄托，工于比兴"的独特诗歌现象，故摘录于此。

皮日休（834？—883？）字逸少，后改字袭美。湖北襄阳人。少年求学期，白居易尚在世，论诗写诗都明显承白居易之遗绪，他作《七爱诗》，其中诗人仅列李白、白居易两位，其爱李白是"负逸气者，必有真放，以李翰林为真放焉"；其爱白居易是："为名臣者，必有真才，以白太傅为真才焉。"于《白太傅居易》诗云："吾爱白乐天，逸才生自然。谁谓辞翰器，乃是经纶贤。欻从浮艳诗，作得典诰篇。立身百行足，为文六艺全。……所刺必有思，所临必可传。忘形任诗酒，寄傲遍林泉。……"他学习白居易作新题乐府，题曰《正乐府》,其序云："诗之美也，闻之足以观乎功；诗之刺也，闻之足以戒乎政。"毫不掩饰地重视诗的政教功能。但是，皮日休的审美趣味又不受"乐府"一类诗的拘束，他赞扬"言出天地外，思出鬼神表，读之则神驰八极，测之则心怀四溟，磊磊落落，真非世间语者"的李白（《刘枣强碑》），也激赏同乡（湖北襄阳）前辈著名诗人孟浩然之作"遇景入咏，不拘奇抉异，令齷齪束人口者，涵涵然有干霄之兴，若公输氏当巧不巧者也"（《郢州孟亭记》）。或许也受白居易"杂律诗"的影响，作《杂体诗》四十首，所谓"杂体"，是一些带有语言游戏性质的离合诗、回文诗、双声叠韵诗、药名诗、县名诗等等，自谓诗体"由古而律，由律而杂，诗之道尽乎此也"（《杂体诗》序）。

皮日休最重要的诗学论文是《松陵集序》，这是为他与陆龟蒙等人唱和的诗集所作的序言，提出两个诗学理论问题。一是诗歌语言形式之变说："诗有三言、四言、五言、六言、七言、九言之作"，系挚虞《文章流别论》的文字，但也明白指出了"盖古诗率以四言为本，而汉氏方以五言七言为之也"。说到建安以降至于"江左君臣"，他亦是以"得其浮艳，然诗之六艺微矣"贬之。接下是：

逮及吾唐开元之世，易其体为律焉，始切于俪偶，拘于声势。《诗》云："觏闵既多，受侮不少。"其对也工矣。《尧典》曰："声依永，律和声。"其为律也甚矣。由汉及唐，诗之道尽矣。吾又不知千祀之后，诗之道止于斯而已，即后有变而作者，余不得以知之。

他预言了这种变化还将继续下去，"诗之道"不会"止于斯"而已，可见皮日休还能从发展变化的观点来对待"诗之道"。再是皮日休对"才"的问题作了充分论述，序言发语则曰："诗有六艺，其一曰'比'，比者，定物之情状也。则必谓之才，才之备者，于圣为六艺，于贤为声诗。"从"比"而不从其他五义来论"才"，是一个独特的视角。"比"是"比方于物"（郑众语）即"定物之情状"，由此推论，诗人之"才"主要是形象思维之"才"。他进一步论证，诗所表现"物之情状"之变有赖于诗人"才"之变：

夫才之备者，犹天地之气乎？气者止乎一也，分而为四时，其为春，则煦枯发梡，如育如护，百物融洽，酣人肌骨；其为夏，则赫曦朝升，天地如窑，草焦木暍，若燎毛发；其为秋，则凉飔高瞥，若露天骨，景爽夕清，神不蔽形；其为冬，则霜阵一凄，万物皆瘁，云沮日惨，若悍天责。夫如是，岂拘于一哉？亦变之而已。人之有才者，不变则已，苟变之，岂异于是乎？故才之用也，广之为沧溟，细之为沟窦；高之为山岳，碎之为瓦砾；美之为西子，恶之为敦洽；壮之为武贲，弱之为处女。大则八荒之外不可穷，小则一毫之末不可见。苟其才如是，复能善用之，则庖丁之牛，扁之轮，郢之斤，不足谓神解也。

以"才"之变应"物"之变，以"才""物"之变而有诗之变，这一观点不只是皮日休个人的，与他唱和的陆龟蒙也持同一观点，在其《甫里先生传》中云："少攻歌诗，欲与造物者争柄。遇事辄变化，不一其体裁。始则凌轹波涛，穿穴险固，囚锁怪异，破碎阵敌，卒造平淡而后已。"虽然他们论诗的基本立场、基本观点,还是遵循儒家之教,此种强调"变"的必要、必然性,赋予了现实主义诗学发展以较大的灵活性。

第十一章

司空图《诗品》与唐末五代诗论

从安史之乱平定到王仙芝、黄巢领导农民起义的百余年间,虽然经过了一番短暂"中兴",大唐王朝日薄西山,处处暴露难以挽回的衰败颓势。朝廷内部宦官与朝官、朋党、藩镇等等不断的政治倾轧与斗争,大大削弱了国家的凝聚力,韩愈、柳宗元、白居易、元稹、李商隐等有耿耿忠心的正直文人,都作过内部政治斗争的牺牲品,皮日休则铤而走险参加了黄巢起义军。这些提出过现实主义诗学主张的诗人,他们几乎都只能在一生不算长的"达而兼济"时,坚持"为时""为事""为君""为民"创作自己的现实主义诗歌;当他们不得已而"独善其身"时,便"感伤"、便"闲适",退而以较为纯美的艺术追求营造自己的精神家园,不能也不愿将现实主义诗学原则坚持到底。元、白后期诗歌受到李戡"纤艳不逞"的指责并得到杜牧的认可,便是一个例证。而杜牧自己最后也是"十年一觉扬州梦,赢得青楼薄幸名"(《遣怀》);李商隐《锦瑟》结句"此情可待成追忆,只是当时已惘然",不也是怀有沉重失落感的心境表现吗?

明代诗论家胡应麟在《诗薮》一书中,谈到"文章关气运,非人力"的问题时,以王湾诗句"海日生残夜,江春入旧年"(《次北固山下》),描述恢宏大度的盛唐气象;以于良史诗句"风兼残雪起,河带断冰流"(《冬日野望》),形容中唐残破零落;以温庭筠诗句"鸡声茅店月,人迹板桥霜"(《商山早行》),示以晚唐的清冷孤寂。中唐的统治者们没有了初唐盛唐李世民、李隆基们那样兼收并蓄、包容万象的胸怀和气魄,唐武宗会昌年间(841—845)发动的"灭佛"运动,虽然是以"穷吾天下,佛也"为由,铲除佛寺无休止蔓延而"奴婢"百姓的严重危害,但也从此破坏了唐代长期以来"三教合一"的局面。好在道家始祖老子被李唐王朝以同宗相认,道家思想与道教未遭到排斥。晚唐不少政治方面失意的文人,退而至道家界域寻找精神寄托,道家的哲学思想与美学思想对于诗人的创作与诗歌理论的影响,较之初、盛、中唐更为明显和深入。

如果说,盛唐至中唐的诗"境"理论主要由佛教"境界"说的诱发,释皎然的《诗式》《诗议》是阐释佛教与禅宗诗歌美学思想的代表性论著;白居易的"新乐府"理论及《与元九书》是儒家现实主义诗学的纲领性文献;那么,迟至大唐帝国弥留期出现的司空图诗论、《诗品》,则是道家诗歌美学建构的经典性作品。有唐一代的"三教合一",终于在诗歌理论领域也明显地体现出"三足鼎立"。三大理论派系,其思想出发点和基本理论立场,佛、道较为接近,儒家则不容混淆,可是最后在艺术与审美方面,三者却有不少相通的地方,因而没有分解唐代诗学批评其主要形态是美学批评这一总体格局。

一 司空图诗论的哲学、美学思想基础

司空图(837—908)字表圣,自号知非子,耐辱居士,河中虞乡(今山西永济)人。唐懿宗咸通十年(869年)进士,但他为官似不十分积极,黄巢起义时避乱归乡,起义平定后不肯复出,隐居于中条山王官谷。唐哀宗天祐四年,闻唐帝国最后灭亡,这位对政治并不热心的诗人,拒绝朱全忠入仕梁朝之召,于次年绝食以殉故国。

司空图长期过着隐居生活,"时取一壶闲日月,长歌深入武陵溪"(《丁未岁归王官谷》),虽然未全忘却山外世事,但生活在大自然的怀抱中是悦性怡情的。他欣赏四时山野风光,与僧人道徒来往唱酬;在紧承前诗的《书怀》写道:"病来犹强引雏行,力上东原欲试耕。几

处马嘶春麦长,一川人喜雪峰晴。闲知有味心难肯,道贵谋安迹易平。陶令若能兼不饮,无弦琴亦是沽名。"没有功名利禄的干扰,可以一心一意地沉醉于大自然与诗的纯美境界中。司空图的基本思想属于道家,这有他的《自诫》诗为证:

  我祖铭座右,嘉谋贻厥孙。勤此拘不怠,令名日可存。
媒衒士所耻,慈俭道所尊。松柏岂不茂,桃李亦自繁。众人皆察察,而我独昏昏。取训于老氏,大辨若讷言。

  老子的道家之学,看来是司空图家的家学,他几次从政坛上急流勇退(中进士后曾召为殿中侍御史,迟留未赴任;隐居后,曾三次召他入朝任户部、兵部侍郎等职,均谢绝),体现他"道贵谋安"的筹划。这种在政治活动中的消极态度,积极入世的儒学之士是难以理解和忍受的,但于司空图却是心安理得,乐于在大自然中畅放自己的"道心":"茶爽添诗句,天清莹道心,只留鹤一只,此外是空林。"(《即事二首》之一)又说:"黄昏寒立更披襟,露浥清香悦道心。"(《白菊杂书》四首之一)他的诗集中也有不少与佛家禅僧交往的诗篇,或许佛、道两家之"道",可以互补,使他的"道心"更能超凡脱俗,遨游于人世红尘之外而进入"无外之境"。

  司空图的诗论与《诗品》都是凭他的"道心"体悟出来的,让我们先看他《诗品》之外的诗论。

  《与李生论诗书》是司空图一篇重要的诗学论文,从文中列举自己的诗句有出自《退栖》的"得剑乍如添健仆,亡书久似忆良朋",可证明退栖王官谷后所作,他有了"闲知有味"的心境来细品诗之"味",其主要论点在第一段:

  文之难,而诗尤难,古今之喻多矣!而愚以为辨于味,而后可言诗也。江岭之南,凡足资于适口者,若醯,非不酸也,止于酸而已;若醝,非不咸也,止于咸而已。华之人以充饥而遽辍者,知其咸酸之外,醇美者有所乏耳。彼江岭之人,习之而不辨也,宜哉!诗贯六义,则讽谕、抑扬、渟蓄、温雅,皆在其间矣。然直致所得,以格自奇。前辈诸集,亦不专工如此,矧其下者耶!王右丞、韦苏州澄澹精致,格在其中,岂妨于道举哉?贾浪仙诚有警句,视其全篇,意思殊馁,大抵附于蹇涩,方可致才,亦为体之不备也,矧其下者哉!噫!近而不浮,远而不尽,然后可言韵外之致耳。

以"味"品诗,首见于钟嵘《诗品》,钟嵘之"味"建立在"味"有迹可循("形似""音韵"等)的基础上。司空图不是重复钟嵘之说,他所强调的是味外之味,即超越酸咸等有形迹之味的另一种难以言说、难以言喻的"味"。此书中所言第一种"味",只能适应、满足人的生理需要,只有"适口"的快感而不能给人以精神愉悦的"醇美"之感;第二种"味",不是人的口舌所能感觉得到的,而是要通过人的内心感悟、精神体验,产生一种无形无迹的审美愉悦,较之前者味之可尽("止于酸而已""止于咸而已"),它恰是味之不尽("远而不尽,近而不浮")。司空图这个"味"之审美新说,是基于老子的"无味"说:

道之出口,淡乎其无味,视之不足见,听之不足闻,用之不足既。(《老子》第三十五章)

为无为,事无事,味无味。(《老子》第六十三章)

所谓"无味",就是消去了一切形色、声迹之味;"道"之"无味",不是没有"味",而是超乎人间一切有形之物、有尽之味的"真味""至味""大味"。"道之为物,惟恍惟惚。惚兮恍兮,其中有象;恍兮惚兮,其中有物。窈兮冥兮,其中有精,其精甚真,其中有信。"(《老子》第二十一章)此可视为"无味"之底蕴。这"无味"的审美态势中,有"物"但是惚恍之物,有"象"但是恍惚之象,有难以具体言说的精微、精深、精粹的纯真之美。这"无味"之"味"最后落在一个"信"字上,古代"信""伸""神"通用。据于省吾说:"其精甚真,其中有神,专承'精'字而伸述之。言精既甚真,故精之中有神也。"[1]

---

[1] 转引自卢育三《老子释义》,天津古籍出版社,1987,第114页。

古代"精"与"神"常常连用,并且互为因果关系(如《管子·心术》:"静则精,精则独立矣;独则明,明则神矣。")由此说来,这"无味"的最高境界就是"其中其神"!我们惊奇地发现,司空图的"韵外""味外"之说最后也落在一个"神"字上:

　　盖绝句之作,本于诣极,此千变万状,不知所以神而自神也,岂容易哉?……以全美为工,即知味外之旨矣。

所谓"诣极",也就是释皎然在《诗式·序》中所说到的:"夫诗人造极之旨,必在神诣。"司空图列举了自己大量颇为得意的佳句,如得于早春的"草嫩侵沙短,冰轻着雨销"、得于山中的"川明虹照雨,树密鸟冲人"、得于丧乱的"骅骝思故第,鹦鹉失佳人"、得于寂寥的"孤萤出荒池,落叶穿破屋"等等,来为"神诣","不知所以神而自神"现身说法(遗憾的是,这些例句档次并不高,他的创作实践与审美理想存在较大差距。倒是理论性的《诗品》二十四首四言诗,确有"神诣"之致,详下节论述);对应前面提出的"近而不浮,远而不尽"的"韵外之致",又提出一个"千变万化,不知所以神而自神"的"味外之旨",这二者在审美层次上实际上是一致的,"韵外"是指在语言文字之外,相当于刘禹锡已说过的"义得而言丧",而"味外"的所谓"旨",那就是"神"了。语言文字之外而别有"惟恍惟惚"的神味在,从有形到无形,从有味到无味,由无味而生"不知所以"之味,这就是"全美"的诗!

司空图一篇《与李生论诗书》,将诗的美学批评,提升到前人未可企及的更高层次,这就是中国古代诗歌美学乃至整个古典美学一个划时代的转变,由"韵外""味外"而至于"神",其哲学基础就是道家由"物"、由"象"而至于"道",是道家哲学向艺术领域的投射所形成的灿烂的折光,中国古典诗学从此进入了艺术哲学的高地。在这个意义展开论述之前,让我们继续就《诗品》之外的其他一些片断论述,加深对上述基本观点的理解。

在《与极浦书》中,他提出了与"韵外""象外"相联但更具体的新说：

> 戴容州云："诗家之景，如蓝田日暖，良玉生烟，可望而不可置于眉睫之前也。"象外之象，景外之景，岂容易可谈哉？然题纪之作，目击可图，体势自别，不可废也。

戴容州即中唐诗人戴叔伦，早生于李商隐八十余年，所说"蓝田日暖，良玉生烟"，与李商隐《锦瑟》诗之"沧海月明珠有泪，蓝田日暖玉生烟"无干。在他心目中，诗家之景有别于现实生活中一切实物实景，而是如阳光照耀下的碧玉，远望像有轻烟缕缕升腾，似有若无。"可望"就是可以想象；"不可置于眉睫之前"就是不可以坐实。司空图将此种审美现象用"象外之象，景外之景"作了更准确的描述，联系他的"味"解，前一个"象"是有"咸酸"之味的具形色声迹之象，后一个"象"则是以前一个象为媒介，由诗人的情思幻化而生的空灵飘忽之象。对于读者来说，透过第一个"象"又觉得"恍兮惚兮，其中有象"，不可目视，惟可心遇神会，造成一种持久的热切的审美期待。第一个象容易得到，"工于诗者能之"；第二个象极为难得，司空图感叹"岂容易可谈哉"正是对此而发，亦如刘禹锡早已说过的："境生于象外，故精而寡和。"第一种"象"属于审美的实在境界，第二种"象"应归属于审美的理想境界。第一种境界常遇而可多求，司空图对此是明智的，他以为自己所作的游览题纪诗，描写的是"目击可图"的景物，纵与"象外"之诗有高下之别作为另一种"体势"，也自有存在的必要。第二种境界可遇而难求，不可多求，自然是诗中一种最佳的"体势"，他的心向往之。

"象外之象，景外之景"，是"韵外之致""味外之旨"美学内涵的具体展开，提示了臻至"味外""韵外"可寻之幽径。但何谓"神"？司空图以《诗赋赞》作出了他的回答：

> 知道非诗，诗未为奇。研昏炼爽。夏魄凄肌。神而不知，知而难状。挥之八垠，卷之万象。河浑沉清，放恣纵横。涛怒霆蹴，掀鳌倒鲸。镜空攉壁，琤冰掷戟。鼓煦呵春，霞溶

露滴。邻女有嬉,补袖而舞。色丝屡空,续以麻绚。鼠苹丁丁,燃之则穴;蚁聚汲汲,积而成垤。上有日星,下有风雅。历诋自是,非吾心也。

我前已引过他"茶爽添诗句,天清莹道心",看来,司空图把诗心视为"道心","道心"滋育诗心。在此四言"赞"中,更肯定"道"的境界就是诗的境界:"知道非诗,诗未有奇",深知"道"之奥妙而以为与诗无干,"道"不是诗,诗不必达"道",那么,诗也就无奇可言了。当然,司空图不是要用诗说"道"之理,而是要以诗的艺术语言来传导"道"之生命精神,"少有道契,终与俗违"(《诗品·超诣》),若是与"道"乖离,诗就是俗人言语了。司空图心目中的"道"又是一种什么形态呢?"研昏炼爽,夏魄凄肌",这"道"融汇于人的生命本质之中,人之精神昏与爽,人之灵魂与肉体被触动而产生欢乐与痛苦,都是"道"之使然。但是,只能体悟"道"之"神",而不可描摹"道"之形,老子曰:"古之善为道者,微妙玄通,深不可识。夫唯不可识,故强为之容:豫兮,若冬涉川;犹兮,若畏四邻;俨兮,其若客;涣兮,若冰之将释;敦兮,其若朴;旷兮,其若谷;混兮,其若浊。"(《老子》第十五章)显然,司空图也在此"赞"中依据诗的特质及其表达方式,对"道"作"强为之容"的描述,自"挥之八垠"以下至"积而成垤"十八句,描述与"道契"的诗多种审美状态,犹如他在《诗品》中标示的"雄浑""豪放""劲健""沉著""自然"等等的审美境界,竭力渲染"道"之"千变万状,不知所以神而自神"。其实,司空图已默会老子"反者道之动"(《老子》四十一章)的原理,把握到"神"的审美要义是"千变万状"的动态美;这一点,我们从《与王驾评诗书》与《题柳柳州集后序》得到证实,前者两次出现"神跃而色扬"一语,"跃"与"扬"正是动态中的"神"与"色";后者评韩愈歌诗,"其驱驾气势,若掀雷揭电,奔腾于天地之间,物状奇变,不得不鼓舞而徇其呼吸也",也正是欣赏气势、力度的大变大化之壮美。他对动态美的充分描述展示,当然更淋漓尽致于《诗品》。

本节所论及的司空图《诗品》之外几篇论诗文章,作年难以详考,或于作《诗品》之前,或于其后,但其中提出的"韵外之致""味外之旨"及诗之"神"与"道",肯定是他写作《诗品》基本的哲学思想与美学思想,提前识辨,以便于进入迷离恍惚的《诗品》之林。

二 艺术哲学的经典之作——《诗品》

钟嵘著《诗品》于前,但止于一种文体(五言诗)的美学描述和"致流别"品评具体的诗人,尚未能进入高度抽象的理论高地。司空图之《诗品》完全回归诗之本体本质,超越所有诗歌文体与具体的诗人作品之品评,以迷离恍惚的意象化语言进行高度的抽象化操作,建构充满精义妙谛的诗歌艺术哲学。较之钟嵘之作,他实现了一次质的飞跃。司空图的《诗品》没有序,我以为前面已引录的《诗赋赞》可当作《诗品》之序来读,因为二十四则"诗品",皆是"知道"而言诗。清代许印芳将其"道"释为儒家之"道",说什么"文为载道之器",其"道"的内涵,"一则明乎治乱安危之机,一则究乎天人性命之理,是固知道之大者";又说:"或通讽谕而尽忠孝,或申美刺而著劝惩,见浅见深,无非知道之人。"以此"道"来硬套司空图之"道",南辕北辙,荒谬之甚;他对结句"历诋自是,非吾心也"从语义本来已作了正确判断:"殆以入手翻案,语似抵谁,特解释之耳。"① 却无视于司空图翻的正是诗载儒家之道的案!"历诋"的是儒家诗教之教条,而以自己悟到诗学原理为"是",并非存心与古人过不去,只能遵循诗歌本体的艺术真理而立言。这两句话充分显示了司空图创建前无古人之学说的巨大勇气!

《诗品》以道家之"自然之道"为贯通之血脉,以"自然之道"的诗化展开为其宏伟构架,以"道心"的体悟描述了二十四种诗歌妙境。

老子论"道"云:"有物混成,先天地生。寂兮寥兮,独立而不改,

---

① 许印芳文转引自郭绍虞《诗品集解》,人民文学出版社,1981,第54—55页。

周行而不殆，可以为天下母。吾不知其名，字之曰'道'，强为之名曰'大'。大曰逝，逝曰远，远而返。故道大，天大，地大，人亦大。"(《老子》第二十五章) 道家以"道"为宇宙本体，"道"就是整个宇宙(天地万物)不断循环的运动(逝、远、返)；这是不依从于人的意志、自自然然的宇宙生命运动，人不过是这个巨大循环运动轨迹上的一个点，一个环节，"人法地，地法天，天法道，道法自然"(同前章)，"人法"之最高境界当然也就是"自然"！老子本认为这个"混成"之物不可名状，但为了表述方便，如前所谓"强为之容"，还以"大"形容"道"并为其正名，这便是频频出现于《老子》《庄子》中的"大道"。实际上，他与庄周还赋予了"道"多种别名："自然"以及意义相近的"天"、天道；与"大"意义相近的"一"；与"道"的本质属性相通的"真""真宰"；又由"真"引申的"素""朴"，等等。在司空图《诗品》中，我们可以看到"道"的这些不同之"名"行于其中。请看"道""大道"与"一"：

"俱道适往，着手成春"(《自然》)；"道不自器，与之圆方"(《委曲》)；"忽逢幽人，如见道心"(《实境》)；"大道日往，若为雄才"(《悲慨》)；"俱似大道，妙契同尘"(《形容》)；"少有道契，终与俗违"(《超诣》)；"浅深聚散，万取一收"(《含蓄》)。

请看"自然"与"天"及其相关词：

"妙造自然，伊谁与裁"(《精神》)；"薄言情晤，悠悠天钧"(《自然》)；"遇之白天，泠然希音"(《实境》)；"若其天放，如是得之"(《疏野》)；"荒荒坤轴，悠悠天枢"(《流动》)。

请看"真"与"素"及其相关词：

"大用外腓，真体内充"(《雄浑》)；"畸人乘真，手把芙蓉"(《高古》)；"体素储洁，乘月返真"(《洗练》)；"饮真茹强，蓄素守中"(《劲健》)；"真予不夺，强得易贫"(《自然》)；"是有真宰，与之沉浮"(《含蓄》)；"真力弥满，万象在旁"(《豪放》)；"是有真迹，如不可知"(《缜密》)；"惟性所宅，真取弗羁"(《疏野》);"绝伫灵素,少回清真"(《形容》);"素处以默,妙机其微"(《冲淡》);"虚伫神素,脱然畦封"(《高古》)。

"无"亦是"道"之别名,"超超神明,返返冥无"(《流动》),又是一例。以上25例,分别出自二十四品中的十九品。这是绝对确切地证明:司空图所遵循之"道"是道家的"自然之道",以此为贯通《诗品》之血脉。欲将此"道"与儒家"仁义之道"沟通解,如许印芳,似有南辕北辙之误。

《诗品》当然不仅仅是以道家之"名"作为标识,"自然之道"的根本性质就是"千变万状","周行而不殆",司空图正是依据"道"在不断变化中呈现出的不同的动态特征,参照"刚柔相推而生变化"的自然节奏,取一年四季二十四个自然节令之数,展开或具阳刚之美,或具阴柔之美,或具阳刚阴柔相兼之美的二十四种"道"之诗化状态的描述,建构了中国自有诗以来第一座系统地展示种种诗美状态的诗歌博物馆(请允许著者使用一次这并不高级的比喻词),第一次在人类的精神领域清晰地勾画出了一个恢宏的诗歌宇宙的轮廓及其运行轨迹。

二十四品以《雄浑》为首唱,以《流动》品为"既济、未济"之终曲。《雄浑》云:

大用外腓,真体内充。返虚为浑,积健为雄。具备万物,横绝太空。荒荒油云,寥寥长风。超以象外,得其环中。持之匪强,来之无穷。

《流动》云:

若纳水輨,如转丸珠。夫岂可道,假体如愚。荒荒坤轴,悠悠天枢。载要其端,载闻其符。超超神明,返返冥无。来往千载,是之谓乎。

前者是"道"体的总体描述,是《诗赋赞》中"挥之八垠,卷之万象"的大手笔发挥。庄子云:"夫道,覆载万物者也,洋洋乎大哉!"(《庄子·天地》)此品正是竭力描"道"之崇高、博大、阳刚阴柔交替变化之美。后者是对"道"的"变动不居,周流六虚,上下无常,刚柔相易，不可为典要，唯变所适"（《周易·系辞》语）的诗化概括性描写。前者描写了"道"中之动，重点在"道"；后者描写了动中之"道"，重点在动；前者是"道"之变化的本体，是本体之意象；后者是变化之"道"的本体回归，是变动之意象。司空图如此安排，正是意象化地体现老子所谓"大曰逝，逝曰远，远曰反"的"天道之行"。中间二十二品皆在"逝"（《说文》："逝，往也。"由出发点而往）与"远"的运行轨道，每一品，都是其中一个轨迹。清代的孙联奎说："《雄浑》为《流动》之端，《流动》为《雄浑》之符,中间诸品则皆《雄浑》之所生，《流动》之所行也。不求其端，而但其《流动》，其文与诗，有不落空滑者几希。"另一位《诗品》研究家杨廷芝说："首以《雄浑》起，统冒诸品，是无极而太极也。……盖至此（指《流动》）而变动不居，周流六虚，流动之妙，与天地同悠久，太极本无极也。"①两家见解都很可取，合乎以道家哲学思想为本的《诗品》自身的文体结构。

《诗品》自身是一个什么样的文本结构？除首尾两品之外，其余二十二品是否就是散漫的排列？这又是一个值得深入探讨的问题，历来的学者亦对此多有探究，我以为杨廷芝所作《二十四诗品小序》②提出的见解很值得注意：

予总观统论，默会深思，窃以为兼体用，该内外，故以《雄浑》先之。有不可以迹象求者，则曰《冲淡》。亦有可以色相见者，则曰《纤秾》。不《沉著》，不《高古》，则虽《冲淡》《纤秾》犹非妙品。出之《典雅》，加之《洗炼》；《劲健》不过乎质，《绮丽》不过乎文；无往不归于《自然》。《含蓄》不尽，则茹古而涵今；《豪放》无边，则空天而廓宇，品亦妙矣。品妙而斯为极品。夫品，固出于性情，而妙尤发于《精神》；《缜密》

---

① 孙联奎、杨廷芝：《司空图＜诗品＞解说二种》，齐鲁书社，1980，第122—124页。
② 孙联奎、杨廷芝：《司空图＜诗品＞解说二种》，齐鲁书社，1980，第85页。

则宜重、宜严,《疏野》则亦松、亦活;《清奇》而不至于凝滞,《委曲》而不容以径直;要之无非《实境》也。境值天下之变,不妨极于《悲慨》;境值天下之赜,亦有以拟诸《形容》。"超"则轶乎其前,"诣"则绝乎其后;"飘"则高下何定,"逸"则闲散自如;"旷"观天地之宽,"达"识古今之变;无美不臻,而复以《流动》终焉。品斯妙极,品斯神化矣。廿四品备,而后可与天地无终极。品之伦次,定品之节序,全则有品而可以定其格,亦于言而可以知其志。

这位曾经名不见经传的诗论家,在他的《二十四诗品浅解》的《流动》品解说之后,又重申上述见解,谓"二十四目,前后平分两段,一则言在个中,一则神游象外"。合其前论统观,"言在个中"由《冲淡》生发,"神游象外"以《精神》贯通。《冲淡》《精神》二品,前者上承《雄浑》,言诗之"道"化的美学品格;后者下应《流动》,言诗人"道心"变化之意境品格。可见此二品在全局中又有相对独立的重要地位。为展开论述的明确与方便,现将著者自行设计的二十四诗品的构架关系图示如下:

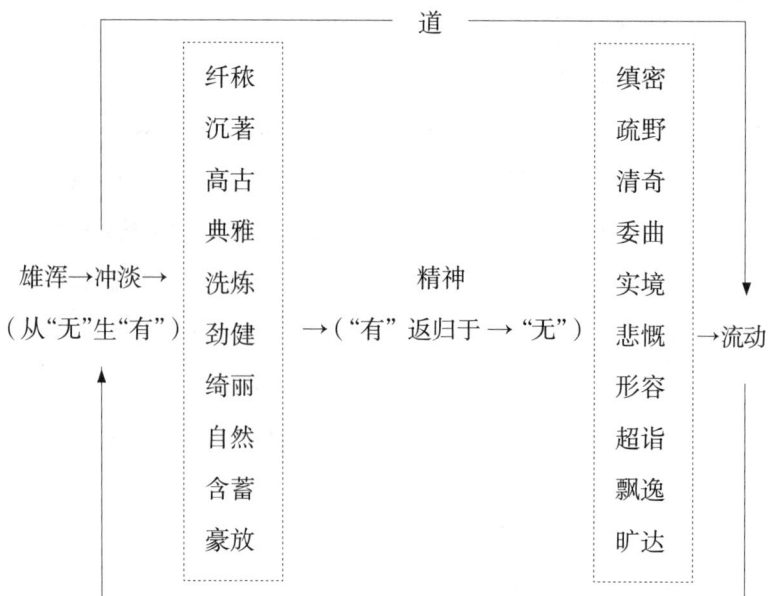

《冲淡》品的全文是:"素处以默,妙机其微。饮之太和,独鹤与飞。犹之惠风,荏苒在衣。阅音修篁,美曰载归。遇之匪深,即之愈稀。脱有形似,握手已违。"依据老子关于"道"是"大音希声,大象无形"和"淡乎其无味"的原理,作为《诗品》众美之纲而置于一品之后诸品之前。庄子又说过:"淡然无极而众美从之,此天地之道,圣人之德也。"(《庄子·刻意》)如此说来,"冲淡"是天地之大美,这美之本原在"雄浑"之"道"的"大用外腓,真体内充",由"素处以默,妙机其微"而悟得;正因为"雄浑"之"大象"是"超以象外,得其环中,持之匪强,来之无穷",所以才有"遇之匪深,即之愈稀,脱有形似,握手已违"的审美效应发生。"冲淡",是"淡然无极",因而属于道家哲学"无"的范畴,"天下之物生于有,有生于无"(《老子·四十一章》),于是"淡然无极"之大美"生"出了第一批十个美的儿子和女儿,《纤秾》至《豪放》十品,正是"有可以色相见者","从物之已生处说者"。这十品加上《雄浑》《冲淡》,描述了诗化之"道"的本体和变体之美,此其中,"纤秾""绮丽""豪放"是"色相"最显者;"沉著""高古""典雅""劲健"是"色相"较隐者;"洗炼""自然""含蓄"则兼或显或隐之"色相",亦或可言:经"洗炼"之功而使诸种"色相"皆臻"自然""含蓄"之美,终不失却"淡然无极"之大美。

《精神》品承上启下。道家学者,多以"精神"言"道"对人的肉体与心灵所焕发出的生气生机状态,《老子》有云"神得一以灵""神无以灵,将恐歇"(三十九章),其"神"可认为是"人"的代指(与"天""地"而并列),"得一"即是得"道",人一旦得"道",就充溢着灵气,这就是有了精神。老子之后的道家学者对此有更明确的说法:"道在天地之间也、其大无外,其小无内,……虚之与人也无间,唯圣人得虚道。……人之所职者精也,去欲则寡,寡则静矣。静则精,精则独立矣;独则明,明则神矣。"又说:"有神自在(身),一往一来,莫之能思,失之必乱,得之必治。敬除其舍,精将自定。精想思之,宁念治之,严容畏敬,精将自来。"①《庄子》与汉朝的《淮南子》对人之精神有更多的论述,本书第九章导言中所引《淮南子·修务训》关于"精神滑淖纤微,倏忽变化"而"见无外之境",就是典型一例。司空图将《精神》置于《诗品》后十二品之首,他要进一层展示诗化之"道"对于诗人的心灵所发生的作用,所激活的种种审美情态与神态。"欲返不尽,相期与来",是呼应《雄浑》的"持之匪强,来之无穷";作为诗人的司空图,对诗人与"道"相融相契的精神作了优美的生机盎然的描述:"明漪绝底,奇花初胎。青春鹦鹉,杨柳池台。碧山人来,清酒满杯。"以这样"生气远出,不着死灰"的精神投入诗的创造,便是"妙造自然,伊谁与裁",亦与前面《自然》等品相应答。如果说前之《纤秾》至《豪放》十品属"色相"之"有",那么,它们进入诗人精神领域又是返归于"无";再一度的"有无相生",于是又产生了诗人精神境界的种种"色相":精神周到则"缜密",精神活泼则"疏野";"缜密"不失于板重而别有"清奇","疏野"不落之径直则求"委曲";"悲慨"或可说是对人生的执着,而"超诣""飘逸""旷达"正是对现实人生的精神超越。其中《实境》与《形容》二品,对应前之《洗炼》与《含蓄》,以"情性所至,妙不自寻"之境与"离形得似"之神,使诗人精神"倏忽变化"之种种"色相"臻至"遇之自天,泠然希音""俱似大道,妙契同尘"的"无外""无内"之境。

至此,我们终于对二十四诗品的构架关系有了一个较为准确的把握,或许还是杨廷芝说得对,"无极而太极""太极本无极"形成了这个"自然之道"诗化的宏伟构架。司空图的贡献不仅仅是以此构架沟通了诗与哲学的关系,更重要的还是以他的"道心",体悟并描写了自然之道诗化而至人化的种种诗歌妙境,且"不知所以神而自神"。

与儒家美学思想最醒目的特征是人道精神相对应,道家美学思想

---

① 见《管子》中《心术》《内业》,据郭沫若先生考证,此二篇加上《白心》是战国时的道家宋钘、尹文所作。

最醒目的特征是宇宙意识①，而这宇宙意识又是王昌龄等人提出诗歌境界理论的基本思想（佛家"境界"说只是一种诱发）。司空图《诗品》的"俱道适往"，正是宇宙意识的在诗的境界理论中的拓展，因此，其中绝大多数品目都是标示某种诗歌意境（清代袁枚在《续诗品》小序中称"妙境"）。如果我们换一角度，从诗歌的审美创造与鉴赏的方位来看《诗品》，"洗炼""缜密""形容""流动"与"含蓄""委曲"六品，似乎可划到诗的艺术技巧范畴，而其余十八品，都可视为诗之境界描写。"雄浑"是一种大境界，使我们想起屈原的《离骚》，盛唐诗人的高歌雄吟；"冲淡"使人回味陶渊明的诗，司空图自有诗云："十年逃难别云林，暂辍狂歌且听琴，转觉淡交言有味，此声知是古人心。"（《歌者十二首》之五）可知他隐居后乐于品味的就是这样的生活境界与艺术境界。《高古》品写道：

> 畸人乘真，手把芙蓉。泛彼浩劫，窅然空踪。月出东斗，好风相从。太华夜碧，人闻清钟。虚伫神素，脱然畦封。黄唐在独，落落玄宗。

如果我们注意到司空图一首题为《送道者》的七言绝句："洞天真侣昔曾逢，西岳今居第几峰？峰顶他时教我认，相招须把碧芙蓉。"那么，可推测《高古》是对此诗意境的再度升华。杨廷芝云："高则俯视一切，古则抗怀千载。"（《二十四诗品浅解》），此品正是描写"畸人"（《庄子·大宗师》："畸人者，畸于人而侔于天。"）超越空间与时间的精神远游，司空图以诗人之笔描写了这位道者在月明之夜，驭清风而行的景象，有色有声。司空图深知"道"的"千变万状"，诗之美境也自然千变万状，不以个人独好而偏爱某一类境界，既欣赏"冲淡"，也欣赏"纤秾"和"绮丽"；既欣赏"沉著"，也欣赏"豪放"；既标举超越现实人生的"超诣"与"旷达"，也不贬低执着人生的"悲慨"。判断《诗品》之"标妙境"，还因为司空图对其前辈王昌龄、释皎然、

---

① 此论已见于拙著《中国诗学体系论·绪论》，中国社会科学出版社，1992，第14—24页。

刘禹锡等诗人提出的"境界"说已有自觉的认识与把握,在《与王驾评诗书》中明确地说:"五言所得,长于思与境偕,乃诗家之所尚者。"在一首题为《争名》的诗中有句:"荷香浥露浸衣润,松影和风傍枕移。只此共栖尘外境,无妨亦恋好文时。"又在一首念及五柳先生陶渊明的七绝中写道:"陶家五柳簇衡门,还有高情爱此君。何处更添诗境好,新蝉倚枕每先闻。"(《杨柳枝》二首之一)《诗品》中专设《实境》一品:

  取语甚直,计思匪深。忽逢幽人,如见道心。晴磵之曲,碧松之阴,一客荷樵,一客听琴。情性所至,妙不自寻。遇之自天,泠然希音。

  钟嵘有"直寻"说,司空图承之曰"直致所得,以格自奇",前四句即言直观、直觉而取境,无须苦思穷搜,如忽遇不易得见之人,一触即悟。中间四句,一言境之明朗旷远,一言境之宁馨自然,两"客"句言境中有人生意趣。后四句言"境"之得,是诗人主体情性与对象客体偶然默契,不劳拟议,得之于"实"但出之若虚,妙在不寻自得如"遇之自天",绝无凡俗平庸之趣。此品实言诗境创造的美学原则,与"自然""含蓄""洗炼""形容"等品一样,是适应各种类型境界审美创造的原则,杨廷芝在此品目下注云:"此以天机为实境也。"其余种种"妙境"的创造,哪一品能离开诗人的"天机"?

  对于"象外"生境之妙,在创作实践方面,司空图很诚实地承认自己"不知所以神",但他在写作《诗品》时,或许也是"妙不自寻"而让读者能窥见一些"所以神"的奥秘。这个奥秘就是多数境界都是人化的境界,即由境见人,见到创造这种或那种境界的诗人音容神态,其显而易见者如《沉著》品中"脱巾独步"的诗人,《高古》品中"手把芙蓉"的畸人,《典雅》品中"人淡如菊"的佳士,《绮丽》品中"伴客弹琴"的贵人,《疏野》品"脱帽看诗"的野客,《悲慨》品中拂剑而"浩然弥哀"的壮士……《清奇》品本身就是一幅绝妙的高士寻幽图:

  娟娟群松,下有漪流,晴雪满汀,隔溪渔舟。可人如玉,步屧寻幽,载行载止,空碧悠悠。神出古异,淡不可收,如月之曙，如气之秋。

婷婷而立的娟秀青松，下有明漪荡漾的溪流，充满暖意的金色阳光照耀在溪畔尚未融化的银白积雪上，对岸漂泊着片片渔舟。这本是一幅人间清景，这时有一位明洁如玉的高士款款入画，极为悠闲地时行时止，他的出现使周围的青山绿水与水上渔舟也显得悠悠然然。这位高士洒脱的神采如远古异人，淡然无极的气韵不可描摹，他像凌晨的月亮清冷皎洁，又像秋气的高爽明净。这样一帧有景有人有静有动的写意画，何谓"清"？何谓"奇"？尽在言中又在不言中，这就是典型的"象外之象，景外之景"，因而有"味外之旨"！上述各品中所出现的人的意象，我们完全可以认为是创造此种境界的诗人形象，由人及诗，由境及人，人与诗浑然一体，境之"神"实即诗人主体之神的投射与转换。司空图最成功之处，就在于他力图摄取诗人转移到诗境中的主体之神来描述该境的审美特征，于是无意于"神"而"自神"。后来，很多研究者都发现了这一特点，有的将他与钟嵘《诗品》比较，说"有钟中郎之评骘，而神致过之"（刘沄《诗品臆说·序》）；有的说《诗品》"取神不取形""神游象外"，读之"爱其神味"（杨廷芝《诗品浅解·凡例》）；有的说，《诗品》"摹神取象"，"得其意象，可与窥天地，可与论古今"（孙联奎《诗品臆说自序》）；有的说读《诗品》"但领略其大意，于不可解处以神遇而不以目击，自有一段活泼泼地栩栩于心胸间"（杨振纲《诗品续解自序》）；等等。司空图的论诗文章与诗，我们找不到一言半语涉及政教功利的套话，这在古代诗论家中是极少见的，他有诗写道：

浮世荣枯总不知，且忧花阵被风欺，侬家自有麒麟阁，第一功名只赏诗。（《力疾山下吴村看杏花》十九首之六）

或许正是他把诗歌事业当作"第一功名"，将自己的生命投入"赏诗"、作诗的潜心体悟之中，才能如此自觉地从审美创造的对象中观照审美创造的主体，这不但是中国古代诗学理论"言志"说、"缘情"说发展的一次新的质的飞跃，而且是中国古代美学思想发展的一大飞跃。用现代的美学观点评量，那就是公元七世纪至八世纪之间，唐代的诗人和诗论家就已率先悟到：美是人的本质力量的对象化实现！马克思说："只有通过人的本质力量在对象界所展开的丰富性，才能培养出或引导出主体的即人的敏感的丰富性。"① 司空图也正是试图从诗人在对象界所展开的丰富性，从而使人们形成各种审美感觉，尤其是"精神的感觉"。从这个意义上说，《诗品》是一部真正的艺术哲学经典之作，对于文学艺术审美创造、审美接收方面的独特贡献，在世界范围的美学史上，都是值得大书特书的。

三 唐末、五代诗论

德国著名诗人歌德有一个著名的论点："一切倒退和衰亡的时代都是主观的，与此相反，一切前进上升的时代都有一种客观的倾向。"② 唐末至后梁、后唐、后晋、后汉、后周五代，国家动乱不息，社会生产力遭到巨大破坏，可说是中国又一个"倒退和衰亡的时代"。在这样的时代里，文学艺术无力于干预社会生活，文学艺术家不能"达"而"兼济"，于是转向"独善其身"，在精神领域则企图实现一些有纯粹美感的创造来怡情悦性，在自己营造的象牙之塔中躲避严酷现实的纷扰。这种走向"主观"并不都是坏事，有才华有毅力的文学艺术家可以心和气平地回归艺术本体，探索艺术的奥秘，司空图就是这样成为一位成就卓著的诗论家。但是，走向"主观"也导致整个时代文学艺术水平的下降，低调的艺术创作又必然导致理论的凋敝。唐末五代的诗歌理论，自司空图之后再无较大业绩，多数是一些支离破碎的诗歌形式理论，所谓"诗格""旨格""要式"之类言不及义的著作纷纷出现。这些东西多言"声病""对偶"之类的小玩意儿，固然是"由于时代丧乱，朝野上下的文人都走到消遣玩味的逃避现实的文艺路

---

① 马克思：《经济学—哲学手稿》(节译)，朱光潜译，载《美学》第二期，上海文艺出版社，1980，第11页。

② 爱克曼：《歌德谈话录》，朱光潜译，人民文学出版社，1980，第97页。

上";另一方面也有功利的目的,这功利就是应付朝廷的考试以得官晋爵。"后唐庄宗、明宗的累次下敕考官,挑剔考生卷子,都是在字句格律上找毛病。"①当然,这类小著作也不是全部不可取,有的也偶而言及一些诗歌创作的原理和技巧法则,有一定的指导意义,如历官唐与后梁的徐寅(生卒年不详),他的《雅道机要》便有些可取之处:

  体者,诗之象。如人之体象,须使形神丰备,不露风骨,斯为妙手矣。

  内外之意,诗之最密也。苟失其辙,则如人之去足,如车去轮,何以行之哉?

  凡为诗,须搜觅。未得句,先须令意在象前,象生意后,斯为上手矣。不得一向只构物象属对,全无意味。凡搜觅之际,宜放意深远,体理玄微,不须急就,惟在积思,孜孜在心,终有所得。

说诗之体象如人之体象,开后来姜夔、严羽以人的体象喻诗的气象之说;"内外之意"说亦可与司空图"味外之旨"说接轨;言"意在象前,象生意后",则是意象创造的一条重要原理,区别于对客观景物仅仅是形似的摹写,"放意深远"云云,对于诗人构思谋篇不无启示作用。

紧承司空图之后的论诗者,在理论上略有建树,值得一提的有黄滔,更晚一些的则是徐铉。

黄滔,生卒年不详,司空图隐居期间他正在政坛活动,作为一位出仕文人,他论诗论文本于政教中心论。在《答陈磻隐论诗书》中,强调发挥诗的"刺上化下"的传统要义之后,提出一个"不正不应"的观点:"笼络乎天地日月,出没其希夷恍惚,着物象谓之文,动物情谓之声。文不正则声不应。何以谓之不正不应? 天地笼万物,物物各有其状,各有其态,指言之不当则不应。"这虽然又是用以阐明"圣

---

  ① 引号中语见罗根泽《中国文学批评史》(二),上海古籍出版社,1984,第186—187页。

人删诗"之则,但也强调了诗以言、声描写客观事物要真实准确,才能产生使广大读者共识、共鸣之"应"。琴声动听可"舞鹤跃鱼",歌声悦耳可"遏云落尘",诗"着物象",必须同时"动物情",他用了正、反两个事例:白居易《长恨歌》"着"了"遂令天下父母心,不重生男重生女"之"象","其意险而奇,其文平而易",能使天下人心"应"之;贾岛等一班诗人,走怪僻求险之路,"搜九仞之泉,唯掬片冰;倾五音之符,只求孤竹。虽为患多之所少,奈何孤峰绝岛,前古之未有"。两个事例还表明,诗人写人们熟悉关心的事情,易"应";写世外之事、方外之情,人们不易"应"或不能"应"。

黄滔还有一篇重要的文学论文是《课虚责有赋》,这是运用道家哲学"有生于无""有无相生"的观点来阐释陆机《文赋》中"课虚无以责有,叩寂寞而求音"这一诗与文通用的构思方法。他首先肯定文学创作"有"之呈现的重要性及"无""有"相互转化的关系:

> 虚者无形以设,有者触类而呈。奚课彼以责此?使从幽而入明。寂寞澄神,世外之筌蹄既历;垂华布藻,人间之景象旋盈。

接下一段,阐述文学创作,如何本"无"而生"有":

> 昔者陆机,赋乎文旨,推含毫仵思之道,得散朴成形之理。虽群言互发,则归于造化之中;则一物未萌,乃镰在渺茫之始。是宜囊括玄牝,箕张混元,暗造无为之域,潜臻不死之根。致彼音尘,莫隐于秋毫之纤芥;令其影响,俄通于万户千门。然后扇作波澜,腾为气色,无论于远近高下,周计于飞沉动植。如铿至乐,非所闻而遽闻;若摘玄珠,非所得则遽得。

可说是极为精彩地承《文赋》"精骛八极,心游万仞"展开诗人构思心理机制的描述和展示,在神游物外时捕捉诗思,在冥思臆想中摄取和营构意象、意境,最后臻至释皎然所谓"成章之后,有其易貌,若不思而得也"的境地。黄滔也言"文本于道",他的"道"亦是"自然之道";"道散于文,文不可当,乃飞锋而耀芒。取之者取之愈远,偶之者遇之不常。"司空图说过:"道不自器,与之圆方。"黄滔则说:"于出鬼入神之际,定作圆方。"他在此亦深化其"文正而声应"的观点:

> 乃使巧拙应机,亏全任器。考其始而始则无睹,验其终而终则有自。物居恍惚,牢笼而俟以真归;精匿杳冥,搜索而期乎实至。所谓摆扬恬淡,剖判虚空;冀其神觊,逮彼幽通。岂非率尔邈然,散着于山川草木,风飞泉涌,争飘于鸟兽昆虫。

这就是说,先"通物情",然后才能"着物象","夫如是,则洞启玄微。曾无险隘,流时既自于扣寂,成象还成于画卦。然知文苑之菁华,亦冲和之一派"。黄滔审美观念也从庄子"淡然无极而众美从之",以"冲和"之美为"文苑之菁华",可谓是司空图的知音。

徐铉(916—991)是五代最后一位诗论家,由南唐而入宋,又是宋代第一位诗论家。他的诗论有个重要内容,一是充分肯定诗为最好的一种抒情文体。《萧庶子诗序》云:

> 人之所以灵者,情也;情之所以通者,言也。其或情之深,思之远,郁积乎中,不可以言尽者,则发为诗。诗之贵于时久矣。虽复观风之政阙,道人之职废、文质异体,正变殊途,然而精诚中感,靡由于外奖;英华挺发,必自天成。以此观其人,察其俗,思过半矣。比夫泽宫选士,入国知教,其最亲切者也。是以君子尚之。

这些话虽无多少新意,但他强调了:即使作诗有关政教,也须出自"精诚中感"之情,容不得外加的虚假,否则无"天成"之美。由此,又形成他的诗论另一项重要内容,即既然要"英华挺发,出自天真",那么诗人之才亦应出于诗人之天性。《文献太子诗集序》中写道:

> 夫机神肇于天性,感发由于自然。被之管弦,故音韵不可不和;形于蹈厉,故章句不可不节。取譬小而其指大,故禽鱼草木无所遗;连类近而及物远,故容貌俯仰无所隐。怨恻可戒,赞美不诬,斯实仁者之爱人,智士之博物。……若乃简练调畅,则高视前古;神所淳薄,则存乎其人。亦何必

以苦调为高奇,以背俗为雅正也。

出于天性,发于自然之诗,音韵意蕴自然而美,无须苦思苦吟,在《成氏诗集序》中说:"若夫嘉言丽句,音韵天成,非徒积学所能,盖有神助而已。"他乃至列举谢灵运、江淹等诗人"发于梦寐"而成诗为例,证其"神助"之说,认为诗人正是有天机灵性。冥冥中似有神助,才能"朝舍鹰犬,夕味风雅,虽世儒积年之勤,曾不能及其门者"。

唐末至五代,诗学理论之可述者,大致已在于此,有一部分诗人已转向新的诗歌文体——词。词学理论开始出现,欧阳炯的《花间集序》,描述了"曲子词"的起源和文体特征,"自南朝之宫体,扇北里之倡风,何止言之不文,所谓秀而不实"。诗学派生之词学,本书最后有专章论述。

第十二章
唐代诗选家的审美鉴赏批评

中国最早的诗歌选家是孔子,所谓"删诗"就是选诗,从"古者,诗三千余篇"中选定三百零五篇而成后来的《诗经》。这种"选"风到魏晋南北朝又渐渐兴起,西晋已有荀勖的《晋歌诗》《晋燕乐歌辞》等诗歌选集,挚虞则集诸体文章选编《文章流别集》,于每一体有所评论而有《文章流别论》。到南朝,有宋太子洗马刘和编选的《古今五言诗美文》,谢灵运也是一位诗歌选家,选编有《诗集钞》《诗英》等,惜今已不存,仅存目于《隋书·经籍志》。昭明太子之《文选》、徐陵之《玉台新咏》,则是千古流传的不朽选本了。进入唐代,选诗之业更为兴盛,唐代诗歌选家大致分为两类,一类是选辑古今佳诗秀句,如存序于日本留学僧人遍照金刚编著《文镜秘府论》中的《古今秀句》和《芳林要览》即是;一类是唐人自选本朝诗人作品,这类选本比较多,流传到今天的共有十种:(一)无名氏《唐写本唐人选唐诗》;(二)殷璠《河岳英灵集》;(三)芮挺章《国秀集》;(四)元结《箧中集》;(五)高仲武《中兴间气集》;(六)令狐楚《御览诗》;(七)姚合《极玄集》;(八)韦庄《又玄集》;(九)韦縠《才调集》;(十)无名氏《搜玉小集》。① 明代胡应麟在《诗薮》外编卷三列有资

---

① 此列前后次序与上海古籍版《唐人选唐诗》十种略有不同,考虑到成书时间。

料证明，唐人选唐诗远不止以上十种，存选家之名和书目者还有顾陶《唐诗类选》等二十余种。可见唐代选风之盛。

读唐人的诗选，考察对什么样的诗人多选，对什么样的诗人少选或不选，由此可见选家的取舍目光与审美尺度。今见诗选，大多有序言，少数几种有诗作评语，从序言与评语中可以析出选家鉴赏批评的种种见解，有利于我们对唐代诗歌美学批评的理论把握。

一 审美鉴赏向诗境整体把握的提高

唐代第一部大型古今诗歌选集《芳林要览》三百卷，编选者为许敬宗、许圉师（李白的岳祖父）、上官仪、元思敬（兢）等朝臣及其幕僚①，成书在唐龙朔前后年间。据杨炯《王勃集序》中说过，"龙朔初载，文场变体，争掏纤微，竞为雕刻"，《芳林要览》的编纂，或许是为"文场变体"推波助澜之作。今存于《文镜秘府论》中《芳林要览序》，倒并不是一味搧扬绮靡诗风，其理论出发点还是"观乎人文以化成天下"，未出儒家诗教之轨。但大道理讲过之后，我们会发现序的作者对历代作者的评价，偏重审美风格的描述，其说"宋、齐已降，迄于梁、隋，世出凤雏之客，代有骊龙之宝，莫不言成黼绣，家织缣缃，盈委石渠之阁，充牣蓬山之府"，对南朝美文，可谓赞赏倍至。其评："长卿词赋，色丽江波之锦；安仁文藻，彩映河阳之花"，及"子建婉润"、"张衡清绮"、"景纯宏丽"、"仲宣响亮"、谢灵运"璀璨"、陆机"绮思"等等。总括为："莫不竞宣五色，争动八音，或工于体物，或善于情理，味之则风流可想，听之则舒惨在颜。足以比景先贤，轨仪来秀矣。"接着也批评了"近代词人"创作的一些毛病，那就是："文乖丽则，听无宫羽。声高曲下，空惊偶俗之唱；采密文疏，徒夸悦目之美。或奔放浅致，或嘈囋野音，可以语宣，难以声取；可以字得，难以义寻。谢病于新声，藏拙于古体，其会意也僻，其适理也疏。以

---

① 见《新唐书·艺文志·总集类》。

重浊为气质，以鄙直为形似，以冗长为繁富，以夸诞为情理。……"以上这些评论语言，实在是化用钟嵘《诗品》与陆机《文赋》的语言，可见其审美标准还是取自于他们。但是也有所偏重，那就是偏重于声韵音律之美，强调词义畅而情旨宣，文理清而声节亮，"诗人因声以缉韵，沿旨以制词"。序之作者。果然提出了"文场变体"的要求和原则：

> 变之者，自当晞圣藻于天文，听仙章于广乐，屈、宋为涯岛，班、马为堤防，粲、植为阡落，潘、陆为郊境，搴琅玕于江，鲍之树，采花蕊于颜、谢之园，何、刘准其衡轴，任、沈程其粉黛，然后为得也。若乃才不半古，而论已过之，妄动刀尺，轻移律侣，脱略先辈，迷诖后昆。此明时所当变也。

这变，是向美的方向变，不是向强化政教方向变，标举了从屈原、宋玉到南朝江淹、鲍照、颜延之、谢灵运、何逊、刘孝绰、任昉、沈约等一批诗人作品为诗美之典范，今人应当老老实实向这些古人学习，不可轻移妄动；在他们已形成的审美范围内求变，不可越堤防、破藩篱。值得特别注意的是：在提屈、宋之前，不提《诗经》（但提到《诗序》的"情发于中，声成文而谓之音"），这当然不是出于疏忽，而是许敬宗、上官仪等人的审美趋向确实有别于当时一些正统的儒家之士。不管此序真正的理论价值如何，作为一个审美接收观念变化的一个标志，却是明白无误的。

参与《芳林要览》编纂的元兢，又编了一部《古今诗人秀句》。所谓"秀句"，即"篇中之独拔者也"（《文心雕龙·隐秀》），或许就是从一部历代诗中摘取佳句而成的"类书"，篇幅不大（仅两卷）却"时历十代，人将四百，自古诗为始，至上官仪为终"。他也写了一篇序，这篇序反映了初唐的诗评家，其审美注意已开始向更高的层次转化。

元兢首先批评了以前一些选本于取舍方面的"舛谬"，比如《文选》，遗漏了王融"霜气下孟津""游禽暮知返"（分别见于《和王友德元古意》二首）这样"使气飞动"和"缘情宛密"的妙句；批评贞观年间褚亮等撰的《古文章巧言语》不选王粲《七哀诗》、陆机《尸乡亭》、潘岳《悼亡》、徐幹《室思》（中有钟嵘称为"胜语"的"思君如流水"）那样的佳作；批评其选谢朓《冬绪羁怀示萧谘议虞田曹刘江二常侍》中的秀句，"选其'风草不留霜，冰池共明月'，遗其'寒灯耻宵梦，清镜悲晓发'"。为什么他会认为选此失彼之不当呢？原来，他已经不以"形似之言"为最佳，最佳者是应该意象化地展现诗人的感情境界，既"使气飞动"又"缘情宛密"，才是"警策"之句，才是"六义之眉首"。上述谢朓诗是："去国怀丘园，人远滞城阙。寒灯耻宵梦，清镜悲晓发。风草不留霜，冰池共明月。寂寞此间帷，琴尊任所对。客坐念婵媛，年华稍菴薆。夙慕云泽游，共奉荆台绩。一听春莺喧，再视秋虹没。疲骖良易返，恩波不可越。谁慕临淄鼎，常希茂陵渴。依隐幸自从，求心果芜昧。方轸归与愿，故山芝未歇。"全诗中，确是只有"寒灯"四句最好，但情为景之魂，"寒灯""清镜"已出诗人情境，"风草""冰池"虽妙，只是作为情境对应物出现，要么四句皆选，要么只选前两句亦佳。他辨析道："若悟此旨，而言于文，每思'寒灯耻宵梦'，令人中夜安寝，不觉惊魂；若见'清镜悲晓发'，每暑月郁陶，不觉霜雪入鬓。而乃舍此取彼，而何不通之甚哉！"可见元兢就是立于情境联想而"取"。下面一段议论更能说明问题：

  常与诸学士览小谢诗，见《和宋记室省中》，诠其秀句，诸人咸以谢"行树澄远阴，云霞成异色"为最。余曰：诸君之议非也。何则？"行树澄远阴，云霞成异色"，诚为得矣，抑绝唱也。夫夕望者，莫不镕想烟霞，炼情林岫，然后畅其清调，发以绮词，俯行树之远阴，瞰云霞之异色，中人以下，偶可得之；但未若"落日飞鸟还，忧来不可极"，谓扪心罕属，而举目增思，结意惟人，而缘情寄鸟，落日低照，即随望断，暮禽还集，则忧共飞来，美哉玄晖，何思之若是也！

此诗为谢朓所作，全诗是："落日飞鸟还，忧来不可极。竹树澄远阴，云霞成异色。怀归欲乘电，瞻言思解翼。清扬婉禁居，秘此文墨职。

无叹阻琴尊，相从伊水侧。"南朝的山水咏物诗往往有个共同的特点，那就是一篇中有几个警句，或以"形似"胜，或情景交融、形神兼备，但其余诗则多是叙述性或议论性的，未能形成一首诗的整体境界。上述谢朓两诗均是如此，钟嵘评谢朓云："一章之中，自有玉石，然奇章秀句，往往警遒。……而末篇多踬，此意锐而才弱也。"其"多踬"之句，便游离于诗境之外。元兢与诸学士所举四句，确实为此篇中的秀句，"竹树"二句，写景绝佳，自然清丽，但"落日"二句，情景水乳交融，显然是引发诗人意绪，也是最容易触发读者意绪的关键诗句。"结意惟人"，读者也正是从"结意"处，发挥审美接受的自由想象，而对此诗作"扪心罕属而举目增思"的整体意境的接受。元兢指出诸学士所欣赏的诗句是"中人以下，偶可得之"，便说明他的鉴赏水平从"巧构形似之言"提高了，初具了体味情境、意境的审美自觉，从而高于"诸学士"而使之"咸服"。于是他提出了自己精选"秀句"的原则：

以情绪为先，直置为本；以物色留后，绮错为末。助之以质气，润之以流华，穷之以形似，开之以振跃，或事理俱惬，词调双举，有一于此，周或无遗。

这可能是自萧统《文选序》之后，第二篇选家的审美接受宣言，它比较全面地论述了一首好诗或诗中"秀句"必备的美感要素，"以情绪为先""助之以质气""事理俱惬"，正是后来王昌龄等诗境论者亦所特别注意的。看来，唐初对"秀句""巧言语"的选辑，倒并不是一律的"糅之金玉龙凤，乱之朱紫青黄"，对于诗中有比较纯粹美的"秀句"的特别标举，遗其情绪形意不称的芜杂之句，对后来诗境说的发现与创立，或许有着较大的启示作用；而对于形成"不涉理路，不落言筌""吟咏情性，惟在兴趣"的唐诗总体的艺术风格，则肯定是一次很好的启蒙。

二 审美接受准则的确定

现存唐人选唐诗诸种中,有序有品评者仅止两种:殷璠的《河岳英灵集》与高仲武的《中兴间气集》。两书所选诗,时间跨度是从开元二年(714年)至"大历暮年"(779年),历时六十余年,这六十余年,正是唐诗发展的黄金时期,除杜甫之外的盛唐大诗人,都有诗入选,虽然所选未必十分精当(流传后世的佳作漏选者不少),但可大致反映这一时期唐诗发展的真实面貌,两书的序与评语,为选家亲自所撰,合而观之,亦真实地反映了当时较为普遍的审美接收和鉴赏观。殷璠审美批评之重风骨前已述及,此不重复,再及其他批评内容亦颇可观。两书因成书时代有先后,审美鉴赏观念的发展变化亦有脉络可寻。

殷璠选诗主旨有两大端,除"风骨"之外,又重"声律",而以"声律风骨"俱备为最高审美准则。其《叙》曰:

> 夫文以神来、气来、情来。有雅体、野体、鄙体、俗体。编纪者能审鉴诸体,委详所来,方可定其优劣,论其取舍。至于曹、刘诗多直语,少切对,或五字并侧,或十字俱平,而逸驾终存。然挈瓶庸受之流,责古人不辨宫商徵羽,词句质素,耻相师范,于是攻异端,妄穿凿,理则不足,言常有余,都无兴象,但贵轻艳,虽满箧笥,将何用之?自萧氏以还,尤增矫饰;武德初,微波尚在;贞观末,标格渐高;景云中,颇通远调;开元十五年后,声律风骨始备矣。

专求声律而无风骨不是好诗,有风骨而不通声律,亦不能尽善尽美,在《集论》中他再次说明声律的重要性:"昔伶伦造律,盖为文章之本也。是以气因律而生,节假律而明,才得律而清,焉宁预于词场,不可不知音律焉。"但他所取之声律,比较沈约之种种戒律显得宽泛,"匪谓四声尽要流美,八病咸须避之,纵不拈缀,未为深缺"。主张:"词有刚柔,调有高下,但令词与调合,首末相称,中间不败,便是知音。"基于此种兼顾之观点,他的选诗标准是:"既闲新声,复晓古体;文质半取,风骚两挟;言气骨则建安为传,论宫商则太康不逮。"《河岳英灵集》选诗24家,209首,基本可确认为近体律、绝的有57首,约占四分之一强,其中有崔颢著名的七律《黄鹤楼》、王维的五律名作《入山寄城中故人》(《唐诗三百首》题作《终南别业》)、祖咏的五绝名作《终南望余雪》、王昌龄的七绝名作《听流人水调子》(《王昌龄诗集》与《唐诗别裁集》均题《听流人水调子》),等等。选孟浩然六首,五首是律、绝,评语中提到的诗句"气蒸云梦泽,波动岳阳城"出自名作《临洞庭张丞相上》(此选本未见全诗),称之为"高唱"。

殷璠在对于诗人诗作的具体评论中,还有一个重要的审美取向是:求"新"爱"奇"而厌"常",请先看几则直接涉及这一诗美观念的评语:

　　白性嗜酒,志不拘检,常林栖十数载。故其为文章,率皆纵逸。至于《蜀道难》等篇,可谓奇之又奇,然自骚人以还,鲜有此体调也。(评李白)

　　维诗词秀调雅,意新理惬,在泉成珠,着璧成绘,一句一字,皆出常境。(评王维)

　　眷虚诗,情幽兴远,思苦语奇,忽有所得,便惊众听。(评刘眷虚)

　　季友诗,爱奇务险,远出常情之外。(评王季友)

　　参诗语奇体峻,意亦造奇。(评岑参)

　　颢少年为诗,名陷轻薄,晚节忽变常体,风骨凛然。(评崔颢)

　　储公诗,格高调逸,趣远情深,削尽常言,挟风雅之迹,浩然之气。(评储光羲)

"常境"、"常情"、"常体"、"常言",都在殷璠选诗审美标准之外。所谓"常",就是常见的一般化作品,或前人已有类似之作,或缺乏新时代特征和独创性;不"常",就入"新"入"奇"了。对于"奇"而"新"他还有一些正面的评述,如评常建诗云:"建诗似初发通庄,却寻野径，百里之外，方归大道。所以其旨远，其兴僻，佳句辄来，唯论意表。"值得注意的是"野径"和"兴僻"，诗之构思谋篇不从常规之途，而是另辟蹊径；所发之"兴"也不是人人所能发，而是诗人迥异于常人的独特兴会。他举其《宿王昌龄隐处》"松际露微月，清光犹为君"和《题破山寺后禅院》"山光悦鸟性，潭影空人心"来证超"常"之表现；他还认为《吊王将军墓》是"一篇尽善者：'战余落日黄，军败鼓声死，今与山鬼邻，残兵哭辽水。'属思既苦，词亦警绝，潘岳虽云能叙悲怨，未见如此章"。可见不"常"又有超越古人之意。又评张谓曰："谓《代北州老翁答》及《湖中对酒》，行在物情之外，但众人未曾说耳！亦何必历遐远探古迹，然后始为冥搜？"就是说，诗人只要不循"常情"，而"行于物情之外"，不屑人云亦云，无需寻求某些常人不易得到的创作题材，他同样能出新出奇。

总之，殷璠的审美鉴赏的准则是"文质半取"，其"质"之"半"是"意新""有气骨"或曰"风骨凛然"；其"文"之"半"则是"语奇""声律宛态"。二者融合而至"语奇体峻"，以至僻"常情"、削"常言"、出"常境"、变"常体"。这样的诗方使读者"足可歔欷，震荡心神"（评李颀语），这样的诗方是有盛唐气派、盛唐风格的一代杰作。

高仲武的《中兴间气集》，自然也提出了他的审美接受标准，但在序言中却把自己塑造为儒家诗教捍卫者的形象，发始即云："诗人之作，本诸于心，心有所感而形于言，言合典谟则列于风雅。"提倡今之诗人还要学习"古人作者"："因事造端，敷弘体要，立义以全其制，因文以寄其心，著王政之兴衰，表国风之善否，岂其苟悦权右，取媚薄俗哉！"他选诗的标尺是：

但使体状风雅，理致清新，观者易心，听者竦耳，则朝野通取，格律兼收。

从他所选之诗与所作诗人评语看，却并未强调"王政兴衰"之类的政治内容，而是多从"体格新奇""理致清赡""风调闲雅"的审美取向作抉择。序中还说自己为此"博访词林，察采谣俗，起自至德元首"，可是至德元年之后杜甫、元结等现实主义诗人都还处在创作旺盛期，佳作迭出，特别是元结非常自觉地"著王政之兴衰"的《舂陵行》《贼退示官吏》等诗，皆未入选，恐怕不是"博访"未得（元诗三年后传入四川为杜甫所见，高仲武于十五年之后尚不知有此人此诗，说不过去）而是不合于他进行具体操作时的审美标准。

高仲武为所选二十六人（诗一百三十二首）中的二十人写了评语，综合二十则评语分析，我们会发现他的审美取向与殷璠大致相似，有的甚至可重合，如"新奇"便是。他还如钟嵘一样强调一个"清"字，于是"新奇清雅"便成了他一个最重要的审美判断标准，二十则评语有七则出现这些字眼：

钱起：体格新奇，理致清赡。

于良史：侍御诗清雅，工于形似。

李希仲：李诗轻靡，华胜于实，此所谓才力不足，务为清逸。

皇甫冉：冉诗巧于文字，发调新奇，远出情外。

张继：其于为文，不雕自饰，及尔登第，秀发当时，诗体清迥，有道者风。

刘长卿：诗体虽不新奇，甚能炼饰，大抵十首已上，语意稍同，于落句尤甚，思锐才窄也。

皇甫曾：体制清洁，华不胜文。

高仲武所强调的"新奇"，亦有不循旧轨，超越前人的意义。钱起的"体格新奇"在于他"芟齐、宋之浮游，削梁、陈之靡嫚，迥然独立，莫之与群"。皇甫冉的"发调新奇"，则因他的《巫山高》等诗，"终篇奇丽，自晋、宋、齐、梁、陈、隋以来，采掇者无数，而补阙独获骊珠，使前贤失步，后辈却立，自非天假，何以逮斯"。刘长卿为什么不能"新奇"呢？主要是他自己不能超越自己，往往重复自己。随着盛唐的滑坡，中唐诗人与钱起等"大历十才子"，再无盛唐诗人那种"神来、气来、情来"的气魄，政治动乱的余惊，使他们缺乏进取的勇气,释皎然在《诗式》卷四中说:"大历中,词人多在江外,皇甫冉、严维、张继、刘长卿、李嘉祐、朱放,窃占青山白云、春风芳草以为己有,吾知诗道初丧,正在于此。……大历末年,诸公改辙,盖知前非也。"放情于山水风物,正如司空图《诗品·清奇》所形容"载行载止,空碧悠悠",于是不求其"雄浑"而求其"清雅""清赡""清逸""清迥""清洁"。"清"作为一种美感形态,本无可非议,但是"清"绝非清空无着,若水之清、气之清,有"水"有"气"然后方可言"清",高仲武觉察到了这一点,所以对李希仲之"清逸"、皇甫曾之"清洁"都不全盘肯定,说他们是因"才力不足"而"华胜于实""华不胜文"所造成的一种"轻靡"风格,这说明高仲武崇尚"清"又不是无原则地肯定它。他赞扬朱湾"诗体幽远,兴用洪深,因词写意,穷理尽性",即不是以"清"可言的,或说是深澈之"清"。

　　殷璠与高仲武的诗评有一共同特点,那就在评语中采取"诠其秀句"的方式而发议论,而"秀句"所在的诗篇,有的入选有的未选。所选"秀句",是为了集中说明一个诗人最突出的创作特点。为了证明王维的诗"在泉为珠,着壁成绘",殷璠摘引了"落日山水好,漾舟信归风""涧芳袭人衣,山月映石壁""天寒远山净,日暮长河急""日暮沙漠陲,战声烟尘里"等佳句,这与宋代苏轼评王维诗"诗中有画"遥遥相应,可见殷璠有着敏锐的艺术眼光。关于王昌龄的评语中,共列举了九首诗之"惊耳骇目"达四十二句之多,但奇怪的是,没有一首一句是在所入选的十六首之中,这是否有意扩大王诗介绍之容量?其中"长亭酒未醒,千里风动地""芦荻寒苍江,石头岸边饮""天仗森森练雪拟,身骑骏马白鹰臂"不见今本《王昌龄诗集》,已是佚诗。高仲武采摘"秀句"亦有其特点,往往就其摘句直接点评或分类点评。如评于良史,仅举"风兼残雪起,河带断冰流"(胡应麟以此二句象征中唐气运)而直接评曰:"工于形似。……吟之未终,皎然在目。"评女诗人李季兰亦仅举"远水浮仙棹,寒星伴使车"二句,评曰:"盖五言之佳境也,上仿班姬之不足,下比韩英则有余。"凡列举"秀句"

多者,则分类而评:钱起评语中,以"鸟道挂疏雨,人家残夕阳""牛羊上山小,烟火隔林疏"等物色名句为"特出意表,标雅古今",重在审美情趣;以"穷达恋明主,耕桑亦近郊"而称"礼义克全,忠孝兼著,足可弘长名流,为后楷式",则是政教性评论了。评李嘉祐诗,指出他的诗有两种风格"往往涉于齐、梁,绮靡婉丽,盖吴均、何逊之敌也。如'野渡花争发,春塘水乱流';又'朝霞晴作雨,湿气晚生寒',文章之冠冕也",这是"绮丽宛密"风格的;"又'禅心超忍辱,梵语问多罗'。役使许询更出,孙绰再生,穷极笔力,未到此境",则又是东晋玄言诗的风格了。其他如评郎士元,评刘长卿,皆是如此。另外,高仲武还屡将同代之间或本朝与前朝之间的诗人作比较评论,仿钟嵘《诗品》之一法,韩翃、郎士元、窦参、皇甫曾的评语中皆有之,此不赘述。

三　唐代诗选家的审美态度

在白居易的《与元九书》和元稹《唐故工部员外郎杜君墓志铭并序》中,我们已得知李白、杜甫在唐代诗坛双子星座的位置,这是距李、杜逝世半个多世纪之后。在现存的十种唐人选唐诗选本中,李白入选的有四种(《唐写本》《河岳英灵集》《又玄集》《才调集》),尚不及王昌龄入选之五种(前四种之外又加《国秀集》)。令人不解的是杜甫入选的仅有一种《又玄集》。《才调集叙》中有曰:"暇日因阅李杜集、元白诗,其间天海混茫,风流挺特,遂采摭奥妙。"但是在十卷一千首中(这是十种中规模最大的一个选本)却未选杜甫一首诗,真是一个使人奇怪的现象①(王昌龄与白居易各都在两卷中出现)。按选诗时间顺序分,《搜玉小集》选诗界域大致为初唐,"四杰"与沈佺期、宋之问、杜甫祖父杜审言等诗人均入选。《唐写本》(残卷)选诗

---

① 日人山田钝文《笔眼心抄序》解释说:"盖少陵变诗格,昌黎习古文,久而后行,当时言之者少。"亦提《才调集》"不录杜诗,时好之所存,亦可知焉"。遍照金刚《文镜秘府论》等著作,亦不言及杜甫,"大师入唐,气运未开,故其言不及杜韩耳"。

界域是盛唐前期，李白、王昌龄、孟浩然、高适几位著名诗人入选。《国秀集》成书于天宝三年（744年），编选者芮挺章是当时的国子生，据芮的朋友楼颖为该书所作序言说：芮侯"探书禹穴，求珠赤水。取太冲之清词，无嫌近溷；得兴公之佳句，宁止掷金。……"选诗标准以风流婉丽、清词秀句为宗，选诗界域是"自开元以来，维天宝三载"（入选之杜审言、宋之问、沈佺期，已于开元前数年内去世）。以上两种加上《河岳英灵集》，盛唐有三个选本，除杜甫外的著名诗人都入选了（元结成于乾元三年的《箧中集》所选沈千运、孟云卿、王季友等亦属盛唐时人，但入选仅七人诗二十四首，无多大代表意义）。《中兴间气集》与令狐楚的《御览诗》，应该是中唐诗的专门选本了，前者起于"至德元年，止于大历暮年"，即紧承盛唐衰落之期；后者成于元和年间，选诗从"大历十才子"到主要活跃于元和年间的张籍等人。与令狐楚、白居易、刘禹锡等人为友的姚合，他所编选《极玄集》，除卷上选王维、祖咏两家为盛唐诗人，其余十九家均为中唐诗人，终止于元和之前，也可视为中唐范围内的选本。中唐三个选本的后两个，都是白居易的同时代人所选，但都未入选白居易、元稹的作品，也是令人不解的事。

可见整个唐代诗歌风貌的选本，唐末韦庄选的《又玄集》与韦縠所选的《才调集》是颇具规模的。此前，有位顾陶，积三十年之功，成《唐诗类选》于大中十年（856年）年左右，惜其书已失传，但存《序》与《后序》于《全唐文》①中，其序对唐诗的发展和特点有个粗略的描述：

> 国朝以来，人多反古，德泽广被，诗之作者继出，则有杜、李挺生于时，群才莫得而并。其亚则昌龄、伯玉、云卿、千运、应物、益、适、况、鹄、当、光乂、郊、愈、籍、合

---

① 据胡应麟《诗薮》外编卷三，《南熏集》为窦常有选编，孙季梁有《唐正声》三卷，王正范有《续唐正声》五卷，均已失传。

十数子,挺然颓波间,得苏、李、刘、谢之风骨,多为清德之所讽览,乃能抑退浮伪流艳之词宜矣。爰有律体,祖尚轻巧,以切语对为工,以绝声病为能,则有沈、宋、燕公、九龄、严、刘、孟、司空曙、李端、二皇甫之流,实繁其数。皆妙于新韵,播名当时。亦可谓守章句之范,不失其正者矣。

顾陶选诗标准,看来与殷璠是一致的,一取"风骨"、二取"声律",前者以杜、李(置杜甫于李白之前,显然承于元、白之论)为最,后者以沈佺期、宋之问为先。他对于此前的他人选本作了一番评价:

然物无全工,而欲篇咏盈千,尽为绝唱,其可得乎?虽前贤纂录不少,殊途同归,《英灵》《间气》《正声》《南熏》之类,朗照之下,罕有孑遗,而取舍之时,能无少误?未有游诸门英菁毕萃,成篇卷而玷颣全无。诗家之流,语多及此。岂识者寡,择者多?实以体词不一,憎爱有殊。苟非通而鉴之,焉可尽其善者?

或许,可以解释以前诸种选本均漏选杜甫。他为了补前人之失,力求公正地对待搜集到的所有诗作:"且无情势相托,以雅直尤异成章而已。……即历稔盈箧,搜奇略罄,终恨见之不遍,无虑选之不公。"在后序中甚至说:"嗟呼!行年七十有四,一名已成,一官已弃,不惧势逼,不为利迁,知我以《类选》起序者,天也!"他的选诗原则和方法是:

或声流乐府,或句在人口,虽靡所记录,而关切时病者,此乃究其姓家,无所失之;或风韵标特,讥兴深远,虽已在他集,而汨没于未至者,亦复掇而取焉;或词多郑、卫,或音涉巴歈,苟不亏六义之要,安能间之也?

他的取诗尺度是相当宽泛的,特别第三条,"词多郑、卫"者亦不拒选。但是,又不知什么原因,在后序中说明他为何未选元稹、白居易之诗,却是"其家集浩大,不可雕摘,今共无所取,盖有微志存焉"。元、白诗正以"关切时病"著称,亦有"风韵特标,讥兴深远"之作,且成全集,不予选录,岂不违背第一、二项原则? 其"微志"是什么呢? 杜牧曾假李戡之口斥元、白诗"纤艳不逞,非庄士雅人";稍后司空图在《与王驾评诗书》中亦说:"元、自力勍而气孱,乃都市豪沽耳。"大概在偏重审美批评的评家、选家眼中,元、白诗品位不高,顾陶亦有腹诽之意,这就是所谓"微志存焉"。《唐诗类选》"始自有唐,至于近岁,凡一千二百三十二首,分为二十卷",可见是一个极有价值的选本。

韦庄的《又玄集》,最后完成于唐昭宗光化三年(900年),从入选作者看,可说是一个最完整的唐诗选集,盛、中、晚唐著名诗人,绝大多数入选,称"国朝大手名人,以至今之作者,或百篇之内,时记一章,或全集之中,唯证数首,但掇其清词丽句"。他注意到了僧、道和女诗人的诗作,僧人选了无可和皎然等十家,女诗人选了李季兰、薛涛、女道士鱼玄机和"倡伎"常浩等二十一家;其时并不为时人所欣赏的李贺也入选了。韦庄很推崇杜甫,以杜甫在成都居址浣花溪名自己的诗集为《浣花集》,《又玄集》以杜甫入川后《西郊》《春望》《南邻》等五、七言律诗开卷,体现其重"清词丽句"之审美情趣。《又玄集》序言中有一段表白选家的态度:

> 此盖诗中鼓吹,名下笙簧。击凫氏之钟,霜清日观;淬雷公之剑,影动星津。云间分合璧之光,海上运摩天之翅,夺造化而云雷喷涌,役鬼神而风雨奔驰。但思其食马留肝,徒云染指;岂虑其烹鱼去乙,或致伤鳞。自惭乎鼹腹易盈,非嗜其熊蹯独美。

韦庄希望选出审美价值极高的诗篇,"食马留肝""烹鱼去乙"云云,用今天的话来说,就是要善于区别香花与毒草(马肝有毒)、精华与糟粕("乙"为鱼之颊骨)。他坚持自己的审美标准,申说"左太冲十年三赋,未必无瑕;刘穆之一日百函,焉能尽丽? 是知班、张、屈、宋,亦有芜辞;沈、谢、应、刘,犹多累句。虽遗妍可惜,而备载斯难"。这是为他前所说"鼹腹易盈,非嗜其熊蹯独美"辩护,他所做的只能是"执斧伐山,止求嘉木;挈瓶赴海,但汲甘泉"。自评《又玄集》三卷之选则曰:"记方流而目眩,阅丽水而神疲。鱼兔虽存,筌蹄是弃。所以金盘饮露,唯采沆瀣之精;花界食珍,但飨醍醐之味。非独资于短见,亦可贻于后昆。"他是有意识地以此作为唐诗审美的一个范本。此后所出韦縠之《才调集》,大致仿韦庄之选,亦持"韵高而桂魄争光,词丽而春色斗美"的以审美为先的态度。

以上我们考察的是唐代诗选家的审美态度,除了元结选《箧中集》对唐诗已形成美学风貌有所排斥,其他选家的态度可说是比较一致的,杜甫的早期诗《三吏》《三别》等无人选,元、白的"新乐府"无人选[①],为杜甫所赞赏的元结更是未进入他身后任何一个选本。倒不是这些选家拒绝任何有政治色彩、有现实意义的诗篇,而是他们首先以有否高度的审美价值来取舍这类诗篇。以"风骨""声律"为最高审美尺度,以"清词丽句"为他们的主观爱好,合则取,不合则舍。唐代选家的审美态度,是反映唐代诗学以美学批评为主流的一个重要侧面。

---

① 《才调集》选了白居易《秦中吟》十首,作古体诗入选。该书选白诗二十七首,《又玄集》仅选白诗二首。

第十三章
北宋诗文革新运动的诗学走向

中国历代政治与文学关系的变易，往往呈现出一种带规律性的现象，那就是当前一个王朝政治统治及其影响结束了，可是其文学的影响及其余波，在新的王朝里还久久不会消失。南北朝之于唐代是如此，唐代之于宋朝又是如此。陆游在为晚唐五代词选集《花间集》所作的一个《跋》中说："唐自大中后，诗家日趋浅薄，其间杰出者亦不复有前辈宏妙浑厚之作，久而自厌，然梏于俗尚不能拔出。会有倚声作词者，本欲酒间易晓，颇摆落故态，适与六朝跌宕意气差近，此集所载是也。故历唐季、五代，诗愈卑而倚声辄简古可爱。盖天宝以后诗人常恨文不逮意，大中以后诗衰而倚声作，使诸人以其所长格力，施于所短，则后世孰得而议。"陆游对晚唐诗作了个"日趋浅薄"的总体评价，指出诗歌文体之变（诗向词）在"大中"（847—849）以后就开始了。词到宋代，蔚为大观，本书不容述此；而作为已有两千年传统的诗，宋人还得写下去。唐人之诗已经有极高的思想与艺术成就，宋诗如何走出唐诗这座高峰所形成的千山万壑，这是有宋一代诗人、诗论家不断思考的严峻问题。他们之中，大致选择了两条路：一条是学唐、宗唐，取其自己所崇尚者为师，加上自己的创造，形成唐风宋诗。如宋初王禹偁学白居易（被称为"白体"），杨亿、刘筠学李商隐（被称为"西昆体"），还有的专学韩愈或学韦应物，等等。另一条是

"自出己意以为诗"（严羽语），力变"唐人之风"。这两条路在南、北两宋，几乎并行不悖（南宋末年还有专学晚唐贾岛、姚合的"永嘉四灵"），当然也时有交叉。随着宋代统治者有别于唐代统治思想的形成，尤其是理学的兴起，"主理"便成为宋诗一个基本的特点，与唐诗"尚情"有了一个较为明显的判别标志。此外，"宗唐""学唐"以后逐渐集中于宗杜、学杜，影响两宋的江西诗派，就是"出己意"与宗杜甫结合，而成为最有代表意义、影响深远的宋诗一大流派。

宋代历时三百余年，其间由于金人入侵而分别为北、南两宋，诗的兴盛始终没有兴起一个大的高潮[①]，再是由于又有一个新文体——词，使很多有才华的诗人分兴于她，乃至或豪放或婉约的新词更为人们所关注，这也影响了传统诗体的发展和取得超越前人的成就。宋代的诗学理论倒是有较大的发展，到南宋严羽的《沧浪诗话》为一高峰，但是，所有的理论成果，都可说是在探索研究唐诗创作成就的基础上取得的。

一 宋人对唐诗的接受与评价

宋人对唐诗的接受，有一个由近而远、由低而高、由浅而深的过程。北宋初期，诗坛主要受中、晚唐诗的影响，而有王禹偁等人的"白居易体"、杨亿等人的"西昆体"盛行一时，到欧阳修开始尊韩愈（主要从古文角度），再到黄庭坚及其江西诗派推出杜甫为他们诗派之"祖"，最后，严羽将盛唐诗尊为历代诗中最高的审美典范，而李白、杜甫又是达到"诗而入神"之"极至"仅有的两位诗人，这是美学接受的完成。对杜甫的认识和接受，在宋人对唐诗的接受与评价中有一定的代表意义，让我们对此先作一个粗略的考察。[②]

[①] 近代陈衍在《石遗室诗话》中提出中国诗歌发展史的三个高峰在开元、元和、元祐的"三元"说。元祐（1086—1094），是苏轼、黄庭坚的时代。陈衍宗我，故有此说。

[②] 宋人蔡梦弼《杜工部草堂诗话》二卷，集录宋代"名儒"评论杜甫言论二百余条，是杜学史上第一部评杜专集，请读者参阅。中华书局《历代诗话续编》（上）收入此著。此不另引。

宋人对杜甫在唐代诗坛地位的认识，大体本于元稹和韩愈对杜甫的评价，宋初较早提出文与道的关系的田锡，在《贻宋小著书》中列举唐人诗文特点，就特标"李白、杜甫之豪健"。曾选《唐文粹》一百卷的姚铉，其序中有言："有唐三百年，用文治天下。陈子昂起于庸蜀，始振风雅。由是沈、宋嗣兴，李、杜杰出；六义四始，一变至道。"代表官方观点修《新唐书》的宋祁，在《文艺列传序》有"言诗则杜甫、李白、元稹、白居易、刘禹锡，谲怪则李贺、杜牧、李商隐，皆卓然以所长为一世冠"之语，列杜甫为唐诗人之首。在杜甫本传之《赞》中，赞扬杜甫"浑涵汪茫，千汇万状，兼古今而有之。……甫又善陈时事，律切精深，至千言不少衰，世号诗史"。这个评价在宋代是很有权威性的。以诗论杜，是曾被宋神宗称誉为"文章典雅，焕然有三代风"的张方平，专作《读杜工部诗》和《读杜诗》二首，前诗云："文物皇唐盛，诗家老杜豪。雅音还正始，感兴出《离骚》，运海张鹏翅，追风骋骥髦。三春上林苑，八月浙江涛。……"对杜诗"浑涵汪茫"的艺术风格作了全面酣畅的描述，杜甫一生的"途穷"遭际，更引起他深刻的同情。第二首写道：

　　杜陵有穷老，白头惟苦吟。正气自天降，至音感人深。昭回切云汉，旷眇包古今。万壑入溟海，一枝成邓林。掩抑鬼神泣，寂寥星月沉。珠凭罔象得，玉看晶采寻。穰穰丰年谷，磊磊殊方深。病源问岐伯，兵略须淮阴。流寓四方路，浩荡平生心。每览《述怀》篇，使我清泪淫。

杜甫以他的人格力量，以其诗的感情力量和极高艺术审美价值，赢得宋人的高度重视，他们已注意到唐人殷璠《河岳英灵集》等"不载杜甫诗"是"彼必各有意也"（姚宽《西溪丛话》卷上）。由于唐人未能重视杜诗，晚唐五代的战乱又使杜诗散失飘零，北宋初中期便有了一个搜辑杜诗热潮，参加此项工作的有孙仅、刘敞、苏舜钦、王洙、王淇、王安石等学者以下诗人，我们今天能看较为完整的杜集，有赖于当年他们辛勤的搜辑之功。有了比较完整的杜集，使宋人能对杜甫

作出新的评价,孙仅《读杜工部诗集序》,将杜甫推为"周楚西汉相准的"伟大诗人:

> 其夐邈高牟,则若凿太虚而嗷万籁;其驰骤怪骇,则若仗天策而骑箕尾;其首截峻整,则若俨钩陈而界云汉;枢机日月,开阖雷电,昂昂然神其谋,挺其勇,握其正,以高视天壤,趋入作者之域:所谓真粹气中人也。①

这个评价,为尊杜甫为"诗圣"作了准备。此后,对杜甫承风骚正统的高度评价与颂扬,接踵而至,欧阳修《堂中画像探题得杜子美》诗写道:"风骚久寂寞,吾思见其人。杜君诗之豪,来者孰比伦。"陈造《答陈梦锡书》云:"夫三百篇之为经,后世无以加。士以诗名,舍是无善学。屈氏之骚,杜氏之古律,三百篇之正派。"张戒《岁寒堂诗话》云:"情动于中,而形于言,其正少,其邪多。孔子删诗,取其'思无邪'者而已。自建安七子、六朝、有唐及近世诸人,思无邪者,惟陶渊明、杜子美耳,余皆不免落邪思也。"这就把李白也划入了"落邪思"之类,唐之诗人百千计,惟杜甫是"正"。秦观在《韩愈论》中,将杜甫与孔子相比,其言杜甫云:

> 杜子美之于诗,实积众家之长,适当其时而已。昔苏武李陵之诗,长于高妙;曹植、刘公幹之诗,长于豪逸;陶潜、阮籍之诗,长于冲淡;谢灵运、鲍照之诗,长于峻洁;徐陵、庾信之诗,长于藻丽。于是杜子美者,穷高妙之格,极豪逸之气,包冲淡之趣,兼峻洁之姿,备藻丽之态,而诸家之作,所不及焉。然不集诸家之长,杜氏亦不能独至于斯也,岂非适当其时故耶?

他以孟子言"孔子,圣之时者也。孔子之谓集大成"而曰:"呜呼!杜氏韩氏,亦集诗文之大成者欤!"无异于说杜甫是诗中之"圣"了。

从学诗的角度看,绝大多数的宋人选择的也是杜甫。他们认为晚

---

① 仇兆鳌:《杜诗详注》附编,中华书局,1979,第2237—2238页。

唐诗"工巧",不足以成大器,黄庭坚说:"学老杜诗,所谓'刻鹄不成尚类鹜'也;学晚唐人诗,所谓作法于凉,其敝犹贪,作法于贪,敝将若何!"(《与赵伯充》)他们又认为元、白"俗",不够高雅(苏轼谓"郊寒岛瘦,白俗元轻"),而于李白,其人其诗天才俊逸,不易学。唯有杜甫,在他们看来是众美俱备而又有"规矩",连才华横溢的苏轼也说:"子美之诗……集大成者也。学诗当以子美为师,有规矩故可学。……学杜不成,不失为工。"(陈师道《后山诗话》引)有的人则把学杜甫诗比作写字临法帖:"读杜甫诗,如看羲之法帖,备众体,而求之无所不有……工于诗者,必取杜甫,盖彼无所不有,则感之者各中其所好故也。"(黄裳《张商老诗集序》)所谓"无所不有",王安石说得更具体:"白之歌诗,豪放飘逸,人固莫及,然其格止于此而已,不知变也。至于甫,则悲欢穷泰,发敛抑扬,疾徐纵横,无施不可。故其诗有平淡简易者;有绵丽精确者;有严重威武,若三军之帅者;有奋迅驰骤,若泛驾之马者;有淡泊闲静,若山谷隐士者;有风流蕴藉,若贵介公子者……"① 这就是说,无论何种性格气质的人学诗,都可以从杜甫诗集中找到"各中其所好"者。

从北宋至南宋,杜甫都是绝大多数诗人心目中的偶像,并且是神圣的偶像(宋代第一个也是唯一的一个贬损杜诗者,是西昆体的代表作家杨亿,诋为"村夫子",遭到后来的诗人和诗评家一致痛斥),南宋杨万里在《江西宗派诗序》中写道:

> 昔者诗人之诗,其来遥遥也。然唐云李、杜,宋言苏、黄,将四家之外,举无其人乎?门固有伐,业固有承也。……今夫四家者流,苏似李,黄似杜:苏、李之诗,子列子之御风也;杜、黄之诗,灵均之乘桂舟、驾玉车也。无待者神于诗者欤?有待而未尝有待者,圣于诗者欤?

他将宋代两大领袖诗人推出来了,然而仅仅是"苏似李,黄似杜",

---

① 胡仔:《苕溪渔隐丛话》,前集卷六引。又见宋·魏庆之编《诗人玉屑》卷十四。

李白、杜甫以"神"与"圣"居于诗歌艺术的最高殿堂,宋人无法超越,看来后人也无法超越了。

二 诗文革新运动者的诗学主张

有着传统儒学根底的中国文人,都有一种很强的自我调节能力,总是将自己所从事的文字事业,顺应着时代的潮流发展。唐代建国半个多世纪之后,有四杰与陈子昂等力除南朝绮靡余风高倡"风骨";宋代建国半个多世纪之后,出现了以欧阳修为领袖的诗文革新运动,力制晚唐文风诗风的蔓延。诗文革新运动以复兴韩、柳古文发其端,造就了欧阳修、苏洵、苏轼、苏辙、王安石、曾巩六大古文家,列入"唐宋八大家"而垂名于中国散文史,这场"革新"与宋诗的发展也息息相关,造就了一批有独立风格的宋代诗人。

梅尧臣(1002—1060)字圣俞,也称宛陵先生,安徽宣城人。他是诗文革新者中以诗为主业的诗人。"我世本儒术,所谈圣人篇。圣篇辟乎道,信谓天地根"(《依韵和李君谈予注〈孔子〉》),他基本上是遵循儒家诗学原则的,《答韩三子华、韩五持国、韩六玉汝见赠述诗》全面地陈述了他的诗学主张:

> 圣人于诗言,曾不专其中。因事有所激,因物兴以通。自下而磨上,是之谓《国风》。《雅》章及《颂》篇,刺美亦道同。不独识鸟兽,而为文字工。屈原作《离骚》,自哀其志穷,愤世嫉邪意,寄在草木虫。……

以《风》《骚》为诗之正道,反对"有作皆言空"的游戏创作:"烟云写形象,葩卉咏青红。人事极谀诡,引古称辨雄。经营为切偶,荣利因被蒙。遂使世上人,只曰一艺称。以巧比戏弈,以声喻鸣桐。嗟嗟一何陋,甘用无言终。"诗是诗人的精神创造,不是匠人的手艺,这个观点是非常正确的。梅尧臣欲创造一种"平淡"的风格,以对抗西昆体华贵精致的"雕章丽句"。"平淡",没有陈子昂提倡的"风骨"那样内在的力度,但真正的具有审美意义的"平淡",是一种"大巧

之朴",下面是他一些关于"平淡"的论述:

> 作诗无古今,唯造平淡难。譬身有两目,了然瞻视端。(《读邵不疑学士诗卷》)
>
> 诗本道性情,不须大厥声。方闻理平淡,昏晓在渊明。(《答中道小疾见寄》)
>
> 泊舟寒潭阴,野兴入秋荬。因吟适情性,稍欲到平淡。(《依韵和晏相公》)
>
> 其顺物玩情,为诗则平淡邃美,读之令人忘百事也。其辞至乎静正,然后知趣尚博远,寄适于诗尔。(《林和靖先生诗集序》)

值得特别注意的是"平淡邃美",就是平淡美。这不是浅水无波之美,而是有一定深度的美感;不只是语言的质朴平易,更在于诗意的深邃。欧阳修在《六一诗话》记梅尧臣语曰:"诗家虽率易,而造语亦难。若意新语工,得前人所谓道者,斯为善也。必能状难写之景如在目前,含不尽之意见于言外,然后为至矣。"这就是他所追求"平淡邃美"的真谛,这样的诗作,"作者得于心,览者会以意,殆难指陈以言也"。梅尧臣的诗,当时就得到欧阳修的高度赞赏:"圣俞覃思精微,以深远闲淡为意。"将他作为诗文革新运动中诗歌领域的旗手诗人。南宋刘克庄甚至尊他为"本朝诗"的"开山祖师",说"宛陵出,然后桑濮之畔淫稍熄,风雅之气脉复续"(见《后村大全集》卷一七四)。

欧阳修(1007—1072),字永叔,号六一居士,庐陵(今江西吉安)人。他小梅圣俞五岁,但政治地位比梅高,因此有领袖一代的地位。他的主要精力在古文方面,以诗词为余事,可是又都有可观的成就。对于诗歌理论的贡献,首先值得一提的是创立了一种新的诗歌评论文体——诗话。他晚年退居汝阴(今河南),将自己谈诗评诗的一些片言断语,收集成篇,"以资闲谈",共二十八则,题名曰《诗话》,因自号"六一居士",后人称引时名曰《六一诗话》,遂以此垂名于诗论史;

稍后司马光见之，仿效而作《续诗话》（后称《温公续诗话》）。由于有这两位政坛、文坛显要人物的提倡，于是有宋一代，"诗话"勃兴，延绵不绝，直到当今。《六一诗话》主要是在评论唐宋两代一些诗人诗作中，很简要地道出一些对诗的见解，如评他很尊崇的韩愈，说韩虽然是"余事作诗人"，"然其资谈笑，助谐谑，叙人情，状物态，一寓于诗，而曲尽其妙"，又进一步说："余独爱其工于用韵也。盖得其韵宽，则波澜横溢，泛入傍韵，乍还乍离，出入回合，殆不可拘以常格，如《此日足可惜》之类是也。得韵窄，则不复傍出，而因难见巧，愈险愈奇，如《病中赠张十八》之类是也。"有趣的是记他与梅尧臣的对话：

> 余尝与圣俞论此，以谓譬如善驭良马者，通衢广陌，纵横驰逐，惟意所之。至如水曲蚁封，疾徐中节，而不少蹉跌，乃天下之至工也。圣俞戏曰："前史言退之为人木强，若宽韵可自足而辄傍出，窄韵难独用而反不出，岂非其拗强而然与？"坐客皆为之笑也。

这是对韩愈诗歌艺术一个重要的评论，乃至将那位"拗相公"的性格特征在诗歌用韵上的表现也附论如此。为了阐明某诗歌美学观点，欧阳修不存偏见援引大、小诗人作品为例，如强调诗人应对于所表现的情事有真切的感受，才有感人之诗，举孟郊、贾岛表现饥寒的诗作，如孟之《谢人惠炭》"暖得曲身成直身"、贾岛《朝饥诗》"坐闻西床琴，冻折两三弦"，说"人谓非其身备尝此之不能道此句也"。《诗话》中多数条目是记述和评论本朝诗坛的人和事，有文学史料的价值。

欧阳修的重要诗论不在《六一诗话》，而在于他就梅圣俞诗所撰写的专论中，他先写了《书梅圣俞稿后》，梅去世后，又写了《梅圣俞诗集序》，序言开篇即说：

> 予闻世谓诗人少达而多穷。夫岂然哉？盖世所传者，多出于古穷人之辞也。凡士之蕴其所有，而不得施于世者，多喜自放于山巅水涯。外见于虫鱼草木风云鸟兽之状类，往

往探其奇怪,内有忧思感愤之郁积,其兴于怨刺,以道羁臣寡妇之所叹,而为人情之难言,盖愈穷则愈工。然则非诗之能穷人,殆穷者而后工也。

这是对韩愈《送孟东野序》和《荆潭唱和诗序》两文"物不得其平则鸣""欢愉之辞难工,而穷苦之言易好"的观点进一步引申发挥。欧阳修论古文写作的原则是强调"道胜文至"(见《答吴充秀才书》)那是以形而上的儒家之道作为古文写作的本原;而他论诗,与韩、柳一样,另眼看待,诗就是抒写诗人最深刻的人生体验。"穷",不是指经济生活的穷困,而是指胸怀报国大志"而不得施于世"、有"道"不得行。以梅圣俞言,虽举进士,却在官场屡受压抑,"困于州县凡十余年。年今五十,犹从辟书,为人之佐,郁其所蓄,不得奋见于事业"。他"学乎六经仁义之说",善作文章,但人微言轻,于是"自以其不得志者,乐于诗而发之",而"世之人徒知其诗而已",且"时无贤愚,语诗者必求之圣俞",并引他人对梅圣俞之评:"昔王文康公尝见而叹曰:'二百年无此作矣!'"欧阳修在此序中表述了一个明确的观点:诗人有"忧思感愤之郁积"才有好诗产生,这种"郁积"愈深,诗"愈工",不是因写诗能使人有此种感情的"郁积",能使人"穷",而是先"穷"有"郁积"而后产生好的诗篇。这一观点在他的《水谷夜行寄子美、圣俞》一诗中又有表述:"梅翁事清切,石齿漱寒濑。作诗三十年,视我犹后辈。文字愈清新,心意虽老大。譬如妖韶女,老自有余态。近诗尤古硬,咀嚼苦难嗫。初如食橄榄,真味久愈在。……梅穷独我知,古货今难卖。"论及梅追求"平淡"的艺术风格亦与他"穷"有关,这样平淡而有深意的作品,是很难得权势者赏识的。

《书梅圣俞稿后》由论乐而及诗,音乐作品通过乐器演奏出来,"其声器名物,皆可以数而对也",然而音乐作品中所蕴含的感情旋律,"至乎动荡血脉,流通精神,使人可以喜,可以悲,或歌或泣,不知手足鼓舞之所然,问其何以感之者,则虽有善工,犹不知其所以然焉。盖不可得而言也。……故工之善者,必得于心而应于手,而不可述之言也;

听之善，亦必得于心而会以意，不可得而言也"。欧阳修阐明一个艺术创作与鉴赏的大道理：可以言"器"不可以言"道"，可以言"形"不可以言"情"与"神"，后者只可凭心去体悟而"得于心"。梅圣俞诗"其体长于本人情，状风物，英华雅正，变态百出"。问其"声律之高下，文语之疵病"这些有关形式问题，"可以指而告余也"，但问"其心之得者"即何以其诗能"感人之至"，则"不可以言而告也"。

欧阳修论诗不与他作古文的法则并行，如果说作古文是主张"道胜者文不难而自至"，那么作诗则是：情胜者诗不难而自工。这一旗帜鲜明的观点，在诗文革新运动中以及对宋诗以后的发展，都起着重要的指导作用。

诗文革新运动中还有一位苏舜钦（1008—1048），字子美，四川梓州人。他也是欧阳修很赏识的一位诗人，梅诗"平淡"，苏诗豪放，欧阳修一视同仁，谓"二子可畏爱"，在《水谷夜行》《答苏子美离京见寄》等诗中，对其人品诗作都给予了高度评价，在后诗中写道："众奇子美貌，堂堂千人英。我独疑其胸，浩浩包沧溟。沧溟产龙蛰，百怪不可名。是以子美辞，吐出人辄惊。其于诗最豪，奔放何纵横！众弦排律吕，金石次第鸣。间以绝险句，非时震雷霆。两耳不及掩，百痾为之醒。……"这位以豪放见称的诗人，也是主张诗是表现人生的艺术，在《石曼卿诗集序》中说：

诗之作，与人生偕者也。人函愉乐悲郁之气，必舒于言。

能者裁之传于律，故其流行无穷，可以播而交鬼神也。

这与欧阳修所论同调，是诗文革新运动中诗学主流观。这个革新运动是上承中唐古文运动的，中国古代散文经过"古文"的规范，自此而后摆不脱"道"对"文"的控制，始终以政教功利为第一目的，因此而未能获得独立的文学价值（处于杂文学的羁绊之中）。而诗较为幸运，从韩、柳到欧阳修，都很开通地把诗作为表现人生的艺术，没有改变"诗缘情"的发展方向，而宋代又将"簸弄风月，陶写性情"更婉于诗的词，推向诗歌艺术的高峰，更是诗歌事业的胜利。

三　苏轼的诗歌美学观

在介绍苏轼的诗歌理论之前,有必要先论及他的父亲苏洵(1009—1060)的一篇《诗论》。苏洵是一位著名的古文家,但他不是如韩、欧那样尊奉孔孟之道,认为《六经》不过是"圣人用其机权以持天下之心而济其道于无穷也"(《六经·易论》),因此他不将《六经》奉为天下之至理,千古不变之至法,后人大可"用其机权"而推演出新的道理。他的《诗论》就是一篇论"礼"与"情"的矛盾而向儒家诗教"发乎情,止乎礼义"发起挑战的文章。始言曰:"人之嗜欲,好之有甚于生;而愤憾怨怒,有不顾其死,于是礼之权又穷。礼之法曰:好色不可为也;为人臣、为人子、为人弟,不可以有怨于其君父兄也。使天下之皆不好色,皆不怨其君父兄,夫岂不善? 使人之情皆泊然而无思,和易而优柔,以从事于此,则天下固亦大治;而人之情又不能皆然,好色之心,驱诸其中;是非不平之气,攻诸其外,炎炎而生,不顾利害,趋死而已。"这就是说,人有各种感情、男女大欲,其情与欲发至强烈,"礼"是无法加以克制的,当"人之好色与人之是非不平之心,勃然而发于中,以为可以博生也,而先以死自处其身。则死生之机,固已去矣"。一个人到了死都不怕的地步,还会"止于礼义"吗? 此刻则"礼为无权"。苏洵认为,越是强调"以道制欲"、以"礼"克"情","区区举无权之礼,以强人之所不能,则乱益甚而礼益败"。以此观点论诗,诗是泄导人情的最佳之选,"诗曰:好色而无至于淫,怨而君父兄而无至于叛",诗可缓解礼法之严;礼"严以待天下之贤人",诗则"通以全天下之中人",换句话说"礼之权"只对于那些无思无情的所谓"圣贤"有用,而普天下有思有情的血肉之躯只能循己之情而"博生",只需把握一个限度:"许我以好色,不淫可也;不尤我之怨吾君父兄也,则彼虽以虐遇我,我明讥而明怨之,使天下明知之,则吾之怨亦得当焉,不叛可也。"孔子说过"诗可以怨""《关雎》好色而不淫",苏洵作了大胆的发挥,"怨"有功,"好色"亦有功,因为有此才可以"不至于淫""不至于叛"而免使"礼益败"。他用了几个很巧的比喻结束全文：

> 夫桥之所以安于舟者，以有桥而言也。水潦大至，桥必解，而舟不至于必败。故舟者所以济桥之所不及也。

以桥喻礼，以舟喻诗，以水喻情，礼是固定不动的，跨于情之上，而诗则在感情的激流中运行；情盛烈可以将礼冲垮，于诗则如水涨船高，情之"大至"可使诗更为矫健也。

苏轼（1037—1101）是苏洵长子，字子瞻，号东坡居士。与其弟苏辙生长在一个思想开放的家庭，父子三人皆成为宋代著名文学家（"唐宋八大家"中的三大家），而他以超人的天赋才能，在诗、词、文、书、画方面均取得很高的成就，并且在理论上都有卓越的创见，苏轼的诗歌理论与他的文论画论书论是相互渗透交融的，都上升到了超越具体文学样式而至美学理论的高层次范畴，因此，我们介绍他的诗歌理论会旁及一些文、书、画论。他的诗论内容丰富多彩，择其要点，归纳出如下四个方面。

（一）诗极变态，贵于自得。苏轼诗歌理论的哲学基础，实与司空图所尊之"大道"相通，"道"有种种变态，作为实现"道"的感性显现之"艺"，也是极富变态的。在《书吴道子画后》中写道：

> 知者创物，能者述焉，非一人而成也。君子之于学，百工之于技，自三代历汉至唐而备矣。故诗至于杜子美，文至于韩退之，书至于颜鲁公，画至于吴道子，而古今之变、天下之能事毕矣。道子画人物，如以灯取影，逆来顺往，旁见侧出，横斜平直，各相乘除，得自然之数，不差毫末。出新意于法度之中，寄妙理于豪放之外，所谓游刃余地，运斤成风，盖古今一人而已。

这则小品，谈的是艺术哲学的大道理，艺术创造不断地登峰造极，就是有"古今之变"的漫漫历程，而艺术家能"变"，"天下之能事"无不可至，"出新意于法度之中，寄妙理于豪放之外"，岂止是绘画？

于诗更是如此!《书黄子思诗集后》先说书法之于唐之颜真卿、柳公权"始集古今笔法而尽发之,极书之变,天下翕然以为宗师",接着就说:

> 至于诗亦然。苏、李之天成,曹、刘之自得,陶、谢之超然,盖亦至矣。而李太白、杜子美以英伟绝世之姿,凌跨百代,古今诗人尽废;然魏晋以来,高风绝尘,亦少衰矣。李、杜之后,诗人继作,虽间有远韵,而才不逮意。独韦应物、柳宗元发纤秾于简古,寄至味于淡泊,非余子所及也。

与"贵远贱近"论者"一代不如一代"之说相反,苏轼强调的是诗歌发展一代胜过一代,这是极尽诗家之变态的积极成果。唐以前,已有"天成""自得""超然"之变,好像已不可企及,但当李、杜有"凌跨百代"之变,魏晋以来的"高风绝尘"就令人感到稍逊一筹了。当然,诗人能"变",还须他具备很高的才华,"才不逮意"是不可能"变"而超越前人。苏轼对自己的才华有充分的自觉意识,所以他在以"变"为诗家之"能事"的思想指导下,敢于"自出己意以为诗",看重的是"自得"。他与苏辙初经三峡出川,兄弟以诗唱和,歌咏山川之美,他在《江行唱和集叙》中写道:"夫昔之为文者,非能为之为工,乃不能不为之为工也。山川之有云雾,草木之有华实,充满勃郁,而见于外,夫虽欲无有,其可得邪。自闻家君之论文,以为古之圣人有所不能自已而作者;故轼与弟辙为文至多,而未尝敢有作文之意。"不是有意作文,而是有所心得"不能自已"而作文,"得于谈笑之间,而非勉强所为之文也"。苏轼非常强调创作时须有一种自由心态,反对在形式上拘守前人法度,《诗颂》云:"冲口出常言,法度越前轨。人言非妙处,妙处在于是。"这是言以自得其妙为最大满足。《密州倅厅题名记》中则说:"余性不谨言语,与人无亲疏,则输写腑脏。有所不尽如茹物不下,必吐出而已。"这种建立在"自得"基础上的创作心态自由,也恰于他赞扬吴道子的"得自然之数""出新意于法度之中",不有意于变而能极尽变之能事。

(二)心游物外,神与物交。这是苏轼在艺术创造中处理审美主客体关系的重要体悟。他认为,"物"是诗人、画家的审美对象但不是审美创造的目的,感物可诱发创作欲望的发生,进而使自己与读者都臻至心游物外的审美境界。《跋君谟飞白》云:"物一理也,通其意则无适而不可。"《宝绘堂记》则说:"君子可以寓意于物,而不可以留意于物。寓意于物,虽微物足以为乐,虽尤物不足以为病;留意于物,虽微物足以为病,虽尤物不足以为乐。""寓"与"留"的区别在于,前者是见物"通其意"产生精神的愉悦感即可,不执着于物之形与物之用,保持审美的自由心态,在审美创造中便能进行自由地发挥。后者则是见物而滞留于物之形与用,物欲掩盖了审美,"人所欲无穷,而物之可以足吾欲者有尽,美恶之辨战乎中,而去取之择交乎前",审美的自由感也就受到束缚。在《超然台记》中他进一步提出"游于物之外"而不能"游于物之内"的观点,以此论诗文书画的创作,那就是对客观事物的体察,不仅是以五官相感,更重要的是用心灵去体验,即庄子所说"以神遇而不以目视,官欲止而神欲行"。苏轼的好友文与可是这样的一位画家:"与可画竹时,见竹不见人。岂独不见人,嗒然遗其身。其身与竹化,无穷出清新。庄周世无有,谁知此凝神。"①另一位画家李龙眠作《山庄图》,"使后来入山者信足而行,自得道路,如见所梦,如悟前世",造成一种真实中有幻觉、幻觉中有真实的特殊的审美效应,这是为什么?"天机之所合,不强而自记也!居士之在山也,不留于一物,故其神与万物交,其智与百工通。虽然,有道有艺。有道而不艺,则物虽形于心而不形于手。"②不留意于物才能神交万物,神交万物就达于"道"的最高境界,此时辅之以"艺",就有得于心而应于手的"出境入化"的艺术创造。苏轼这一思想,在他借用佛家道理所作的《送参寥师》一诗中,有更深刻的阐述:

　　上人学苦空,百念已灰冷,剑头惟一吷,焦谷无新颖。

---

① 见《书晁补之所藏与可画竹》。
② 见《书李百时山庄图后》。

胡为逐吾辈？文学争蔚炳，新诗如玉屑，出语便清警。退之论草书，万事未尝屏，忧愁不平气，一寓笔所骋。颇怪浮图人，视身如邱井，颓然寄淡泊，谁与发豪猛？细思乃不然，真巧非幻影。欲令诗语妙，无厌空且静；静故了群动，空故纳万境。阅世走人间，观身卧云岭。咸酸杂众好，中有至味永。诗法不相妨，此语更当请。

在苏轼看来，佛家所崇尚的"静"与"空"，正是"游于物之外"的心理基础，能凝神静观便能了识万物的动态，"处静而观动，则万物之情毕陈于前"①，能"空"而胸无陈见杂念，便能将种种悦性怡情、美景佳境收纳眼底心中。"观万物之变，尽其自然之理"②，出入人世间又能超脱人世间，便有超乎咸酸之"至味"的"玉屑"般晶莹纯净的新诗产生。这里需要补充指出的是，作为终生"阅世走人间"的苏轼，并没有专作"游于物之外"的诗，还有"嬉笑怒骂皆为文章"的一面，对于诗，还说过"诗须要有为而作"（《题柳子厚诗》）的话，在《王定国诗叙》中还特首推杜甫"一饭未尝忘君"，颇有现实主义的创作态度。其"物内""物外"之论，应视为具有更高层次和普遍性意义的审美创造法则。

（三）"诗画本一律，天工与清新"③。苏轼能诗善画，常常将诗与画的审美趣味等同而观，《书摩诘蓝田烟雨图》云："味摩诘之诗，诗中有画；观摩诘之画，画中有诗。"但他并不是以"形似"求画，更不以"形似"言诗，"论画以形似，见与儿童邻；赋诗必此诗，定非知诗人。诗画本一律，天工与清新"（《书鄢陵王主簿所画折枝》之一），要求诗与画都须有一种天工自然之美。所谓"天工"，就是不有意求工而自工，前已引他《江行唱和集叙》中"非能为之工，乃不能不为之工"，此"工"犹如草木山川之美态自然而有。后来他在一则

---

① 此语见《朝辞赴定州论事状》。
② 此语见《上曾丞相书》。
③ 《书鄢陵王主簿所画折枝》二首之一。

题为《自评文》的小品中又说：

> 吾文如万斛泉源，不择地皆可出。在平地，滔滔汩汩，虽一日千里无难。及其与山石曲折，随物赋形，而不可知也。所可知者，常行于所当行，常止于不可不止，如是而已矣！其他虽吾亦不能知也。

这是以自由自在的创作心态，无意之间造就一种自自然然的美态，虽"工"而不自知。在《答谢民师书》中也发挥了类似的观点："所示书教及诗赋杂文，观之熟矣。大略如行云流水，初无定质，但常行于所当行，常止于所不可不止，文理自然，姿态横生。"能"自然"，就无人为雕琢之迹而有"天工"偶成之趣。他强调"天工"的要义是：表现诗人主体与对象的自然神态。任何特定环境下的特定事物，都有各自独具的神态，能写出其神态、生气，便有"清新"之意趣。如果只注意描形摹状，便只是"画工"而不是真正的艺术家。他还说："笔墨之迹托于有形，有形则有弊。苟不至于无，而自乐于一时，聊寓其心，忘忧晚岁，则犹贤于博弈也。"（《题笔阵图》）但他也不是完全反对"形似"，只是不唯求"形似"，"形"与"神"融合一体，方是作手。他曾写给自己的儿子苏过一则《评诗人写物》。"诗人有写物之功，'桑之未落，其叶沃若'。他木殆不可以当此。林逋梅花诗云：'疏影横斜水清浅，暗香浮动月黄昏。'决非桃李诗。皮日休白莲花诗云：'无情有恨何人见，月晓风清欲堕时。'决非红莲诗。此乃写物之功。若石曼卿红梅诗云：'认桃无绿叶，辨杏有青枝。'此至陋语，盖村学中体也。"前三例都重在写物之特点并传其神，同时诗人亦"寓其心"；后一例则想力写红梅之形，陷入"赋诗必此诗"的俗套之中。苏轼晚年非常喜爱陶渊明的诗，其中原因之一就是陶诗有自然天趣之美，他说："'平畴交远风，良苗亦怀新'，非古人耦耕植杖者，不能道此语；非余之世农，亦不能识此语之妙也。"又云："'采菊东篱下，悠然见南山。'因采菊而见山，境与意会，此句最有妙处。近岁俗本皆作'望南山'，则此一篇神气多索然矣。古人用意深微，而俗士率然妄以意改，此最可疾。"①为什么改"见"为"望"就"神气索然"？因为抬头而"见"是一个无意识动作,得之自然；而"望"是有意识的行为,有故作之态。一字之差,便影响了"境与意会"的美感形态,失去"天工"之妙。

（四）"发纤秾于简古,寄至味于淡泊"。在《书黄子思诗集后》还有言："唐末司空图崎岖兵乱之间,而诗文高雅,犹有承平之遗风。其论诗曰：'梅止于酸,盐止于咸,饮食不可无盐梅,而其美常在咸酸之外。'盖自列其诗之有得于文字之表者二十四韵,恨当时不识其妙,予三复其言而悲之。"此文为苏轼晚年所作。苏轼青年、中年时,是一位积极入世、血气旺盛的诗人,其诗其词以超迈豪放著称,近于李白。他又敢于"以文字为诗,以才学为诗,以议论为诗"（严羽语）,更是不拘一格。当他在官场,在现实生活中屡屡碰壁之后,在海南等偏僻的地方为官,忘形陶然于大自然中,他的审美情趣亦为之大变,有了"简古""淡泊"之求。梅圣俞诗求"平淡邃美",苏轼之"简""淡"与之相通,但他有些更深入的论述。对"浓尽必枯,淡者屡深"之说,苏轼在《评韩柳诗》中具体地作了引申发挥：

> 柳子厚诗在陶渊明下,韦苏州上。退之豪放奇险则过之,而温丽靖深则不及也。所贵乎枯淡者,谓其外枯而中膏,似淡而实美,渊明、子厚之流是也。若中、边皆枯淡,亦何足道。佛云："如人食蜜,中、边皆甜。"人食五味,知其甘苦者皆是,能分别其中、边者,百无一二也。

所谓"枯",是外枯而内丰实,形"枯"而神旺,所谓"淡",是含众美而淡,如庄子所说"天地有大美而不言"。所谓"简古"亦不是简陋古拙,而是删繁就简,返璞归真。他在《和陶诗序》中有陶渊明诗"质而实绮,癯而实腴"之说,与其弟论书法又有"端庄杂流丽,刚健含婀娜"之说,可见其"简古""淡泊"实有很丰富的审美内涵。宋人周紫芝《竹坡诗话》记载："作诗到平淡处,要似非力所能。东

---

① 以上二条均见于《东坡诗话》。

坡尝有书与其侄云：'大凡为文，当使气象峥嵘，五色绚烂，渐老渐熟，乃造平淡。'余以不但为文，作诗者尤当取法于此。"这是对"发纤秾于简古"最好的注释。要达到"简古"须先经过丰富的感情储备，高超的技巧锻炼，达到炉火纯青的境地，浓郁的感情与高超的技巧浑然一体，有技巧转化为"游刃余地，运斤成风"的无技巧的最高艺术境界，也就是"淡泊"而又有"至味"。这样一种审美境界，苏轼到晚年悟到，他似乎有点感到悲哀，其实此中有一个生活经历、审美趣味、创作实践的变化过程。他晚年远离政治斗争的中心，是非功利之念逐渐在大自然的怀抱中淡化消解，对于"气象峥嵘、五色绚烂"的人生，经历过，体验过，如今已成了遥远的回忆；几十年的文学创作实践，一切技巧都已圆熟到了无可无不可的境地；再是他晚年又倾心于佛、道，能于"静"与"空"中"了群动"和"纳万境"，于是能理解司空图了，能识二十四诗品之妙了。如果说"发纤秾于简古"可看作他一生文学艺术实践的走向，那么，"寄至味于淡泊"就是他在美学王国最后的归宿。

第十四章
两宋理学家的诗学观

宋诗"主理""尚议论",是宋以后的诗人诗评家们一个颇为流行的观点,这是他们将唐、宋之诗加以比较以后得出的结论(始作俑者是南宋的严羽)。元代的傅与砺说:"大概唐人以诗为诗,宋人以文为诗。唐诗主于达性情,故于《三百篇》为近;宋诗主于议论,故于《三百篇》为远。"(《诗法正论》)明代的杨慎说:"唐人诗主情,去《三百篇》近;宋人诗主理,去《三百篇》却远矣。匪惟作诗也,其解诗亦然。"(《总纂升庵合集》卷一三七)这些评语都是一概而论,三百余年的宋诗也未必尽是如此,但是,两宋思想界占有统治地位的理学,不能说没有对诗学领域发生渗透性的影响,左右着诗人们的思维方式方法,从而使宋诗蒙上一层或浓或淡、或多或少的理性色彩。[①]

理学,亦称道学,以儒家伦理纲常的所谓道统为基础,杂以可为政教所利用的道、佛思想,建立一套为巩固专制政权服务的客观唯心主义哲学。这个学派打着宣扬性命义理的旗号,把儒家的伦理道德原则上升到宇宙本源、本体、本性的高度,成为天地之间无所不在的"理":"天下物皆可以理照。有物必有则,一物须有一理"(《二程全书》卷十八);由物及人,"父子君臣,天下之定理,无所逃于天地之间"(同

[①] 罗根泽先生《中国文学批评史》有言曰:江西派至吕本中接受二程(颐、颢)之学,陆游接近朱熹之学。

上书，卷五）。这样的"理学"，当然非常适应强化封建统治的需要，所以有宋一代都以此为统治思想，其负面作用，远胜于汉代的"独尊儒术"。

理学家们对于文学的看法，除了早期的程颢、程颐有完全否定文学存在价值的言论（"作文害道"说），其余的都是以文学为工具论（"文以载道"说）。对于诗，在"存天理而灭人欲"的律条之下，"缘情而绮靡"简直是大逆不道了，存"理"灭"情"于是而有了道学诗。理学传至南宋的朱熹已集其大成，随之内部也开始发生一些变化，分出了陆九渊的"心学"，以"宇宙便是吾心，吾心便是宇宙"之说，又给了"本于心"的诗一线生机。平心而论，两宋诗能顶住理学家"载道""害道"论的压力而未使诗亡于宋，已属不易；多了一点理性色彩而反映了其时代思潮的特点，就不应过于严厉地指责了。

一　邵雍的"情伤性命"与"以物观物"说

北宋的理学，最著名者是三家：周敦颐、邵雍、二程（颢、颐）。三家中，周的论诗言论不多，其"文以载道"说之"文"当然也包括诗："文所以载道也，轮辕饰而人弗用，徒饰也，况虚车乎？文辞，艺也；道德，实也。笃其实而艺者书之，美则爱，爱则传焉。贤者得以学而实之，是为教。……不知务道德而第以文辞为能者，艺焉而已。"（《文辞》）在这位理学家的心目中，文学根本没有独立地位，只不过是载物的车，车上载的"道德"。其价值在道德，而不是车，使车有文饰，不过是匠人的手艺而已。这是毫无掩饰彻头彻尾的工具论。程颢、程颐兄弟更是认为，这"车"也可以不要，有车反而妨碍"道"的自我完善。程颐说："作文害道否？曰：害也。凡为文不专意则不工，若专意则志局于此，又安能与天地同其大也？《书》云'玩物丧志'，为文亦玩物也。"（《二程遗书》卷十八）对于"经国之大业"的文章尚且如此，对于诗更表现其决绝态度："某素不作诗，亦非是禁止不作，但不欲为此闲言语。且如今言能诗，无如杜甫。如'穿花蛱蝶深深见，点水蜻蜓款款飞'，如此闲言语，道出做甚？"（出处同上）在他看来，除了"古诗三百篇"，此后的诗皆是"闲言语"，而"二南之诗及大雅小雅，是当时通上下皆用底诗，盖是修身治家底事"。如果不得已而"欲作诗"，则"略言教童子洒扫、应对、事长之节，令朝夕歌之，似当有功"（同上书，卷十九、卷二）。如果以此言理学家的"诗论"，似乎文不对题了，因为这些只能称为诗的取消论。不过理学家中也有认真写诗的，并且结集传世，也认真地发表了一些以理学为指导思想的诗歌见解，他就是邵雍。

邵雍（1011—1077）字尧夫，共城（今河南辉县）人，因居洛阳，自号"伊川翁"。他的哲学主要是所谓"先天学"，以华山道士陈抟"先天图"（太极图）作为宇宙生成的模式，宣扬太极生两仪，两仪生四象，四象生八卦……依此类推生成宇宙万物，一切事物的命运都是先天决定的。"太极不动，性也；发则神，神则数，数则象，象则器，器之变复归于神也。"（《皇极经世书》）所谓"神"与"数"，在他是一种理念，而"无极生太极"更是最高的理念。他以"性理"学说为反对王安石"变法"的司马光等朝廷显要提供思想武器，自己却又取超然物外的态度不肯为官，过着乐天安命的隐士生活，"兴至则哦诗自咏"，取尧时野老击壤而歌之意，名自己的诗集为《击壤集》（后名《伊川击壤集》），集前之《序》，集中地反映了这位理学家的诗学观，稍加归纳，大致有如下三个方面：

（一）"诗以垂训"说。邵雍不敢否定《诗大序》中"诗者，志之所之。在心为志，发言为诗。情动于中而形于言……声成文谓之音"之说，但在"情"字上发挥他的思想："且情有七，其要在二，二谓：身也，时也。谓身则一身之休戚也，谓时则一时之否泰也。一身之休戚，则不过贫富贵贱而已；一时之否泰，则在乎兴废治乱者焉。是以仲尼删《诗》，十去其九；诸侯千有余国，风取十五；西周十有二王，雅取其六。盖垂训之导，善恶明著者存焉耳。"邵雍所重视的"情之要"，只在于"时之否泰"，即"兴废治乱"。说孔子删《诗》，只取有关兴废治乱之作，而不取表达个人"休戚"之作,实在是睁着眼睛说瞎话。传统的儒家诗学并没有因要"垂训"而一律反对歌咏个人一身之休戚,国风、小雅、大雅中都有这类诗在,可是邵雍却以自己的偏见加于古人,还在《诗画吟》中写道:"不有风雅颂,何由知功名? 不有赋比兴,何由知废兴?"又在《观诗吟》中说:"无《雅》岂明王教化,有《风》方识国兴衰。"显然特别强调《诗经》的"垂训"意义,《诗经》成了一部政治经典,再也不是一部文学作品。邵雍称自己作诗,《序》之发始说:"《击壤集》,伊川翁自乐之诗也。非唯自乐,又能乐时与万物之自得也。"声明自己作诗是为"时"也,既能"乐",这"时"是"泰"而不是"否",其时宋朝已开始陷入内乱外患之中,多"否"而少"泰",邵雍的作诗"垂训",不过是为所谓"承平天下"涂脂抹粉而已。序之结语曰:"钟鼓,乐也;玉帛,礼也。与其嗜钟鼓玉帛,则斯言也不能无陋矣。必欲废钟鼓玉帛,则其如礼乐何? 人谓风雅之道,行于古而不行今,殆非通论,牵于一身而为言者也。吁! 独不念天下为善者少,而害善者多;造危者众,而持危者寡。志士在畎亩,则以畎亩言,故其诗名之曰《伊川击壤集》。"自诩自己的诗犹如"钟鼓玉帛",于兴"礼乐"之治有益;只要不为"一身而为言",古之风雅就可行于今。惩恶扬善,除危扶困,似乎就是他"垂训"的动机和目的。

(二)"情伤生命"说。邵雍反对诗抒一己之情,为增强说服力,又新造此说:

> 近世诗人,穷戚则职于怨憝,荣达则专于淫泆。身之休戚,发于喜怒;时之否泰,出于爱恶。殊不以天下大义为言者,故其诗大率溺于情好也。噫! 情之溺人也甚于水。古者谓"水能载舟,亦能覆舟",是覆载在水也,不在人也。载则为利,覆则为害,是利害在人也,不在水也。不知覆载能使人有利害耶,利害能使水有覆载耶? 二者之间,必有处焉。就如人能蹈水,非水能蹈人也,然而有称善蹈者,未始不为水之所害也。若外利而蹈水,则水之情亦由人之情也;若内利而蹈水,

则败坏之患立至于前。又何必分乎人焉水焉,其伤性害命一也。

前章介绍苏洵《诗论》,亦以水喻情,而诗是水上之舟,诗有"泄导人情"之大用。而邵雍此言,将人之情比作险恶丛生之水(可能取于《易经·坎卦》),他甚至说"时之否泰"也不能动爱恶之情,而要以"天下大义"抑制自己的感情,更何况个人命运穷通的喜怒之情。这个观点与韩愈"不平则鸣"、与欧阳修"内有忧思感愤之郁积,其兴于怨刺"等论,完全针锋相对。个人命运与时代兴废都不能动情而只能晓之以义,就文学创作来说,这倒是彻头彻尾的反现实主义,并且又是一种极端自私的利己主义。因为怕一动情就"伤性害命",所以邵雍将诗"发乎情"改换为发乎"性"。"天使我有是之谓命,命之在我之谓性",而所谓"性"者,"天之性也",非个人之性格气质,"所以能处理性者,非道而何?是道为天地之本,天地为万物之本"。(《皇极经世·观物内篇》)明确一点地说,这"性"就是理学家们以封建伦理道德为宇宙本体的性,"性"即"理","理"即"性",与"情"相距十万八千里。他作《首尾吟》诗云:"尧夫非是爱吟诗,诗是尧夫尽性时。若圣与仁虽不敢,乐天知命又何疑。"诗写"性"而不"缘情",大概就是此所谓"若外利而蹈水",即使有"情"也向"性"转化而消解,就不至于"伤性害命"而"乐天知命"。在现实人生充满激烈矛盾的社会中,"且与太平装景致"(《自述》),顺乎最高统治者意愿而苟且生存,足见邵雍的苦心了。

(三)"以物观物"说。怎样实现以"性"制"情"?"以物观物"是邵雍的方法论,承前之"伤性害命"他又引申说:"性者,道之形体也,性伤则道亦从之矣。心者,性之郛郭也,心伤则性亦从之矣。身者,心之区宇也,身伤则心亦从之矣。物者,身之舟车也,物伤则身亦从之矣。是知以道观性,以性观心,以心观身,以身观物,治则治矣,然犹未离乎害者也。不若以道观道,以性观性,以心观心,以身观身,以物观物,则虽欲相伤,其可得乎?若然,则以家观家,以国观国,以天下观天下,亦从而可知之矣。"按邵雍的方法,不但不能以情观物,连"以身观物"即观物时有"我"的意识存在也不行,在处理物我关系时,"我"的自动消失是一个大前提,这样就进入一种"反观"的境地。所谓"反观",是犹如"水之能一万物之形","圣人能一万物之情",不是因性观物,而是观物见性,由万物而知水之性,由万物而见圣人之情。这样,在"物"的面前,"我"成为没有主体意识、没有任何情与欲的另一种"物"而已,这就是"不以我观物者,以物观物之谓也。既能以物观物,又安有我于其间哉"(《皇极经世·观物内篇十二》)。正是因为有了这种"反观",邵雍认为就能不以目观而以心观,不以心观而以理观,能以理观就能穷理尽性而知命,获得"天下之真知"。

如果从哲学立场、持科学态度,强调观察事物而获得真知不能凭主观感情和个人成见,而应该从严格的客观角度出发,邵雍的"以物观物"之"反观"说,不能说没有一点道理,"任我则情,情则蔽,蔽则昏矣",对于自然科学家和唯物主义哲学家确实要防止以情蔽目。但是邵雍以此完全否定物我关系中人的主体意识、否定人的情感发生存在的必要,尤其以此来谈诗歌创作,却是大谬不然①,可是在《击壤集》序言中,他对此却津津乐道:

> 予自壮岁业于儒术,谓人世之乐何尝有万之一二。而谓名教之乐固有万万焉。况观物之乐,复有万万者焉。虽死生荣辱转战于前,曾未入于胸中,则何异四时风花雪月一过乎眼也。诚为能以物观物,而两不相伤者焉,盖其间情累都忘去尔。所未忘者,独有诗在焉。然而虽曰未忘,其实亦若忘之矣。何者?谓其所作异乎人之所作也。所作不限声律,不沿爱恶,不立固必,不希荣誉,如鉴之应形,如钟之应声。其或经道之余,因闲观时,因静照物,因时起志,因物寓言,因志发咏,因言成诗,因咏成声,因诗成音。是故哀而未尝

---

① 王国维《人间词话》亦有"无我之境,以物观物,不知何者为我,何者为物"之说,与邵雍说有根本的区别。详见第二十四章论王国维一节。

伤，乐而未尝淫，虽曰吟咏情性，曾何累于性情哉！

这就是说，他所作之诗皆不是"发乎情"的产物，不走因情成诗之路，他之所作"异乎人之所作"就在于他的诗没有感情，他反以此自夸。《四库全书·击壤集》提要云："晁公武《读书志》云'雍邃于《易》数，歌诗盖其余事'，亦颇切理。案：班固作《咏史诗》，始兆论宗；东方朔作《诫子诗》，始涉理路；沿及北宋，鄙唐人不知道。于是以论理为本，以修词为末，而诗格于是乎大变，此集尤著也。"简要地评述了《击壤集》以诗"论理"的特点。朱国桢《涌幢小品》云："佛语衍为《寒山诗》，儒语衍为《击壤集》，此圣人平易近人，觉世唤醒之妙用。"虽如此说，恰表明邵雍不过是写了儒家诗体语录罢了。后来的诗人诗评家，极少将邵雍诗当作评论对象的，遵循儒家诗教作诗讲究"格调"的沈德潜，也对这位理学大师的诗作表现大不敬的态度，他说："诗不能离理，然贵有理趣，不贵下理语。……邵康节诗，直头说尽，有何兴会？"他赞赏杜诗"水流心不竞，云在意俱迟"等诗句"俱入理趣"，而"邵子则云：'一阳初动处，万物未生时。'以理语成诗矣。"另一位诗评家费锡璜则毫不客气地说："诗一言道，则落腐烂，……'一阳初动处，万物未生时'，流入卑俗"[①]。

二　朱熹"文皆是从道中流出"的诗论

宋代理学，南宋的朱熹是一位集大成的人物。朱熹（1130—1200）字元晦，号晦庵，婺源人。他学问渊博，对文学也很有修养，在文学理论方面，有些观点没有北宋理学家那样僵硬，给人留有变通的余地。在诗歌方面他专门研究过《诗经》和《楚辞》，撰有《诗集传》和《楚辞集注》。四十七岁（淳熙四年）时所作的《诗集传序》，对于《风》诗的评价便突破了汉儒有关"圣道王功"的迂腐之论，将"乐而不过于淫，哀而不及于伤"，只限于《周南》《召南》，"是以二篇独为风诗

[①] 沈德潜语见《国朝诗别裁集·凡例》和《说诗晬语》卷下。费锡璜评语见《汉诗总说》。

之正经"。这样说，减少了《诗经》一些神圣的色彩。

这位理学家一个最著名的文学观点，也是他论诗的基础，就是"文皆是从道中流出"：

>才卿问："韩文《李汉序》头一句甚好？"曰："公道好，某看来有病。"陈曰："'文者，贯道之器'，且如六经是文，其中所道皆是这道理，如何有病？"曰："不然。这文皆是从道中流出，岂有文反能贯道之理？文是文；道是道。文只如吃饭时下饭耳。若以文贯道，却是把本为末，以末为本，可乎？"（《朱子语类》卷一三九）

朱熹回答的要义在于："道"本身就是"文"之本源，舍"道"无"文"，因此根本没有可以独立于"道"体之外的"文"，有"道"必有"文"，"文"便是"道"，"道"便是"文"。他继而申说："道者，文之根本；文者，道之枝叶。唯其根本乎道，所以发之于文皆道也。三代圣贤之文皆从此心写出，文便是道。今东坡之言曰：'吾所谓文，必与道俱。'则是文自文而道自道，待作文时旋去讨个道来入放里面……所以大体都差。"韩、柳言"文以明道"、李汉讲"文以贯道"、苏轼谓"文与道俱"，都是以"道"为文章之主题、之灵魂的意思，虽然将"文"作为一个载体、一种工具，但"文"还是有一定的独立地位。周敦颐的"文以载道"说虽然取消了"文"独立存在的价值，但总还承认"文是文""道是道"。朱熹之论要害是从根本上否定有独立的文学存在这回事，他觉得你的作品有存在的价值，那是此作品本身就是"道"，其"文"不过是从"道"中流出来的，只是"道"的枝叶而已；他觉得你的作品不合于他的"道"（有特定内涵），那么这作品意蕴再深邃、艺术表现达到了最高的审美境界，他也不承认这是真正的文学作品。你想用文学作品"明"那个"道"，调动一切艺术手段去"贯"去"载"那个"道"，也不行，那不过是"讨个道来入放里面"。朱熹将文学逼到了一个死角，逼到了无立锥之地的地步，这个世界上只有道学家，根本无所谓文学家、诗人，要写诗作文，必先成为一个彻头彻尾、彻里彻外、以"道"为本体的道学家,"流出"的诗文方对"道"有认识的价值。

以此观点论诗,朱熹不过有时将"道"改成"志"而已。《答杨宋卿书》云:

> 熹闻诗者,志之所之。在心为志,发言为诗。然则诗者,岂复有工拙哉?亦视其志之所向者高下如何耳。是以古之君子,德足以求其志,必出于高明纯一之地,其于诗固不学而能之。

"诗言志",荀子与汉儒基本上是归结为言圣人之"志",还不至于将"志"看作"道"的本身,"情动于中而形于言",不排除情感的因素。朱熹此谓"志",是以道德为本体、道德修养达到"高明纯一之地",其"志"自然就有纯粹的道德内涵。《诗集传序》中,他将儒家诗教解释为道德之教:"心之所感有邪正,故言之所形有是非。惟圣人在上,则其所感者无不正,而其言皆足以为教;其或感之之杂,而所发不能无可择者,则上之人必思所以自反,而因有以劝惩之,是所以为教也。"圣人所感"无不正",就在于他的道德修养达到了"高明纯一之地",而其"不能无可择者",不是审美选择,而是道德选择,如此方能实现道德之教。朱熹也不是认为诗绝对不可学,他申"学诗之大旨"是"本之《二南》以求其端,参之列《国》以尽其变,正之于《雅》以大其规,和之于《颂》以要其止"。学《诗》实即学"道":"察之情性隐微之间,审之言行枢机之始,则修身及家,平均天下之道,其亦不待他求而得之于此矣。"既然自身之"道"已臻至"高明纯一",诗自然就从"道"中流出了。"工拙"是对诗艺术、审美而言,如果以此而学,就违背了上述原则,《答杨宋卿书》再次指出:"近世作者,乃始留情于此,故诗有工拙之论,而菲藻之词胜,言志之功隐矣。"

以这个观点来论诗与评诗,朱熹对历代大诗人及其诗作便否定多于肯定。他在《楚辞集注序》中谈屈原时说:"惟其不知学于北方,以求周公、仲尼之道,而独驰骋于变风变雅之末流,以故醇儒庄士或羞称之。"朱熹当然认为自己是"醇儒庄士",在《答吕伯恭》书中说:"屈、宋、唐、景之文,熹旧亦尝好之矣。既而思之,其言虽侈,然其实不过悲愁、放旷二端而已。日诵此言,与之俱化,岂不大为心害?于是屏绝不敢复观。"屈原充满爱国爱民激情的诗篇皆不合"道",多读可酿成"心害",岂不危言耸听!对于杜甫,他赞扬的是"每饭不忘君",又指责其"叹老嗟卑,志亦陋矣。人可以不闻道哉"(《跋杜工部同谷七歌》)。又是以不合于他那个"道"而否定杜诗卓绝的抒情艺术。对于苏轼,他不敢无视其才气,曾说"东坡虽是宏阔澜翻,成大片滚将去,他里面自有法"(《朱子语类》卷一三九),但又强调"法"不是"道",《答程允夫》云:"苏氏文辞伟丽,近世无匹,若欲作文,自不妨模范。但其词意矜豪谲诡,亦有非知道君子所欲闻。"总之,以"道"作为评诗的最高准则,当然古今无一诗能穿过朱熹的"针眼"。

由于朱熹不以工拙论诗而以"道"论诗,对于诗歌发展过程中的形式、文采愈往后愈丰富,认为是"诗道日衰",在《答巩仲至第四书》中提出诗歌"三变",一变坏于一变之说:

> 偶记顷年学道未能专一之时,亦尝间考诗之原委,因知古今之诗,凡有三变。盖自书传所记,虞、夏以来,下及魏、晋,自为一等。自晋、宋间颜、谢以后,下及唐初,自为一等。自沈、宋以后,定著律诗,下及今日,又为一等。然自唐初以前,其为诗者,固有高下,而法犹未变。至律诗出,而后诗之与法,始皆大变。以至今日,益巧益密,而无复古人之风矣。

分自古至宋为"三等",且每每等而下之,以至于唐诗不及两晋、南北朝诗,甚是荒谬。由此可见,朱熹是一个内容与形式的二元论者,内容不及于"道",屈原之作他"羞称之";而当形式近于"古",又特称之。他"抄取经史诸书所载韵语,下及《文选》汉魏古词,以尽乎郭景纯、陶渊明之所作,自为一篇,而附于《三百篇》《楚辞》之后,以为诗之根本准则",或许这是他"学道未能专一之时"所为吧。

但他拒斥诗的形式之美与以"道"求诗又是一致的,大凡不合于古者,"则悉去之,不使其接于吾之耳目而入于吾之胸次,要使方寸之中无一字世俗言语意思,则其为诗,不期于高远而自高远矣"。他告诫巩仲至,光是"漱六艺之芳润,以求真淦"还不够,还须"先识得古今体制,雅俗向背,仍更洗涤得尽肠胃间夙生荤血脂膏,然后此语方有所措。如其未然,窃恐浊秽为主,芳润入不得也"。朱熹于此所宣扬的复古之道论,从内容与形式两方面对诗进行双重扼杀。

前面说过,朱熹是很有文学修养的。这大概是年轻时"学道未能专一"之所得,他活了七十年,且不能是七十年间天天存一个"道"在心底;晚年又遇韩侂胄执政,申禁道学,先被贬官,复被削籍,长居乡野间,也不免将诗作为悦性之具而吟玩,因此对于诗文艺术也时有一些可取之见,其《清邃阁论诗》中集中辑录了少言"道"或不言"道"的就诗论诗的话,如:"作诗间以数句适怀亦不妨,但不用多作,盖便是陷溺尔。当其不应事时,平淡自摄,岂不胜如思量诗句。至其真味发溢,却又与寻常好吟者不同。"这几句话虽然也有道学味,但其中强调了一个"适怀",没有如程颐所说"略言教童子洒扫应对事长"之类的混账话。他认为诗不可强作("多作"就有勉强之意),不可为有意应对某件事而苦思苦吟,应该在心情优游自如时,没有外力压迫时,自然流出,这样的诗才有"真味发溢",超出寻常有意强为诗者的呕心沥血之作。这里讲"平淡自摄",与邵雍"以物观物"有相通之处,但对于"适怀"而不是言"理"的创作是有一定意义的,可承"陶钧文思,贵在虚静"(刘勰语)的构思法则①。朱熹辨识一些诗人的艺术风格也有精微胜人处,如说:"李太白诗不专是豪放,亦有雍容和缓底,如首篇《大雅久不作》,多少和缓。陶渊明诗,人皆说平淡,

---

① 《清邃阁论诗》中还有与此意思相同的说法:"今人所以事事做得不好者,缘不识之故。只如个诗,举世之人,尽命去奔做,只是无一个人做得成诗。他是不识,好底将做不好底,不好底将做好底。这个只是心里闹,不虚静之故;不虚不静,故不明,不明故不识。若虚静而明,便识好物事。"

据某看他自豪放,但豪放来得不觉耳。其露出本相者是《咏荆轲》一篇,平淡底人如何说得这样言语出来?"辨陶诗风格尤有见地,七百多年后,鲁迅也说:陶渊明诗"除论客所佩服的'悠然见南山'之外,也还有'精卫衔微木,将以填沧海。刑天舞干戚,猛志固常在'之类的'金刚怒目'式"。"陶渊明正因为并非浑身是'静穆',所以他伟大。现在之所以往往被尊为'静穆',是因为他被选文家和摘句家所缩小凌迟了。"①朱熹凭他道学家的识别能力,倒是很早就超越了选文家和摘句家的目光。朱熹对同时代的诗人,当他不以"讨个道来入放里面"苛求时,对其艺术文采也有较为公允的评价,如前已述及赞扬苏轼的"宏阔澜翻",还说过"东坡文字明快,老苏文雄浑,尽有好处"(《朱子语类》卷一三九)。他对作"西昆体"的杨亿、欧阳修、梅圣俞及黄庭坚、杨万里的诗,还有比较性的审美判断:"江西之诗,自山谷一变,至杨廷秀又再变。杨大年诗巧,然巧中犹有混成的意思,便巧来不觉。及至欧公,早渐渐要说出来,然欧公诗自好,所以他喜梅圣俞诗,盖枯淡中有意思。"可说他有时是相当开通的。正因为朱熹没有完全泯灭审美的自觉,所以他自己写出来的诗,也讲究一些艺术性,虽然有些诗也讲道理,却颇见以意象去涵蕴的功夫,如《观书有感二首》:"半亩方塘一鉴开,天光云影共徘徊。问渠那得清如许,为有源头活水来。""昨夜江边春水生,蒙冲巨舰一毛轻。向来枉费推移力,此日中流自在行。"富有哲理又诗味悠永,给人以深邃的启迪,绝非邵雍的"理语诗"可比。

三 包恢三种"自然"说

宋代理学在朱熹的时代,分化出了一个以陆九渊(1139—1193)为代表的心学派,陆九渊的思想直承二程,又深受禅宗影响,他宣扬"宇宙便是吾心,吾心便是宇宙",以此论文艺,强调"艺即是道,道

---

① 《且介亭杂文二集·"题未定"草》第六、八节。

即是艺",与朱熹道文合一说词异而义同;"主于道则欲消而艺亦可进;主于艺则欲炽而道亡,艺亦不进。"①又直承荀子的"以道制欲"说,但陆九渊认为言、文都是从自己心里出来,作文须"理会本心","以心会心",强调了人的主体意识的能动发挥,这给"本于心"的诗歌艺术网开一面。《与吴仲诗》论述了作诗文要保持自己独立的"心志精神":"五哥心志精神尽好,但不要被场屋富贵之念羁绊,直截将他天下事如吾家事相似,就实论量,却随他地步,自有可观。他人文字议论,但谩作公案事实,我却自出精神与他批判,不要与他牵绊,我却会斡旋运用得他,方是自己胸襟。"自陆九渊后,承"心学"观而论诗有些新见的是包恢。

包恢(1182—1268)字宏父,号宏斋,建昌(今江西南城)人。自幼从其父包扬、叔父包逊习理学,而其父辈曾从朱熹、陆九渊学②。他自谓"某素不能诗,何能知诗",却又写下了几篇扎扎实实的诗学论文,观点比较公允平实,没有以前理学家那么偏执。包恢的诗学观的重点在"天机自然"之说,具体论析,有三种"自然"。

一是创作主体创作动机的自然而发。《自识》是为自己文集《敝帚稿略》写的检讨性短评:

> 文忠欧公有曰:"文欲开广,勿用造语,及毋模拟前人。孟、韩虽高,不必似之,取其自然耳。"至哉言乎!真文法也。然此为能文者设,若予拙讷不文,有时近文而出,不得已而应,则亦轻率不知所以裁。徒见其迂阔而非开广,强勉而非自然。

写诗作文须是作者自己气质情志才性的自然发露,既不模拟前人,也不求似于前人,以模求似,便失去了自己的本来面目,写得很不自由便露造作之态,失自然之格。凡"不得已而应"之作,便必定使自我之心志精神受到牵绊,勉强为之决不能达到自然。《答曾子华论诗》

---

① 见《象山先生全集》卷三十五《语录下》、卷二十二《杂说》。
② 《宋史》卷四百二十一《包恢传》。

中又说，凡作诗，须"顾其所遇如何耳，或遇感触，或遇扣击，而后诗出焉。……草木本无声，因有所触而后鸣；金石本无声，因有所击而后鸣，非自鸣也。如草木无所触而自发声，则为草木之妖矣；金石无所击而发声，则为金石之妖矣。……世之为诗者鲜不类此。盖本无情而牵强以起其情，本无意而妄想以立其意，初非彼有所触而此乘之，彼有所击而此应之者，故言愈多而愈浮，词愈工而愈拙，无以异于草木金石之妖声矣"。强调"为诗者"应是有感而发，有击而应，才有诗的自然之美，这是创作主体的创作动机能自然而发的关键性契机。以自己情志才性的自然发露与有感有应的自然而鸣，诗之自然本体就形成了。包恢将此种自然，用一个"宏"字概括之，或有朱熹评苏轼"宏阔澜翻"之意。他说："大概宏有二用：有大道本体之宏，有学者功用之宏。以宇宙为己分内事，谓之本体之宏也；若曾子弘毅，则学者功用之宏也。"前者实质是体悟宇宙本体之道，以吾心为宇宙，以宇宙为吾心，则如陆九渊所说，"直截将他天下事如吾家事相似，就实论量，却随他地步，自有可观"。有了这个"宏"就把握了自然的本质而能实现本质的自然。前者"天才生知，不假作为，可以与此"；后者是通过学而致其道，"其余皆须以学而入，学则须习，恐未易径造也，所以前辈尝有'学诗浑似学参禅'之语，彼参禅固有顿悟，亦须有渐修始得顿悟。如初生孩子，一日而肢体已成，渐修如长养成人，岁久而志气方立"（《答傅当可论诗》）。这就是"学者功用"至深，亦可达到"宏"的境界，即至高的自然境界。他将未到"宏"处与到"宏"处作了一个比较："择精守仁之意，类例未合，血脉未接，勤小于细之说，意在该括，反或牵合，而实非一贯。"这是未到"宏"而够自然的表现。"大抵真个到宏处，说出来又别，其言不假妆点而自合。"（《答曾子华论诗》）包恢自己对此是心向往之而笔下未到之。可喜的是他有自知之明，自识得己之文"徒见其迂阔而非开广，强勉而非自然"（《自识》），因此以"敝帚"名文集，仅示自珍而已。

二是审美主体善于发现、把握，表现对象客体自然美之本质。《答傅当可论诗》中对此有一段很精彩的表述：

> 某素不能诗，何能知诗，但尝得于所闻大概。以为诗家者流，以汪洋淡泊为高，其体有似造化之未发者，有似造化之已发者，而皆归于自然，不知所以然而然也。所谓造化之未发者，则冲漠有际，冥会无迹，空中之音，相中之色，欲有执著，曾不可得而自有，尸居而龙见，渊默而雷声者焉！所谓造化之已发者，真景见前，生意呈露，混然天成，无补天之缝罅；物各付物，无刻楮之痕迹。盖自有纯真而非影，全是而非似者焉！故观之：虽若天下之至质，而实天下之至华；虽若天下之至枯，而实天下之至腴。

诗的最佳创造与表现，是天地之大美，是天工造化之自然美，而"造化"有"已发""未发"之别。"未发"之说，略如司空图《诗品》所说"雄浑""冲淡""流动"之属，具有本体的种种审美特征，包恢言其"冲漠有际……曾不可得而自有"云云，不是可与"超以象外，得其环中，持之匪强，来之无穷""脱有形似，握手已违"等等相对应吗？所谓"已发"者，则是可以通过五官通感的自然界种种美态，略如司空图所标"纤秾""绮丽""疏野""清奇"之种种。包恢言其"真景见前，生意呈露……全是而非似者"云云，不是可与"乘之愈往，识之愈真""生气运出，不着死灰，妙造自然，伊谁与裁"等等相沟通吗？天下万物之"至质"与"至华"、"至枯"与"至腴"是表与里的区别与统一，"未发"是其大，"已发"是其个别显现，诗人主要是从"未发"中表现"已发"，从"已发"中窥见"未发"，所以包恢又补充说："况造物气象，须自大化混浩中沙汰陶镕出来，方见精彩也。"如何才是"方见精彩"，还有一个对审美客体之表与里的艺术把握问题，《书徐致远无弦稿后》，包恢有续论：

> 诗有表里浅深，人直见其表而浅者，孰为能见其里而深者哉！犹之花焉，凡其华彩光焰，漏泄呈露，晔然尽发于表，而其里索然，绝无余蕴者，浅也；若其意味风韵，含蓄蕴藉，

隐然潜寓于里，而其表淡然，若无外饰者，深也。然浅者歆羡常多，而深者玩嗜反少，何也？知花斯知诗矣。衣锦尚䌹，恶其文著；暗然日章，淡而不厌。先儒谓水晶精光外发而莫掩，终不如玉之温润中存而不露。至理皆然，何独曰诗之犹花云乎哉！

似乎谈的是艺术上的含蓄问题，含蓄亦得之于自然，犹如花之表与里。包恢引申司空图"浓尽必枯，淡者屡深"（《诗品·绮丽》）的道理，要求诗人在选择、把握题材时，读者在审美接受时，要注意冲淡之美的深层更有大美"中存而不露"，而其外表"华彩光焰"者，往往"绝无余蕴"。他实际是说，要在自然中见含蓄，含而蓄之的是自然与人事的妙理。得之自然之象，含蕴自然之理、无须人工外饰而见深者，诗之至也。

三是文体运用与艺术表达的自然而为。对于诗，诗体本身就能体现一种形式美，形式与内容是否自然契合，影响整体自然美的呈露。《论五言所始》一文中，包恢精辟指出：五言体虽然发源很古，但"后世略不能自咏情性，自运意旨，以发越天机之妙，鼓舞天籁之鸣。动必规规焉拘泥于前人之体格，以仿效而为之，一有不合，即从而非之"。循规蹈矩于古人体格而表现今人之情性意旨，当然受尽束缚，有碍于天机自然之表达，每下愈况者，"惟古于词必已出，降而不能乃剽窃"，则更是假古董，自然之质丧失殆尽。包恢对于古体、近体没有很深的成见，不像朱熹那样将"格律之精粗，用韵属对比事遣辞之善否"看成是使"言志之功隐"的要害，在《书抚州吕通判开诗稿略》中，虽然也讲了"八句之律"有二病："一则所病：有各一物一事，断续破碎，而前后气脉不相照应贯通，谓之不成章。二则所病：有刻琢痕迹，止取对偶精切，反成短浅，而无真意余味，止可逐句观，不可成篇观，局于格律，遂乏风韵。"似乎是说律诗的艺术表达不能达于自然，影响诗的整体美，在唐代近体诗已取得辉煌成就之后尚说此种话，说明这位理学家存有偏见。好在他评吕通判的律诗时，又把话说了回来："观其八句中语意圆活悠长，有蕴藉，有警策，气脉贯通，而无破碎断续之病。且所寓言多真景真意，虽对偶而若非对偶，无刻琢露痕迹之病。……抑予味之，所谓磨砻去圭角，浸润著光精。非特见其用功之深，亦由其神情冲淡，趣向幽远，有青山白云之志，而欲超然出于尘外者。志之所至，宜诗亦至焉者，然充此以进于古体不难矣。"这些话虽有过誉吕通判之嫌，但又等于承认"八句之律"只要诗人善于运用，还是可使诗美得自然。在艺术表达亦须出之自然方面，包恢不取朱熹"无论工拙"之说，《书侯体仁存拙稿后》发语即说："文字觑天巧，未闻取于拙也。"他反对的是人为的"小巧"，穿凿所得的巧，崇尚的是"天巧"，"天巧"的特征是"不巧不拙"，"非巧非拙"，以陶渊明为例："知之谓其写胸中之巧，亦不足以称之；不知者或谓其切于事情，但不文尔，是疑其拙也。"《答曾子华论诗书》的第一段，可视为包恢对"天巧"的展开表述：

<blockquote>
盖古人于诗不苟作，不多作，而或一诗之出，必极天下之至精。状理则理趣浑然，状事则事情昭然，状物则物态宛然，有穷智极力所不能到者，犹造化自然之声也。盖天机自动，天籁自鸣，鼓以雷霆，豫顺以动，发自中节，声自成文，此诗之至也。
</blockquote>

达到这样一种审美境界，也就是"大道本体之宏"。按包恢的"自己既是宇宙，则又岂别是活计"解，便是"惟天才生，不假作为"了。

包恢提出了从创作主体到审美客体再到创作方法的三种"自然"说，在理论阐释的深度上，实在超过了司空图。三种"自然"融合而后可达"诗之至"，但我们又发现，通此之途，他又强调"看似寻常最奇崛，成如容易却艰辛"（王安石诗句），看似寻常、容易，却"须从事奇崛，艰辛而入"，为什么？若出之以自然平易，必须经过"阅之多，考之详，炼之熟、琢之工"，方能"磨砻圭角而剥落皮肤求其真实者"。前讲"天巧"而此又说"奇崛之最，实自其艰辛而得者"，我以为他是就"学者功用之宏"而说的，这对于朱熹"诗固不学而能之"，是一个反拨。

中国诗学与哲学的关系,往往在只强调客观(不管是唯物、唯心)的理论疆界内,就会显得僵硬,而在强调主观、强调"本于心"的理论领域,却往往能阐精发微。作为"心学"家的包恢论诗又是如此,这是值得令人深思的。

第十五章

江西诗派的诗法理论及其嬗变

在中国诗歌史上,有一套理论主张、有同乡或师承关系的诗人群体、有大致相同的艺术风格,因而形成一个诗歌流派,江西诗派应是首张一帜。江西诗派发始于北宋时代的黄庭坚,流而成派,时跨北、南两宋,成为有宋一代乃至此后元、明、清各代影响最大、最为深远的一个流派。据南宋刘克庄所作《江西诗派序》云:"吕紫薇作江西宗派,自山谷而下凡二十六人。"吕本中所作《江西宗派图》早已失传。①刘克庄据他掌握的名单,剔除有"姓名而无诗"的两家,"诗绝少,无可采"一家(王直方),余二十三家:黄庭坚、陈师道、韩驹、徐俯、潘大临、洪刍、洪朋、洪炎、夏均父、谢逸、谢薖、林敏修、林敏功、晁冲之、汪革、李彭、僧祖可、僧善权、僧如璧、高荷、江端本、李錞、杨符。他又将吕本中列入。后来被列入的还有曾幾、陈与仪、曾纮、曾思、赵蕃、韩淲等人。这是一个阵容相当可观的诗歌群体,人非皆是江西(江苏、河南、山东、四川、湖北皆有),然以江西人居多。到了南宋,由于派中成就较高的诗人的私相传授,热心扶植后学,著

---

① 吕本中作《江西宗派图》,现存最早记载见于南宋胡仔《苕溪渔隐丛话》前集卷四十八。

名诗人杨万里、陆游、姜夔、刘克庄等，或出自江西派传人门下，或间接受过江西派诗法诗艺的熏陶，在诗学理论方面亦有一定的渊源关系。

江西诗派的诗歌理论，其主要特征是：强调诗歌创作要讲求"法度"，要把握一定的技巧原则，因此理论建设的重点在创作理论方面。诗人们不断在创作实践中摸索经验、提升经验，从构思谋篇到用字遣词，都试图确立一套有规可循、有法可遵的技巧法规。如此重视审美创造中的具体操作，并欲立一定之规以传示后人，这在中国千年以来的诗论界实属首家，或许也是对同代理学家们认为诗"不可学""不必学""不学而能"有意识的反拨。江西诗派的诗歌理论，又是典型的流派理论，开中国流派理论之先河。从流而成派到流中有变，大致可划为三段：第一段是开创时期流派理论的确立，以黄庭坚的诗论为主导。第二段是流派理论的发扬和补弊救缺，试图系统化、完善化，以陈师道、韩驹、吕本中等人的诗论为代表。第三段在南宋时期，杨万里、陆游、姜夔等一批诗人，他们从江西派入，后又欲冲破其"法"的藩篱，在更广阔的领域内对诗美内在特质展开新的探索，促使这一流派理论向超流派的普遍法则进行嬗变，建构更高层次的审美创造理论。无论从创作理论还是流派理论哪一方面而言，江西诗派的诗歌理论建设，在中国诗学批评史上都有特殊的重要意义。

一 黄庭坚首立诗之"法度"

黄庭坚（1045—1105）字鲁直，号山谷，江西修水人。他青年时因诗为苏轼所重，与苏轼结交，被称为"苏门四学士"之一。他也与苏轼一样，一生仕途坎坷，因此也得以有较多的精力投入文学创作。苏轼更多的是凭他的天赋才能，而黄庭坚更多的是凭自己精深的学力，成为有宋一代与苏轼齐名的杰出诗人，并且也与苏轼列名于宋代书法四大家（其余两家为米芾、蔡京或蔡襄）。黄庭坚与苏轼虽然相当友善，但在诗文创作方面却有很多不同之处。苏轼青、中年时期气盛，爱憎形于色,作诗时含讥刺,黄庭坚颇为不满,告诫其外甥说"东坡文章妙天下,其短处在好骂,慎勿袭其轨也"(《答洪驹父书》)。在《书王知载朐山杂咏后》中,他对这一观点展开了正面的阐述:

> 诗者,人之情性也,非强谏争于廷,怨忿诟于道,怒邻骂坐之为也。其人忠信笃敬,抱道而居,与时乖逢,遇物悲喜,同床而不察,并世而不闻;情之所以不能堪,因发于呻吟调笑之声,胸次释然,而闻者亦有所劝勉。比律吕而可歌,列干羽而可舞,是诗之美也。其发为讪谤侵陵,引颈以承戈,披襟而受矢①,以快一朝之忿者,人皆以为诗之祸,是失诗之旨,非诗之过也。

从这段议论中,可见黄庭坚是循循于儒家诗教"温柔敦厚"说的。又可以看出,他反对以诗干预政治,诗与政治要保持一定距离,诗是一种相对独立的以审美为主的文学样式。此中亦可见黄庭坚本人的人格性情,他虽身在官场而对政治不甚感兴趣,只心醉于诗词,是一位有"为艺术而艺术"倾向的诗人,所以才对于诗的创作技巧法则特别注意。

黄庭坚选择杜甫作为自己学习的重点对象,主要是杜甫诗中有深厚的现实人生体验与他的人生体验可发生共鸣(他亦曾贬官四川,辗转多年),而杜诗艺术又有集大成的辉煌,他曾在《次韵伯氏寄赠盖郎中喜学老杜诗》中写道:"老杜文章擅一家,国风纯正不欹斜……千古是非存史笔,百年忠义寄江花。"按照他的政治态度。也喜爱陶渊明的诗,但杜、陶比较,"拾遗句中有眼,彭泽意在无弦"(《赠高子勉》诗),"意在无弦"难于学到手。他也不敢提学李白,说李白诗"如黄帝张乐于洞庭之野,无首无尾,不主故常,非墨工椠人所可拟议"(《题李白诗后》)。杜甫是"读书破万卷"而后"下笔如有神",正合于黄庭坚的心智才能之可至。他也主要是从精心揣摩杜甫诗中的奥妙

---

① 苏轼曾因"乌台诗案"而获罪,差点丧命,黄庭坚或有感于此而发。

而建构自己的诗法理论。其要点是：

（一）读书精博，然后可为诗。《大雅堂记》云："子美诗妙处，乃在无意于文，夫无意而意已至，非广之以《国风》《雅》《颂》，深之以《离骚》《九歌》，安能咀嚼其意味，闯然入其门耶？故使后生辈自求之，则得之深矣。使后之登大雅堂者，能以余说而求之，则思过半矣。彼喜穿凿者弃其大旨，取其发兴于所遇林泉人物草木鱼虫，以为物物皆有所托，如世间商度隐语者，则子美之诗委地矣。"他以为杜诗的根底就在于《诗经》与《楚辞》，"无意于文"而"意已至"，是古人作品之精华已溶于诗人心灵气血之中，并不在于发兴于物而有诗之妙。他在《答洪驹父书》中讲得更具体：

> 自作语最难，老杜作诗，退之作文，无一字无来处，盖后人读书少，故谓韩、杜自作此语耳。古之能为文章者，真能陶冶万物，虽取古人之陈言入于翰墨，如灵丹一粒，点铁成金也。

这就是说，将古人诗文熟记于胸中，写作时顺手拈取一言一语，自加发挥，使之在自己的作品中焕发新的奇光异彩，这样，既有"古人绳墨"，又有个人创造，两全其美。他在《与王观复书》（之一）中批评王观复云："所送新诗，皆兴寄高远，但语生硬不谐律吕，或词气不逮初造意时。此病亦只是读书未精博耳。长袖善舞，多钱善贾，不虚语也。"不管从炼意还是炼词炼句以及运用声律，都要以"读书精博"为本。他还在《跋书柳子厚诗》再次提及王观复："予友生王观复，作诗有古人态度，虽气格已超俗，但未能从容玉佩之音，左准绳，右规矩尔。意者读书未破万卷，观古人之文章未能尽得其规摹，及所总览笼络，但知玩其山龙黼黻成章耶？"总而言之，黄庭坚认为诗人自己虽然"兴寄高远""气格超俗"，但仍须出入古人规矩之中，学力与才力结合，才见诗之功底深厚。这些议论，实为他诗法理论的建构而张目举纲。

（二）由"点铁成金"到"夺胎换骨"。"点铁成金"已见于前引《答

洪驹父书》,"夺胎换骨"一语见于惠洪《冷斋夜话》:

> 山谷言:诗意无穷而人才有限;以有限之才追无穷之思,虽渊明、少陵不得工也。不易其意而造其语,谓之换骨法;规摹(一作窥入)其意而形容之,谓之夺胎法。

"点铁成金"可纳入"换骨"之内,说这是"不易其意而造其语",这可理解为取古人"陈言"嵌入自己诗中,若如此,难怪有人讥为"蹈袭"。但黄庭坚本意又似非如此,他前面说了"陶冶万物"一语,又说是"点铁成金",此又说"换骨",从古人"陈言"到他诗中,明显地还有一番"陶冶"功夫,有从"铁"到"金"和"换骨"的质变,应该是说以古人"陈言"为原料,根据自己的理解和意匠,重新"造其语"而入诗,如李白诗有"鸟飞不尽暮天碧"、又"青天尽处没孤鸿"之句,经过黄庭坚的"陶冶",成为"不知眼界阔多少,白鸟去尽青天回"(《古今诗话》语此曰:"此皆换骨法也"),"青天回"三字变李白诗中静态的"青天""暮天"为动态的"青天",不能说黄庭坚没有自己的审美感受而能造此语,若说是蹈袭李白诗,也是不能成立的。其实,不能全以新的生活语言而成诗,从古人诗语中寻找创作契机,唐人已有此发明,《文镜秘府论》记王昌龄语云"作文兴若不来,即须看随身卷子,以发兴也"就是。此举当然不是创作的上策,王昌龄也只说到助以"发兴",黄庭坚更远走了一步,在"古人诗语精妙"处再作文章。"夺胎"法是"规摹其意而形容之",那就是说,自己不能立新意,将从古人诗中领悟到的意思,换之以新的形式表现出来,从而好像如意所出,宋人曾季狸举白居易《和思归乐》诗"峡猿亦无意,陇水复何情?为到愁人耳,皆为肠断声",再举黄庭坚《和陈君仪读〈太真外传〉五首之二》诗"扶风乔木夏阴合,斜谷铃声秋夜深。人到愁来无处会,不关情处亦伤心",说"此所谓'夺胎换骨'是也"。两首诗所咏对象不同,景物意象也不同,只是闻声而生愁这层意思相似,如果说黄作此诗果是规摹白诗之意,那是真正的脱胎换骨了。再如宋人陈方应《步里客谈》举杜甫诗《缚鸡行》结句"鸡虫得失无了时,注目寒江倚山阁",说是"古人作诗,断句辄旁人他意,最为警策",而黄庭坚《水仙花》诗亦用此体:"坐对真成被花恼,出门一笑大江横。""旁人他意"是诗人惯用手法,黄诗与杜诗呈现了两种境界,杜是凝思而静默,黄是跃动而无奈,后一句我倒以为是"夺"司空图《诗品·沉著》结句"如有佳语,大河前横"之意而产生了新的意境。

"点铁成金""夺胎换骨",是黄庭坚在古人已登峰造极的创造面前有惶惑之感,感到自己的才力难以从总体上超越古人,又期想站在"巨人肩上"有所作为,于是创此法度。他在《再次韵杨明叔小序》中说:"盖以俗为雅,以故为新,百战百胜,如孙吴之兵;棘端可以破镞,如甘绳飞卫之射,此诗人之奇也。"将此法度上升到"以俗为雅,以故为新"的审美层次来论列。此法也可以规范后人,他在《论诗作文》中又说:"后来学诗者,时有妙句,譬如合眼摸象,随所触体得一处,非不即似,要且不是。若开眼则全体见之,合古人处不断取证也。……作文字须摹古人,百工之技,亦无有不法而成者也。"这样,"点铁成金""夺胎换骨"就是有意识地使自己的妙句"合"于古人,使自己的作品"无一字无来处"。

(三)讲求"布置""曲折"致意。苏轼作诗文重在天成自得,如行云流水,随物赋形,可行可止无一定之法。黄庭坚不然,认为每有所作,谋篇布局都要讲求事先布置,《王直方诗话》记"山谷"语云:"作诗正如作杂剧,初时布置,临了须打诨,方是出场。"将作诗布置拟作剧本布置,未免有点煞风景。范温《潜溪诗眼》记录了黄庭坚分析杜甫《奉赠韦左丞丈二十二韵》的布置,语颇详尽,始曰:"文章必谨布置,每见后学,多告以《原道》命意曲折,后予以概考古人法度。"其后析曰:

"纨绔不饿死,儒冠多误身",此一篇立意也,故使人静听而具陈之耳。自"甫昔少年时"至"再使风俗淳",皆儒冠事业也;自"此意竟萧条"至"蹭蹬无纵鳞",言误身如此也,则意举而文备,故已有是诗矣。然必言其所以见韦者,于是有厚愧真知之句;所以真知者,谓传诵其诗也。然宰相职在荐贤,不当徒爱人而已,士故不能无望,故曰"窃效贡公喜,难甘原宪贫";果不能荐贤,则去之可也,故曰"焉能心怏怏,只是走踆踆",又将入海而去秦也;然其去也,必有迟迟不忍之意,故曰"尚怜终南山,回首清渭滨";则所知不可以不别,故曰"常拟报一饭,况怀辞大臣";夫如此是可以相忘于江湖之外,虽见素亦不得而见矣,故曰"白鸥没浩荡,万里谁能驯",终焉。

实是对此诗逻辑结构的分析,当然也注意杜甫作此诗时心理、感情的变化,黄庭坚认为"此诗前贤录为压卷,盖布置最得正体,如官府甲第厅堂房室,各有定处,不可乱也"。他以杜甫此诗为"正体",以没有此等逻辑结构、布置谨严的诗或文为"变体",曰:

盖变体如行云流水,初无定质,出于精微,夺乎天造,不可以形器求矣。然要以正体为本,自然法度行乎其间。譬如用兵,奇正相生,初若不知正而径出于奇,则纷然无复纲纪,终于败乱而已矣。

他说到了"变体"如苏轼之作,并且有"夺乎天造"的推许,这是他的开明之处;又强调"以正体为本""奇正相生",不过也是遵传统文论(如《文心雕龙》)之说而已。黄庭坚作为一位有丰富创作实践经验并有一定才华的诗人,虽然在理性是重布置法度,但他也常常强调艺术的浑融性,创作动机的自发性,吕本中《童蒙诗训》记其语云:"诗文不可造空强作,待境而生,便自工耳。……凡始学诗,须要每作一篇,先立大意;长篇须曲折三致意,乃能成章。""待境而生"是一条很重要的原则,要讲"布置"也在其后。他也很强调"不烦绳削而自合",有法可循又不为法所拘,所以他也赞赏"彭泽意在无弦",《题意可诗后》中,说庾信作诗是"宁律不谐而不使句弱,用字不工不使语俗",然而,"至于渊明,所谓不烦绳削而自合者。虽然,巧于斤斧者，多疑其拙；窘于检括者，辄病其放。孔子曰：'宁武子其智可及也，其愚不可及也。'渊明之拙与放，岂可为不知者道哉？道人曰：如我按指，海印发光；汝暂举心，尘劳先起。'说者曰：若以法眼观，无俗不真；若以世眼观，无真不俗。渊明之诗，要当与一丘一壑者共之耳。"这里就没有强调人为的布置，陶渊明的"拙与放"是自然高致，俗人不可与语。他以杜甫诗为"正体"布置之范本，但在《与王观复》前后两信中，又赞赏杜诗艺术的另一面，前书云："好作奇语，自是文章一病，但当以理为主，理得而辞顺，文章自然出群拔萃。观杜子美到夔州后诗，韩退之自潮州还朝后文章，皆不烦绳削而自合矣。"所说之"理"，当然不是理学家的"理"，而是人事与自然的情理与事理。后书云：

　　……所寄诗多佳句，犹恨雕琢功多耳。但熟观杜子美到夔州后古律诗，便得句法简易，而大巧出焉。平淡而山高水深，似欲不可企及，文章成就，更无斧凿痕，乃为佳作耳。

他讲了"拙"与"巧"、"有布置"和"不烦绳削而自合"辩证统一的道理，他心目中最高的艺术境界是："平淡而山高水深。"即使有布置也不见任何痕迹。

黄庭坚论诗强调学力，强调"规摹"古人，揭示种种"法度"，所以他的理论很受"中人以下"的一代代学诗者欢迎。他本人毕竟是一位杰出诗人，虽然如此重视前人经验，推崇前人成就，却毕生以"自成一家"自期自诩，《赠高子勉》诗云"妙在和光同尘，事须钩深入神，听它下虎口著，我不为牛后人"，在《赠谢敞、王博喻》诗亦有"文章最忌随人后"之教诫后生语。他的"点铁成金"之说，未尝没有俯视前人、超越前人之意，《答洪驹父书》的结语就是承此而言的：

　　文章最为儒者末事，然索学之，又不可不知其曲折，幸熟思之。至于推之使高，如泰山之崇崛，如垂天之云；作之使雄壮，如沧江八月之涛，海运吞舟之鱼。又不可守绳墨令俭陋也。

细味"推之使高"等语，有助于我们全面理解黄庭坚。

二　诗法理论从"悟"到"活法"的发展

被后人尊为江西诗派"三宗"之一、名列黄庭坚之后的彭城（今江苏徐州）人陈师道（1053—1101），字履常，一字无己，号后山居士。他比黄庭坚小八岁，实为同辈人，作诗历史也与之相仿，但到晚年，他却屈尊于黄之门下，在《答秦观书》中自述曰："仆于诗，初无师法，然少好之，老而不厌，数以千计。及一见黄豫章，尽焚其稿而学焉。"①黄庭坚曾对他说："譬之奕焉，弟子高师一着，仅能及之，争先则后矣。"当时有陈师道诗胜于黄诗之评，陈谦让之曰："豫章之学博矣，而得法于杜少陵，其学杜少陵而不为者也，故其诗近之，而其进则未也。故仆尝谓豫章之诗如其人，近不可亲，远不可疏，非其好莫闻其声。而仆负戴道上，人得易之，故谈者谓仆诗过于豫章。"（《后山居士文集·答秦观书》）对黄庭坚折服崇敬之情，溢于言表。

陈师道论诗，基本观点直承黄庭坚。关于学杜，他说：

　　学诗当以杜子美为师，有规矩故可学。退之于诗，本无解处，以才高而好尔。渊明不为诗，写其胸中之妙尔。学杜不成，不失为工。无韩之才与陶之妙，而学其诗，终为乐天尔。（《后山诗话》卷一）

陈师道是有名的苦吟诗人，元好问曾讥曰"传语闭门陈正字，可怜无补费精神"（《论诗三十首》），想来他无"韩之才与陶之妙"，所以他须从有"规矩"者学，说得比黄庭坚更坦白。他又在《章善序》中特别强调"法"之重要："为道必始于善，公输子之技，不以规矩无所用其巧，是之谓法。法者，古之制也，君子以法成身，以身成法，

---

① 陈师道还在《赠鲁直诗》述此经历："相逢不用早，论交宜晚岁。平生易诸公，斯人真可畏。见之三伏中，凛凛有寒意，名下今有人，胸中本无事。神物护诗书，星斗见光气。……君如双井茶，众口愿共赏，顾我如麦饭，犹足填饥肠。陈诗传笔意，顾立弟于行。何以报嘉惠，江湖永相望。"

言以古为师，行以古为则。"这是为诗之须有"法"张扬。他进一步论证了"才""法""巧""悟"的关系。论"才"曰：

> 万物者，才之助；有助而无才，虽久且近，不能得其情状。使才者遇之，则幽奇伟丽无不为用者。才而无助则不能尽其才。然则待万物而后才者，犹常才也；若其自得于心，不借美于外，无视听之助而尽万物之变者，其天下之奇才乎。(《颜长道诗序》)

然而有才者如韩愈、杜甫，自各有"文法"与"诗法"，"诗文各有体，韩以文为诗，杜以诗为文，故不工尔"(《后山诗话》)。这就是说，才必循法以行方可尽其才，"万物之变"，其中有天下大法在焉。他在《谈丛》中，再述"法"与"巧"、与"悟"的关系：

> 可得其法，不可得其巧；舍规矩则无所求其巧矣。法在人，故必学；巧在己，故必悟。

"悟"是对诗法理论一个重要的发展，"悟"就是"自得于心，无借美于外，无视听之助而尽万物之变"，无才不能悟，无奇才不能大悟。陈师道也提到"换骨"法，《次韵答秦少章》诗云："学诗如学仙，时至骨自换。缥缈鸿鹄上，众目焉能玩。"他对"换骨"的理解，重点在"立格命意用字"，他的同时代人张表臣《珊瑚钩诗话》有如下记载："陈无己先生语余曰，今人爱杜甫诗，一句之内，至窃取数字以仿像之，非善学者。学诗之要，在乎立格命意用字而已。……《冬日谒玄元皇帝庙》诗，叙述功德，反复外意，事核而理长；《阆中歌》辞致峭丽，语脉新奇，句清而体好，兹非立格之妙乎？《江汉》诗，言乾坤之大，腐儒无所寄其身；《缚鸡行》言鸡虫得失，不如两忘而寓于道，兹非命意之深乎？《赠蔡希鲁》诗云'身轻一鸟过'，力在一'过'字；《徐步》诗云'蕊粉上蜂须'，功在一'上'字，兹非用字之精乎？学者体其格，高其意，炼其字，则自然有合矣。何必规规然仿像之乎！"这是黄山谷"夺胎换骨"说更深入又更明确的阐释，说明江西派诗人学杜不在皮相之表。他也有"点铁成金"的尝试，《后山诗话》述登多景楼写下的"白鸟过林分外明"之句,此句"点"的是谢朓诗句"黄鸟度青枝",彼"语巧而弱",似欲胜之,但较之杜句"'白鸟去边明'语少而意广",就不敢说己之句"成金"了。陈师道是有自知之明的。

陈师道已提出"巧在己,故必悟"之说,韩驹对此有较多发挥。韩驹(？—1135)字子苍,世称陵阳先生,四川仁寿人。有诗论著作《陵阳室中语》(其门人范季随所编),今存残本。韩驹亦强调作诗本于读书,说:"近年人家子弟,往往恃其小有才,更不肯读书。但要作诗到古人地位,殊不知古人未有不读书者。"他回答范季随"今人有少时文名大著,久而不振者,其咎安在"的提问时说:"无他,止学耳。初无悟解,无益也;如人操舟入蜀,穷极艰阻,则曰吾至矣,于中流弃去篙榜,不施维缆,不特其退甚速,则将倾覆矣。如人之诗,止学也。"①读书由"穷极艰阻"而后至"悟解"的境界,才有益于诗。关于"悟",他转向禅宗学习,《赠赵伯渔》诗云:

> 昔君叩门如啄木,深衣青纯帽方屋。谓是诸生延入门,坐定虽言出公族。尔曹气味那有此,要是胸中期不俗。荆州早识高与黄,诵二子句声琅琅。后生好学果可畏,仆常倦谈殊未详。学诗当如初学禅,未悟且遍参诸方。一朝悟罢正法眼,信手拈出皆成章。

看来他对禅宗很感兴趣,"点铁成金"点到禅宗语录,《陵阳室中语》有云:"古人作诗,多用方言;今人作诗,复用禅语。盖是厌尘旧而欲新好也。"《次韵曾通判》诗云:"篇成不敢出,畏子诗眼大,唯当事深禅,诸方参作么。"又《送东林珪老游闽》诗云:"诗如雪窦加奇峭,禅似云居更妙明。"都是赞赏用禅语而新好。他还说过:"诗道如佛法,当分大乘小乘邪魔外道,惟知者可以语此。"(出处同上)

由于强调"悟",韩驹虽向黄庭坚学习过诗法,但早就流露过对黄庭坚"取古人之陈言入于翰墨"的不满,《室中语》记载:"一日,

---

① 均转引自《诗人玉屑》卷之五。

因坐客论鲁直诗体制新巧,自作格辙次,客举鲁直《题子瞻伯时画竹石牛图》诗云:'石吾甚爱之,勿使牛砺角。牛砺角尚可,牛斗残我竹。'如此体制甚新。公徐云:'独漉水中泥,水浊不见月。不见月尚可,水深行人没。'盖是李白《独漉篇》也。"等于揭了黄庭坚的老底。

吕本中(1084—1145),字居仁,山东莱州人。他自觉维护江西诗派声誉并努力完善诗法理论,是黄庭坚的忠实后学。在他所著《童蒙诗训》中,记黄庭坚事、语、诗颇多(另一部《紫薇诗话》中仅见一条),如将苏轼、黄庭坚比较而论曰:"自古以来语文章之妙,广备众体,出奇无穷者,唯东坡一人;极风雅之变,尽比兴之体,包括众作,本以新意者,唯豫章一人。此二者当永以为法。"将苏、黄抬到了李、杜之上。他推许黄庭坚识力过人:"渊明、退之诗,句法分明,卓然异众,惟鲁直为能深识之。学者若能识此等语,自然过人。"又承黄庭坚"随人作诗终后人"论云:

> 老杜诗云"诗清立意新",最是作诗用力处,盖不可循习陈言,只规摹旧作也。鲁直云"随人作诗终后人",又云"文章切忌随人后",此自鲁直见处也;近世人学老杜多矣,左规右矩,不能稍出新意,终成屋下架屋,无所取长。独鲁直下语,未尝似前人而卒与之合,此为善学。如陈无己力尽规摹,极少变化。(《童蒙诗训》)

他也不尽说黄庭坚的好话,如说"鲁直诗有大尖新、大巧处"是其短处,不可不知亦不可学。吕本中对于诗法理论最大的贡献,是被刘克庄称誉为"天下之至言"的"活法"说,此说首见于他为江西派中人夏倪诗集所作的《夏均父集序》:

> 学诗当识活法。所谓活法者,规矩备具,而能出于规矩之外;变化不测,而亦不背于规矩也。是道也,盖有定法而无定法,无定法而有定法。知是者,则可以与语活法矣。谢玄晖有言"好诗流转圆美如弹丸",此真活法也。近世惟豫章黄公,首变前作之弊,而后学者知所趣向,毕精尽知,左

规右矩,庶几至于变化不测。然余区区浅末之论,皆汉魏以来有意于文者之法,而非无意于文者之法也。

"活法",是对黄庭坚所说既有"古人绳墨",又要"不烦绳削而自合",既要讲求法度,又要不拘于法度的既活脱又简练的概括,他序《江西诗社宗派图》就说过:"诗有活法,若灵均自得,忽然有入,然后惟意所出,万变不穷。"这样,他就把黄庭坚首立的诗法理论推到一个应变无穷的理论高度。"有意于文者之法",但又"无意于文之文,而非有意于文之文",是"活法"论的真髓所在。"好诗流转圆美如弹丸",亦是苏轼所激赏的一种审美态势,《答王巩》诗云"新诗如弹丸",又《送欧阳弼》云"中有清园句,铜丸飞柘弹",都是讲诗语精致玲珑,输写便利,动留无碍,这是"活法"运用的最佳境界。吕本中在《与曾吉甫论诗第一帖》中对于"活法"产生与运用的心理机制有所论列,说写诗有时"励精潜思,不便下笔",有时"或遇事因感,时时举扬",二者"工夫一也",但不管哪种情况,"惟不可凿空强作,出于牵强,如小儿就学,俯就课程"。"活法"的体悟与用,就是创作时必须有一种自由心态,于是他也提到"悟":

此事须令有所悟入,则自然越度诸子。悟入之理,正在工夫勤惰间耳。如张长史见公孙大娘舞剑,顿悟笔法。如张者,专意此事,未尝少忘胸中,故能遇事有得,遂造神妙;使他人观舞剑器,有何干涉?

平时事事留心,累积各种感触,一旦灵犀启动,便可进入神妙的创造。吕本中走到陈师道、韩驹一条路上来了,韩以禅言"悟",吕把"悟入"而得"活法"的根源,归结到勤用工夫。《童蒙诗训》亦云:"作文必要悟入处,悟入必自工夫中来,非侥幸可得也。如老苏之于文,鲁直之于诗,盖尽此理也。"

吕本中自己没有把"活法"与"夺胎换骨"直接联系起来谈,后来俞成的《萤雪丛说》却扯到一起了,其云:"文章一技,要自有活法;若胶古人之陈迹而不能点化其句语,此乃谓之死法。死法专祖蹈袭,则不能生于吾言之外；活法夺胎换骨，则不能毙于吾言之内。毙吾言而生吾言也，故为活法。"江西诗派另一位诗人曾幾在《读吕居人旧诗有怀其人作诗寄之》诗中也有此意思："学诗如参禅，慎勿参死句，纵横无不可，乃在欢喜处。又如学仙子，辛苦终不遇，忽然毛骨换，政用口诀故。居仁说活法，大意欲人悟，常言古作者，一一从此路。岂惟如是说，实亦造佳处，其圆如金弹，所向欲脱兔。风吹春空云，顷刻各态度，铿然奏琴筑，间以八珍具。"将"活法"应用仅限于语言死活的范围，未免过于狭隘了，亦不合吕本中的原意。吕本中言"活法"，实笼盖了整个创作过程，乃至包容了创作主体与审美客体的关系，在于全局之"活"，不在于一字一语之"活"。因此他在《与曾吉甫论诗第二帖》中讲到诗人须养气，说"治择工夫已胜，而波澜尚未阔，欲波澜之阔去，须于规摹令大，涵养吾气而后可。规模既大，波澜自阔，少加治择，功已倍于古矣"。他引韩愈"气盛，则言之短长与声之高下皆宜"来强化自己的观点，又举曹植《七哀诗》说："宏大深远，非复作诗者所能及，此盖未始有意于言语之间也。""活法"之用亦不仅在言语之间，明矣！他最后还说："近世江西之学者，虽左规右矩，不遗余力，而往往不知出此，故百尺竿头，不能更进一步，亦失山谷之旨也。"

吕本中的"活法"论，我以为是江西派诗法理论之精华，将诗法理论提高到了艺术辩证法的层次，只是后来又有一些精神活不起来的拙劣后学者曲解死解"活法"，在很大的程度上将其糟蹋了。

三　诗法理论在南宋的嬗变

南宋著名的爱国主义诗人、被后人誉为"中兴四大家"首席的陆游（1125—1210），字务观，号放翁，越州山阴（今浙江绍兴）人。他在中年以后写给儿子的《示子遹》诗云：

我初学诗日，但欲工藻绘；中年始少悟，渐欲窥宏大。
怪奇亦间出，如石漱湍濑。数仞李杜墙，常恨欠领会。元白才倚门,温李真自郐。正令笔扛鼎,亦未造三昧。诗为六艺一,岂用资狡狯?汝果欲学诗,工夫在诗外。

陆游"初学诗"时爱读吕本中诗,后来投到曾幾门下,与江西派中诗人关系密切,对吕本中、曾幾的学问道德尤为佩服,称吕本中"诗文汪洋宏肆,兼备众体,间出新意,愈奇而愈浑厚,震耀耳目,而不失高古"(《吕居仁集序》);称曾幾"道学既为儒者宗,而诗益高,遂擅天下"(《曾文清公墓志铭》)。陆游学诗既从江西派入,自然也是从学问、从"规摹古人"入,《杨梦锡集句杜诗序》就反映了这样的传承:"文章要法,在得古作者之意,意既深远,非用力精到则不能造也。"但当他在民族危机深重的现实社会中,经过数十载的艰苦磨炼之后,悟到了诗的真正妙处不在藻绘之工,而在于诗人人格是否伟大,情感是否真挚,在《上辛给事书》中说:"爝火不能为日月之明,瓦釜不能为金石之声,潢汗不能为江海之涛澜,犬羊不能为虎豹之炳蔚;而或谓庸人能以浮文眩世,乌有此理也哉?使诚有之,则可眩者,亦庸人耳。"对人格之高情性之真的诗人,不必从"钜篇大笔,苦心致力之词"而知其人,"残章断稿,愤讥戏笑,所以娱忧而舒悲者,皆足知之"。"贤者之所养,动天地,开金石,其胸中之妙,充实洋溢,而后发见于外,气全力余,中正宏博,是岂可容一毫之伪于其间哉?"讲的都是诗人的人格人品。

如果说"务重其身而养其气"是陆游最看重的"诗外"工夫之一,那么,向现实生活学而不是光从古人书卷学,是"诗外"又一重要工夫。《九月一日夜读稿走笔作歌》一诗,他首先检讨:"我昔学诗未有得,残余未免从人乞。力屈气馁心自知,妄取虚名有惭色。"直到不惑之年"从戎驻南郑",火热的军营生活,"琵琶弦急冰雹乱,羯鼓手匀风雨疾"的战斗旋律,才使他顿然有悟:

> 诗家三昧忽见前,屈贾在眼元历历。天机云锦用在我,剪裁妙处非刀尺。世间才杰故不乏,秋毫未合天地隔。放翁老死何足论,《广陵散》绝还堪惜。

"诗家三昧"不像江西派纯艺术地用禅语悟境那样神秘,而是到现实生活中去摄取诗的真谛,陈师道说"待万物而后才者,犹常才也",陆游可能不这么看,中年以后,正是"万物"激发他更多的诗思诗情,"吾行在处皆诗本"(《梅雨初晴迓客东邻》),"挥毫当得江山助,不到潇湘岂有诗"(《偶读旧稿有感》),都是他自得于心的"三昧",由此,他有否定江西诗派的"法度"之意,《和陈鲁山十诗》中写道:"万物备于我,本来无欠余。窭儒可怜生,西抹复东涂。"他还认为,离开现实生活而"工藻绘",那是"组绣纷纷眩女工,诗人于此欲途穷"(《即事》)。《题庐陵萧颜毓秀才诗卷后》则直接言及"法":

法不孤生自古同,痴人乃欲镂虚空。君诗妙处吾能识,正在山程水驿中。

"法不孤生"的见解很重要,既可说是对江西诗法理论的重要补充,也可看作对孤立谈"诗法"的否定,《答郑虞任检法见赠》一诗中甚至对吕本中的"活法"论亦有微词:"文章要须到屈宋,万仞青霄下鸾凤。区区圆美非绝伦,弹丸之评方误人。"

陆游有他自己的诗歌美学观,要点有二:一是"欲窥宏大",有气魄雄浑之美,他说梅圣俞:"先生诗律擅雄浑,导河积石源流正,维岳崧高气象尊。"《白鹤馆夜坐》诗中述他鄙视清寒细弱而向往屈宋李杜"九万击鹏鹃"的壮阔境界。《读前辈诗文有感》中说,表现"鸾旗广殿晨排仗,铁马黄河夜踏冰"的雄伟壮烈,"此事要须推大手,蝉嘶分付与吴僧"。要能写出雄伟境界者,当然又要诗人"重其身养其气"之功,《次韵和杨伯子主簿见寄》中有道:

文章最忌百家衣,火龙黼黻世不知。谁能养气塞天地,吐出自足成虹霓。……大篇一读我起立,喜君得法从家庭。鲲鹏自有天池著,谁谓太狂须束缚。大机大用君已传,那遣老夫安注脚。

二是浑然天成之美。有一首题为《文章》的诗写道:"文章本天成,妙手偶得之。粹然无疵瑕,岂复需人为。君看古彝器,巧拙两无施。"

似乎有对"点铁成金"否定之意。既以"天成"为上,他反对以雕琢求"工",《夜坐示桑甥十韵》说:"大巧谢雕琢,至刚反摧藏。一枝均道妙,佻心讵能当。"《读近人诗》说:"琢雕自是文章病,奇险犹伤气骨多。君看大羹玄酒味,蟹螯蛤柱岂同科。"他明确反对黄庭坚关于杜诗"无一字无来处"之说,谓《岳阳楼》("昔闻洞庭水……")"此岂可以出处求哉?纵使字字寻得出处,去少陵之意益远矣"。他更反对"但以一字亦有出处为工"的偏狭判断,说《西昆酬唱集》中诗,"何曾有一字无出处者,便以为追配少陵,可乎?且今人作诗,亦未尝无出处,渠自不知,若为之笺注,亦字字有出处,但不妨其为恶诗耳"(《老学庵笔记》卷七)。他为人作墓表亦言诗,颇有为诗"盖棺论定"之意:

> 诗岂易言哉!一书之不见,一物之不识,一理之不穷,皆有憾焉。同此世也,而盛衰异;同此人也,而壮老殊。一卷之诗有淳漓,一篇之诗有善病,至于一联一句,而有可玩者,有可疵者,有一读再读至十有读乃见其妙者,有初悦可人意者,熟味之使人不满者。大抵诗欲工,而工亦非诗之极也。锻炼之久,乃失本指;斫削之甚,反伤正气。虽曰名不可幸得,以名求诗,又非知诗者。纤丽足以移人,夸大足以盖众,故论久而后公,名久而后定。呜呼,艰哉!(《何君墓表》)

这确是知诗者的至理精言!同时代的人诗有不同艺术风格,同一诗人不同时期的诗有不同艺术趣味;有的诗初读不怎么样,久读真味方出;有的诗使人一见喜爱但不耐咀嚼;"工"不是诗的极致,愈求"工"反伤诗的元气;诗要被品定为佳作杰作,诗人要传名后世,这都要经过时间的严正考验而后定。他在八十余岁高龄时所作《夜吟》还写道:

> 六十余年妄学诗,工夫深处独心知。夜来一笑寒灯下,始是金丹换骨时。

诗中也用了"换骨"一词,但根本不是黄庭坚"换骨"之意了,是在更高层次上推陈出新的蜕易嬗变。

杨万里(1127—1206)字廷秀,号诚斋。是与陆游齐名的"中兴四大家"中又一位杰出的诗人,也许他是江西籍人士之故,对江西诗派特别关注,增补了吕本中的《江西宗派图》,编了《江西续派》,写了《江西宗派诗序》。序曰:"江西宗派诗者,诗江西也,人非皆江西也。人非皆江西,而诗曰江西者何?系之也。系之者何?以味不以形也。"杨万里早年学诗于曾幾,对于黄庭坚"夺胎换骨"等诗法实例,在其《诚斋诗话》多有称引(有的也不无揭底之意,如说山谷集中绝句"草色青青柳色黄,桃花零落杏花香。春风不解吹愁去,春日偏能惹恨长"。"此唐人贾至诗也,特改五字耳。")但他不肯停留在江西派圈子里,《诚斋荆溪集序》里自述道:"予之诗,始学江西诸君子,既又学后山五字律,既又学半山老人七字绝句,晚乃学绝句于唐人。学之愈力,作之愈寡。……"直到他五十一岁时,"忽若有悟,于是辞谢唐人及王、陈江西诸君子,皆不敢学,而后欣如也。"又作诗曰:

  传派传宗我替羞,各家各自一风流。黄陈篱下休安脚,
陶谢门前更出头。(《跋徐公仲省干近诗》)

此后,他作的诗以其所具独特风味,被人称为"诚斋体"。

不论"形似"而重"风味",是杨万里诗论的一个重点。他论江西诗人各有其"味",实质上还只是说江西诗人各有不同的艺术风格,对"味"之内涵并未展开表述,在《颐庵诗稿序》中才明白其说:

  夫诗,何为者也?尚其词而已矣。曰:"善诗者去词。""然则尚其意而已矣。"曰:"善诗者去意。""然则去词去意,则诗安在乎?"……曰:"尝食夫饴与荼乎?人孰不饴之嗜也?初而甘,辛而酸。至于荼也,人病其苦也,然苦未既,而不胜其甘。诗亦如是而已矣。"

这个说法,并未超出司空图的"味外之旨"说,强调的亦是"不着一字,尽得风流""但见情性,不睹文字"之妙谛,不过他又补充了"味"的转化,甜后有辣、酸,苦后而有甘美。讥刺之诗,不见讥刺之意,更无讥刺之词,但使被刺者读后悟到,"未尝指我也,然非我其谁哉?外不敢怒,而其中愧死矣"。杨万里与江西派诗人相反,嗜爱晚唐诗,

认为"惟晚唐诸子"差近《三百篇》之"遗味",曾在一绝中说:"晚唐异味谁同赏,近日诗人轻晚唐。"(《读笠泽丛书三绝》)其实从杨万里创作实践中的追求考察,他的"风味"还有独特的内涵,为范成大文集所作序言中有云:"甚矣,文之难也!长于台阁之体者,或短于山林之味;谐于时世之嗜者,或漓于古雅之风。""古雅之风"与"山林之味"合而为他"风味"说之真谛。他的"诚斋体"正是以山水风物为题材的诗篇令人倾倒。前提及他"忽有所悟",悟后,"步后园,登古城,采拮杞菊,攀翻花竹,万象毕来献予诗材。盖麾之不去,前者未雠,而后者已迫,涣然未觉作诗之难也"。他悟到了从大自然中汲取诗材,激发灵感,兴味盎然;还有诗云:"城里哦诗枉断髭,山中物物是诗题""诗家不愁吟不彻,只愁天地无风月""闭门觅句无诗法,只是征行自有诗"①……与陆游"君诗妙处吾能识,正在山程水驿中"相呼应。"风味"所谓"古雅",他崇尚"微而显,志而晦,婉而成章,尽而不汙"的孔子《春秋》记事之妙,又有《三百篇》"好色而不淫,怨诽而不乱",同是写杨贵妃与唐玄宗、寿王三角关系的诗,"近世陈光咏李伯时画宁王进史图云:'汗简不知天上事,至尊新纳寿王妃。'是得为微、为晦、为婉、为不污秽乎?惟义山云:'侍宴归来宫漏永,薛王沉醉寿王醒。'可谓微婉显晦,尽而不汙矣。"(《诚斋诗话》)这就是含蓄有味。

由重"风味"必然会强调诗的抒情特质,而"起情"者是"兴",他一反江西诗派强调"布置法度",而是强调"兴到漫成诗"(《春晚往永和》),强调"兴"在"炼句"之前:"炼句炉锤岂可无,句成未必尽缘渠。老夫不是寻诗句,诗句自来寻老夫。"(《晚寒题水仙花并湖山》)在《答徐达书》中说:

> 大抵诗之作也,兴,上也;赋,次也;赓和,不得已也。
> 我初无意于作是诗,而是物是事适然触乎我,我之意亦适然

---

① 《寒食雨中同舍约游天笠得十六绝句呈陆务观》《云龙歌调陆务观》《下横山滩望金华山》。

感乎是物是事，触先焉，感随焉，而是诗出焉，我何与哉，天也。斯谓之兴。

由"触"而"感"而"兴"，他正确地阐明了"兴"之发生的心理机制。"是物"与"我"相互"适然"而起情。"赋"不同于"兴"，"或属意一花，或分题一草，指某物课一咏，立某题征一篇，是以非天矣，然犹专乎我也"。"兴"可无定指，得之自然；"赋"有定指，等于出题作诗。杨万里反对无感触而作"和韵"诗，认为那是"牵乎人"的文字游戏，"诗至和韵而诗始大坏"。

由于强调诗之"兴"，杨万里对作诗之成法便有点蔑视的态度。有的人认为他是得"活法"于吕本中①，其实，更正确地说，他是宣扬"无法"，"问侬佳句如何法，无法无盂也没衣"（《酬阁皂山碧崖道士甘叔怀赠十古风》），以和尚传法传衣钵为喻，他既然辞谢了"江西诸君子"，也就弃绝了诗法衣钵，《和李天麟二首》写道：

学诗须透脱，信手自孤高。衣钵无千古，邱山只一毛。
句中池有草，字外目俱蒿。可口端何似，霜螯略带糟。
句法天难秘，工夫子但加。参时且柏树，悟罢岂桃花。
要共东西玉，其如南北涯。肯来谈个事，分坐白鸥沙。

如果说有法，那也只是自己心得之法，而自然天成之法人人可参。对于参他人之法，杨万里有讽刺之意，如说："要知诗客参江西，正似禅客参曹溪，不到南华与修水，于何传法更传衣？"（《送分宁主簿罗宠材秩满入京》）个人之法也不是他人可以接受现成，《和段季承左藏惠》一绝句写道："遮莫蟠胸书似山，更饶落笔语如泉。阴、何绝倒无人怨，却怨渠侬秘不传。"杨万里或许就是无法而师法自然，创造了他的"诚斋体"，为江西籍诗人又在中国诗史上留下一个深深的脚印。

姜夔（约1155—约1221），字尧章，号白石道人，江西鄱阳人。

---

① 如周必大《次韵杨廷秀待制寄题朱氏焕然书院》云："诚斋万事悟活法。"刘克庄《江西诗派小序》中云："诚斋出，真得所谓活法。"

他又是一位从江西诗派入后又跳脱出来的诗人。他的词名比诗名大,而《白石道人诗说》是一篇谈诗的纯理论文章,在诗论史上有一定地位。《白石道人诗集自叙》述学诗经过:"近过梁溪,见尤延之先生,问余诗自谁氏。余对以异时泛阅众作,已而病其驳如也,三熏三沐师黄太史氏,居数年,一语噤不敢吐。始大悟学即病,顾不若无所学之为得;虽黄诗亦偃然高阁矣。先生因为余言:'近世人士喜宗江西,温润有如范致能者乎?痛快有如杨廷秀者乎?高古如萧东夫,俊逸如陆务观,是皆自出机轴,岂有可观者,又奚以江西为?'"①为什么学江西会造成前如杨万里所说"学之愈力,作之愈寡",此又说"一语噤不敢吐"?大概江西律法如"无一字无来处"大大束缚了他们的思想,姜夔由此得出一个悖论:"无所学之为得!"

姜夔论诗,主要强调诗要有个性,"诗本无体,三百篇皆天籁自鸣",但又要自有一体,"余之诗,余之诗耳。穷居而野处,用是陶写寂寞,则可,必欲其步武作者,以钓能诗声,不惟不可,亦惟不敢"。因此他拒绝杨万里、范成大等"诸公咸谓其与我合也"的推许,乃辩之曰:"岂见其合者而遗其不合者耶?抑不合乃可以为合耶?抑亦欲俎豆余于作者之间而姑谓其合耶?不然,何其合者众也?"表现出何等执拗的态度。在第二篇自序中则说:

> 作者求与古人合,不若求与古人异;求与古人异,不若不求与古人合而不能不合,不求与古人异而不能不异。彼惟有见乎诗也,故向也求与古人合,今也求与古人异;及其无见乎诗也,故不求与古人合而不能不合,不求与古人异而不能不异。其来如风,其止如雨,如印印泥,如水在器,其苏子所谓不能不为者乎?

此谓"有见""无见"是指对诗有成规之见和无成规之见。似乎

---

① 尤延之即尤袤,"中兴四大诗人"之一,他列举范成大、陆游、杨万里、萧德藻四位诗人皆自出机轴,很有见地。

诗惟在古人那里，而失去了自主意识，就非常被动地求与古人"合"或"异"；如果"自出机轴"没有了盲目崇古的意识，那就"合"与"异"听其自然，为不所拘。《白石诗说》则云："一家之语，自有一家之风味。如乐之二十四调，各有韵声，乃是归宿处。模仿者语虽似之，韵亦无矣。"

他的《白石诗说》，又明显有江西派诗法理论的痕迹，不过他说明了："《诗说》之作，非为能诗者作也，为不能诗者作，而使之能诗；能诗而后能尽我之说，是亦为能诗者作也。虽然，以我之说为尽，而不造乎自得，是足以为能诗哉？后之贤者，有如以水投水者乎？有如得鱼忘筌者乎？"强调了学了"诗法"还必须"造乎自得"，方能写出真正的好诗。"守法度曰诗"，又说："不知诗病，何由能诗？不观诗法，何由知病。"对于诗的总体审美品格的论述有：

  大凡诗，自有气象、体面、血脉、韵度。气象欲其浑厚，其失也俗；体面欲其宏大，其失也狂；血脉欲其贯穿，其失也露；韵度欲其飘逸，其失也轻。

  诗有四种高妙：一曰理高妙，二曰意高妙，三曰想高妙，四曰自然高妙。碍而实通，曰理高妙；出自意外，曰意高妙。写出幽微，如清潭见底，曰想高妙；非奇非怪，剥落文采，知其妙不知其所以妙，曰自然高妙。

前者是诗之本体四要素，后者为诗美四种类型。他将"理高妙"置于第一，可见他受理学的影响；将"自然高妙"置于最佳审美境界，又见他真正的审美趣向。《诗说》实以"四要素"为贯穿，兼及四种审美形态，展开具体操作的法则，如言整体的把握，一说"作大篇尤当布置：首尾匀称，腰腹肥满"，不能"前面有余，后面不足；前面极工，后面草草"。二说一篇之中，"波澜开阖，如在江湖中，一波未平，一波已作。如兵家之阵，方以为正，又复是奇；方以为奇，忽复是正。出入变化，不可纪极，而法度不可乱"。他特别强调诗在"难"处见功夫："人所易言，我寡言之；人所难言，我易言之，自不俗。""岁寒知松柏，难处见作者。"在论述诗贵含蓄蕴藉方面，他的一些见解亦颇有启发性，在引用苏轼"言有尽而意无穷者，天下之至言也"语后说："若句中无余字，篇中无长语，非善之善者也；句中有余味，篇中有余意，善之善者也。"有句中含蓄和篇中含蓄两种，他又引申为"意不尽"与"词不尽"及其交错结合的四种方式："一篇全在尾句，如截奔马。词意俱尽，如临水送将归是已；意尽词不尽，如抟扶摇是已；词尽意不尽，剡溪归棹是已；词意俱不尽，温伯雪子是已。所谓词意俱尽者，急流中截后语，非谓词穷理尽者也。所谓意尽词不尽者，意尽于未当尽处，则词可以不尽矣，非以长语益之者也。至于词尽意不尽者，非遗意也，辞中已仿佛可见矣。词意俱不尽者，不尽之中，固已深尽之矣。"四种区分，发前人所未发，颇具新意。还有："篇终出人意表，或反终篇之意，皆妙。"又强调了终篇之功夫，以使全诗"欲深，欲远"，有余味无穷的审美价值。《诗说》也很重视"学"（"思有窒碍，涵养未至也，当益以学"），同样也很重视实践（"多看自知，多作自好"）。这篇字数不多的语录体式的诗论，将江西派的诗法理论简化并抽象了①，有所发挥和提高。

刘克庄（1187—1269）字潜夫，号后村居士，福建莆田人。是南宋最后一位有影响的诗人（也是著名词人），本来他名列"江湖派"，但他又与江西派瓜葛甚深，自述学诗"由放翁入，后喜诚斋，又兼取东都南渡江西诸老，上及于唐人"（《刻楮集序》），再加上他对江西派研究有得，因此也将他置于本节论列，主要着眼于他对江西派的评价和对宋诗成就与缺点的总结。

在《江西诗派序》中，刘克庄对江西诗派几位主要诗人评价不低。评黄庭坚，说黄不同于欧阳修、苏轼"各极其天才笔力之所至"，而是"锻炼勤苦而成也……会粹百家句律之长，究极历代体制之变，蒐猎奇书，穿穴异闻，作为古律，自成一家；虽只字半句不轻出，遂为本朝诗家宗祖，在禅学中比得达摩，不易之论也。"此评确认了黄庭

---

① 但他把"活法"说为"乍叙事而间以理言，得活法也"，是简单化又是错误的理解。

坚在宋代诗史上的崇高地位。评陈师道云："后山树立甚高，其议论不以一字假借人……文师南丰，诗师豫章，二师皆极天下人本色，故后山诗文高妙一世。"评韩驹"其诗有磨淬剪截之功，终身改窜不已。有已写寄人数年，而追取更易一两字者，故所作少而善。"对吕本中的"活法"论评价极高，谓之"天下之至言"，并说"均父所作，似未能然，往往紫薇父自道耳"。他还为吕的序文中"'好诗流转圆美如弹丸'，此真活法也"，后来被陆游批评"弹丸之论方误人"，而辩护道："余以宣城诗考之，如锦工机锦，玉人琢玉，极天之巧妙；穷巧极妙，然后能流转圆美。近时学者往往误认弹丸之喻而趋于易。……然则欲知紫薇诗者，以《均父集序》观之，则知弹丸之语，非主于易。"须知陆游是他的老师，敢与老师异议，足见他论诗坚持自己的主张。

刘克庄在政治上推崇理学家，如为朱熹修过祠堂，草拟过加谥朱熹的诏书，但在诗歌理论观点方面，却有反理学的倾向，如说过"近世理学兴而诗律坏"(《林子显诗序》)的话。他批评宋人诗多议论，以才学、文字为诗而导致诗的散文化倾向，《韩隐君诗序》中说："古诗出于情性，发必善，今诗出于记问，博而已。自杜子美未免此病，丁是张籍、工建辈稍束起书袋，划去繁缛，趋于切近。世喜其简便，竞起效颦，遂为晚唐体。体益下，去古益远，岂非资书以为诗失之腐，捐书以为诗失之野欤？"《竹溪诗序》中又说："唐文人皆能诗，柳尤高，韩尚非本色。迨本朝，则文人多诗人少。三百年间，虽人各有集，集各有诗，诗各自为体，或尚理致，或负材力，或逞辩博，少者千篇，多至万首，要皆经义策论之有韵者尔，非诗也。自二三巨儒及十数大作家，俱未免此病。"这个批评是相当尖锐的，上及唐代杜甫，实际上把以杜甫为宗的江西诗派也批了，又"多至万首"者，疑指其老师陆游也，因为宋代作家惟陆游《剑南诗稿》有诗一万多首。刘克庄认为诗有两种："以情性礼义为本，以鸟兽草木为料，风人之诗也；以书为本，以事为料，文人之诗也。"(《题何谦诗》)那么，宋人之诗多是文人诗了。然而他对宋诗的评价又有与此有矛盾之处，如在《本朝五七言绝句序》中说:"童子或问:'本朝理学古文高于前代,惟诗视唐似有愧色。'余曰:'此谓不能言者也,其能言者,岂惟不愧于唐,盖过之矣。'"这就有点到什么山唱什么歌的味道。《跋李贾县尉诗卷》说:"然谓诗至唐犹存则可,谓诗至唐止则不可。本朝诗自有高手。李、杜,唐之集大成者也;梅、陆,本朝之集大成者也。"说宋诗自有自己的大诗人是对的,但把梅圣俞也誉为集大成的诗人而高于苏、黄,有欠公允。

刘克庄论诗还有一些可以称道的见解,如强调气力:"古今作者旨趣,大率有意求于工者率不能工;惟不求工而自工者,为不可及。求工不能工者,滔滔皆是;不求工而自工者,非有大气魄大力量不能。"(《回信庵书》)前面已引他说"记问博"是诗之病,在《后村诗话》中,他认为有气力可克此病:"近岁诗人,杂博者堆队仗,空疏者窘材料,出奇者费搜索,缚律者少变化。惟放翁记问足以贯通,力量足以驱使,才思足以发越,气魄足以凌暴。南渡而后,故当为一大家。"陆游以气力胜而成为大诗人。但又有似与此相矛盾之论:"或曰古人之作由性情而发,后人之作以气力相雄而已。余曰不然。夫太湖灵璧,玲珑可爱,而匡庐雁荡,拔起万仞,紫翠扫空。山矾水仙,幽淡见赏;而乔松古柏,绝无芳艳,直以槎枒突兀为奇耳。君益勉之,性情人之所同,气力君之所独,独者难强而同者易至也。"(《题赵郏诗卷》)当他强调诗贵主"情性"时,又把"大气魄大力量"置于"难强"的地位了。或许这也有一定的道理,光凭气力而"工"就会有点失去本色,这可与他论"清"联系起来看。《毛震龙诗稿》中写道:"诗料满天地,诗人满江湖。人人为诗,人人有集。然惟及天下之清,乃能及天下之工。"求"工"能"工"又有一途,但在《张季文卷》中又强调不能过于"清":"然文字不可过清也,过清则肖乎癯。'仁义之人其言蔼如',未尝癯也。不可过峻,过峻则立于独。'德不孤必有邻',未尝独也。清峻不已,其幽必至于绝物,其远必至于遁世。"刘克庄这些论述,都必须辩证地去看,前言后语(包括对江西派和宋诗褒与贬)加以比较而后变通，则可目为一家之言。这可能是因为他立于理学与文学之间，官宦（官至工部尚书，龙图阁学士）与文人之间，又处于朝代变更之际，因而有此种特殊心态。

第十六章
《岁寒堂诗话》与《沧浪诗话》

自欧阳修《六一诗话》问世之后，文人雅士竞起仿效，于是，诗话这一新的诗歌批评文体，自宋始而盛行，历金、元、明、清，成为中国诗学批评史上数量最多的著作。由于欧阳修自言是"集以资闲谈"，所以后来继作者亦多以记事和点评为主要内容。产生于北宋的《彦周诗话》（许𫖮著）给诗话初步下了一个定义：

  诗话者，辨句法，备古今，纪盛德，录异事，正讹误也。

若含讥讽，著过恶，诮纰缪，皆所不取。

颇有点记事兼学术、兼评论的规模了，因而间或有些理论色彩，如《彦周诗话》第一则便是："诗壮语易，苦语难，深思自知，不可以口舌辩。"因多数诗话皆记本朝知名或不知名诗人作诗故事，评诗言论，可当作诗的史料书看，其中有不少可供后人研究的第一手资料，如司马光《温公续诗话》中有条记载：宋代"国初以来"，科场要考诗，于是记录了宋仁宗天圣、景祐、庆历年间科场试诗情况。黄庭坚及江西诗派崛起，出现了一批反映这一诗派成员创作情况及创作经验的诗话之作，陈师道《后山诗话》、吕本中《紫薇诗话》以及《洪驹父诗话》、《王直方诗话》等是派中人所作，派外人范温《潜溪诗眼》、曾季貍《艇斋诗话》、吴可《藏海诗话》等，亦多涉及江西诗人之诗事。南宋开始出现专题诗话，蔡梦弼《草堂诗话》辑录了两宋名儒的杜诗评论二百余条,集中反映了两宋对待杜诗的几种观点,《四库全书总目提要》称其"详赡"。还有旧题尤袤《全唐诗话》,近人丁福保考证为其孙尤焴所编,记述唐代三百二十二位诗人的创作故实,以人为目,内容简要,可作唐诗史料看。真正有理论价值的诗话,其理论又较有系统者,在北宋诗话中可谓凤毛麟角。南宋初期张戒的《岁寒堂诗话》开始从理论角度建立自己的批评标准,重申并发挥儒家诗教的基本原则。南宋晚期严羽所著《沧浪诗话》,真可称之为中国诗论史上一部划时代的诗歌美学杰作。这两部著作有共同点,就是都尊汉魏盛唐诗而轻本朝诗,尤贬江西诗派;更有不同点:一从儒家诗教的审美原则出发,一从较纯粹的诗歌美学观点出发,得出各自关于诗的结论。鉴于此,本章以这两部诗话作为宋代诗话的代表作,进行有所比较的论列。

一　张戒由"思无邪"论"意""气""韵""味"

张戒,生卒年不详,由北宋而入南宋,宋高宗时代曾官至监察御史、殿中侍御史。在政治思想上属儒家正统派。《岁寒堂诗话》可能是他中年以后的著作。[①]原本已佚,传本不全,分上、下两卷,上卷为总论,下卷专论杜甫诗。

强调孔子的"思无邪"说,是《岁寒堂诗话》一个基本观点,乃至说古今之诗皆是"其正少,其邪多。孔子删诗,取其思无邪者而已"。他理解的"邪"就是"不正"乃至淫邪:"自建安七子、六朝、有唐及近世诸人,思无邪者,惟陶渊明、杜子美耳,余皆不免落邪思也。六朝颜、鲍、徐、庾,唐李义山,国朝黄鲁直,乃邪思之尤者。鲁直虽不多说妇人,然其韵度矜持,冶容太甚,读之足以荡人心魄,此正所谓邪思也。"他认为不邪而正的诗就是"经夫妇,成孝敬,厚人伦,

---

① 卷上有"乙卯冬,陈去非初见余诗……及后见去非全集"语。"乙卯"为宋高宗绍兴五年(1135),距他宣和四年(1122)进士及第已十三年。陈去非即陈与义(1090—1138),他的全集当是死后由其学生周葵所编。

美教化，移风俗"者也，读之"使人凛然兴起，肃然生敬"。据此，他强调所谓"诗人之意"或"诗人之本旨"，就是"专以言志"。诗话第一条即云：

> 建安、陶、阮以前诗，专以言志；潘、陆以后诗，专以咏物。兼而有之者，李、杜也。言志乃诗人之本意，咏物特诗人之余事。古诗、苏、李、曹、刘、陶、阮，本不期于咏物，而咏物之工，卓然天成，不可复及。其情真，其味长，其气胜，视《三百篇》几于无愧，凡以得诗人之本意也。潘、陆以后，专意咏物，雕镌刻镂之工日以增，而诗人之本旨扫地尽矣。

他所说"专以言志"和"专以咏物"，赫然对立，未免过于武断，难道咏物诗中就不蕴含诗人的志意？如果仅是就物咏物，毫无意味，诗何以能存？这里，关键在于张戒又把"志"理解得太狭隘了，其"志"不过是"笃于忠义，深于经术"的代名词。他以杜甫诗为《三百篇》之后"雄而正"的典范，诗话下卷评杜甫《可叹》诗曰："观子美此篇，古今诗人焉得不伏下风乎？忠义之气，爱君忧国之心，造次必于是，颠沛必于是，言之不足，嗟叹之，嗟叹之不足，故其词气能如此，恨世无孔子，不列于《国风》《雅》《颂》尔。"他也有杜、李优劣论："才气不相上下，而子美独得圣人删诗之本旨，与《三百五篇》无异，此则太白所无也。"由此而将杜甫《乾元中寓居同谷七歌》拔高评为"真可谓主文而谲谏，可以群，可以怨，迩之事父，远之事君者也"。李不如杜，主要是失于"诗人之本旨"，不在元稹所说的"铺陈排比"等枝节问题上。

在张戒心目中，失"诗人之本旨"的本朝罪魁祸首，就是苏轼与黄庭坚："《国风》《离骚》固不论，自汉魏以来，诗妙于子建，成于李、杜，而坏于苏、黄。余之此论，固未易为俗人言也。子瞻以议论为诗，鲁直又专以补缀奇字，学者未得其所长，而先得其所短，诗人之意扫地矣。"他对苏、黄，简直是深恶痛绝，另一处又说："苏、黄用事押韵之工，至矣尽矣，然究其实，乃诗人中一害，使后生只知用事押韵之为诗,而不知咏物之为工,言志之为本也,风雅自此扫地矣。"因此他告诫后生:"苏、黄习气净尽,始可以论唐人诗。唐人声律习气净尽,始可以论六朝诗。镂刻之习气净尽,始可以论曹、刘、李、杜诗。"他将两汉以来的诗分为五等:一"国朝",二"唐人",三"六朝",四"陶、阮、建安七子、两汉",五《风》《骚》。国朝,他还看得起欧阳修和梅圣俞(亦有微词),而把"专意咏物"的六朝(注意他已把陶渊明、阮籍另列)也列为一等,可能一是时代更"古",二是他自己有意学六朝。陈与义说他的诗"奇语甚多,只欠建安六朝诗耳"。"余以为然。及后见去非诗全集,求似六朝者,尚不可得,况建安乎?词不逮意,后世所患。"他相信"一代不如一代,天地风气生物,只如此耳",死抱贵远贱近、厚古薄今之论。

如果我们且不顾他那些迂执的"本旨"观点而析理一下《岁寒堂诗话》,便会感到张戒还是注重诗的审美特点的。一是他以"意""味""韵""气"作为重要的风格审美之识别标志,其论曰:

大抵句中若无意味,譬之山无烟云,春无草树,岂复可观。阮嗣宗诗,专以意胜;陶渊明诗,专以味胜;曹子建诗,专以韵胜;杜子美诗,专以气胜。然意可学也,味亦可学也,若夫韵有高下,气有强弱,则不可强矣。

四者其实又不可截然分开,如说曹植诗有"微婉之情,洒落之韵,抑扬顿挫之气"。又说:"韵有不可及者,曹子建是也。味有不可及者,渊明是也。才力有不可及者,李太白韩退之是也。意气有不可及者,杜子美是也。"他本来反对"以押韵为工",为什么独以"韵胜"高评曹植呢?原来还是"韵"中"意"永:"观子建'明月照高楼''高台多悲风''南国有佳人''惊风飘白日''谒帝承明庐'等篇,铿锵音节,抑扬态度,温润清和,金声而玉振之,辞不迫切,而意以独至,与《三百五篇》异世同律,此所谓韵不可及也。"这是一种内在的韵律美,有诗人生命意识的内涵,区区"押韵"不可同日而语。说"味":"渊明'狗吠深巷中,鸡鸣桑树颠''采菊东篱下,悠然见南山',此景物虽在目前,非至闲至静之中，则不能到，此味不可及也。"可见他也是崇尚平淡自然的有"深味"，有"味外味"，因此又说："诗人之工，特在一时情味，固不可预设法式也。"至于"意"，张戒赋予它至少有两个内涵："言志"是本意，是"无邪"之意。他举唐人咏杨贵妃诗，评白居易《长恨歌》有"秽亵之语""无礼之甚""浅陋"等说，而分析杜甫的《哀江头》，则说"至于言一时行乐事，不斥言太真，而但言辇前才人，此意尤不可及"，"'江花江水岂终极'，不待云'比翼鸟''连理枝'，'此恨绵绵无绝期'，而无穷之恨，《黍离》麦秀之悲，寄于言外"，"题云《哀江头》，……潜行曲江，睹江水江花，哀思而作。其词宛而雅，其意微而有礼，真可谓得诗人之旨者"。评杜之语中，实言此"意"，是"发乎情，止乎礼义"。另一种内涵的"意"是阮籍《咏怀诗》所表现的"陶性灵，发幽思。言在耳目之内，情寄八荒之表。洋洋乎会于风雅，使人忘其鄙近，自致远大，颇多感慨之词，厥旨渊放，归趣难求"，即诗须有不尽之意；他说曹植、李、杜诗"皆情意有余，汹涌而后发者也"。强调意之"不迫不露"而有"余蕴"。这"意"的第二重内涵，是从审美而言。说到"才""气"，张戒说："人才各有分限，尺寸不可强。同一物也，而咏物之工有远近；皆此意也，而用意之工有浅深。"他举章八元、梅圣俞、苏轼、刘长卿、王介甫和杜甫等唐宋诗人的登临诗为例，惟杜甫《登慈恩寺塔》"穷高极远之状，可喜可愕之趣，超轶绝尘而不可及也"，这就是"才"的分限。他赞赏韩愈诗"大抵才气有余，故能擒能纵，颠倒崛奇，无施不可。放之则如长江大河，澜翻汹涌，滚滚不穷；收之则藏形匿影，乍出乍没，姿态横生，变怪百出，可喜可愕，可畏可服也"。他同意苏辙"韩诗豪，杜诗雄，然杜诗雄亦可以兼韩之豪"之论，回到"意气有不可及者，杜子美是也"的一锤定评。

注重诗的审美特点的另一方面，表现在张戒能较精确地辨识不同诗人的艺术风格。前面"意""气""韵""味"之辨已见其大端，对大诗人已辨之甚明，又对韩愈、柳宗元、王维、孟浩然、韦应物、刘禹锡等著名诗人的不同审美风貌有辨析有比较。辨韩、柳曰:"柳柳州诗,字字如珠玉,精即精矣,然不若退之之变态百出也。使退之收敛而为子厚则易,使子厚开拓为退之则难。意味可学,才气不可学也。"言下之意是柳之才力不如韩。辨韦应物、王维曰:"韦苏州诗,韵高而气清。王右丞诗,格老而味长。虽皆五言之宗匠,然互有得失,不无优劣。以标韵观之,右丞远不逮苏州。至于词不迫切,而味甚长,虽苏州亦不可及也。"以"韵"与"味"辨别他们,关于王维,他还有言:"世以王摩诘律诗配子美,古诗配太白,盖摩诘古诗能道人心中事而不露筋骨,律诗至佳丽而老成。"举王维《陇西行》《息夫人》等作品为证"信不减"李、杜,而后说:"虽才气不若李、杜之雄杰,而意味工夫,是其匹亚也。"孟浩然诗中多警策之言,但"文体"有所欠,其才气不足以驭韩愈那样的宏篇,借用苏轼语评云:"浩然诗如内库法酒,却是上尊之规模,但欠酒才尔。"比较韦、刘、王、孟曰:"韦苏州律诗似古,刘随州古诗似律,大抵下李、杜、韩退之一等,便不能兼。随州诗,如韦苏州之高简,意味不能如王摩诘、孟浩然之胜绝,然其笔力豪赡,气格老成,则皆过之。"这样的比较辨析,虽不能说语语中的,但还是言之有据。对于他不甚重视的诗人,也作优劣之分,如说白居易"才多而意切"、张籍"思深而语精"、元稹"体轻而词躁"、李商隐"多奇趣"、杜牧"专事华藻"等等。褒贬之间,张戒将"思无邪"和审美这两把标尺,常常交替使用。在这一点上,严羽与他不同:牢牢把住审美的尺度。

二 严羽"以禅喻诗"重塑诗学本体

严羽字仪卿,生卒年不详,福建邵武人。据近人考证,他大约生于1192年,卒于1243—1248年间①,主要活动在宋理宗(1225—1264)时代,终生隐居不仕,其《沧浪诗话》之名,因其家居樵川莒

---

① 王士博:《严羽的生平》,《文学遗产》1985年第4期。

溪之上,有沧浪水出此,或许因此取《楚辞》"渔父"歌"沧浪之水清兮,可以濯吾缨;沧浪之水浊兮,可以濯吾足"之意。他论诗自视甚高,"江湖派"诗人戴复古《祝二严》诗中提到严羽时写道:"羽也天资高,不肯事科举。风雅与骚些,历历在肺腑。持论伤太高,与世或龃龉。长歌激古风,自立一门户。"(见戴复古《石屏诗集》)据说他曾就学于包恢的父亲包扬①,如果属实,他就是从理学入而后以反理学而言诗。

《沧浪诗话》仅是以诗话的语录体形式而别具一格地完成的诗学理论专著,全书分《诗辨》《诗体》《诗法》《诗评》《考证》五篇,重点在《诗辨》,他在《答出继叔临安吴景仙书》特别言明:"仆之《诗辨》,乃断千百年公案,诚惊世绝俗之谈,至当归一之论。其间说江西诗病,真取心肝刽子手。以禅喻诗,莫此亲切,是自家实证实悟者,是自家闭门凿破此片田地,即非傍人篱壁,拾人涕唾得来者。李杜复生,不易吾言矣。"此说"闭门凿破",未免过于自负,他实际上也汲取了宋代诗论精华(如包恢诗论中"空中之音,相中之色"等论述),甚至也包容了江西派诗法理论中的合理部分。

"以禅喻诗",确实是《沧浪诗话》一大特色。严羽之前,由禅而悟诗已屡见不鲜,韩驹言其作诗"一朝悟罢正法眼"已如前引,北宋人吴可有《学诗诗》三首,皆如此写道:

> 学诗浑似学参禅,竹榻蒲团不计年。直待自家都了得,等闲拈出便超然。

> 学诗浑似学参禅,头上安头不足传。跳出少陵窠臼外,丈夫志气本冲天。

> 学诗浑似学参禅,自古圆成有几联?春草池塘一句子,惊天动地至今传。

吴可学诗于苏轼,所作《藏海诗话》多阐述东坡诗论,揭橥"凡作诗如参禅,须有悟门"的宗旨,这三首诗,可能受苏轼"暂借好诗

---

① 参阅钱锺书《宋诗选注》严羽条。

消永夜，每逢佳处则参禅"①的启示而作。他强调由渐修而悟得，同时也借"自家了得"而跳出前人窠臼，现自家面目，反对"头上安头"的陈陈相因；同时亦借有彻然之悟而使诗出之自然，如谢灵运梦悟"池塘生春草"的妙句。继吴可之后，龚相与赵蕃也有仿作，龚相诗中有"点铁成金犹是妄，高山流水自依然"，明显以禅悟而反黄庭坚的不传之秘；又说参禅于诗"语可安排意莫传，会意即超声律界，不须炼石补青天"，悟后一切天成，突破声律束缚，无须费心"补缀奇字"；还说"欲识少陵奇绝处，初无言句与人传"，看来皆针对江西派的苦心经营而发。赵蕃诗其中一首曰："学诗浑似学参禅，要保心传与耳传。秋菊春兰宁易地，清风明月本同天。"就是说学诗不得死扣前人文字，心领神会其精神妙谛，他人之秋菊不能易我之春兰，你是清风我是明月同属天成之美。与严羽友善的戴复古《论诗十绝》中亦写道："欲参诗律似参禅，妙趣不由文字传，个里稍关心有悟，发为言句自超然。"等等。

以上所列都仅仅是以参禅来喻学诗由浅入深的功夫，与陈师道提出的"巧在己，故必悟"尚无多大区别，诗与禅相通是在"悟"的方法上的"浑似"。严羽不然，他将诗学本体与禅学本体全面沟通，将禅宗美学思想与传统的诗歌美学思想熔于一炉，最后又重塑诗学本体，而不是化诗入禅。按他《诗辨》论述的内在层次，"以禅喻诗"实分三个阶段：

"熟参"→"妙悟"→"诗而入神"

其中重点在后两段，"妙悟"是关键，"诗而入神"是由悟而重塑诗学本体的审美态势或说诗的最高审美境界。现试依次述之：

"熟参"是严羽借用禅宗语谈学而已，这一段没有多少新鲜内容。《诗辨》发始即曰："夫学诗者以识为主：入门须正，立志须高；以汉魏晋盛唐为师，不作开元天宝以下人物，若自退屈，即有下劣诗魔入

---

① 语出《夜直玉堂携之仪端叔诗百余首读至夜半其后》。

其肺腑之间，由立志之不高也。"在此，他实际沿张戒将"国朝"至"风骚"诗分为五等的思路，不过，张戒讲"学者须以次参究，盈科而后进"是由近而远，由今而古；严羽反其道，由古而至盛唐，"以下"的诗不可学，"工夫须从上做下，不可从下做上"，从《楚辞》而及《古诗》，而及乐府与汉魏五言，"皆须熟读"，"然后博取盛唐名家，酝酿胸中，久之自然悟入。虽学之不至，亦不失正路。此乃是从顶顶上做来，谓之向上一路，谓之直截根源，谓之顿门，谓之单刀直入也。"要知道，严羽对宋诗的批评，比张戒（刘克庄在他稍后）更为全面和激烈，说"近代诸公"对什么是诗"乃作奇特解会"，他们"以文字为诗，以才学为诗，以议论为诗。夫岂不工，终非古人之诗也。盖于一唱三叹之音，有所歉焉。且其作多务使事，不问兴致；用字必有来历，押韵必有出处，读之反复终篇，不知着到何在。其末流甚者，叫噪怒张，殊乖忠厚之风，殆以骂詈为诗。诗而至此，可谓一厄也"。他认为这"厄"，都是出于"东坡山谷始自出己意以为诗"而使"唐人之风变矣"造成的。严羽这样划分等次，套用了禅家"乘有小大，宗有南北，道有邪正"的格式，学诗者"须从最上乘，具正法眼，悟第一义。……汉魏盛唐诗，则第一义也"。这又与张戒之说"其始也学之，其终也岂能过之，屋下架屋，愈见其小；后有作者出，必欲与李、杜争衡，当复从汉魏诗中出尔"相通，不过，严羽将此当作"妙悟"的基础，非"第一义"之悟都是野狐外道。

"悟"，是人的灵性的瞬间启动，当严羽讲到"悟"时，实际上又不限于学古人之诗了，而重在对于诗因诗人"悟入"状态不同而有审美态势之别的阐述：

　　大抵禅道惟在妙悟，诗道亦在妙悟。且孟襄阳学力下韩退之远甚，而其诗独出退之之上者，一味妙悟而已。惟悟乃为当行，乃为本色。然悟有浅深，有分限，有透彻之悟，有但得一知半解之悟。汉魏尚矣，不假悟也。谢灵运至盛唐诸公，透彻之悟也；他虽有悟者，皆非第一义也。

这里，严羽不知不觉地将学之"第一义"转换为审美创造的"第一义"，"妙悟"是创作的一种才能表现，与"学力"没有必然的关系，孟浩然学力不如韩愈，"妙悟"却胜过韩愈，因而诗独出其上。"妙悟"所体现诗人的艺术素质与诗的审美形态是"当行"和"本色"。为什么属"第一义"的汉魏诗"不假悟"？在严羽心目中，汉魏诗天成自得，直写胸臆，无须雕琢斫削，后来诗人"稍属思维，便应悬解，非缘妙悟，曷及精深"（胡应麟语）①。从"不假悟"到"悟"，应该说是诗歌创作的一个进步，尤其是从民间自发创作讲到文人自为创作一个重要标志。"悟"又分为两级："透彻之悟"与"一知半解之悟"，前者接近"不假悟"的状态，是"妙悟"。何谓"透彻之悟"？包恢《答傅当可论诗》中已有近似论述："天才生知，不假作为……前辈尝有'学诗浑似学参禅'之语，彼参禅固有顿悟，亦须有渐修始得顿悟。"用严羽自己的"禅语"解释，就是"直截根源""顿门""单刀直入"，总之一句话，直入诗美的本质。在《诗法》中，严羽有两处提到"透彻"：

  意贵透彻，不可隔靴搔痒；语贵洒脱，不可拖泥带水。

  学诗有三节：其初不识好恶，连篇累牍，肆笔而成；既识羞愧，始生畏缩，成之极难，及其透彻，则七纵八横，信手拈来，头头是道矣。

从成诗角度言，"意贵透彻"是"妙悟"的根本，这"透彻"远可用《淮南子》"览物之博，通物之雍，观始卒之端，见无外之境"解释，近可用姜夔"理""意""想""自然"四种"高妙"类比。后一种"透彻"好像讲技巧的圆熟而至似无技巧、不需技巧的境界，二者交融，即如陶明濬所说："中心开朗，如水镜之明，如烟霄之爽，胸襟潇洒，出语飘逸。""思之既深，通灵之妙，所谓七纵八横者，言其飞动自如，毫无窘迫牵束之态。"（《诗说杂记》）这是"妙悟"于诗的真谛所在。

---

① 明许学夷《诗源辩体》与胡应麟《诗薮》都有此论，但胡认为惟汉人"不假悟"，建安以降都须"悟"了。

"妙悟"既然不再是以"熟参"为前提("熟参"的目的是学习前人怎样"悟",怎样悟而至"透彻"入"妙"),那么"妙悟"又从何而来呢?严羽又提出了一个重要的命题:"兴趣"。这是《沧浪诗话》中最精彩的一段:

夫诗有别材,非关书也;诗有别趣,非关理也。然非多读书,多穷理,则不能极其至。所谓不涉理路,不落言筌者,上也。诗者,吟咏情性也。盛唐诸人惟在兴趣,羚羊挂角,无迹可求,故其妙处透彻玲珑,不可凑泊,如空中之音,相中之色,水中之月,镜中之象。言有尽而意无穷。

他前言"妙悟"、此言"兴趣",都用了"惟在"二字予以特别强调,此节实言由"兴趣"而"妙悟"所形成诗的最佳审美效果。诗有"别材""别趣",与一般文章不同,严羽不否定现实生活中人事之理物事之理,也不敢无视两宋理学家侈言之理,但他坚决反对以理入诗,诗既然是"吟咏情性"之具,就根于诗人的兴趣而不是理性思想的指引,一涉"理路",情性自由便被束缚以至扼杀,"兴趣"便会被抑制,这可从程颐、邵雍的"闲言语""情伤性命"说得到反证。"妙悟"的底蕴是"兴趣",孟浩然之所以能妙悟,就在于他在大自然中感发了浓郁的兴趣,于是其诗似不思而得,"忽然而来,浑然而就"(许学夷语);"兴趣"是"妙悟"的外发,兴趣无窒无碍,发而自在自由,以至于"词理意兴无迹可求"就可臻至诗的最高审美境界,那就是"诗而入神"了。

"诗而入神"是严羽论诗"从顶额上做来,谓之向上一路"最终的落脚处。他归纳出"诗之法有五""诗之品有九""其用工有三""其大概有二",进而凸现:

诗之极致有一,曰入神。诗而入神,至矣,尽矣,蔑以加矣!惟李杜得之。他人得者盖寡也。

"诗而入神"是以"法"为总体的概括,此所谓"法":"曰体制,曰格力,曰气象,曰兴趣,曰音节",是佛语中"法体"的意义,而非创作方法之"法",这又与姜夔《白石诗说》第一条"大凡诗,自有气象、体面、血脉、韵度"相类。都是将诗与人的身体相比拟,如陶明濬所释:"体制如人的体干,必须佼壮;格力如人之筋骨,必须劲健;气象如人之仪容,必须庄重;兴趣如人之精神,必须活泼;音节如人之言语,必须清朗。五者既备,然后可以为人。亦惟备五者之长,而后可以为诗。"(《诗说杂记》卷七)就观人而言,最引人注目的首先是仪容,姜白石因此将其置于首,严羽将"气象"置于五者之中项,是前后内外诸项交汇凝聚之处。实际上,在对诗的审美品评之时,他特别注重"气象",《诗评》中见之有四:"唐人与本朝人诗,未论工拙,直是气象不同。""汉魏古诗,气象混沌,难以句摘。""建安之作,全在气象,不可寻枝摘叶。""虽谢康乐拟邺中诸子之诗,亦气象不类。"在《考证》中,他考辨陶渊明集中不载的《问来使》,说"此篇诚佳,然其体制气象,与渊明不类"。还以"决非盛唐气象"考辨杜集中一首题画诗不是出自杜甫之手,"只似白乐天语"。在《答吴景仙书》中,以"雄浑悲壮"为盛唐气象与宋人之诗比较:"坡、谷诸公之诗,如米元章之字,虽笔力劲健,终有子路事夫子时气象。盛唐诸公之诗,如颜鲁公书,既笔力雄壮,又气象浑厚,其不同如此。"这"气象"显然包含两种意义:一时代的,一个人的,即共性的与个性的,共性又寓于个性之中。一个时代里各个杰出诗人作品的气象,合为整个时代诗的气象,严羽以"词理意兴"判断四个大的历史时代诗的不同气象:

  诗有词理意兴。南朝人尚词而病于理;本朝人尚理而病于意兴;唐人尚意兴而理在其中;汉魏之诗,词理意兴无迹可求。

  这就是说,汉魏诗"浑沌"、唐诗"浑厚"、宋诗"子路事夫子气象"的内在因素、内在精神,都是由诗人主体之"意兴"形成的。因为汉魏诗"不假悟",而严羽专重"妙悟",实质上偏爱盛唐诗,大概因汉魏诗人(胡应麟只赞成说汉代,"建安以降……曹刘以至李杜,透彻之悟也"),"不假悟"是还处在朴素的审美阶段,没有盛唐诗人那样高度的审美自觉,因而多得"天成"之趣;盛唐诗人则于"天成"

之趣外还有更高的审美追求,那就是"诗而入神",此惟李白、杜甫"得之"(未提及汉魏诗人)。"诗而入神"可作两种解释:一是"体物"而得物之"神"至神妙入化的境界,这一层前人已多说到;一是诗人之主体精神通过对审美对象的处理,或物的人化、或情的物化,于是诗中透射出来的是诗人本人的神气,相当于现代美学家所言的"人的本质力量对象化",这一层前人尚未说到。严羽从言"兴趣"言"妙悟"而审美于"气象",已逼近今人所论了。那么,"尚意兴而理在其中"是否也应实现"无迹可求"呢?答案是肯定的,由"惟在兴趣"而后又"惟在妙悟"便可实现,实现禅宗所谓"忽遇羚羊挂角,莫道踪迹,气息也无"①的"无迹可求"。包恢论"造化之未发者",说了"空中之音,相中之色,欲有执着,曾不可得而自有,尸居而龙见,渊默而雷声者焉"的话,而严羽则用"空中之音,相中之色,水中之月,镜中之象"四语,比喻式地表述诗人之情思兴趣超脱了具体事物的形声描写,使读者获得一种纯精神性的审美感受,读者"以心会心"而于文字之外观照诗人之"神"。"空中之音"已非喉腔之音,"相中之色"纯属自然之色,"水中之月"已非天上之月,"镜中之象"已非照镜者实体,一切生活中有形迹的东西都通过"妙悟"而转化为精神性兴象或意象,情境或意境。惟诗人能有此,不正是"夺天工"之神吗?不正是诗人主体之神能动作用所至吗?这超越一切形迹的"神",非诗人自己之"神"还能是什么呢?这一层意思,唐人实也有所悟,释皎然说"但见情性,不睹文字",司空图说"不着一字,尽得风流"都已及此,但尚不如严羽"诗而入神"的"凿破此片田地"。司空图感叹过"神而不知,知而难状","不知所以神而自神",严羽则通过以禅喻诗而后又将不同时代不同气象的诗精辨细析,尤其将盛唐、李杜诗作为最高审美典范而"单刀直入",便自得"顿门",拨开了"不知所以神"的宿雾,确认了一条实现"诗而入神"的途径:

---

① 《五灯会元》卷十三,云居道膺禅师语。据说,羚羊晚间栖息时,双角挂树,四蹄不着地。

兴趣⇄妙悟→词理意兴无迹可求→气象浑厚→诗而入神超越了"以禅喻诗"三段论，回归了诗学本体。严羽以其对诗歌美学本质的深刻认识和高度的审美自觉，作出了对这一途径的完整揭示，"至当归一之论"不是虚言，确实是"断千百年公案"而对诗学本体进行了一次重新塑造！

三 "参诗精子"的美学批评

严羽评论前人诗和本朝诗，全不涉及政教功利，是纯粹的美学批评，他是司空图之后第二位较彻底地杜绝功利批评、恪守审美批评原则的杰出诗歌批评家。"看诗须着金刚眼睛，庶不眩于旁门小法""辩家数如辩苍白，方可言诗"，表现他美学批评的坚定性。《答吴景仙书》可视为这个位卑识高的批评家从事诗歌批评的严正宣言。吴景仙劝他评诗论诗要有所"回护"，他决然答道："辨白是非，定其宗旨，正当明目张胆而言，使其词说沉着痛快，深切著明，显然易见；所谓不直则道不见，虽得罪于世之君子，不辞也。"吴说："忽被人捉破发问，何以答之？"严羽则说："仆正欲人发问而不可得者。不遇盘根，安别利器？"他自诩是"参诗精子"，论诗"若哪吒太子析骨还父，析肉还母"。一个有识见、有胆量的诗评家的形象傲立在历代诗人面前。

严羽美学批评的特点，一是宏观的比较批评。前面论列的他四个历史时代诗之"气象"比较，是典型之例。《诗评》第一则说："大历以前，分明是一副言语；晚唐分明别是一副言语；本朝诸公，分明别是一副言语。"这是从大处着眼论唐诗盛、中、晚之别与唐、宋诗之别，"言语"之喻，有别于张戒之分等，纯从艺术上着眼。盛唐诗"雄浑悲壮"，"有似粗而非粗处，有似拙而非拙处"，而中、晚唐诗有"清苦之风"（《诗辨》中语），至于宋诗则是"才学""议论"的"言语"了。但也不是截然可分，如又说："大历之诗，高者尚未失盛唐，下者渐入晚唐矣。"中唐诗人戎昱之诗，就有"绝似晚唐者"，而权德舆之诗"却有绝似盛唐者"，顾况的诗亦"稍有盛唐风骨处"。而宋诗，国初尚承唐人，梅圣俞有"唐人平淡处"，只是到"东坡山谷始出己意以为诗，唐人之风变矣"；永嘉四灵与江湖派又宗晚唐诗，落于下乘，"声闻辟支果而已"。他论"诗体"也颇具纵向横向的宏观眼光："风雅颂既亡，一变而为《离骚》，再变而为西汉五言，三变而为歌行杂体，四变而为沈宋律诗。"又"以时""以人"而论体（如"建安体""苏李体"）。前者以形式分，后者以风格分，虽有的分得过于琐细，但不失大体。

第二个特点是注重对不同诗人不同风格的辨析比较。以对李白、杜甫的评论最为引人注目：

> 李、杜二公，正不当优劣。太白有一二妙处，子美不能道；子美有一二妙处，太白不能道。

> 子美不能为太白之飘逸，太白不能为子美之沉郁。太白《梦游天姥吟》《远离别》等，子美不能道；子美《北征》《兵车行》《垂老别》等，太白不能作。

> 少陵诗法如孙、吴，太白诗法如李广。少陵如节制之师。

元稹以"铺陈终始，排比声韵"等评李白不能历杜甫之"藩翰"，张戒以"得圣人删诗之本旨"评李不如杜，严羽则纯从美学风格各有千秋否定李杜优劣论。李白之"飘逸"，杜甫之"沉郁"，都是因各有不同个性、气质而使自己的作品有不可相互取代或混淆的韵味，各有对方不可到的妙处。何日愈《退庵诗话》称严羽之论"眼光如炬"，然说"太白以天资胜，故语多俊逸；子美以学力胜，故语多沉郁"又是皮相之言；又说"太白之长在歌行，子美之长在五七律。子美之五七律，太白不能办；太白之歌行，子美虽不能为，而沉着苍健，旗鼓亦足相当，惟七绝逊太白耳"。以文体来分别李、杜，违反了严羽本意，因为严羽恰是举他们的古体歌行而言此，根本不涉及各自特别擅长的文体。以"兵法"说李、杜，亦是说李白豪荡不羁，不受任何成法所缚，而杜甫诗有内在的节制，是"飘逸"与"沉郁"论的延伸，须知"沉郁"就是"欲露不露，反复缠绵，终不许一语道破"（陈廷焯《白雨斋词话》语）。严羽又以可否"句摘"来区别汉魏古诗和晋以后诗,前者"气象混沌,难以句摘",后者就有陶渊明《饮酒》诗和谢灵运《登池上楼》之类的诗可以摘出"采菊东篱下,悠然见南山""池塘生春草"之类的佳句;而谢灵运诗"精工","已彻首尾成对句",以他与陶比,"渊明诗质而自然耳"。在《诗辨》中说:"诗之品有九:曰高,曰古,曰深,曰远,曰长,曰雄浑,曰飘逸,曰悲壮,曰凄婉。"实指九种常见的艺术风格,在《诗评》中对某些诗人评论可与之对应,如评阮籍《咏怀》诗"极为高古,有建安风骨";评高适、岑参之诗"悲壮,读之使人感慨";评孟郊诗"刻苦,读之使人不欢";评韩愈《琴操》诗"极高古,正是本色"等等。

第三个特点是求"真"。在《诗辨》中辨"悟"进"第一义"还是落"第二义",他就强调要取汉魏至本朝苏、黄以下诸家之诗熟参之,"其真是非自有不能隐者。倘犹于此而无见焉,则是野狐外道,蒙蔽其真识,不可救药,终不悟也"。《诗法》中讲"辩家数如辩苍白",亦是强调求真去伪。《诗评》中则以自己之"真识"识得诗之"真":"观太白诗者,要识真太白处。太白天才豪逸,语多卒然而成者。学者于每篇中,要识其安身立命处可也。"这就是说,李白诗中多有卒然而成之章,或许不那么尽善尽美,但这正是他"天才横逸"的真实体现,不屑于精雕细刻,只是淋漓酣畅地发抒真情而止于不可不止,倜傥不群、豪放不羁的李白,其生命本质就复现于此。"读《骚》之久,方识真味;须歌之抑扬,涕洟满襟,然后为识《离骚》。否则如戛釜撞瓮耳。"钱振锽《摘星说诗》说"此语真可供人呕吐。……试思对书哭泣,是何景象,无所感触而强作解人,岂非强哭",真是无理之至!严羽本意就是说识得"真味"而长歌当哭,既识"真味"何能"无所感触"?体识屈原人生之味,"曾歔欷余郁邑兮,哀朕时之不当。揽茹蕙以掩涕兮,沾余襟之浪浪"。古今同感,抚卷而悲,有何不可?沧浪语对钱振锽来说,真如"戛釜撞瓮耳"。严羽又说:"孟浩然诗,讽咏既久,有金石宫商之声。"这也是"识真味"一说,由此他才敢说"孟襄阳学力下韩退之远甚,而其诗独出退之之上"。接着还说:"唐人好诗,多是征戍、迁谪、行旅、离别之作，往往能感动激发人意。"这颇近韩愈《荆潭唱和诗序》"文章之作，恒发于羁旅草野"之论，人们在这种种生活逆境之中，最易动发真感情而出好诗。

《沧浪诗话》也有不可讳言的缺点，主要是"贵远贱近"的传统负面意识深深植根他的心中。他以盛唐诗作为至高的审美标准，其审美理想就是回归盛唐，身处宋朝而不变"唐人之风"，对苏黄"出己意以为诗"持否定态度，不能不说是偏狭之见。没有一代代诗人"出己意以为诗"，诗岂能向前发展，一代有一代之"气象"？他甚至说："诗之是非不必争，试以己诗置之古人诗中，与识者观之而不能辨，则真古人矣。"更有点可笑。在这一点上，又不那么"当行"，不那么求真见"本色"。对一代宋诗，只要是学唐人的，即使前人早已评价不高，如杨亿等学李商隐的"西昆体"，他都不置反词；独对"坡谷诸公之诗"，即变唐人之风的诗，却以"子路事夫子时气象"嘲之，实不公允。他还声称自己不"傍人篱壁"，实际上又汲取了前人不少论诗的精华，以禅喻诗前人多已及此，只是不及他的高层次展开；张戒、包恢、姜夔的用语和用意在《沧浪诗话》中时有微迹可寻。他力剖"江西诗病"，可是《诗法》却未脱江西派诗法理论的色彩，吕本中的"活法"在这里变成了"须参活句，勿参死句""下字贵响，造语贵圆"；亦讲"发端""收拾""结裹"等近于黄庭坚的布置法度。当然，这些缺点和不足，无碍于这一部诗歌美学杰作对后来诗学界发生深远而积极的影响。

第十七章
金、元诗论缀要

　　自北方金人掳走了宋徽宗、宋钦宗二帝,宋王朝南迁,偏安临安(杭州),长江以北成了金朝的天下,历时一百余年(1127—1234),直到蒙古铁蹄南下,先后收拾北、南两个王朝重新统一中国,建立元朝。又历时九十余年才恢复汉人的统治。在金朝和元朝,文学理论没有突出的成就,但也产生了几位值得注意的诗歌批评家(其中有的是由宋入元,如方回)。元朝由于杂剧兴起,一种继词之后的新诗歌文体——曲,风行诗坛,随之出现的曲论,也属诗歌理论的范围,本书最后将与词论一同考察评价。

　　金、元的诗歌理论,基本上是宋代诗歌理论的延伸,稍不同的是:金代在北方取代北宋,诗学亦承北宋之学,一些人走黄庭坚的道路,一些人走苏轼的道路,因此诗坛上有"宗黄""宗苏"之争,但于学杜甫又没有多大争议。元代建国后,一批南宋诗人入元,他们把南宋的诗风也带到了新朝,如南宋末期"四灵"、"江湖派"(严羽批评为"不知止入声闻、辟支之果"的两个诗派)兴起,风行诗坛,余风随人入元;同时也有南方人继续标榜江西诗派,使南宋已衰微的江西之风,到元代又为之一振,由此过渡而影响至明、清。

一　苏、黄之辨与元好问《论诗三十首》

南宋张戒与严羽等人，都是将苏轼与黄庭坚一并否定，金代出现了尊苏一派，其代表人物是王若虚（1174—1243）。王若虚字从之，号滹南遗老，藁城（今河北保定）人。他的主要诗学著作《滹南诗话》三卷，其卷二与卷三提到东坡与山谷处极多，对于山谷几乎无一字好评，让我们先看一则苏、黄比较论：

> 东坡，文中龙也，理妙万物，气吞九州，纵横奔放，若游戏焉，莫可测其端倪。鲁直区区持斤斧准绳之说，随其后而与之争，至谓未知句法。东坡而未知句法，世岂复有诗人？而渠所谓法者，果安出哉？……鲁直欲为东坡之迈往而不能，于是高谈句律，旁出样度，务以自立而相抗，然不免居其下也，彼劳亦甚哉，向使无坡压之，其措意未必至是。

把黄庭坚于诗的苦心经营及其诗法理论的发明，说成是欲与苏轼相抗或超过他，未免过于武断，苏轼才胜于黄，作诗文自由挥洒，即有包恢所说的"大道本体之宏"的境界，黄庭坚天才逊于苏，惟可至"学者功用之宏"的境界，他自己不可勉强，别人也不能勉强于他也。王若虚又说："山谷之诗，有奇而无妙，有斩绝而无横放，铺张学问以为富，点化陈腐以为新，而浑然天成如肺肝中流出者，不足也。此所以力追东坡而不及欤？"这话或许还有一些道理。凭学力而成的诗人"以学问为诗"，亦是宋代大多数诗人的毛病。王若虚对"夺胎换骨"的批评是非常严厉的，在同类批评中最有代表性：

> 鲁直论诗，有夺胎换骨、点铁成金之喻，世以为名言。以予观之，特剽窃之黠者耳。鲁直好胜，而耻其出于前人，故为此强辞，而私立名字。夫既已出于前人，纵复加工，要不足贵。虽然，物有同然之理，人有同然之见，语意之间岂容全不见犯哉？盖昔之作者，初不校此，同者不以为嫌，异者不以为夸，随其所自得而尽其所当然而已。至于妙处，不

专在于是也，故皆不害为名家，而各传后世，何必如鲁直之措意邪？

他指出诗人只要"随其所自得而尽其所当然"，不求与古人合而偶然有合，亦不失名家，但有意求与古人合而通过"加工"再求与古人异，就成了变相的剽窃。这个论述，确击中了黄说的弱点，虽然黄氏有超越古人之意，但不是跳出古人圈子的超越，最多是得个"异者"而夸于人。王若虚论诗评诗强调"自得"而反对遵"法"，《诗话》卷一引述他舅父周昂论诗的话说："文以意为之主，字语为之役。主强而役弱，则无使不从。世人往往骄其所役至跋扈难制，甚者反役为主。……以巧为巧，其巧不足，巧拙相济，则使人不厌。惟甚巧者，巧能就拙为巧，所谓游戏者，一文一质，道之中也。雕琢太甚，则伤其全；经营过深，则失其本。"这就是说"以意为之主"是"自得"的根本，不可脱离这个根本，光在诗的语言上下功夫。王若虚自云："古之诗人，虽趣尚不同，体制不一，要皆出自得。至其辞达理顺，皆足以名家，何尝以句法绳人者。鲁直开口论句法，此便是不及古人处。而门徒亲党以衣钵相传，号称法嗣，岂诗之真理也哉？"又是把矛头指向江西派。他有一组绝句题为《山谷诗每与东坡相抗，门人亲党遂谓过之，而今之作者亦多以为然。予尝戏作四绝云》，其中第二首是"信手拈来世已惊，三江衮衮笔头倾。莫将险语夸勍敌，公自无劳与若争"，又是扬苏贬黄之论。第四首云："文章自得方为贵，衣钵相传岂是真？已觉祖师低一头，纷纷法嗣复何人？"这是针对由宋至金的江西派及其余波的作者而言。

"自得"而有"真"之美，王若虚还有一些值得注意的论述。他不同意苏轼"郊寒白俗"之评，认为"乐天如柳荫春莺，东野如草根秋虫，皆造化中一妙"，是真性情的发露，"哀乐之真，发乎情性，此诗之正理也"。还特为白居易之"浅易"辩护："乐天之诗，情致曲尽，入人肝脾，随物赋形，所在充满，殆与元气相侔。至长韵大篇，动辄数百千言，而顺适惬当，句句如一，无争张牵强之态，此岂捻断吟须悲鸣口吻者之所能至哉？而世或以浅易轻之，盖不足与言矣。"他不满时人王庭筠轻视白居易的态度，又作绝句四首，其题中曰："王子端云'近来陡觉无佳思，纵有诗成似乐天'，其小乐天甚矣"，第一、二首批评王庭筠"犹是管窥天"，"东涂西抹斗新妍，时世梳妆亦可怜"，第三、四首云：

妙理宜人入肺肝，麻姑搔痒岂胜鞭。世间笔墨成何事，此老胸中具一天。

百斛明珠一一圆，丝毫无恨彻中边。从渠屡受群儿诮，不害三光万古悬。

"自得"而"真"，包括语言与表现形式的真实自然，对于诗的语言来说，"天生好语，不待主张"；对于诗的形象、意象来说，得其真则能传其神。有人以为东坡所说"论画以形似，见与儿童邻；赋诗必此诗，定非知诗人"，就是画不必有"形似"而诗可散漫为之。王若虚正之曰："论妙在形似之外，而非遗其形似；不窘于题，而要不失其题。如是而已耳。世之人不本其实，无得于心，而借此论以为高。画山水者，未能正作一木一石，而托云烟杳霭，谓之气象。赋诗者茫昧僻远，按题而索之，不知所谓，乃曰格律贵耳。一有不然，则必相嗤点，以为浅易寻常。不求是而求奇，真伪未知而先论高下，亦自欺而已矣。岂坡公本意也哉！"苏轼本意就在画于形似之上有神似，诗于本题之外要有言外之旨，意外之意，王若虚还对苏轼《阳关图》诗中"龙眠独识殷勤处，画出阳关意外声"说："予谓可言声外意，不可言意外声也。""声"有形迹，"意"无形迹，"意外声"是有形迹者在无形迹之后，限定了"意"；"声外意"是无形迹在有形迹之外，"意"由"声"发而悠远无穷。可见王若虚辨析之细，且不盲从。

《滹南诗话》压卷之条见识颇高，今全录如下：

近岁诸公，以作诗自名者甚众，然往往持论太高，开口辄以《三百篇》《十九首》为准。六朝而下，渐不满意。至宋人殆不齿矣。此固知本之说，然世间万变，皆与古不同，何独文章而可以一律限之乎？就使后人所作，可到《三百篇》，亦不肯悉安于是矣。何者，滑稽自喜，出奇巧以相夸，人情固有不能已焉者。宋人之诗，虽大体衰于前古，要亦有以自立，不必尽居其后也。遂鄙薄而不道，不已甚乎？少陵以文章为"小技"，程氏以诗为"闲言语"，然则凡辞达理顺，无可瑕疵者，皆在所取可也。其余优劣，何足多较哉？

他自己还在此前说过"诗道至宋人，已自衰敝"的话，但也看到宋诗有"自立"一面，可见他是不固执成见的。一个时代有一个时代的精神产品，规规于《三百篇》等古人典范不能自立而相尚，岂不是既愧对前人也愚弄了后人，且有负于时代。

元好问（1190—1257）字裕之，号遗山，太原秀容（今山西忻县）人。他与严羽生活年代相同，是金国的一代大诗人和杰出诗论家，《论诗三十首》是继杜甫《戏为六绝句》之后，最为著名的以诗论诗之作。在论述这组诗之前，先浏览一下他在其他文章中所表达的诗学观。

元好问也与王若虚一样，认为诗不可规摹古人，又进一步说，不可能神似古人，《陶然集序》（为杨飞卿诗集作）说："诗之极致，可以动天地，感鬼神，故传之师，本于经，真积之力久而有不能复古者。"为什么不能"复古"？他以《诗经》中"匪我愆期，子无良媒""自伯之东，首如飞蓬"等诗句为例，"皆以小夫贱妇满心而发，肆口而成"，此之所以有诗之美而使"圣人删诗，不敢尽废"，是因为"盖秦以前，民俗淳厚，去先王之泽未远，质胜则野，故肆口成文，不害为合理"。若是今世之人也"满心而发、肆口而成"，则是"适足以污简牍"了。这些话的背后意思是：古人有古人的情性及其表达方式，今人有今人的情性及其表达方式，舍此就彼，实为不能！所以，"故文字以来，诗为难；魏晋以来，复古为难；唐以来，合规矩准绳为难"。由此，他对于学古人，引《老子》"为学日益，为道日损"之说，乃言"为学至于无学"亦"诗家有之"，杜甫夔州以后诗，白居易居香山以后诗，苏轼到海南以后诗，"皆不烦绳削而自合，非技进于道者能之乎"？

这样的诗，皆是"不离文字"又"不在文字"，可谓"情性之外不知有文字云耳"。在《东坡诗雅引》中，他再次肯定："杂体愈备，则去风雅愈远，其理然也。"苏轼绝爱陶渊明、柳宗元二家诗，多有和作仿作，力求其肖似，"然评者尚以其能似陶、柳，而不能不为风俗所移"，元好问感叹："夫诗至于子瞻，而且有不能近古之恨，后人无所望矣。"实际是从另一面引申发挥王若虚"世之万变，皆与古不同，何独文章可以一律限之乎"的观点。在《杜诗学引》中，他又再次发挥"释氏所谓'学至于无学'"的观点，其云："窃尝谓子美之妙……今观其诗，如元气淋漓，随物赋形；如三江五湖合而为海，浩浩瀚瀚，无有涯矣；如祥光庆云千变万化，不可名状。固学者之所以动心而骇目。及读之熟，求之深，含咀之久，则九经百氏古人之精华所以膏润其笔端者，犹可仿佛其余韵也。夫金屑丹砂，芝术参桂，识者例能指名之；至于合而为剂，其君臣佐使之玄用，甘苦酸咸之相人，有不可复。以金屑丹砂芝术参桂而名之者矣。故谓杜诗无一字无来处亦可也，谓之不从古人中来亦可也。"杜甫学习古人又溶化了古人，从而进行自己的新创造，一切所学在他的诗中已了无痕迹，如盐溶化于水中，如"九方皋相马，得天机于灭没存亡之间"，这就是诗人的"学至于无学"，不以"复古"为能事，而以"不能复古"见其"真积之力"。元好问这一见解，使严羽关于将"己诗置之古人诗中"他人"不能辨"的说法，显得可笑。

元好问依据儒学"修辞立其诚"的原则，强调"吟咏情性"；诗，其"情性"应以"诚"为本，《杨叔能小亨集引》中写道："由一而诚，由诚而言，由言而诗也。三者相为一，情动于中而形于言，言发乎迩而见乎远。同声相应，同气相求，虽小夫贱妇孤臣孽子之感讽，皆可以厚人伦、敦教化，无他道也。"儒家《四书》之一的《中庸》说"不诚无物"，元好问是依此言诗的，说"诚"亦是言"真"，但他又赋予"诚"即"温柔敦厚蔼然仁义之言"的特定内涵，说唐人之诗"幽忧憔悴，寒饥困惫，一寓于诗，而其厄穷而不悯，遗佚而不怨者，故在也。至于伤逸疾恶不平之气，不能掩，责之愈深，其旨愈婉，怨之愈深，其辞愈缓,优游餍饫,使人涵泳于先王之泽,情性之外不知有文字"。他又回归儒家诗教的原则了。他还给自己定下二十八条"无"作为创作原则以"自警",其中如"无怨怼""无谑浪""无鸷狠""无崖异""无婥阿""无傅会""无笼络"……"无为薄恶所移","无为端人正士所不道"等等,这就是"诚"在诗中的种种表现。

《论诗三十首》包含了他的诗学更广泛更丰富的内容。这个大型组诗是按汉魏以来诗歌发展史的顺序,对历代有影响的诗人诗作加以评论,其首篇云:"汉谣魏什久纷纭,正体无人与细论。谁是诗中疏凿手,暂教泾渭各分明。"他的主要目的是要辨析千年来诗坛上一些是是非非;最后一篇说"撼树蚍蜉自觉狂,书生技痒爱论量。老来留得诗千首,却被何人较短长",表明自己的"论量"是否妥当,可付诸后人再品评。其余二十八首,大致可归纳于如下几个方面:

(一)崇尚雄浑刚健的诗风,反对绮靡柔弱的"女郎诗"。

曹刘坐啸虎生风,四海无人角两雄。可怜并州刘越石,不教横槊建安中。

邺下风流在晋多,壮怀犹见缺壶歌。风云若恨张华少,温李新声奈尔何?

慷慨歌谣绝不传,穹庐一曲本天然。中州万古英雄气,也到阴山敕勒川。

沈宋横驰翰墨场,风流初不废齐梁。论功若准平吴例,合著黄金铸子昂。

有情芍药含春泪,无力蔷薇卧晓枝。拈出退之山石句,始知渠是女郎诗。

从这几首诗中可见,他是推崇建安风骨的,三曹父子、刘桢是建安风骨的代表作家,西晋刘琨,唐之陈子昂都是后继的杰出诗人。诗应该有阳刚之气,英雄气,《敕勒歌》有北方少数民族剽悍的英雄气,韩愈诗也有磊磊正气,而张华、温庭筠、李商隐、秦观等男性诗人却"儿女情多,风云气少",元好问颇有轻蔑之意。但对李商隐没有全部否定,后又有两首提及李商隐诗"精纯"而"真",一首则曰:"望帝春心托杜鹃,佳人锦瑟怨华年。诗家总爱西昆好,独恨无人作郑笺。"指出宋人只知学李商隐诗的皮相,没有人能真正理解这位心有隐衷的诗人。

(二)崇尚感情"诚"而"真"的诗人诗作,既有真感情又有真景物,二者皆不可作伪。

纵横诗笔见高情,何物能浇魂垒平。老阮不狂谁会得?出门一笑大江横。

心画心声总失真,文章宁复见为人。高情千古《闲居赋》,争信安仁拜路尘。

一语天然万古新,豪华落尽见真淳。南窗白日羲皇上,未害渊明是晋人。

眼处心生句自神,暗中摸索总非真。画图临出秦川景,亲到长安有几人。

阮籍的《咏怀诗》"情寄八荒之表",严羽评其"极为高古,有建安风骨",八十余首诗,皆是感慨之词,"徘徊将何见,忧思独伤心",其真挚情思亦使读者"可以陶性灵,发幽思"。但由于他"身仕乱朝,常恐罹谤遇祸,因兹发咏,故每有忧生之嗟;虽志在讥刺而文多隐避,百代之下,难以情测"(《文选》李善注《咏怀诗》语)。而潘岳,他的《闲居赋》好像抒发的也是真感情,可是其人人品卑劣,为求官,谄媚当时的权贵贾谧,"每候其出,……辄望尘而拜"(《晋书·潘岳传》),所以《闲居赋》虽然貌似"心画心声",但已失其人格之真,其情就显得虚伪而令人鄙夷了。元好问崇尚陶渊明诗的情真语真景真,即自然本色之真。唯写真情真景才有真美,"眼处心生句自神",没有实感也就不能产生真情。因此,对于描写的对象决不可"暗中摸索",必须有亲身的体验,才能做到真正的情景交融。

(三)强调"心声只要传心了",不要受体裁、词藻、格律等外在形式因素的束缚。

斗靡夸多费览观，陆文犹恨冗于潘。心声只要传心了，布谷澜翻可是难。

排比铺张特一途，藩篱如此亦区区。少陵自有连城璧，争奈微之识碔砆。

切响浮声发巧深，研磨虽苦果何心。浪翁水乐无宫徵，自是云山《韶濩》音。

窘步相仍死不前，唱酬无复见前贤。纵横自有凌云笔，俯仰随人真可怜。

语言的绮靡过甚反影响内容的鲜明传达，陆机诗文"深而芜"，读者须"排沙拣金"，才能领会其妙处，这是喜欢过于装饰以卖弄才华的弊端。只要是表达自己的心声，深而芜杂不如浅而简净。"布谷澜翻"是形容声繁语赘，一篇中借端生义，勾留比附，意尽词不尽，有如布谷鸟鸣叫不休之态。"铺陈排比"是元稹推重杜甫长篇排律的话，元好问认为这种体裁在杜诗中并非上乘之作，以此一体来概括杜诗的高超艺术，而不识杜甫"如三江五湖合而为海"的妙义真谛，是一种肤浅之见。元好问不反对写近体诗，于诗的格律亦很精通，但反对一心系于"前有浮声，后有切响"的声韵之求，求之过甚，影响了诗的天成自然之美，得不偿失，古人不懂四声八病之说，而《韶濩》之诗自是天籁之音。宋人继晚唐皮日休、陆龟蒙之后，喜作"次韵"诗，王若虚《滹南诗话》引郑厚语云："魏晋以来，作诗唱和，以文寓意。近世唱和，皆其次韵，不复有真诗矣。诗之有韵，如风中之竹，石间之泉，柳上之莺，墙下之蛩，风行铎鸣，自成音响，岂容拟议。"元好问认为唱酬次韵是"窘步相仍"，以死韵拘束活人活意，纵有"凌云健笔"却因以韵牵意而不得不"随人俯仰"，不复有古人唱和"以文寓意"的自由。

（四）对宋诗评论。元好问与王若虚一样，有褒有贬，但于此却贬多褒少。三十首中直接提及宋人名字的有五首，现按历史顺序重新排列：

百年才觉古风回，元祐诸人次第来。讳学金陵犹有说，竟将何罪废欧梅。

　　金入洪炉不厌频，精真那计受纤尘。苏门果有忠臣在，肯放坡诗百态新？

　　奇外无奇更出奇，一波才动万波随。只知诗到苏黄尽，沧海横流却是谁？

　　古雅难将子美亲，精纯全失义山真。论诗宁下涪翁拜，未作江西社里人。

　　池塘春草谢家真，万古千秋五字新。传语闭门陈正字，可怜无补费精神。

黄庭坚曾批评苏轼诗"其短处在好骂"，元好问亦有此一首，或许也与宋诗有关：

　　曲学虚荒小说欺，俳谐怒骂岂诗宜？今人合笑古人拙，除却雅言都不知。

他对宋诗前期的欧阳修与梅圣俞是肯定的，与严羽的观点一致，严说"国初之诗尚沿袭唐人"，元说是"百年才觉古风回"。而认为宋元祐年间（1086—1094）以来苏轼、黄庭坚、陈师道相继登上诗坛，"古风"为之一变，这责任不在欧、梅，其言下之意即如张戒所说，坏于苏、黄。元好问本同王若虚一样，是尊苏的（前引《东坡诗雅引》可见），这里三首诗涉及苏轼，几乎全有贬意，或是年轻气盛所至？在《新轩乐府引》中，说"东坡圣处，非有意于文字之为工，不得不然之为工也。坡以来，山谷、晁无咎、陈去非、辛幼安诸公，俱以歌词取称，吟咏情性，留连光景，清壮顿挫，能起人妙思；亦有语意拙直，不自缘饰，因病成妍者。皆自东坡发之"。对其词誉之甚而对诗贬之甚，是诗必尊儒家诗教之律条？他认为苏轼本人是杰出的，如真金经过烈火锻炼，本自精纯，不怕受纤尘污染，但他的门人学生对他不进忠直之言，将苏诗的缺点当作优点，吹为创新，致使苏轼愈加花样翻新，造成诗道崩坏。后一首实际上也是批评苏、黄后学的，他们仿效苏、黄的出"奇"，但"屋下架屋，其屋愈小"，发展了祖师缺点，弄得宋诗陷入"沧海横流"混乱的是他们。对于江西诗派，元好问批评他们学杜甫根本没有学到杜甫的"古雅"，李商隐学杜而其诗有精美纯厚之处，黄庭坚从李诗入手学杜诗，连李诗的精纯也丢失了。元好问本人是尊杜的，他对于黄庭坚大力提倡宗杜学杜，对杜甫其诗的高度评价，以及对杜诗艺术的一些精当分析，很是折服（《杜诗学引》即云："先东严君有言，近世唯山谷最知子美……山谷之不注杜诗，试取《大雅堂记》读之，则知此公注杜诗已竟，可为知者道，难为俗人言也"），"甘下拜"的，但在自己的创作实践中，却不屑于像江西诗派那样做。对江西派另一台柱陈师道，元好问持嘲弄的态度，陈师道作诗也追求自然、清新、平淡、质朴，但他不是从妙悟而入，而是闭门拥被，苦思苦吟，锤字炼句，以至失尽天然清新之美。元好问还有《论诗三首》，好像就是针对陈师道之类"闭门觅句"诗人而发的："坎井鸣蛙自一天，江山放眼便超然。情知春草池塘句，不到柴烟粪火边。""诗场搜苦白头生，故纸尘昏在乞灵。不信骊珠不难得，试看金翅擘沧溟。""晕碧裁红点缀匀，一回拈出一回新。鸳鸯绣了从教看，莫把金针度与人。"真正的好诗要从"放眼江山"得来，眼光远大，思想境界开阔，有"金翅擘海"的宏大气魄，就能获得希世的"骊龙之珠"。闭门而死守"柴烟粪火"，毕其一生苦思，也得不到天然清新的传世佳作。回过头又可联系《论诗三十首》中对李白与孟郊的评价，李白是"笔底银河落九天，何曾憔悴饭山前"，他性情豁达，借江山之助而写出气势磅礴的诗章。孟郊是"东野穷愁死不休，高天厚地一诗囚"，他虽然抒写自身遭遇感情真挚动人，但因感到"出门即有碍，谁谓天地宽"（《赠崔宏亮》），胸怀眼界都放不开，使诗境显得狭窄局促，好像是在广阔天地之间一个行动不得自由的"诗囚"。元好问自信掌握了"一回拈出一回新"的神奇"金针"，所以他自豪地宣称"未作江西社里人"。

二　江西诗派再评价与方回《心境记》

南宋晚期，杨万里、刘克庄等人虽然拒绝了江西诗派的衣钵，但他们编撰的《江西宗派图》《江西诗派》《江西续派》，对江西诗派的传播反起了推波助澜的作用。南宋亡国之后，入元的南宋诗人，尤其是生长在南方的诗人，或因故国黍离之思，重新举起江西诗派的旗帜，虽不重在创作上的继承，在理论上给予了较高的评价，其代表人物是刘辰翁和方回。

刘辰翁（1232—1297）字会孟，号须溪，江西吉安人。宋亡后入元不仕，他在诗、词、文方面均有较大成就，《刘辰翁集》中涉及诗的议论文章甚多，所见却不甚新鲜（他以"评点"更有理论方面的成就，对《世说新语》和唐宋名诗评点对后世颇有影响）。评论江西诗派的代表作是《简斋诗集序》。简斋即陈与义，是江西诗派"三宗"之一，在南宋诗名极高，他实"跟江西派不很相同，因为他听说过'天下书虽不可不读，然慎不可以有意于用事'"①。刘辰翁的序言就从"学问"和"用事"将他与黄庭坚、陈师道进行比较，而给予他更高的评价。在亮明了"诗无论工拙，恶忌矜恃""不在情景入玄""不分奇闻异事""流畅自然，要以畅极而止"以及不必"以学问着力"等基本观点之后，即说：

> 诗至晚唐已厌，至近年江湖又厌，谓其和易如流，殆不可庄语，而学问为无用也。苏公妥帖排奡，时出经史，然体格如一。及黄太史矫然特出新意，真欲用尽万卷，与李杜争能于一辞一字之顷，其极至寡情少恩，如法家者流。……后山自谓黄出，理实胜黄，其陈言妙语，乃可称破万卷者，然外示枯槁，又如息夫人绝世一笑自难。惟简斋以后山体用后山，望之苍然而光景明丽，肌骨匀称。古称陶公用兵得法外意，

---

① 语引钱锺书《宋诗选注·陈与义》。

以简斋视陈、黄，节制亮无不及；则后山比简斋，刻削尚似，矜持未尽去也。此诗之至也。吾执鞭古人，岂敢叛去，独为简斋放言？或问："宋诗，简斋至矣，毕竟比坡公如何？"曰："诗道如花，论高品则色不如香，论逼真则香不如色。"

刘辰翁将陈与义推为宋诗一大家，胜于"寡情少恩"的黄庭坚，优于"外示枯槁"的陈师道，乃至在"逼真"方面超过了苏轼。其实他对苏、黄还是尊敬和怀念的，在《西昌重修快阁记》中说："吾州苏黄之迹多矣，废台荒草，断碑残础，至其上者徒踌躇靡徙，诵二公之语而悲。"刘辰翁爱以自然景物入诗，诗集中《四景诗》按春夏秋冬排列有167首之多，求"逼真"之趣，因此而独许陈与义。推出陈与义，实际上也扩大了江西诗派的正面影响，而对其负面有所掩饰，后来明代人崇盛唐诗，对苏轼和江西诗不甚许可，可对陈与义时有另眼相看，胡应麟称陈与义诗"浑而丽，壮而和"，"宏丽沉雄得杜体，且多得杜句法"；说刘辰翁的《简斋集序》"评宋三家，切中肯綮，且内多名言快语"（《诗薮》外篇卷五）。

如果说刘辰翁仅以陈与义为江西派张目，那么方回则对江西诗派有全面的肯定。方回（1127—1307），字万里，号虚谷，安徽歙县人。南宋时官至严州知州，元兵南下，开城迎降，官建德路总管，不久即被罢黜，潜心学术，著有《桐江集》，评选唐宋以来律诗为《瀛奎律髓》，江西诗派"一祖三宗"就出自后书卷二十六：

> 古今诗人，当以老杜、山谷、后山、简斋为一祖三宗，余可配飨者有数焉。

他正式将杜甫定为江西诗派之祖，这无疑大大提高了江西诗派的地位，且又冠之以"古今诗人"，那么自杜甫之后，惟江西"三宗"是百代诗坛的典范了。南宋胡仔在《苕溪渔隐丛话》中曾说："近时学诗者，率宗江西，然殊不知江西本亦学少陵者也。……今少陵之诗，后生少年不复过目，抑亦失江西之意乎？"（前集卷四十九）方回颇以为然，在他八十岁时所作《诗思》十首中就说："苕溪渔隐老，家在绩溪东,苦学多前辈,评诗出此翁."引为同调。在《送罗寿可诗序》中,方回又说:"独黄双井①专尚少陵",后来,"吕居仁克肖陈后山,弃所学学双井,黄致广大,陈极精微,天下诗人北面矣。……乃后陈简斋,曾文靖为渡江之巨擘,乾淳以来,尤、范、杨、陆、萧,其尤也"。陈与义、曾幾是南宋江西派重要诗人,但方回又把"中兴四大诗人"加上个萧德藻,也拉了过来,《跋遂初尤先生尚书诗》一文中,说得活泛一点:"回谓光尧龙渡时,则有诗人陈去非、吕居仁、徐师川、韩子苍之徒,所谓及闻正始之音者。至阜陵在宥而四巨公出焉,以其浑大典正,与中原诸老并欤。"总之,他将江西诗派当作宋诗正宗一脉。方回自述他学诗是"相与抄诵少陵、山谷、后山律诗,似未有所得,别看陈简斋诗,始有入门"(《送俞维道序》)。与刘辰翁一样,他特别看重陈与义,认为"黄、陈学老杜者也,嗣黄、陈而恢张悲壮者,陈简斋也"(《瀛奎律髓》卷一),因此作诗须"束之以黄、陈之深严,参之以简斋之开宏"(《虚谷桐江续集序》),又不像刘辰翁"独为简斋放言",而是兼收并蓄。

方回提倡学江西派而上及杜甫的动机与目的,是与他偏爱律体又崇尚"格高"有紧密的关系,名其大型律诗选集《瀛奎律髓》,其序解"律髓"二字曰:"律者何?五七言之近体也。髓者何?非得皮得骨之谓也。""文之精者为诗,诗之精者为律。所选,诗格也;所注,诗话也。学者求之,髓由是可得也。"于是以"格高"作为评诗的重要标准,《唐长儒艺甫小集序》云:"诗以格高为第一。"他的"格"之涵义实有三:一指诗人之人格高尚,《赵宾旸诗集序》中说:"青霄之鸢,非不高也,而志在腐鼠,虽欲为凤鸣,得乎?是故诗也者,不可以勇力取,不可以智巧取,学问浅深,言语工拙,皆非所以论诗。"认为诗格首先取决于人格,在从自己嶙峋傲骨见于诗而自诩。二是指诗的格调,即"意高则格高"之格,《瀛奎律髓》卷二十一云:"诗先看格高而意又到、

---

① "双井",黄庭坚家乡修水一村名,黄出生于此,后人以此地名称他,以示亲切。

语又工，为上；意到语工而格不高，次之；无格无意又无语，下矣！"卷二十七说："善学杜而才格特高者，则当属之山谷、后山、简斋。"卷十三专说陈与义"独是格高，可及子美"。三是指格律体的审美风格，以"瘦硬枯劲"为最佳，卷二十一评曾几："格律整峭，每读茶山诗无不满意处。"同卷又比较东坡与山谷云："坡诗天才高妙，谷诗学力精严；坡律宽而活，谷律刻而切。"在《读张功父南湖集并序》中，他认为《三百五篇》"有丽者，有工者，初非有意于丽与工也，风赋比兴，情缘事起耳。而丽之极工之极，非所以言诗也"。列举了杜律《忆梅》诗"幸不折来伤岁暮，若为看去乱乡愁"、《春菜》诗"巫峡寒江那对眼，杜陵野老不胜悲"等例句说："此类诗不丽不工，瘦硬枯劲，一斡万钧，惟山谷后山简斋得此活法，又各以其数万卷心胸气力，鼓舞跳荡。"大概是瘦易见骨，方回对苏轼"郊寒岛瘦，白俗元轻"只认可后半句："予谓诗不厌寒，不厌瘦，惟轻与俗则决不可。"(《跋方君至庚辰诗》)评韩愈诗时又强调"舒之不如翕也，腴之不如瘠也，丽之不如质也"(《跋吴古梅诗》)，可见方回对于诗之"质"有他独特的审美内涵，又是对"格高"一个特殊的定义。

方回还有一篇至今没有被文学批评史家充分注意的诗学论文——《心境记》(《桐江集》卷二)，这篇文章是自唐代以来诗境理论一个重要的发展。他第一次把诗中展现的种种境界，统统视为诗人的"心境"。既然"境"是以心为本，那么诗境的产生就不取决于诗人所遇之物是平常之物或不平常之物，因此诗人对诗境的审美追求，大可不必"喜新而厌常"。有的人"厌夫埃壒卑湫之为吾累，而慕夫空妙超旷以自为高，则山经海图崖梯波航之所传闻，足以幻世而骇众"，以为唯此才是"幽人逸客"之境界，但是：

惟晋陶渊明则不然，其诗曰："结庐在入境，而无车马喧。"有问其所以然者，则答之曰："心远地自偏。"吾尝即其诗而味之，东篱之下，南山之前，采菊徜徉，真意悠然，玩山气之将夕，与飞鸟以俱还，人何以异于我，我何以异于人哉？"盖濯息檐下，斗酒散襟颜。"人有是我亦有是也。"相见无杂言，但道桑麻长。"我有是人亦有是也。其寻壑而舟也，其经丘而车也，其日涉成趣而园也，岂亦挟天地而出，而表能飞翔于人世之外耶。

陶渊明从不写"幻世而骇众"之景物，他处身于普普通通的"人境"，却能写出超然物外的境界，所见之景，所触之物，所历之事，与我们日常所遇没有什么不同，"人有是我亦有是"，"我有是人亦有是"，但他能在人人皆能感受的现实生活日常境界中再创造出一个不同于常人感受的境界，为什么呢？探其本则是"心远地自偏"，诗人之心不同于常人之心：

顾我之境与人同，而我之所以为境，则存乎方寸之间，与人有不同焉者耳。昔圣门之言志也，子路率尔而对矣，求尔何如，赤尔何如，则亦各言之矣；然后点也，铿尔舍瑟而作曰："异乎三子者之撰。"然则此渊明之所谓心也，心即境也。治其境而不于其心，则迹与人境远，而心未尝不近；治其心而不于其境，则迹与人境近，而心未尝不远。蜕人欲之蝉，不必乘列子之风也；融天理之春，不必吹邹衍之律也。

方回此说所谓"心"，就是"情""意"的概称，"我之境与人同"指的日常生活环境，"我之所以为境"则是诗的艺术境界。他实质上在区别现实生活的物境与诗人"存乎方寸之间"的意境。他举孔门弟子"各言其志"为例，子路、公西华（赤）、冉有（求）所言之志都很实在，未出日常政治生活的范围，而曾皙（点）所言"莫春者，春服既成，冠者五六人，童子六七人，浴乎沂，风乎舞雩，咏而归"（《论语·先进》），则是曾皙"异于三子之撰"的心境，已臻至诗的审美境界。一个写诗的人，如果仅在"不与人同"的物境上下功夫，专找奇材怪事，而不从自己的情意中炼其独特感受，则诗中境界之表象虽然与"人境"相距甚远（即"空妙超旷以自为高"），但其"心"却"与人同"，那么其"所以为境"则无情深意远之致。如果他主要是"治其心",使其心境有异于常人,那么他在诗中所呈现的境界虽然是从常人所遇之物事生发,却有常人不可及至的意远情悠之趣。这就是"心远地自偏"在诗创作中所隐含的奥妙。诗人欲超凡脱俗,不必如列御寇"御风而行";欲尽天地之奥妙融于笔端,不必求邹衍有神仙之趣的律吕;读者"观其境而知其心",诗境超越了日常生活之境,则知诗人之心超越了常人之心。方回既有前之理论表述,又"援无弦琴而为之歌"曰:"境而仙乎,敷落其天乎;境而佛乎,华严其国乎;境而隐乎,石其漱流其枕乎。农其家,不啬不奢,我境桑麻;儒其居,奚槁奚腴,我境诗书。境之圃,蔬可以俎,莫狐予侮;境之泉,钓则有鲜,莫蛟予涎。匪宫珠兮室贝,匪玉堂兮门金,问世之雌风安在,曰:'九万里斯在下矣!'此所以为心境之心。"现实环境中不同的生存状态与生活环境,只要诗人善治其心,都可以创造出超凡脱俗的诗境!方回体悟到了诗境形成过程中诗人主观方面的作用,无疑是对"意境"说有了比较成熟、比较全面的认识。

三 刘将孙的诗趣说与杨维桢的"人品"论

刘辰翁的儿子刘将孙(生卒年不详)字尚友,也是元代有些独特见解的诗论家,著有《养吾斋集》。在他的诗论文章中常提及父亲对他的启发和影响,如《彭丙公诗序》中记述有一次父子俩"居高山绝顶",一日早起,"见万山之外,微明湛然,远如水光;已而紫翠金彩,棱露百迭;良久则云收天淡,山尖如染,其下雾气方冥蒙如晦",他有悟道:"诗宜得如此景趣,意者画手犹难之也!"刘辰翁同意而言:"诗道具此矣。浓者欲其愈浓,淡者不厌其更淡。"刘将孙论诗又重视一个"悟"字,"未悟固不识其妙,既悟亦不能得如言",因此他也有感于禅悟,在为同乡人易成己《如禅集》写的序言中说:

> 诗固有不得不如禅者也。今夫山川草木,风烟云月,皆有耳目所共知识。其入于吾语也,使人爽然得其味于意外焉,悠然而悟其境于言外焉,矫然而其趣其感他有所发者焉。夫

岂独如禅而已，禅之捷解，殆不能及也。然禅者借混瀁以使人不可测，诗者则眼前景，望中兴，古今之情性，使觉者咏歌之，嗟叹之，至于手舞足蹈而不能已。登高望远，兴怀触目，百世之上，千载之下，不啻如自其口出。诗之禅至此极矣！

讲了诗与禅之同，即都求意外味，言外境；也讲了诗与禅之异，即禅之境"使人不可测"，而诗悟得有情景之发露而使他人亦能感动，读之好像是"自其口出"。作诗又如坐禅："积之不厚，则其发之也浅；发之不秾，则其感之也薄。彼禅者或面壁九年，雪立齐腰，后之学诗者，其工夫能尔耶？""悟"不是一蹴可就，要有很深的功夫，"倘其彻悟，真所谓投之所向无不如意"，这是对严羽"妙悟""透彻之悟"的阐发。

刘将孙对江西诗派颇有不满，《黄公诲诗序》云："盖余尝怃然于世之论诗者也。标江西竞宗支，尊晚唐过《风雅》。高者诡《选》体如删前，缀袭熟字，枝蔓类景，轧屈短调，动如夜半传衣，步三尺不可过。至韩、苏名家，放为大言以概之曰：'是文人之诗也。'于是，常料格外，不敢别写物色；轻愁浅笑，不复可道性情。至散语则匍匐而仿课本小引之断续，卷舌而谱杂拟诸题之磔裂，类以为诗人当耳。"他认为有大诗人，有小诗人，小不必事大，若力仿大诗人之所为，"往往窘步者借之以盖惭，而效矉者因之而丧我，甚可叹也"。他又明确表示："诗不为某家某体。虽社友讲习，各随性所近，情景尽兴，已极刷洗，楚楚如清风之泛春服。"此中不无暗贬江西"宗杜"之意。

"人声之精者为言，言之又精者为诗。使其翾翾也皆如鹤，其诗矫矫也如其鸣于九皋，将人欲闻而不可得闻。诗至是，始可言趣耳。"（《九皋诗集序》）刘将孙是很重视诗的审美趣味的，现摘录几则如下：

天地间清气，为六月风，为腊前雪，于植物为梅，于人为仙，于千载为文章，于文章为诗。……兹清气者，若不必有，而必不可无。自《风雅》来三千年于此，无日无诗，无世无诗，或得之简远，或得之低暗，或得之古雅，或得之怪奇，或得之优柔，或得之轻盈。往往无清意，则不足以名世。

(《彭宏济诗序》)

　　凡天趣语难得。……其远者矫首发于寥廓,近者悠然出于情愫,意空尘俗,径解悬合。(《胡以实诗词序》)

　　诗本出于情性,哀乐俯仰,各尽其兴。后之为诗者,锻炼夺其天成,删改失其初意,欣悲远而变化,非矣。人间好语,无非悠然自得于幽闲之表。(《本此诗序》)

一言清趣,二言天趣。关于"清",方回也有相类之论,认为"清"与"新"须"并言之","非清不新,非新不清",又说"才力之使然者为俊逸,意味之自然者为清新",清新之所自来,不是得之学、得之思,"世未尝无苦学精思之士,而或不能为诗,或为之而不能清新"(《桐江集·冯伯田诗集序》)。似比刘将孙说得更全面。关于"天趣",与得"清气""清意"是相成的,《彭宏济诗序》中又说了:"目之于视,口之于言,耳之于听,类不知其所以然而然。……惟发之真者不泯,惟遇之神者必传,惟悠然得于人心者必传而不朽。彼求之物而不求之意,炼于词而不炼于气,何如其远也。"这又是审美创造过程要有审美自由的心态,得审美对象之"真"之"神",也就摄天地间清气、天趣入诗而使诗传而不朽。

杨维桢(1296—1370)字廉夫,号铁崖,山阴(今浙江绍兴)人,是一位生于元朝的诗论家,历元代九帝后入明而卒,著有《东维子文集》。他论诗有一个突出的观点,就是诗品人品一体论。《赵氏诗录序》写道:

　　评诗之品无异人品也,人有面目骨体,有情性神气,诗之丑好高下亦然。风雅而降为《骚》,而降为《十九首》,《十九首》而降为陶、杜,为二李,其情性不野,神气不群,故其骨骼不庳,面目不鄙。嘻!此诗之品,在后无尚也。下是为齐、梁,为晚唐季宋,其面目日鄙,骨骼日庳,其情性神气可知已。嘻!学乎诗于晚唐季宋之后,而欲上下陶杜二李,以薄乎骚雅,亦落落夫其难哉!然诗情性神气,古今无间也。得古之情性神气,则古诗在也。然而面目未识,而谓得其骨骼,妄矣。骨骼未得,而谓得其情性,妄矣。情性未得,而谓得其神气,益妄矣!

如果说,大凡诗人作品的品格能反映诗人自身的品格,"风格即人",人如其诗,诗如其人,那是对的,杜甫大量诗作都表现了他本于爱国悯民、积极入世的人品,陶渊明平淡自然而有远韵的诗品,正是他"质性自然,非矫厉所得"人品之再现。但杨维桢在这里只打了一个擦边球,只讲了当今诗人要从古人的诗品进而学习古人的人品,学习古人的情性神气而使自己的人品、诗品不庳不鄙,这无疑是人品复古论;且他将"晚唐季宋"众多诗人及其作品一棍子打杀,不留一人,南宋末季被清初钱谦益、黄宗羲大为称颂的爱国诗人谢皋羽难道也是面目可鄙?杨维桢偏见何深!诗人应该在自己的作品中真实地表现自己的情性神气,他的诗品人才是统一的。方回开城降元,毫无民族气节,为清议所鄙夷,可是他自说其诗有"瘦骨",如果作为他一种审美取向自无不可,如果视为他诗的品格,显然只是一种矫饰,不是他人品的真实体现。《张北山和陶集序》中,杨维桢稍前进了一步:"诗得于言,言得于志。人各有志有言,以为诗,非迹人以得之者也。东坡和渊明诗,非故假诗于渊明也。具解有合于渊明,故和其诗,不知诗之为渊明、为东坡也。涪翁曰:'渊明千载人,东坡百世士。出处固不同。气味乃相似。'盖知东坡之诗可比渊明矣。"既然人各有志有言,己之志不同于他人之志,言必不同于他人之言,诗的面目必各自不同,只有在某种特定的情境之中或可与古人暗合,如苏东坡贬谪于外时,与田园亲近,有出世之想,其时情性神气颇似陶渊明,才有与渊明"气味"相似的诗篇。但"神"是各人独具的,即使气味相似,"神"却决不可同一,"五柳先生断辕不出,一朝于篱落间见之,而悠然若莫逆也,其得于山者神矣。故五柳之咏南山,可学也;而于南山之得之神,不可学也。"其实,所谓南山之"神",就是陶渊明本人之"神"的对象化实现而已。如苏轼说:"因采菊而见山,境与意会,此句最有妙处。"

(《题渊明饮酒诗后》)此"神"苏轼不可"相似"也不必求得"相似",一旦相似,苏轼便失其为宋朝诗人苏轼了。在《李仲虞诗序》中,杨维桢又前进了一步:"诗者,人之情性也,人各有情性,则人有各诗也。得于师者,其得为吾自家之诗哉!"这就合于前面所说的人品诗品统一论了,学诗者逼肖其师而得其诗品,丧失的却是自己的人品,也就失去了"自家之诗"。他还有《吴复诗录序》一文,更强调了"自家之诗"而反对摹拟古人他人的不良风气:

> 古风人之诗,类出于闾夫鄙隶,非尽公卿大夫士之作也,而传之后世,有非公卿大夫士之所可及,则何也?古者,人有士君子之行,其学之成也尚已,故其出言,如山出云,水出文,草木之出华实也。后之人执笔呻吟,模朱拟白以为诗,尚为有诗也哉?故摹拟愈逼,而去古愈远。吾观后之摹拟为诗,而为世道感也远矣,间尝求诗于摹拟之外而未见其何人!

这等于是说,人世之"卑贱"者,只要他所作的诗是发抒自己的情性,言出自然,那么他的诗传之后世,"高贵"者也不能及。依此说,杨维桢关于"人品"的概念就不是以古之高人的人品为依归了,后人对于人品诗品也不是高不可攀了。今之人不模拟古人,虽"闾夫鄙隶"不也能写出"如山出云,水出文,草木之出华实"的好诗吗?何况那些才情并茂的诗人。

杨维桢的诗品人品论,未料到会成为后来有人作为攻击他的把柄。他本人作品雄奇怪丽,为人则"狷直忤物",元末居"松江之上,海内荐绅大夫与东南才俊之士,造门纳履无虚日","酒酣以往,笔墨横飞,或戴华阳巾,披羽衣,坐船屋上,吹铁笛作梅花弄,或呼侍儿歌白雪之辞,自倚凤琶和之,宾客皆翩跹起舞"。(《明史·文苑·本传》)可见他是一个相当浪漫的文人。明代文人王彝作《文妖》攻击他:"以淫词怪语裂仁义,反名实,浊乱先圣之道,顾乃柔曼倾衍,黛绿朱白,而狡狯幻化,奄焉以自媚,是狐而女妇,则宜乎世之男子者之惑之也。"王彝发现了杨维桢作品中有反儒家道德的异端色彩,不那么温柔敦厚,循规蹈矩,因而武断地攻击曰:"会稽杨维桢之文,狐也,文妖也。噫!狐之妖至于杀人之身,而文之妖往往使后生小子群趋而竞习焉,其足为文祸,非浅小。"连及到了杨维桢的人品,这说明在封建社会中,总是以恪守圣贤之道为"人品",稍有不合,便被视为庳鄙,恰如杨维桢自说"晚唐季宋"诗之不合《风雅》而"面目日鄙,骨骼日庳"。别人又据此而攻击他了。

第四篇 明清近代
流派理论的拓展
与诗学本体的深化

第十八章

以"格调"为核心的明代"复古"诗论

宋代诗歌批评家们,在唐诗艺术高峰前多抱"高山仰止"的谦卑态度,两朝相较,则对本朝诗歌多置贬词,影响了后人对宋诗的评价。明朝建立之后,文人们更是不将宋、元放在眼下,从明初就开始出现的复古倾向,越两宋而上溯唐以远;到明中叶,"文必秦汉,诗必盛唐"的复古运动达到高潮。文学的复古如唐代韩、柳的"古文运动",有"复古以求新变"之意,明代复古派不能说无此动机(不满代表官方的"台阁体"是直接的动机),但却不热衷于新变,其主要倡导者反以"模拟"古人为能事。既要模拟而神似古人,他们的确下了一番功夫钻研古人诗文的思想性与艺术性,力图得其真髓,于是从理论上对古人的创作经验努力加以总结和提高,这犹如严羽所说功夫"从顶颠骨上做来",倒于诗歌基础理论有所贡献。复古派诗人对自己所崇尚的对象更有专门而深入的研究,并且往往能阐精发微。明代晚期布衣诗论家许学夷说得好:"古今诗赋文章,代日益降,而识见议论,则代日益精。……盖风气日衰,故代日益降,研究日深,故代日益精,亦理势之自然耳。"(《诗源辩体》卷三十五)依他所说,创作一代不如一代,评论与理论研究则一代胜过一代;后一句或许有更多的道理,诗之学跟其他任何一门学问一样,具有积累日久而愈精深的性质,自然会后胜于前。

明代的诗学理论,主要是流派理论,可以分为复古的若干流派和反复古的若干流派。因此，明代诗学充满了论争性，但又具一种互补的意义，即双方各执一端又各自在理论上深化了自己的一端，这对于整体地研究中国诗学来说，恰好起到了相辅相成的作用。论争性还渗透到了流派的内部，如前七子派中李梦阳与何景明关于学习古人的方法论之争，便是一个典型之例。明、清两代诗歌理论的深化，多是通过流派之间或内部的论争而实现的，这倒是一条重要的历史经验。现在我们以超越流派的眼光去观察、归纳、分析各方论争的实质性问题，大有助于全面地认知中国诗学批评明清一段发展历程。

一 复古之先声与茶陵派的"格调"说

明代诗歌史上第一位著名诗人高启（1336—1374），字季迪，号青丘，长洲（今江苏苏州）人。他是由元入明的诗人，但他与前朝、与新朝的统治者都采取不合作态度，后被朱元璋借故腰斩于南京。他的诗，在明初声誉极高，有"姑苏高启，岱峰雄秀，瀚海浑涵"（《诗谈》）之赞。同代人顾起纶在《国雅品》评曰："高侍郎季迪，始变元季之体，首倡明初之音。发端沉郁，入趣幽远，得风人激刺之旨。"他在明代诗人中是第一位以"格"为纲论诗的：

> 诗之要，有曰格、曰意、曰趣而已。格以辨其体，意以达其情，趣以臻其妙也。体不辨则入于邪陋，而师古之义乖；情不达则堕于浮虚，而感人之实浅；妙不臻则流于凡近，而超俗之风微。三者既得，而后典雅、冲淡、豪俊、秾缛、幽婉、奇险之辞变化不一，随所宜而赋焉，如万物之生，洪纤各具乎天；四序之行，荣惨各适其职。又能声不违节，言必止义，如是而诗之道备矣。（《独庵集序》）

他的"格"之含义与杨维桢所标"品"的概念有相同之处，高将杨说"面目骨体，情性神气"，简化为"格""意""趣"，而"格"又有"师古"之义。三者于诗，各显其长。一位诗人三者兼备的，他认为自汉魏晋唐而降，唯杜甫一家。其余者："渊明之善旷而不可以颂

朝廷之光"，即"意"有其长而"格"有其短；"长吉之工奇而不足以
咏丘园之致"，即有奇趣而乏"远意"。既然古人也"未得为全"，那
么今之诗人——

    故必兼师众长，随事摹拟，待其时至心融，浑然自成，
  始可以名大方而免夫偏执之弊矣。(《独庵集序》)

  为形成三者得兼的艺术风格，高启一强调"师古"，二提倡"摹拟"，
实已开了拟古主义一路，为后来七子派之复古论提供了一个起点。

  与高启一样由元入明的高棅（1350—1423），一名廷礼，字彦恢，
号漫士，福建长乐人。他是一位推动拟古复古主义的诗歌选家，于
洪武二十六年（1393）编成《唐诗品汇》一书九十卷，收有唐一代
六百二十位诗人的诗歌五千七百六十九首。按"体"分为五古、七古、
五绝、七绝、五律、五言排律、七律七个部分；每"体"之下按时代
次序及作品高下又分为"正始""正宗""大家""名家""羽翼""接武""正
变""余响""旁流"等众多品目。《总序》中他说："有唐三百年诗，
众体备矣。故有往体、近体、长短篇、五七言律句绝句等制，莫不兴
于始，成于中，流于变，而陊之于终。至于声律兴象，文词理致，各
有品格高下之不同。略而言之，则有初唐、盛唐、中唐、晚唐之不
同。……"以历史的眼光，将唐诗发展分为四个阶段，这是很有见地的，
他这样作，"诚使吟咏性情之士，观诗以求其人，因人以知其时，因
时以辨其文章之高下，词气之盛衰，本乎始以达其终，审其变而归于正，
则优游敦厚之教，未必无小补云"。他的"体"之分高下，则是以"正
宗"为最高等次，《凡例》云："大略以初唐为正始，盛唐为正宗、大
家、名家、羽翼，中唐为接武，晚唐为正变、余响，方外异人等诗为
旁流。"他认为初唐之时只是"稍离旧习""因加美丽"，至陈子昂才
"古风雅正"。他对盛唐的描述是："开元、天宝间，则有李翰林之飘逸，
杜工部之沉郁，孟襄阳之清雅，王右丞之精致，储光羲之真率，王昌
龄之声俊，高适、岑参之悲壮，李颀、常建之超凡，此盛唐之盛者也。"
至于中、晚唐，则或"雅淡"，或"闲旷"，或"冲秀"，或"绮靡"，

或"隐僻",盛唐之"遗风余韵,犹有存者焉"。从他开列各体诗的"正宗""大家""名家"的名单看,前二类初唐只入陈子昂(五古)一人,其余为盛唐诗人包揽;"名家"只在五古中入柳宗元、韦应物、钱起、刘长卿等四位中唐诗人。该选本以"品汇"名之,表面有品味"精、粗、邪、正、长、短、高、下"以及"别体制之始终,审音律之正变"的意义,但就其实质来说,就是"正"诗之体制,崇"正"而黜"变",以盛唐诗作为不可逾越的审美标准,教诫后来"吟咏情性之士"从体制、音律、文辞等方面学习唐诗,"审其变而归于正",从形式方面去拟古和复古。《明史·文苑传》评曰:"终明之世,馆阁以此书为宗。厥后李梦阳、何景明等,摹拟盛唐,名为崛起,其胚胎实兆于此。"

从高棅到李梦阳等前七子派之间,还有一个以李东阳为首的茶陵派。李东阳(1447—1516)号西涯,湖南茶陵人。他所处的时代,明朝的政治形势已经稳定,统治阶级安于逸乐,文坛上出现了杨士奇、杨荣、杨溥等倡导的专以歌颂朝政、粉饰太平的"台阁体"诗文,"冲融演迤,不事钩棘,而气体渐弱"。李东阳当时也是台阁大臣(吏部尚书,华盖殿大学士),他反对这种文风,于是"出入宋元,溯流唐代"而"擅声馆阁"(《明史·文苑传序》)。李东阳论诗,强调学习古人的格律声调,但又明确反对模拟古人,在《镜川先生诗集序》中说:"今之为诗者,能轶宋窥唐已为极致,两汉之体已不复讲;而或者又曰必为唐,必为宋,规规焉俯首缩步,至不敢易一辞,出一语。纵使似之,亦不足贵矣。"主张要从古人入,又能从古人出,其诗论专著《麓堂诗话》①论今人不可肖似古人云:

> 汉魏六朝唐宋元诗,各自为体,譬之方言,秦晋吴越闽楚之类,分疆划地,音殊调别,彼此不相入。此可见天地间气机所动,发为音声,随时与地,无俟区别,而不相侵夺。然则,人囿于气化之中,而欲超乎时代土壤之外,不亦难乎?

---

① 一作《怀麓堂诗话》。丁福保辑入《历代诗话续编》时题用此名。

这是从时间、空间移变而得出诗必不可异代异地而求似的一个大道理;还有另一个道理:"诗贵不经人道语。自有诗以来,经几千百人,出几千万语,而不能穷,是物之理无穷,而诗之为道亦无穷也。今令画工画十人,则必有相似,而不能别出者,盖其道小而易穷。而世之言诗者,每与画并论,则自小其道也。"然而,李东阳虽然认为古人诗的精神气质及其独特的创造不可学,不必学,但古人诗之格律声调等形式方面的东西,却不可以不烂熟于心。《麓堂诗话》开宗明义第一则便说:"诗在六经中别是一教,盖六艺中之乐也。乐始于诗,终于律,人声和则乐声和。又取其声之和者,以陶写情性,感发志意,动荡血脉,流通精神,有至于手舞足蹈而不自觉者。后世诗与乐判而为二,虽有格律,而无音韵,是不过为排偶之文而已。使徒以文而已也,则古之教,何必以诗律为哉?"这显然是抓住《尚书·尧典》中"声依永,律和声"两句话来强调诗与文的区别,诗的最重要的特点就在"声",在"取其声之和者"。他认为诗之所以能感人、动人,奥秘就在于"以其有声律讽咏,能使人反复讽咏,以畅达情思,感发志气,取类于鸟兽草木之微,而有益于名教政事之大"。因此,"必其识足以知其奥,而才足以发之,然后为得及天机物理之相感触,则有不烦绳墨而合者。"(《沧州诗集序》)如何辨"声",这里又强调了"识",《麓堂诗话》言此而及"格"与"声":

  诗必有具眼,亦必有具耳。眼主格,耳主声。闻琴断知为第几弦,此具耳也;月下隔窗辨五色线,此具眼也。费侍郎廷言尝问作诗,予曰:"试取所未见诗,即能识其时代格调,十不失一,乃为有得。"

这段话中提出了"格调"的概念:"格",他指的是"格律",以"排偶"为特征,因此眼可见;"调",指的是"声",即前所言"分疆划地,音殊调别"之"音韵",因此耳可闻。格律音韵合而为"格调",这是影响了明、清朝两代诗坛的"格调"说的首次提出。

如果仅仅以格律声调来判断诗的好坏,那么李东阳就太浅薄了,实质上他的"格"与"调"还有更重要的特定的内涵。其一，就是"时代"感强烈，前已引他诗的时代之别犹如方言之别。《麓堂诗话》中他转述别人的话说："诗有五声，全备者少，惟得宫声者为最优，盖可以兼众声也。李太白、杜子美之诗为宫，韩退之之诗为角，虽百家可知也。"据《周礼》，"凡乐：圜钟为宫，黄钟为角，大蔟为徵，沽洗为羽。"①（商不合律，与宫同声）这就是说，李、杜诗之"声"清越飞扬，阳刚阴柔之美兼而有之；韩愈诗之"声"洪亮厚重，有阳刚之美。李东阳以为此说"昔人先得我心，天下之理，出于自然者，固不约而同也"，由此可知，他对所喜爱的"格调"有独特的审美要求。其二，声调之美，不尽在形式字句方面："今之歌诗者，其声调有轻重清浊长短高下缓急之异，听之者不问而知其为吴为越也。汉以上古诗弗论，所谓律者，非独字数之同，而凡声之平仄，亦无不同也。然其调之为唐为宋为元者，亦较然明甚。此何故耶？大匠能与人规矩，不能使人巧。律者，规矩之谓，而其为调则有巧存焉。苟非心领神会，自有所得，虽日提耳而教之无益也。"这里涉及"格调"高下与诗人才力大小的关系，他称扬国初高启"才力声调"远胜于同代人，"百余年来，亦未见卓然有以过之者"。其三，"格调"在变化中使声调与格律浑然一体："占诗与律不同体，必各用其体乃为合格。然律犹可间出古意，古不可涉律。"如果古体中杂以律句，则"移于流俗"；若"律间出古"，则别有一番深味，"要自不厌也"。又说："长篇中须有节奏，有操有纵，有正有变。若平铺稳布，虽多无益。唐诗类有委曲可喜之处，惟杜子美顿挫起伏，变化不测，可骇可愕，盖其音响与格律正相称。回视诸作，皆在下风，然学者不先得唐调，未可遽为杜学也。"他以"唐调"尤其是杜诗，作为他"格调"说的美学准则。李东阳论诗多承严羽之说，《麓堂诗话》多处提及严羽，如引"诗有别材"云云后说："彼小夫贱

---

① "圜钟"：夹钟，十二律之一。"黄钟"，十二律之一，声调洪大响亮。"大蔟"，十二律之一。"沽洗"（又作姑洗），十二律之一。以上皆是尺寸不同的编钟，见《史记·律书》。

隶妇人女子，真情实意，暗合而偶中，固不待于教。而所谓骚人墨客学士大夫者，疲神思、弊精力，穷壮至老而不能得其妙，正坐是哉。"他所标举的"格调"，亦是需有"别材""别趣"者才能得之，并非多读书多明理就能臻其妙。

李东阳的"格调"说因合声调格律而成，因此，又不能不从诗的句法、字法等诗律问题入手辨析，提取前人创作经验。《麓堂诗话》言字、句、韵者比比皆是，虽然他反对直言诗法，说"唐人不言诗法，诗法多出于宋，而宋人于诗无所得。所谓法者，不过一字一句，对偶雕琢之工，而天真兴致，未可与道"，但他又很向往严羽所言的诗法，"惟严沧浪所论超离尘俗，真若有自得，反复譬说，未尝有失"，只是"识得十分，只做得八九分，其一二分乃拘于才力"。他自己之所言，亦被他的弟子奉为"家法"，靳文僖《麓堂集后叙》中称："操文柄四十余年，出其门者，号有家法。虽遐陬荒壤，无不窃模其词规字体，以鸣于世。"于是形成了一个以他家乡为名号的"茶陵"诗派，并对比他晚出一辈的李梦阳、何景明等人产生直接的影响。

二 前七子诗学理论的两面性

《明史·文苑传序》谈及李东阳"擅声馆阁"后接着说："李梦阳、何景明倡言复古，文自西京，诗自中唐而下，一切吐弃，操觚谈艺之士，翕然宗之，明之诗文于斯一变。"这里说的是"前七子"派，除李、何外，其余五人为徐祯卿、边贡、康海、王九思、王廷相。他们认真地高举起"复古"的旗帜，其主要理论发言人是李、何。

李梦阳（1473—1530）字天赐，又字献吉，号空同子，甘肃庆阳人，著有《空同集》。《明史》本传说他"才思雄骘，卓然以复古自命。弘治时，宰相李东阳主文柄，天下翕然宗之。梦阳独讥其萎弱，倡言文必秦汉，诗必盛唐，非是者弗道"[①]。他对李东阳之振作文风但又

[①]《明史》卷二八六《文苑》本传。

不能与"台阁"体决裂很是不满，同时当时诗坛上还存在一个以薛瑄、陈献章、庄㫤等专尚宋代理学诗的"性气"诗派，李梦阳更是异常反感，由此及彼，以偏概全，断然地说："宋无诗！"为什么？——

夫诗有七难：格古、调逸、气舒、句浑、音圆、思冲，情以发之。七者备而后诗昌也，然非色弗神，宋人遗兹矣。(《潜虬山人记》)

诗至唐，古调亡矣，然自有唐调可歌咏，高者犹足被管弦。宋人主理不主调，于是唐调亦亡。黄、陈师法杜甫，号大家，今其词艰涩，不香色流动。……夫诗，比兴错杂，假物以神变者也，难言不测之妙；感触突发，流动情思，故其气柔厚，其声悠扬，其言切而不迫，故歌之心畅而闻之者动也。宋人主理作理语，于是薄风云月露，一切铲去不为，又作诗话教人，人不复知诗矣。(《缶音序》)

李梦阳把李东阳的"格调"说接过来了。李东阳"格调"的核心是以"声"论诗；纵观李梦阳的诗论，他的"格调"说核心是"情"，即"情以发之"而后有格调，有音声，等等。《与徐氏论文书》中写道："夫诗，宣志而道和者也。故贵宛不贵险，贵质不贵靡，贵情不贵繁，贵融洽不贵工巧。故曰：闻其乐而知其德。故音也者，愚智之大防，庄诐简侈浮乎之界分也。"关于"情"与"声"的关系，唐代孔颖达在《毛诗正义》中已有"情见于声，矫亦可识"的论述，李梦阳将"格调"之"调"回归到"情"，无疑是非常正确的。他甚至认为，"天下有乖理之事，无非情之音"，在《林公诗序》中等于是在发扬孔颖达的观点：有人问他，邪恶之人也有端庄之言，懦弱之人也可作刚健之言，躁动之人也或有冲溃之言，表面上的不是出自内心的，"人乌乎观也"？他答曰："夫诗者，人之鉴者也。夫人动之至必著之言，言斯永，永斯声，声斯律，律和而应声永而接。言弗暌志，发之以章，而后诗生焉。故诗者，非徒言者也。是故端言者未必端心，健言者未必健气，平言者未必平调，冲言者未必冲思，隐言者未必隐情。谛情、探调、研思，察气，以是观心，无庾人矣，故曰，诗者人之鉴也。"言未必真，但情、调、思、气不能作假，从这些方面去谛探，就知其人了。他强调"知诗之观人"到"诗者人之鉴"，我们又可推到他所谓的"格"，实含人的品格之意，在《梅月先生诗序》中，可以看到这层意思，他说："情者，动乎遇者也。……情动则会，心会则契，神契则音，所谓随遇发者也。"诗人对严冬月下高洁的梅花"遇"而能"神会"，是因为他"身修而弗庸，独立而端行，于是有梅之嗜。耀而当夜，清而严冬，于是有月之吟"，诗人自己有高洁的情操才能与风骨清峻的严冬月下的梅花物我合一发而为诗，这就是"天下无不根之萌，君子无不根之情，忧乐潜之中而后感触应之外"，人的品格，物的品格，诗的品格也随之三者一体了。由于李梦阳的"格调"说根于"情"，又以情之"真"为其审美理想，他在晚年的《诗集自序》中提出了"真诗乃在民间"的观点：

> 夫诗者，天地自然之音也，今途咢而巷讴，劳呻而康吟，一唱而群和者，其真也，斯之谓"风"也。孔子曰："礼失而求之野。"今真诗乃在民间。而文人学子，顾往往为韵言，谓之诗。……真者，音之发而情之原也，非雅俗之辨也。

李梦阳是以曹县王叔武之口说出这些话的，他则矍然而兴曰："大哉！汉以来不复闻此矣"，又转述"王子"之言："诗有六义，比兴要焉。夫文人学子，比兴寡而直率多。何也？出于情寡而工于词多也。夫途巷蠢蠢之夫，固无文也。乃其讴也，咢也，呻也，吟也，行咕而坐歌，食咄而寤嗟，此唱而彼和，无不有比焉兴焉，无非其情焉，斯足以观义矣。"这席话使李梦阳"于是怃然失，已洒然醒也"，又惧且惭曰："予之诗，非真也。王子所谓文人学子韵言耳，出之情寡而工之词多者也。"人到晚年检点自己毕生之作，要说出这样的话是需要很大勇气的。

李梦阳对于诗的美学品质的认识并无大错，且理论上有比前人更深入之处，为什么自己的诗反会情寡而词多呢？原来，他的理论与创作存在非常尖锐的矛盾，其根源又在于束缚思想手脚的复古思想。他将盛唐以上诗当作自己学习的典范,理论能阐精发微,实践中却以模拟为能事。在《答周子书》中,以《易经》中"同声相应,同气相求"来为自己"嗜古""法古"立论,自述其少壮时,"振翮云路,尝周旋鹓鸾之末,谓学不的古,苦心无益。又谓文必有法式,然后中谐音度。如方圆之于规矩,古人用之,非自作之,实天生之也。今人法式古人,非法式古人也,实物之自则也"。把法古等同于法天、法自然,简直是自欺欺人!他强调学古须持之以恒,不是为了从古人人又从古人出而自成一家:"斯古之人所以始同而终异,异而未尝不同也,非故欲开一户牖,筑一堂室也。"在《再与何氏书》中甚至说:"夫文与字一也。今人模临古帖,即太似不嫌,反曰能书。何独至于文,而欲自立一门户耶?"正是在刻肖古人,"太似不嫌"这个复古方法论问题上,何景明与他发生了激烈的争论。

何景明(1483—1521)字仲默,号大复,河南信阳人。他在前七子中,年龄最小,李梦阳视他如学生晚辈。他们在复古这一方向上是一致的,可是在如何"法"这一问题上大有分歧。李曾有一信(今不存)致何,指摘其诗有乖古法,何不服,作《与李空同论诗书》,在辩说中提出一些重要的诗歌美学问题,如:

  追昔为诗,空同子刻意古范,铸形宿模,而独守尺寸。仆则欲富于材积,领会神情,临景构结,不仿形迹。《诗》曰:"惟其有之,是以似之。"以有求似,仆之愚也。

学古人,何景明只求其"似",而不求"同",自己有自己的感受和构思,如果舍此而刻意仿他人形迹,岂不完全丧失了自我?而古人,学得太过或学得不及,"均谓之不至",何景明宁愿作"勿及者",因为这还保持了自己的独立地位。他还认为,诗是作者之意与客观物象相结合的精神产品,"夫意象应曰合,意象乖曰离","譬之乐,众响赴会,条理乃贯;一音独奏,成章则难。故丝竹之音要眇,木革之音杀直。若独取杀直,而并弃要眇之声,何以穷极至妙,感情饰听也"。这就是说,意象融合一体的诗,虽学古人,但还是会有自己的风格面目,因为"作者命意敷辞,兼于诸义不设自具"。他认为,自有孔子以来,人们并不因这位"折中之圣"无所不具而固守其尺寸,"自余诸子,悉成一家之言。体物杂撰,言辞各殊,君子不例而同之也,取其善焉已尔。"学诗也一样,魏晋及盛唐诗人,都是"异曲同工,各擅其时,并称能言,何也?辞有高下,皆能拟议以成其变化也"。若是只求与古人尽同方是可取,那么李白、杜甫也不能登诗坛,"何以谓千载独步也?"古人要学且不可不学,但不能一辈子离不开古人,"如小儿倚物能行,独趋颠仆,应如佛之"筏喻":"言舍筏则达岸矣,达岸则舍筏矣。"何景明复古、学古而不泥古,企图从古人入又从古人出,"自创一堂室,开一户牖,成一家之言",这是很通达的道理。可是李梦阳听不进去,先作《驳何氏论文书》,又作《再与何氏书》,在所谓"规矩者法也"上大做文章,且以自己所求之"柔淡、沉著、含蓄、典厚"之风格强加于何景明,以"救"其"俊语亮节"之偏,在理论上实无多少价值。此场论战发生在李梦阳中年时,此时正是他把复古运动推向高潮,所以容不得反面意见。十多年后倾听王叔武的意见时,态度大不同了,对自己曾被何景明讥评为"高处是古人影子耳,其下者已落近代之口"的"弘治、正德间诗"(1488—1521),"每自欲改之以求其真,然今老矣",发出"时有所弗及"之叹!这不能不说是一个复古主义者的精神悲剧。

前七子派中对诗歌理论较有贡献的,还有一位徐祯卿(1479—1511),字昌穀,吴县(今江苏苏州)人。他与唐寅、祝允明、文徵明并称"吴中四才子",是一位倜傥放纵的文人。他曾从李梦阳、何景明游,颇从其说,因而被列入"七子"。其论诗的主要观点见于《谈艺录》。对于诗之复古,他似乎走得更远,"魏诗,门户也;汉诗,堂奥也"。整部《谈艺录》,不涉及唐宋一字,认为自陆机提出"诗缘情而绮靡"之后,就走上了"文胜质衰"的路,"由质开文,古诗所以擅巧;由文求质,晋格所以为衰"。但是,他又非常重视"情"在诗中的地位:

情者,心之精也。情无定位,触感而兴,既动于中,必形于声。……然引而成音，气实为佐；引音成词，文实与功。盖因情以发气，因气以成声，因声而绘词，因词而定韵，此诗之源也。然情实眇眇，必因思以穷其奥；气有粗弱，必因力以夺其偏；词难妥帖，必因才以致其极，才易飘扬，必因质以御其侈。此诗之流也。由是而观，则知诗者乃精神之浮英，造化之秘思也。

"情""气""声""词""韵"五者构成诗之本体，而"思""力""才""质"属于诗人主体，"情"须有理性的"思"加以引导，这合于他在本书第一则所说，诗是"宣元郁之思，光神妙之化者也"。将诗明确定义为诗人"精神之浮英"，即诗是人类精神领域的奇葩，这可谓真正知诗者之言。他又续论诗之"源""流"形成的心理机制：

朦胧萌坼，情之来也；汪洋漫衍，情之沛也；连翩络属，情之一也；驰轶步骤，气之达也；简练揣摩，思之约也；颉颃累贯，韵之齐也；混沌贞粹，质之检也；明隽清圆，词之藻也。高才闲拟，濡笔求工，发旨立意，虽旁出多门，未有不由斯户者也。至于《垓下》之歌，出自流离；"煮豆"之诗，成于草率。命词慷慨，并自奇工。此则深情素气，激而成言，诗之权例也。

同样是这些要素，要综合操作而至尽善尽美，徐祯卿强调了"才"的重要作用，"夫哲匠鸿才，固由内颖；中人承学，必自迹求"。最佳者当然是高才由"内颖"而悟："大抵诗之妙轨，情若重渊，奥不可测；词如繁露，贯而不杂；气如良驷，驰而不轶。由是而求，可以冥会矣。"从这些论述看出，徐祯卿在学习古人的方法论上，绝不同于李梦阳，而是发挥了何景明之说。

《谈艺录》中也涉及"格调"说，徐祯卿独出一个"因情立格"说，不同诗人因各自之情"既异其形，故辞当因其势。譬如写物绘色，情盼各以其状；随规逐矩，圆方巧犹其则"。这就是："因情立格，持守圜环之大略也。""格"不是死的模式，大凡杰出诗人在自己的创作神思发动之时,"颠倒经枢,思若连丝,应之杼轴,文如铸冶,逐手而迁,从衡参互,恒度自若"。这是各人"心之伏机,不可强能",只能各自随规逐矩,即"诗家之错变,而规格之纵横也"。

前七子中其他四人,没有较系统的诗论,但有一、二短论也值得重视,如最推重何景明的康海(1475—1540),他拥护何"成一家言"的主张,其云:"古人言以见志,故其性情,其状貌,求而可得焉。……故昔人陶则陶,杜则杜,韩则韩,柳则柳,咸自成家。今或不能自立,傍人门户,效颦而学步,志意性情略无见焉,无乃类诸译人也耶?君子不凤鸣而鹦鹉言,陋矣哉!"(引自《续藏书·康修撰海》)这等于讥李梦阳之尺寸古人而"铸形宿模",不过是翻译古人的作品而已。还有一位在哲学、心理学领域都卓有贡献的王廷相(1474—1544),他的《与郭价夫学士论诗书》对于诗的"意象"问题作了比前人更精辟的阐述:

夫诗贵意象透莹,不喜事实粘着,古谓水中之月,镜中之影,可以目睹,难以实求是也。《三百篇》比兴杂出,意在辞表;《离骚》引喻借论,不露本情。……斯皆包蕴本根,标显色相,鸿才之妙拟,哲匠之冥造也。若夫子美《北征》之篇,昌黎《南山》之作,玉川《月蚀》之词,微之《阳城》之什,漫敷繁叙,填事委实,言多趁帖,情出附辏,此则诗人之变体,骚坛之旁轨也。浅学曲士,志乏尚友,性寡神识,心惊目骇,逐区吟不能辨矣。嗟乎!言征实则寡余味也,情直致而难动物也,故示以意象,使人思而咀之,感而契之,邈哉深矣,此诗之大致也。

何景明在《与李空同论诗书》中已谈到"意象",王廷相进一步指出"意象"是诗人意中所造,不再是现实生活中景物事物的具象。叙事性的作品重在刻画形象,而抒情性浓郁的作品则须是意象化表现,情不直致而化为意象,可以目睹又难以置于眉睫之前,因此意味悠长。如何创造"意象"化的诗,他说:"措手施斤以法而入者有四务,真积力久以养而充者有三会。""四务"是"运意""定格""结篇""炼句"。"三会"是"博学以养才""广著以养气""经事以养道"。在论述"四务""三会"时,其见地未出李、何、徐,此不赘述。

三 后七子中谢榛、王世贞的诗论

明世宗嘉靖(1521—1566)前期,前七子相继去世,他们倡导的复古运动却未衰落,嘉靖二十六年(1547年)王世贞举进士而为京官,遂邀集李攀龙、谢榛、徐中行、梁有誉、宗臣、吴国伦等六人结为诗社,《明史·文苑·李攀龙传》云:"诸人多少年,才高气锐,互相标榜,视当世无人。七才子之名播天下。"《文苑·序》指出:"李攀龙、王世贞辈,文主秦汉,诗规盛唐,王、李之持论,大率与梦阳、景明相倡和也。"因为他们继承了前七子的事业,恰好又是七人结社,文学史家便称他们为"后七子"。后七子中因李攀龙(1514—1570)的复古调门最高,声称"诗自天宝以下,文自西京以下,誓不污我毫素",以至"声望茂著,操海内文章之柄垂二十年"(钱谦益《列朝诗集小传》),因此被后人视为后七子的首领。其实他在诗学理论方面没有什么贡献,一些复古拟古言论迂腐不堪。后七子中诗学方面有所建树的是谢榛和王世贞。

谢榛(1495—1575)字茂秦,号四溟山人,山东临清人,有论诗专著《诗家直说》,又称《四溟诗话》(以下简称《诗话》),其理论脉络,接续严羽,较明显者有二。其一,提倡"以汉魏盛唐为法"。他引严羽"学其上,仅得其中;学其中,斯为下矣"后接着说:"岂有不法前贤,而法同时者?"但他又与严羽一样,不是从形式上法古人,而是在精神上法古人,《诗话》开宗明义第一条即说:"《三百篇》直写性情,靡不高古,虽其逸诗,汉人尚不可及。今学之者,务去声律,以为高古。殊不知文随世变,且有六朝唐宋影子,有意于古,而终非古也。"批评自李梦阳以来泥古拟古的不良风气,方法论方面的错误使他们"譬诸宫女,虽善学古妆,亦不免微有时态"。由此,他主张法古是"悟古,是"熟参"而"悟"。《诗话》卷三记录七子初结社时一次关于盛唐十四家诗的讨论,十四家"孰可专为楷范?或云沈、宋,或云李、杜,或云王、孟",争论不休。他"默然久之"说:

> 历观十四家所作,咸可为法。当选其诸集中之最佳者,录成一帙,熟读之以夺神气,歌咏之求声调,玩味之以裒精华。得此三要,则造乎浑沦,不必塑谪仙而画少陵也。夫万物一我也,千古一心也,易驳而为纯,去浊而归清,使李、杜诸公复起,孰以予为可教也。

是夕,他梦见李、杜二公对他说:"若能出入十四家之间,俾人莫知所宗,则十四家又添一家矣。子其勉之。"为悟出此言很是得意。学古人要悟得其神气、精华所在,因此在学与创两方面他都强调一个"悟"字:"作诗中正之法……贵乎同不同之间,同则太熟,不同则太生。二者似易实难,握之在手,主之在心。使其坚不可脱,则能近而不熟,远而不生。此惟超悟者得之。"(卷三)又说:"诗有造物,一句不工,则一篇不纯,是造物不完也。造物之妙,悟者得之。"(卷一)也有严羽所谓"透彻之悟"说:"能造奇语于众妙之中,非透悟弗能也。"乃至四声的抑扬徐疾之妙:"非悟何以造其极,非喻无以得其状。"诗成之后的修改也是"数改求稳,一悟得纯"(均见卷三)。他认为"悟"是"无形"的至高审美境界,"一朝变化悟是主,悟到无形偏有为"①,由"悟"而至"众妙"化入诗中。其二,承严羽"诗之法有五:曰体制,曰格力,曰气象,曰兴趣,曰音节"。谢榛则说:"诗有四格:曰兴,曰趣,曰意,曰理。"(卷二)又道:"《余师录》曰'文不可无者有四:曰体,曰志,曰气,曰韵'。作诗亦然。体贵正大,志贵高远,气贵雄浑,韵贵隽永。四者之本,非养无以发其真,非悟无以入其妙。"(卷一)综合而观,这就是谢榛的"格调论"。李梦阳是"以格见情",徐

---

① 谢榛诗:《江南李秀才过敝庐因言及诗法,赋此长歌用答来意》,其中还有"金茎甘露浮清气,半空吸彻了仙味""苦心须求格调工,寄兴莫与凡流同"等句。

祯卿是"因情立格",谢榛则特别重视"兴",以"兴"为"四格"之首,说"太白《赠汪伦》曰:'桃花潭水深千尺,不及汪伦送我情。'此兴也"。"走笔成诗,兴也;琢句入神,力也。"(卷三)又说:"诗者不立意造句,以兴为主,漫然成篇。此诗之入化也。"(卷一)他所言"兴",不只是传统的"起情"之意,还有"悟"和"天机"的意思。"悟"已如前述。"诗有天机,待时而发,触物而成,虽幽寻苦索,不易得也"(卷二),这与他另一说"凡作文,静室隐几,冥搜邈然。不期诗思遽生,妙句萌心,且含毫咀味,两事兼举,以就兴之缓急也"比较,就是说"兴"中含有"天机","天机"之利钝而使"兴"有缓急。他的"格"是以"体""志""气"为内涵,"调"则以"韵"为体现,《诗话》卷二引《扪虱新话》语"诗有格有韵,渊明'悠然见南山'之句,格高也;康乐'池塘生春草'之句,韵胜也"之后,说:"格高似梅花,韵胜似海棠,欲韵胜者易,欲格高者难。兼此二者,惟李杜得之矣。""韵"直接影响诗的声调,"凡用韵审其可否,句法浏亮,可以咏歌矣";而"格",则实为诗人"气"与"志"等人格因素之凝聚外化,《诗话》卷四有一则堪称诗学名言:

  赋诗要有英雄气象,人不敢道,我则道之;人不肯为,我则为之。厉鬼不能夺其正,利剑不能折其刚。

这或许就是谢榛所崇尚的最高的"格"了。

谢榛对中国诗学的独特贡献,在于他对"情"与"景"的关系有超于前人的精辟论述,现将《诗话》中此类言论择要汇录如下:

  景多则堆垛,情多则暗弱。(卷一)

  写景述事,宜实而不泥乎实。有实用而害于诗者,有虚用而无害于诗者,此诗之权衡也。(卷一)

  作诗本乎情景,孤不自成,两不相背。……夫情景有异同,模写有难易,诗有二要,莫切于斯者。观则同于外,感则异于内,当自用其力,使内外如一,出入此心而无间也。景乃诗之媒,情乃诗之胚,合而为诗,以数言而统万形,元气浑

成,其浩无涯矣。(卷三)

　　凡作诗不宜逼真,如朝行远望,青山佳色,隐然可爱,其烟霞变幻,难于名状。及登临非复奇观,惟片石数树而已。远近所见不同,妙在含糊,方见作手。(卷三)

　　……景出想象,情在体贴,能以兴为衡,以思为权,情景相因,自不失重轻也。(卷三)

　　诗乃模写情景之具,情融乎内而深且长,景耀乎外而远且大,当知神龙变化之妙,小则入乎微罅,大则腾乎天宇。(卷四)

　　夫情景相触而成诗,此作家常也。或有时不拘形胜,面西言东,但假山川以发豪兴尔。譬若倚太行而咏峨嵋,见衡漳而赋沧海,即近以彻远。犹夫兵法之出奇也。(卷四)

所录七条,大致可概括为三重意思:一是情与景是诗的两大要素("景"不只是自然景物,还包括各种"事",如人事、世事、史事),情融景合,情是诗之本体,景是情与诗之间的媒体,情由景传媒而成"内而深且长""外而远且大"的内外均有境界的诗篇。二是同样的景物,会因诗人的观感不同,引发情思不同,而有诗的不同表现;每个诗人首先要忠于自己的真情实感,以"异"化"同",以"外"从"内",又要"使内外如一","同""异"相融无间,方能有自己独特个性和情感的诗篇。三是"景"不能写得太实、太多、太逼真,要虚实结合,以少胜多,情亦惟真而不可太滥。二者交融之状"妙在含糊",使之"隐然可爱",以"难以名状"的无穷变幻启发调动读者想象。

王世贞(1526—1590)字元美,号凤洲,又号弇州山人,江苏太仓人。他是后七子中的小弟弟,继李攀龙之后,主盟文坛近二十年,在已蓬勃兴起的文学思想解放思潮中,他是复古思潮的总结者和最后一个堡垒。《明史·文苑》本传称他"声华意气,笼盖海内",是一位威望很高的文坛领袖。著有《弇州山人四部稿》,其中论诗专著《艺苑卮言》八卷作于三十二岁之前,八年后又增订二卷。晚年说:"余作《艺苑卮言》

时,年未四十,方与于麟辈是古非今,此长彼短,未为定论。"(《书李西涯乐府后》)此书确有恃才傲物之态,评多于论,其理论深度和广度逊于谢榛《四溟诗话》,其较引人注目的是对于自高启、李梦阳以来的"格调"说有新的发挥与升华:

> 才生思,思生调,调生格。思即才之用,调即思之境,格即调之界。(卷一)

格调生于才思,是诗人才思境界的体现。他将"格调"说从格律、声调转化到审美境界来观照,比徐祯卿与谢榛都更明确了。他认为最好的诗(汉、魏之诗)是"神与境会,忽然而来,浑然而就,无岐级可寻,无色声可指"(卷一)。学习古人之经、史及文学作品。"熟读涵泳之,令其渐渍汪洋",是为富自己的才思,使自己的创作也能进入类似古人的佳境:"遇有操觚,一师心匠,气从意畅,神与境合,分途策驭,默受指挥,台阁山林,绝迹大漠,岂不快哉!"王世贞将"格调"之最佳审美状态升华为"神与境合",完全复归了诗的美学本质。他论诗涉及"境"者很多,如谈及七言律诗篇法、句法、字法时说:

> 篇法之妙,有不见句法者;句法之妙,有不见字法者。此是法极无迹,人能之至,境与天会,未易求也。有俱属象而妙者,有俱属意而妙者,有俱作高调而妙者,有直下不对偶而妙者,皆兴与境诣,神合气完使之然。

这就是说,一切之"妙",最后都要归于"兴与境诣","境"是集大成的所在。另一则又道是:"篇有百尺之锦,句有千钧之弩,字有百炼之金。……信手拈来,无非妙境。"(以上均见于卷一)将"首尾开阖,繁简奇正,各极其度"的"篇法","抑扬顿挫,长短节奏,各极其致"的"句法","点掇关键,金石绮采,各极其造"的"字法",都入"妙境"之中。评论他人诗,王世贞亦常以"境"言之,如评"'明月照积雪'是佳境,非佳语。'池塘生春草'是佳语,非佳境"(卷三);评李清照"所以嵇中散,至死薄殷周"句"虽涉议论,是佳境,出宋人表";评严羽七律句"晴江木落时疑雨,暗浦风多欲上潮"是"许

浑境界"(卷四);等等。谈到创作时如何处理"才"与"法"与造境的关系时,在《艺苑卮言》卷七有云:

> 吾于诗文不作专家,亦不杂调。夫意在笔先,笔随意到,法不累气,才不累法,有境必穷,有证必切。

在《陶懋中镜心堂草序》中则说:

> 凡人之文,内境发而接于外之境者十恒二三;外境来而接于内之境者十恒六七。其接也以天,而我无与焉,行乎所当行者也。意尽而止,而我不为之缀,止乎所不得不止者也。

这些都是很通达的见解,所谓"内""外"境,就是谢榛所说的"情"与"景",他以"情"与"实"区别之。联系"调则思之境,格则调之界",又有"声响而不调则不和,格尊而无情实则不称"之说(《汤迪功诗草序》),就是对某些诗有所谓高格但无境界之美的批评;进而言:"然其高者以气格声响相高,而不本于情实,骤而咏之,若中宫商,阅之若备经纬而已,徐而求之,而无有也。"(《陈子吉诗选序》)有格无境之诗,没有经得起咀嚼的韵味,最后只会剩下一个空架子。但我们也要注意,他对"格即调之界"又有一些形而下的看法,《真逸集序》中写道:"余之尝谓诗之所谓格者,若器之有格也,又止也,言物至此而止也。"将"格"比拟为一种容器,起一种限制出格的作用;在《沈嘉则诗选序》中更说:"夫格者,才之御也;调者,气之规也。子之向者遇境而必触,蓄意而必达,夫是以格不能御才,而气恒益于调之外。……今子能抑才以就格,完气以成调,几乎纯矣。"认为"才"与"气"都须屈就于格调之中,这与前引他所说的"笔随意到,法不累气""其接也天,而我无与焉"云云,似有矛盾。

晚年的王世贞对于"格"的看法有很大的松动乃至有所改变,在《邹黄州鸜鹆集序》中说:"夫古人善治诗者,莫若钟嵘、严仪卿,谓某诗某格某代,某人诗出某法。乃今而悟其不尽然。"这是对汉魏盛唐诗而说的,认为诗之格调与时代盛衰兴亡有关,一个时代有一个时代的声音。他批评李东阳的"拟古乐府"时说:"夫其奇旨创造,名语迭出,纵不可被之管弦,自是天地间一种文字。若使字字求谐于《房中》《铙歌》之调,取其声语断烂者而模仿之,以为乐府在声,毋亦西子之颦,邯郸之步而已。"(《书李西涯古乐府后》)以明朝之人去拟汉乐府之调,实在是不通之至,必是"十不得一"。吴兴慎子正编了一部《宋诗选》,求序于王世贞,王世贞本是"尝从二三君子后抑宋者",之所以贬抑宋诗是"为惜格也",但当他不带原有"格"的成见观宋诗后,感到宋诗也有宋诗的特色,"代不能废人,人不能废篇,篇不能废句",作为"格之外者"也可以取而用之,"以彼为我则可,以我为彼则不可",就是说可以使宋诗和元诗为我所用,让我迁就宋、元之格则不可行。这与他晚年提出的"用于格者"和"用格者"的相对论是一致的:所谓"用于格者"是"先有他人,而后有我";"用格"者是以我为主,以他人为用。在《邹黄州鹡鸰集序》中说出了他全部诗论中最重要的一句话:

盖有真我而后有真诗。

如果说在此之前也多次提到过"我",如"反之我而快,质之古而合"(《张伯起集序》),但总难免在古人的投影中,现在终于突破"格"的束缚悟到了有"真我"方有"真诗"。李梦阳也是到晚年才悟到"真诗乃在民间",对自己以往作诗只模拟古人情性而无"真我"作了深刻的反省。王世贞由"真诗"而思及"真我",同样是他这个复古主义者的个性意识、主体意识终于觉醒,不负他们对古人诗歌艺术一番辛苦的探索。"真我""真诗"由他们口中说出,此后经反复古主义者高扬标举,就不再是空谷之音、独得之秘了。复古和反复古,在诗的本质问题上还是有一脉可通的。

四 胡应麟的"体格声调、兴象风神"论

胡应麟(1551—1602)字元瑞,号少室山人,后改号石羊生,浙江兰溪人。布衣终身,与王世贞友善,论诗多从其说,著有《少室山房类稿》及《诗薮》。后者是中国诗论史上一部重要的论诗专著,全

书内编六卷论诗之古体近体，外编六卷评论周汉至元的作家作品，杂编六卷记录、考证大量诗歌史料，续编两卷论述明朝洪武、永乐至嘉靖间的诗况。采取传统诗话的写法，但内容有类别性和系统性，主要理论观点见于内、外编。钱谦益说《诗薮》大抵奉王世贞《艺苑卮言》"为律令，而敷衍其说"，实际上胡应麟对前后七子所提倡的"格调"说大有补充和发展。

首先，胡应麟将"格调"扩充为"体格声调"，其言"体"："四言变而《离骚》，《离骚》变而五言，五言变而七言，七言变而律诗，律诗变而绝句，诗之体以代变也。"这甚为明了，不须深究。其言"格"："《三百篇》降而《骚》，《骚》降而汉，汉降而魏，魏降而六朝，六朝降而三唐，诗之格以代降也。""格以代降"有多重意思，一是不同时代的不同风格特征：《诗三百》"温厚和平"，《楚辞》"凄恻浓至"，汉诗"神奇浑璞"，建安诸子"雄赡高华"，六朝俳偶"靡曼精工"，唐人近体"清圆秀朗"，"此声歌之各擅也"。二是不同诗体具有不同的美学品格："《风雅》之规，典则居要；《离骚》之致，深永为宗；古诗之妙，专求意象；歌行之畅，必由才气；近体之攻，务先法律；绝句之构，独主风神。此结撰之殊途也。"三是时代风格与美的品格后不如前，"楚一变而为《骚》，汉再变而为《选》，唐三变而为律，体格日卑"。又说由汉至隋，历时八代，"其文日变而盛，而古意日衰也；其格日变而衰，而前规日远也"。在《诗》《骚》之后，以汉、魏为高格，"汉人诗，气运所钟，神化所至也，无才可见、格可寻也；魏才可见、格可寻，而其才大，其格高也"。至晋宋，"其格卑矣，其才故足尚也"；而到梁、陈，"其才下矣，其格故亡讥焉"。虽然总的趋势是后不如前，但在一个诗歌兴盛的时代，如唐代，由于诸体傍备，集古今之大成，所以"格"与"调"不能以"卑"一概言之：

  其格，则高卑、远近、浓淡、浅深、巨细、精粗、巧拙、强弱，靡弗具矣。其调，则飘逸、浑雄、沉深、博大、绮丽、幽闲、新奇、猥琐，靡弗诣矣。（外编卷三）

当胡应麟暂时忘却或摆脱"体格日卑"的成见,直接面对诗人作品,便可上升到美学观照来论述体格声调,就在论近体七律的内编卷五说:

> 作诗大要不过二端,体格声调,兴象风神而已。体格声调有则可循,兴象风神无方可执。故作者但求体正格高,声雄调畅;积习之久,矜持尽化,形迹俱融,兴象风神,自尔超迈。譬则镜花水月,体格声调,水与镜也;兴象风神,月与花也。必水澄镜朗,然后花月宛然。讵容昏鉴浊流,求睹二者?故法所当先,而悟不容强也。

他认为"体格声调"是实体,如水如镜,决定"体格声调"高下的还有更为重要的一面,这就是"兴象风神",有之,则如水中有月,镜中有花,呈现整体的诗美。"兴象风神无方可执",完全要凭诗人的主观创造而有;有之,则今之诗"格"亦不卑;无之,则古之诗"格"未必高。胡应麟将王世贞"才生思,思生调,调生格"在审美创造领域展开了,承王之所说"神与境合""兴与境诣"作了进一步的发挥。

"兴象"一词,唐朝的诗论诗评中已经出现(如殷璠《河岳英灵集》评语),"兴"与"情"联,"兴象"实即主观情感强烈的意象,胡应麟使用这个词,有时可与"意象"通,如说"《十九首》及诸杂诗,随语成韵,随意成趣,辞藻气骨,略无可寻,而兴象玲珑,意致深婉";评曹植《杂诗》又说:"全法《十九首》意象。"他前说了"古诗之妙,专求意象",后又说"乐府犹有句格可寻,而古诗全无兴象可执"。有时可与"气象"通,如说"东西京兴象浑沦,本无句可摘,然天工神力,时有独至",这与严羽说的"汉魏古诗,气象混沌,难以句摘"是一致的。胡应麟言"兴象""意象",多及古体诗,大概就以此为古体高格之典型美学现象,"辞藻气骨,略无可寻"又是他判断"兴象"最高的审美标准。所谓"无迹可寻",更具体一点地说:"汉人直写胸臆,斫削无施。""两汉之诗,所以冠古绝今,率以得之无意。……未尝锻炼求合,而神圣工巧,备出天造。"又说"无意于工,而无不工者,汉之诗也","愈朴愈巧,愈浅愈深"。在汉诗中又有比较:"《大风》千秋气概之祖,《秋风》百代情致之宗,虽词语寂寥,而意象靡尽。《柏梁》诸篇,句调太质,兴寄无存,不足贵也。"汉高祖刘邦《大风歌》与汉武帝刘彻《秋风辞》"意象靡尽",属于"兴象浑沦"之列,而七言联句《柏梁诗》无兴寄意象,不算高格佳作。总之,胡应麟所欣赏的"兴象"是意与象合,情与景融,得之自然,无方可执。

"风神",古人或说风度神采,或说"风骨神气",或说风姿神韵,已见于《世说新语》等品藻人物的言论之中,胡应麟合而一词,首见于"绝句之构,独主风神"一说,后又言"初唐七言古以才藻胜,盛唐以风神胜"。又扩而言之:"诗主风神,文先理道。"让我排列他论唐人绝句(内编卷六)的一些评语,揣度"风神"的内涵:

  太白五七言绝,字字神境,篇篇神物。

  摩诘五言绝,穷幽极玄;少伯七言绝,超凡入圣,俱神品也。

  神韵干云,绝无烟火,深衷隐厚,妙协《箫韶》,李颀、王昌龄,故是千秋绝调。

  盛唐绝句,兴象玲珑,句意深婉,无工可见,无迹可寻。中唐遽减风神,晚唐大露筋骨,可并论乎!

  江宁《长信词》《西宫曲》《青楼曲》《闺怨》《从军行》,皆优柔婉丽,意味无穷,风骨内含,精芒外隐,如清庙朱弦,一唱三叹。

"神物""神境""神韵"大约是"风神"的最高体现了,又"语意新奇,韵格超绝""韵格高远""风格高华,似远而实近""写景入神,言情造极""和婉中浑成,尽谢炉锤之迹",等等,都是"风神"的种种美相。这实与他论古诗之格高调逸不分轩轾了,写好绝句之途是"陶以风神,发以兴象。真积力久,出语自超"。他认为"古诗、乐府后,惟太白诸绝近之;《国风》《离骚》后,惟少伯近之",李白、王昌龄的绝句最具"风神"而可与古诗媲美了。

"风神"之中,"神韵"是胡应麟最为推重而谈论得最多的了,除前所引者,又如:"盛唐气象浑成,神韵轩举"、"盖诗惟咏物不可汗漫,至于登临、燕集、寄忆、赠送,惟以神韵为主"。"神韵"实为诗美之精华所在:

> 诗之筋骨,犹木之根干也;肌肉,犹枝叶也;色泽神韵,犹花蕊也。筋骨立于中,肌肉荣于外,色泽神韵充溢其间,而后诗之美善备。犹木之根干苍然,枝叶蔚然,花蕊烂然,而后木之生意完。

"神韵"之于诗,就是诗之精神、生气、灵魂,严羽说"诗而入神,至矣,尽矣"也不过如此,清代有王士禛为代表的诗派以"神韵"名之,亦直接取之于胡应麟。

既然"体格声调有则可循,兴象风神无方可执",诗歌创作的难处就在后者了,"兴象风神"要有"悟",又"悟不可强"。胡应麟又引严羽为同调:"汉唐以后谈诗者,吾于宋严羽卿得一悟字,于明李献吉得一法字,皆千古词场大关键,第二者不可偏废,法而不悟,如小僧缚律;悟不由法,外道野狐耳。"(内编卷五)但"悟"是第一位的,"法"亦在"悟"中。他也以禅喻诗:

> 严氏以禅喻诗,旨哉!禅则一悟之后,万法皆空,棒喝怒呵,无非至理。诗则一悟之后,万象冥会,呻吟咳唾,动触天真。然禅必深造而后能悟,诗虽悟后,仍须深造。(内编卷二)

他推许"妙悟"在诗的审美创造中的神奇作用,诗人一"悟"之后,方能得其"兴象风神"之"天真",但也强调了不能排除"悟"后艺术方面的继续深造。他还将严羽的"诗而入神"与自己所领悟的"诗家妙境"联系起来,作出比严羽更有实感的描述:

> "欲罢不能,既竭吾材,如有所立卓尔。"本颜回见道语,然实诗家妙境。神动天随,寝食咸废,精凝思极,耳目都融,奇语玄言,恍惚呈露,如游龙惊电,掎角稍迟,便欲飞去。

须身诣其境知之。

"道"即人生与自然哲学的最高境界,也是诗的最高审美境界,胡应麟能悟到此境,已远远超出了他追随前后七子复古主义的诗学界域,真正地回归了诗学本体。王世贞将他列入后七子之外的"末五子"之列,实在有点屈就了他。他三十九岁时完成《诗薮》后,汪道昆为是书写的序言中有云:"旦暮千古,以神遇之。我思古人,实获我心。斯人之谓也。"如果说,复古派的诗学理论,排除其创作方法论的教条而确有可取的话,胡应麟画了一个光彩的句号。

第十九章

以"性灵"为核心的文学解放思潮

明代中叶,由于阶级矛盾、民族矛盾以及统治阶级内部的矛盾开始加剧,最高统治者将宋代的程朱理学奉为正统的统治思想,想以"存天理,灭人欲"的说教来平息社会上的种种矛盾冲突,李梦阳等高举"文必秦汉,诗必盛唐"的旗帜,或许已隐含着反对宋学的意图。比李梦阳大一岁的著名哲学家王阳明,通过自己的实验否定程朱"格物"可以"知天理"的"道论",就近取南宋陆九渊"宇宙便是吾心,吾心便是宇宙"之说,大兴"心学"。"心学"的哲学本质是主观唯心主义,王阳明是企图为解决严重的社会矛盾提供一种新的思想武器,从根本上稳定明朝的封建政权;但在当时"天理"道学的笼盖中,却客观上起着解放人性,激活人的主体意识的作用。他反对当时官僚士大夫和知识分子沉溺于所谓训诂词章之学,"从册子上钻研,名物上考索,形迹上比拟"(《传习录上》),宣称"自己良知原与圣人一般,若体认得自己良知明白,则圣人气象不在圣人而在我矣"。这种哲学上的方法论与本体论,实与文学领域的复古主义者分道扬镳了。王阳明的"心学"实际上也渐渐影响到了文学领域。后七子时代,王世贞的弟弟王世懋将刘勰《文心雕龙》中已多次出现的"性灵"一词[①],重新用于诗文批评之中,便是一个明证。

---

① 《文心雕龙》提到"性灵"处,如《原道》"性灵所钟"、《宗经》"阅性灵之奥区"、《情采》"若综述性灵,敷写气象"、《序志》"岁月飘忽,性灵不居"。

他在《李唯寅贝叶斋诗集序》中，称李诗"稍稍纵其性灵，时复翛然自得"；又说："夫士于诗，诚无所利之，乃其性灵所托，或缘畸于世，意不自得，而一以宣其湮郁为诗。"与王世懋同时代的诗文家焦竑、屠隆和李维桢，更各在自己的诗论中频频言及"性灵"，如焦竑在《雅娱阁集序》中说"诗非他，人之性灵之所寄也。苟其感不至则情不深，情不深则无以惊心而动魄，垂世而行远"。屠隆在《高以达少参选唐诗序》中说："夫诗者技也……而舒畅性灵，描写万物，感动神人，或有取焉。"李维桢在《王吏部诗选序》中说诗"要之触情而出，即事而作。五方风气，不相沿袭；四时景物，不相假贷。田野间阎之咏，宗庙朝廷之制，本于性灵，归于自然，无二致也"。这些关于"性灵"之议，各人理解可能不尽相同，但给稍后兴起的文学解放运动播下了种子。

一　文学解放运动先行者的理论纲领

明代中后期，资本主义的生产关系在中国萌芽，市场经济开始活跃，市民意识在文学作品中有了越来越多的反映和表现，小说、戏曲文体已空前兴盛，市井歌谣也不断产生和广为流传。李梦阳晚年已有"今真诗乃在民间"的观点。发扬这一观点并认真采集民间诗歌的是李开先（1502—1568），他编辑了一部《市井艳词》，序中说，正德、嘉靖年间流行的《山坡羊》《锁南枝》①等歌谣"哗于市井，虽儿女子初学言者，亦知歌之"。称赞这些歌谣"语意则直出肺肝，不加雕刻，俱男女相与之情，虽君臣友朋，亦多有托此者，以其情犹足感人也。故风出谣口，真诗只在民间"。经过近百年的文学复古拟古，人们在呼唤"真诗"，民歌向诗人挑战了。首先起来严正批判复古思潮，提倡"本色""真我"的是徐渭。

---

①《锁南枝》的词是："傻酸角，我的哥，和块黄泥儿捏咱两个。捏一个儿你，捏一个儿我。捏的来一似活托，捏的来同床上歇卧。　将泥人儿摔碎，着水儿重和过。再捏一个你，再捏一个我，哥哥身上也有妹妹，妹妹身上也有哥哥。"

徐渭（1521—1593）字文长，自号青藤道士、天池山人等，浙江山阴人。他终生一介布衣，诗文戏曲书画皆有成就，著有《徐文长集》三十卷，《逸稿》二十四卷等。在《叶子肃诗序》中，他对复古派进行了尖锐的批评：

> 人有学为鸟言者，其音则鸟也，而性则人也。鸟有学为人言者，其音则人也，而性则鸟也，此可以定人与鸟之衡哉。今之为诗者，何以异于是，不出于己之所自得，而徒窃于人之所尝言，曰某篇是某体，某篇则否；某句似某人，某句则否。此虽极工逼肖，而己不免于鸟之为人言矣。

拟古之诗，充其量不过是鹦鹉学舌，诗必须是"出于己之所自得，而不窃于人之所尝言"，他赞扬叶子肃能凭自己的情性为诗，"其情坦以直，故语无晦；其情散以博，故语无拘……"在《肖甫诗序》中，他承刘勰《文心雕龙·情采》所谓"为情而造文"与"为文而造情"，区分为"有诗而无诗人"和"有诗人而无诗"两类。前者是："诗本乎情，非设以为之者也。"后者是："乞诗之目，多至不可胜应，而诗之格，亦多至不可胜品，然其于诗，类皆本无是情，而设情以为之。夫设情以为之者，其趋在于干诗之名，干诗之名，其势必至于袭诗之格而剿其华词，审于是，则诗之实亡矣，是之谓有诗人而无诗。"其矛头明显指向前后七子的"格调"说。前后七子尽管对于"格"有各自的理解，或"因情立格"，或因格见情，但总是以"格"将"情"加以规范，"格则调之界"，既有"界"就不免"设情而为之"。徐渭则不然，他强调要有一个无牵无挂，无窒无碍的"真我"在，在《涉江赋》中写道：

> 爰有一物，无罣无碍。在小匪细，在大匪泥。来不知始，往不知驰。得之者成，失之者败，得亦无携，失亦不脱。在方寸间，周天地所。勿谓觉灵，是为真我。

如果我们将此与司空图《诗品·精神》对读，发现徐渭所言"真我"，实质上是诗人的主观精神，是诗人独有的性情、灵气。由此，他认为诗及一切精神性的文学作品，能表现"真我"的本质就具有"本色"

的美。关于"本色"之论,多出在他的戏剧论文中,但其美学意义又不止于戏剧作品,《西厢序》中说:

> 世事莫不有本色,有相色。本色,犹言正身也;相色,替身也。替身者,即书评中"婢作夫人终觉羞涩"之谓也。婢作夫人者,欲涂抹成主母而多插带,反掩其素之谓也。故余于此本中贱相色,贵本色,众人喷喷者我呴呴也。岂惟剧者,凡作者莫不如此。

为诗之作者当然更是如此,大凡模古拟古之诗,岂不就是"相色"而已?一切精神性的文学作品,都须表现出作者的真精神、真情性,方是"乃为当行,乃为本色"。是雅?是俗?惟见"真我"就皆是美的。《又题昆仑奴杂剧后》说:"语入要紧处,不可着一毫脂粉,越俗越家常、越警醒。此才是好水碓,不杂一毫糠衣,真本色。"如果讲求形式的华丽炫目,"锦糊灯笼,玉镶刀口,非不好看,讨一毫明快,不知落在何处矣。此皆本色不足,仗此小做作以媚人,而不知误入野狐,作娇冶也"。这说的是杂剧,可与他论述民间诗歌的观点联系起来看,"妇女儿童,耕夫舟子,塞曲征吟,市歌巷引……此真天机自动,触物发声",其中之"兴体起句","以启其下段欲写之情,默会亦自有妙处,决不可以意义说者"(《奉师季先生书》)。徐渭的"本色""真我"论还见于他其他剧论和书论、画论之中,限于篇幅,在此不能一一述及。不过他还有一副著名的戏台对联不可不提:"随缘设法,自有大地众生;作戏逢场,原属人生本色。"一切文学无不是"大地众生"为表现自己的"人生本色",文人又何可例外?非如此,则无真文学、真艺术。

李贽(1527—1602)号卓吾,又号温陵居士,福建晋江人。他是明代后期文学解放思潮的主要理论家,其理论成就是多方面的,主要著作有正续《藏书》、正续《焚书》、《明灯古道录》等。他的哲学思想源于王阳明的"心学"。王阳明的泰州弟子王艮,接受王阳明的学说并发展到与孔、孟、程、朱完全对立的局面,宣言"圣人之道无异于百姓之用,凡有异于百姓之用者,皆谓之异端"(《语录》),而百姓日用之道就是"良知",这是"不假安排,人人皆有的天性"。他的儿子王襞说:"鸟啼花落,山峙川流,饥食渴饮,夏葛冬裘,至道无余蕴矣。"儒家之"道"、道学家之"理"的神秘光圈,被这班出身于"愚民"阶层的"灶丁"、农民、樵夫哲学家一口气吹掉了。王艮及其弟子之学,世称为"泰州学派",后来哲学史上又称"王学左派"。李贽曾求学于王襞,他将"王学左派"的基本思想引进到了文学艺术领域,在文学理论方面的千古不朽之作便是《童心说》,实质上是一篇解放人性而正"文心"的宣言,是中国文学史上反对"明道""载道"的封建主义文学的一个纲领性文献。何谓"童心"?

　　夫童心者,真心也,若以童心为不可,是以真心为不可也。
　　夫童心者,绝假纯真,最初一念之本心也。若失却童心,便失却真心;失却真心,便失却真人。人而非真,全不复有初矣。

人人都有自己的儿童时期,本来是人人皆有"童心",但是为什么长大后会失却"童心"呢?李贽分述了失去"童心"的几个阶段:"盖方其始也,有闻见从耳目而入,而以为主于其内而童心失。其长也,有道理从闻见而入,而以为主于其内而童心失。其久也,道理闻见日以益多,则所知所觉日以益广,于是焉又知美名之可好也,而务欲以扬之而童心失;知不美之名之可丑也,而务欲以掩之而童心失。"道理闻见,本来是于人人不可少的,但既作文人,其道理闻见"皆多读书识义理而来也";读书识义理多而偏会丧失童心,问题就出在"书"上。读书人以六经、《论语》、《孟子》为经典,而这些经典,"非其史官过为褒崇之词,则其臣子极为赞美之语。又不然,则其迂阔门徒,懵懂弟子,记忆师说,有头无尾,得后遗前,随其所见,笔之于书。后学不察,便谓出自圣人之口也,决定目之为经矣,孰知其大半非圣人之言乎"。由此,他大胆指出六经、《论语》《孟子》绝非"万世之至论",只是"道学之口实,假人之渊薮"而已,以此作为"美"或"不美"的是非标准,大有异于"一念之本心",这便是童心之"障"。以"从外入者闻见道理为之心",而后发言作文,"则所言者皆闻见道理之言,非童心自出之言也。言虽工，于我何与？岂非假人言假言，而事假事、文假文乎？盖其人既假，则无所不假矣"。这就说，失去了"童心"，就失去了徐渭所说的"真我"，整个文坛，造成了以假为喜，"满场是假"，乃至"虽有天下之至文，其湮灭于假人而不尽见于后世者"。接着他郑重地说：

> 天下之至文，未有不出于童心焉者也。苟童心常存，则道理不行，闻见不立，无时不文，无人不文，无一样创制体格文字而非文者。诗何必古《选》，文何必先秦？降而为六朝，变而为近体，又变而为传奇，变而为院本，为杂剧，为《西厢曲》，为《水浒传》，为今之举子业，皆古今之至文，不可得而时势先后论也。故吾因是而有感于童心者之自文也，更说甚么六经，更说甚么《语》《孟》乎？

李贽理直气壮地认为，有"童心"就有"至文"，不在有古今时势之异，也不在于有文体样式体格之变，戏剧小说等同样可成为"至文"，以古代经史典籍为"心"者，决不可能语此。他这里提出了一个"至文"的概念，在《杂说》中作了一个解释："追风逐电之足，决不在于牝牡骊黄之间；声应气求之夫，决不在于寻行数墨之士；风行水上之文，决不在于一字一句之奇。若夫结构之密，偶对之切；依于理道，合乎法度；首尾相应，虚实相生：种种禅病皆所以语文，而皆不可以语于天下之至文也。"他认为一般的"文"，最佳者也只是止于"画境"，天下之至文则入"化境"，前者有画工之"穷工极巧"，但感人的气力只可达于皮肤骨血之间；后者则是"造化无工，虽有神圣，亦不能识化工之所在"，因而入人心者深。要入"至文""化境"，他又有一个"自文"的概念，即自得而为文，在《杂说》中再作如下申述："且夫世之真能文者，比其初皆非有意于为文也。其胸中有如许无状可怪之事，其喉间有如许欲吐而不敢吐之物，其口头又时时有许多欲语而莫可所以告语之处，蓄极积久，势不能遏。一旦见景生情，触目兴叹；夺他人之酒杯，浇自己之垒块；诉心中之不平，感数奇于千载。"这就是说摒弃一切功利观念的制约，甚至不顾"使见者闻者切齿咬牙、欲杀欲割"的后果，唯以真情尽吐而后快！这"自文"之外发，他又强调要发之自然，不可牵而矫强而至，因此明确反对附加情性的"格调"说，《读律肤说》谓："性格清彻者音调自然宣畅，性格舒徐者音调自然疏缓，旷达者自然浩荡，雄迈者自然壮烈，沉郁者自然悲酸，古怪者自然奇绝。有是格，便有是调，皆情性自然之谓也。莫不有情，莫不有性，而可以一律求之哉！"诗人依自己的情性自然，就有只属于自己的格调，以往"格调"论者，未尝不求自然之美，但已落入"有意为自然"，与矫强何异？李贽从"童心"而"至文"而"自文"而"自然之美"的系列论述，为明中后期的文学解放思潮确立了一个美学纲领，他与直接受他思想影响的汤显祖、袁宏道，高举起"童心""情致""性灵"三面大旗，演出了中国资本主义萌芽时期一场精彩的声色并茂的文学变革的话剧。

汤显祖（1550—1616）字义仍，号海若、若士，别署清远道人，江西临川人。他是我国古代继关汉卿、王实甫之后又一位伟大的戏剧家。他的戏剧与诗歌理论有一条共同的贯穿线，那就是"情在而理亡"。著名的《牡丹亭》传奇写的是爱情战胜死亡的故事，连生与死这样的人生大道理，也因"情之至"而不复存在，《牡丹亭·题辞》中写道："情不知所起，一往而深。生者可以死，死可以生。生而不可与死，死而不可复生者，皆非情之至也。……嗟夫，人世之事，非人世所可尽，自非通人，恒以理相格耳：第云理之所必无，安知情之所必有邪！"汤显祖之"理"，不是"诗有别趣，非关理也"之"理"，而是道学家之所谓"天理"，杜丽娘的"梦中之情"，实是"存人欲"而蔑视"天理"，"情"与"理"在现实的人性领域是尖锐的对立存在。《沈氏弋说序》中又写道：

> 今昔异时，行于其时者三：理尔，势尔，情尔。以此乘天下之吉凶，决万物之成毁。作者以效其为，而言者以立其辨，皆是物也。事固有理至而势违，势合而情反，情在而理亡，

> 故虽自古名世建立，常有精微要眇不可告语人者。……是非
> 者，理也；重轻者，势也；爱恶者，情也。三者无穷，言亦
> 无穷。

这里所言之"理"，扩大到了人事之理、物事之理的范围，他正确地指出："理"是冷静的是非判断，"势"是事物发生发展的必然规律，"情"是人对外界事的爱恶反映。文学创作不长于作理性的是非判断，只是真实地表现人的爱恶之情，只求"情"合而不管其"理"合不合，如果按照封建卫道士们的"以道制欲""以理格情"，势必造成理有而情亡，也就等于取消了文学创作。他称赞其好友达观和尚所说"理无我，而情有我"是"一刀两断语"，更伸之曰："情有者，理必无；理有者，情必无"，并说自己就是"为情使耳"。汤显祖这些惊世骇俗的见解，也贯穿在他的诗歌理论之中，《耳伯麻姑游诗序》中写道：

> 世总为情，情生诗歌，而行于神。天下之声音笑貌、大
> 小生死，不出乎是。因憺荡人意，欢乐舞蹈，悲壮哀感鬼神
> 风雨鸟兽，摇动草木，洞裂金石。其诗之传者，神情合至，
> 或一至焉；一无所至，而必曰传者，亦世所不许也。

"情生诗歌"，也是"一刀两断语"，他又有"行于神"之说，显然可与严羽"诗而入神"同解，即诗人之精神入于诗中，"神"就是诗之真情的意象化表现。他在《调象庵集序》就"情"为什么能生诗歌，作出了与李贽"自文"相类的阐释："万物当气厚材猛之时，奇迫怪窘，不获急与时会，则必溃而有所出，遁而有所之。常务以快其慉结。过当而后止，久而徐以平，其势然也。是故冲孔动楗而有厉风，破隘蹈决而有潼河，已而其音泠泠，其流纤纤。气往而旋，才距而安，亦人情之大致也。情致所极，可以事道，可以忘言，而终有所不可忘者，存乎诗歌序记词辩之间，固圣贤之所不能遗，而英雄之所不能晦也。"他将"情"喻为迅猛之风与奔腾之水，"情致"是诗歌生命力之源。此文最后说：

> 声音出乎虚，意象生于神，固有迫之而不能亲，远之而

不能去者。

无情不能为诗，有情则不可无诗，情到深处诗自来。

但是，从"情"到诗之间还有一个艺术的、审美的转换过程，并不是天下有情者都能成为诗人，作为诗人应有一定的天赋才能，尤其是能作天下之"至文"者，更应有其超凡出众的才华。汤显祖自己写出了杰出的作品，比李贽多一些创作实践中的体悟，因此在李贽的"童心"与"至文"间补充了一个"灵性"说："天下文章所以有生气者，全在奇士。士奇则心灵，心灵则能飞动，能飞动则下上天地，来去古今，可以屈伸长短生灭如意，如意则可以无所不如。"他认为有情而能如意地表达，"意有所滞"，就是"常人"；而由于"心灵"而能如意挥洒者，"彼其意诚欲愤积决裂，挐庋关接，尽其意势之所必极，以开发于一时。耳目不可及而怪也。"(《序丘毛伯稿》)"心灵"即是心之灵动，"心有灵犀一点通"之谓，或说"灵机自相转活"(《宜黄县戏神清源师庙记》)。在《张元长嘘云轩文字序》中，他换言为"灵性"：

  天下大致，十人中三四有灵性，能为伎巧文章，竟伯什人乃至千人无名能为者，则乃其性少灵者与？……独有灵性者自为龙耳。

在《合奇序》中，又换言为"自然灵气"：

  予谓文章之妙，不在步趋形似之间，自然灵气，恍惚而来，不思而至。怪怪奇奇，莫可名状，非物寻常得以合之。

心之灵动与"自然灵气"可合而概括为"灵性"，与前已涉及的"性灵"比较，"性灵"是体，"灵性"是用，因为汤显祖的"灵性"是排斥日常从师从书之"习"的，他认为人有意乃至刻苦去"习"某一艺，日久就会形成某程式化，如"习"古人诗之某体某格，不能依其自性而为，势必以积习而泯灭自己的灵性。在《王秀重小题文字序》中，他列举有"天生之才"而"至为文词，有成者不成者"三个原因：一是"儿时多慧，裁识书名，父师迷之以传注括帖，不能见古人纵横浩渺之书，一食其尘，不复可鲜"；二是"乃幸为诸生，困为敏达，蹭蹬出没于校试之场,久之,气色渐落,何暇议尺幅之外哉";三是"人虽有才,亦视其所生。生于隐屏,山川人物、居室游御、鸿显高壮、幽奇怪侠之事,未有睹焉,神明无所练濯,胸腹无所厌余,耳目既寄,手足必蹇"。这就是说,读古人书不当而造成感觉迟钝,为功名利禄而损神耗气,眼界狭窄阅历贫乏造成才思枯竭,都压抑泯灭人的"灵性"而"使人才力不已焉"。汤显祖提倡的"灵性"说,无疑与徐渭的"真我""本色"说,李贽的"童心"说是一脉贯通的,与王阳明及王学左派的"心学"有暗承的关系,是启动文学思想解放的内在动力。

二 公安派的"独抒性灵"与"法不相沿"说

明末清初,明代诗文理论的总结者钱谦益在《列朝诗集小传》中写到袁宏道时说:"万历中年,王、李之学盛行,黄茅、白苇,弥望皆是,文长、义仍,崭然有异,沉痼滋蔓,未克芟薙。中郎以通明之资,学禅于李龙湖,读书论诗,横说竖说,心眼明而胆力放。……中郎之论出,王、李之云雾一扫,天下之文人才士始知疏瀹心灵,搜剔慧性,以荡涤摹拟涂泽之病,其功伟矣。"这就是说,在李贽(龙湖)、徐渭、汤显祖的影响与启发下,与王世贞、李攀龙等复古拟古派对立的一个新的文学流派——公安派出现了,复古派的理论与诗风,终于得到了有力的清扫。

公安派因出生于今湖北省公安县的袁宗道(1560—1600)、袁宏道(1568—1610)、袁中道(1570—1626)三兄弟而得名。袁宗道字伯修,"当王、李词章盛行之日,独与同馆黄昭素厌薄俗学,力排假借盗窃之失……其才或不逮二仲,而公安一派实自伯修发之"(《列朝诗集小传·袁庶子宗道》)。三兄弟中以老二袁宏道最为突出,文学成就最大,是公安派的主将。

袁宏道字中郎,号石公,据袁中道为他写的《行状》,在他只活到四十二岁的不长生涯中,二十岁之前还处在学习古人诗文"上自汉魏,下及三唐,随体模拟"阶段,二十三至二十五岁时曾数次到麻城龙潭湖拜访李贽,受李启发,文学思想发生极大变化,开始形成公安派的文学主张,二十八岁时,为袁中道诗集所写的《叙小修诗》,几个主要观点都在其中了:(一)"独抒性灵";(二)"代有升降,法不相沿";(三)民间诗歌"多真声"。现以此《叙》为纲,参照袁宏道及其兄弟的论著,分别说之。

袁宏道很看重他那仕途不甚顺利的弟弟,说他"少也慧,……既长,胆量愈廓,识见愈朗,的然以豪杰自命",后又饱阅祖国山川之美,"足迹所至,几半天下",诗文因之以日进。其诗:

> 大都独抒性灵,不拘格套,非从自己胸臆流出,不肯下笔。有时情与境会,顷刻千言,如水东注,令人夺魄。其间有佳处,亦有疵处,佳处自不必言,即疵处亦多本色独造语。然予则极喜其疵处;而所谓佳者,尚不能不以粉饰蹈袭为恨,以为未能尽脱近代文人气习故也。

袁宏道所说"性灵",直说就是情性的灵气,既包含李贽所说的"情性自然",又包含汤显祖所说的"自然灵气",是诗人唯自己一个所独具的情质个性、才华灵感。袁宏道的朋友江盈科在为他早年所作《敝箧集》的《叙》中,引录袁自己的一段话,对"性灵"有更详细论说:"夫性灵窍于心,寓于境。境所偶触,心能摄之,心所欲吐,腕能运之。心能摄境,即蝼蚁蜂虿皆足寄兴,不必雎鸠驺虞矣;腕能运心,即谐词谑语皆是观感,不必法言庄什矣。以心摄境,以腕运心,则性灵无不毕达,是之谓真诗。"基于"出自性灵者为真诗"的观点,他又提出一个很新鲜的见解:只要是从胸臆间流出,情与境会的诗句,有点疵处反更可爱,疵处"多本色独造语",未加"粉饰蹈袭"是为"疵",而"佳处"却以"粉饰蹈袭"而失却了本色,是为遗憾。在《叙小修诗》最后一段又说,袁中道贫病多愁,"愁极则吟,故尝以贫病无聊之苦,发之于诗,每每若哭若骂,不胜其哀生失路之感,予读而悲之"。接着写道:

> 大概情至之语,自能感人,是谓真诗,可传也。而或者

犹以太露病之。曾不知情随境变,字逐情生,但恐不达,何露之有?且《离骚》一经,忿怼之极,党人偷乐,众女谣诼,不揆中情,信谗齌怒,皆明示唾骂,安在所谓怨而不伤者乎?穷愁之时,痛哭流涕,颠倒反覆,不暇择音,怨矣,宁有不伤者?且燥湿异地,刚柔异性,若夫劲质而多怼,峭急而多露,是谓楚风,又何疑焉!

原来,袁中道的"疵处",情真而露,有违传统崇尚的含蓄蕴藉之美,有违"哀而不伤,怨而不怒"的儒家诗教[①]。袁宏道为此辩护,且从个人遭遇、地理环境等因素,为南方诗人怨而不能不怒,哀而不能不伤陈述理由,无疑,这刚好踩痛了儒家诗教一根敏感的神经。这里,关键又是一个"真""真我""真声",在《行素园存稿引》中,袁宏道从"质"的角度,引申了徐渭的"真我"说:"物之传者必以质,文之不传,非曰不工,质之不至也。树之无实,非无花叶也;人之不泽,非无肤发也。文章亦尔。行世者必真,悦俗者必媚;真久必见,媚久必厌,自然之理也。"这与孔子所说的"绘事后素"是一致的,他又强调,诗应能入人心至深,"大都人之愈深,则其言愈质,言之愈质,则其传愈远。夫质犹面也,以为不华而饰之朱粉,妍者必减,媸者必增也。"袁宏道关于"质"的观念内涵,就是"真",这可帮助我们理解他为什么对袁中道诗佳处反有些不以为然,而独钟其疵处,疵处虽"不华"却现其本质之真。在《陶孝若枕中呓引》一文中,他以"情真而语直"为"真声":"夫迫而呼者不择声,非不择也,郁与口相触,卒然而声,有加于择者也。古之为《风》者,多出于劳人思妇。……郁不至而文胜焉,故吐之者不诚,听之得不跃也。"所谓"郁"是指心中积郁的情感,积郁到不能不发的程度,才会发而为感人动心之声。《叙小修诗》中则说:"今闾阎妇人孺子所唱《擘破玉》《打草竿》之类,

---

[①] 袁中道自云:"楚人之文,发挥有余,蕴藉不足,然直摅胸臆处,奇奇怪怪,几与潇湘九派同吞吐,大丈夫意所欲言,他患口门狭,手腕迟,而不能尽抒其胸之奇,安能嗫嚅嚅嚅,如三日新妇为也?"(《淡成集序》)

犹是无闻无识真人所作,故多真声,不效颦于汉魏,不学步于盛唐,任性而发,尚能通于人之喜怒哀乐嗜好情欲,是可喜也。"为得"真声",袁宏道不忌"露",甚至也不避"俗",或说自己"决不肯从人脚根转,以故宁今宁俗,不肯拾人一字"(《与冯琢庵师》),或说自己"诗文质率,如田父老语农桑,土音而已"(《答钱云门邑侯》),亦是前所说的"谐言谑语皆是观感,不必法言庄什"。当然,他还是有不俗的美学标准,这就是"淡"而有"趣"。先说"趣",其典型论述见于《叙陈正甫会心集》:

> 世人所难得者唯趣,趣如山上之色,水中之味,花中之光,女中之态,虽善说者不能下一语,唯会心者知之。……夫趣得之自然者深,得之学问者浅,当为其童子也,不知有趣,然无往而非趣也。面无端容,目无定睛,口喃喃而欲语,足跳跃而不定,人生之至乐,真无逾于此时者。孟子所谓不失赤子,老子所谓能婴儿,盖指此也。趣之正等正觉,最上乘也。

严羽说过"盛唐诸人吟咏情性,唯在兴趣"的话,袁宏道单拈出一个"趣"字而论有关"神情"的诗的"童趣"美,显然是承李贽的"童心"而言。他后面还说到"无拘无缚,得自在度日",有山林之趣;无官一身轻,"率心而行,无所忌惮",有自由自在之趣,惟"为闻见知识所缚,入理愈深,然其去趣远矣"。这又进一步为趣作了新发挥,有趣无趣的关节之处,在于身心是否自由。在《寿存斋张公七十序》中,他又将"趣"换言为"韵","韵"是"波澜色泽",他欣赏南朝文士"喜为任达"而有"高明玄旷、清虚淡远"之韵。"韵"与"理"相格,理能入微却"不可以得韵",何者可得韵?"叫跳反掷者,稚子之韵也;嬉笑怒骂者,醉人之韵也。醉者无心,稚子亦无心,无心故理无所托,而自然之韵出焉。由斯而观,理者是非之窟宅,而韵者大解脱之场也。"如果与汤显祖"情"与"理"对立论联系起来,袁宏道之"趣"与"韵"也都是"理"的对立面,又都是"性灵"的自然表现。关于

"淡",其典型之论见于《叙呙氏家绳集》:

> 苏子瞻酷嗜陶令诗,贵其淡而适也。凡物酿之得甘,炙之得苦,唯淡也不可造;不可造,是文之真性灵也。浓者不复薄,甘者不复辛,唯淡也无不可造;无不可造,是文之真变态也。

这篇文章是袁宏道三十六岁时所作,此时他的文学观受佛教净土宗影响发生了一些变化,其"性灵"也由前期的可"怨而伤"、不忌"露"变而为主静主淡,恰与苏轼晚年一样,以淡泊致远作为自己的"真性灵"。当然他还是强调了"真",不能"以人力取淡","累于理"或"累于学",都不能得"淡之本色"。

公安派反对复古拟古派,有破有立,"独抒性灵,不拘格套"是他们"立"的部分。现在再看他们"破"的论点。《叙小修诗》曰:

> 盖诗文至近代而卑极矣,文则必欲准于秦汉,诗则必欲准于盛唐,剿袭模拟,影响步趋,见人有一语不相肖者,则共指以为野狐外道。曾不知文准秦、汉矣,秦、汉人曷尝字字学《六经》欤?诗准盛唐矣,盛唐人曷尝字字学汉、魏欤?秦、汉而学《六经》,岂复有秦、汉之文?盛唐而学汉、魏,岂复有盛唐之诗?唯夫代有升降而法不相沿,各极其变,各穷其趣,所以可贵,原不可以优劣论也。且夫天下之物,孤行则必不可无,必不可无,虽欲废焉而不能;雷同则可以不有,可以不有,则虽欲存焉而不能。故吾谓今之诗文不传矣。

批评复古拟古倾向,其兄袁宗道早有论在先,其《论文》上、下篇,态度尚比较温和,说李梦阳之模拟"自一人创之,犹不甚可厌。……尚多己意,纪事述情,往往逼真,其尤可取者,地名官衔,俱用时制",可厌的是一班追随者"凡有一语不肖古者,即大怒骂为野路恶道……迨其后以一传百,愈趋愈下,不足观矣"。他也基本肯定李攀龙、王世贞的诗,说"二集佳处,固不可掩",只是"其持论大谬,迷误后学,有不容不辨者"。袁宏道则没有如此温和,从以上引文可看出,他采取一概否定的态度,以"今之诗文不传矣"为前后七子派盖棺论定。他似乎是有意与复古派唱对台戏,在《与张幼于》中更说:"世人喜唐,仆则曰唐无诗;世人喜秦、汉,仆则曰秦、汉无文;世人卑宋黜元,仆则曰诗文在宋、元诸大家。昔老子欲死圣人,庄子讥毁孔子,然至今其书不废;荀卿言性恶,亦得与孟子同传。何者?见从己出,不曾依傍半个古人,所以他顶天立地,今人虽讥讪得,却是废他不得。"不无偏激情绪,但可助我们理解"孤行则不可无"的意思,独立孤行,见从己出,颇有点陈子昂登幽州台的悲壮。

"代有升降,法不相沿"是袁宏道针对复古派恪守古法提出的又一个重要观点。在《雪涛阁集序》中有展开的论述,其理归纳有二:一是古今时势不同。"古有古之时,今有今之时,袭古人语言之迹而冒以为古,是处严冬而袭夏之葛者也。"二是不同时代之人,情质不同,因而有文体之不同,随之"法"亦不同。《雅》之体"穷于怨",而屈原之情怨而伤,"不骚不足以寄也"。就时代而言,"古之为诗者,有泛寄之情,无直书之事",诗尚虚;但到晋、唐以后,"为诗者有赠别,有叙事,……是诗之体已不虚"。就"法"而言,一体有一体之法,一代有一代之法,五言体诗使"骚之音节皆变矣"。六朝诗文有"饤饾之习",后人以"流丽"矫之;然流丽又"过在轻纤",盛唐人"以阔大矫之";然"已阔矣又因阔而发莽",中唐人"以情实矫之";然"又因实而生俚",晚唐人"以奇僻矫之"……大凡"法因于敝而成于过",即一成既定之法,就会逐渐走向其反面,所以必须不断地变,才能使诗文显示出不同的时代特征,袁宏道也不是绝对反对"法古人"的观念,但那是另外一种"法",《叙竹林集》云:

善画者,师物不师人;善学者,师心不师道;善为诗者,师森罗万象,不师先辈。法李唐者,岂谓其机格与字句哉?
法其不为汉,不为魏,不为六朝之心而已,是真法也。

师法自然,师法古人之独创精神,将"法"升华到形而上的层次。

公安派反对复古拟古,还有一个更实在更有力的理由,那就是"夫时有古今，语言亦有古今"。文学是语言的艺术，语言既有古今之变，文学语言不可不变，袁宗道在《论文》中谈到，古代楚人有很多方言，现今都不存在不流行了，他生长在楚地也不闻不知了，"今人所诧谓奇字奥句，安知非古之街谈巷语耶"？《左传》语言不同于《尚书》，《史记》语言又不同于《左传》，"至于今日，逆数前汉，不知几千年远矣"，可是李攀龙之辈却说"无一语作汉以后，亦无一字不出汉以前"，岂不大谬！袁宏道在给《雪涛阁集》作者江进之的一封信中说，古人的语言"如衣之繁复，礼之周折"，繁而不简，晦而不明，乱而不整，艰涩而不痛快，"古之不能为今者，势也"。经过一代代人的努力，终使语言变得"简也明也整也流丽痛快也"，这是进步、发展的"文之变"，难道还要重回繁乱艰晦的状态，故意制造"聱牙之语，艰深之词"？今日"人事物态，有时而更；乡语方言，有时而易，事今日之事则亦文今日之文而已矣"。由此，袁宏道甚至不避俚俗之言入诗，他为江进之诗中"或有一二语近平近俚近俳"而辩护说："此进之矫枉之作，以为不如是不足矫浮泛之弊，而阔时人之目也。"（《雪涛阁集序》）为了冲决复古拟古派所划定的框框，不妨矫枉过正。"诗之奇之妙之工无所不极，一代盛一代，故古有不尽之情，今无不写之景。然则古何必高，今何必卑哉！"（《与丘长孺》）以袁宏道为理论旗手的公安派不屈不挠反复古主义的英雄气概，大长了一代代文学革新者的志气。

三 竟陵派之"孤怀孤诣"与"厚出于灵"论

正如袁宏道自己所说，"法因于敝而成于过"，公安派强调"独抒性灵，不拘格套"，不忌"露"，不避俚俗，一旦为他人所效法，又向"过"转化。袁中道在世时就已看到了弊端初露，他说"先兄"矫正前后七子及其追随者的弊病，"其意以发抒性灵为主，始大畅其意所欲言，极其韵致，穷其变化，谢华启秀，耳目为之一新。及其后也，学之者稍入俚易，境无不收，情无不写，未免冲口而发，不复检括，而诗道又将病矣"（《阮集之诗序》）。其实，不只是后学者，二袁自己也有此毛病，后来，钱谦益站得更高一点说，公安末流"狂瞽交扇，鄙俚公行，雅故灭裂，风华扫地。竟陵代起，以凄清幽独矫之，而海内之风气复大变"（《列朝诗集小传》袁宏道条）。江山代有才人出，离公安不远的竟陵（今湖北天门）又走出了两位变风气的诗人，以他们稍异于公安派的理论主张，形成一个新的流派。

钟惺（1574—1625）字伯敬，著有《隐秀轩集》。谭元春（1586—1637）字友夏，著有《谭友夏合集》。他二人合作编选了一部自"古逸"至晚唐的大型诗歌选集（五十一卷），名曰《诗归》，各写了一篇序言。钱谦益说："《诗归》出，而钟谭之底蕴毕露。"两篇序言，竟陵派的诗学主张也大致都在其中了。钟序释书名说："非谓古人之诗，以吾选为归，庶几见吾所选者，以古人为归也。引古人之精神，以接后人之心目，使其心目有所止焉，如是而已矣。"选此书的目的，是学习古人的创造精神，犹如袁宏道所说，法其不为前人之心是"真法"。接着写道：

> 尝试论之，诗文气运，不能不代趋而下，而作诗者之意兴，虑无不代求其高。高者，取异于途径耳。夫途径者，不能不异者也，然其变有穷也。精神者，不能不同者也，然其变无穷也。操其有穷者以求变，而欲以其异与气运争，吾以为能为异，而终不能为高。其究途径穷，而异者与之俱穷，不亦愈劳愈远乎？此不求古人真诗之过也。……真诗者，精神所为也。察其幽情单绪、孤行静寄于喧杂之中；而乃以其虚怀定力，独往冥游于寥廓之外。

这里所述，从表面上看，与袁宏道的观点大致相似。袁也说过"夫诗之气，一代减一代"，而诗之奇、妙、工"一代盛一代"。钟惺所强调是"途径"（即"法"）变之有限，"精神"变化无穷，学习古人，主要学古人的精神，学习古人"幽情单绪、孤行静寄"之精神。他批评复古派学古人只取古人"极肤极狭极熟，便于口手者，以为古人在是"，这实在是"真不知有古人矣"。钟惺没有袁宏道"唐无诗那样偏激,他要"与古人之精神,远近前后于此中",达到回归"真诗"的境界。谭元春的序言中,则将"真诗"与"性灵"联系起来说了:

> 夫真有性灵之言,常浮出纸上,决不与众言伍。而自出眼光之人,专其力,一其思,以达于古人;觉古人亦有炯炯双眸从纸上还瞩人,想亦非苟然而已。……夫人有孤怀,有孤诣,其名必孤行于古今之间,不肯遍满寥廓。而世有一二赏心之人,独为之咨嗟彷徨者,此诗品也。譬于狼烟之上虚空,袅袅然一线耳,风摇之,时散时聚,时断时续,而风定烟接之时,辛以此乱星月而吹四远。

他们将自己所特别崇尚的"孤怀""孤诣""孤行"纳入"性灵"之中,认为这才是"真有性灵"的体现,与公安派的只从"自己胸臆间流出"的"独抒性灵"有些差异了。钟、谭也说过一些与公安"性灵"说一致的话,如谭元春在《汪子戊己诗序》中说:"夫作诗者,一情独往,万象俱开,口忽然吟,手忽然书。即手口原听我胸中之所流,手口不能测;即胸中原听我手中之所止,胸中不可强。"钟惺在《陪郎草序》中说:"夫诗道,性情者也,发而为言,言其心之所不能不有,非谓其事之所不可无而必欲有言也。以为事之不可无而必欲有言者,声誉之言也;不得已而有言,言其心之所不能不有者,性情之言也。"然而他们为什么又特别强调"孤怀""孤诣""幽情单绪"为"性灵"的真谛呢?原来,竟陵派与公安派对于诗的美学意义的判断有所不同。公安派强调在现实生活中的"情与境会",只要是本色独造的情至之语,"不暇择音"亦可,竟陵派则以超现实的情境为诗美之所归,钟惺为谭元春《简远堂近诗》序曰:

> 诗,清物也。其体好逸,劳则否;其地喜净,秽则否;其境取幽,杂则否;其味宜淡,浓则否;其游止贵旷,拘则否。之数者,独其心乎哉?

"逸""净""幽""淡""旷"五种审美趣味,袁宏道晚年才有,这些与他所说南方楚人"劲质而多怼,峭急而多露"是格格不入的,这显然不是像李贽那样的反封建斗士的"性灵",是遗世而独立的隐士幽人的"性灵"。钟惺且说:"夫日取不欲闻之语,不欲见之事,不欲与之人,而以孤衷峭性勉强应酬,使吾耳目形骸为之用,而欲其性情渊夷,神明恬寂,作此兴风雅之言,其趣不已远乎!"如果说诗人不写自己不欲写的东西,不作文字应酬,无可厚非,但钟惺强调的是"孤衷峭性",那就只推许心性的清高,不屑关注尘世之人之事了。又说:"索居自全,挫名用晦,虚心直躬,可以适己,可以行世,可以垂文。何必浮沉周旋,而后无失哉!"这又无异于说诗人只须求自我的完善,不必周旋于世事,以适己适怀为最大满足。看来钟惺的思想已与文学解放先驱者的思想有较大的距离了,与袁宏道的"孤行则不可无"是两回事。让我们再引两条关于"孤衷峭性"的自述,钟惺《答同年尹孔昭》云:"我辈文字,到极无烟火处,便是机锋。"谭元春《渚宫草序》中,要求诗人"荒寒独处,稀闻渺见"而造"空旷孤迥"之诗境:

予所谓荒寒独处,稀闻渺见,孳孳悸悸中所得落落瑟瑟之物也。古之人即在通都大邑,高官重任,清庙明堂,而常有一寂寞之滨,宽闲之野存乎胸中,而为之地,夫以是绪清而变呈。

这就是竟陵派所求之"精神"和"真诗"的全部底蕴。为了臻至这种幽情孤行的诗歌境界,他们在诗歌语言的运用上,更与袁宏道所要求的"简也明也整也流丽痛快也"的语言背道而驰,回过头去崇尚"艰深之辞"。谭元春在《高霞楼诗引》中写道:"陈同父,奇人也,然平生不能作诗。观其为《桑泽卿诗序》,有'立意秀稳,造语平熟,不刺人眼目'之语,则同父真不知诗矣。诗岂如是之谓耶?郦生论山水曰:'峻崿百重,绝目万寻。'既造其峰,谓'已逾崧岱,复瞻前岭,又倍过之'。我等作诗,真当作如是想。"用奇峭之语表现其孤独情怀,这是竟陵派诗歌创作的一大特色,后来钱谦益评曰:"其所谓深幽孤峭者,如木客之清吟,如幽独君之冥语,如梦而入鼠穴,如幻而之鬼国,浸淫三十余年,风移俗易,滔滔不返。"(《列朝诗集小传·钟提学惺》)

谭元春在《诗归序》中述他与钟惺编选《诗归》的初衷："乃与钟子约为古学，冥心放怀，期在必厚，亦既入之、出之、参之、伍之、审之、克之矣。""厚"是他们提出的一个与"性灵"相辅的观念，这个"厚"至少有两重意思，一是诗人本身的性情之厚和学力功底深厚，一是诗的气象浑厚。钟惺在《与高孩之观察》中论述了"厚"与"灵"的关系。高孩之说《诗归》中的评语，"反覆于厚一字，而下笔多有未厚者"，钟答曰：

夫所谓反覆于厚之一字者，心知诗实有此境也。其下笔未能如此者，则所谓知而未蹈，期而未至，望而未之见也。何以言之？诗至于厚而无余事矣。然从古未有无灵心而能为诗者，厚出于灵，而灵者不即能厚。弟尝谓古人诗有两派难入手处：有如元气大化，声臭已绝，此以平而厚者也，《古诗十九首》、苏、李是也；有如高岩峻壑，岸壁无阶，此以险而厚者也，汉《郊祀》、《铙歌》、魏武乐府是也。非不灵也，厚之极，灵不足以言之也。然必保此灵心，方可读书养气，以求其厚，若夫以顽冥不灵为厚，又岂吾孩之所谓厚哉？

他所说的"灵"，通于汤显祖所说的"灵性"，"厚"出于人的"灵性"，因为有"灵性"方可读书养气以求其厚；但并不认为先天有灵性为诗者都可达到"厚"的境界，这就须看后天的功夫了，还要看诗人审美把握的能力。据《诗归》中的评语看，"厚"的诗美特征是"朴""真""简而深"，但"真到极快极透处，便又不免妨其厚"（《评刘长卿诗》等）。他对高孩之检讨他与谭元春"下笔多有未厚"的原因是"清新而未免于痕"，"好尽"，"有痕与好尽，正不厚之说也"。这是说自己，似乎也在批评公安派有性灵而其诗"峭急而多露"。谭元春在《题简远堂诗》中又申钟说："夫诗文之道非苟然也，其大患有二：朴者无味，灵者有痕。故有志者常精心于二者之间，而验其厚以为浅深。必一句之灵能回一篇之运，一篇之朴能养一句之神，乃为善作。""朴"是本色，是真我，与灵性融为一体，才能做清新而无痕。"朴"是整体的美质，"灵"是一字一句的灵动神妙，一篇中一二画龙点睛之句即有灵气投射，"若满身是心，心外皆目，人乃大不祥矣"，诗若"极透"，亦不"厚"矣。

明代中叶的文学解放思潮，到竟陵派出现的明代晚期，呈现出收敛的趋势。钟、谭为了纠正公安派"不拘格套"的弊端，又制造了一个新的格套，这就是只推崇一种"深幽孤峭"特定风格。他们所言之"性灵"是以"孤怀孤诣"为特征，如果仅仅是作为一种个人风格，自然无可非议，这种风格对于复古拟古成为风尚，将"真我"淹没在古人中的文学而言，亦有进步的积极的意义，但作为一个流派风格的标举提倡，则是文学解放的歧途。"幽情单绪，孤行静寄"较之袁宏道所说"有时情与境会，顷刻千言，如水东注，令人夺魄"的自由奔放，是一种收敛式的回归内心，从而导致自我封闭的状态。钱谦益说竟陵派及其追随者们"抉摘洗削以凄声寒魄为致""尖新割剥以噍音促节为能"的诗风，是"鬼趣""兵象"之现。"鬼气幽，兵气杀，著见于文章，而国运从之，以一二轻才寡学之士，衡操斯文之柄，而征兆国家之盛衰，可胜叹悼哉！"（《列朝诗集小传》）应该倒过来说，是诗风从之"国运"，是国家之盛衰深刻影响诗人的心理态势，"一切倒退和衰亡的时代都是主观的"（歌德语）。

第二十章

晚明三家诗论

有明一代的诗人与诗论家,除了袁宏道等少数有意与复古派唱对台戏者,言必称"汉魏盛唐"者比比皆是,直到明末,此风不绝。由于始终走不出古代诗歌艺术高峰所投下的巨大影子,明代的诗歌创作,只能说是一个守成的时代,没有明显的特色,更难得有奇峰突起。可是在诗歌理论方面,对于汉魏盛唐诗歌的美学品质,他们却开掘得很深,独有所得,多循严羽之论又大大地发挥和深化了自司空图至严羽的诗歌美学理论。尤为可贵的是将唐、宋以来一些尚不甚明确的诗美观念,使之逐渐明朗化,谢榛"情景交融"说与胡应麟"兴象风神"说已是典型之例。本章将论及的陆时雍,又将司空图屡屡言及的"韵"有阐精发微的突破。明代的诗论,前究古人,后启来者,给清代诗歌创作与理论建设尤其是新的流派的形成以深刻的影响。钱锺书先生说:"清人谈艺,渔洋似明之竟陵派;归愚祖盛唐,主气格,似明之七子;随园标性灵,非断代,又似明之公安派"。[①]清代王士禛、沈德潜、袁枚所领袖的"神韵""格调""性灵"三大流派,皆与明代的流派有一定的渊源关系,至为确论。

令人奇怪的是,明代没有流派倾向的诗人和诗论家,于诗歌理论都没有突出的建树,如与前七子同时代的杨慎(1488—1559),才华

[①] 钱锺书:《谈艺录》,中华书局,1984,第106页。

横溢,是七子之外独树一帜的著名诗人,其理论的主要倾向是反对复古派的"拟古""剽袭雷同",强调"人人有诗,代代有诗"。但是,在他的诗论中,在篇幅达十四卷(另加附录)的《升庵诗话》(据《历代诗话续编》本)中,很难找到几个令人耳目一新的精彩片断,因此本书无法专节评介。本章介绍明后期三位诗论家,虽然未入流派之中(陈子龙属"几社"中人,"几社"有政治组织性质,不可算作纯粹的文学流派),但又都有"尚古"的倾向,因而其诗论都有一些明显的特色,值得立专章介绍。

一 许学夷之"通变"而"入圣""入神"论

许学夷(1563—1633)字伯清,江苏江阴人。他是晚明一位"不治边幅,不理生产,杜门绝轨,惟文史是绌"①的专业诗论家,积四十年之功,十二易稿,成《诗源辩体》一书,全书三十六卷,又《后集纂要》二卷,评诗辩体从周至明代,是用诗话形式写成的一部规模空前的诗论专著。万历四十一年(1613年)初刻十六卷面世,靠友人捐银、米、纸"助刊"的,笔留助者姓名于《自序》之后,其中助"银五钱""助白粟五斗""助纸二百"者,皆幸留姓名与此书共存,中国布衣文人的窘困之状亦由此可知,亦是中国出版史上一桩趣事。

据《诗源辩体》后一个《自序》(作者去世前一年所作),许学夷述其动机:一是不满公安、竟陵"背古师心,诡诞相尚,于道为离",因作是书"实有所惩";二是纠正胡应麟《诗薮》中论"体以代变""格以代降"之失。前者保守之论不足道,后者有比胡更高明之论,是此书真正价值所在。开宗明义即说:

诗自《三百篇》以迄于唐,其源流可循而正变可考也。
学者审其源流,识其正变,始可与言诗矣。古今说诗者无虑数百家,然实悟者少,疑似者多。

---

① 恽应翼:《许伯清传》,《诗源辩体》附录。

他经过四十年的"搜阅探讨",理清了一个"源""流""正""变"的轮廓:

> 统而论之,以《三百篇》为源,汉、魏、六朝、唐人为流,至元和而其派各出。析而论之,古诗以汉魏为正,太康、元嘉、永明为变,至梁、陈而古诗尽亡;律诗以初盛唐为正,大历、元和、开成为变,至唐末而律诗尽敝。

细析此论,"源"是正中之"正","流"是正源之"变",变中亦有"正",而"派"是"变"中之变。自唐以后,无真正的古诗了,称为古诗的也不过是"古律混淆",陈子昂的《感遇》"自是六朝余弊"(卷十三),只能称为古诗之变体。唐尚有律诗为正,那么到唐以后呢?"宋主变,不主正,古诗、歌行,滑稽议论,是其所长,其变幻无穷,凌跨一代,正在如此。"(《后集纂要》卷一)元、明更不待自言了。

《诗源辩体》的精彩之处,不在于上述这个轮廓的描述,而在于他关于"变"的合理揭示与论述。《自述》中用了一个比喻的说法以示"通变之道":"今观夫百卉之荣也,华萼有常,观者无厌,然今之华萼,非昔之华萼也;使百卉幻形而为荣,则其妖也甚矣。《易》曰:'拟议以成其变化,神而明之,存乎其人。'"意思是"变"要沟通传统,有本有根而变,变而不失其本体,不是变得面目全非,而是变得更有光彩,变化之神妙高明,全在于人的把握。胡应麟认为体与格之变一代不如一代,"唐三变而为律,体格日卑也"。许学夷不同意这一观点,认为近体之于古体,是"源"与"流"的关系,"流"亦属于"正"的范畴,亦有与古体同等的"格",没有高、卑之分,唐人"五七言律,体多浑圆,语多活泼,而气象风格自在,多入于圣矣"。古体有古体的高格,近体有近体的高格,对于前者,他只以"正"言之,对于后者,他以"圣"与"神"言之,可见他对于"流"与"变",有更热情的倾向性评价。

何谓"圣"?"一气浑成者为圣;一气浑成者,兴趣所到,忽然而来,浑然而就,不当以形似求之。"(卷十六)根据这一审美标准,王维、孟浩然的律诗,"多入于圣矣";五言绝,"太白、摩诘而外,浩然诸篇亦多入于圣矣";"盛唐五言律,多融化无迹而入于圣";等等。孟子说:"充实之谓美,充实而有光辉之谓大,大而化之之谓圣,圣而不可知之之谓神。"(《孟子·尽心下》)许学夷将"大而化之"转向对盛唐律诗的审美,"圣"不逊于"正",他论最正的"风人之诗"也只是说:"不特性情声气为万古诗人之经,而托物兴寄,体制玲珑……文采备美,一皆本乎天成。大都随语成韵,随韵成趣,华藻自然,不假雕饰。退之谓'诗正而葩',盖托物引类,则葩藻自生,非用意为之也。"(卷一)更确切地说,在他心目中,"正宗"未必能达到最高境界,惟"融化无迹而入于圣"乃造"化境"。唐人律诗,"沈宋为正宗",无可争议,"沈宋才力既大,造诣始纯,故体尽整栗,语多雄丽",但造诣虽纯,"而化机尚浅,亦非透彻之悟";而盛唐诸公"造诣实深,而兴趣实远"、"领会神情,不仿形迹,故忽然而来,浑然而就,如僚之于丸,秋之于弈,公孙之于剑舞,此方是透彻之悟也"。他不同意王世贞关于律诗宗沈、宋的意见,说:"于古人所称'弹丸脱手'者无当也,安可与入化境乎?"(卷十七)由此,他称"盛唐诸公律诗,得风人之致",杜甫因"主意而尚严密",则"于《雅》为近",律诗"入于圣"者可与《三百篇》媲美,更何况汉、魏古诗乎!

何谓"神"?许学夷承《易传》"变化不测之谓神",专言古体变化之妙,区别于律体"入于圣"之论。他说过古体以汉、魏为正宗,至晋、宋而变,但变中有高、卑之异途,谢灵运等人之古体,"风气益漓,其习尽移,故其体尽俳偶,语尽雕刻",走向"体格日卑"而"遂亡"一路,但陶渊明的诗也是古体之变,"不宗古体,不习新语,而真率自然,则自为一源也"。对陶诗,许学夷评价特高,或说"快心自得而有奇趣",或说"萧散冲淡而有远韵",或说"声韵浑成,气格兼胜",或说其《拟古》九首"略借引喻,而实写己怀,绝无摹拟之迹,非其识见超越,才力有余,不克至此,这是"神而明之存乎其人"。更说:"靖节诗不可及者,有一等直写己怀,不事雕饰,故其语圆而气足;有一等见得道理精明,世事透彻，故其语简而意尽。"（卷六）有此两个"一等"，哪会逊于"本乎情兴，故其体委婉而语悠圆，有天成之妙"的汉魏"惟是为正"的"五言古"呢？（卷三）他说唐代已无真正正宗的古体，陈子昂《感遇》"虽仅复古，然终是唐人古诗"，古、律混淆，已是明显的变体（卷十三）。古诗能否变而启盛，还在于有无"神而明之"之大诗人出现。这样的大诗人出现了：

开元天宝间，高、岑二公五七言古，再进而为李、杜二公。李、杜才力甚大，而造诣极高，意兴极远，故五七言古，体多变化，语多奇伟，而气象风格大备，多入于神矣！严沧浪云："诗而入神，至矣，尽矣，蔑以加矣！惟李、杜得之，他人得之盖寡也。"然详而论之：二公五言古，实所向如意，而优于圣；七言古，则变化不测，而入于神矣。（卷十八）

"入于神"是自司空图、严羽以来，诗论家们所公认的最高审美标准，而许学夷认定是从"变化不测"中得之，无疑是对"变"的最有力的肯定。他又区分五言古与七言古（歌行）："五言古，七言歌行，其源流不同，境界亦异。五言古源于《国风》，其体贵正；七言歌行本乎《离骚》，其体尚奇。李、杜五言古虽不能如汉魏之深婉，然不失为唐体之正。"七言歌行，则超过了"调出浑成，语皆淳古，其体为正"的汉、魏七言歌行（张衡《四愁诗》、曹丕《燕歌行》），因为"汉魏篇什不多，而体未宏大，学之者不足以尽变，故直以高、岑为正宗，李、杜为神品耳"。他在很多地方都不同意"前七子"中之何景明对李、杜五七言古体的评价，何说"子美固沉着，而调失流转，虽成一家语，实则诗歌之变体也"；许说："若仲默之论，非但不知有神境在，且不识正变之体。"何说"太白以气为主，以自然为宗，以俊逸高畅为贵……"许说此又"不免于太白神奇处失之"，"太白歌行，窈冥恍惚，漫衍纵横，极才人之致。子美歌行，突兀峥嵘，俶傥瑰伟，尽作者之能。此皆变化不测而入于神者也"，还是特别突出"变"之功。

自唐大历、元和之后而历宋、元，各体诗都进入了变而又变的阶段。是不是变得愈卑愈下不堪收拾呢？许学夷还是坚定地相信"神而明之存乎其人"。他说："元和诸公所长，正在于变。"而宋诗更是以"主变"而"凌跨一代"，形成"构设奇巧，快心露骨""纵恣变幻，机趣灵活，得以肆意自骋"的特色。他对王世贞、胡应麟完全无视盛唐以后及宋代诗歌的成就和特色而不满：

> 元美、元瑞论诗，于正者虽有所得，于变者则不能知。袁中郎于正者虽不能知，于变者实有所得。中郎云："至李、杜而诗道始大。韩、柳、元、白、欧，诗之圣也；苏，诗之神也。"以李、杜、柳与四家并言，固不识正变之体，以韩、白、欧为圣，苏为神，则得变体之实矣。（《后集纂要》卷一）

在卷二十四论中唐时也提及袁宏道这段话，可见许学夷在"以变为主"这一点上与公安派为同调。他评韩愈五七言古"虽奇险豪纵，快心露骨，实自才力强大得之"；评柳宗元诗"虽冲淡，细玩是一段工夫。……非深造者不能知"（卷二十四）；评白居易诗"以其才大而限于时，故终成大变；其叙事详明，议论痛快，此皆以文为诗，实开宋人之门户耳"，又云："乐天诗，非不自知其变，但以其才大不能束缚，故不得不然。"（卷二十八）评欧阳修诗"中郎谓：'滔滔漭漭，有若江河。'是也。"东坡云"欧阳子诗赋似李白"，此以"诸体近唐调者言之"。对于苏轼则评价更高："才质备美，造诣兼至，故奔放处有收敛，倾倒处有含蓄。"又引录宋人吕居仁等评赞苏轼"长句波澜浩大，变化不测"，"天才宏放，凡古人所不到处，发明殆尽，'万斛源泉'，未为过也"。袁宏道提到的变体六家中，柳宗元他未置论，或上入李、杜之列，而元稹"不足取"。"总四家而论，苏为上，韩次之，白次之，欧又次之。"韩等三位能以"一气浑成"而几于"圣"，苏轼则是以"变化不测"而"入于神"了。许学夷重"变"的倾向非常鲜明，他的诗论也正以于"变者"能深知而超越胡应麟、王世贞等"于正者虽有所得"的诗歌史观。他的"通变"观，对清代叶燮等人的诗论深有影响，叶燮在《原诗》中说："历考汉、魏以来之诗，循其源流升降，不能谓正为源而长盛，变为流而始衰；惟正有渐衰，故变能启盛。"许学夷应有先言之功。

《诗源辩体》之三十五、三十六两卷评历代诗论和诗歌选本，有诗学批评史论性质，是有诗论、诗话以来的首创性论述。从世传魏文帝《诗格》始，至明朝赵凡夫《弹雅》止，提及论家之名和诗论著作达六十家之多；简评《昭明文选》以来至《诗归》诗歌选本三十一部。对于"言诗"者，他认为很多诗论家都是"得其中者必遗其偏，明于正者多昧于变"，能"各得其正、变而论之者，鲜矣"，引江淹之论"世之诸贤，各滞所迷，莫不论甘而忌辛，好丹而非素，岂所谓通方广恕，好远兼爱者哉"而以为言诗弊、利之准则。他本人还有一条准则：论诗"论字不如论句，论句不如论篇，论篇不如论人，论人不如论代"。这几乎是偏重宏观研究的法则了。因此他对于那些讲字句声病的《诗格》《密旨》之类，甚是不屑；对于钟嵘《诗品》的"三品定士"及"论源流所自"，认为"率多谬误"，但"钟嵘与王融、谢朓、沈约同时，而论诗不为所惑，良可宗尚"，欣赏其言自家之言。唐宋诗论，他最推重司空图和严羽，前者论诗，"有'梅止于酸'二十四字，得唐人精髓。其论王摩诘、韩退之、元、白正变，各得其当，远胜皎然《诗式》"。而谓严羽论诗，"与予千古一辙"。他化用《沧浪诗话》"诗之法有五"："一曰'体制'，二曰'格力'，予得之以论汉魏；三曰'气象'，予得之以论初唐；四曰'兴趣'，予得之以论盛唐；五曰'音节'，则予得之以概论唐律也。"此种分别套用，或有肢解之嫌，但许学夷自有个人的体悟。又说："古今论诗者，往往有绝到之语，及观其取舍，考其制作，每多与议论不合，盖其说本是据理揣摩，初未有真得也。"这是理论与创作实际情况对不上号，严羽无此毛病，如说"妙悟"，举孟浩然例，甚是相合，所以，"古今论诗者，不得不以沧浪为第一"。明代前后七子的诗论，他认为多偏激，"矫枉太过，鲜有得中之论"；谢榛的《诗家直说》，"实悟者十得二三，浮泛者十居七八，间有赏识，得失相半"；胡应麟的《诗薮》，"最为宏博，然冗杂寡绪。《内编》,十得其七,《外编》《杂编》,夸多衒博,可存其半"。又指出他"至盛誉诸先达,则有私意存焉",这是一种不公正的学术态度。对于袁宏道的诗论,指出其"一入正格,则为诋斥,稍就偏奇,无不称赏",在许虽是贬词,倒是勾画出了那位"性灵"论者爱惜分明的态度。

关于选诗,许学夷有个好主张:"选诗者须以李选李,以杜选杜,至于高、岑、王、孟,莫不皆然。若以己意选诗,则失所长矣。"选者不能凭一己之爱恶而决定取舍,应当尽量公允地权衡被选者全部作品,选出能代表他的风格的最优秀作品,"选诗者多任己意,不足凭据"。他批评元结所选《箧中集》只选古体,不录近体,是无识见而又保守,"诗至于唐,律盛而古衰,今元所选,声虽合古,而制作不工";元结又指责近世作者"拘限声病,且以流易为词,不知丧于雅正",这是不知时代已易,不识"通变之道"。对于竟陵钟、谭所选《诗归》,他着重批评他们"幽深孤峭"的偏好:"凡于生涩、拙朴、隐晦、讹谬之语,往往以新奇有意释之,尤为可笑";"凡于古人雅正者靡不尽黜,而偏奇者靡不尽收,不惟欲与一世沉溺,且将与汉、魏、唐人相胥为溺矣"。许学夷这个批评,也包含着他对反复古派"欲自立门户"的偏执之见,他虽自诩能识"通变之道"却又坚决反对敢于向古人挑战的诗人"自创自立",如果说袁宏道等人是"志远而识疏",他却是"识深而志低"。

二 陆时雍关于"韵"的美学阐释

陆时雍(生卒年不详,主要活动在崇祯年间)字仲昭,安徽桐乡人。他或仿竟陵《诗归》而编选《诗镜》一书,其中《古诗镜》三十六卷,《唐诗镜》五十四卷,合而九十卷。以宋以前之诗为"镜"而鉴后人,可见他的诗学观的取向。又著《诗镜总论》一卷,全面披露他的诗学观。细析《总论》全文,我们发现陆时雍是一位超脱政教功利而唯诗美是归的司空图式的诗论家。其中一个最明显的表现是对六朝诗的审美评价过于唐诗,尤对杜甫多有指摘。请看:"晋人五言绝,愈俚愈趣,愈浅愈深,齐、梁人得之,愈藻愈真,愈华愈洁。此神情妙会,行乎其间。唐人苦意索之，去之愈远。"又说："古雄而浑，律精而微。'四杰'律诗，多以古脉行之，故材气虽高，风华未烂。六朝一语百媚，汉魏一语百情，唐人未能办此。"他列举南朝诗人庾肩吾、萧纲、江总等的一些五言诗佳句，连说"唐人无此境界""无此想象""无此点染""无此洗发"，等等；还说"观五言古于唐，此犹求二代之瑚琏于汉世也"，连连列举"古人情深，而唐以意索之""古人象远，而唐以景逼之""古人法变，而唐以格律之""古人色真，而唐以巧绘之""古人貌厚，而唐以姣饰之""古人气凝，而唐以佻乘之""古人言简，而唐以好尽之""古人作用盘礴，而唐以径出之"共八个"不得"，并道："虽以子美雄材，亦踌躇于此而不得进矣。庶几者其太白乎？"对于杜甫，他还有不少贬低性评语，如说"少陵五古，材力作用，本之汉魏居多。第出手稍钝，苦雕细琢，降为唐音。……少陵精矣刻矣，高矣卓矣，然而未齐于古人者，以意胜也。"对于杜甫的五古名作《怀李白》和"三吏""三别"，或评之"苦意摹情，遇于悲而失雅"，或责之"穷工造景，逼于险而不括"。又说："子美之病，在于好奇。作意好奇，则于天然之致远矣。五七言古，穷工极巧，谓无遗恨，细观之，觉几回不得自在。"

陆时雍为什么不满唐人不满杜甫？原来，他是一个相当于现今所说的"纯情"论者。他将"情"与"意"看成是对立的，而唐人于诗，恰是"以意为主"，主"意高则格高"，杜甫则以"凌云健笔意纵横"为能事。陆时雍力主诗须纯情，他说："古人善于言情，转意象于虚圆之中，故觉其味之长而言之美也。"批评汉诗《孔雀东南飞》最严重的毛病是"情词之讹谬"，诗中情与事多所不合，因曰："情生于文，文生于情，未有事离而情合者也。"又说："深情浅趣，深则情，浅则趣矣。"他认为杜甫有时是"苦意摹情"，有时是"作意好奇"，因此不足为法。他判别"情"与"意"说：

夫一往而至者，情也；苦摹而出者，意也。若有若无者，情也；必然必不然者，意也。意死而情活，意迹而情神，意近而情远，意伪而情真。情意之分，古今所由判矣。

这"情"与"意"之优劣分,可能是他受汤显祖的"情"与"理"互不相容说而发,"意"中含有一定的理性成分,他将"意"等同"理"看待,唯纯粹不杂任何理趣意趣的"情",方是"精神道宝,闪闪着地,文之至也"。

陆时雍就在他"纯情"论的基础上,推出了他诗论中最具特色的关于"韵"的美学阐释:

> 诗之可以兴人者,以其情也,以其言之韵也。夫献笑而悦,献涕而悲者,情也;闻金鼓而壮,闻丝竹而幽者,声之韵也。是故情欲其真,而韵欲其长也,二言足以尽诗道矣。乃韵生于声,声出于格,故标格欲其高也;韵出为风,风感为事,故风味欲其美也。有韵必有色,故色欲其韶也;韵动而气行,故气欲其清也。此四者,诗之至要也。

张戒在《岁寒堂诗话》中已将"韵"作为诗的重要审美标准之一,与"意""气"并列,但对"韵"没有作深入展开的论述,陆时雍在此将"韵"当作诗本体的本质特征来"总"而论之,"情"是"韵"之本,而合"韵"之美的要素有四:"格""风""色""气"。

"格",似不同于"格调"说之"格"的概念,而是指情之"真"又"优而婉",他在另一处说:"诗被于乐,声之也。声微而韵,悠然长逝者,声之所不得留也。一击而立尽者,瓦缶也。诗之铙韵者,其钲磬乎?'相去日以远,衣带日以缓',其韵古;'携手上河梁,游子暮何之',其韵悠;'高台多悲风,朝日照北林',其韵亮;'晨风飘歧路,零雨被秋草',其韵矫;'采菊东篱下,悠然见南山',其韵幽;'皇心美阳泽,万象咸光昭',其韵韶;'扣枻新秋月,临流别友生',其韵清;'野旷沙岸净,天高秋月明',其韵洌;'天际识归舟,云中辨江树',其韵远。凡情无奇而自佳,景不丽而自妙者,韵使之也。"钲磬之音韵当是高格之韵,它"古""悠""亮""矫""幽""清""洌""远"皆具,诗之声有此"铙韵",标格自高。

"风",指韵有流动之美,生气远出,不着死灰,因谓"诗之佳,拂拂如风,洋洋如水,一往神韵,行乎其间",说班固的《明堂》诸篇"则质而鬼矣。鬼者,无生气谓也"。陆时雍还指出:"气太重,意太深,声太宏,色太厉,佳而不佳,反以此病",如此则无"穆如清风"之美。

关于"色",《总论》中述及之处颇多,一说:"诗至于齐,情性既隐,声色大开。谢玄晖艳而韵,如洞庭美人,芙蓉衣而翠羽旗,绝非世间物色。"谢灵运、谢朓都以描绘山水物色见长,陆时雍特别激赏他们的诗有大自然的色相韵律,说"熟读灵运诗,能令五衷一洗,白云绿筱,湛澄趣于清涟。熟读玄晖诗,能令宿貌一新,红药青苔,濯芳姿于春雨",这是韵有色而色其"韶"之美。二说:"贪肉者,不贵味而贵臭;闻乐者,不闻响而闻音,凡一掇而有物者,非其至者也。诗之所贵者,色与韵而已矣。韦苏州诗,有色有韵,吐秀含芳,不必渊明之深情,康乐之灵悟,而已自佳矣。"韦应物之诗,司空图评曰"趣味澄夐,若清风之出岫"(《与王驾评诗书》)。陆时雍所说的"色",看来不是以词藻华丽的外在形色,而是"可望而不可置于眉睫之前"的神色,不是"一掇而有物者",而是"镜中花,水中月"之色。这"色",实质就同于胡应麟所说的"兴象""意象"。《总论》中即有说到此者:

实际内欲其意象玲珑,虚涵中欲其神色毕著。

善言情者,吞吐深浅,欲露还藏,便觉此衷无限。善道景者,绝去形容,略加点缀,即真相显然,生韵流动矣。此事经不得着做,做则外相胜而天真隐矣,直是不落思议法门。

诗写物之色相,不能以"形容"取胜,若只重"形似"之象,就会"外相胜"而"真相隐","真相"才是审美对象的真正"神色"。他还有一说:"绝去形容,独标真素,此诗家最上一乘。本欲素而巧出之,此中唐人之所以病也。"所谓"真素",也就是"本色","绝去形容",就是他评王维诗所说的"离象得神,披情着性"。以玲珑之意象透视出审美对象的本色美,也就有韶亮的韵味美,"韵外之致"的美。①

---

① 《总论》中评南朝诗人何逊诗"以本色见佳,后之采真者,欲摹之而不及。……何之难摹。难其韵也"。

关于"气",《总论》有时说"才气",如"蔡文姬才气英英。读《胡笳》吟,可令惊蓬坐振,沙砾自飞,直是激烈人怀抱";有时说"意气",如"孔融,鲁国一男子,读临终诗,其意气恹恹欲尽",而李白"'天生我才必有用,黄金散尽还复来',意气凌云";又说曹操"饶雄力,而钝气不无,其言如摧锋之斧"。可见他说的"气"是指诗人的精神气概,亦是注入诗中的神气,"欲其清",亦是纯而不杂,不为逞才而使"气"旁泄。又有言曰:"材大者声色不动,指顾自如,不则意气立见。"李太白能此,所以"妙于神行",韩愈则"不免有蹶张之病"。"气安而静,材敛而开。张子房破楚锥秦,貌如处子;诸葛孔明陈师对垒,气若书生。以此观其际矣。……凡好大好高,好雄好辩,皆才为之累也。善用才者,常留其不尽。"这些话,可以帮助后人理解"气欲其清"的审美要求。

在论定"韵"之"格""风""色""气"四审美要素之后,《总论》以言"韵"压卷:

> 有韵则生,无韵则死;有韵则雅,无韵则俗;有韵则响,无韵则沉;有韵则远,无韵则局。物色在于点染,意态在于转折,情事在于犹夷,风致在于绰约,语气在于吞吐,体势在于游行,此则韵之所由生矣。

"韵"本是指诗的音韵,仅指言诗的音乐美,但陆时雍赋予了"韵"更丰富的审美内涵,视这远超越音声美的"韵"为诗的生命,为诗的所有美学要素最终融汇的审美态势。陆时雍对"韵"作出比司空图和张戒及所有前人更详尽的论述,是对中国古典美学(不只是诗,以后的画论中也讲笔墨韵味)的一大贡献。

《总论》中还有一个值得注意的论题,那就又是与"韵"紧密相关的"雅""俗"之辨。何谓"雅"?有"真趣"就是"雅":"诗贵真,诗之真趣,在意似之间"。有"真趣",即多俚言粗语亦不失之雅,"古乐府多俚言,然韵甚趣甚。后人视之为粗,古人出之自精,故大巧者若拙",不也是一种"雅"吗?又道是:"诗有灵襟,斯无俗趣矣;有慧口,斯无俗韵矣。乃知天下无俗事,无俗情,但有俗肠与俗口耳。古歌《子夜》

等诗,俚情亵语,村童之所赧言,而诗人道之,极韵极趣。汉《铙歌》乐府,多婆人乞子儿女里巷之事,而其诗有都雅之风。"何谓"俗"?在什么样的情况下诗会流于"俗"?陆时雍列举了十九种"易俗"的原因与表现:

> 夫虚而无物者,易俗也;芜而不理者,易俗也;卑而不扬者,易俗也;高而不实者,易俗也;放而不制者,易俗也;局而不舒者,易俗也;奇而不法者,易俗也;质而无色者,易俗也;文而过饰,易俗也;刻而过情者,易俗也;雄而尚气者,易俗也;新而自师者,易俗也;故而不变者,易俗也;典而好用者,易俗也;巧而过斫者,易俗也;多而见长者,易俗也;率而好尽者,易俗也;修而畏人者,易俗也;媚而逢世者,易俗也。

可说将诗之"俗"病,披露无遗。怎样才能去"俗"得"雅"?"大抵率真以布之,称情以出之,审意以道之,和气以行之,合则以轨之,去迹以神之,则无数者之病矣。"在另一处则说:"诗不患无材,而患材之扬;诗不患无情,而患情之肆;诗不患无言,而患言之尽;诗不患无景,而患景之烦。知此则始可与论雅。"所说"材",实指诗人之才力。这是"宁缺毋滥"论,是极而言之。但"无才""无情"何以能成为诗人?不能不说是陆时雍为救"俗"而言之不周了。

三 陈子龙"忧时托志"的"救亡"诗论

陈子龙(1608—1647)字卧子,号大樽,松江华亭(今上海松江)人。他是明末著名的抗清志士之一,清顺治四年(1647)在太湖一带筹划抗清复明的军事起义,事泄被捕,解送南京途中投江殉节。著有《陈忠裕全集》("忠裕"是乾隆追加于他的谥号)。他在青年时期,与同郡夏允彝、徐孚远、周立勋、彭宾、杜麐徵组织文学团体几社,时称"几社六子"。几社六子的诗歌主张是欲继前后七子的复古主义诗学,"文当规摹两汉,诗必宗趣开元,吾辈所怀,以兹为正"(《壬申文选凡例》)。但他们后来看到,专事拟古的道路走不通,陈子龙在《六子诗序》中说:"今人但取给便,未尝深求,故自荐绅以至负贩,莫不洋洋授辞。余向不解事,朝歌夕吟,便已自置上坐。研精以来,益自愧不如古人远也。献吉、仲默、于鳞、元美,才气要亦大过人,规摹昔制,不遗余力,苦加锥驳,可议甚多。……"在《仿佛楼诗稿序》中似更有所悟:"盖诗之为道,不必专意为同,亦不必强求其异。既生于古人之后,其体格之雅,音调之美,此前哲之所已备,无可独造者也。至于色彩之有鲜萎,丰姿之有妍拙,寄寓之有深浅,此天致人工,各不相借者也。"他由此认为,前后七子"摹拟之功多,而天然之资少,意主博大,差减风逸;气极沉雄,未能深永。空同壮矣,而每多累句;沧溟精矣,而好袭陈华。弇州大矣,而时见卑词。惟大复奕奕,颇能洁秀,而弱篇靡响,概乎不免"。敢于指摘前后七子派的头面人物,他又更激烈地批评公安派和竟陵派:"后人自矜其能,欲矫斯弊者……不意一时师心诡貌,惟求自别于前人,不顾见笑于来祀。此万历以还数十年间,文苑有罔两之状,诗人多侏离之音也。"陈子龙通过自己的思考和创作实践,终于彻悟诗与自身所处的时代有密切的关系,推出他的诗论中最有价值的"忧时托志"说。

"忧时托志",陈子龙认为这是中国诗歌自《诗经》以来的传统。"诗以言志,喜怒之情郁结而不能已,则发而为诗,其托辞触类不能不及于当世之务,万物之情状,此其所以为本末也。"(《诗经类考序》)历史上的著名诗人,其著名诗篇,无不以其诗有鲜明的时代特征而传之后世,杜甫"当天宝之末,亲经乱离,其发为诗歌也,序世变,刺当涂,悲愤峭激,深切著明,无所隐忌,读之使人慷慨奋迅而不能止"(《左柏子古诗序》)。在《六子诗序》中,他列举了乐府、五七言古诗、律体、绝句之古人高格雅调,今人欲求之欲拟之,"可以渺独立而俪古人者……则甚哉其难言之也",然后说:

> 而诗之本不在是,盖忧时托志者之所作也。苟比兴道备而褒刺义合,虽涂歌巷语,亦有取焉。……一人有盛名,余读其诗,谓之曰:君之诗甚善,然传之后世,不知君为何代人,奈何?

忧国之时运，托己之情志，欲以"格"言，就是时代风格与个人风格的结合，有此种"格"，后世人就知你是何代人。从根本上说，不是为"时"刻意作诗，而是投身于当世，其"时"自然而然会在诗中反映、表现出来。他在为自己与李雯、宋征舆三人诗合集所写的《三子诗序》中，以他们自己的亲身经历言之："夫鸟非鸣春，而春之声以和；虫非吟秋，而秋之响以悲。时乎为之，物不能自主也。当五六年间，天下兵大起，破军杀将，无日不见告，故其诗多忧愤念乱之言焉。"这是时代的使然！基于这种认识，在对于诗歌创作的总体把握上，他与前后七子派，主、次方面刚好是互为对换：

> 明其源，审其境，达其情，本也；辨其体，修其辞，次也。……夫苏李之别河梁，子建之送白马，班姬明月之篇，魏文浮云之作，此境与情会，不得已而发之咏歌，故深言悲思，不期而至。今也既无忠爱恻隐之性，而境不足以启情，情不足以副境，所纪皆晨昏之常，所投皆行道之子，胡其不情而强为优之啼笑乎？故明其源，审其境，达其情，本也。（《青阳何生诗稿序》）

他这里所说的"源"，是夏代《五子之歌》至屈原、杜甫们"抒忠爱寄恻隐""怨悱独存"的现实主义诗歌传统，"其源远，故其流长也"；所说的"境"，非诗评家常说的诗中审美境界，而是指时代的大环境，人的生存、生活之境域。诗人感情与自己置身其中的生存环境遇合，所不得已而成之诗，如苏武、李陵、班婕妤、曹植、曹丕等具有特殊生存体验的名篇，都是"境与情会"的产物。生于后世之人，无此生活体验，怎能袭其体、摹其格、仿其辞而作呢？勉强去作，只能是"专拟则貌合而中离，群汇则采杂而体乱"，况且后世"声律既兴"，诗之文体有别，以近体去求古之"格"，也是难以办到的事，因此，"辨其体，修其辞，次也"。陈子龙处身于明末战乱之中，严峻的现实环境不允许他在书斋中去创格、辨体、修辞，他的生存体验与古代处身动乱中的诗人有共同之处，所以"忧时托志"的意识自然会强烈起来。

陈子龙的"忧时托志",还有他特定的内涵,那就是"刺时见志",《六子诗序》中说:

> 夫作诗而不足以导扬盛美,刺讥当时,托物联类而见其志,则是《风》不必列十五国,而《雅》不必分大小也。虽工而余不好也。

生活在政治腐败、祸乱丛生的明王朝末世,他对"导扬盛美"实不感兴趣,甚至认为,古人所作的"美""颂"之诗,实际上都是不能直言王政之过失而曲言之,为此,他专作《诗论》说"称人之美,未有不喜也。言人之非,未有不怒也",当权者总是爱"美"而恨"刺",诗人如果"慷慨陈词,讥切当世",那么就可能"朝脱于口,暮婴其戮"。他将《诗经》中某些颂美之篇与所产生的时代结合研究,发现:"虽颂皆刺也。时衰而思古之盛王,《崧高》之美申,《生民》之誉甫,皆宣王之衷也。至于寄之离人思妇,必有甚深之思而过情之怨,甚于后世者。"在当世而作颂美前世贤王之诗,实质就是讥刺今不如昔,是诗人"发愤之所为作","颂美"是其表,"愤"才是其真情。在《白云草自序》中,他又将"颂"与"规"(即规劝、规谏)视为一致:"诗者,非仅以适己,将以施诸远也。《诗三百篇》,虽愁喜之言不一,而大约必极于治乱盛衰之际,远则怨,怨则爱;近则颂,颂则规;怨之与颂,其文异也。爱之与规,其情均也。""怨"反是一种爱的表现,我们已在孟子的论诗言论中介绍过,陈子龙强调此,是为他的"讥刺见志"寻找充足的理论依据。他又说:"今之为诗者,我惑焉,当其放形山泽之中,意不在远,适境而止,又曰:我恐以言为戮也。一旦历玉阶,登清庙,则详缓其步,坐论公卿,彼柔翰徒滑我神,何益殿最,为如是,则国家之文,安能灿然与三代比隆,而人主何所采风存褒刺哉!"这位乱世之时的忠臣,在大厦将倾之时,还想通过"怨则爱"的讥刺使当权者警醒。

由于重视"讥刺"的作用,他敢于向儒家"温柔敦厚"的诗教表示不满,说"后之儒者,则曰忠厚,又曰居下位不言上之非,以自文其缩。然自儒者之言出,而小人以文章杀人也日益甚"(《诗论》)。他非常欣赏庄子,作《庄周论》说庄子是"乱世之民",更是"辨激悲抑之人","庄周者,其言恣怪迂侈,所非呵者皆当世神圣贤人。以我观之,无其诞僻,其所怨亦犹夫人之情而已。我见牛食禾者,其童子必詈牛也,父兄之智者曰:胡不詈畜牛者。""詈畜牛者",乃知陈子龙的怨刺之所向;庄周是"反刺诉古先,以荡达其不平之心",今世诗人应当发扬庄子的精神,"以圣贤不足为慕"而敢于发泄"深切之怨"。陈子龙又反对诗须片面地遵从"风人之义"的"隐而不发"和有"优游之度",在《左伯子古诗序》中,他批驳有的论者对杜甫"悲愤峭激,深切著明,无所隐忌"不能接受而发"子美皎然不欺其志,磨切之言,无乃近于悻直"的责问,其云:

> 盖君子之立言,缓急微显,不一其绪,因乎时者也。当夫蘖芽始生,风会将变,其君子深思而不迫,为之念旧俗,追盛王,以寄其忾叹,如《彼都人士》《楚茨》诸作是也。洎乎势当流极,运际板荡,其君子忧愤而思太谏,若震聋不择曼声,拯溺不取缓步,如《召旻》《雨无正》之篇,何其刻急,鲜优游之度耶!乃知少陵遇安史之变,不胜其忠君爱国之心,维音哓哓,亦无倍于风人之义者也。

诗之"刺讥当时"亦须依时势而变,当国家、社会刚出现"风会将变"的迹象时,刺讥尚可切而不迫,有些"优游之度";当国运已迫临危机的紧急关头,其刺讥谏失就不可再"优游"了,要有振聋发聩之声,急激愤切之举。陈子龙身处明代国运危机、大厦将倾的紧急关头,深感诗歌必须发挥"救亡"的作用,因此,他的"忧时托志"的诗论,是最具时代特色的诗论,在有明一代复古与反复古的诗论中,独有一种光彩。

第二十一章

重整与改善的儒家诗学

公元1644年，清朝统治者入关定都北京，汉族统治者再次丧失最高统治权力。但是，中华民族是一个多民族的集合体，自古以来，它最基本的文化传统就已经成为各民族共同的精神财富。有清一代，以汉民族为主干的文化、学术传统，不但没有改变，而且被更稳定、更深沉地继承着，这是数千年传统文化集其大成，又细致地进行全面爬剔、梳理、总结的一个时代。在文学领域，紧承明代文学思潮的起伏，既有复古、反复古论辩的延续，也有反对封建传统具有民主因素的曙光，且愈来愈明朗。较之明代，其流派理论更为昌盛，诗、词、散文，各有著名的流派林立，将各自的文体理论推向纵深，乃至都具有一定的总结性意义。清初近半个世纪内的诗学理论，基本上还是一批前朝遗民诗人和理论家在执牛耳，著名者如钱谦益、黄宗羲、顾炎武、王夫之等文学家和思想家。他们都经历了明末的动乱，饱尝王朝灭亡之痛，与历代王朝交替之际的文人学者一样，痛定思痛，总是返归儒家学说中去寻求种种判断是非的理论依据。清初的诗论，虽然一致地鄙薄一味拟古的明代复古派，但他们在理论上又比复古主义者更加深入，所谓"兴复绝学"，所谓"反（返）经循本"，实质是欲彻底地以儒家文统诗教为依归。诗学理论自唐、宋以来，以审美为核心的本体建构经司空图、严羽、胡应麟、陆时雍等人的努力，已逐渐完成和完善，儒家正宗传统的功利政教说已渐渐淡薄，于是，这些对于国家衰亡有深刻体验的遗民，对于文学与时代、与现实社会的关系，自觉地有沉痛的反省。他们企图从理论上根本地端正诗学的走向，重蹈儒家诗教之轨，可是，他们又不能不受唐以来诗歌美学思想潜移默化的影响，对于诗的特殊本质及其审美创造的艺术规律，亦有较深入的认识，因此，他们的诗学较少有生搬硬套儒学教条，而是在批评严羽等人的诗歌美学思想之时，又悄悄地接受和化用其中的不易之论，由此，其实质是改善了传统的儒家诗学。在十七世纪后半叶，钱谦益、吴乔、黄宗羲、王夫之及稍后叶燮的诗论，是这种诗学的典型代表。

一 虞山派论"诗人之诗"与"儒者之诗"

钱谦益（1582—1664）字受之，号牧斋，江苏常熟人。他曾在明末南京小王朝作过礼部尚书，清兵南下，降清并作过礼部侍郎之官，遭人谴责后归隐家乡专门从事著述，与同乡人冯班、吴乔等诗文之交密切，被后人称为虞山学派[①]。这个学派严厉批判严羽的诗学，钱氏说《沧浪诗话》是"翳热之病"耳，受其影响的明代前后七子的诗皆堕入"伪体"；吴乔说严羽论诗，"实无见于唐人，作玄妙恍惚语，说诗、说禅、说教，俱无本据"；冯班反对最力，在其《钝吟杂录》中专立《严氏纠谬》一卷，特别痛恶严氏"不落言筌，不涉理路"之说，谓"诗者，讽刺之言也"，"安得有不落言筌者乎"？诗者，"思无邪"，"安得不失理路乎"？颇有卫教者的面目。虞山派中，钱谦益与吴乔二人的诗论值得重视，于政教说，于审美说，都有一些创见。

钱谦益的诗学重点是"诗有本"说，在《周元亮赖古堂合刻序》(《有学集》卷十七）中写道：

> 古之为诗者有本焉。《国风》之好色，《小雅》之怨诽，《离骚》之疾痛叫呼，结轖于君臣夫妇朋友之间，而发作于身世逼侧、时命连蹇之会；梦而噩，病而吟，春歌而溺笑，皆是物也，故曰有本。

[①] 冯班、吴乔又被文学史家归入以吴伟业为首"宗唐派"。吴乔后来与钱谦益关系恶化，作《正钱》批评钱谦益、王士禛，"在京亦尝面规之"(《带经堂诗话》卷二）。

他所说的"本",从理论的来源言,是以儒家经教为"本",认为要彻底改变明朝的诗风,必须有"反经之君子,循其本而救之"(《娄江十子诗序》);又说:"诚欲正人心,必自反经始;诚欲反经,必自正经始,……使世之儒者,逊志博闻,先河后海,无离经而讲道,无师今而非古,肯天下穷经学古。"(《新刻十三经序》)做学问要返本溯源,作诗作文也应该如此。

为此,钱氏将自古以来的诗分为两类:"诗人之诗"与"儒者之诗"。似是承南宋刘克庄的"风人之诗"与"文人之诗"之分,但定义有所不同。在《顾麟士诗集序》中说:"世之论诗者,知有诗人之诗,而不知有儒者之诗。"儒者之诗是"言王政而美盛德者,莫不肇自典谟,本于经术";"诗人之诗"则是有性情而乏学问。七子派所谓"真诗乃在民间"论,是"执性情而弃学问,采风谣而遗著作",仅及"诗人之诗"而已。"夫诗之为道,性情、学问参会者也。性情者,学问之精神也;学问者,性情之孚尹也。"(《尊拙斋诗集序》)这是他对"儒者之诗"的理论界定,也是对"诗有本"的进一步发挥。但还不止于此,对于他所欣赏的"儒者之诗",又分解为三大要素:"萌坼于灵心,蛰启于世运,而苞长于学问,三者相随,如灯之有炷有油而焰发焉。"(《题杜苍略自评诗文》)"灵心"可归于"性情"范畴,"世运"则是指诗要注重反映社会现实,成于"身世逼侧、时命连蹇之会"的诗作,方可垂世而行远。在《胡致果诗序》中,他提出了一个"诗之义本于史"的命题,认为古代的优秀诗篇的产生,都有重大的历史背景。《诗经》实质是《春秋》以前的"国史",孔子"删诗"就是"定史";"三代以降,史自史,诗自诗,而诗之义不能不本于史",他列举曹植《赠白马王彪》、阮籍《咏怀》、刘琨《扶风歌》等,都是"千古之兴亡升降,感叹悲愤,皆于诗发之";杜甫"诗中之史大备,天下称之为诗史";唐之诗入宋而衰,但宋在败亡之时却"其诗弥盛",这就是其遗民之诗"如穷冬沍寒,风高气慄,悲愤怒号,万籁杂作",宋诗在国亡之时有了一次辉煌,可谓国家不幸诗家幸!钱谦益为宋之遗民诗而张扬,强调诗"蛰启于世运"而产生"诗史"的功能,显然与他自己的亲身经历有关。

钱谦益诗论中颇具独特价值的是对《诗大序》中"诗言志"的发挥。自南朝以后,诗论家们鉴于儒家诗学中"志"的概念有特定的理性内涵,于是以"意"代"志","诗言志"的观念已不常用,钱氏既倡"诗有本",因此特别注意这个"本",重申"诗者,志之所之也,陶冶性灵,流连景物,各言其所欲言者而已"(《范玺卿诗集序》)。下引两段话,是他论"言志"的精当之言:

> 夫诗者,言其志之所之也。志之所之,盈于情,奋于气,而击发于境,风识浪奔昏交凑之时世。于是乎朝庙亦诗,房中亦诗,吉人亦诗,棘人亦诗,燕好亦诗,穷苦亦诗……穷尽其短长高下,抑抗清浊,吐含曲直,乐淫怨诽之极致,终不偭背乎五声六律七音八风九歌之伦次,诗之教如是而止。(《爱琴馆评选诗慰序》,《有学集》卷十五)

> 诗言志,志足而情生焉,情萌而气动焉。如土膏之发,如候虫之鸣,欢欣噍杀,纡缓促数,穷于时,迫于境,旁薄曲折而不知其使然者,古今之真诗也。(《题燕市酒人篇》,同卜卷四十七)

钱谦益关于"志"的内涵显然是比较宽泛的,前所言"性情""灵心"等属于诗人主观精神世界的皆是"志"的底蕴,这两段话描述了诗人创作的心理发动机制和构思谋篇过程中气、情、志三者融通之状。较之以往儒家学者论情、志关系,他特别强调了志"盈于情",具有强烈的主观情感性质,"志足""情盈""气奋",是酿成"真诗"的三大要素。他的"志",实质上又有某种特定的内涵,那就是关注国家和民族的命运,为千古兴亡升降而感叹悲愤。《燕市酒人篇》的作者孝威,就是"负山河陵谷之感",因而其诗给人的感受是:"白虹贯天,苍鹰击殿,壮士哀歌而变徵,美人传声于漏月,千古骚人词客莫不毛竖发立,骨惊心死,此天地间之真诗也。"在这篇题记中,他两次提到"真诗",关于"真诗",李梦阳、王世贞、钟惺各自都有界定,在最基本的方面,钱谦益与他们没有多大区别。《季沧苇诗序》中说:"《三百篇》变而为《骚》,《骚》变而为汉魏古诗。根柢性情,笼挫物态,高天深渊,穷工极变,而不能出太史公之两言。"司马迁说过"国风好色而不淫,小雅怨诽而不乱",钱谦益认为,两言皆是一个"情"字:"好色者,情之橐龠也;怨诽者,情之渊府也。……人之情真,人交斯伪,有真好色,有真怨诽,而天下始有真诗。一字染神,万劫不朽。"这一说法,实与王世贞"有真我而后之有真诗"同调,但是他在另一些论诗言论中又特别强调:"真诗"与"伪体","有诗"与"无诗",关键在于诗人有无"志意逼塞"。在为其好友佟怀东诗选所作序中写道:"精诚困愊,志气苞塞,而真诗出矣。"称赞佟之诗"非徒诗人之诗,而忠诚孝子诗,劳臣大人之诗也"。在注重志意方面,钱谦益又回到儒家正统的立场,将一切真情纳入"温柔敦厚"的规范之内,而说"温柔敦厚者,天地间之真诗也",这类"真诗","其音噍而不杀,其旨怨而不怒,金声玉振,曲而有直体"(《西陵二张子诗序》),他将《诗经》中一些反抗性极强的诗句"昊天疾威""投畀豺虎"皆曲解为"温柔之极""敦厚之极",这又见其"诗有本"的严重局限性。不过,当他论述诗的思想内容与声律辞采的关系时,其"有诗""无诗"之说,还是颇有见地的:

> 余常谓论诗者不当趣论其诗之妍媸巧拙,而先论其有诗无诗。所谓有诗者,惟其志意逼塞,才力愤盈,如风之怒于土囊,如水之壅于息壤,傍魄结轖辖不能自喻,然后发作而为诗。凡天地之内恢诡谲怪,身世之间交互纬繣,千容万状,皆用以资为状,夫然后谓之有诗,夫然后可以叶其宫商,辨其声病,而指陈其高下得失。如其不然,其中楞然无所以,而极其拧扯采撷之力以自命为诗。剪采不可以为花也,刻楮不可以为叶也。其或矫厉矜气,寄托感愤,不疾而呻,不哀而悲,皆象物也,皆余气也,则终谓之无诗而已矣。(《书瞿有仲诗卷》,《有学集》卷四十七)

这些话又似乎突破了"温柔敦厚"的框框，突出在"志意逼塞"之时激情于诗的作用，有情则有诗，矫情则无诗。

他此所言之"无诗"，实是指明代七子派、竟陵派及公安派之末流。钱谦益以"儒者之诗"发明者自任，严厉批评一代明诗（但对于激烈反对七子派的公安派三袁尤其是袁宏道有所肯定）多是"无本"的"伪体"，前已引见的《周元亮赖古堂合刻序》还有言："今之为诗，本之则无，徒以词章声病比量于尺幅之间，如春花之烂发，如秋水之时至，风怒霜杀，索然不见其所有，而举世咸以此相夸相命，岂不末哉！"有末无本的诗因"不亲风雅"，在他眼中都是"不识古学之从来，不知古人之用心"的"伪体"。将明代"伪体"流行的罪责归咎于严羽，《徐元叹诗序》中抨击宋代黄庭坚及江西诗派皆属"伪体"，"严仪卿辞而辟之，而以盛唐为宗，信仪卿之有功于诗也。自仪卿之说行，本朝奉以为律令，谈诗者必学杜，必汉、魏、盛唐，而诗道之榛芜弥甚。仪卿之言，二百年来，遂若涂鼓之毒药，甚矣，伪体之多而别裁之不可以易也"。如此而言，有明一代，是一个基本上"无诗"的时代。

瞧不起明前后七子与竟陵派，是虞山派共同一致的观点，冯班甚至比钱谦益更严厉，其谓："王、李、李、何之论诗，如贵胄子弟倚恃门阀，傲忽自大，时时不会人情；钟、谭如屠沽家儿，时有慧黠，异乎雅流。钱翁国朝诗选，余谓止合痛论李、何、王、李，如伯敬辈，本非诗人，弃而不取可也。"（《正俗》）钱谦益对竟陵派的批判，本书论述竟陵派一节已有引录，而冯班认为，钟惺、谭元春，连作为他们批判的对象也不够格！

吴乔（1611—约1695）又名殳，字修龄，江苏太仓人。他是虞山派中有些见地的诗论家，著有《围炉诗话》六卷和《答万季埜诗问》一卷（两书论诗之言有互见之处）。他评诗，对宋人，笔下尚能留情，说"宋诗如三家村叟，布袍草履是一个人"，而明诗却是"土偶蒙金"，意即毫无生气。他承钱谦益"诗人之诗""儒者之诗"说，又出"诗文有雅学、有俗学"之说，所谓"雅学"，"大费工力，真实而暗然，见者难识，不便于人事之用"。所谓"俗学"，不费工力，"虚伪而的然，能悦众目，便于人事之用"。又说："世之知诗者难得，故雅学之门，可以罗雀，后鲜继者；俗学之门，箫鼓如雷，衣钵不绝。"以唐诗与明诗比较："唐诗为雅，明诗为俗。"明代后七子中的王世贞在他眼中，不过是一个"俗学甚善"的应酬诗人。现以《围炉诗话》而观，吴乔论诗可取之处有三：

一是论诗之情景关系。从诗的审美境界强调："情为主，景为宾也。情为境遇，景则景物也。"就是说，"景"不是"境"，这与他同时代人金圣叹所说的"'景'字在浅人面前，'境'字在深人眼底"（《杜诗解》，《游龙门奉先寺》评语）的说法是相通的。他不同意说诗是"言情叙景"，"诗以道性情，无所谓景也。《三百篇》中之兴'关关雎鸠'等，有似乎景，后人因以成烟云月露之词，景遂与情并言，而兴义以微。然唐诗犹自有兴，宋诗鲜焉。明之瞎盛唐，景尚不成，何况于兴？"后七子中的谢榛有"作诗本乎情景，孤不自成，两不相背"的情、景"并言"之说，吴乔一反此说，按"诗有本"而追溯，认为"古诗多言情"或"古人有通篇言情者，无通篇叙景者"，只是"后世之诗多言景"。他借此又申"唐诗雅、明诗俗"之评：

> 夫诗以情为主，景为宾。景物无自生，惟情所化。情哀则景哀，情乐则景乐。唐诗能融景入情，寄情于景。如子美之"近泪无干土，低空有断云"……弘、嘉人依盛唐皮毛以造句者，本自无意，不能融景；况其叙景，惟欲阔大高远，于情全不相关，如寒夜以板为被，赤身而挂铁甲。

原来，他也不是绝对地否定"景"，而是特别强调以诗人的主观感情去"化"景，融景入情，诗成后一切皆是情，"顺逆在境，哀乐在心"，才不违诗之"兴义"。

二是论"诗中须有人"。在《答万季埜诗问》中说，"读唐人诗集，知其性情，知其学问，知其立志"，是诗中有人，"如少陵《黑白鹰》、曹唐《病马》，其中有人"；而明人诗，"以声音像貌学唐人，……故读其诗集，千人一体，虽红紫杂陈，丝竹竞响，唐人能事渺然，一望黄茅白苇而已"。《围炉诗话》作出了更详细的阐释：

> 问曰："先生每言诗中须有人，乃得成诗。此话前贤未有，何自而来？"答曰："禅者问答之语，其中必有人，不知禅者不觉耳。余以此知诗中亦有人也。"人之境遇有穷通，而心之哀乐生焉。夫子言诗，亦不出于哀乐之情也。诗而有境有情，则自有人在其中。如刘长卿之"得罪风霜苦，全生天地仁。青山数行泪，白首一穷鳞"；王铎为都统诗曰："再登上相惭明主，九合诸侯愧昔贤。"有情有境，有人在其中也。子美《黑白鹰》、曹唐《病马》亦然。……故读渊明、康乐、太白、子美集，皆可想见其心术行己，境遇学问。刘伯温、杨孟载之集亦然。惟弘嘉诗派浓红重绿，陈言剿句，万篇一篇，万人一人，了不知作者为何等人，谓之诗家异物，非过也。

吴乔发此论是针对复古派而言的。说"诗中须有人"之论"前贤未有"，则过于自负，就在前七子中，康海已有相似之论，王世贞"有真我而后有真诗"不也是要求诗中有"我"吗？以此说批评李梦阳的拒绝"自成一家"而竭力"刻肖古人"，倒是很恰当的。且他的"有情有境则自有人在其中"，是一个很简洁明了的定义，以后叶燮与沈德潜等的诗论中有更充实的论述。

三是论诗、文之别。诗、文之别以内容与形式来区分，古已有之；柳宗元从功能与效应分别"文"之要义为"高壮广厚，词正而理备"，诗之要义为"丽则清越，谓宜流于谣诵"。吴乔却有一个真正是"前贤未有"的诗、文分界论：

> 问曰："诗文之界如何？"答曰："意岂有二？意同而所以用之者不同，是以诗文体制有异耳。文之词达，诗之词婉。书以道政事，故宜词达；诗以道性情，故宜词婉。意喻之米，饭与酒所同出。文喻之炊而为饭，诗喻之酿而为酒。文之措词必副乎意，犹饭之不变米形，啖之则饱也。诗之措词不必

副乎意，犹酒之变尽米形，饮之则醉也。"

以饭与酒喻文与诗，可说是一个绝妙的比喻，有思想内容是诗文共同之处，"米"，亦可说是作家的素材，对它运用的方法不同，一是常规性的蒸煮加工，一是特殊的酝酿加工。其结果是：文不改变素材的原来形状，它只是艺术性的再现；诗却要改变素材原来的形状，一变而为意象化表现。这样一来，其作用也就斩然有别了，"文为人事之实用"，有直接的认知意义；"诗为人事之虚用"，其功利的意义是间接的，审美的意义却是直接的，给人的精神以强烈的触动和刺激。此说很直观直觉地说明了诗是一种更高级的文学艺术样式。诗之"酿"，主要是通过"比""兴"而"酿"。吴乔接着又说："人有不可已之情，而不可直陈于笔舌，又不能已于言，感物而动则为兴，托物而陈则为比。是作者固已酝酿而成之者也。所以读其诗者，亦如饮酒之后，忧者以乐，庄者以狂，不知其然而然。"散文一般是据实而陈述，因而多用"实句"，诗之比兴则是"虚句活句"，对于诗来说，"有比兴则实句变为活句，无比兴则实句变成死句"。这种对比兴作用的深入具体的认识，亦可说胜于前人。吴乔还进一步分别了"诗思"与"文思"：

> 诗思与文思不同。文思如春气之生万物，有必然之道；
> 诗思如醴泉朱草，在作者亦不知所自来。

作文有必然性，作诗多偶然性，灵感偶至而诗思勃发，没有诗歌创作体验的不可能言此。虞山派是一群学者型的诗人，他们于"雅学"确有造诣，所以钱、吴虽以儒家诗教为本，于诗歌理论还是有不少真知灼见。

二 黄宗羲的"万古之性情"说

明末清初，在一批宁死也不肯向清廷屈膝的学者中，黄宗羲（1610—1695）是杰出的代表之一。[①] 黄宗羲字太冲，号南雷，人称

[①] 与黄宗羲齐名的顾炎武（1613—1682），其《日知录》中有文学理论，论诗无甚特见，不拟论列。

梨洲先生，浙江余姚人。在政治思想方面他比较开放，曾著文痛斥君主是"天下之大害"，封建制度限制了人的个性发展（见《原君》），具有资本主义萌芽期的新思想。但他的文学思想又还是以儒家学说为框架，以宗孔祧孟的形式表现出来，他的诗学观中最重要的一个观点是"万古之性情"说，见于《马雪航诗序》(《南雷文定》四集卷一）：

> 诗以道性情，夫人而能言之。然自古以来，诗之美者多矣，而知性情者何其少也。盖有一时之性情，有万古之性情。夫吴歈越唱，怨女逐臣，触景感物，言乎其所不得不言，此一时之性情也。孔子删之以合乎兴、观、群、怨、思无邪之旨，此万古之性情也。吾人诵法孔子，苟其言诗，亦必当以孔子之性情为性情。如徒逐逐于怨女逐臣，逮其天机之自露，则一偏一曲，其为性情亦末矣。

历来诗论论"诗以道性情"只是统而言之，且逐渐趋向道诗人一己之性情。从诗言圣人之志到各言己志，应该说是诗的文体自觉一大进步。我们记得，白居易在《与元九书》中已提出了"圣人感人心而天下和平"的"圣人之情"，是普通人常情之上的大而化之类型的群体的一种超级情感。有了这种情，才能写出"惩劝补察"有功于世的诗篇，充分发挥对现实社会的参与作用。黄宗羲在此提出"一时之性情"与"万古之性情"，其意义何在呢？他不像白居易那样，只要求诗发挥现实性的社会作用，更要求诗具有永恒性意义，诗要表现永恒的人性。所谓"性情"，他以为是"澄然不动"的"性"与"触物而动"的"情"合成，以镜为喻："百色妖露，镜体澄然，其澄然不动者为性。"人之"情"，有合于本性者，这本性是"不忍""满腔子皆恻隐之心"，发而为诗，"则吴、楚之色泽，中原之风骨，燕、赵之悲歌慷慨，盈天地间，皆恻隐之流动也"；不合于本性者，"不过一人偶露之性情"，这种性情，不过是"情随事转，事因世变，干啼湿哭，总为肤受"。在《黄孚先诗序》中，他进一步阐述"万古之性情"有"至真"之美：

> 若身之所历，目之所触，发于心著于声，迫于中之不能

自己,一倡而三叹,不啻金石悬而宫商鸣也;斯亦奚有今昔之间?盖情之至真,时不我限也,斯论美矣!……情者,可以贯金石动鬼神。古之人情与物相游,而不能相舍,不但忠臣之事其君,孝子之事其亲,思妇劳人,结不可解,即风云月露,草木虫鱼,无一非真意之流通,故无溢言曼辞以入章句,无诒笑柔色以资应酬,唯其有之,是以似之。

看来,他并不绝对反对"怨女逐臣"之情,只要此情发之必然而非偶然,有普遍性的社会、历史意义,而非"习心幻结、俄顷消亡"。这情关系到"天下之治乱",是"联属天地万物而畅吾之精神意志者也。……与天地万物不相关涉,岂可为诗"!(《陆鉁俟诗序》)他还用"宇宙"言性与情之关系:"上天下地曰宇,古往今来曰宙,自有此宇,便不能不宙。今以其性情下狥家数,是以宙灭宇也;又障其往来者,而使之索是非于黄尘,是以宙灭宙也。"(《寒村诗稿序》)准确地说,他的"万古之性情",其本还在于"万古之性",是与"上天下地"永恒同在的普遍人性,而"情"必须要超脱红尘是非,方可与"性"一同进入永恒。

但是,黄宗羲并不是一位甘于超脱尘俗、脱离现实的学者、诗人,相反,他密切关注着国家和民族的命运,所崇尚的"万古之性情",实质是中华民族凛然的气节,是崇高的爱国主义精神,这才是远远超越逐臣怨女一时一己之情的具有人类共性的感情。这种性情,是天地之"元气"、万古之"阳气"所凝结,南宋遗民谢皋羽,得知文天祥被杀后,曾到富春江畔严子陵钓台痛哭祭奠,撰有《西台恸哭记》,黄宗羲对其人及其诗文非常崇仰,曾为之作注。在《谢皋羽年谱游录注序》中写道:"夫文章,天地之元气也。元气之在平时,昆仑磅礴,和声顺气,发自廊庙,而畅浃幽遐,无所见奇。逮乎厄运危时,天地闭塞,元气鼓荡而出,拥勇郁遏,忿愤激讦,而后至文生焉。故文章之盛,莫盛于亡宋之日,而皋羽其尤也。"钱谦益也说过"宋之亡也,其诗称盛",谢皋羽等遗民诗"如穷冬沍寒,风高气慄,悲愤怒号，万籁杂作"的话，但只是从"诗史"的角度而未上升到"天地之元气"来认识，不知其"盛"实盛在"万古之性情"的重现！黄宗羲又在为其已死十二年的弟弟黄宗会（字泽望）《缩斋文集》所作的序言中写道："虽然，泽望之文，可以弃之使其不显于天下，终不可灭之使其不留于天地。其文盖天地之阳气也，阳气在下，重阴锢之，则击而为雷；阴气在下，重阳包之，则拊而为风。商之亡也，《采薇》之歌，非阳气乎？……今泽望之文，亦阳气也，无视葭灰，不啻千钧之压也。"黄泽望诗文的所谓"阳气"，就是指正义的民族气节，当民族灾难深重，湮郁不宣的民族情感发为诗文，"孤愤绝人，旁徨痛哭"，具有强烈的震动人心的感染力，这样的文字，即使在当时的环境下无法流传，然而"终不可灭之使其不留于天地"，这是不朽的诗文，其性情亦是万古不可磨灭的。

"万古之性情"，用今天的话来说，是一种人类普遍的感情，崇高，博大，具有穿透和超越时空的力量！它不是"私为一人之怨愤，深一情以拒众情"，而是"其凄楚蕴结，往往出于穷饿愁思一身之外"。这样的性情，往往很难写出，"不欲以快心出之"，而是在"其所历之江山，必低徊于折戟沉沙之处；其所询之故老，必比昵于吞声失职之人"之后，于是"诗中忧愁怨抑之气，如听文昌宫侧老人，津阳门俚叟语，不自觉其陨涕也"。这样的诗篇，有"悲天悯人之怀"，岂为"一己之不遇"（《朱人远墓志铭》）？黄宗羲对于钱谦益辈也谈此种性情（如《题燕市酒人篇》），颇不以为然，在他心目中，钱氏这样的屈节之人没有此等"天地之阳气"，《黄孚先诗序》说："其发于心著于声者，未可便谓之情也。由此论之，今人之诗非不出于性情也，以无性情之可出也。"似乎是对钱氏之流而发。自己本无大义凛然的民族气节，即不可言"万古之性情"，如果真有此"性情"，则"凡情之至者，其文未有不至者也。则天地间街谈巷语、邪许呻吟，无一非文；而游女、田夫、波臣、戍客，无一非文人也"。（《明文案序上》）

黄宗羲的"万古之性情说"，虽然远挂上"孔子之性情"，又以

"温柔敦厚"加以规范(《万贞一诗序》云"盖其疾恶思古,指事陈情,不异熏风南来,履冰之中骨,怒则掣雷流虹,哀则凄楚蕴结;激扬以抵和平,方可谓之温柔敦厚也"),但是,他揭示了人的感情还有一个更高的层次,民族感情、爱国主义的感情、先天下之忧而忧的"悲天悯人"的人道主义感情,超越于"一己之不遇"的个人狭隘之情,有此等"万古之性情",才能产生万古不朽的诗篇。中华民族是一个多灾多难的民族,每当灾难深重、生死存亡之际,屈原、杜甫、陆游、辛弃疾等伟大的爱国主义诗人的诗词乃至李后主痛彻肺腑的亡国之音,都能激发出人们奔赴沙场的激情,不正是那些诗词中蕴含了"万古之性情"吗?黄宗羲出此不朽之论,是对中国古代诗学情感理论的一大贡献。

三 王夫之的"兴、观、群、怨"新释

王夫之(1619—1692)字而农,号姜斋,晚年居故乡衡阳石船山,世称船山先生。他是清初与黄宗羲、顾炎武齐名的杰出思想家、文学家,又是一位坚强的民族斗士。王夫之著作甚丰,后人所辑《船山遗书》收七十种,评诗论诗的专著有《诗译》(评论《诗经》为主)、《古诗评选》、《唐诗评选》、《明诗评选》和《姜斋诗话》(《夕堂永日绪论内篇》)等,他是一位遵循儒家诗教又在某些方面有所突破的诗论家。他在诗学发展史上,最具有新意的创见是对孔子所出的"兴、观、群、怨"说作了新的阐释,《姜斋诗话》与《诗译》均见此论,后者述之更详:

> 诗可以兴,可以观,可以群,可以怨,尽矣。辨汉、魏、唐、宋之雅俗得失以此,读《三百篇》者必此也。"可以"云者,随所以而皆可也。于所兴而可观,其兴也深;于所观而可兴,其观也审。以其群者而怨,怨愈不忘;以其怨者而群,群乃益挚。出于四情之外,以生起四情,游于四情之中,情无所窒。作者用一致之思,读者各以其情而自得。故《关雎》,兴也,康王晏朝而即为冰鉴;"讦谟定命,远猷辰告",观也,谢安

欣赏而增其退心。人情之游也无涯，而各以其情遇，斯所贵于有诗。

历来的学者都是只将孔子提出的四个"可以"作为诗的功用而言，"兴"，孔安国释为"引譬连类"，朱熹补充解释为"感发志意"；"观"，郑玄释为"观风俗之盛衰"；"群"，孔安国释为"群居相切磋"；"怨"，孔安国释为"怨刺上政"。四者皆是指对《诗》三百"的接受与运用，王夫之现在把它转移到诗歌鉴赏与创作上来，尤其是作为诗人创作的思想标准、审美原则与社会效应目标。他认为四者皆是诗人表达情感的方式，且互相渗透：有"兴"即情动而"观"其审美对象，就观察得更为深刻；由所观对象激发出更充沛的感情，其感情就表达得更为准确；诗中之情不只引起少数人而是广大读者的共鸣，就更见其感情力量的深广巨大，给人们留下难忘的印象；诗中之情能紧紧联系住一个读者群体，这个群体的精神就愈能被诗感染和升华，最大能量地发挥诗的社会效应。王夫之此所说的"四情"，在《四书训义》卷二十一又作了具体解释：

> 诗之泳游以体情，可以兴矣；褒刺以立义，可以观矣；出其情以相示，可以群矣；含其情不尽于言，可以怨矣。……古之为诗者，原立于博通四达之途，以一性一情周人情物理之变，而得其妙，是故学焉而所益者无涯也。

前说"作者用一致之思，读者各以其情以自得"，此说"以一性一情周人情物理之变"，此"情"，颇有黄宗羲"万古之性情"之义。他认为一首诗是融"四情"于一体，读者可各依据自己的生活经验去接受它，品味它，各会有不相同之所得。他反对片面地理解一首诗："经生家析《鹿群》《嘉鱼》为群，《柏舟》《小弁》为怨，小人一往之喜怒耳，何足以言诗？"（《姜斋诗话》）一篇优秀诗作，四"可以"皆备，随读者"人情之游也无涯"，皆可"各以其情遇"，这无异于说，诗人注入诗中的情感须具有极高的普遍性意义，能打动不同空间、时间领域内不同类型的广大读者的心。

从创作角度而言，依王夫之的说法，"兴"和"观"是基本的起点，无"兴"不"观"则无法进入创作过程；"群"和"怨"则是要求诗的感情达到一定的强度，没有一定强度的感情不能扣动读者的心弦。因此，"群"和"怨"实质是"兴也深""观也审"的客观标准，要实现这两个客观标准，重点还是要在"兴"和"观"上下大功夫。于是，王夫之的诗论在"兴""意""情""景"等诗学观念上有更多的理论发挥。

他对于"兴"有个说法："兴者，性之生乎气者也。拖沓委顺当世之然而然，不然而不然，终日劳而不能度越于禄位、田宅、妻子之中，数米计薪，日以挫其志气，仰视天而不知其高，俯视地而不知其厚，虽觉如梦，虽视如盲，虽勤动其四体而不灵，惟不兴故也。"（《俟解》）这就是说，一个人如果随波逐流，营营于功名利禄，胸无大志，耳目闭塞，就是情感冷漠的人，没有生发"兴"的心理契机！没有"兴"，也就不能激发"志""意"，不可与言诗。关于"观"，他也有个说法，那就是非一般地观察审美对象，不是被动地"观风俗之盛衰"，而是"迎之也必以几，报之也必以反，知几之反，可与观化矣"（《诗广传》卷四评《大雅·民劳》语）。这是用《周易》语言来说"观"，《周易·观·彖》云："下观而化也。观天之神道，四时不忒；圣人以神道设教，而天下服矣。"《系辞》又云："知几其神乎！……几者，动之微，吉之先见者也。"他迎之以"几"而"观化"的意思，就是不止于对审美对象的表层之"观"，而是要深入观察其精微幽深的内在品质及其发展、变化的规律与趋势，把握不可见其存在但可见其作用的"神理"。这样，王夫之就将"兴"与"观"上升到了哲学高度来认识。"兴"与"观"这一对在创作过程中属于主、客体统一的范畴，实际上就转化为构思谋篇时主体之"意""情"与客观之"景"在作品中如何艺术地融合与统一。"意"与"情"是"兴"的底蕴，而"景"（王夫之用"景"的意思是概指一切审美对象，而非专指自然景物）是"观"的对应物，是"兴"发的诱因。从根本上言，"兴"就是"意"动"情"发而"迎之"以"景"。《诗译》有一则关于这四者关系的论述：

兴在有意无意之间，比亦不容雕刻；关情者景，自与情相为珀芥也。情景虽有在心在物之分，而景生情，情生景，哀乐之触，荣悴之迎，互藏其宅。天情物理，可哀而可乐，用之无穷，流而不滞，穷且滞者不知尔。

所谓"兴在有意无意之间"，就是说"兴"在情与景偶触偶合时而发，没有一个固定的意向。杜甫《登岳阳楼》，"吴楚东南坼，乾坤日夜浮"是雄豪之景，然而又出"亲朋无一字，老病有孤舟"之情，于是诗意发生转折变化，结果是天地之大与个人身世之飘零"相为融浃"生发新意，这不是诗人和读者始可预料的。因此，"兴"有很大的随机性，"天情物理，可哀可乐"，都是随"兴"之所之。《姜斋诗话》中又引申此说：

夫景以情合，情以景生，初不相离，唯意所适。截分两橛，则情不足兴，而景非其景。

此言"唯意所适"，是指"景"唯意所适，意迎之以景，景融之于意，情与景相合无间。一首诗如近体诗中间二联，实不可作"上景下情"的划分，《登岳阳楼》上联固是景，但景中已寓杜甫下联欲发之情，"尝视投身作杜陵，凭轩远望观，则心目中二语（指'亲朋''老病'）居然出现，此亦情中景也"。无上联的景中情，"则情不足兴"，就无下联的情中景。孟浩然的《望洞庭湖赠张丞相》，前四句也是雄豪之景，但后四句"以'舟楫''垂钓'钩锁合题，却自全无干涉"，成了牢骚性的议论，造成景与情"截分两橛"，洞庭湖便是"景非其景"了。王夫之对孟浩然不太欣赏，"浩然山人之雄长，时有秀句"，但"轻飘短味"，意即善写景而兴味不足。

由此，王夫之提出意兴情景"有主宾"之论，《姜斋诗话》云："无论诗歌与长行文字，俱以意为主。意犹帅也。无帅之兵，谓之乌合。李、杜所以称大家者，无意之诗，十不得一二也。烟云泉石，花鸟苔林，金铺锦帐，寓意则灵。"又说："诗文俱有主宾，无主之宾，谓之乌合……立一主以待宾，宾非无主之宾者，乃俱有情相浃合。"他认为以"意"为"帅"，就会形成一种"势"，这"势"就是"宛转屈伸，以求尽其意，意已尽则止，殆无剩语；夭矫连蜷，烟云缭绕，乃真龙也，非画龙也"。这"势"，是"意中之神理"，这"神理"可与"宾"达成一种"相浃合"的默契，是情与景、主体与客体"神合"的妙谛："以神理相取，在远近之间，才着手便煞，一放手又飘忽去……'青青河畔草'与'绵绵思远道'，何以相因依，相含吐？神理凑合时，自然恰得。"《古诗评选》中评谢灵运《登上戍石鼓山》诗，对主、客体"神理凑合"又有一说：

> 言情则于往来动止、缥缈有无之中得灵蠁，而执之有象；取景则于系目经心、丝分缕合之际貌固有，而言之不欺。而且情不虚情，情皆可景；景非滞景，景总含情。神理流于两间，天地供其一目，大无外而细无垠，落笔之先，匠意之始，有不可知者存焉。

评同一作者《游南亭》诗又说：

> 天壤之景物，作者之心目，如是灵心巧手，磕着即凑，岂复烦其踌躇哉？

"神理"实属主体之"几"与客体之"几"，前所言"迎之必以几，报之必以反。知几之反，可与观化矣"，即此所谓"神理流于两间"，达到了此等境界，就是"于所兴而可观，其兴也深；于所观而可兴，其观也审"。他的"兴、观、群、怨"说在情景、神理说中深化了、美感化了。

主与宾、兴与观、情与景之"相浃合"，且摘示《姜斋诗话》中几则精彩的论述：

> "池塘生春草""蝴蝶飞南园""明月照积雪"，皆心中目中与相融浃，一出语时，即得珠圆玉润；要亦各视其所怀来，而与景相迎者也。

> 情、景名为二，而实不可离。神于诗者，妙合无垠。巧者则情中景，景中情。景中情者，如"长安一片月"，自然是孤凄忆远之情；"影静千官里"，自然是喜达行在之情。情

中景尤难曲写,如"诗成珠玉挥毫在",写出才人翰墨淋漓、自心欣赏之景。凡此类,知者遇之;非然,亦鹘突看过,作等闲语耳。

不能作景语,又何能作情语邪?……以写景之心理言情,则身心中独喻之微,轻安拈出。

含情而能达,会景而生心,体物而得神,则自有灵通之句、参化工之妙。若但于句求巧,则性情先为外荡,生意索然矣。

明代后七子中的谢榛,对于诗的情景关系有过不少精彩论述,已见前引。也说了"情融乎内而深且长,景耀乎外而远且大"的妙语,但似乎尚未悟及"情中景""景中情"的化境。吴乔也有情景主宾之论,却又有"诗以道性情,无所谓景也"一语,大有逐景于情外,不承认"烟云月露"等自然景物对于诗情的激发并作为载体的作用;他甚至说"景物无自生,惟情所化。情哀则景哀,情乐则景乐"。王夫之是一位唯物主义倾向甚为鲜明的哲学家,毫不怀疑情与景分别是主、客观的存在,强调诗人于诗外的经世阅历很重要。他承元好问所道"眼处心生句自神,暗中摸索总非真",提出"身之所历,目之所见,是铁门限"的实践观点,就是"极写大景",如"阴晴众壑殊""乾坤日夜浮""平野入青徐"之类山川江湖壮阔之景,绝不是按地图去想象所能写出,是登楼、登山亲眼所见有了真切的感受,才有使读者亦如身临其境的描写,似"隔垣听杂剧,可闻其歌,不见其舞,更远则但闻鼓声,便云所演何出乎"。诗人要"观"而"化",首先还得阅历景物的自在形态。对于客观景物的自在形态,王夫之借用了佛教唯识宗的"现量"一词。他批评贾岛"僧敲月下门"的苦心"推敲"说:"只是妄想揣摩,如说他人梦,纵令形容酷似,何尝毫发关心?……若即景会心,则或推或敲,必居其一。因景生情,自然灵妙,何劳拟议哉?"接着举例说:"'长河落日圆',初无定景;'隔水问樵夫',初非想得,则禅家所谓现量也。"所谓"现量",据王夫之在研究佛教唯识宗著作《相宗络索》中所作的解释是:"现者有现在义,有现成义,有显现真实义。现在不缘过去作影，现成一触即觉，不假思量计较；显现真实，乃彼之体性本身如此，显现无疑，不参虚妄。"简言之，"现量"就是客观事物景物现实的自在形态，观者须用认知的直觉或审美的直觉去把握它，"不假思量计较"而直接到达"心中目中与相融浃"，这就是"即景会心""会景生心""因景因情"，怎能说"景物无自生"呢？他在《古诗评选》中批评南朝诗人王籍《入若耶溪》中的名句"蝉噪林逾静，鸟鸣山更幽"说："'逾''更'二字斧凿露尽，未免拙工之巧，拟之于禅……非现量也。"意即此二字是运用了理性的比较语词，有"思量"的痕迹（亦如贾岛的"推""敲"），破坏景物自在形态，不是绝对地凭着审美的直觉去把握描述审美的对象。与之相反，王维的《辋川》诗，"诗中有画，画中有诗，此二者同一风味，故得水乳调和，俱是造未造、化未化之前，因现量而出之。一觅巴鼻，鹘子即过新罗国去矣。"（《姜斋诗集·题芦雁绝句序》）即自然天成，了无"思量"痕迹，空灵曼妙，是有"化工之妙"。由此，我们是否可以这样判断：王夫之所说的"现量"，是"造"于"未造"，"化"于"未化"，实质上又不执着于"现在"和"泥于实"，那么，"现量"不过是他"观化"的另一种表述方式而已。有"斧凿"之痕是未能"化"，"水乳调和"是已"化"。此中有情化景、景化情的双向进行、相互而"化"的过程，最后实现情景"妙合无垠"，主客"融浃无间"，造化出一个意兴、情景、神理浑然一体的诗的"现量"。

这样一个诗的"现量"，正是王夫之欲使读者"各以其情遇""随所以而皆可"生起"兴、观、群、怨"四情的"现成一触即觉"。他在《古诗评选》中评袁彖的《游仙诗》说："无端无委，如全匹成熟锦，首末一色。唯此，故令读者可以其所感之端委为端委，而兴、观、群、怨生焉。"评阮籍《咏怀·开秋兆凉气》诗，他又用禅语"正法眼藏"来赞扬此种诗的"现量"："唯此窅窅摇摇之中，有一切真情在内，可兴、可观、可群、可怨，是以有取于诗。然因此而诗，则又往往缘景、缘事、缘以往、缘未来，终年苦吟而不能自道。以追光蹑景之笔，写通天尽人之怀,是诗家正法眼藏。"而在《唐诗评选》中对杜甫《野望》诗的评论,恰是明言"现量"的景物已转化为意兴、情景、神理浑然一体的诗的"现量":

> 如此作自是野望、绝佳写景诗只咏得现量分明,则以之怡神,以之寄怨,无所不可,方是摄兴观群怨于一炉,锤为风雅之合调。

至此,王夫之终于将孔子发明的接受和运用"诗三百"的四字要诀,且被后来儒家学者奉为诗之政教功利目标的四项最高准则,与诗的审美创造、审美鉴赏融于一体了,赋予"兴、观、群、怨"以新的意义,这是儒家诗学领域一项重大的变革,是重整、改善传统儒家诗学的有力举措。虽然他在某些原则性论述时也夹杂了不少陈词旧调(如说"可以兴观群怨者即可以事君事父"等等),但只要将其剔除,就有比较纯粹而又精当的理论形态,成为中国古典诗歌美学的宝贵财富。

四 叶燮重建儒家诗学体系

叶燮(1627—1703)字星期,号已畦,江苏吴江人,辞官不就后长居横山,世称横山先生。他是清代最有成就的一位诗论家,其所著《原诗》,实不应该置于"诗话"之列,因为它是一部自成理论体系又重在诗学基础理论的专著。所谓"原诗",即探讨研究诗之本源、本体也。全书由"内篇"上、下和"外篇"上、下组成,"内篇,标宗旨也;外篇,肆博辨也"(沈珩《原诗叙》)。综观而析,重点论述了两大问题:一是诗的历史发展规律,属诗学史论;一是分析诗歌创作主、客观的相互作用及其诗美发生之因果关系,属诗学本体论和诗歌审美创造论。全书处处闪烁批判"俗儒"的锋芒。叶燮所批判的"俗儒"有严羽、高棅和明前后七子等人;称孔子为"吾夫子",谓古来之学问,"必欲求其瑕疵,则古人惟吾夫子可免",孟子亦"微有可议者",可见其诗学原则上尊孔子之教。

关于诗的历史发展,叶燮的核心论点在"变"。"变"之基因,是因为人类生活的世界就是变动不居的："盖自有天地以来，古今世运气数，递变迁以相禅。古云：'天道十年而一变。'此理也，亦势也，无事无物不然，宁独诗之一道，胶固而不变乎？"远在商周春秋时代，"风雅已不能不由正而变，吾夫子亦不能存正而删变也，则后此为风雅之流者，其不能伸正而诎变也明矣"。他于是提出一个宏观的盛衰正变论：

乃知诗之为道，未有一日不相续相禅而或息者也。但就一时而论，有盛必有衰；综千古而论，则盛而必至于衰，又必自衰而复盛。非在前者之必居于盛，后者之必居于衰也。

他认为大凡曾一时太盛者，如果"时有变"，它就开始生变，同时，后人"相沿久"也促其发生变化。《风》诗《雅》诗有正有变，"其正变系乎时，谓政治、风俗之由得而失，由隆而污"；后代的诗之变，除时变之动因外，更在于沿习既久，后人会有"踵事增华"的举措，远古《击壤》等歌谣，"一增华于《三百篇》，再增华于汉，又增华于魏，自后尽态极妍，争新竞异，千状万态，差别井然"。人类社会不断进步，人变得越来越聪明，这种变是不可遏止的："大凡物之踵事增华，以渐而进，以至于极。故人之智慧心思，在古人始用之，又渐出之；而未穷未尽者，得后人精求之，而益用之出。乾坤一日不息，则人之智慧心思，必无尽与穷之日。"由此而言，"变"不但不是对"正"的睽离、背叛，而恰恰是除"正之积弊"而"救正之衰"。叶燮为"变"正名曰："不得谓正为源而长盛，变为流而始衰。惟正有渐衰，故变能启盛。"

许学夷有过"变"而"入圣""入神"之说（但因其立于复古派之域，不敢说"变能启盛"），未能揭示之所以能"入圣""入神"之由。叶燮看到了，诗之所以"变能启盛"，就在于后人有"精求之而益用之出之"的创造精神：五言诗变自《三百篇》，文体异变，"实苏李创之也"；建安时代的五言诗，"因于苏李与《十九首》者也，然《十九首》止自言其情"，建安以后五言诗"乃有献酬、纪行、颂德诸体，遂开后世种种应酬等类，则因而实为创"。自此之后，建安诗之"敦厚而浑朴,中正而达情",变而为晋宋南北朝"陆机之缠绵铺丽,左思之卓荦磅礴,各不同也。其间屡变而为鲍照之俊逸,谢灵运之警秀,陶潜之淡远……各不相师,咸矫然自成一家,不肯沿袭前人以为依傍"。至唐朝,小变于景云、神龙时沈佺期、宋之问等人,大变于开元天宝之盛唐诗人群体,此种不断的小变、大变,"虽各有所因,而实一一能为创"。就个别诗人而言,"力大者大变,力小者小变",创造能力有大小之分:"力大""思雄"者,"崛起特为鼻祖",如唐之杜甫、韩愈;力小者,亦不肯"稍为依傍,寄人篱下,以窃其余唾",则"宁甘作偏裨,自领一队",晚唐的皮日休、陆龟蒙诸人就是如此。叶燮对于那些善于创造的诗人,特垂青眼,且不说他赞扬杜甫诗"包源流,综正变",被复古派瞧不起、贬责之"好为穿凿"的宋人,他特为之辩护:"至于宋人之心手日益以启,纵横钩致,发挥无余蕴,非故好为穿凿也;譬之石中有宝,不穿之凿之,则宝不出。且未穿未凿以前,人人皆作模棱皮相之语,何如穿之凿之实有得也。如苏轼之诗,其境界皆开辟古今之所未有,天地万物,嬉笑怒骂,无不鼓舞于笔端而适如其意之所欲出。"盛唐之后,他列举了中唐之"韩愈、李贺之奇弄,刘禹锡、杜牧之雄杰",晚唐"温庭筠、李商隐之轻艳",以至"宋、金、元、明之诗家",皆有可称"巨擘"者,他们都是"各自炫奇翻异",为中国诗歌史写下了光辉灿烂的一页又一页。

叶燮对于复古派把一部中国诗歌发展史妄自分割片面取舍极为反感,比如声言"诗自天宝以下俱无足观"云云。他说:"夫自《三百篇》而下,三千余年之作者,其间节节相生,如环之不断;如四时之序,衰旺相循而生物、而成物,息息不停,无可或间也。……故不读'明''良'①《击壤》之歌,不知《三百篇》之工也;不读《三百篇》,不知汉魏诗之工也;不读汉魏诗,不知六朝诗之工也;不读六朝诗,不知唐诗之工也;不读唐诗,不知宋与元诗之工也。夫惟前者启之,

---

① 指《尚书·益稷》所载远古歌谣:"元首明哉,股肱良哉,庶事康哉!"

而后者承之而益之；前者创之，而后者因之而广大之。使前者未有是言，则后者亦能如前者之初有是言；前者已有是言，则后者乃能因前者之言而另为他言。总之，后人无前人，何以有其端绪；前人无后人，何以竟其引伸乎！"这种历史发展的观点，是非常通达和明智的。他将三千余年来的诗歌，"譬诸地之生木"：

  《三百篇》，则其根；苏李诗，则其萌芽由蘖；建安诗，则生长至于拱把；六朝诗，则有枝叶；唐诗，则枝叶垂阴；宋诗，则能开花，而木之能事方毕。自宋以后之诗，不过花开而谢，花谢而复开。其节次虽层层积累，变换而出，而必不能不从根柢而生者也。……止知有根芽者，不知木之全用者也。止知有枝叶与花者，不知木之大本者也。由是言之，诗自《三百篇》以至于今，此中终始相承相成之故，乃豁然明矣，岂可臆划而妄断者哉！

  这个譬喻是中国古代诗歌的源、流、正、变一个很形象的表述。叶燮在理论上比较彻底地否定了复古派的诗歌史观，令人信服地阐明了颇有辩证意义的"变能启盛"的观点（他也说了"然亦不能无因变而益衰者"的话，那是"惟判于道，戾于经，乖于事理，则为反古之愚贱耳"），这种坚持历史是进化的诗学观，"正"与"变"的整体观，对于人们认识中国文学发展的全部历史、把握其未来的走向，具有极大的启示作用。

  对于诗学本体和诗的审美创造的论述，叶燮同样发挥了他的整体性意识。他不满意自古以来的诗论诗评，认为缺乏探本求原的整体性和系统性。《原诗·外篇上》中有言："诗道之不能长振也，由于古今人之诗评杂而无章，纷而不一。六朝之诗，大约沿袭字句，无特立大家之才。其时评诗而著为文者，如钟嵘，如刘勰，其言不过吞吐抑扬，不能持论。然嵘之言曰：'迩来作者，竞须新事，牵挛补衲，蠹文已甚。'斯言为能中当时、后世好新之弊。勰之言曰：'沉吟铺辞，莫先于骨，故辞之待骨，如体之树骸。'斯言为能探得本原。此二语外,两人亦无所能为论也。他如汤惠休'初日芙蓉'、沈约'弹丸脱手'之言,差可引伸;然俱属一斑之见,终非大家体段。"显然,他自己论诗,所求的是一种"大家体段"。诗是人的精神领域内的创造活动,"源于物"又"本于心",是心与物、主观世界与客观世界相互向对方转化的情感运动和审美运动,叶燮就是从主客体两方面的相互作用揭示诗歌的本质,建构诗学本体和审美创造的理论体系。《原诗·内篇下》是这一理论体系建构的主要基地。

关于客观世界,叶燮写道:

> 自开辟以来,天地之大,古今之变,万汇之赜,日星河岳,赋物象形,兵刑礼乐,饮食男女,于以发为文章,形为诗赋,其道万千。余得以三语蔽之:曰理、曰事、曰情,不出乎此而已。

这是他从客观世界物象、人事中提升出来的三大基本要素,"物"的概念包括了"兵刑礼乐""饮食男女",远不止过去许多诗论家只限言的自然景物,使"物"获得了整体性内涵。他又说:

> 曰理、曰事、曰情三语,大而乾坤以之定位,日月以之运行,以至一草一木一飞一走,三者缺一,则不成物。文章者,所以表天地万物之情状也,然具是三者,又有总而持之,条而贯之者,曰气。事、理、情之所为用,气为之用也。譬之一木一草,其能发生者,理也。其既发生,则事也。既发生之后,夭矫滋植,情状万千,咸有自得之趣,则情也。苟无气以行之,能若是乎?

他将客观世界万事万物,也看作是一个有生命力的整体,三者是事物发生发展与存在的内质与外形的依据与表现,其生命本原就是"气","三者借气而行者也。得是三者,而气鼓行于其间,氤氲磅礴,随其自然,所至即为法,此天地万象之至文也"。正因为客观世界是一个充满生机活力的世界,所以才能成为诗人审美的对象世界。

关于诗人的主观世界,叶燮写道:

> 大凡人无才，则心思不出；无胆，则笔墨畏缩；无识，则不能取舍；无力，则不能自成一家。

他提出"才""胆""识""力"是作为一个优秀的文学家或诗人的四大主观条件，"有优于天者，四者具足"。又按他"有识以居乎才之先，识为体而才为用"之说，"识"应置于四者之首，然后是"才"与"胆"互为作用，最后以"力"出之。其论"识"曰：

> 惟有识，则是非明；是非明，则取舍定。不但不随世人脚跟，并亦不随古人脚跟。非薄古人为不足学也；盖天地有自然之文章，随我之所触而发宣之，必有克肖其自然者，为至文以立极。我之命意发言，自当求其至极者。昔人有言："不恨我不见古人，恨古人不见我。"……我之著作与古人同，所谓其揆之一，即有与古人异，乃补古人之所未足，亦可言古人补我之所未足，而后我与古人交为知己也。惟如是，我之命意发言，一一皆从识见中流布，识明则胆张，任其发宣而无所于怯，横说竖说，左宜而右有，直造化在手，无有一之不肖乎物也。

这个"识"，是理性的"知"与感性的"见"的融合统一，"识"是作为一个诗人安身立命之先决条件。叶燮很欣赏刘禹锡所说的"工生于才，达生于识，二者相为用而诗道备"，对严羽所说"学诗者以识为主，入门须正，立意须高"，他说："夫羽言学诗须识，是矣。既有识，则当以汉魏六朝全唐及宋之诗，悉陈于前，彼必自能知所抉择，知所依归，所谓信手拈来，无不是道。"但遗憾的是，严羽却陷入了"一一步趋汉魏盛唐"，则又是"若无识"的表征，因为"以汉魏盛唐为师"，是"三家村塾师之学诗者亦熟于听闻，得于授受久矣"。严羽之"识"随古人脚跟又随世人脚跟，他以为是"何其谬戾而意且矛盾也"①。当然，

---

① 严羽"以汉魏盛唐为师"主要是确立一种审美标准与审美理想，只求"熟参"，而非"一一步趋"。叶燮反对复古，将严羽与前后七子视为一路，存在成见，显然未真正"识"得严羽。

叶燮所说的"识"实不同于严羽所标榜的"识",而是广义的对于客观世界"理""事""情","必具有只眼"的独见卓识。"识"与"胆"是相依相成,"识明则胆张","无识故无胆","胆"又与"才"有生成、隶属关系,他将二者并论曰:

> 昔贤有言:"成事在胆。""文章千古事",苟无胆,何以能千古乎?吾故曰:"无胆则笔墨畏缩,胆既诎矣,才何由而得伸乎?惟胆能生才,但知才受于天,而抑知必待扩充于胆邪!"……夫于人之所不能知,而惟我有才能知之,于人之所不能言,而惟我有才能言之,纵其心思之氤氲磅礴,上下纵横,凡六合以内外,皆不得而囿之;以是措而为文辞,而至理存焉,万事准焉,深情托焉,是之谓有才。

这个道理似乎很明确,有识之人必须有胆,才敢于将其独见卓识发露之,敢于言人所未言、人所不能言;而怎样言之才是"左宜右有""无有一字不肖物"以至"心思"皆出,那就凭"才"之大小高下了。"无才则心思不出,亦可曰:无心思则才不出",后一个"心思"中包括胆,胆也是一种心思,有胆无胆是一个人的心理健康与否的标志。有识有胆,胆能生才,则才可外见,有识无胆,则才不得伸,转而"内敛",不能发挥应有的作用。与"胆"相并行的,还有一个"力"!叶燮又论"力"曰:

> 吾尝观古之才人,……天地万物皆递开辟于其笔端,无有不可举,无有不能胜,前不必有所承,后不必有所继,而各有其愉快。如是之才,必有其力以载之。惟力大而才能坚,故至坚而不可摧也。历千百代而不朽者以此。昔人有云:"掷地须作金石声。"① 六朝人非能知此义者,而言金石,喻其坚也。此可以见文家之力,力之分量,即一句一言,如植之则不可仆,横之则不可断,行则不可遏,住则不可迁。《易》曰:"独立不惧。"此言其人,而其人之文亦当如是也。

---

① 语出《晋书·孙绰传》:"绰作《天台赋》,赋成,示范荣期曰:'卿试掷地,当作金石声。'"

此言所谓"力"实是一种合力，则既包含了诗人的艺术功力，更包含了以胆识为后劲的勇力，合而为有里有表的"才力"，正如刘勰所说："才力居中，肇自血气。"力能壮胆，有此种无坚不摧的才力，即可成文学之大业。叶燮又举了一例明之：两个人共同走在"羊肠蚕丛、峻栈危梁"之险途，其一弱者"精疲于中，形战于外"，不敢前行又不得不行，"于是步步有所凭借，以为依傍"，或请人推之挽之，或手抓住什么，或脚只踩前行者的脚印，这样，"即能前达，皆非其人自有之力"。另一位"有力"的强者，他"神旺而气足，径往直前，不待有所攀援假借，奋然投足，反趋弱者扶掖之前。此直以神行而形随之，岂待外求而能者！故有境必能造，有造必能成"。有胆有识可成为俊杰之人，加上有文章之才，可成为作家、诗人，如再有非凡之力，则可"自成一家"！

至此，叶燮已将"识""胆""才""力"一个个阐释明白。这四者的相互关系相互作用是：

> 夫内得之于识而出之而为才，惟胆以张其才，惟力以克荷之。得全者其才见全，得半者其才见半，而又非可矫揉跂至之者也，盖有自然之候焉。

他又特别郑重地强调："四者无缓急，而要在先之以识，使无识，则三者俱无所托。"若"无识而有胆，则为妄、为鲁莽、为无知，其言背理、叛道，蔑如也"；若"无识而有才，虽议论纵横，思致挥霍，而是非淆乱，黑白颠倒，才反为累矣"；若"无识而有力，则坚僻、妄诞之辞，足以误人而惑世，为害甚烈。若在骚坛，均为风雅之罪人"。由此我们又可看出：叶燮的"识"，由不得背理叛道而成为"风雅罪人"判断，其"识"是不能越出儒家思想界域的。他将儒家诗教的"诗言志"，也纳入了识、胆、才、力范畴之中：

> 志也者，训诂为"心之所之"，在释氏，所谓"种子"也。志之发端，虽有高卑、大小、远近之不同。然有是志，而以我所云才、识、胆、力四语充之，则其仰观俯察，遇物触景之会，勃然而兴，旁见侧出，才气心思，溢于笔墨之外。志

高则其言洁,志大则其辞弘,志远则其旨永。(《外篇上》)

"志"又成了识、胆、才、力的载体,或说融汇四者于诗人所言之志,志的高卑、大小、远近之不同,都取决于识、胆、才、力之高下或发挥的程度。

下面,让我们再考察叶燮如何论述主体的"识""胆""才""力"和客体的"理""事""情"的契合并与诗的审美创造接轨。他概括主、客体而言之:

> 曰理、曰事、曰情,此三言者足以穷尽万有之变态。凡形形色色,音声状貌,举不能越乎此。此举在物者而为言,而无一物之或能去此者也。曰才、曰胆、曰识、曰力,此四言者所以穷尽此心之神明,凡形形色色,音声状貌,无不待于此而为之发宣昭著。此举在我者而为言,而无一不如此心以出之者也。以在我之四,衡在物之三,合而为作者之文章。大之经纬天地,细而一动一植,咏叹讴吟,俱不能离是而言者矣。

这里还只是简单地讲主客体结合,以我心之神明去"昭宣"物之形色声貌,"合"而为文章。但是如吴乔所说,还仅仅是"米炊而为饭",尚未"酿而为酒",叶燮自己也意识到了这一点,他借"问"者之口说:"先生发挥理、事、情三言,可谓详且至矣。然此三言,固文家之切要关键,而语于诗,则情之一言,义固不易;而理与事,似于诗之义,未为切要也。……诗之至处,妙在含蓄无垠,思致微渺,其寄托在可言不可言之间,其指归在可解不可解之会,言在此而意在彼,泯端倪而离形象,绝议论而穷思维,引人于冥漠恍惚之境,所以为至也。"这段问话中,实际是叶燮已给诗下了一个定义,这个定义与前所强调的"理""事""情"是有矛盾的,理"有一定之衡","能实而不能虚,为执而不为化,非板即腐",怎能是"可解而不可解"呢?同时诗也不可能"一一征之事实者","理""事""情"在诗中如何转化? 叶燮对此作从容的回答。

在直接口答之先,他已经有"作诗者,亦必先有诗之基"一说:

> 诗之基,其人之胸襟是也。有胸襟,然后能载其性情、智慧、聪明、才辨以出,随遇发生,随生即盛。千古诗人推杜甫,其诗随所遇之人、之境、之事、之物,无处不发其思君王、忧祸乱、悲时日、念友朋、吊古人、怀远道,凡欢愉、幽愁、离合、今昔之感,一一触类而起,因遇得题,因题达情,因情敷句,皆因甫有其胸襟以为基。如星宿之海,万源从出;如钻燧之火,无处不发;如肥土沃壤,时雨一过,夭矫百物,随类而兴,生意各别,而无不具足。

所谓诗人之胸襟,即诗人有观察事物独具的慧眼,有独特的感受美的能力,有随遇而生的极为敏捷的情感机制。作为审美的对象世界,既有"可言可执之理",更有"名言所绝之理之为至理";既有"是事之为事",更有"无是事之为凡事之所出"。"可言之理,人人能言之,又安在诗人之言之?可证之事,人人能述之,又安在诗人之述之?"有诗人之胸襟者,不可言之理,不可述之事,"遇之于默会意象之表,而理与事无不灿然于前者也"。叶燮便举杜甫诗为例来证述此等道理。

他先举《玄元皇帝庙作》中"碧瓦初寒外"①说之。此语依据常理实事是不可解的,"初寒"是什么,可以由"碧瓦"而分内、外界吗?寒是天地之气,尽宇宙之内,无处不充塞,难道"独盘踞于'碧瓦'之内乎"?"初寒"既如此,那么严寒呢?如果以逻辑推理,此语无理可讲。但是,"然设身而处当时之境会,觉此五字之情景,恍如天造地设,呈于象,感于目,会于心。意中之言,而口不能言;口中能言之,而意又不可解。划然示我以默会意象之表,竟若有内、有外、有寒、有初寒。特借'碧瓦'一实相发之,②有中间,有边际,虚实相成,有无互立,取之当前而自得,其理昭然,其事的然也"。他又举《宿

---

① 杜集题为《冬日洛城谒玄元皇帝庙》,为五言排律。杜甫以"碧瓦初寒外,金茎一气旁。山河扶绣户,日月近雕梁"四句"写庙之壮丽"。

② 浦起龙说"碧瓦初寒外"之"外"字"有高迥气象"。(《读杜心解》)

左省作》中"月傍九霄多"、《夔州雨湿不得上岸作》中"晨钟云外湿"、《摩诃池泛舟作》中"高城秋自落"等句中的"多"字、"湿"字、"落"字,运用解剖麻雀的方法,来说明诗人能言"不可言之理、不可述之事"。有的诗可以入画,那言的是目光可接的景象,但如初寒内外之景色,月亮"多"之空灵感觉,钟声"湿"之奇妙联想,秋自高城而"落"之恍惚意象,即使是最杰出的画家如董、巨复生,恐怕也要束手搁笔,"天下惟理事之入神境者,固非庸凡之人可摹拟而得也"。何谓"神境"?——

  所谓言语道断,思维路绝,然其中之理,至虚而实,至渺而近,灼然心目之间,殆若鸢飞鱼跃之昭著也。

这几句话,可与他前所述"泯端倪而离形象,绝议论而穷思维,引人于冥漠恍惚之境"相互发明。他对于创造有如此"神境"的诗,确定了一个审美创造的原则,那就是以"情"而待"理""事":

  夫情必依乎理,情得然后理真。情理交至,事尚不得耶!……惟不可名言之理,不可施见之事,不可径达之情,则幽渺以为理,想象以为事,惝恍以为情,方为理至事至情至之语。

没有诗人胸襟的"俗儒"不可与言此,而"余为此三语者,非腐也,非僻也,非锢也。得此意而通之,宁独学诗?无适而不可矣"。叶燮至此,基本上完成了他的理论体系的建构。在《原诗》中他也在不少地方讲了"法",但他特别强调了作诗"无定法","法者,当乎理,确乎事,酌乎情,为三者之平准,而无所自为法也"。又说"夫才者,诸法之蕴隆发现处也",若说作诗另有法,也不是俗儒所津津乐道的"句法""章法",应是"法在神明之中,巧力之外,是谓变化生心",而"作者之匠心变化,不可言也"。由此,我们可以不将"法"纳入他的理论体系之内。

现将上述之理论体系试作图示如下:

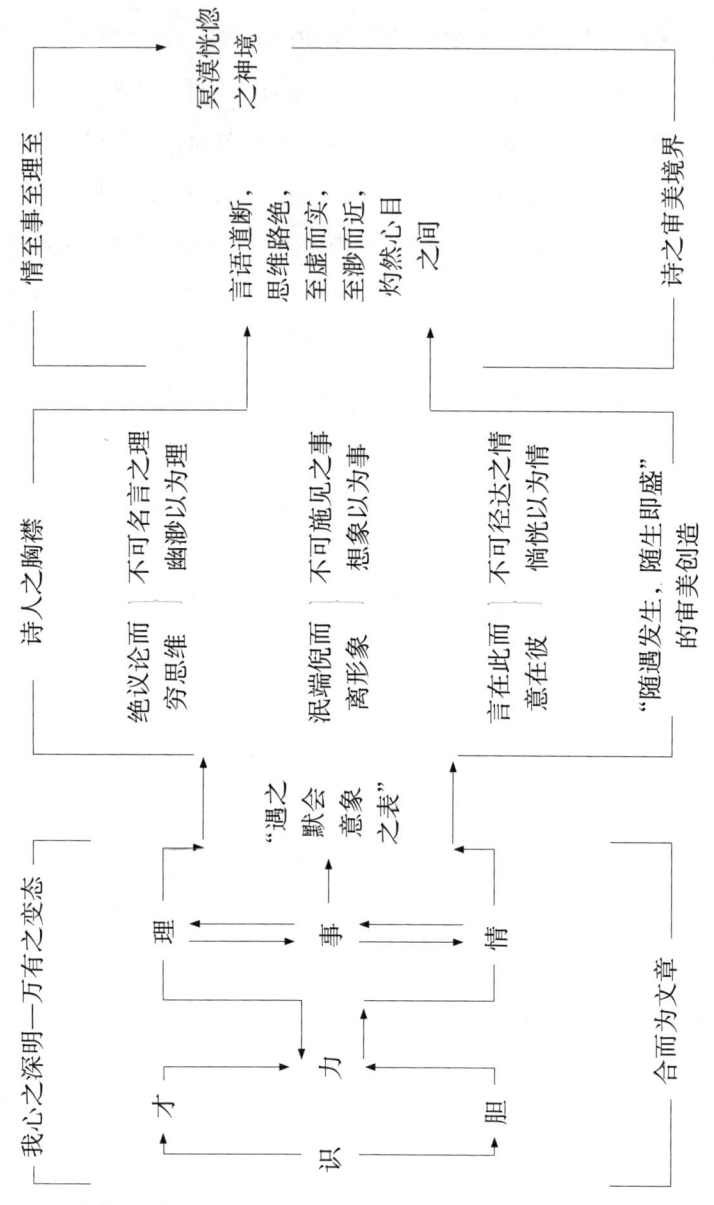

《原诗》外篇上、下还论述诗学领域的其他一些问题及对历代著名诗人的若干评论。如对诗的审美态势之"陈熟""生新""苍老""波澜"都分别加以论列。其论"陈熟""生新"云:"夫厌陈熟者,必趋生新;而厌生新者,则又返趋陈熟。以愚论之:陈熟、生新,不可一偏;

必二者相济,于陈中见新,生中得熟,方全其美。"要处理二者的关系,诗人不宜刻意求其一端,还在于"其人神而明","舒写胸襟,发挥景物,境皆独得,意自天成,能令人永言三叹,寻味不穷,忘其为熟,转益见新,无适而不可也。若五内空如,毫无寄托,以抄袭浮辞为熟,搜寻险怪为生,均为风雅所摈"。对于明七子派热衷的"体格""声调"之说,他认为与"苍老""波澜"一样,"其实皆诗之文也,非诗之质也",必以"其人具有诗之性情,诗之才调,诗之胸怀,诗之见解以为其质。……吾故告善学诗者,必先从事于'格物',而以识充其才,则质具而骨立,而以诸家之论优游以文之则无不得,而免于皮相之讥矣"。沈德潜、薛雪曾就学于叶燮,以后在他们的诗学著作中发挥了老师的见解。

《原诗》成于康熙二十五年(1686年),其时清朝正开始进入兴盛时期,叶燮率先对古来的诗学进行一次比较全面的总结,并有了理论体系的建构,其贡献是杰出的。他在给友人的信中自许:"仆尝有《原诗》一编,以为盈天地间万有不齐之物、之数,总不出乎理、事、情三者,故圣人之道自格物始,盖格夫凡物之无不有理、事、情也。为义者,亦格之文之为物而已矣。"(《已畦集·与友人论文书》)必须指出,叶燮是一个很正统的儒家学者,他的所谓"理"的实质性背景就是"圣人之道",乃至具体到《六经》之道,说"夫备物者莫大于天地,而天地备于《六经》。《六经》者,理、事、情之权舆也",为文为诗者不过是对《六经》之道"能知之"又能"变而通之"(出处同上)。他的诗论体系,当然是"变而通之"而来,所以能从"碧瓦初寒外"这样的诗句中去寻找"不可名言之理"。从言"理"这一点来说,应该说是对钟嵘、司空图、严羽等以审美为中心的诗学的逆行,但他能将"理"变通到"幽渺以为理",又大致说得过去了。本节将他的诗学体系以"儒家"一词定之,同时也表明,儒家诗学的改善,到叶燮的《原诗》已基本完成了,两千年来儒家诗学的最高成就显示于此。

第二十二章
清代四大流派的诗学观

清代文坛继明代之后，又呈现流派林立的景观，且又有明显地按文体而分的流派。有清一代二百多年间，文章流派之著名者有桐城派、阳湖派到近代的湘乡派、洋务派等；词学流派之著名者有阳羡派、浙西派、常州派等；以诗学为主的流派，有钱谦益等人的虞山派，同时的有宋荦、查慎行、厉鹗等人的宋诗派（近代又有何绍基、郑珍、莫友芝直到陈衍的宋诗派），吴伟业开其端的唐诗派；清末民初还有柳亚子等人的南社（一个具有政治色彩的诗歌社团）。清代影响最大的诗歌流派，相继产生于康熙、乾隆盛世。这就是以王士禛为首的"神韵"派，以沈德潜为盟主的"格调"派，以袁枚为代表人物的"性灵"派，以调和前三派面目出现的是翁方纲的"肌理"派。从这四个流派的名称可以看出，它们既不以地籍称，亦不以"宗尚"某前朝之诗称，其名称就是它们的理论主张。"神韵""格调""性灵"分别与明代前七子、后七子、公安派的理论都有一定的渊源关系（不管他们自己承认与不承认），前三派的理论，在清代诗学体系中堪称三大学说，影响深广。如果相对地以政教中心论与审美中心论、遵儒和反儒倾向、"言志"和"缘情"来划分，"格调"派与"肌理"派当属前者，"神韵"派与"性灵"派当属后者。这就是说，中国诗学发展过程中，功利与审美、言志与缘情两条路线的较量，到最后一个封建王朝，双方还是旗帜鲜明，未能融合统一，终于又延伸到民国以后，似无竟时。

一　王士禛"神韵"说的美学意义

"神韵"说的倡导者王士禛（1634—1711），字贻上，号阮亭，别号渔洋山人，山东新城人。一生著作极为丰富，有《带经堂集》《渔洋精华录》《渔洋诗话》等数十种。他还是清代著名的诗歌选家，有《古诗选》《唐贤三昧集》《唐人万首绝句选》等。他死后五十年，海盐学人张宗柟辑其论诗之语为《带经堂诗话》(汇纂书目，有十八种)三十卷。其论诗之面非常广泛（张宗柟分"门"别"类"达七十种之多），本书只就其"神韵"论述之。

"神韵"一词，最早见于南齐谢赫《古画品录》之"神韵气力"一语（评顾骏之画），后来唐张彦远《论画六法》中亦有画"鬼神人物，有生动之状，须神韵而后全"之说。揣画论家之意，"神韵"即"精神"（或"神彩"）与"气韵"的合成语。明代诗论家胡应麟《诗薮》中用"神韵"一词很多，大体是他"兴象风神，无方可执"的简括，尤其强调咏物、登临之类的诗"不可汗漫……惟以神韵为主"。陆时雍以"格""风""色""气"为"生韵流动"，亦实与"神韵"相通。王士禛早年曾选"唐诗绝句五七言"名《神韵集》，对于"神韵"一词，他在论诗评诗之语中直接提到的如：

> 昔人云《楚辞》《世说》，诗中佳料，为其风藻神韵，去风雅未遥。（《蚕尾续文》）

> 赵子固《梅》诗云："黄昏时候朦胧月，清浅溪山长短桥。忽觉坐来春盎盎，因思行过雨潇潇。"虽不及和靖，亦甚得梅花之神韵。（《居易录》卷六）

> 自昔称诗者尚雄浑则鲜风调，擅神韵则乏豪健，二者交讥。（《跋陈说岩太宰丁丑诗卷》）

> 予尝观唐末五代诗人之作，卑下尩琐，不复自振，非惟无开元、元和之作者豪放之格，至神韵兴象之妙以视陈隋之

季，盖百不及一焉。(《梅氏诗略序》)

以上四条，只言"神韵"而未及其内涵，下面两条稍示其义：

律句有神韵天然，不可凑泊者，如高季迪"白下有山皆绕郭，清明无客不思家"。曹能始"春光白下无多日，夜月黄河第几弯"。……余昔登燕子矶有句云："吴楚青苍分极浦，江山平远入新秋。"或亦庶几尔。(《渔洋诗话》)

汾阳孔文谷云："诗以达性，然须清远为尚。薛西原论诗，独取谢康乐、王摩诘、孟浩然、韦应物，言'白云抱幽石，绿筱媚清涟'，清也；'表灵物莫赏，蕴真谁为传'，远也；'何必丝与竹，山水有清音'，'景昃鸣禽集，水木湛清华'，清远兼之也。总其妙在神韵矣。"神韵二字，予向论诗，首为学人拈出，不知先见于此。(《池北偶谈》卷十八)

从中我们可发现，王士禛心目中的"神韵"，没有明确地沿用前人之说，有"天然不可凑泊"又赋予其"清远兼之"之义。"不可凑泊"一语严羽也说过，王士禛论诗很推重司空图和严羽，他说，司空图论诗二十四品，"予最喜'不着一字，尽得风流'八字。又云'采采流水，蓬蓬远春'，二语形容诗境，亦绝妙，正与戴容州'蓝田日暖，良玉生烟'八字同旨。"又说《诗品》二十四品中，"有谓'冲淡'者曰：'遇之匪深，即之愈稀。'有谓'自然'者曰：'俯拾即是，不取诸邻。'有谓'清奇'者曰：'神出古异，淡不可收。'是三品者最上。"(《香祖笔记》卷八)他不取"雄浑""劲健"之品，而偏取"含蓄""纤秾""冲淡""自然""清奇"五品中最富清悠淡远意味的诗句特加标举，可见其"神韵"底蕴之一斑。对于严羽，他明确地说："严沧浪以禅喻诗，余深契其说。"特别"深契"《沧浪诗话》中"盛唐诸人，唯在兴趣，羚羊挂角，无迹可求，透彻玲珑，不可凑泊。如空中之音，相中之色，水中之月，镜中之象，言有尽而意无穷"。认为与司空图"味在酸咸之外"同旨。他"于二家言别有会心"，以此审美观，录王维等四十二人"尤隽永超诣"之诗为《唐贤三昧集》(见《唐贤三昧集序》)。他最欣赏"隽永超诣"的是些什么诗呢？"如王、裴辋川绝句，字字入禅"，认为"雨中山果落，灯下草虫鸣""明月松间照，清泉石上流"等颇具禅味的诗句，是"妙谛微言，与世尊拈花，迦叶微笑，等无差别"(《蚕尾续文》)。

或许，以"清远"二字大致可以把住"神韵"说的真谛。"清远"既是有关诗的审美境界，又是一种特殊的韵味。先就"境界"言，王士禛喜用画（山水写意画）境拟之他神往的诗境，《蚕尾续文》有云：

> 予尝闻荆浩论山水而悟诗家三昧矣。其言曰："远人无目，远水无波，远山无皴。"又王楙《野客丛书》有云："太史公如郭忠恕画天外数峰，略有笔墨，意在笔墨之外。"诗文之道，大抵皆然。

这是论"远"，也就是言诗境须开阔，忌局促与烦琐刻划。他称"郭忠恕画山水入逸品"；又举李白《夜泊牛渚怀古》与孟浩然《晚泊浔阳望庐山》两诗曰："诗至此，色相俱空，正如羚羊挂角，无迹可求，画家所谓逸品是也。"(《分甘余话》)绘画理论自唐代以来，就形成了"神""妙""能""逸"四格的评画标准，宋初的黄休复在《益州名画录》中将四格重新作了排列，将"逸"格提到首位，对"逸"格的描述是：

> 画之逸格，最难其俦。拙规矩于方圆，鄙精研于彩绘。笔简形具，得之自然；莫可楷模，出于意表。故目之曰逸格尔。

"逸格"即王士禛所说"逸品"，其要义就是脱尽一切规矩模式，摒弃有人为痕迹的精刻细描，言简而能传神，自然天成而又情深意远，这就是一种"冥漠恍惚"的境界。他已说过，用"采采流水，蓬蓬远春"来"形容诗境"已是"绝妙"，用理论语言怎样表述有"清远"之"清"的审美特征呢？且将他另外两段话连缀起来看：

> 严仪卿所谓如镜中花，如水中月，如水中盐味，如"羚羊挂角，无迹可求"，皆以禅理喻诗。内典所云不即不离，不粘不脱；曹洞宗谓参活句是也。(《师友诗传续录》)

> 舍筏登岸，禅家以为悟境，诗家以为化境，诗禅一致，等无差别。(《香祖笔记》)

他又有释"羚羊挂角"语曰:"羚羊无些子气味,虎豹再寻他不着,九渊潜龙,千仞翔凤乎!"释"活句"他则引洞山禅师语云:"语中有语,名为死句;语中无语,名为活句。"又引禅宗初祖达摩语曰:"才涉唇吻,便落意思,并是死门,故非活路。"(《居易录》)在他看来,禅家彻悟之境就是"化境",所谓"化",就是最大限度地"化"去一切死的形迹,"化"去有意识地赋予审美对象的种种指向性意蕴和语中之语,化去拖泥带水的"一知半解之悟"。"不即不离,不粘不脱","无些子气味"就是"清"的表征,"清"就是"透彻之悟"的"语境"。由此是否可说:"清",首先是诗人精神之清爽,"神到不可凑泊"谓之神清,神清方可意远?他又在《居易录》中以咏雪诗来言"清":"资清以化,乘气以霏,值象能鲜,即洁成辉。"惟"清"能够入"化",韦应物云"怪来诗思清入骨",亦是言神清、诗思清而后有透彻之悟。那么,"清远兼之"的整体境界是何等形态呢?《渔洋诗话》中转述了比他年长的诗人施闰章的一个比喻性表述:

> 洪昇昉思问诗法于施愚山,先述余凤昔言诗大旨。愚山曰:"子师言诗,如华严楼阁,弹指即现;又如仙人五城十二楼,缥缈俱在天际。余即不然,譬作室者,瓴甓木石,一一须就平地筑起。"洪曰:"此禅家顿、渐二义也。"

施闰章重在从写实入手,诗境实而近,是"渐悟";王士禛是避实就虚,诗境虚而远。赵执信《谈龙录》记述了王、洪师生另一次对话:"昉思嫉时俗之无章也,曰:'诗如龙焉,首、尾、爪、角、鳞、鬣一不具,非龙也。'司寇哂之曰:'诗如神龙,见其首不见其尾,或云中露一爪一鳞而已,安得全体!是雕塑绘画者耳。'"两个比喻性说法都表明,"清远"之境界不屑于"精研彩绘",不以物象密集取胜,而是追求透彻玲珑之"清",疏淡空灵之"远"。

再说"清远"作为一种特殊韵味。王士禛激赏司空图"味在酸咸之外"的"味外之旨""韵外之致"说。他称赞盛唐王维、孟浩然诸公之诗"含蓄蕴藉,意在言外";认为诗之短章尤其"贵词简味长,不可明白说尽"。他的"神韵",据翁方纲说,有"专对貌为唐贤之滞迹者言之"(《渔洋诗髓论》)的意向。对于唐人之诗,他也有极不满意的,如说:"白乐天论诗多不可解。如刘梦得'雪里高山头白早,海中仙果子生迟''沉舟侧畔千帆过,病树前头万木春'等句,最为下劣,而乐天乃极赏叹,以此等语在在有神物护持,悖谬甚矣。"(《香祖笔记》卷五)大概他是认为刘禹锡这些诗句有"滞迹"之象,包括着一种理性判断,是"语中有语",实是神未到的凑泊之语。诗中一有判断语就陷于质实而丧失悠永之味,王维作《息夫人》诗曰"看花泪满眼,不共楚王言","更不着判断一语,此盛唐人所以为高"(《渔洋诗话》)。联系前面他屡引禅家之语,所谓"语中有语",就是"滞迹"之语,寡然无味;所谓"语中无语",就是"绮绮清言",有味外之味;所谓"才涉唇吻,便落意思",恰是意思浅薄的表现;所谓"世尊拈花,迦叶微笑",恰是"妙谛微言",神清意远。他从欧阳修之"秋霖不止,文书颇希;丛竹萧萧,似听愁滴"和苏轼之"岁云莫矣,风雪凄然;纸窗竹屋,灯火青荧。时于此间,得少佳趣"的清淡之言中,品赏到一种"寂寥风味","富贵人所不耐,而予最喜之,正苦一年中如此境不多得耳"(《带经堂诗话》卷三"清言"类)。他对自己有些诗作如《登燕子矶诗》,"往往入禅,有得意忘言之妙""神韵天然不可凑泊者",颇为自诩。《香祖笔记》中又举例说:"予少时在扬州,亦有数作,如:'微雨过青山,漠漠寒烟织。不见秣陵城,坐爱秋江色。''萧条秋雨夕,苍茫楚江晦。时见一舟行,濛濛水云外。''雨后明月来,照见下山路。人语隔溪烟,借问停舟处。''山堂振法鼓,江月挂寒树。遥送江南人,鸡鸣峭帆去。'又在京师有诗云:'凌晨出西郭,招堤过微雨。日出不逢人,满院风铃语。'皆一时仵兴之言,知味外味者,当自得之。"这些诗,当是"清远兼之"的示范之作,在读者心目中展开的是一幅幅清新淡远的水墨写意画,他爱用"雨""烟""月"渲染一种朦胧美。清新则味醇,淡远则味永,或许正是这些诗"味外味"之所在。

王士禛倡导"神韵"说,不是为了在诗学理论上有所建树,他首先是一位优秀的诗人,那些零散的理论见解,实际上都是他在创作、鉴赏实践中的若干心得体会。对于如何创作清远而具神韵之美的诗篇,其创作的经验也颇值得注意。最重要的一点,就是上面介绍自己诗作时已提到的"一时伫兴"之说。他说过:诗之道"有根柢""有兴会"。"根柢"是"本之《风雅》以导其源,溯之楚《骚》、汉魏乐府诗以达其流,博之《九经》、《三史》、诸子以穷其变";"兴会"是"镜中之象,水中之月,相中之色,羚羊挂角,无迹可求"。"根柢源于学问,兴会发于性情",二者兼之当然是好,但他却说"二者率不可得兼",[①]至少在创作主要是以山水为题材的诗时"不可得兼",所以他在论述古人与自己的创作思想与方法时,都将重点放在"兴会",如说:

萧子显云:"登高极目,临水送归,早雁初莺,花开叶落。有来斯应,每不能已;须其自来,不以力构。"王士源序孟浩然诗云:"每有制作,伫兴而就。"余平生最服膺此言,故未尝为人强作,亦不耐为和韵诗也。

所谓"伫兴",就是作诗之时,已有"兴"积蓄于胸中,无"兴"于胸,则是强作。他认为诗人要像《庄子·田子方》中所描写的为宋元君作画而"儃儃然不趋,受揖不立,……解衣盘礴"的画家那样,不屈服外界对自己精神的压力,"诗文须领悟此旨"。又引越处女与勾践论剑术时所说"妾非受于人也,而忽自有之"和司马相如论赋时所说"赋家之心,得之于内,不可得而传",以为"诗家妙谛,无过此数语"。这些都说明很重视诗人的主体意识和主观精神在审美创造中的能动作用。他并不反对别人"苦思","苦思自不可少。然人各有能有不能,要各随其性之远近,不可强同",最重要的还是"兴会神到",如果"唯句句作意",则不及前人。南城陈伯玑评王士禛诗,"譬之昔人云'偶然欲书'",王士禛听了很高兴地说:"此语最得诗文三昧。今人连篇

[①] 本条和以下引文都出自《带经堂诗话》卷三"悬解门"之"伫兴类""真诀类""微喻类",不再出原篇名。

累牍,牵率应酬,皆非偶然欲书者也。""伫兴而就"与"偶然欲书",说明了情兴积伫与灵感骤发的关系,二者俱具时,便思接千载,视通万里,诗思不受空间和时间的局限,自由地翱翔。有人说王维画雪中芭蕉,有违生活真实,"其诗亦然,如'九江枫树几回青,一片扬州五湖白',下连用兰陵镇、富春郭、石头城诸地名,皆寥远不相属"。王士禛说:"大抵古人诗画,只取兴会神到,若刻舟缘木求之,失其指矣。"又如:"香炉峰在东林寺东南,下即白乐天草堂故址,峰不甚高。而江文通《从冠军建平王登香炉峰诗》云:'日落长沙渚,层阴万里生。'长沙去庐山二千余里,香炉峰何缘见之?孟浩然《下赣石诗》:'暝帆何处泊,遥指落星湾。'落星在南康府,去赣亦千余里,顺流乘风,即非一日可达。古人诗只取兴会超妙,不似后人章句,但作记里鼓也。"他讲"兴会神到"和"兴会超妙"都举这些空间超越的例子,恰与他心中的"远"相照应,不正是"画天外数峰,略有笔墨,意在笔墨之外"吗?诗人有开阔的审美心理空间,又兴会神到,清远之境就不期而至了。

王士禛的"神韵"说在清初诗坛出现,是有一定的针对性的,因为其时儒家诗学的复兴,出现了否定诗歌审美中心建构的倾向,从虞山派到叶燮都将矛头指向严羽,其中以冯班为甚。王士禛独深契严羽之说,表现出一种抗争姿态。《分甘余话》云:"严沧浪论诗,特拈'妙悟'二字,及所云'不涉理路,不落言筌',又'镜中之象,水中之月,羚羊挂角,无迹可求'云云,皆发前人未发之秘。而常熟冯班诋諆不遗余力,如周兴、来俊臣之流,文致士大夫,锻炼周内,无所不至,不谓风雅中乃有此《罗织经》也。……此等谬论,为害于诗教非小,明眼人自当辨之。至敢詈沧浪为'一窍不通,一字不识',则尤似醉人骂坐,闻之唯掩耳走避而已。"王士禛的"神韵"说,实为继承自南朝至唐、宋再到明朝(他曾将明徐祯卿《谈艺录》,与司空图《诗品》、严羽《沧浪诗话》一并提及)的超功利的诗歌美学思想并作了创造实践性发挥。到中国最后一个封建王朝,纯正的诗歌美学之说能够如此蹈越精进,是"缘情而绮靡"一路的胜利。

"神韵"说尚不能评价为诗歌美学的整体建构,严格地说,它还只是一种独特的诗歌美学风格的标识,或说是诗歌中一个品类即山水风物诗的审美创造之理论描述。在王士禛那里,"山水有清音""水木湛清华",才有他所言之"清远"而能出"神韵"。读王士禛的诗集,也只有这类题材的作品中有堪称"神韵"之作,大量触及社会现实、政事人事的作品,实不足以"清远"言之。①或许可说"神韵"说对于山水诗的创作理论,有首创性的贡献(在此之前绘画领域早有山水画创作专论,而无山水诗创作专论),弥补了中国诗学理论一大空白,在"言志""缘情"的政事、人事诗歌创作理论之外独树一帜。从这个意义上能说,虽然"神韵"还有偏狭之处(即只顾及一种风格的山水诗,不言及写实风格如杜甫入川途中所作的纪行山水诗等),但其独到的美学价值和意义是永存的。

二 以儒家诗教为本的"格调"说

继"神韵"说之后,在清代中期诗坛广有影响的是"格调"说。"格调"说系之于沈德潜,沈氏的诗论中却没有特别标举"格调"一词。他的老师叶燮在《原诗》中对"体格""声调"倒有专条论述:"言乎体格,譬之于造器,体是其制,格是其形也。将造是器,得般倕运斤,公输挥削,器成而肖形合制,无毫发遗憾,体格则至美矣;乃按其质,则枯木朽株也,可以为美乎?""言乎声调,声则宫商叶韵,调则高下得宜,而中乎律吕,铿锵乎听闻也。"叶燮显然只将"格调"释为体制格式和声律音调,未出前七子"格调"说,且他强调格与调"其实皆诗之文也,非诗之质也"。叶燮另一位学生薛雪(1681—1770)在《一瓢诗话》中提出了有"格"的两个概念:"格有品格之格,体格之格。

---

① 《四库全书总目》卷一九六《渔洋诗话》"提要"中写道:"士禛论诗主于神韵,故所标举,多流连山水、点染风景之词,盖其宗旨如是也。"言其"神韵"实即山水诗创作之宗旨。

体格一定之章程，品格自然之高迈。品高虽被绿蓑青笠，如立万仞之峰，俯视一切；品低即拖绅缙笏，趋走红尘，适足夸耀乡间而已。所以品格之格与体格之格，不可同日而语。"进入"格调"说之"格"，何从何属呢？

沈德潜（1673—1769）字确士，号归愚，江苏苏州人。他作为清廷台阁重臣和宫廷文学家，备受乾隆皇帝的恩宠，他的诗学观代表了当时的官方观点，其门人王昶说："苏州沈德潜独持格调说，崇奉盛唐而排斥宋诗，……以汉魏盛唐倡于吴下。"（《湖海诗传》卷二）可见其"格调"说在当时已有很大影响。他著作宏富，有《归愚诗文钞》五十八卷（其中《诗钞》乾隆皇帝御笔作序），论诗专著为《说诗晬语》。他也是一位诗歌选家，有《古诗源》《唐诗别裁集》《明诗别裁集》《国朝诗别裁集》等著名选本。

沈德潜不留"格调"一词于诗学著作中，而他的学生又说他"独持格调说"，肯定他在给学生讲学时已反复言此。综览有关论著，其"格调"有三个层次的内涵。第一个层次是以《诗》三百"的"品格"为底蕴，《说诗晬语》发始即说：

> 诗之为道，可以理性情，善伦物，感鬼神，设教邦国，应对诸侯，用如此其重也。秦汉以来，乐府代兴；六代继之，流衍靡曼。至有唐而声律日工，托兴渐失，徒视为嘲风雪、弄花草、游历燕衍之具，而诗教远矣。学者但知尊唐而不上穷其源，犹望海者指鱼背为海岸，而不自悟其见之小也。今虽不能竟越三唐之格，然必优柔渐渍，仰溯《风雅》，诗道始尊。

《风雅》之格而递变为"三唐之格"，这与胡应麟的"格以代降"之"格"义通。他在《国朝诗别裁集·凡例》中又说："诗之为道，不外孔子教小子、教伯鱼数言，其立言一归于温柔敦厚，无古今一也。"最基本的或说最高的"格"，就是儒家诗教的思想准则与感情规范，"温柔敦厚，斯为极则"，这是"诗道性情"不可逾越的规格。当然"格"亦依于"体"，"诗不学古，谓之野体"，他在《古诗源序》中说："诗至有唐而极盛。……唐以前之诗，昆仑以降之水也。汉京魏氏，去风雅未远，无异辞矣。即齐、梁之绮缛，陈、隋之轻艳，风标品格，未必不逊于唐。"此言之"品格"，是相对于古诗之高格而言。

如果说第一层次"格"的内容是由政教功利原则而规定，那么"格"第二层次内容就是由诗人与诗的关系来确定，入薛雪所谓"品格"的范畴。《唐诗别裁集·凡例》中有言：

诗贵浑浑灏灏，元气结成，乍读之不见其佳，久而味之，骨干开张，意趣洋溢，斯为上乘。若但工于琢句，巧于著词，全局必多不振。

此说"骨干""全局"就是诗的本体之"格"，《说诗晬语》中评唐代沈云卿诗《独不见》说："骨高气高，色泽情韵俱高，视中唐'莺啼燕语报新年'诗，味薄语纤，床分上下。"这是指诗本身"格"之高下。诗之品格欲高，先是诗人自身品格须高。他的同窗薛雪说："著作以人品为先，文章次之。"又说："诗文与书法同一理。具得胸襟，人品必高。人品既高，其一謦一欬，一挥一洒，必有过人之处，享不磨之名。"（《一瓢诗话》）沈德潜对此说得更好：

有第一等襟抱，第一等学识，斯有第一等真诗。如太空之中，不着一点；如星宿之海，万源涌出；如土膏既厚，春雷一动，万物发生。古来可语此者，屈大夫以下数人而已。

有此两个"第一等"，诗之体格必高。他崇奉盛唐，盛唐诗人中李白、杜甫诗格最高。"太白想落天外，局自变生，大江无风，涛浪自涌，白云卷舒，从风变灭，此殆天授，非人力也。"（《说诗晬语》）这是说李白有"第一等襟抱"。《唐诗别裁集·凡例》中则直接将"襟抱""学识"与某一诗体的成就联系起来看：七言古体于李、杜，"李供奉鞭挞海岳，驱走风霆，非人力可及，为一体"；"杜工部沉雄激壮，奔放险幻，如万宝集陈，千军竞逐，天地浑奥之气至此尽泄，为一体"。七言律体，"少陵胸次闳阔，议论开辟，一时尽掩诸家"。诗人有怎样的品格，其诗便有怎样的品格，人的品格诗化，诗的品格人化，这便是"格"的第二层意思。在《缪少司寇诗序》中说:"惟先有不可磨灭之概与挹注不尽之源,蕴于胸中,即不必求工于诗,而纵心一往,浩浩洋洋,自有不得不工之势。无他,工夫在诗外也。"他又强调诗人之品格修养为先。

"格"的第三层次则是"体格一定之章程"。前两个层次属于"诗之质",这个层次就是"诗之文"了。这"章程"之则,就是诗的艺术法则。《说诗晬语》(《唐诗别裁集·凡例》亦有大致相同的说法)云:

> 诗贵性情,亦须论法。乱杂而无章,非诗也。然所谓法者,行所不得不行,止所不得不止,而起伏照应,承接转换,自神明变化于其中;若泥定此处应如何,彼处应如何,不以意运法,转以意从法,则死法矣。试看天地间水流云在,月到风来,何处著得死法!

这是承他老师之说,叶燮认为"法"不能"凭虚而立",只能"托物以自见",作诗之法只在"神明之中";讲平平仄仄之类者为"死法","死法为'定位',活法为'虚名'。'虚名'不可为有,'定位'不可为无。不可无者,初学能言之;不可为有者,作者匠心之变化,不可言也"。"格调"说在前面所言之定则下,是讲活法的,沈德潜也算得上是一位诗人,写诗、评诗、选诗不能不注意诗的艺术性,他认为"比兴互陈,反覆咏叹"便是诗之一法:"事难显陈,理难言罄,每托物连类以形之。郁情欲舒,天机随触,每借物引怀以抒之。比兴互陈,反复唱叹,而中藏之欢愉惨戚,隐跃欲传,其言浅,其情深也。倘质直敷陈,绝无蕴蓄,以无情之语而欲动人之情,难矣!"(《说诗晬语》)涉及"调"的方面,他对声律音韵还是很重视的,紧接上言之后便说:

> 诗以声为用者也,其微妙在抑扬抗坠之间。读者静气按节,密咏恬吟,觉前人声中难写、响外别传之妙,一齐俱出。
> 朱子云:"讽咏以昌之,涵濡以体之。"真得读诗趣味。

声律音韵之讲求,正是诗最显著的艺术特征之一,"意中有不得不言之隐,借有韵语以传之。……或慷慨吐臆,或沉结含凄,长言短歌,俱成绝调"。但是亦须讲"活法"。他在《石香诗抄序》中说:"夫韵不可以迹象求,不可以声响著,流于迹象声响之外而仍存于迹象声响之间。此如画家六法然,无论神品逸品,总以气韵生动为上。"他也提出了一个"神韵"说,但他所言"神韵"不同于王士禛有特定的内涵,是"有韵则厚""有韵则生",是"流于迹象声响之外而仍存于迹象声响之间"的"神"。《家房仲诗集序》云:"予闻古人诗如采菊东篱、池塘春草、月照清淮、蝉噪鸟鸣、亭皋木叶、陇首秋云诸语,每以风格神韵赏之。"我们发现,沈德潜实际是以"神韵"来代指诗的艺术魅力,是"格调"说第三层内容的总括,是"格调"用于诗的最终立足处。在《七子诗选序》中有段话,可以看作是他对于"格调"说上述三个层次的总括:

予惟诗之为道,古今作者不一,然揽其大端,始则审宗旨,继则标风格,终则辨神韵,如是焉而已矣。……窃谓宗旨者,原乎性情者也;风格者,本乎气骨者也;神韵者,流于才思之余,虚与委蛇而莫寻其迹者也。

这应该说是"格调"说的定义,沈德潜选古诗、唐诗、明诗、清诗以示范,就是"尝为此论,以为准的",非"格调"而何?其宗旨就是崇奉儒家诗教以为本原。《唐诗别裁集序》中就说,"人之作诗,将求诗教之本源",这就是"宗旨","既审其宗旨,复观其体裁,徐讽其音节,未尝立异,不求苟同,大约去淫滥以归雅正,于古人所云微而婉,和而庄者,庶几一合焉"。所谓"性情"之"雅正",即合乎"温柔敦厚之极则",合于"言志永言之旨"(《明诗别裁集序》);《国朝诗别裁集序》中更明确地说:"惟祈合于温柔敦厚之旨,不拘一格也。"可见他是坚定地将"政治标准"放在第一位,艺术从属于政治;"格调"说三层内容,第二、三层都从属于第一层,这是"发乎情、止乎礼义"一个新的翻版。

不能说沈德潜论诗没有一些真知灼见,但他的真知灼见都纳入了诗关乎封建教化论中。他也崇尚"诗之真者在性情"(《南园唱和诗序》)

却又反对"诗缘情"说,反对诗写男女爱情,说"《诗》本六籍之一,王者以观民风,考得失,非为艳情发也。……自梁、陈篇什,半属艳情,而唐末香奁,益近亵嫚,失好色不淫之旨矣。此旨一差,日远名教"。叶燮论诗标榜"理"字为先,"理"的背景是"六经之道",沈德潜发挥此论而否定柳宗元的"诗与文二道"之说,硬说"《诗》三百篇与诸经相贯通者也",将出自《诗》之后的《春秋》也强拉进去,强调"学者不能不穷经耳;能穷经,诗学深矣"(《李修子诗序》)。可是他另一面的说法,不能不说与"穷经"而学诗有矛盾:"江山与诗人相为对待者也。江山不遇诗人,则巉岩渊沦,天地纵与以壮观,终莫能昭著于天下古今人之心目。诗人不遇江山,虽有灵秀之心、俊伟之笔,而孑然独处,寂无见闻,何由激发心胸,一吐其堆阜浩瀚之气?惟两相待两相遇,斯人心之奇际乎宇宙之奇,而文辞之奇得以流传于简墨。"(《芎庄诗序》)应该说这倒是通达之论。因为他重视"理",《古诗源·例言》中说:"诗非谈理,亦乌可悖理也。仲长统述志云:畔散五经,灭弃风雅,放恣不可问矣。"不谈"理",但诗中可以有议论,严羽对"以议论为诗"很反感,他则说:"人谓诗主性情,不主议论,似也,亦不尽然。试思《二雅》中何处无议论?杜老古诗中,《奉先咏怀》《北征》《八哀》诸作,近体中,《蜀相》《咏怀》《诸葛》诸作,纯乎议论。但议论须带情韵以行,勿近伧父面目耳。戎昱《和蕃》云:'社稷依明主,安危托妇人。'亦议论之佳者。"说得虽有些道理,但从所举的诗例看,其"议论"是特指"设教邦国"的道理。他又有一说:"意主浑融,惟恐其露;意主踔厉,惟恐其藏。究之恐露者味而弥旨,恐藏者尽而无余。"有"议论"者大概属"踔厉"之流,与他前所言"意中有不得不言之隐,借有韵语以传之"也不是一路。总之,为了诗之功利目的之实现,沈德潜尽量在广开诗路,只要不降其"格"。

明代从李东阳开始,又经前后七子各述己见,"格调"说始终没有一个确切的说法。李东阳大体是以"格律""声调"合而言之;李梦阳之"格古""调逸"实以"法式古人"为其"格调"说的要义;

徐祯卿则是强调"因情立格";王世贞又以"才""思"为"格调"的基础。沈德潜终于把诸种说法统一起来,将"法式古人"上升到以儒家诗教为本,将"才""思"统纳为诗人之"第一等襟抱,第一等学识",再将复古派所特别重视的"法"强调为"活法"。于是合"宗旨""风格""神韵"于一体,成为乾隆盛世一大诗说,将叶燮所构建的儒家诗学体系推向实践运用中去,加强正统封建文学的规范化,仰溯"风雅"以振兴中国最后一个封建盛世的"诗道"。

三 袁枚"性灵"说——诗人"天分"论

明代中叶(万历时期),公安派袁宏道高举"独抒性灵"的旗帜,反对前后七子派复古主义的"格调"说,约一个半世纪之后的清代中叶(乾隆时期)袁枚又高唱"性灵"反对沈德潜经过重新整合的"格调"说,似乎是历史极为酷似的重演。可是既然清代的"格调"说提高了明代的"格调"说,清代的性灵说也自然不会是前代的"性灵"说的简单重复。这一重演再现,是中国诗学批评的历史呈螺旋状发展的典型环节。

袁枚(1716—1798)字子才,号简斋,浙江杭州人。他小沈德潜四十三岁,且沈是台阁重臣,以小字辈身份敢于质难文坛泰斗的诗学成说,足见他有足够的勇气。由于有这么一点反叛精神,所以不能在仕途上有较大发展,做了溧水、江宁等几处的小小七品官之后,辞官退居江宁(今南京)小仓山下随园,号随园老人,专事著述,有《小仓山房诗文集》、诗学专著《随园诗话》等传世。

袁枚公开向沈德潜的"格调"说发起挑战,旗帜最为鲜明的当是《答沈大宗伯论诗书》和《再与沈大宗伯书》。两"书"中对沈氏的复古倾向尤其是"温柔敦厚斯为极则"之说表示强烈的反对意见。在前书中,首先针对沈氏厚古薄今的诗学史观而驳曰:"尝谓诗有工拙,而无今古。……即《三百篇》中,颇有未工不必学者,不徒汉、晋、唐、宋也;今人诗有极工极宜学者,亦不徒汉、晋、唐、宋也。"他谈到"变"的问题时说,唐人学前人而变,宋人学唐人又变,并不是有心于变,而是不得不变,"使不变,则不足以为唐,不足以为宋也。子孙之貌,莫不本于祖父,然变而美者有之,变而丑者有之,若必禁其不变,则虽造物有所不能"。沈大宗伯您为什么"许唐人之变汉、魏,而独不许宋人之变唐"呢?在源、流、正、变的问题上,沈德潜背叛了其师叶燮"变能启盛"的观点,倒是袁枚接受和发挥了那有辩证意义的观点。在此信中,袁枚亮出作为"性灵"说根柢的论点:

> 然格律莫备于古,学者宗师,自有渊源。至于性情遭遇,人人有我在焉,不可貌古人而袭之,畏古人而拘之也。今之莺花,岂古之莺花乎?然而不得谓今无莺花也。今之丝竹,岂古之丝竹乎?然而不得谓今无丝竹也。天籁一日不断,则人籁一日不绝。

"格律"是诗之"文","性情"是诗之"质",这点叶燮早说过了。袁枚的"性灵"说,正是以今人之性情为起点,因而批评的锋芒直指沈氏"温柔敦厚"性情说和"人伦日用"功利说。本书第三章论汉代诗学时,已谈到出自《小戴礼记》中的"温柔敦厚,诗教也"是汉儒编造出来的,袁枚也说:

> 孔子之言,戴经不足据也。惟《论语》为足据。子曰"可以兴,可以群",此指含蓄者言之,如《柏舟》《中谷》是也。曰"可以观,可以怨",此指说尽者言之,如"艳妻煽方处""投畀豺虎"①之类是也。曰"迩之事父,远之事君",此诗之有关系者也。曰"多识于鸟兽草木之名",此诗之无关系者也。

袁枚说"仆读诗常折衷于孔子",不但否定孔子有"温柔敦厚"其说,而且竟敢将孔子原话施以自解,如果说王夫之已将"兴""观""群""怨"释为"四情"的话,他更将四者区分为"含蓄"和"说尽"两种审美形态。更为出格的是化解孔子之言,将诗分为"有关系"即有政教功利目的与"无关系"即无政教功利目的的两大类,不能不说是惊世骇

---

① 这两句诗见于《小雅·十月之交》和《小雅·巷伯》。

俗之言。袁枚既重性情，当然重视表现男女爱情的诗作，可是沈德潜连《诗经》明显发抒爱情的"风诗"也予以曲解和否定，以"名教"卫道者自命，在选诗时，摒弃"艳体"。袁枚在后一"书"中，可说是对沈氏之偏狭提出了严正的抗议，首说："夫《关雎》即艳诗也，以求淑女之故，至于辗转反侧。使文王生于今遇先生，危矣哉！"沈氏的"选诗之道"，属"拘见而狭取"之列，古人早已不屑如此，都知道"诗之奇平艳朴，皆可采取，亦不必尽庄语也"。接着说："诗之道大而远，如地之有八音，天之有万窍，择其善鸣者而赏其鸣足矣，不必尊宫商而贱角羽，进金石而弃弦匏也。……艳诗宫体，自是诗家之一格，孔子不删郑卫之诗，而先生独删次回之诗，①不已过乎？"值得特别注意的是，自隋以后，无人敢于肯定的齐梁宫体诗，袁枚则肯定其为诗之一格，从重"情"这点来说，他甚至把男女情诗提高到诗之众格的首位，在《答蕺园论诗书》就明白地说过："具夫诗者，由情生者也，有必不可解之情，而后有必不可朽之诗。情所最先，莫如男女。"

大致明了袁枚与沈德潜的对峙之状后，对于其"性灵"说就可入门了。"性灵"一词，在袁枚的诗和诗学论著中频频出现，但是却无一处对它作过比较详细的理论阐释，后来的研究者只能搜集那些即兴感发的零言散语，去揣摩其可否联贯、可否系统地表述的精旨微义。从下列三条材料中可看出他所言的"性灵"与前人所言"性灵"基本是一致的：

　　天涯有客太泠痴，错把抄书当作诗。抄到钟嵘《诗品》日，该他知道性灵时。(《仿元遗山论诗》三十八首之三十八·论翁方纲)

　　杨诚斋曰："从来天分低拙之人，好谈格调而不解风趣。何也？格调是空架子，有腔口易描，风趣专写性灵，非天才不办。"余深爱其言。(《随园诗话》卷一)②

---

① 《随园诗话》卷一云："本朝王次回《疑雨集》，香奁绝调，惜其只成此一家数耳。沈归愚尚书选国朝诗，摈而不录，何以见之狭也！"

② 以下引《随园诗话》语书名简称《诗话》，《随园诗话补遗》简称《补遗》。

谢深甫云:"诗之为道,标举性灵,发舒怀抱,使人易于矜伐。"此言是也。(《诗话》卷十二)

他没有提及《文心雕龙》中多处出现的"性灵",而是将钟嵘的《诗品》推为言"性灵"的始祖。《诗品》给诗下定义时用了一个很好的词:"摇荡性情";而评阮籍的《咏怀诗》则说"可以陶性灵,发幽思。言在耳目之内,情寄八荒之表"。钟嵘品诗,特别标举一个"怨"字,这是一种特殊的情感形态;在艺术方法上将"兴"置于首位,又欣赏"直寻"而反对"补假"。袁枚知道"性灵"大概应包括这些内容。他引杨万里之说法(不详出处)对"格调"说来了一次旁敲侧击,但也有一个重要的判断语:"风趣专写性灵"并且是"非天才不办"。谢深甫将"标举性灵,发舒怀抱"上升到"诗之为道"的高度。袁枚同时代人吴雷发也说:"善学者不论何代,皆能采取菁华;惟能运一己之性灵,便觉我自为我矣。"(《说诗菅蒯》)。从明朝的王世懋、焦竑、李维桢、屠隆到公安派再到清朝中叶,"性灵"一词已为倾向个性解放的诗人和诗论家所乐道了,再有李贽的"童心"、汤显祖的"灵性",实合于一流了。

如果还把"性灵"释为"性情"或"真情"或诗中"有我"似乎没有必要了,因为"诗道性情"是正统的儒家学者也不反对的,袁枚有时也"性情""性灵"不分,似乎是运用语言的习惯而未细辨。从他论述的主流看,其"性灵"是有些独特内涵的,与李贽的"童心"说、汤显祖的"灵性"说更多些相通之处。我觉得,他心目中的"性灵",是"天性"与"灵机"的融合。① 所谓"天性"就是人的自然之性,未被"名教"、学问扭曲和淹没,而诗人之"性",更在于先天的赋与,让我们先看他与"天"有关的言论:

余常谓:诗人者,不失其赤子之心者也。……黄梨洲先

---

① 陈汉《竹林答问》:"性灵,即性分也。学诗者有天资颖悟出手便高者,是性分中宿世灵根。摩诘所谓'宿世本词客,前身应画师',沧浪所谓'诗有别趣'。"此解可参考。

生云:"诗人萃天地之清气,以月露风云花鸟为其性情。月露风云花鸟之在天地间,俄顷灭没;惟诗人能结之于不散。"先生不以诗见长,而言之有味。(《诗话》卷三)

阮亭尚书自言一生不次韵,不集句,不联句,不叠韵,不和古人之韵。此五戒,与余天性若有暗合。(《诗话》卷六)

诗有音节清脆,如雪竹冰丝,非人间凡响,皆由天性使然,非关学问。在唐,则青莲一人,而温飞卿继之。(《诗话》卷九)

诗文之道,全关天分。聪颖之人,一指便悟。(《诗话》卷十四)

诗文自须学力,然用笔构思,全凭天分。往往古今人持论,不谋而合。李太白《怀素草书歌》云:"古来万事贵天生,何必公孙大娘浑脱舞。"赵雪松《论诗》云:"到老始知非力取,三分人事七分天。"(《诗话》卷十五)

诗不成于人,而成于其人之天。其人之天有诗,脱口能吟。其人之天无诗,虽吟而不如无吟。……予往见人之先天无诗,而后天有诗,于是以门户判诗,以书籍炫诗,以迭韵、次韵、险韵敷衍其诗,而诗道日亡。(《何南园诗序》)

今夫越女之论剑术曰:"妾非受于人也,而忽自有之。"夫自有之者,非人与之,天与之也。天之所以与,岂独越女哉?(《赵雪松瓯北集序》)

以上七条,足可证明袁枚所谓"性"是诗人先天之情性、悟性、灵性,超越了人人皆可言的"性情""真情"。说"赤子之心",就是李贽所言之"童心",如"老僧只恐云飞去,日午先教掩寺门"(宋人句)、"美人背倚玉阑干,惆怅花容一见难。几度唤他他不转,痴心欲掉画图看"(陈楚南《题背面美人图》),"妙在皆孩子语也"。黄宗羲所言,实即诗人之悟性,诗人的这种悟性"能结之于不散",又正是一种独特的天分。袁枚反复申说"天性使然""全关天分",且特别指出"非关学问"。

李白是天才诗人,已为人们所公认,他以为宋代杨万里、元代萨都剌,都是"天性使然"的诗人。《诗话》卷九又引他人之言曰:"王西庄光禄,为人作序云:'所谓诗人者,非必其能吟诗也。果能胸境超脱,相对温雅,虽一字不识,真诗人矣。如其胸境龌龊,相对尘俗,虽终日咬文嚼字,连篇累牍,乃非诗人矣。'余爱其言,深有得于诗之先者。"这实际上也是说真正的诗人须有一份天然的真趣,若不能超脱尘俗,读书再多也不是诗人。

诗人的天性超越普通人的天性,就在于诗人的天性中充溢着灵气。关于"灵",竟陵派已有"灵心"之说,汤显祖则言"灵性"惟"奇士"才有。此外前人言与"灵"有关的还有"灵犀""灵机""灵趣"等,前所引杨万里说"风趣专写性灵",实即性灵之风趣,亦可简括为"灵趣"。请看袁枚言"灵"之语:

> 白云禅师作偈曰:"蝇爱寻光纸上钻,不能透处几多难。忽然撞着来时路,始觉平生被眼瞒。"云窦禅师作偈曰:"一兔横身当古路,苍鹰才见便生擒。后来猎犬无灵性,空向枯桩旧处寻。"二偈虽禅语,颇合作诗之旨。(《诗话》卷四)

> 今人浮慕诗名而强为之,既离性情,又乏灵机,转不若野氓之击辕相杵,犹存风雅焉。(《钱玛沙先生诗序》)

> 但肯寻诗便有诗,灵犀一点是吾师。夕阳芳草寻常物,解用都为绝妙词。(《遣兴》)

前言"灵性",即指"性"之机灵者。次言"灵机",是相对"性情"而言的,"灵犀一点"又是"灵机"的激发状态。那么,"灵机"的诗学表述该是什么呢?就是严羽说过的"妙悟",袁枚将其与"灵性"联系而言,在《续诗品》中表述为"神悟":

> 鸟啼花落,皆与神通。人不能悟,付之飘风。惟我诗人,众妙扶智。但见性情,不著文字。宣尼偶过,童歌沧浪。闻之欣然,示我周行。

诗人有"以其月露风云花鸟为性情"的灵性,但如果缺乏"灵机"

而不能悟,那灵性也就像风飘摇而去了,就如叶燮所说的有"识"而无"才"。有"灵机"而能"神悟",才有"众妙"毕至,性情见于诗中,但又妙在文字之外,这就是"灵机"的作用,是"灵犀一点通"所产生的奇妙效果。"性灵"说究其真谛,实是落足于"灵"字上,归根到底还是诗人的"天分":"聪颖之人,一指便悟",而"从来天分低拙之人",不解"风趣专写性灵"。从这个意义上说,袁枚的"性灵"说就是诗人的"天分"论。

充分表现了诗人"天分"的作品,袁枚以"天籁"目之。《补遗》卷六有论"天籁"与"人籁"之语:

> 法时帆学士造诗龛,题云:"情有不容已,语有不自知。天籁与人籁,感召而成诗。"又曰:"见佛佛在心,说诗诗在口。何如两相忘,不置可与否。"余读之,以为深得诗家上乘之旨。

《答沈大宗伯论诗书》中已说过"天籁一日不断,则人籁一日不绝",这里先说了诗是"天籁"与"人籁"相互感召而成;可是因为诗人"萃天地之清气",其诗亦可臻至"天籁"之妙境,"夫诗为天地元音,有定而无定。到恰好处,自成音节。此中微妙,口不能言"(《诗话》卷四)。这大概是他为"天籁"下的定义。又举例说法时帆"缓步出柴门,天光隔桥潋。溪云没酒楼,林露滴茶笼。秋水忽无烟,红蓼一枝动"等诗,"此真天籁也";还举法氏另一诗:"盗贼掠人财,尚且有刑辟。何况为通儒,觍颜攘载籍。两大景常新,四时景屡易。胶柱与刻舟,一生勤无益",道是"此笑人知人籁而不知天籁者也"。"天籁"的审美标识是"情有不容已,语有不自知"的心、口两忘;"人籁"是以自然为师,虽有"人力"为之,但无"胶柱"与"刻舟"之态。他又引述南朝萧子显"凡有著作,特寡思功,须其自来,不以力构"、陆放翁"文章本天然,妙手偶得之"等语,和薛道衡、陈师道等人苦思至"语不惊人死不休"而说:"二者不可偏废。盖诗有从天籁来者,有从人巧得者,不可执一而求"(《诗话》卷四)。两者之中,"天籁最妙"。"天籁"有两大审美特征:一是从内心自然流露出来的真情,二是诗语自

然清新有"天趣"。《诗话》卷八举"不甚识字者"的诗例:

  或有句云:"唤船船不应,水应两三声。"人称为天籁。

  吾乡有贩鬻者,不甚识字,而强学词曲,《哭母》云:"叫一声,哭一声,儿的声音娘惯听,如何娘不应?"语虽俚,闻者动色。

前句写水上景极为自然逼真,后诗则是哭母真情纯以口语出之。"口头语,说得出便是天籁","家常语入诗最妙"(《补遗》卷二、卷一),袁枚以为这就是"性灵"的最佳体现,"《国风》皆劳人、思妇、静女、狡童矢口而成者也",所以能传至今日,"都是性灵,不关堆垛"(《诗话》卷五)。关于"天趣",他举丹徒一少女的《扫径》诗:"菊残三径懒徘徊,枫叶飘丹积满苔。正欲有心呼婢扫,那知风过替吹开。"以为"颇有天趣"(《补遗》卷二)还举一例说"天趣"之"味":

  凡菱笋鱼虾,从水中采得,过半个时辰,则色味俱变;其为菱笋鱼虾之形质,依然尚在,而其天则已失矣。谚云:"死蛟龙,不若活老鼠。"可悟作诗文之旨。(《补遗》卷一)

就是说"天趣"有清新、鲜活之味。袁枚表述此种审美趣味,有时也用"神韵"一语,"淡而有味","不贵用力"就是他的"神韵"之义,又说,"神韵是先天真性情,不可强而至。"(《再答李少鹤》)总之,"真情"是"天籁"的底蕴,能"独写性灵"则"迥非凡响"。再是"一时感触,竟成天籁",袁枚到老来才对此感受更深,有《老来》诗云:"老来不肯落言筌,一月诗才一两篇。我不觅诗诗觅我,始知天籁本天然。"

  由诗人之"天性""灵机"而有诗之"天籁""天趣",通融而论,庶几可明袁枚"性灵"说之要义,较之明代的"性灵"说似乎更系统一些,其核心要点是诗人之"天分",以"天分"运其个性、真情而发挥于"天才"。这比袁宏道之论更为明朗。袁枚是一位博学多识的诗人,虽然也多次强调诗"成于其人之天","全关天分",但他还是放不下学问家的架子,亦不敢贸然否定"人力""学力"。关于"学",他有一个颇具经验性又富有启示意义的说法:

  人闲居时,不可一刻无古人;落笔时,不可一刻有古人。

平居有古人,而学力方深;落笔无古人,而精神始出。(《诗话》卷十)

"学力"在创作实践时,起着潜移默化的作用。"天籁易工,人籁难工",学力更潜作用于"人籁"。谈到"天籁"时他说过"天籁不来,人力亦无如何"的话,但也赞成他人所说:"然人力未及,则天籁亦无因而至。虽云天籁,亦须人工求之。"以为"知言"。虽然"天籁最妙",他认为只是诗中一格,《诗话》卷八有言:"严沧浪借禅喻诗,所谓'羚羊挂角''香象渡河',有神韵可味,无迹象可寻。此说甚是。然不过诗中一格耳。阮亭奉为至论,冯钝吟笑为谬谈,皆非知诗者。诗不必首首如是,亦不可不知此种境界。"作近体短章可求此种境界,作古体长篇,"自当天魔献舞,花雨弥空,虽造八万四千宝塔,不为多也;又何能一羊一象,显渡河、挂角之小神通哉"。只要是"独写性灵",以"学力"成"人籁"亦无可无不可。总而言之,"相题行事,能收能放,方称作手"。

必须指出,袁枚论诗也多有矛盾之处。如虽然明确说过"温柔敦厚"不可谓孔子之言,"戴经不足据也",可是在《诗话》中又说:"孔子论诗,但云'兴观群怨',又云'温柔敦厚',足矣。……盖诗境甚宽,诗情甚活,总在乎好学深思,心知其意,以不失孔、孟论诗之旨而已。"(《补遗》卷三)不知何故,硬要将"性灵"诗论纳入儒家诗教之"旨",反儒精神,实落后于明代"性灵"说倡导者袁宏道,袁宏道强调"见从己出,不曾依得半个古人",以"欲死圣人"的老子、"讥毁孔子"的庄子、与孟子唱对台戏的荀子为"顶天立地"的榜样,敢于蔑弃《六经》和孔孟之道,所以敢于"尽脱近代文人气习"。袁枚则有进三退二之象,明明说过诗有"无关系"即无政教功利目的一类,可是又退而言"古人诵诗三百,授之以政,政之道原息息与诗通。……今人界诗与政而二之,诗之废,政之忧也"(《钱竹初诗序》);明明说过"诗往往有畸士贱工脱口而出者","语虽俚,闻者动色"可称"天籁",可是又退而言"诗难其雅也,有学问而后雅;否则,俚鄙率意矣"(《诗话》卷七);等等,不一而足。估摸他大约是只凭一时之"性灵"而"率意"言之吧。因此,袁枚的"性灵"说只是对"格调"说有冲击作用,但反得不够彻底,对诗歌美学方面的贡献,也逊于王士禛。当然,较之稍后翁方纲的"肌理"说,还是远在其上的。

四 倡导"学人之诗"的"肌理"说

被袁枚讥为"错把抄书当作诗"的翁方纲(1733—1818),字正三,号覃溪,大兴(今属北京)人。他是乾嘉时代著名的金石学家、考据家、经学家、书法家,是学者型诗人,官至内阁学士,诗学观点有浓厚的官方色彩。著有《复初斋文集诗集》等,论诗专著有《石洲诗话》。他热衷于作诗学专论,如《神韵论》(上、中、下,)《格调论》(上、中、下)和《诗法论》等。

如果说,袁枚的"性灵"说中强调了"天籁"之作"全关天分,非关学问",那么翁方纲则认为作诗全关学问,或说学问第一。他提出"肌理"说,倡导作"学人之诗",是典型的正统儒家学者的诗论。《志言集序》中写道:

> 士生今日,经籍之光,盈溢于世宙,为学必以考证为准,为诗必以肌理为准。《记》曰:"声相应,故生变;变成方,谓之音。"又曰:"声成文,谓之音。声音之道,与政通矣。"此数言者,千万世之诗视此矣。

以经籍之学力先,用之于"肌理"。《志言集》是他印证"肌理"说的一个诗歌选集,"惟是检之于密理,约之于肌理,则窃欲隅举焉。于唐得六家,于宋、金、元得五家,钞为一编,题曰《志言》,时以自勉,亦时以勉各同志,庶几有专师而无泛骛也欤。"从书名就可看出,翁方纲是"诗言志"路线的忠诚捍卫者。到底何谓"肌理"说?《仿同学一首为乐生别》说之颇详:

> 乐生莲裳将之扬州,予为题扇一诗曰:"分寸量黍尺,浩荡驰古今。"盖言诗之意尽在是矣。……夫所谓"分寸量

黍尺"者，肌理针线之谓也。遗山之论诗曰："鸳鸯绣出从君看，不把金针度与人。"此不欲明言针线也。少陵则曰："美人细意熨贴平，裁缝灭尽针线迹。"善哉乎！究言之，长言之，又何尝不明针线与？白香山曰："斫石破山，先观镜迹；发矢中的，兼听弦声。"而昌黎曰："将军欲以巧伏人，盘马关弓故不发。"然则巧力之外，条理寓焉矣。昔李、何之徒空言格调，至渔洋乃言神韵。格调、神韵皆无可着手也。予故不得不近而指之曰"肌理"。少陵曰"肌理细腻骨肉匀"，此盖系于骨与肉之间，而审乎人与天之合微乎？

原来，"肌理"是"骨"与"肉"之间一种匀称的状态，换言之是"理"与"文"之间的结构方式，从表层意思看，还可与"风骨"说相通呢！翁方纲于此所说，倒是竭力揭示"肌理"诗的审美特征，那就是"细意熨贴"又"灭尽针线迹"，是"条理"其中而"巧力"于外。这样说，"肌理"倒不失为一种诗文风格，古人如杜甫早已言之。"肌"是肌肉之谓，人的肌肉附于骨，人之美丑与肌肤之血色光泽肥瘦之度极有关系，翁方纲用此字顾及了诗之美。"理"，对于审美中心说的论诗者来说，已厌言之，翁方纲则将"志""意""性情"都以"理"概言之。他所言之"理"是什么？《杜诗"熟精文选理"理字说》一文中，借杜诗来界定"肌理"之"理"：

> 杜之言理也，盖根极于《六经》矣，曰"斯文忧患余，圣哲垂《象》《系》"，《易》之理也。曰"舜举十六相，身尊道何高"，《书》之理也。曰"春官验讨论"，《礼》之理也。曰"天王狩太白"，《春秋》之理也。其他推阐事变，究极物则者，盖不可以指屈。

他摘引杜诗中个别诗句，便结论杜甫言之"理"皆是《六经》之理，而不是人事物理。杜甫《宗武生日》中写道："诗是吾家事，人传世上情。熟精《文选》理，休觅彩衣轻。"这是教导"觅句新知律，摊书解满床"的二儿子如何从《文选》中去悟得一些作诗道理，继承杜氏自杜审言以来诗学家业。如果杜甫所言"理"如翁氏所说,那何不直言"《六经》理"呢?须知"《文选》理"仅是汉魏晋宋诗文创作之理,包括具体的各种文体创作方法,与《六经》之"理"根本不是一回事!翁方纲在此运用的是偷换概念的手段。他还振振有词地说:"则夫大辂椎轮之旨,沿波而讨源者,非杜莫能证明也。"萧统《文选序》中说:"若夫椎轮为大辂之始,大辂宁有椎轮之质?"恰是说后代之诗文都"踵事增华",不墨守《六经》之文、理。《文选》不选"姬公之籍,孔父之书",不选"以立意为宗,不以能文为本"的诸子之作,其意明矣,为何杜甫反可从《文选》中"熟精"《六经》之理并用于他众多诗篇中去呢?当然,翁氏也知道"直言理耳,非诗之言理也",却从考证入手说:"理者,治玉也,字从玉、从里声","'如玉如莹,爰变丹青',此善言文理也。……其在于人,则肌理也;其在于乐,则乐理也"。他又将前所谓"针线""巧力"都纳入"理"之中:《易》曰'君子以言有物',理之本也;又曰'言有序',理之经也。"总而言之,翁氏之"理"较之陆机《文赋》始言之"理扶质以立干"之"理"、严羽所言"诗有别趣,非关理也"之"理",有更严格的限定性,又大大地强化了叶燮所言"理、事、情"之"理",因为叶燮虽把《六经》看作理、事、情的"权舆",但也说到"理"本身是"譬之一草一木,其能发生者也"。翁方纲之"理"只在"学问"的范围之内。在另一篇《韩诗"雅丽理训诂"理字说》中又进一层说:"理者,圣人之理而已矣。"更甚于此者,曰"凡治国家者谓之理",其言"肌理"的政治动机毕露矣。

"肌理"说并不是专为针对"性灵"说提出来的,其直接动因为救"格调"说之弊与补"神韵"说之不足。言"格调"又非沈德潜之说,而是明代李、何之说。《格调论》上篇云:"诗之坏于格调也,自明李、何辈误之也。李、何、王、李之徒,泥于格调而伪体出焉。非格调之病也,泥格调者病之也。夫诗岂有不具格调者哉?《记》曰:'变成方,谓之音。'方者,音之应节也,其节即格调也。又曰:'声成文,谓之音。'文者,音之成章也,其章即格调也。"他对"格调"

作如是定义，于李东阳所言之"格调"或许尚可；于前后七子之"格调"，只能说又偷换了李梦阳、徐祯卿、王世贞、胡应麟等论定的概念，因为他们之中无一人只把"格调"限定在音节成章方面，也就是说他们的"格调"说，主要还不是形式之论，"情以发言"是其合理内核。翁方纲说"是则格调云者，非一家所能概，非一时一代所能专也"，大体是对的。但他否定了七子派"泥执《文选》体以为汉魏六朝之格调"，却又强制性规定以"《文选》理"为"格调"之本；反对上下古今只有一格调，而无递变递承之格调，却又令"凡所以求古者，师其意也，师其意，则其迹不必求肖之也"（《格调说》中）。意思很明显，复古拟古如果是复、拟古之"肌理"，则是正途。他以为不能只有形式上的复古，更应该有实质上的复古："夫其题内有拟古仿古者，尚且宜自为格制，自为机杼也；而况其题本出自为，其境其事属我自写者，非古人之面而假古人之面，非古人之貌而袭古人之貌，此其为顽钝不灵，泥滞弗化也。可鄙可耻，莫甚于斯矣。"（《格调论》下）

翁方纲对李、何等"格调说"的批判可谓严厉至极，对于王士禛的"神韵"说却温和得多了，原来他曾是王士禛学生黄昆圃的学生，王氏为他师祖。但他同样运用偷换概念的手法，抽去渔洋"神韵"说具体的内容（如"清远兼之"），否定"神韵"是"风致情韵之谓也"。另界定"神韵"之义是："本极超诣之理，非可执而求之。"（《坳堂诗集序》）《神韵论》上篇写道："自新城王氏一倡神韵之说，学者辄目此为新城言诗之秘，而不知诗之所固有者，非自新城始言之也。且杜云'读书破万卷,下笔如有神'，此'神'字即神韵也。杜云'熟精《文选》理'，韩云'周诗三百篇，雅丽理训诰'，杜牧谓'李贺诗使加之以理，奴仆命骚可矣'，此'理'字即神韵也。"将杜甫下笔时所感受的那种审美的愉悦、主体之神的畅达以至"凌云健笔意纵横"，都说成是"神韵"；将恰于"神韵"有碍的"理"（杜牧是说李贺有些诗的诡怪意象超出常理）硬纳入于"神韵"。杜甫、杜牧、王士禛泉下有知，真会哭笑不得！翁方纲试图给"神韵"下一个完整的定义：

神韵者，彻上彻下，无所不该。其谓"羚羊挂角，无迹可求"，其谓"镜花水月，空中之象"，亦皆即此神韵之正旨也，非堕入空寂之谓也。其谓"雅人深致"，指出"讦谟定命，远猷辰告"二句以质之，即此神韵之正旨也，非所云"理"字不必深求之谓也。然则神韵者，是乃所以君形者也。……今人误执神韵，似涉空言，是以鄙人之见，欲以肌理之说实之，其实肌理亦即神韵也。

前几句尚且近言"神韵"，可一转言"神韵"之旨，即强调"理"字亦必深求。"理"是其质，"神韵"不过是其外貌，于是泛言"神韵"就不知不觉地取消了"神韵"，他先说"新城变格调之说而衷以神韵，其实格调即神韵也"，接着又说"肌理即神韵"，将"格调""神韵""肌理"一锅煮，出锅后，前二者皆化为了"肌理"！实质上，翁方纲就是要将此二说拉作"肌理"的附庸，以充实"肌理"之"肌"。《神韵论》中、下篇即见其用心："今以艺事言之，写字欲运腕空灵，即神韵之谓也。"又说："有于格调见神韵者，有于音节见神韵者，亦有于字句见神韵者，非可执一端以名之也。有于实际见神韵者，亦有于虚处见神韵者，有于高古浑朴见神韵者，亦有于情致见神韵者，非可执一端以名之也。此其所以然，在善学者自领之。""神韵"对他来说，用处更大一些，因为"灭尽针线迹"就须借助它，它是"巧力"，但当用过之后就可"得鱼忘筌"："知于肌理求之，则刻刻惟规矩彀率之弗若是惧，又奚必言其神韵哉！"因此，"神韵"说没有单独存在的必要。

但是，"神韵"说还是比"格调"说幸运，翁方纲肯定了它一时的历史作用，《神韵论》下篇写道："乃有明一代，徒以貌袭格调为事，无一人具真才实学以副之者。至我国朝，文治之光，乃全归于经术。是则造物精微之秘，衷诸实际，于斯时发泄之。然当其发泄之初，必有人焉，先出而为之伐毛洗髓，使斯文元气复还于冲淡渊粹之本然，而后徐徐以经术实之也，所以赖有渔洋首倡神韵以涤荡有明诸家之尘滓也。"王士禛之过在于只知"涤荡尘滓"而"未能喻'熟精《文选》

理'之'理'字所以然",所以不如通"经术"的翁方纲高明,仅为"肌理"说出现做了开道的工作。在翁氏自己看来,他的学说可谓尽善尽美了,集大成了。

明人杨用修说过,"唐人诗主情","宋人诗主理"。翁方纲亦主理,所以他对宋诗评价很高,《石洲诗话》有两卷评宋诗,与唐诗对等,说"宋人之学,全在研理日精,观书日富,因而论事日密"。由学风联系诗风,又说:"谈理至宋人而精,说部至宋人而富,诗则至宋而益加细密。盖刻抉入里,实非唐人所能囿也。"这"刻抉入里","皆从各自读书学古中来,所以不蹈袭唐人也"。关于唐、宋诗之别,他也有一个说法:"唐诗妙境在虚处,宋诗妙境在实处。"(均见卷四)在宋诗中,他特别推重黄庭坚和江西诗派,引刘克庄语山谷"自成一家,虽只字半句不轻出,遂为本朝诗家宗祖"后继续申说:黄庭坚不只是江西诗派之祖,确实是有宋一代诗之祖,因为苏轼以才情胜,"宋人盖莫能望其肩背,其何能祖之"?而"山谷之高之大,……盖继往开来,源远流长,所自任者,非一时一地事矣"(同上)。既重视江西派,所以翁方纲也热衷于诗之"法","理"与"法"总是相互依存的,"肌理"说还有一项重要内容,便是《诗法论》中展开的"立乎肌理界缝者"之"法":

> 欧阳子援扬子制器有法以喻书法,则诗文之赖法以定也审矣。忘筌忘蹄,非无筌蹄也。律之还宫,必起于审度,度即法也。顾其用之也无定方,而其所以用之,实有立乎法之先而运乎法之中者。

宋代欧阳修在《试笔·用法》一文中说:"因知万事皆有法,扬子云:断木为棋,刓草为鞠,亦皆有法。岂止得此也。"翁方纲强调诗文亦须依赖法而创作,但"法非徒法也,法非板法也",是吕本中所谓的"活法",更是"我"一人之"法":"且以诗言之,诗之作作于谁哉,则法之用用于谁哉?诗中有我在也,法中有我以运之也。即其同一诗也,同一法也,我与若俱用此法,而用之之理、用之之趣各有不同者,不能使子面如吾面也。同一时、同一境、同一事之作,而其用法之所以然,父不能得之于子,师不能传之于弟;即同一在我之作,而今岁不能仿昨岁语,今日不能用昨日之语。"如果只从"运我之法"去领会,这段话还有些道理。如果深究一下诗歌艺术风格为什么千差万别,"子面"不如"吾面",一人之作为什么今日不同于昨日,那是运用"法"之不同吗?很显然,翁方纲在此犯了一个最基本的常识性错误:因气质、情性的不同,才形成诗人之间"子面"与"吾面"之不同;因感时触事发抒情绪的不同,才会有"今日之语"不同于"昨日之语"。曹丕在《典论·论文》中早就说过,"文以气为主,气之清浊有体,不可力强而致。譬诸音乐,曲度虽均,节奏同检,至于引气不齐,巧拙有素,虽在父兄,不能以移子弟"。其实曹丕也提到了类似"法"的问题,即音乐歌唱演奏之法,但他强调了父子师弟不能相传是"引气不齐"所致。翁方纲如此言"法",连讲究"义理、考据、文章"的桐城派主将姚鼐也提出了反对意见,在《答翁学士书》中说:"夫道有是非而技有美恶,诗文,皆技也,技之精者必近于道。故诗文美者命意必善。文字者,犹人之言语也。有气以充之,则观其文也,虽百世而后,如立其人而与言于此,元气则积字焉而已。意与气相御而为辞,然后有声音节奏高下抗坠之度,反复进退之态,彩色之华。故声色之美,因乎意与气而时变者也。是安得有定法哉?"姚鼐也是突出了"意"与"气"是本,"法"只属于"技"的范围。学问渊博的翁方纲难道不知曹丕之论吗?未必,只能说他为了自圆其说,陷入了理论的偏狭。其实,他所言的"法",也只是为"肌理"之"肌"能巧附于"理"所用,"立乎肌理界缝者",是种种"针线"之法,说"我"一人之法不能传者,亦是"不把金针度与人"而已!

翁方纲的"肌理"说,是清初以来儒家诗教重整,继沈德潜"格调"说后又一项"成果"。儒家诗教的提倡,随之导致诗学本体非诗化倾向出现,在理论领域表现得更为明显。如果说,钱谦益对"儒者之诗"仅仅提及,"诗人之诗""学人之诗"的提法也出现在一些评诗论著中,那么,翁方纲则是在为"学人之诗"确立理论基础。以宋诗为法的"肌理"说,影响清代中、后期诗坛一个"学人"诗派的形成,这就是"宋诗派"。这个诗派自道光、咸丰年间何绍基、郑珍、莫友芝等发起所谓"宋诗运动"开始,绵延近百年,到同治、光绪年间,演变为陈三立、沈曾植、陈衍等人的"同光体",成为近代"诗界革命"中的一股逆流,受到富有政治革命色彩的"南社"柳亚子等人的激烈批判。柳亚子写于辛亥革命之年的《胡寄尘诗序》中说:"同光体"一群文人,"倡宋诗以为名高",但他们不过是"罢官废吏,身见放逐,利禄之怀耿耿勿忘。既不得逞,则涂饰章句,附庸风雅,造为艰深,以文浅陋"。他们凭其过去的"声气权势,犹足奔走一世之士,士之夸毗无识者,辄从而和之,众响漂山,群盲诧日。……其尤无耻者,妄窃汝南月旦之评,撰为诗话,己不能文,则假手捉刀,大书深刻,以欺当世。"宋诗派即使对儒家诗学理论,也无多少新的贡献,他们对"肌理"说稍作的修正是:"学人之言与诗人之言合,而恣其所诣。"(陈衍《近代诗钞序》)。何绍基在《使黔草自序》和《与汪菊士论诗》等文中,强调的不过是作诗"先学为人","平日明理养气,于孝弟忠信大节,从日用起居及外间应务,平平实实,自己体贴得真性情;时时培护,字字持守,不为外物摇夺,久之,则真性情方才固结到心上,即一语言一文字,这个真性情时刻流露出来"。所谓"理",是"子史百家",博识此中之理而"养其气","看书时从性情上体会,从古今事理上打量。于书理有贯通处,则气味在胸,握笔时方能流露"。这就是"学人"与"诗人"合的必修之课。他的这一观点,后来为同光体诗人继承和发挥,陈衍在1937年才最后完成的《石遗室诗话》中说:"证据精确,比例切当,所谓学人之诗也。而诗中带着写景言情,则又诗人之诗矣。"又特别指出:"以开元、天宝、元和、元祐诸大家为职志,不规规于王文简之标举神韵,沈文悫之持温柔敦厚,盖合学人、诗人之诗二而一之也。"这是对于翁方纲合"格调""神韵"为"肌理"之论的演绎。陈氏还强调诗要三真:"真实怀抱,真实道理,真实本领";还有四要:"骨力坚苍为一要,兴味高妙为一要,才思横溢,句法超逸,各为一要。"显然又是发挥何绍基"真性情"之说。时至民国以后,这位封建遗老还在为宋诗派补隙堵漏,连反对文言改白话的林纾也说,"昌言宋诗,搜取枯瘠无华者,用以矜其识力,张其坛坫",实不足为训。这一诗派在"五四"新文学运动开始十余年之后,即陈衍的《石遗室诗话》四十二卷全部完成之后,才成为历史的陈迹。

第二十三章

繁荣的清代诗话与论诗诗

论诗诗自唐代出现，诗话自北宋出现，这两种评诗论诗的新的诗学文体，历数百年的发展，到清代都进入了空前的繁荣时期。近人丁福保辑录的《清诗话》收入比较流行的诗话四十三种；郭绍虞辑录的《清诗话续编》又收较重要的诗话三十四种（一些篇幅很大的诗话如《随园诗话》《昭昧詹言》等未收入），郭先生在《清诗话续编序》中说："诗话之作，至清代而登峰造极。清人诗话约有三四百种，不特数量远较前代繁富，而评述之精当亦超越前人。"蔡镇楚君研究诗话积久有成，他说："据我编纂的《中国历代诗话书目》初步统计，仅收藏于全国各大图书馆中的清代诗话之作，就达五六百部。其实，还远不止这个数目，散见于全国各地方图书馆的地方性诗话，鉴于各种原因，尚未能全部著录，散落的珍珠还不计其数。"[①]从数量看，清代诗话之繁荣可见一斑。论诗诗，清代到底有多少，更无法确切统计。仅从论诗绝句看，人民文学出版社出版的郭绍虞、钱仲联、王遽常编《万首论诗绝句》四册计一千八百余页，清代（包括近代）篇幅多达一千六百多页，占百分之八十九，将近九千首，可见其多乎多哉！如果再辑出其他各体论诗诗，其数目将更多。论诗诗与诗话相辅相成，清代有数

[①] 蔡镇楚：《中国诗话史》，湖南文艺出版社，1988，第211—212页。

量颇多的组诗,如乾隆时代的江西南康人谢启昆,读唐诗、宋诗的"仿元遗山论诗绝句"两个组诗,分别为一百首、两百首,论元诗、明诗两组分别为七十首、九十六首,《读〈中州集〉》也有六十首,这些组诗也可说是诗体的韵语诗话。

清代诗话与论诗诗为什么如此繁荣呢?其原因大概有三:首先是清代学术研究之风空前繁盛,历朝积累材料之富,为清人检阅总结前人成果经验提供了充足的资料。清人尚"朴学",即致力于治经、考据的"质朴之学",诗既由《诗经》而来,自然也成了一门专门的学问,且诗又有"学人之诗"与"诗人之诗"的分别,义理、考据都可入诗,诗话之作亦可获得一定的学术地位,于是乐此不疲者自然多起来。清诗话中轻松的"以资闲谈"之作固然也有不少,但其理论性、系统性普遍增强了,有的诗话具有诗歌发展通史或断代史性质,如毛先舒的《诗辩坻》、劳孝舆的《春秋诗话》、费锡璜的《汉诗总说》、贺裳的《唐宋诗话》(《载酒园诗话》第二、三篇)、朱彝尊的《静志居诗话》(《明诗综》中评诗之语集录而成)、杨际昌的《国朝诗话》。有的诗话具有诗人专论性质,赵翼的《瓯北诗话》前十卷为李白、杜甫、韩愈、白居易、苏轼、陆游、元好问、高启、吴伟业、查慎行十位诗人的专论,因此又被称为《十家诗话》,其他如潘德舆的《李杜诗话》、刘凤诰的《杜诗话》、尚镕的《三家诗话》(评论袁枚、赵翼、蒋士铨三家)等。有的则是一篇诗学专题论文,如鲁九皋的《诗学源流考》。其次,清代诗歌流派之多,远超宋明两代,于是有流派领袖阐释自己主张的诗话,如前章已论及的王、沈、袁、翁四家诗话,以散文为主的桐城派也有诗话,如方东树的《昭昧詹言》、方南堂的《辍锻录》等。宗唐派、前期后期的宋诗派都有自己的派系诗话,如宋诗派末流"同光体"诗人陈衍所著《石遗室诗话》多达四十二卷,晚清拟古的汉魏六朝派则有王闿运的《湘绮楼说诗》,中晚唐诗派有李慈铭的《越缦堂诗话》……某些流派亦有反对者,不满"神韵"说的有赵执信的《谈龙录》、批评"性灵"说的有陈仅的《竹林答问》;也有折中于流派之间的,如李重华的《贞一斋诗话》,"本之性灵,润以格律,能于二家外树一帜"(郭绍虞语)。这类诗话从理论上阐释或反映了清代诗歌的主要走向。再次,清人作诗特别注重技巧与法,精究音韵格律,于是类似唐宋《诗格》之类的如赵执信的《声调谱》,翁方纲的五、七言诗的《平仄举隅》等技法专著,亦充诗话之数。总之,清代是中国古代学术、文学进行大规模总结性研究的时代,数量巨大、质量相对较高的诗话与论诗诗,从总体而言,是诗学总结性的丰硕成果,大大丰富了中国诗学批评的宝库。

清代诗话与论诗诗的内容太丰富了,全面论列,殊为不易。沈懋德为查为仁《莲坡诗话》所作的《跋》说,"诗话有两种":"一是论作诗之法","一是述作诗之人"。这当然只是言其大概,现在让我们就这两个问题,对部分重要的诗话作些浏览。不计其流派界域,择其有一定理论意义的论述予以归纳、展示。

一 《诗辩坻》等论"作诗之人"

"作诗之人"即诗歌创作的主体,是清代很多诗话中一个常见的论题,从"诗中须有人"到"须是怎样的人",诗人应具备怎样的品格才能写出好诗并且能传之于世,多有精辟的论说。虽然这些论说其底蕴有着浓重的封建意识,但对其进行理论的抽象后,还是有些许"共时"性价值。

清初著名文学家毛先舒(1620—1688),论诗宗明七子而力排竟陵派,所著《诗辩坻》开篇为《总论》,其中重要的一项就是论"作诗之人"。他提出"诗有八征,可与论人"说,"八征"是:"神""君子""作者""才子""小人""鄙夫""獠""鼠"。由诗观诗人,诗人是何等人即以诗为表征。"神者,不设矩镬,卒归于度,任举一物,旁通万象。于物无择,而涉笔成雅;于思无豫,而往必造微。以为物也,是名理也,以为理也,是象趣也。揽之莫得而味之有余,求之也近而即之也远。神乎神乎!胡然而天乎?"诗有如此之神,应该说这诗人必是天才。

"君子者，泽于大雅，通于物轨，陈辞有常，摅情有方，材非芳不揽，志非则不吐，及情而止，使人求之，渊乎其有余，怡然其若可与居。"这是次于天才一等的大诗人，也是遵奉儒家诗教规范的诗人。"作者，揽群材，通正变，以才裁物，以气命才，以法驭气，以不测用法。其用古人之法，犹我法也。犹假八音以奏曲，钟石之韵往而吾中情毕得达焉。故其诗如奇云霏雾而非炫也，如震霆之疾惊而非外强也，淡乎若洞庭之微波而不竭其澜也，中闳而已矣。"这是指才识、学力兼而有之的诗人，七子派当归于此类，其独创性不及"神者"与"君子"。"才子者，有情有才，亦假法以范之，时有过差，时或不及，殆其当也，则为雅辞，不可为昌言。分有偏至，不能兼也；法有一体，不能合也。然而气必清明，辞必周泽。"这只是以才胜的诗人，但也不是大才。以上四类，是够格以上的诗人，以下四类，则称不上真正的诗人了："小人"是"法不胜才，才不胜情"，只会竭情而发，连篇累牍，辞无所择，只能表达凡俗小人的心声。"鄙夫"是"窘乎材者也。……匿质而昭文，中亡情而索辞"，只有一点表面的文采，毫无情质可言，且"其语散而不贯，气时张而时萎"。至于"瘵者""鼠者"，一是其诗毫无生气，"望之肤立，按之无脉"；一是窃他人之诗者，"袭彼之语，以市于此，矛盾而不恤，被攻而无怍色"。毛先舒对于后四类的描述未免过于刻薄，但对于附庸风雅而以诗沽名钓誉之辈，是有力的针砭，使"为诗者慎以自验"。

叶燮论诗人是以"胸襟"和"才识胆力"言之，他的学生薛雪在《一瓢诗话》中，一字不易地照录"作诗必先有诗之基，胸襟是也"的一段论述。薛雪的论点是"著作以人品为先"，但人品高者不一定有作为诗人的"胸襟"，他关于"胸襟"与"人品"的一致，举了王羲之、阮籍、陶渊明等人为例："兰亭之集，名流毕至，使时手为序，必极力铺写，谀美万端，决无一语稍涉荒凉者。而右军寥寥数语，托意于仰观俯察宇宙品类之感慨而极于死生之痛，则右军之胸襟何如也？"此说可与沈德潜"第一等襟抱"说相互发明，此种"胸襟"实言诗人在苍茫的宇宙间有一种对人生独特的透彻感悟，有囊括天地万象而驱遣之的胸怀与魄力，"如立万仞之峰，俯视一切"。有此胸襟，"人品必高，……右军人品甚高，故书入神品"。阮籍人品高，其《咏怀》诗"寄愁天上，埋忧地下，其胸次非复人间机杼"；陶渊明人品高，《饮酒》诗"前无古人，后无来者，真有绛云在霄，舒卷自如之致"。人品与胸襟的结合，方能成为杰出的一代诗人，他有才思，有学力，尤有志气，"能卓然自立，与古人抗衡"，其中最重的又是"才"，"诗人非雄才间出，岂能上薄风骚？即有师承学力，亦不敢扬跸前进"。诗人的人品、个性、才气、胸襟，都在作为他的"心之言，志之声"中表现出来：

> 畅快人诗必潇洒，敦厚人诗必庄重，倜傥人诗必飘逸，疏爽人诗必流丽，寒涩人诗必枯瘠，丰腴人诗必华赡，拂郁人诗必凄怨，磊落人诗必悲壮，豪迈人诗必不羁，清修人诗必峻洁，谨敕人诗必严整，猥鄙人诗必委靡。此天之所赋，气之所禀，非学之所至也。

将诗人的性格情感特征及其在诗中的表现分为十二种类型。当然其中亦见胸襟之不同，较之毛先舒的"八征"说有更实在的内容，且强调了"天之所赋，气之所禀"，不必全责之于作诗之人为沽名钓誉所误。

清代前期另一部诗话更突出强调诗人"才"的关键性作用，说"诗本乎才，而尤贵乎全才"，这就是徐增的《而庵诗话》。诗人有才，方能"妙悟"，即使有事天的"师承"，"亦须妙悟"："由妙悟得者，性灵独至。"徐增先出"天才""地才""人才"的三才之说："吾于天才得李太白，于地才得杜子美，于人才得王摩诘。太白以气韵胜，子美以格律胜，摩诘以理趣胜。"这样区分，未免太迂执了，于杜甫、王维仅及其皮相，"合三人之所长而为诗，庶几无愧于风雅之道矣"。在他看来，这三人还不是"全才"，请看他对"全才"的论述：

> 才全者能总一切法，能运千钧笔故也。夫才有情、有气、有思、有调、有力、有略、有量、有律、有致、有格。情

者,才之酝酿,中有所属;气者,才之发越,外不能遏;思者,才之径路,入于缥缈;调者,才之鼓吹,出以悠扬;力者,才之充拓,莫能摇撼;略者,才之机权,运用由己;量者,才之容蓄,泄而不穷;律者,才之约束,守而不肆;致者,才之韵度,久而愈新;格者,才之老成,骤而难至。具此十者,才可云全乎?

将"才"贯通于十个方面,大而全,未免有些学究气,但亦见他辨"才"之深。得此全才也有外部促成的条件,那就是与时代际遇("时以振之")、生存环境("地以基之")、师友启迪("友以泽之")、学习程度("学以足之")亦有密切关系。先天、后天都不缺,"而才始无弊,可称全才矣"。徐增也言诗人的品品:"诗乃人之行略,人高则诗亦高,人俗则诗亦俗,一字不可掩饰,见其诗如见其人。"所谓"人高",他看重的是作诗人只以"清逸流丽之笔"抒写"性灵",要"洗去名利二字",断然地说:"诗乃清华之府,众妙之门,非鄙秽人可得而学。"

论"作诗之人"还值得特别一顾的,有清代晚期朱庭珍所作的《筱园诗话》。朱庭珍(1841—1903)受了当时宋诗派的影响,诗话中有"积理养气"之说:"诗人以培根柢为第一义。根柢之学,首重积理养气。积理云者,非如宋人以理语入诗也,谓诗书涉世,每遇事物,无不求洞析所以然之理,以增长识力耳。"他亦将"识"与"才""学"并称:"作史者以才学识为三长,缺一不可。诗家亦然,而识为尤先,非识则才与学或误用,适以成其背驰也。"这与叶燮"识、胆、才、力"说一致。而"炼识一道,不外乎得真传而已",何谓"真传"?就是本质性、规律性的认识,是"千古名大家不言之秘",若有心得,确真不伪,于是"消息一贯,精神相通,视万法皆由心出,得力于诗之外,精进于诗之中,自不难超凡入圣矣"。朱庭珍虽未能摆脱宋诗派"积理"等成说,但因他长居边地云南,与内地直接的联系交流不多,《筱园诗话》中有很多独立思考而得的创见(其论诗的美学特质将在下一节中介绍),该书卷二将诗人分为"大家""大名家""名家""小家"四

种类型,有助于对历代诗人创作实绩的正确描述。其论"大家"云:

> 大家如海,波浪接天,汪洋万状,鱼龙百变,风雨纷飞;
> 又如昆仑之山,黄金布地,玉楼插空,洞天仙都,弹指即现。
> 其中无美不备,无妙不臻,任拈一花一草,都非下界所有。
> 盖才学识俱造至极,故能变化莫测,无所不有,孟子所谓"大
> 而化,圣而神"之境诣也。

这相当于毛先舒所说的"神者"。他列中国诗歌史上的"大家"自曹植始,继之有阮籍、陶渊明、谢灵运、李白、杜甫、韩愈、苏轼计八家。他们有"以诗传世之志"的自觉,"欲以诗鸣为不朽计",凭他们臻造至极的才学识见与卓绝的审美创造,"不止冠一代一时",是谓"大家"。其论"大名家"云:

> 大名家如五岳五湖,虽不及大家之千门万户,变化从心;
> 而天分学力,两到至高之诣,气象力量,能俯视一代,涵盖
> 诸家,是已造大家之界,特稍逊其神化耳。

他列自晋至元的左思、郭璞、鲍照、谢朓、王维、韦应物、李商隐、岑参、黄庭坚、欧阳修、王安石、陆游、元好问十三家为"大名家"。其论"名家"云:

> 名家如长江、大河、匡庐、雁宕,各有独至之诣,其规
> 格壁垒,迥不犹人,成坚不可拔之基,故自擅一家之美,特
> 不能包罗万长,兼有众妙,故又次之。

他列"名家"诗人甚多,钟嵘《诗品》列入上品的王粲、张协、陆机与列入中品的颜延之、沈约、江淹等同居此等,唐列陈子昂、王昌龄、白居易、李贺、柳宗元、杜牧等十五家,两宋列陈师道、陈与义等四家。明代的高启,"盖在明代,为一朝大家,合古今统论,则为名家"。其论"小家"云:

> 小家则如一丘一壑之胜地,其山水风景,未始不佳,亦
> 足怡情悦目;特气象规模,不过十里五里之局,非能有千百
> 里之大观,及重岭叠嶂,千崖万壑,令人游不尽而探不穷也;

然其结撰之奇，林泉之丽，尽可擅一方名胜，故亦能自立，成就家数也。

他将钟嵘定为上品之诗人刘桢、潘岳亦列于"小家"，唐之王勃等"四杰"、沈佺期、宋之问、元稹等，宋之秦观、梅尧臣、苏舜钦、范成大等"皆小家也"。他对"小家"也是有肯定评价的，又指出："若专学古人一家，肖其面目，而自己并无本色，以及杂仿前贤各家，孰学孰似，不能稍加变化者，虽有才笔，皆不得谓之成就，只可概谓诗人而已，则又小家之不若矣。"可见朱庭珍更重视诗人的独创性，有独创性则能"自立成家数"，"大家""名家"不可至，成"小家"亦无妨。

清代诗论诗话中提及"学人之诗"（或"儒者之诗"）和"诗人之诗"的颇多，对此下了较确切定义的则是方南堂于道光年间所著之《辍锻录》。方氏是桐城人，寄居扬州，似未受桐城派"义理""考据""文章"教条的太多束缚。他于"学人""诗人"之前义置一"才人"①：

才人之诗，崇论闳议，驰骋纵横，富赡标鲜，得之顷刻。然角胜于当场，则惊奇仰异；咀含于闲暇，则时过境非。譬之佛家，吞针咒水，怪变万端，终属小乘，不证如来大道。

学人之诗，博闻强识，好学深思，功力虽深，天分有限，未尝不声应律而舞合节、究之其胜人处即其逊人处。譬之佛家，律门戒子，守死威仪，终是钝根长老，安能一性圆明！

诗人之诗②，心地空明，有绝人之智慧；意度高远，无物类之牵缠。诗书名物，别有领会；山川花鸟，关我性情。信手拈来，言近旨远，笔短意长，聆之声希，咀之味永。此

---

① 叶燮《已畦文集》卷八《密游集序》有"志士之诗"和"才人之诗"之论。才人之诗"事雕绘，工镂刻，此驰骋于风花月露之场，不必择人择境而能为之，随乎其人与境而无不可以为之，而极乎谐声状物之能事"。

② 叶燮论"志士之诗"："处乎其常，而备天地四时之气，历乎其彼，而深古今身世之怀，必其人而后能之，必遭其境而后能出之，即其片语只字，能令人永怀三叹而不能置者。"与此言"诗人之诗"可通。

禅宗之心印，风雅之正传也。

三类中以"诗人之诗"最佳；"才人之诗"次之，因为只是以才取胜，尚无真正的诗人胸襟；"学人之诗"最次，无"天分"之才，只能逞其学问。他用佛、禅境界喻之，亦合于严羽所谓"透彻之悟""一知半解之悟"和根本不知"悟"为何物。这无疑是大举"诗人之诗"，对"学人之诗"持否定的态度。

以上关于论"作诗之人"，只涉及清诗话中极少几部（《莲坡诗话》也"述作诗之人"，但未有理论的概括，不值一谈）。这些诗话作者的诗学观不尽相同，但对于什么样的"作诗之人"才是真正的、或优秀的、或杰出的、或"不止冠于一代一时"的诗人，他们的看法却是大体一致。这说明清代诗学界，对于诗歌创作主体即诗人的品格、思想、艺术修养等方面，自叶燮发明"识、胆、才、力"说之后，又从不同的角度探讨而取得了共识，较之前人在"人品""诗品"关系方面的论述有显著的进步，颇可供后世"为诗者以自验"，读诗者亦可据此对任何一位诗人作出自己的分析判断。

二 《诗筏》等论诗的审美创造

"论作诗之法"是清诗话的重要内容之一，或结合评论古今人诗分析某些具体的作诗之法，或归纳古人创作经验上升到理论层次作具有美学意义的阐释，形成有普遍性指导意义的审美创造的理论。这些审美创造的理论阐述，对严羽《沧浪诗话·诗辨》中首见的"诗而入神""诗有别趣"等说有所发扬和进入更深层次的探讨，值得略加拾掇稍作集中的介绍。清代诗论家认为，诗的最高审美境界是从"有我"到"运神"而入"化境"，本节重点说此。

江西永新籍诗论家贺贻孙（1605—1685后）的《诗筏》，可能早于王士禛的"神韵"说而特别标举诗之"神"。他说："诗文有神，方可行远。神者，吾身之生气也。老杜云：'读书破万卷，下笔如有神。'吾身之神，与神相通，吾神既来，如有神助。……老杜之诗，所以传者，其神传也。"这是说杜甫主体之神，已对象化实现于其诗中，后人读其诗，感其人亡而神在。后人模拟他的诗不能得他之"神"，则"如印板水纸，全无生气"，因为"老杜之神已变，安能久存"！他给"神"下了一个定义：

神者，灵变惝恍，妙万物而为言。读破万卷而胸无一字，则神来矣，一落浑秽，神已索然。

这还主要是指诗人主体之神。贺氏赞同竟陵派的"厚出于灵"论，他对"厚"的解释是："所谓厚者，以其神厚也，气厚也，味厚也。"最重要的又是"神厚""气厚"，以造型艺术为喻，"画孟贲之目，大而无威；塑项籍之貌，猛而无气，安在能其厚哉"。这种"神"转化到作品之中，就呈现为"段落无迹，离合无端，单复无缝"的浑厚之美，且"必有一段精光闪烁，使人不敢以平常目之"。这样的诗，其最高的审美境界是"化境"，《诗筏》中多次出现前人论诗境时很少直接界定的"化境"（李贽论《琵琶记》与《西厢记》有"画工""化工"之区分），其曰：

清空一气，搅之不碎，挥之不开，此化境也。

诗家化境，如风雨驰骤，鬼神出没，满眼空幻，满耳飘忽，突然而来，倏然而去，不得以字句诠，不可以迹相求。

这"化境"是严羽"透彻玲珑，不可凑泊"、胡应麟"神动天随、恍惚呈露"的又一理论性概括，所谓"化"就是化去一切有迹之物而使诗呈清空灵逸之美。"高、岑五言古、律，俱臻化境"，举岑参《登慈恩寺塔》诗中"秋色从西来，苍然满关中。五陵北原上，万古青濛濛"说，只是"奇气一往"，诗人自己与读者都把捉不住，若强作地理、气候等形迹解，便会落入"刻舟求剑，认影作真"的迂腐。他将"化境"的创造还落到用字炼句上："炼句炼字，诗家小乘，然出自名手，皆臻化境。盖名手炼句如掷杖化龙，蜿蜒腾跃，一句之灵，能使全篇俱活。炼句如壁龙点睛，鳞甲飞动，一字之警，能使全句皆奇。"举高适《途中寄徐录事》"妙于用虚"："落日风雨至，秋天鸿雁初。离忧不堪比,旅馆复何如?君又几时去,我知音信疏。空多箧中赠,长见右军书。"其中"君又""我知"等虚字,贺氏认为是"非用虚也,其筋力精神俱藏于虚字之内,……但觉其运脱轻妙,如骏马走坡,如羚羊挂角耳"。

贺贻孙说"神",不可与王士禛的"神韵"等同看待,王氏之说主要作为山水诗的创作理论,而贺氏之说涵盖了诗的整个本体,但亦有相通之处,那就是"清远兼之"与"清空一气"的"化境"之同。贺氏又从"清"谈到"洁",说"诗文中'洁'字最难"。何谓"洁"?他以为王维诗"本之天然,虽作丽语,愈见其洁",其"洁"的表征是"仙姬天女,冰雪为魂,纵复璎珞华鬘,都非人间"。孟浩然之"淡",柳宗元之"峻"、韦应物之"警",都是"洁"的一种,但他们的"洁"如西子、王嫱"月下淡妆,却扇一顾,粉脂无色,然不免熏衣颜面,护持爱惜",皆不如王维诗天然丽质之洁。这"洁"又由诗人的透彻之悟而生:"惟悟生洁,洁斯幽,幽斯灵,灵斯化矣。摩诘之洁,原从悟生;而摩诘之洁,亦能生悟,洁而能化,悟迹乃融。""洁"是质之美态,"质本洁来还洁去",质之"洁"则外发为"清空之气",中有"灵变惝恍"之"神"的自在运行。

运"神"于诗,诗运诗人之"神",李重华(1682—1754)亦有类似的论述,《贞一斋诗说》中"论诗答问三则"的第一、二则,都与"神"有关。第一则,"诗有三要,曰发窍于音,征色于象,运神于意"。论"运神于意"曰:

> 意之运神,难以言传,其能者常在有意无意间。何者?诗缘情而生,而不欲直致其情;其蕴含只在言中,其妙会更在言外。《易》曰:"鼓之舞之以尽神。"善写意者,意动而其神跃然欲来,意尽而其神渺然无际,此默而成之,存乎其人矣。

诗人主体之神蕴于意中,意动而神行。第二则又补充说:"诗有五长,以神运者一,以气运者二,以巧运者三,以词运者四,以事运者五。""神"与"气"相辅而行,"神妙物于不知,气入物于无间",如李、杜诗,"杜生气远出,而总以神行其间;李神彩飞动,而皆以浩气举之,是两人得之于天,各擅其长矣。惟夫杜之妙,神行而气亦行,李之妙,气到而神亦到,此其所以未易优劣尔"。他以"意在言外"为"神"的最大特征,所以诗"尤贵神",而"气",凡为文"无不贵之",散文家亦言"气",诗胜于其他文体之处,就在于它对"神"有特别的敏感。其他"巧""词""事"都是为"神"所用,"神气备而词从之也"。"风含于神,骨备于气,知神气则风骨在其中。"他又将神、气与"风骨"联系起来。

　　清诗话的作者们谈到"神"对诗的审美创造之作用者,不乏其人,桐城派诗人方东树在《昭昧詹言》中说:"凡诗文书画,以精神为主。精神者,气之华也。"黄子云的《野鸿诗的》说:"诗不难乎起而难乎气;不难乎结而难乎神。"有的诗话则直接从艺术的表现言"神",叶矫然的《龙性堂诗话》说:"诗贵神似,形似末也。……东坡云:'赋诗必此诗,定非知诗人。'徐熙画花卉,意在不似,有高于似者,是谓神似。《诗》曰:'惟其有之,是以似之。'神似之谓也。"乔亿的《剑溪说诗》则说:"景有神遇,有目接。神遇者,虚拟以成辞,屈、宋以下皆然,所谓五城十二楼,缥缈俱在空际也。目接则语贵征实,如靖节田园,谢公山水,皆可以识曲听真也。"此所谓"神遇"说,可作王士禛"神韵天然"一个注脚。潘德舆的《养一斋诗话》有一则讲得更好:

　　　　诗之妙,全以先天神运,不在后天迹象。如王龙标"烽火城西百尺楼,黄昏独坐海风秋。更吹羌笛《关山月》,无那金闺万里愁",此诗前二句便全是笛声之神,不至"更吹羌笛"句矣。王摩诘"隔牖风惊竹,开门雪满山",咏雪之妙,全在上句"隔牖"五字,不言雪而全是雪声之神,不至"开门"句矣。太白"风吹柳花满店香",起句便全是劝酒之神,不至"吴姬劝酒"句矣。卢纶"林暗草惊风",起句便全是黑夜射虎之神,不至"将军夜引弓"句矣。大抵能诗者无不知此妙，低手遇题，乃写实迹，故极求清脱，而终欠浑成。

他举的几首唐诗名作，按他的领悟，都是先出其神后写其物，神先入于物又不着实迹，不写实迹而物有神，是"以神赋形"典型之例。后来，刘熙载在《艺概·诗概》中所说的"山之精神写不出，以烟霞写之；春之精神写不出，以草树写之"，即可与潘德舆之分析互为印证。"诗无气象，则精神亦无所寓矣"，上述"传神"之句确是最有气象。

论诗的审美创造比较系统的，要数朱庭珍的《筱园诗话》。这部诗话的理论价值，庶几可与叶燮的《原诗》相并列。虽然它的基本论点是"积理养气"而不是《沧浪诗话》所标的"兴趣"，但朱庭珍力图将自己的理论阐述纳入严羽论说的系统之中，多引严羽之语为其不少论述张目，然后引申自己的观点。如引严羽"主妙悟"的"诗有别材，非关学也……然非多读书，多穷理，则不能极其至"后说："是言诗中天籁，仍本人力，未尝教人废学也。竹垞谓'必储万卷于胸，始足以供驱使'，意主于学，正可与严说相参。何必执片语以诋古人，而不统观其全文哉！"这是对反严羽的冯班之流的诘问与批评。他亦以杜甫"读书破万卷，下笔如有神"来证"学与悟可一贯"。其他如言"取法""用典使事之妙"等等，亦直承或曲解严说以就己，但他不少见解也不失一分精彩，如论"情景虚实"关系，先说"写景，或情在景中，或情在言外；写情，或情中有景，或景从情生。断未有无情之景，无景之情也"。接着说道：

> 情即是景，景即是情，如镜花水月，空明掩映，活泼玲珑。其兴象精微之妙，在人神契，何可执形迹分乎？至虚实尤无一定。实者运之以神，破空飞行，则死者活，而举重若轻，笔笔超灵，自无实之非虚矣。

亦将"神"引进了他的诗论之中。又在论诗的"超妙天成"时说："诗之妙谛，在不即不离，若远若近，似乎可解不可解之间。即严沧浪所谓'镜中之花，水中之月'，但可神会，难以迹求，司空图所谓'超以象外，得其环中'是也。盖兴象玲珑，意趣活泼，寄托深远，风韵泠然,故能高踞题巅,不落蹊径,超超玄著,耿耿元精,独探真际于个中,遥流清音于弦外,空诸所有,妙合天籁。"诗达此种境界,如画家之"神品""逸品","乃是神来之候,其著想立意,用笔运法,无不高妙"。吴乔在《围炉诗话》强调性地提出了"诗中须有人",朱庭珍则明确地说"诗中有我在焉,始可谓之真诗":

> 夫所谓诗中有我者,不依傍前人门户,不模仿前人形似,抒写性情,绝无成见,称心而言,自鸣其天。……我有我之精神结构,我有我之意境寄托,我有我之气体面目,我有我之才力准绳,决不拾人牙慧,落寻常窠臼蹊径之中。

这段话说得很洒脱,尽管其背景是现实生活中"积理养气"的我,但诗中之"我"却是极有个性的自我,有独特的精神境界之展现,成为一个极富独创性的具有很高审美意义的"真我"。但是这位极有理论思辨头脑的诗论家并未言至此而止,他超过前人如吴乔之处的,是他接着又说了下面的话:

> 诗家工夫,始贵有我,以成一家精神气味。迨成一家言后,又须无我,上下古今,神而明之,众美兼备,变化自如,始无忝大家之目。盖不执我,而自然无处不有真我在矣。

这是一个很卓绝的见解!"贵有我"又须"无我",不执于一时一事之"我",而在"成一家言"后能升华为可以跨越时空的"大我"。这可使人联想起黄宗羲所标举的具有典型的普遍性意义的"万古之性情"说,联系到朱氏自己的"大家""名家""小家"之分别论,"名家"乃至"小家"都有"我",但这"我"只限于独立的个体,有个人独有的个性而尚未融合人类的共性。"大家如海",它容纳百川之汇,既有个性又有人类之共性,共性寓于个性之中,臻至"大而化,圣而神"的境界。他说过,高启是明代一大家,"合古今统论"又只能列于"名家",因为他虽然"自汉、晋、六朝以及三唐两宋,无所不学,亦无所不似,妙者直欲逼真",可是他的缺陷也正在此,"不能独造,终非大家之诣"。要达到这超越时空的"无我"境界,朱庭珍突出地指出了两项最重要的功夫:第一项当然是"积理养气"。他的"理"的概念内涵比较广泛,不像翁方纲等所限定的"《六经》之理",而是"身所历之世故人情,物理事变,莫不洞鉴所当然之故,与所读之书义,冰释乳合,交契会悟,约万殊而豁然贯通,则耳目所及,一游一玩,皆理境也",这倒是有"实践出真知"之意;然后,"积蓄融化,洋溢胸中,作诗之际,触类引伸,滔滔涌赴,本湛深之名理,结奇异之精思,发为高论,铸成伟词,自然迥不犹人矣"!另一项重要功夫则是"独造"。充分发挥自己的独创性,大凡他人、前人"所共有之意"与"一切应付供给之语",以及通过寻常的途径可得的"意境典故"等摇笔即到手者,"皆一扫而空之"!而当努力去做到的是:"人所未有,我所独见处着想,迫入要害。迨思路几至断绝之际,或触于人,或动于天,忽然灵思泉涌,妙绪丝抽,出而莫御,汩汩奔来,于是烹炼之,剪裁之,振笔而疾书之,自然迥不犹人矣!"请注意,两项功夫的最终效果,都是"自然迥不犹人",两项功夫共同目标的实现,诗就臻至"化境神工":

> 诗人触处会心,贯通融悟,蓄积深厚,酝养粹精,一于诗发之,大小浅深,引之即出,其言有物,自然胜人。释氏所谓大地山河,无非妙谛,即诗家工候纯熟之界也。此乃化境神工,决不易到,亦决不可不到者。

这是朱庭珍的"化境"说。贺贻孙表述了"化境"的美学特征,朱氏则着重揭示了臻于"化境"之途。《筱园诗话》中还有关于诗的审美创造不少精彩的发明性论述,诸如"无法之法""妙合自然""写山水之形胜,并传山水之性情"的山水诗创作理论,等等。本节不能一一备述。

三 赵翼、张问陶等的论诗诗

清代论诗诗,若合近体、古体,当数以万计,真可谓浩如烟海。大凡在清代诗史赫赫著名或稍稍留名的诗人,没有不留下此类作品的。论诗诗可分为两大类,一是评论作家作品,二是抒发对诗的见解,以诗的语言阐说诗学理论。

第一类数量特别巨大，多大型组诗。"仿元遗山"而每组大大地超过元好问的，如谢启昆论唐、宋、元三朝诗共三百六十首，可作三个朝代的诗歌史看；王士禛"仿元遗山"的一组有三十五首；袁枚的有三十八首；张晋的有六十首；杨深秀的有五十首；等等。元好问成为很多诗人模仿对象，因此"论诗绝句"尤其发达。桐城姚鼐的侄孙姚莹的《论诗绝句六十首》，评论自《文选》至王士禛的历代诗人和诗论家以及诗歌文体乃至诗歌选本，批评意识很强，自谓："辛苦十年摹汉魏，不知何故远风骚。而今悟得兴观旨，枉向凡禽乞凤毛。"这个组诗可作诗歌批评史来读，其中不少见解颇不从众，如论李商隐："《锦瑟》分明是悼亡，后人枉自费评章。牙旗玉帐真忧国，莫向《无题》觅瓣香。"认为其《无题》等诗是隐喻政治的诗而非爱情诗。论江西诗派，给予黄庭坚很高的评价而大贬其末流："夐兀天成古所无，涪翁奇气得来孤。而今脆骨孱如此，枉觅《江西宗派图》。"对于明代七子派的成就与缺点，他认为后人评论都不得要领："才名一代李空同，毁誉无端总未工。屈指开元到弘正，眼中坛坫几人雄？"指出要充分肯定李梦阳作为一个流派的领袖在从唐到明诗歌史上的地位。论何景明则说："俊逸何郎妙绝伦，最雄骏处最风神。多师未必皆从杜，欲为青莲觅替人。"评价其诗的艺术成就很高，但推为李白的替身，溢美过分了。评胡应麟："元瑞谈诗富亦精，牙竿玉轴本纵横，世人总合论前辈，谁向斋头拥百城？"似乎对胡之"格以代降"说又有所不满。姚莹在写此组诗时已到清代后期，有一代影响的著名诗人皆已出现，但他对本朝诗人只写王士禛："海内谈诗王阮亭，拈花妙谛入空冥。他年笑煞长洲老，苦与唐贤论户庭。"对于那些学古拟古之流，没有指名地作了批评："举世徒工搬运法，何曾一字着风流。"有的大型组诗，具有一定的诗歌史料意义，如钱陈群的《宋百家诗存题词》一百首，为其"里人曹庭栋"所刻百家名气不甚大的宋人诗集，各作一绝句，句末附作者及诗集名，第一首题著名词人贺铸的《庆湖集》："铁门粗豪度曲才,庆湖湖畔老方回。最怜梅子黄时语,零落秦淮旧酒杯。"还是突出了作者词作的成就。这个组诗具有书目提要的性质,据诗前小序说是"仿明张溥作《汉魏百三名家题辞》体例",在论诗诗中亦备一格。

读一位诗人、一部诗集之后,将自己对诗人的崇敬之情和对其诗的感受心得写下来,这样的论诗诗当然更多更广。有的一个组诗即成诗人专论,如张元《论杜诗十六绝句》,论述杜甫诗的渊源、成就和对后人的影响,第一首云:"上宗两汉接风骚,下括黄初逮六朝。截断众流包万象,扶轮终古丽重霄。"最后一首云:"道兼六艺由删定,千古流传更不疑。欲溯渊源接三百,只今惟有草堂诗。"对杜诗作了极高的评价,提出杜甫不仅"集大成"而"直接三百篇"的观点,为时人所称道。因为以诗的形式发表意见,有的诗人评诗联及作者当时之际遇,字里行间蕴含了强烈的感情,梁启超《读陆放翁集》四首,其一云:"诗界千年靡靡风,兵魂销尽国魂空。集中什九从军乐,亘古男儿一放翁。"情真语挚,是梁启超所作诗中被人们传诵最广的一首,对于陆游这样一位伟大的爱国诗人所作的千古不易之定评,借此诗深深地植入了一代代后人的心中。赵翼的《题元遗山集》,对"身阅兴亡浩劫空"的诗人元好问深表敬佩和同情,"无官未害餐周粟,有史深愁失楚弓。行殿幽兰悲夜火,故都乔木忆秋风",展现了元好问其人其诗苍茫悲凉的意境,其结句:"国家不幸诗家幸,赋到沧桑句便工!"这是赵翼受元好问诗的感发而对诗人历史命运有更深湛的认识,两句诗较之早已流传的"诗穷而后工"含蕴更丰富,因此成为脍炙人口的名句,至今亦常为诗论家所引用。

阐说诗学理论的论诗诗,数量也不少。但持有新见并非老生常谈的却不是很多,这里遴选赵翼、宋湘、张问陶三家,他们的作品或可称作这一类论诗诗中的佼佼者。

赵翼(1727—1814)字耘松,号瓯北,江苏阳湖(今常州)人。在清代中叶诗坛与袁枚、蒋士铨齐名,号称"江左三大家",其诗学观与袁枚近似,《瓯北诗话》以评论为主,《瓯北诗集》中有不少论诗诗,偏重于抒发他对诗歌发展、创作等方面的见解。与"国家不幸诗家幸"同样广为流传的是《论诗》一组的第一、二首:

  满眼生机转化钧,天工人巧日争新。预支五百年新意,到了千年又觉陈。

  李杜诗篇万口传,至今已觉不新鲜。江山代有才人出,各领风骚数百年。

这两首诗总体地概括了赵翼论诗的主要观点。他将诗看作是在不断地进行新陈代谢的精神产品,不但前一时代与后一时代,在同一个诗人前期与后期创作中,也在不断地变化之中。他在用五古写的《删改旧诗作》中说,少年与老年前后两段,因审美趣味的不同,诗的境界也会截然不同。"少时擅丽藻",非常得意,"老去渐删除",常不满少作。他认为不应该觉今是而昨非,"诗文无尽境,新者辄成旧",不恋旧栈,不断创新,是创作中的必然现象,"焉知今日意,不又他日疢"?无论何时,只要诗人耳目常新,感受常新,一切新境界,不过是"所历有迟早"。他又一首五古《论诗》,更全面地阐述了这个观点:

  "赋诗必此诗,定非知诗人。"此言出东坡,意取象外神,羚羊眠挂角,天马奔绝尘。其实论过高,后学未易遵。诗文随世运,无日不趋新。古疏后渐密,不切者为陈。譬如要驾马,将越而适秦。灞浐终南景,何与西湖春。又如写生手,貌施而昭君。琵琶春风面,何关苎萝颦。是知兴会超,亦贵肌理亲。吾试为转语,案翻老斫轮:作诗必此诗,乃是真诗人。

他并不是有意否定苏轼之言,而是强调诗歌艺术在不断发展,前疏后密,踵其事而增其华。诗人最重要的是随着时代前进,写出自己处身的时代中个人真实的精神面貌和充满生机的审美对象新的风貌。有自己的兴会所至,又有擘肌分理的写生妙手,只要"此诗"真正是表现了自己天然本色,他就是一位真正的诗人。苏轼强调的是诗贵言外意,重在诗艺方面;赵翼强调的诗贵己出,不随他人俯仰,是从创作的基本原则出发，正如他在《论诗》第三首所道："只眼须凭自主张，纷纷艺苑漫雌黄。矮人看戏何曾见，都是随人说短长。"袁枚论诗歌创作重"天分""灵机"，极赏"天籁"，赵翼与他完全认同，请看如下论诗绝句：

少时学语苦难圆，只道工夫半未全。到老始知非力取，三分人事七分天。（《闲居无事取子才心余述菴晴沙白华玉函璞函诸君诗手自评阅辄成八首》之三）

天机云锦朗昭回，刀尺徒劳费剪裁。怪底经旬无一句，等他有句自然来。（《旬日无诗》）

鸟语花香孰主张？春来无物不含芳。荒鸡不自知天籁，每到应啼便引吭。（《天籁》）

枉为耽佳句，劳心费剪裁。生平得意处，却自然来。（《佳句》）

堪称"天籁"者，都是"自然来"，无须未感物而去"预支新意"、苦思冥索去搜求新意。在《阅近人诗稿戏题》诗中，他嘲笑某些"名士"为求名而殚精竭虑去作诗，即使你作得再好，不出百年就会变成朽腐，因为不合于自然；唯有"自然"神通广大，"卧作长河立作山"，永远常新而不朽。

赵翼敢于说李杜文章"至今已觉不新鲜"，也不是否定李、杜之诗的不朽价值，而是从"诗文随世运，无日不趋新"的角度，召唤新的"才人"在继承李杜的传统上更代出新，要一代胜过一代，而不是一代不如一代的退化。《题陈东浦藩伯敦拙堂诗集后》一诗中，他说杜甫在唐代就是一个敢于出新、善于出新的诗人，在这一点上他还胜于李白："呜呼浣花翁，在唐本别调。时当六朝后，举世炫丽藻。青莲虽不群，余习犹或蹈。惟公起扫除，天门一龙跳。骨力森开张，神勇郁雄鸷。阳乌掩燐火，轰雷塞蚓窍。"对杜甫开一代新诗风给予了崇高的评价。在《读杜诗》中又写道："杜诗久循诵，今始识神功。不创前未有，焉传后无穷？"出新而"创前未有"，是杜甫的"神功"，赵翼心目中能"领风骚数百年"的才人,是必具此"神功"者,《瓯北诗话》卷四亦云:"必创前古所未有,而后可以传世。"赵翼的创新意识是多么自觉,多么强烈!

稍晚于赵翼的宋湘(1756—1826),字焕襄,号芷湾,嘉应(今广东梅州)人。他诗名不大,但其论诗诗却旗帜鲜明地反对模古拟古,力主独创。较著名的是《说诗八首》。这八首诗中,主张不师法古人而师法自然的是:

三百诗人岂有师,都成绝唱沁心脾。今人不讲源头水,只问支流派是谁。

心源探到古人初,征实翻空总自如。好把臭皮囊洗净,神仙楼阁在高虚。

文章妙绝有丘迟,一纸书中百首诗。正在将军旗鼓处,忽然花杂草长时。

宋湘认为创作的源头在现实生活中,是诗人耳目所接而心中有感的人和事,"物情相感亦相因"而后有诗,诗源不在书中,唯有以自然为师的诗才有感人之力。丘迟的《与陈伯之书》,正是以"暮春三月,江南草长,杂花生树,群莺乱飞。见故国之旗鼓,感平生于畴昔,抚弦登陴,岂不怆浪",触景生情的真切之言,感动了陈伯之"以其众自寿阳归降"。宋湘自己的诗歌创作也努力师法自然,《与人论东坡诗》写道:"纵不前贤畏后生,名山胜水本无形。唐翻晋案颜家帖,几首唐诗守六经?"这是对当时翁方纲之辈倡导"学人之诗"的反讽。在自作《南行草·序》中说,他的诗思是"万物无端,毕来怀抱",名山胜水经勃兴的诗思结撰出"神仙楼阁"般的理想之形,超凡之境。在《答赠李绣子》一诗中他把自己这种审美创造的愉悦感表达得淋漓尽致:

泰山之云东海水,一口吸到腰腹里。翻身散作霞满天,元气淋漓五色纸。

这是多么的"沁心脾"!先能沁己之心脾,然后才能沁读者之心脾。

宋湘反对模古、拟古，出语是相当尖刻的，《说诗八首》之二、五、八首云：

> 涂脂傅粉画眉长，按拍寻腔疾复迟。学过邯郸多少步，可怜挨户卖歌儿。

> 学韩学杜学髯苏，自是排场与众殊。若使自家无曲子，等闲铙鼓与笙竽。

> 读书万卷真须破，念佛千声好是空。多少英雄齐下泪，一生缠死笔头中。

同赵翼一样，他并不反对向古人学习，且对杜甫、韩愈、苏轼都评价很高，在《论杜诗二绝句》的小序中说："人皆议少陵绝句为短，予以为少陵自不肯为人之所长，若夫古今流派，焉可诬也。"杜甫不致力于绝句，是不肯苟同他人。其赞杜、韩云："满眼余波绮丽为，少陵家法必《风》《骚》。千秋尚有昌黎老，流出昆仑第二条。"学习古人，不能因此而失去自己的面目和风格，"心醉陶彭泽"也好，"师资杜少陵"也好，"毕竟要还真面目"（《与人论东坡诗》之二）。《说诗八首》中还有两首可归入论风格：

> 豫章①出地势轮囷，细草孤花亦可人。独有五通仙杜老，各还命脉各精神。

> 池塘春草妙难寻，泥落空梁苦用心。若比大江流日夜，哀丝豪竹在知音。

前者说客观事物作为审美对象，有的如豫章大木巍峨雄壮之美，有的如小草孤花娇柔之状，诗人要像杜甫那样，既能写出阳刚壮美之《古柏行》，也能写出阴柔优美的《江畔寻花》那样的"可人"之什，"各还命脉各精神"，亦即形成自己作品与审美对象多样化相对应的多样化艺术风格。后者说，谢灵运的"池塘生春草"、薛道衡的"空梁落燕泥"，都是绝妙之诗，示人以清丽轻巧的风格，而谢灵运的"大江流日夜，

---

① 豫章，树名。《淮南子·修务训》："豫章之生也，七年而后知，故可以为棺舟。"

客心悲未央",显示了豪壮深沉之美。两种不同的风格如"哀丝""豪竹"之有别,需要知音者才能细心体味。宋湘的意思是:大凡从师法自然所得,个人的艺术风格不必拘于某一种而作茧自缚。总之,对创作主体来说是要有自己的"真面目",对于审美客体来说是"各还命脉各精神",自由把握,灵活运用,切忌"一生缠死笔头中"。

张问陶(1764—1814)字仲冶,号船山,四川遂宁人。他的诗学观与袁枚、赵翼相类,但他自己不愿承认是"性灵"派中人。《颇有谓余诗学随园者,笑而赋此》写道:"诗成何必问渊源,放笔刚如所欲言。汉魏晋唐犹不学,谁能有意学随园?""诸君刻意祖三唐,谱系分明墨数行。愧我性灵终是我,不成李杜不张王。"可见其傲世独立的性格。他的论诗诗数量可观,且写得很出色,不让于赵翼。表现其"放笔刚如所欲言"独树一帜气概的,如:

  前身自拟老头陀,真气填胸信口呵。手把一编如说法,风幡妙义扫天魔。(《题张莳塘诗卷》)

  诗中无我不如删,万卷堆床亦等闲。莫学近来糊壁画,图成刚道仿荆关。(《论文八首》)

  胸中成见尽消除,一气如云自卷舒。写出此身真阅历,强于钉饷古人书。(《论诗十二绝句》)

  公事公言醉不辞,无邪诗教本无私。一编也自留天壤,那望人知胜我知。(《题屠琴坞论诗图》)

禅宗六祖慧能在广州法性寺因说"风动""幡动""皆因心动",语惊四座而被尊为南宗始祖。张问陶自有开宗发派的气概,难怪不肯俯事随园。他对儒家诗教的反叛精神,实在比袁枚更为彻底,竟敢说于"诗教"之外自留一片"天壤",也不屑于他人的评头品足,充满"我自知我"的自信。他甚至鄙薄传统的政教功利说:"想到空灵笔有神,每从游戏得天真。笑他正色谈《风》《雅》,戎服朝冠对美人。"(《论诗十二绝句》)百年之后王国维《文学小言》中提到的"游戏"说,竟已率先出现在他的笔下。自宋至清,注杜诗者甚众,有"千家注杜"

之说，笺注者都把杜甫强解为一个"每饭不忘君"的政治诗人，成为儒家诗教的样板，张问陶对此非常反感，作了辛辣的讽刺：

> 笺注争奇那得奇，古人只是性情诗。可怜工部文章外，幻出千家杜十姨。(《论文八首》)

一个谑语"杜十姨"，真有"扫天魔"之势，他不把当时奉为正宗教条的"义理""考据""文章"放在眼下。

张问陶虽然也是封建官吏(做过莱州知府、礼部郎中等官)，必须奉行清王朝的政教，但他在自己的精神领域内，的确保留了一片"天壤"。写诗必须有灵感，有妙悟：

> 凭空何处造情文？还仗灵光助几分。奇句忽来魂魄动，真如天上落将军。(《论诗十二绝句》)

> 悟诗如悟禅，真空参不坏。一点妙明心，融融大千界。(《悟诗图赠邵五》)

好诗必须有人情美：

> 名心退尽道心生，如梦如仙句偶成。天籁自鸣天趣足，好诗不过近人情。(《论诗十二绝句》)

> 竹有丰神树有姿，野花分岸不参差。物情也似人情好，谁领天机注我诗。(《江南诗意》)

他也如袁枚一样追求自然有天趣的"常语"入诗：

> 跃跃诗情在眼前，聚如风雨散如烟。敢为常语谈何易，百炼功纯始自然。(《论诗十二绝句》)

> 妙语雷同不自知，前贤应恨我生迟。胜他刻意求新巧，做到无人得解时。(《论诗十二绝句》)

他强调"炼"的功夫，"无人得解"实即妙不可言，无须强解，《题屠琴坞论诗图》中有一首写道："也能严重也轻清，九转丹青铸始成。一片神光动魂魄，空灵不是小聪明。"这些实际上是记录自己的创作体会，他是一位优秀诗人，"清警空灵"正是后人评他的诗的一大特色。

关于清代论诗诗，最后还值得写一笔的是，在"美雨欧风"袭入古老的中国时,"诗界革命"的呼声也从论诗诗中发了出来,台湾诗人丘逢甲(1864—1912)在《论诗次铁庐韵十首》中写道:

迩来诗界唱革命,谁果独遵吾未逢。流尽元黄笔头血,茫茫词海战群龙。新筑诗中大舞台,侏儒几辈剧堪哀。即今开幕推神手,要选人天绝代才。

与梁启超大力鼓吹"诗界革命"的《饮冰室诗话》相呼应。阅历千年诗坛的诗话与论诗诗,又登上了"新筑诗中大舞台",大唱"诗界革命"了!

第二十四章
"诗界革命"时代的到来

历史学家将爆发中英鸦片战争的1840年作为划分中国古代史与近代史的交接之年,近三千年一贯相传的封建制度之社会,自此之后变成了半殖民地半封建的社会,随着政治经济形势发生的巨大变化,人们的思想意识、审美意识也逐渐发生变化。反对封建文化的文学作品与文学理论在此以前已时有出现,这就是后来被政治家、思想史家、文学史家誉为"民主性精华"的那一份特别宝贵的精神财富。进入近代社会之后,反对封建主义与反对西方帝国主义的侵略两种思潮并举,文学创作与文学理论也都开始体现这种历史性的转轨,其中创作领域尤其是诗的创作最为敏感。1840年鸦片战争爆发之后,反映鸦片战争战况、表现强烈反抗外敌侵略的爱国精神与对清廷腐败的深切幽愤,就在林则徐、魏源、张维屏、朱琦等人的诗笔下出现了。福建诗人林昌彝在林则徐的支持帮助下,编著了"意专主义于射鹰(英)"的《射鹰楼诗话》,录载了大量具有史诗性意义的优秀诗篇,林则徐在《致林芗溪书》中称赞"诗话采择极博,论断极精,时出至言,阅者感悟,直如清夜钟声,使人梦觉"。中国诗界一种新的精神气象出现了。

新的文学、诗学理论的出现,必须是在新的创作实践有一定的经验积累之后,且往往是对这种新的创作实践有切身体会的作家和诗人自己道出来。作为研究家,它不像创作那样直接表现一种反对西方帝国主义的战斗意志和精神,正如那些爱国的政治家、实业界人士,要改造自己的国家就必须向西方学习其富国强兵的经验,文学理论批评家们也充分意识到,学习、吸收西方文学、美学、哲学的新学说,是使传统文化过渡到新的时代并继续保持其生命力的一项不可缺少的营养。1840年以后的诗学领域,需要吸取新的营养与固守儒家诗学本体反对吸收西方"异端邪说",形成了新的两大派别的争论。后者有继承翁方纲"肌理说"的宋诗派,继承"义理、考据、文章"的桐城——湘乡派和汉宋调和派等,他们的诗论基本上是前人诗论变换语言的复述,极少有令人耳目稍新的独特见解。前者则可称改良主义的诗派,他们虽不能对儒家诗教来一番彻底革命,且又树立了一种新的功利观,可它还是为中国传统诗学输入了一些新的血液。他们标举的"诗界革命"终因中国诗歌古典形式不易变革而没有最终实现,可是对"五四"时代在内容与形式两方面都发生了质的变革的现代新诗运动,却有先声之功。

一 龚自珍倡导个性解放的理论与实践

中国近代改良主义的诗派,文学批评史家们都上溯到龚自珍。龚自珍(1792—1841),字璱人,号定盦,又名易简、巩祚,浙江杭州人。他是一位才华横溢的诗人,在世之时的清代诗坛,正是翁方纲的"肌理"说与"学人之诗"盛行的时代,他虽然家学渊深(著名文字学家段玉裁是他的外祖父),但对"学人之诗"未予一顾,而将其诗人的锐敏目光投向社会,投向自己的人生历程,"眼前二万里风雷,飞出胸中不费才"(《己亥杂诗》),在很多诗篇中发出了个性解放的呼声,毛泽东曾引述过他的名篇:"九州生气恃风雷,万马齐喑究可哀!我劝天公重抖擞,不拘一格降人才。"(《己亥杂诗》)我们不妨将它看作近代"诗界革命"的一支序曲。可惜他正当五十岁的英年(第一次鸦片战争的次年)就去世了,未能投入诗界变革的新浪潮。

龚自珍自谓"平生无一封与人论文书"(《与张南山书》,见张维屏《花甲闲谈》卷六),因此他一生没有留下完整的文学理论著作,只能从《龚自珍全集》里若干言诗或不言诗的片断论述与诗作,掇取其诗学观点。

最基本的一个观点,看来就是与"肌理"之"理"针锋相对的"宥情""尊情"。在他文集的杂论中有《宥情》一篇。所谓"宥",有宽宥的意思。《宥情》之作的目的,旨在破除一些对"情"的偏见。文中先设甲、乙、丙、丁、戊五人的对话。甲先说:"有士于此,其于哀乐也,沈沈然,言之而不厌,是何若?"乙认为这是"媒嫚之民"即举止轻狂之人。引许慎《说文》"情,人之阴气有欲者"来释"情",说"圣人不然,清明而强毅,无畔援,无歆羡,以其旦阳之气,上达于天",因此"阴气有欲"之情不美。丙反对乙之说:"西方之志曰:欲有三种,情欲为上。西方圣人不以情为鄙夷,子言非是。"丁以为乙、丙二人这说法都不妥:"乙以情隶欲,无以处夫哀乐之正而非欲者,且人之所以异于铁牛、土狗、木寓龙者安在?乙非是。丙以欲隶情,将使万物有欲,毕诡于情,而情且为秽墟,为罪薮,丙又非是。是以不如析言之也,西方之志,盖善乎其析言之矣。"戊又不同意丁的解释,辩之曰:"西方之志又有之:纯想即飞,纯情即坠,若是乎其概而诃之也,不得言情,或贬或无贬,汝言皆非是。""情"是丑,还是"情欲"至上?是"情"隶属于"欲"还是"欲"隶属于"情"?如果是前者,则人与动物没有区别;如果是后者,则没有纯正的"情"。他们提到的"西方之志"指的是佛典。戊的意思是"情"与"欲"都不好,因此不必"言情"。龚自珍的看法呢?他闲居时常感到"阴气沉沉而来袭心",即有情郁积于心中,察其根由:"心有脉,脉有见童年。见童年侍母侧,见母,见一灯荧然,见一砚、一几,见一仆妪,见一猫,见如是,见已。"这是说情始生于赤子之心,童稚之情生发于"一切境未起时,一切哀乐未中时,一切语言未造时",这种赤子之情转化诗词作品的境界,"其心朗朗乎无滓,可以逸尘埃而登青天,惜其声音浏然,如击秋玉。予始魂魄近之而哀,远之而益哀,莫或沉之,若或坠之"。于是又使人恍惚回到了童年,唤起童年的情趣与心境,前面五种情欲之说都不能解释此种情境。原来,龚自珍所尊的是"童心",与三百年前的李贽心心相印!三十二岁时写的《午梦初觉,怅然诗成》曰:"不似怀人不似禅,梦回清泪一潸然。瓶花帖妥炉香定,觅我童心廿六年。"《己亥杂诗》又有:"少年哀乐过于人,歌泣无端字字真。既壮周旋杂痴黠,童心来复梦中身。"在《长短言自序》中,他对于"情"有更明白的阐说:

  情之为物也,亦尝有意乎锄之矣;锄之不能,而反宥之;宥之不已,而反尊之。龚子之为《长短言》何为者耶?其殆尊情者耶?情孰为尊?无住为尊,无寄为尊,无境而有境为尊,无指而有指为尊,无哀乐而有哀乐为尊。

由"宥情"到"尊情",他所"尊"的情,是自然而发的感情,不受任何局限,真心的流露。情之发而"畅于声音","声音如何?消瞀以终之。如之何其消瞀以终之?曰先小咽之,乃小飞之,又大挫之,乃大飞之,始孤盘之,闷闷以柔之,空阔以纵游之,而极于哀,哀而极于瞀,则散矣毕矣。"由此可见,龚自珍"尊"的是自然而发的浑厚博大之情,表现这种情感的诗篇,使"泊然以和,顽然以无恩仇"的闲居之人,也会"忽然而起,非乐非怨,上九天,下九渊,将使巫求之,而卒不自喻其所以然"。龚自珍是一位感情极为丰富且又非常锐敏的诗人,生活在那个时代,他不可能不发抒充塞胸中的哀怨悲愤之情,"一天幽怨欲谁谙?词客如云气正酣。我有箫心吹不得,落花风里别江南"(《吴山人文徵、沈书记锡东饯之虎丘》),可见他的心态。

"工感慨",是龚自珍付诸创作实践的审美原则:

  天教伪体领风花,一代人材有岁差。我论文章恕中晚,略工感慨是名家。(《歌筵有乞书扇者》)

论唐诗不必责中、晚唐不如盛唐,只要"工感慨"便是好诗。《上大学士书》中释"感慨"说:

  夫有人必有胸肝,有胸肝则必有耳目,有耳目则必有上下百年之见闻,有见闻则必有考订同异之事,有考订同异之事，则或朒以为是，朒以为非，有是非，则必有感慨激奋。感慨激奋而居上位，有其力，则所是者依，所非者去；感慨激奋而居下位，无其力，则探吾之是非，而昌昌大言之。

诗人者，多"居下位"，属"昌昌大言之"之列。他认为陶渊明不是人们所说的淡泊静穆的诗人，而是"感慨激奋"的诗人："陶潜诗喜说荆轲，想见《停云》发浩歌。吟到恩仇心事涌，江湖侠骨恐无多！""陶潜酷似卧龙豪，万古浔阳松菊高。莫信诗人意平淡，二分《梁甫》一分《骚》。"(《己亥杂诗》)

有"感慨"而为言，继而发为诗词歌赋，是龚自珍"尊情"说的实践，《述思古子议》中有批评无感慨而强为之言的话："言也者，不得已而有者也。如其胸臆本无所欲言，其才武又未能达于言，强之使言，茫茫然不知为何等言；不得已，则又使之姑效他人之言；效他人之种种言，实不知其所以言，于是剽掠脱误，摹拟颠倒，如醉如寐以言，言毕矣，不知我为何等言。"他反对父兄以"功令"强迫儿童"执笔学言"而说《经》，认为儿童尚无多少见识，"但宜讽经，安知说经"？这是逼他去效他人之言，应该让儿童"兼观天下怀人、赋物、陶写性灵之华言。夫童子未有感慨，何必强之为若言"？作为一个诗人，他认为其"感慨"由饱历社会人生而积蓄，藉瑰丽奇险之山川、坎坷诡怪人事而发，"不是无端悲怨深，直将阅历写成吟"(《题红禅室诗尾》)。在为辽东诗人徐铁孙写的一序中，表达了他极为独特的诗歌审美观：

> 龚自珍曰：平原旷野，无诗也；沮洳，无诗也；硗确狭隘，无诗也；适市者，其声嚣；适鼠壤者，其声嘶；适女闾者，其声不诚。天下之山川，莫尊于辽东。辽俯中原，逶迤万余里，蛇行象奔，而稍稍泻之，乃卒恣意横溢，以达乎岭外。大海际南斗，竖亥不可复步，气脉所届，怒若未毕。要之山川首尾可言者则尽此矣，诗有肖是者乎哉？诗人之所产，有禀是者乎哉？

他以山川形胜之壮丽，来拟诗之雄伟豪放、浩瀚磅礴，人间能产生这样的诗篇吗？他认为诗人要广泛地学习古人留下的文化遗产，学习他们"肃若沉若""缜若峍若"的气骨风格，学习他们"而莽荡，而噌吰，若敛之惟恐其坻，揪之惟恐其隘，孕之惟恐其昌洋而敷腴"的恣肆汪洋的波澜文彩，如长白山、兴安岭之巍峨嶙峋。于是——

  乃放之乎三千年青史氏之言，放之乎八儒、三墨、兵、刑、星气、五行，以及古人不欲明言，不忍卒言，而姑猖狂恢诡以言之之言，乃亦摭证之以并世见闻，当代故实，官牍地志，计簿客籍之言，合而以昌其诗，而诗之境乃极。则如岭之表、海之浒，磅礴浩汹，以受天下之瑰丽而泄天下之拗怒也，亦有然！

"天下之拗怒"，实即诗人阅历了当代社会种种现实状况之后，胸中不平之气郁结而成，是最具个性特质的幽愤之情。以这种"拗怒"之情与感受，发古人所未发、所不敢发，以"猖狂恢诡"之言而发，即可臻至诗之极境。龚自珍在此又申诗人个性不可羁束，由"恣意横溢，猖狂恢诡"而"泄天下之拗怒"，是对儒家传统的规范和束缚个性的"中庸"之论"中和"之说的反叛，是他"工感慨"最酣畅的发挥。龚自珍少年时便有"击剑更吹箫"而滋育的"剑气箫心"，崇尚"亦狂亦侠亦温文"的浪漫个性和精神，以庄子、屈原、李白三位最具浪漫气质的诗人为自己心目中永恒的榜样，说"庄骚两灵鬼，盘踞肝肠深"，而李白则并庄、屈"以为心"，合儒、仙、侠"以为气"（见《最录李白集》）。翻阅龚自珍的诗文全集，我们亦可说他就是合儒、仙、侠为一气的诗人，而侠气主要表现于诗中，正如他在《三别好诗》中第二首所云："狼藉丹黄窃自哀，高吟肺腑走风雷。不容明月沉天去，却有江涛动地来。"这是评友人遗文，也是夫子自道。后来，南社诗人柳亚子"仿其意"作论诗三绝句，第三首评龚自珍是："三百年来第一流，飞仙剑客古无俦。只愁孤负灵霄意，北驾南舣到白头。"深得龚自珍"剑气箫心"、浪漫意气之旨。

与"尊情"和"工感慨"紧密联系的，《书汤海秋诗集后》中还表述了龚自珍一个重要的诗学观点：

> 人以诗名，诗尤以人名。唐大家若李、杜、韩及昌谷、玉溪，及宋、元，眉山、涪陵、遗山，当代吴娄东，皆诗与人为一，人外无诗，诗外无人，其面目也完。……何以谓之完也？海秋心迹尽在是，所欲言者在是，所不欲言而卒不能不言在是，所不欲言而竟不言，于所不言求其言亦在是。要不肯捊扯他人之言以为己言，任举一篇，无论识与不识，曰：此汤益阳之诗。

"诗与人为一"，就是说诗人必须在诗中表现其个性的完整性，在列举的诗人中特别提出李贺，是很值得注意的，因为李贺虽"怪得些子"（朱熹语），无可争议是一个非常有个性的诗人，其诗"猖狂恢诡"正表现了他傲世不群的性格，诗的面目就是诗人的面目。何谓"不完"，龚自珍在散文《病梅馆记》以"病梅"的形象作了说明：对于自然生长的梅花，人们往往以自己"曲""欹""疏"的审美要求而对它"斫其正，养其旁条；删其密，夭其稚枝；锄其直，遏其生气"，如此养梅于盆，"皆病者，无一完者"。扭曲主体或客体的先天本性，抑制其天然生机，就是"不完"。喻之于诗，诗人迁就世俗所好，诗中反不见自己心迹，"捊扯他人之言以为己言"，就是"不完"；"言"与"不言"的心迹都在诗中，就是"完"。《己亥杂诗》中还有一首写给汤海秋的诗说："觥觥益阳风骨奇，壮年自定千首诗。勇于自信故英绝，胜彼优孟俯仰为。"汤海秋诗到底如何，在此姑且不论，龚自珍所赞扬的"勇于自信"，却是在那"万马齐喑"的时代，诗人最可宝贵的品质，有这种品质，诗人与诗就能"完"，就"英绝"。没有这种品质，不过是"优孟衣冠"，在历史的舞台上跑跑龙套而已。

龚自珍鼓吹个性解放、个性自由的诗学理论及其"高吟肺腑走风雷"的创作实践，较之明代袁宏道的"独抒性灵"说与同朝袁枚的"性灵"说具有更高层次的意义，因为他是紧贴时代与社会的心脉来独抒自己的"感慨"，泄发"天下之坱怒"，非纯是一己之私情，所以能成为"诗界革命"的一个起点。①

二 黄遵宪、梁启超的"诗歌革命"论

龚自珍去世半个多世纪之后,"诗界革命"的潮头终于涌来了。"诗界革命"的主将黄遵宪（1848—1905）,字公度,号人境庐主人,广东嘉应（今梅州）人。他的人世阅历远远胜过龚自珍,从二十九岁始,任过清廷驻日本、美国、英国、新加坡等国的外交官,是中国近代走出国门看世界的第一位诗人,他从事"诗界革命"的实际成果是《人境庐诗草》《日本杂事诗》等。

黄遵宪的改革诗歌之论出现很早,于1868年写的一组《杂感》诗中就提出诗体和诗歌语言变革的主张,其二云：

大块凿混沌,浑浑旋大圜；隶首不能算,知有几万年。羲轩造书契,今始岁五千；以我视后人,若居三代先。俗儒好尊古,日日故纸研；《六经》字所无,不敢入诗篇。古人弃糟粕,见之口流涎；沿习甘剽盗,妄造丛罪愆。黄土同抟人,今古何愚贤？即今忽已古,断自何代前？明窗敞流离,高炉爇香烟；左陈端溪砚,右列薛涛笺；我手写我口,古岂能拘牵？
即今流俗语,我若登简编；五千年后人,惊为古斓斑。

年方二十的青年诗人,很锐敏地发现了中国人口头语言与书面语言的矛盾,古代的人用口语写作,后人还沿用古人的语言写作,以古人所说的语言为"文言",定为一种范式。时代发展变化了,人们的口头语言也发展变化了,可是文人还以《六经》时代的语言写诗作文,于是造成书面语言与口头语言的尖锐矛盾。十一年后（1879年）他在《日本国志·学术志二·文学》中,又从理论角度阐述了这一观点："文字者,语言之所从出也。虽然,语言有随地而异者焉,有随时而异者焉；

---

① 龚自珍作《己亥杂诗》后六十年,"诗界革命"主将黄遵宪,亦作《己亥杂诗》八十九首,以示承继发扬之意。

而文字不能不因时而增益,画地而施行。言有万变而文止一种,则语言与文字离矣。"他举欧洲语言为例,拉丁语曾是各国通用的古代语言,后来"自法国易以法音,英国易以英音,而英、法诸国文学始盛"。中国从周秦以下,文学不断发展,"文体屡变,逮乎近世,章疏移檄,告谕批判,明白晓畅,务其达意,其文体绝为古人所无。若小说家言,更有直用方言以笔之于书者,则语言文字几几乎复合矣"。的确,文学语言的变革,明、清小说已先行一步,唯独诗的语言未变,虽然如袁枚等诗人也说过"以口语入诗,最妙",但最终不过是成为一种点缀。黄遵宪勇敢提出"我手写我口",在中国诗歌从旧体(包括古体、近体)向"五四"时代的新诗的变化过程中,实有划时代的意义。

黄遵宪在国外见多识广,更深切地感到诗界变革的需要,他发现,"欧洲诗人,出其鼓吹文明之笔,竟有左右世界之力",而他"别创诗界"之论,在国内影响甚微,以至感到不过是"独立风雪中清教徒一人耳"。1891年他在"伦敦使署"将自己多年来创作的"新派诗"编辑成集,作《人境庐诗草自序》一文冠于首。这篇序,应该说是"诗界革命"最早的一篇正式宣言,序文首先叙述了他"年十五六即学为诗"以后,在繁忙的外事活动之余继续坚持创作。然后说:

> 士生古人之后,古人之诗,号专门名家者,无虑百数十家,欲弃去古人之糟粕,而不为古人所束缚,诚戛戛乎其难。虽然,仆尝以为诗之外有事,诗之中有人,今之世异于古,今之人亦何必与古人同。尝于胸中设一诗境:一曰复古人比兴之体;一曰以单行之神,运排偶之体;一曰取《离骚》乐府之神理而不袭其貌;一曰用古文家伸缩离合之法以入诗。其取材也:自群经三史,逮于周、秦诸子之书,许、郑诸家之注,凡事名物名切于今者,皆采取而假借之。其述事也:举今日之官书会典、方言俗谚,以及古人未有之物,未辟之境,耳目所历,皆笔而书之。其炼格也:自曹、鲍、陶、谢、李、杜、韩、苏讫于晚近小家,不名一格,不专一体,要不失乎为我之诗。

诚如是，未必遽跻古人，其亦足以自立矣。

以当今的观点看来，这篇序还谈不上有真正"革命"的意义，只可说是改良维新的举措。但就是这些话，说在桐城、湘乡派盘踞诗坛时，却非一般，因为其时王闿运之流还在顽固地宣扬"学诗当观古人之诗，唯今人诗不可观""观古人所以入微，吾心之所契合，优游涵咏，积久有会，则诗乃可言也"（王闿运《论诗法》）之类复古保守之论，这篇序言可说是振聋发聩、惊世骇俗之宏声。从总体看：虽然说不能彻底挣脱古人的束缚，还是勇敢地提出了"不与古人同"；虽然"取材""述事"还可参之古人经籍，但只取"切于今者"，更重要的还在于写"古人未有之物"创"古人未辟之境"；虽然可学古代著名诗人之"炼格"，但只要是自己耳目所历，笔而书之，就可"不名一格，不拘一体"……这些都可说是诗走向解放的趋势。所谓"诗之外有事，诗之中有人"，古代诗人也说过类似的话，但黄遵宪强调的是有今日之事，今日之人！他在晚年给梁启超的信中再次说到此语："用今人所见之理，所用之器，所遭之时势，一寓之于诗。务使诗中有人，诗外有事，不能施之于他日，移之他人。"（此语亦见黄遵楷《先兄公度先生事实述略》）后两句话很重要，强调了诗中之人与事其时其境的特定、特指性，既不是陈陈相因于前，亦不能使后人陈陈相因于己。在《与郎山论诗》中又说，诗的有些题材如自然景物，诗中所传导的诗人之情，古今并非完全别样，但物态无穷、人心无尽，今人"能即身之所遇、目之所见、耳之所闻，而笔之于诗，何必古人"？若"舍我以从人"，即使"刻画求似而得其形，肖则肖矣，而我则亡也。我已忘我，而吾心声皆他人之声，又乌有所谓诗者在耶"！诗之中有今日之我，是黄遵宪新诗论一个核心观点，昭示了新的时代必造就新的诗、新的诗人。

序中谈到新的诗体创造，"以单行之神，运排偶之体"、运用"古文家伸缩离合之法"，实即实验一种新诗体，以适应表现他所阅历的中、外新的事件。这二者结合，具有叙事性，是"以文入诗"的新尝试。后来他在致梁启超的一封信中就说到，诗与小说可以打通，采取白居易、明人乐府之体，用"或三或九，或七或五，或长短句"而写之，"易乐府之名而曰杂歌谣，弃史籍而采近事"。这样，很多世俗之新事，"如梁园客之得官，京兆尹之禁报，大宰相之求婚，奄人子之纳职，选道之贡物"等黑暗丑恶之事，皆可写之，披露讽刺之。这实质就是一种新型诗体，他的作品中有《出军歌》四章，以七、五、七、五、七、三的句式（如"四千余岁古国古，是我完全土。二十世纪谁为主？是我神明胄。君看黄龙万旗舞，鼓鼓鼓"！）全诗共二十四个三字尾句，最后一字连缀合成"鼓勇同行，敢战必胜，死战向前，纵横莫抗，旋师定约，张我国权"六个主题词。梁启超读后惊叹不止地说："其精神之雄壮活泼沉浑深远不必论，即文藻亦二千年所未有也，诗界革命之能事至斯而极矣！"他还有长诗《锡兰岛卧佛》，二千余言，梁启超又叹为观止："真可谓空前之奇构矣！"外国他不敢说，"若在震旦，吾敢谓诗以来所未有也"。这篇长诗是典型的"以文入诗"，运"单行之神"而不以比兴取胜，叙事、议论兼而包之，因此梁启超说："以文名之，吾欲题为《印度近史》，欲题为《佛教小史》，欲题为《地球宗教论》，欲题为《宗教政治关系说》；然是固诗也，非文也。有诗如此，中国文学界足以豪矣。"（《饮冰室诗话》）梁启超在20世纪初总结前段诗界革命实绩时，常常以黄遵宪的作品为示范为依据，可见黄遵宪作为"诗界革命"开拓者之功是辉煌的。可惜这位诗人只活到五十七岁便去世，改革诗的语言和诗体还只能说是未竟之业，约十年之后，胡适、鲁迅、郭沫若等新诗人，从他的起点上迈出了新的真正斩然地划时代的步伐。

梁启超（1873—1929）字卓如，号任公，广东新会人，是资产阶级改良派的代表人物之一。1898年与康有为、谭嗣同等人发动戊戌变法失败，逃亡日本，辛亥革命后曾任职民国政府。著述甚丰，有《饮冰室全集》传世，诗学专著为《饮冰室诗话》。他的注意力虽然重在提倡小说，创立新的散文文体，却又是"诗界革命"最热诚的鼓吹者、宣传者。"诗界革命"一词实因他反复使用、张扬而传播于国内外。

梁启超是一位中国少有的厚今薄古的新潮思想家,以诗而言,他敢说:"自忖于古人之诗,能成诵者寥寥,而近人诗则数倍之,殆所谓丰于昵者耶。"还敢以此张之于《饮冰室诗话》之首,作为他论诗之纲。又说:"中国结习,薄今爱古,无论学问文章事业,皆以古人为不可几及。余生平最恶闻此言。窃谓自今以往,其进步之远轶前代,固不待蓍龟,即并世人物,亦何遽让于古所云哉?"读中国古代诗论、诗话著作,言必称风、骚、李、杜者几或无所缺,确有些令人生厌了,是古非今在一些颇有见解的著作中也在所难免,不只是复古派,代代都有人把向古人学习当作诗的出路,梁启超则斩钉截铁地说:

    支那非有诗界革命,则诗运将绝!(《夏威夷游记》)

  他使用了《周易》中出现的、但人们一般都忌用的"革命"一词(《易传·革·彖》:"汤、武革命,顺乎天而应乎人"),在《饮冰室诗话》中,他论"革命之实"说:

    过渡时代,必有革命。然革命者,当革其精神,非革其形式。吾党近好言诗界革命。虽然,若以堆积满纸新名词为革命,是又满洲政府变法维新之类也。能以旧风格含新意境,斯可以举革命之实矣。

  在戊戌变法前后,康有为的年轻弟子中也有人推行"诗界革命运动",但他们反不如年长的黄遵宪,没有新的意境,或是不从中国《六经》而从传教士翻译过来的《新约》《默示录》等耶稣教经典中去掇取诗材,以其字面"络绎笔端",或是从西方新闻异事去"捋扯新名词以自表异"。连谭嗣同也未免此病,梁启超很坦率地说:"吾谓复生三十以后之学,固远胜三十以前之学;其三十以后之诗,未必能胜三十以前之诗也。"这样的"革命"倒不如不革命。"旧风格含新意境"是梁启超的中心主张,"新意境"就是诗写新人新事新理想,"近世诗人能熔铸新理想入旧风格者,当推黄公度"。前已说到他极力推崇黄氏之《出军歌》《锡兰岛卧佛》,他又评《人境庐诗草》中《以莲菊桃杂供一瓶作歌》说:"半取佛理,又参以西人植物学、化学、生理学诸说,实足为诗界开一新壁垒。'女娲炼石补天处，石破天惊逗秋雨。'吾读此诗，真有此感。"他实际是要诗有新的认知价值，新的"可以观""可以群"的意义。又称赞黄遵宪的学生杨惟徽所作含有人类学、历史学、地理学等新知识的《秋感》四章，"其理想风格,皆茹今而应古"。《夏威夷游记》中提出新派诗的三条审美标准：

> 余虽不能诗，然尝好论诗。以为诗之境界被千余年来鹦鹉名士(余尝戏名词章家为鹦鹉名士,自觉过于尖刻)占尽矣，虽有佳章佳句，一读之，似在某集中曾相见者，是最可恨也。故今日不作诗则已，若作诗，必为诗界之哥伦布、玛赛郎然后可。犹欧洲之地力已尽，生产过度，不能不求新地于阿米利加及太平洋沿岸也。欲为诗界之哥伦布、玛赛郎，不可不备三长：第一要新意境，第二要新语句，而又须以古人风格入之，然后成其诗。

第一、二项不必多议，他当时所求的意境、语言虽有很大的局限性，不可与后来真正的白话新诗同日而语，但理论的指向无疑是正确的，只是第三项重提"古人风格"，较之黄遵宪"不名一格，不名一体,要不失乎我之诗"有更多的副作用。梁启超对"革其形式"的必要性尚无起码的认识，不知道"形式是本质的，本质是有形式的。不论怎样的形式，都还是以本质为转移的"(列宁语),"新意境"与"旧风格"合璧，不能说是真正的革命，只能说是政治上的改良维新观在文学艺术领域的反映。他还主张诗要能唱，诗乐结合，将诗与歌词混为一谈（好的歌词是诗，但好诗不一定是好歌词），实是一种功利观的新表现，用诗更广泛地宣传他们的政治改良思想。后来朱自清先生正确地指出过："过去的诗体都是在脱离音乐独立之后才有长足的进展，就是四言诗也如此,像嵇康的四言诗，岂不比三百篇复杂而细密得多？"(《朗读与诗》)可是梁启超却以"诗三百篇皆乐章，尚矣"，作为诗、乐结合的历史依据，以能入乐之歌词，"拍案叫绝"曰"此中国文学复兴之先河也"(《饮冰室诗话》)，可说是片面的误导。

十九世纪末二十世纪初，中国资产阶级改良派发起的这场"诗界革命"，可用康有为后来写给梁启超等人一首诗的头两句"新世瑰奇异境生，更搜欧亚造新声"（《菽园论诗兼寄任公、孺曼、博宣》三首之二）来概括。中国三千年诗界终于在二十世纪初出现新曙光，新的太阳尚未升起，梁启超所期盼的"二十世纪支那之诗王"何时出现，尚不可预料。

三 王国维"境界"说之系统观

"诗界革命"论者重在创作实践的变，旨在倡导一种"新派诗"适应新的时代、新的意识形态之需要，对于诗学理论本身，尚无突破性的贡献，比如梁启超所津津乐道的"新意境"，未见他有展开而又深入的论述[①]。康有为说"新世瑰奇异境生"，倒是在《诗集自序》中对"意境"作了一番有理论意义的阐释："诗者，言之有节文者耶！凡人情志郁于中，境遇交于外。境遇之交压也瑰异，则情志之郁积也深厚。情者阴也，境者阳也。情幽幽而相袭，境娉娉而相发……泻如江河，舒如行云，奔如卷潮，怒如惊雷，咽如溜滩，折如引泉，飞如骤雨。其或因境而移情，乐喜不同，哀怒异时，则又玉磬铿铿，和管锵锵，铁笛裂裂，琴丝愔愔，皆自然而不可以已者哉！"这段话中所说的"情"，可具指他"戊戌遘祸，遁迹海外"的"抑塞磊落之怀"。所说的"境"，可具指"五洲万国，靡所不到"而阅历的"连犿奇伟之境"。他以"阴"与"阳"来说"情"与"境"，虽说是阴与阳可交会，情与境可融合，但从根本上说还是情境二元论。就在他写这篇序的同年（光绪三十四年，1908年），没有加入"诗界革命"阵营的年轻学者王国维，以新的视角、观点研究诗词审美境界的《人间词话》，在上海十一月十三日出版的《国粹学报》上发表第一至二十则，标志

[①] 梁启超在《自由书·惟心》中也论及"意境"，提出"一切物境皆虚幻，惟心所造之境为真实"，以禅宗的观点解释意境，不可谓新。倒是论小说之境界有所创见。参阅拙著《中国诗学体系论·创境篇》第四章。

吸取西方哲学和文艺美学思想营养的新的中国诗学开始出现。

王国维（1877—1927）字静安，号观堂，浙江海宁人。他是近代影响甚著的学者，在研究古代史学与文字学方面都卓有成就，文学研究方面，于戏剧有《宋元戏曲考》，于小说有《红楼梦评论》，于诗词有《人间词话》等。他还是一位有才华的诗人，著有《人间词》甲、乙稿和《静庵诗稿》。

王国维在二十几岁留学日本和归国后任学部图书馆编译时，广泛阅读西方资产阶级的哲学美学著作，对于德国叔本华和尼采的学说尤有兴趣，深有心得，写了《论叔本华之哲学及其教育学说》《叔本华与尼采》等论文。在前一篇论文中，较集中地表述了他对叔本华美学思想的理解，世界与人，其本质都是"意志"，"而意志之所以为意志，有一大特质焉：曰生活之欲。生活者非他，不过自吾人之知识中所观之意志也。吾人之本质，既为生活之欲矣，故保存生活之事，为人生之唯一大事业"。这里所说的"意志"，有必然性规律之意，而所谓"欲"当然是以"情"为底蕴。人的"意志"，不外乎"生活之欲"的实现，这是一个必然性的进程；但人的意志并不能与客观世界的意志处处拍合，客观世界的必然性常常会干扰或破坏人的"生活之欲"必然的实现，于是人的一生中，"满足与空乏，希望与恐怖，数者如环无端，而不知其所终；目之所观，耳之所闻，手足所触，心之所思，无往而不与吾人之利害相关，终身仆仆而不知所税驾者，天下皆是也"。在人与世界充满矛盾、充满利害关系的纠葛之中，人有可能从种种纠葛之中超脱出来而暂时获得一种精神愉悦感吗？有！"唯美之物，不与吾人之利害相关系；而吾人观美时，亦不知有一己之利害。何则？美之对象，非特别之物，而此物之种类之形式；又观之之我，非特别之我，而纯粹无欲之我也。"这是一种审美态势，是"非特别之我"观"非特别之物"。"非特别之物"是以其"种类"（如自然景物）、"形式"（如桂林山水之独特形态）之美引起我的心目愉悦；"非特别之我"则是暂时忘记了实现"生活之欲"的我。这是美之物与审美之人都处于超越"意志"状态中的共同机遇与契合,前者之超越是作为"此物之种类之形式",不显示它对人的生存是否有利有害,后者之超越则是审美注意力只集中其形式之美的观赏、玩味,亦不思虑它对己的生活有利有害,此为物我两忘的审美活动。但是,一般的观赏者,即执着于"生活之欲"实现的人,这种"物我两忘"的观赏,在时间上不会持续太久,因为:"夫空间时间,既为吾人直观之形式;物之现于空间皆并立,现于时间者皆相续,故现于空间时间者,皆特别之物也。既视为特别之物矣,则此物与我利害之关系,欲其不生于心,不可得也。"观赏者发现审美对象之"空间并立",便会有此物与彼物的比较;发现其"时间相续",便会见其变化之迹,于是对象美之形式之下的内蕴便会逐渐为观赏者所领悟。这样一来,"非特别之物"又还原为"特别之物",观赏者也从"非特别之我""无欲之我",还原为"特别之我",有"生活之欲"的我,所观之美即从"忘我"("无我")的美感转化为"有我"的美感。这样就有了不同的审美态势、不同的审美感情和获得不同的美感:

> 今有一物,令人忘利害之关系,而玩之而不厌者,谓之曰优美之感情。若其物直接不利于吾人之意志,而意志为之破裂,唯由知识冥想其理念者,谓之曰壮美之感情。然此二者之感吾人也,因人而不同,其知力弥高,其感之也弥深。独天才者,由其知力之伟大,而全离意志之关系,故其观物也,视他人为深,而其创作之也,与自然为一。

这就是王国维所领悟和把握的叔本华的美学思想,人在审美活动中"无我"或"有我"而获得"优美"或"壮美",是他领悟和把握的精旨要义。结合对中国古典诗词的精深观察和研究,提出和建构了一个全新的"境界"说之系统观。

王国维在他有关的文章和论著中,谈到"意境"和"境界"时,对于唐、宋以来诗歌、绘画理论中已有的成说只字不提。《人间词话》中有云:"沧浪所谓'兴趣',阮亭所谓'神韵',犹不过道其面目,不若鄙人拈出'境界'二字,为探其本也。"好像"境界"说是他的发明。以他的学问言,当然不会不知道"境界"说由来已久,大概是认为历来诗人和诗论家所言之"境"或"意境"都不过是作为一种审美形态表述而已,尚未把握其作为审美本质的意义,所以他要重新阐释并建构自己的"境界"说。他在1906年前的著述中,还没有使用"境界"一词①,《文学小言》中有一则短论,可看作是"境界"新论的雏形:"文学中有二原质焉:曰景,曰情。前者以描写自然及人生之事实为主,后者则吾人对此种事实之精神的态度也。故前者客观的,后者主观的也;前者知识的,后者感情的也。自一方面言之,则必吾人之胸中洞然无物,而后其观物也深,而其体物也切;即客观的知识,实与主观的情感为反比例。自他方面言之,则激烈之情感,亦得为直观之对象、文学之材料;而观物与其描写之也,亦有无限之快乐伴之。"他把"景"(非仅指自然风景)与"情"定为文学之"原质",但二者不是绝对地相应相融的,着重指出他们有时是矛盾的存在,当我是"非特别之我"时,主观意志与情感对"物"干预愈少,"物"亦是处于"非特别之物"状态,于是"其观物也深,其体物也切",成"反比例"。而"激烈之情感"亦可成为"直观之对象",由情感的驱遣去观物和描写,这就是"特别之我"写"特别之物"了,虽"亦有无限快乐伴之",但写物之"深"与"切"显然因主观感情之"激烈",当然就稍浅稍隔了,这也是"反比例"。在写作时间与《文学小言》较近的《屈子文学之精神》中,他强调了"情"作为"原质"在诗歌文体中的基本地位(小说与戏剧则以"景"即"人生之事实"这一"原质"为基本):"诗歌之题目,皆以描写自己深邃之感情为主。其写景物也,亦必以自己深邃之感情为之素地,而始得于特别的境遇中,用特别之眼观之。故古代之诗,所描写者,特人生之主观方面;而对人生之客观方面,及纯处于客观之自然,断不能以全力注之也。"这里首先强调了深邃的(不可谓"激烈")感情是诗的"素地",

---

① 1906年前写的《文学小言》第五则"古之成大事业大学问者,不可不历三种之阶级",后来在《人间词话》第二十六则中,内容未变,而改为"必经过三种之境界"。

"素地"已有"境界"之义了,此文结尾时又说:"诗歌者,感情的产物也。虽其中之想象的原质(即知力的原质)亦须有肫挚之感情,为之素地,而后原质乃显。"后言古代之诗多写"人生之主观",揣王氏之意,古代诗人尚未将自己置于"非特别之我"的地位,所以还不能"纯处于客观之自然"而"观物也深"。这些论述,已为他稍后提出两种"境界"说张目。

1906年,王国维将自己的词作编成《人间词甲稿》,次年又编成《人间词乙稿》,两稿均有"山阴樊志厚叙",两篇序言可能是王国维托他人之名自作,若确为樊作,实际上也是秉承王氏的理论见解而"叙"。因为前《叙》虽说了"若夫观物之微,托兴之深,则又君诗词之特色"之类的话,没有一字提及"境界"或"意境"。仅隔一年(1907年)的第二篇"叙",却大谈"意境",一定是根据王氏1906年后开始研究"境界"并撰写《人间词话》前二十则的理论心得敷演而成①。因此,《人间词乙稿·叙》中有关"意境"之说,可以肯定是他对"以自己深邃之感情为之素地"有了新的认识:

> 文学之事,其内足以摅己,而外足以感人者,意与境二者而已。上焉者意与境浑,其次或以境胜,或以意胜。苟缺其一,不足以言文学。原夫文学之所以有意境者,以其能观也。出于观我者,意余于境。出于观物者,境多于意。然非物无以见我,而观我时又自有我在。故二者常互相错综,能有所偏重而不能有所偏废也。文学之工不工,亦视意境之有无,与其深浅而已。

这段话有三点特别值得注意:(一)"意境"是文学作品之本,即后来在《人间词话》(以下出词话语不再注明出处)列为开宗明义之首条:"词以境界为最上。有境界自成高格,自有名句。"(二)"意境"

---

① 后《叙》中,谈到温庭筠、辛弃疾、姜白石、纳兰性德等人词作境界高下浅深之语,后皆在《人间词话》中重见,不但评价一致,甚至用语和语气也无多大区别。王国维决不会以别人之言作为自己论词的主要观点。

的美感类型有两种,一是"意与境浑",为"上焉者";二是"或以境胜,或以意胜",这就是在《词话》中分别论列的"造境"与"写境"、"无我之境"和"有我之境"、"诗人之境界"与"常人之境界"。(三)此是就"文学"这一大概念言之,文学中有抒情文学与叙事文学两大类,"观我者"是指抒情文学即诗词之类,"意余于境"就是以"情"为"素地"而使"景"之"原质乃显";"观物者"是指叙事文学即戏剧小说之类,"境多于意"是因为它们本以客观事物为"素地"。叙事文学中有无"意与境浑"的呢?后来他在《宋元戏曲考》中说元剧"写情则沁人心脾,写景则在人耳目,述事则如其口出",是"最自然的文学""有意境"的文学,其唱词(列举了关汉卿、郑光祖、马致远所作杂剧)或"语语明白如话,而言外有无穷之意",或"如弹丸脱手",亦臻"意与境浑"的境界。

在《人间词话》中,王国维就"境界"的两种类型,两种类型不同的达境方式,两种境界的特征判断和美感形态,以及两种不同的"撼己""感人"的效应,展开了深入的考察和论述。

"无我之境"与"有我之境"。这实质是按"非特别之我"与"特别之我"分,有"非特别之我"然后才能观"非特别之物",若转为"特别之我"则物亦成"特别之物":

> 有有我之境,有无我之境。"泪眼问花花不语,乱红飞过秋千去","可堪孤馆闭春寒,杜鹃声里斜阳暮",有我之境也。"采菊东篱下,悠然见南山","寒波澹澹起,白鸟悠悠下",无我之境也。有我之境,以我观物,物皆着我之色彩。无我之境,以物观物,故不知何者为我,何者为物。古人为词,写有我之境者为多,然未始不能写无我之境,此在豪杰之士能自树立耳。

他举了欧阳修、秦观两首词(《鹊踏枝》《踏莎行》)中的名句来证"有我之境",显然,其"花"与"杜鹃"都已"现于空间皆并立,现于时间皆相续",与诗人有了"利害之关系",刺激了诗人的感情,使他们"意志为之破裂"。又举陶渊明、元好问两首诗(《饮酒》之五、《颖亭留别》)中的佳句来证"无我之境",物没有刺激诗人的感情,诗人也没强加给物以感情色彩。当然"无我之境"也是以深邃之感情为之素地,但因为是"以物观物",惟观"菊""南山""白鸟""寒波"之"种类与形式",所以"不知何者为我,何者为物"。王国维又进一步揭示两种境界出自诗人创作时不同的心理态势:"无我之境,人惟于静中得之。有我之境,于由动之静时得之。故一优美,一宏壮也。"前者"于静中得之"好理解,何谓由"动之静中得之"?是即叔本华所说的,"意志为之破裂"之"动"后(如两词中之人皆情绪不安),"由知识冥想其理念者"之静思。这里还需要略加说明的是,王国维的"以物观物"与本书第十五章写到的邵雍之"以物观物"说,完全不是一回事。邵雍在"情累都忘去"时获得的并不是"优美"的精神愉悦,而恰是"由知识而冥想"所获得的理性的彻悟。王国维则是在"情累都忘去"时,排除了"由知识而冥想其理念",获得了"纯粹无欲"的优美的精神愉悦。那么他的"以物观物"是不是完全排除了"我"呢?按他已说过的"非物无以见我","无我之境"中还是有"我",这个"我"不是计较"生活之欲"的"特别之我",而是暂时忘却了"生活之欲"的"非特别之我","无我"者,正谓此也。诗人有一种与世无争的悠闲情致,与"物"和谐共处而不执意"移情"于物,"物态本闲暇",表现了"物"的闲暇之态,也就表现了"我"的情态;我的主观感情被彻底地物化了,与物融合无间无任何冲突了,于是就"不知何者为物,何者为我"而浑然一体。如果说,"物皆着我之色彩"的"有我之境"是古人诗词中常见的寄情于物,物的人化,那么,"无我之境"就是"非特别之我"融合于物,物融于我"忘利害之关系"的情,情因物在,物以情显,简言之——物的情化。这就是"有我之境"与"无我之境"质的区别!物的人化,物随有"生活之欲"的"特别之我"的主观意志而变态(如"花不语","飞过秋千去","杜鹃"偏在黄昏时哀啼,似有意与诗人为难),因此有撩人心绪激荡的"壮美";情的物化，人与物都"全离意志之关系……与自然为一"（采菊人偶然见南山，悠然神会；寒波因微风而起，白鸟因无人的追猎而自由飞翔），因此有使人心旷神怡的"优美"。

"造境"与"写境"。王国维将"造"与"写"一说置于说"无我""有我"之前，表明它们之间存在一种递进关系：

> 有造境，有写境，此理想与写实二派之所由分。然二者颇难分别。因大诗人所造之境必合乎自然，所写之境亦必邻于理想故也。

这"造"与"写"的分别之论，在《文学小言》中已见端倪：当诗人如"婉娈小儿"，与世无所争存之事，"惟精神上之势力独优，而又不必以生事为急者"。他的创作得"保其游戏性质"，其作品就"合乎自然"而"邻于理想"。如果他觉得自己是"成人"（成为"特别之我"），"又不能以小儿之游戏为满足，于是对其自己之情感及所观察之事物而模写之，咏叹之，以发泄所储蓄之势力"，这就意味着有意志在左右他的创作了。有意识地进行摹写，自然要归"写境"了。显然，在游戏中可以"忘我"而入"无我之境"；有意模写则是"物与我之利害关系必生于心"，肯定是有我之境了。由此，我们可以对"造"与"写"作出如下判断："造境"是无意而写，得天造之妙；"写境"是有意而造，得传移模写之力。再将《人间词话》中零散之论综合起来进一步判断，又可归纳出"造境"与"写境"不同的审美特征有三：（一）能入能出与能入不能出："诗人对于宇宙人生，须入乎其内，又须出乎其外。入乎其内，故有生气；出乎其外，故有高致。"并不是每个诗人都可及此，能入又能出者，既有"生活之欲"又在一定的境遇中能忘却或超脱它，就可以成为大诗人，其作品境界"邻于理想"又"合乎自然"。王国维以为周邦彦"能入不能出"，因为他"言情体物，穷工极巧"，可谓"能入"，可是其词作缺乏"深远之致"，"创调之才多，创意之才少"，是"不能出"的表征。在专为周邦彦词写的一则眉批云："美成词多作态，故不是大家气象，若同叔、永叔虽不作态，而一笑百媚生矣。此天才与人力之别也。"这就是说,能入不能出的"写境",易犯"穷极工巧"与"作态"的毛病;能入能出者,或"于豪放中有沉着之致,所以尤高",或"淡语皆有味,浅语皆有致。"(二)"神秀"与仅得"形貌之美":"温飞卿之词,句秀也。韦端己之词,骨秀也。李重光之词,神秀也"。"神秀"只能得之于"无意而写",得之于赤子纯真之情,王国维认为李煜是"不失赤子之心者",他"生于深宫之中,长于妇人之手",是"为人君的短处,亦即为词人所长处"。作为"长处"的理由是:"主观之诗人,不必多阅世。阅世愈浅,则性情愈真。"他评清初词人纳兰性德也说:"纳兰性德以自然之眼观物,以自然之舌言情。此由初入中原,未染汉人风气,故能真切如此。""真"是"神秀"的前提:"境非独谓景物也。喜怒哀乐,亦人心中之一境界,故能写真景物真感情者,谓之有境界,否则谓之无境界。"李后主的亡国之音,都是动了真感情的,尼采说:"一切文学,余爱以血书者。"王国维认为"后主之词,真谓以血书也"。温庭筠、周邦彦都只是"句秀",即只多得形貌之美。真正的好诗妙词,其艺术品位是"在神不在貌"(见评苏东坡与姜白石词之别)。(三)"隔"与"不隔"。王国维早就非常强调审美的"直观",说美之对象呈现于空间与时间,是"吾人直观之形式"。又特别强调审美感受"全为直观之知识,而无概念杂乎其间",而诗词"虽借概念之助以唤取吾人之直观,然价值全存于其能直观否"(《叔本华之哲学及其教育学说》)。钟嵘的"直寻"、司空图的"直致所得"就是古代的"直观"说。《人间词话》以"不隔"为"直观",其对立面是"隔"。何谓"不隔"?写情直抒胸臆,写景出其本色,"语语都在目前,便是不隔"。以诗人言,"陶、谢之诗不隔,延年则稍隔矣。东坡之诗不隔,山谷则稍隔矣"。他举《古诗十九首》中"生年不满百,常怀千岁忧。昼短苦夜长,何不秉烛游"与另一首"服食求神仙,多为药所误。不如饮美酒,被服纨与素"说:"写情如此,方为不隔。"又举陶渊明《饮酒》之"采菊东篱下"一首与北朝无名氏诗"敕勒川,阴山下。天似穹庐,笼盖四野"说:"写景如此,方为不隔。"所谓"隔",从他所举南宋词人姜白石写景之作如"二十四桥仍在,波心荡,冷月无声"(《扬州慢》),"数峰清苦,商略黄昏雨"(《点绛唇》)等词,说"虽格韵高绝,然如雾里看花,终隔一层"来看,主观感情强化了客观之物,形成了明显的意象化表现,有的还用典故和"代字"(如以"桂华"代"月")等等,就有"隔"了。"不隔"与"隔"跟前面谈到的"能入能出""能入不能出"有着密切关系,但这是具体到如何具体处理写作的材料。他从理论上说:"自然中之物,互相关系,互相限制。然其写之于文学及美术中也,必遗其关系、限制之处。故虽写实家,亦理想家也。又虽如何虚构之境,其材料必求之于自然,而其构造,亦必从自然之法则。故虽理想家,亦写实家也。"所谓"相互关系、相互限制",就是指"物之现于空间皆并立,现于时间者皆相续";"遗其关系、限制之处",就是要视其为"非特别之物"而写它,若把它转化成了"特别之物",就"隔"了。造成"不隔"或"隔"的原因往上推,就是"造"或"写"了,再往上推,就是"无我"或"有我"了。

"诗人之境界"与"常人之境界"。在《叔本华之哲学及其教育学说》中说过,"独天才者"能多得"优美"的"与自然为一"的"无我之境","故美者,实可谓天才之特殊物也"。对常人来说,美"仅一时之救济"。欲人人进入创作时都能"全离意志之关系"是不可能的,"此其伦理学之拒绝意志之说,不得已也"。王国维为专评周邦彦的词写下了一段论述"诗人"与"常人"创作的诗有不同的"感人"效应的话,可看作是对"无我""有我""造境""写境"的总体论述:

> 山谷云:"天下清景,不择贤愚而与之,然吾特疑端为我辈设。"诚哉是言!岂抑独清景而已,一切境界,无不为诗人设。世无诗人,即无此种境界。夫境界之呈于吾心而见于外物者,皆须臾之物。惟诗人能以此须臾之物,镌诸不朽之文字,使读者自得之。遂觉诗人之言,字字为我心中所欲言,而又非我之所能自言,此大诗人之秘妙也。境界有二:有诗人之境界,有常人之境界。诗人之境界,惟诗人能感之而能

写之，故读其诗者，亦高举远慕，有遗世之意；而亦有得有不得，且得之者亦各有深浅焉。若夫悲欢离合、羁旅行役之感，常人皆能感之，而惟诗人能写之。故其入于人者至深，而行于世也尤广。（载《人间词话·附录》）

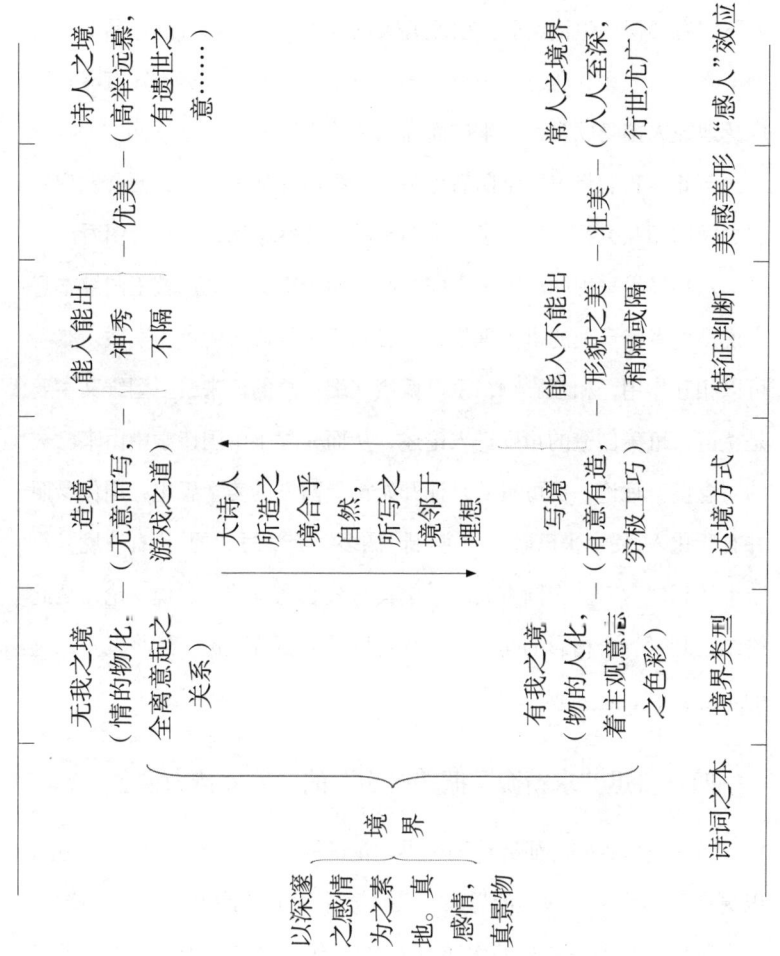

在此，他又据诗人创作才能之高低，分别诗有两种境界，最高者为"诗人之境界"，这种境界，普通的"常人"感受不到，写不出，芸芸读者不一定能接受，能接受体悟者，也有深浅的不同。创造这种境界的诗人是"天才"、是"豪杰之士"、是"大诗人"。次一等的境界是"常人之境界",普通人都能感受到,可与他们现实生活关系密切的种种事件和情绪相应对。一般的人不能用语言文字表达出来,只有擅长作诗填词的人才能"写"出来,这些诗词作家不必是"天才",也可是"常人",是"言情体物、穷工极巧"如周邦彦之辈。"诗人之境界"可谓"曲高和寡",不如"常人之境界"能使"滔滔皆是"的"常人"因有类似的生活经验而引起心灵的共鸣,像周邦彦的作品"宋时别本之多,他无与匹。……自士大夫以至妇人女子,莫不知有清真",广泛地被人接受欣赏,产生广而深的"感人"效应。

至此,我们将王国维前后标举的六种境界加以排列,便会发现它们之间的相互关系,显示了一个明确的系统性建构,可从上图看出。

六种境界呈现两种审美走向,归属两个审美范畴。就王国维本意来说,前者体现他的审美理想,后者属于多数诗人的审美实践。二者可以相互作用,相互影响,不可偏废一端。总的说来,王国维又主要是从诗人审美创造的角度进入论述,从而完善了中国诗学中由来已久的"意境"理论,更可贵的是他开始接受西方的美学思想,用作参照并有所化入,使本来已融汇了道、佛、儒多家美学思想的"诗有三境"说,获得了新的营养。中国古典诗学中具有核心地位的"意境"论,至此终结,画了一个精彩的句号,而且对以后的新诗理论,还将发生深远的影响。

四 鲁迅"求新源"振"雄声"的《摩罗诗力说》

就在王国维潜心研究诗词境界理论的同时,正在日本留学的鲁迅,以更广阔的目光与深远的思绪,关注着中国的"诗界革命",力图实现中国诗界与西方诗界的沟通,于1907年(光绪三十三年)写下了介绍欧洲资产阶级上升时期浪漫主义诗歌崛起及传播状况的长篇诗学论文《摩罗诗力说》,为十年后到来的新诗革命运动,开始了理论上的准备。他在正文之前引德国哲学家、诗人尼采语:"求古源尽者将求方来之泉,将求新源。嗟我昆弟,新生之作,新泉之涌于渊深,其非远矣。"他借尼采的话发出了中国诗歌新生的时代即将到来的预言。

"摩罗",梵文音译,通作魔罗,是佛教传说中专事破坏的魔鬼。鲁迅在文中解释说:"摩罗之言,假自天竺,此云天魔,欧人谓之撒旦,人本以目拜伦①。今则举一切诗人中,凡立意在反抗,指归在动作,而为世所不甚愉悦者悉入之。"实指欧洲以拜伦发始的浪漫主义诗派。这个诗派,拜伦之后有雪莱,俄国有普希金、莱蒙托夫,波兰有密茨凯维支、斯洛伐茨基、克拉旬斯基和匈牙利的裴多菲等,皆是伟大或著名的诗人,鲁迅一一予以专章评价,而评价反抗旧势力最强烈最勇敢的拜伦,分量最重,说:"索诗人一生之内阈,则所遇常抗,所向必动,贵力而尚强,尊己而好战,其战复不如野兽,为独立自由人道也……故其平生,如狂涛如厉风,举一切伪饰陋习,悉与荡涤,瞻前顾后,素所不知;精神郁勃,莫可制抑,力战而毙,亦必自救其精神;不克厥敌,战则不止。而复率真行诚,无所讳掩,谓世之毁誉褒贬是非善恶,皆缘习俗而非诚,因悉措而不理也。"鲁迅描述了一个向旧势力奋然相抗的诗人兼战士的形象。这一浪漫主义诗派,虽"各禀自国之特色,发为光华",其思想艺术倾向"则趣于一":

  大都不为顺世和乐之音,动吭一呼,闻者兴起,争天拒俗,而精神复深感后世人心,绵延至于无已。

鲁迅能够欣然接受这样的浪漫主义诗歌,并热情地向自己的国人介绍,说明他已有新的世界观(以"进化论"为基础)和审美观。《摩罗诗力说》中结合介绍拜伦等诗人的思想与艺术状况,阐明作者自己新的诗学观点:

(一)诗是一个国家一个民族的心声:"盖人文之留遗后世者,最有力莫如心声。古民神思,接天然之閟宫,冥契万有,与之灵会,道其能道,爰为诗歌。其声度时劫而入人心,不与缄口同绝;且益曼衍,视其种人。"诗歌随着民族的发展而发展,若诗歌(及一切"文事")

---

① 鲁迅文中一些译名,本节引文中均采用后来通用的译名,如"裴伦",改用拜伦。

走向衰微,表明这个民族"运命亦尽",因此"群生辍响,荣华收光"。鲁迅这个感触,恰如龚自珍"九州生气恃风雷,万马齐暗究可哀"的忧虑。二十世纪初的中国,比较当时中国军人唱的军歌中所"痛斥印度、波兰之奴性"的东西二国,孰优孰劣且弗言,"意者欲扬宗邦之真大,首在审己,亦必知人,比较既周,爰生自觉。自觉之声发,每响必中于人心,清晰昭明,不同凡响"。鲁迅对于"军歌"之张狂之言很反感,以为不过是"强自扬厉,不惟不大,徒增欹耳"。中国诗人要"别求新声于异邦"、学习西方浪漫派诗人"力足以振人,且语之较有深趣",而后发本民族之心声:

> 盖诗人者,撄人心者也。凡人之心,无不有诗,如诗人作诗,诗不为诗人独有,凡一读其诗,心即会解者,即无不自有诗人之诗。无之何以能解?惟有而未能言,诗人为之语,则握拨一弹,心弦立应,其声彻于灵府,令有情皆举其首,如睹晓日,益为之美伟强力高尚发扬,而污浊之平和,以之将破。平和之破,人道蒸也。

鲁迅寄希望于中国未来的诗人,以自己的心声去激发民众的心声。他还认为,文学是人生的艺术,"世界大文,无不能启人生之閟机,而直语其事实法则,为科学所不能言者"。所谓"閟机",就是"人生之诚理",这"诚理"之"微妙幽玄",不可与学问论列,热带人未见过冰,"为之语冰,虽喻以物理生理二字,而不知水之能凝,冰之为冷如故;唯直示以冰,使之触之",于是乃知冰为何物。诗就是用形象意象示之以"人生之閟机",虽然它"缕判条分,理密不如学术,而人生诚理,直笼其辞句中,使闻其声者,灵府朗然,与人生即会"。他精辟地论述了诗在唤起民众而使"人道蒸"的独特作用。

(二)与"摩罗"诗人的思想艺术新流向相比较,鲁迅深刻地批判中国的封建主义思想和文学:

> 中国之诗,舜云"言志";而后贤立说,乃云"持人性情",《三百》之旨,"无邪"所蔽。夫既"言志"矣,何"持"之云?

强以"无邪",即非人志,许自由于鞭策羁縻之下,殆此事乎?

他认为"持人性情"与"思无邪"之说,都是对诗人之趋向自由的精神和思想"设范以囚之",使中国古代之诗歌"辗转不逾此界",结果,三千年来的诗歌,"其颂祝主人,悦媚豪右之作,可无俟言。即或心应虫鸟,情感林泉,发为韵语,亦多拘于无形之囹圄,不能舒两间之真美;否则悲慨世事,感怀前贤,可有可无之作,聊行于世。倘其嗫嚅之中,偶涉眷爱,而儒服之士,即交口非之。况言之至反常俗者乎?"鲁迅对中国封建文学的批判,可谓已经鞭辟入里!他对于古今中外皆有的诗与道德功利相关之论,非常反感,那些所谓"诗与道德合,即为观念之诚,生命在是,不朽在是"的迂执论调,"无邪之说,实与比契"。如果不否定诗为道德说教之工具论,那么,"中国文事复兴之有日,虑操此说以力削其萌蘖者,当有徒也"。他发出了提防封建势力扼杀新文学的预警,拜伦"乃超古范,直抒所言,其文章无不涵刚健抗拒破坏挑战之声",就受到西方封建势力的压制,攻击他为"撒旦",鲁迅实已预见到了十余年后,中国新文学与旧文学的激烈斗争。

(三)为了中华民族新的崛起,鲁迅呼吁要造就一批"精神界之战士"。他说:"夫中国之立于亚洲也,文明先进,四邻莫之与伦,寒视高步,因益为特别之发达;及今日虽雕零,而犹与西欧对立,此其幸也。顾使往昔以来,不事闭关,能与世界大势相接,思想为作,日趋于新,则今日方卓立宇内,无所愧逊于他邦。"清政府的闭关政策,顽固保守,"以孤立自是,不遇校雠,终至堕落而之实利;为时既久,精神沦亡,逮蒙新力一击,即霣然冰泮,莫有起而与之抗"。而社会上,学术界与文学界,"旧染既深,辄以习惯之目光,观察一切,凡所然否,谬解为多",这也是说"维新"已二十年,"而新声迄不起于中国"的重要原因。由此,鲁迅深切地感到中国"精神界之战士贵矣","精神界之战士"贵在有反叛世俗旧习的独立人格,他引拜伦语曰:"英人评骘,不介我心。若以我诗为愉快,任之而已。吾何能阿其所好为？吾之握管，不为妇孺庸俗，乃以吾全心全情感全意志，与多量之精神而成诗，非欲聆彼辈柔声而作者也。"这就是可贵的独立精神，这样的诗是最有个性的诗，"凡一字一辞，无不即其人呼吸精神之形现，中于人心，神弦立应"；雪莱、普希金、莱蒙托夫、密茨凯维支、裴多菲等诗人，他们"无不刚健不挠，抱诚守贞；不取媚于群，以随顺旧俗；发为雄声，以起其国人之新生，而大其国于天下"。鲁迅认为，中国迫切需要这样的"精神界之战士"，现在"有作至诚之声，致吾人于善美刚健者乎？有作温煦之声，援吾人出于荒寒者乎"？他渴望这样的战士——诗人早日出现，如果"非彼不生，既生而贼于众"，则中国将"永续其萧条"。鲁迅作此文前四年，即1903年，有《自题小像》诗曰：

灵台无计逃神矢，风雨如磐暗故园。寄意寒星荃不察，我以我血荐轩辕。

中国"刚健不挠"的"精神界的战士"，已经生于世并正在造就中，鲁迅、胡适、郭沫若等一批未来的文化猛士，此时都在吸取"新源"的营养，他们将奋起而"破中国之萧条"，"发为雄声，以起其国人之新生"，时可待矣！

第五篇 词学与曲学
诗歌文体的更新与诗学批评的增容

第二十五章
词学——诗学的偏离与深致

中国诗歌从远古的谣、谚发展到"《诗》三百",已经形成了两种诗歌体式,即齐言与杂言;读者接受的两种方式,即"歌"与"诵"。"《诗》三百",人们常说是四言体,"四言以雅润为本"(刘勰语)。其实,三百篇中的杂言诗不少,尤其风诗中更多,以《郑风》21篇计,纯是四言的只有9篇,杂以三言、五言、六言且加衬词"兮"字的占去大半。①"我歌且谣",风诗是唱出来的,雅诗尤其是"大雅",多是"吉甫作诵"之类,并且开始以"诗"称之("其诗孔硕")。杂言与齐言,歌与诵,逐渐形成了后来诗歌发展的两个系列:民间歌唱系列与文人创作系列。前者发展到汉魏称为"乐府"(以朝廷采诗于民间的机构命名),"采民甿者为'讴''谣',备曲度者总得谓之'歌''曲''词''调',斯皆由乐以定词,非选调以配乐也"。乐府以杂言为主体,"句度短长之数,声韵平上之差,莫不由之准度"(元稹《乐府古题序》)。后者则自东汉始向整齐的五言、七言古体诗发展,到唐代有了严格的近体律、绝,盛唐诗人将齐言体一举推上了中国诗歌艺术的高峰!他们的

---

① 如首篇《缁衣》"缁衣之宜兮,/敝,予又改为兮,/适子之馆兮,/还,予授子之粲兮。"第二、三节句式同。

创作力太旺盛了，乃至把"乐府"也包揽过来，李白以乐府古题创作的《将进酒》《蜀道难》，杜甫创作的《兵车行》等等，亦成为千古不朽的名篇。

盛唐诗人造就了一座诗的高峰，后来者运用任何一种体式进行创作，似乎都很难逾越前辈，于是要找到一个既异于齐言律绝、也不重蹈乐府古题的新体式来施展各自的才华，便成为历史的必然。他们终于找到了，这就是来自西域和民间新兴起的曲子词。宋代陆游曾就这种新文体第一部作品选集——《花间集》——作了一个粗略地回顾："唐自大中后，诗家日趋浅薄。其间杰出者，亦不复有前辈闳妙浑厚之作，久而自厌，然梏于俗尚，不能拔出。会有倚声作词者，本欲酒间易晓，颇摆落故态，适与六朝跌宕意气差近，此集所载是也。故历唐季五代，诗愈卑，而倚声辄简古可爱。""大中"即公元847年至860年，稍前和此间，中唐几位著名的大诗人相继去世（元稹，831年；刘禹锡，842年；白居易，846年；杜牧，853年；李商隐，858年），而创作了大量"倚声"词的温庭筠此时正值壮年。陆游对词之兴起的时间判断大体正确，但所谓"与六朝跌宕意气差近""简古可爱"云云，则与《花间集》的实际情况不合，后来词学界对词的认识及创作、批评的理论建设，包括其间种种争议，实由《花间集》始。

一 词学初立与"诗余"之辩

在中国诗歌史上，有两部偏离儒家诗教和违背正统诗学观的诗词选本，这就是南朝徐陵编选的艳情诗《玉台新咏》与后蜀赵崇祚编选的艳情词《花间集》（收温庭筠、韦庄及西蜀词派词作18家500首，分为10卷）。此外，也有两篇为艳情文学张目的文章，即徐陵的《玉台新咏序》和欧阳炯（约896—971）的《花间集叙》。对读一下，二者也有不同之处：《玉台新咏》所选宫体诗，主要以宫廷女子为描写、抒情对象，其《序》便像一篇美女赋，竭力突出女子的情态、形态之美，因而值得诗人去歌咏；后《叙》则大力张扬自古以来的歌曲之美,"昔郢人有歌阳春者,号为绝唱",今人应继"绝唱"而创新词。欧阳炯尚未作任何理论性的表述,但以华美的词藻准确无误传达了三个信息:

(一)古来凡歌唱之词,都是极美的:"镂玉雕琼,拟化工而迥巧;裁花剪叶,夺春艳以争鲜。是以唱云谣则金母词清,挹霞醴则穆王心醉。"其美使神仙也为之倾倒。比诗更美:"自南朝之宫体,扇北里之倡风。何止言之不文,所谓秀而不实。"贬宫体诗之"不文",为后人有言词较之诗更美之先声。

(二)凡可歌唱之词都是合音律的:"名高白雪,声声而自合鸾歌;响遏行云,字字而偏谐凤律。"合律之词是为合乐而作:"绮筵公子,绣幌佳人,递叶叶之花笺,文抽丽锦;举纤纤之玉指,拍按香檀。不无清绝之词,用助娇娆之态。"这是后来李清照等词家特别注重词的音乐性之基点。

(三)大凡歌唱之词,都是产生于优裕的生活、男女温柔之乡。古代《芙蓉》《曲渚》之篇,豪家自制";"有唐已降,率土之滨,家家之香径春风,宁寻越艳;处处之红楼夜月,自锁嫦娥。在明皇朝,则有李太白应制《清平乐》四首,近代温飞卿复有《金筌集》"。《花间》词也是如此产生和传播的,"庶使西蜀英哲,用资羽盖之欢"。这为后来达官贵人、文人才子接受此新式文体作了精神的诱导。

词是唯美的,是用于"佳人"歌唱的,不承担任何政教使命只是"资羽盖之欢",使词这一新文体显得有点轻飘。但不只西蜀词如此,同一时代的南唐李璟、李煜、冯延巳也在大作其词,君臣之间互相标榜、互相激赏,北宋初,陈世修为其"外舍祖"冯延巳的词集所作序曰:"以金陵盛时,内外无事,朋僚亲旧,或当燕集,多运藻思为乐府新词,俾歌者倚丝竹而歌之,所以娱宾而遣兴也。"(《阳春集序》)此所说"遣兴"似与赋诗有所同,但当时词人之"兴"并非"见今之美,嫌于媚谀,取善事以喻劝之"(汉·郑玄语),而是表现自己之情性"飘飘乎才思何其清也"。后来,北宋的贵公子晏几道说得更明白一些:"不独叙其所怀,兼写一时杯酒间闻见。所同游者意中事。"(《小山词自序》)可见他们所遣之兴,是"杯酒间"自娱和娱其同游者。

西蜀、南唐之词,实开文人词之先,但他们耽于享乐生活的情兴,偏离"温柔敦厚"的传统诗教太远。李清照批评南唐君臣之"小楼吹彻玉笙寒"(李璟《浣溪沙》)、"吹皱一池春水"(冯延巳《谒金门》)等词作:"语虽甚奇,所谓亡国之音哀以思也。"西蜀南唐相继亡于宋,按以往惯例,新朝统治者与文人往往都会严厉拒斥"亡国之音",但宋初统治阶层之人没有那样狭量,反是欣然接受。可能是这一文体实在新而且美,作词没有作诗那种沉重的政教负担和社会责任,而是一种精神的愉悦,身心的放松,与新贵们的享乐生活相适应。于是那些有文才的达官显贵,率先涉足词艺领域,"宋初大臣之为词者,寇莱公、晏元献、宋景文、范蜀公与欧阳文忠,并有声艺林"(冯煦《蒿庵词话》)。这些大臣皆有脍炙人口、传诵一时的佳作,如范仲淹有"碧云天,黄叶地,秋色连波,波上寒烟翠"的《苏幕遮》,晏殊有"无可奈何花落去,似曾相识燕归来"的《浣溪沙》,宋祁有"绿杨烟外晓寒轻,红杏枝头春意闹"的《玉楼春》。欧阳修是北宋诗文革新运动的旗手,他的古文讲究"道胜文至",可是他善作小词,"白发戴花君莫笑,六幺催拍盏频传,人生何处似尊前"(《浣溪沙》),足见他是为充分享受生活的乐趣而乐此不辍。

或许正是那些既有政治地位、又有学问修养的权威人士介入了词的领域,宋初的词作虽然还是"娱宾遣兴",但已不是西蜀南唐的风貌。晏殊与欧阳修皆学冯延巳,但各有所长,刘熙载说:"晏同叔得其俊,欧阳永叔得其深。"(《艺概·词概》)冯煦评欧阳修曰:"其词与元献同出南唐,而深致则过之。宋至文忠,文始复古,天下翕然而师尊之,风尚为之词一变。即以词言,亦疏隽开子瞻,深宛开少游。"(《蒿庵词话》)虽是后人评论,但当时词坛的创作实况也确实已跨越西蜀、南唐,于是,如何给词定位、词与诗的关系、词的"本色"等问题相继提出来了,这些问题,也将贯穿整部词学史。

为词定位,首先要确定它与诗的关系。欧阳炯称誉词完全不顾及诗,似乎"王母""穆王"为之"心醉"之词远在诗之先、诗之上,宋代接受词的首先是诗人,诗是他们立身、立言、立德之本,当然不会喜新忘旧,因此,他们提出的第一个重要观点是:"词是诗之余。"首见于苏轼《张子野词跋》:

> 子野诗笔老妙,歌词乃其余波耳。

张子野即张先,是苏轼的长辈,在苏轼心目中是"可以追配古人"的优秀诗人。他以为张先的词不如诗,并举两联诗证之,其词不过是余力作之。但人们却以《天仙子》词中"云破月来花弄影"的妙句而称其"以乐章擅名一时",真可谓"未见好德如好色者"。东坡见人佳词,且以诗目之,蔡景繁示其新词,他说:"此古人长短句诗也,得之惊喜。"陈季尚"惠新词",又说:"句句警拔,诗人之雄,非小词也。"是蔡、陈二人之词已经诗化,还是苏东坡心目中有诗高于"词"的成见?可他似不经意的"余波"一说,使他成为后来以"诗余"称词始作俑者。黄庭坚也有类似的看法,他就晏幾道《小山词自序》中一句"补乐府之亡也"一句发挥说:

> 乃独嬉弄于乐府之余,而寓以诗人句法。清壮顿挫,能动摇人心。

唐人已将不再入乐的乐府诗纳入古体诗之列,以区别于近体律绝,黄氏所云"乐府"即古体诗之代称,所谓"乐府之余"实同于诗之余。小山本是欲将自作之词与古乐府并列,以免使他的"狂篇醉句"随"歌儿酒使俱流转于人间"遭人非议,黄庭坚则称其"寓以诗人句法"为他撑腰。山谷与东坡不同的是,认为好词也是好诗,《跋刘梦得竹枝歌》云:"……词意高妙,元和间诚可以独步。道风俗而不俚,追古昔而不愧,比之杜子美《夔州歌》,所谓同工而异曲也。"将"花红易衰似郎意,水流无限似侬愁""东边日出西边雨,道是无情却有情"之词与他最尊崇的杜诗并称,可见他有诗与"乐府之余"在艺术层面是平等的开明态度。所谓"乐府之余",亦成后来言"诗余"者又一根据。

苏、黄之"诗余"说，在北宋并没有多大的回应，而自南宋至元明，"诗余"便正式成为词的代称。南宋人开始将词集以"诗余"命名，如王炎将自己的词集题曰《双溪诗余》，汪莘名自己词集为《方壶诗余》，南宋书坊编了一部唐宋词选本（一说何士信编），书名曰《草堂诗余》，似有借重杜甫"草堂"之意。明人以"诗余"称词，更是屡见不鲜了，他们将各种词牌曲谱编汇集成书，亦名《诗余图谱》（张綖与万惟檀前后各编一部）。综览后来者所言"诗余"，内涵并不一致，到了明代变化更大，有走向反面的趋势。大致可归纳为三组言论：

（一）承东坡之说。南宋关注《石林词序》曰："左丞叶公以经术文章为世宗儒，翰墨之余，作为歌词，亦妙天下。"将作词视为作文作诗后闲暇余事；罗泌《题六一词》说欧阳修"盖尝致意于《诗》，为之本义温柔宽厚，所得深矣，吟咏之余，溢为歌词"，此二说皆类诗之"余波"说。王炎对自己所作长短句五十余阕，只是"曲尽人情，惟宛转妩媚为善"，未能"不溺于情欲，不荡于无法"，是存是留？他引曹操说"鸡跖"（原文为鸡肋）"食之无益，弃之可惜"语，称自己所作长短句"亦鸡跖之类"，"裒而集之"名曰《双溪诗余》。汪莘"昔好为诗，未尝作词"，将自己54岁后始作之词集题曰《方壶诗余》，对"诗余"另有一说："乃知作词之乐过于诗，岂亦昔人中年丝竹之意耶？每水阁闲吟，山亭静唱，甚自适也。"看来此二人皆承东坡"余波"之意，不过王炎是自谦，汪莘是自赏。

（二）承黄庭坚说。明代陈继儒在《诗余图谱序》开宗明义："诗祖《三百篇》，《离骚》特文之余也。词，诗之余也。曲，又词之余耳。诗文发乎情，止乎礼义，若旁溢而为词，所谓提不定、撩不住，谑浪游戏，几不知所终。"词之后又有金元散曲，他将《三百篇》之后相继出现的新文体一律称之"余"，这种过于正宗儒家文学史观，已悖于晏幾道、黄庭坚之原义。何良俊从词可歌唱定位："夫诗余者，古乐府之流别，而后世歌曲之滥觞也。……《诗》亡而后有乐府……乐府以噭径扬厉为工，诗余以婉丽流畅为美。"后所说之"歌曲"指金元散曲。他将黄庭坚之说，前溯后延而将中国诗歌文体演变为一个完整的序列。王象晋在《重刻诗余图谱序》中重复这一观点，但俞彦在《爰园诗话》中对"诗亡"作了特别地说明："词何以名'诗余'？诗亡然后词作，故曰'余'也。——非诗亡，所以歌咏诗者亡也。词亡然后南北曲作，非词亡，所以歌咏者亡也。谓诗余兴而诗亡，南北曲兴而诗余亡者，否也。"所谓"余"，非"亡"之"余"，而是因前一种体失去了歌唱的功能，后之者补其所失，这倒是发挥了晏幾道"补亡"之义，赋予"余"以积极的功能与意义。

（三）从词善言情角度，赋予"诗余"全新之义。明末之周永年在《艳雪集原序》首明此旨，其云："《文赋》有之曰：'诗缘情而绮靡。'夫情则上溯《风》《雅》，下沿词曲，莫不缘以为准。若'绮靡'两字，用以为诗法，则其病必至巧累于理；僭以为'诗余'法，则其妙更在情生于文。故诗余之为物，本缘情之旨，而极绮靡之变者也。"从情"缘"之不尽且极为之"变"而言，词实优胜于诗，以此释"余"，可能东坡、山谷从来未料及。他继而申之说：唐诗主情，因此唐代诗与词"合"，"唐之词即诗之裔也"；宋诗主理，词与诗"离"，苏轼词"以快爽致胜"、柳永词"以柔婉取妍"，皆是"词夺其诗者也"。而当词人"推襟送抱，候月临花，颂酒赓色"，放下了"诗言志"的正经架势，出之以"潇洒婉娈之情"，"则往往以诗外之别传，为词中之妙趣"。他的新说，无疑推翻了此前"诗余"之成说，另作别解而使"余"字大增其色！他此说很快得到了另一位词学家的响应，那就是沈际飞在为重刊《草堂诗余》写的序言中，为词作出的全面的袒护。沈氏认为：词的产生，既不是周人乐章、汉魏乐府、隋唐五代乐歌因社会风气之变而"愈降愈下"的结果；也不是"诗至于唐而格备，至于绝而体穷"使"体裁"不得不变；更不是"盖古今之音，大半不相通，则什九失其调"因而必须有音义之变。词、曲之变，实是"吸三唐以前之液，孕胜国以后之胎"而发展到更能表现"真情""至情"的文体；诚然，"情生文，文生情，何文非情？"种种文体皆可生情，"而以参差不齐之句,写勃郁难状之情,则尤至也"。在他看来,词(还有曲)是诗歌各种文体中表现"情至"最完备的文体,由此而结论曰:"故诗余之传,非传诗也,传其情也,传其纵古横今,体莫备于斯也。"依沈际飞如此抬举词的宏论,我们就可将"余"理解为:词、曲"传其情",较之诗游刃有余;其"参差不齐之句",有"纵古横今"的余裕。周、沈二人为什么能从"情"着眼而对"诗余"做出如此全新的解释?这只要回顾一下明代中后期那场颇轰动的文学解放运动中徐渭、李贽、汤显祖、袁宏道等文坛名士的言论,就可理解了。

词进入清代,"诗余"的言论不多了,因为清代词人为词张帜立派,从不同的角度尊词之体,提高词的地位,与诗抗衡。

在整个词学领域,"诗余"实属词如何定位的一个观念,是最早出现的一个理论的风向标,在它的背后,有不同时代兴衰交替的政治、社会的风,文学思想发展变化的风,词家创作审美取向的风。此后发生的很多理论问题,都与它有或显或隐的关联。

二 词分二派:理论并行发展

苏轼的"余波"说,表明词的创作已出现诗化迹象。诗化最早的迹象是题材变化,不写男女婉娈之情而重新回到诗的写景咏物、歌吟山水之美。苏轼出生时已去世二十多年的潘阆,用《酒泉子》词牌写了一组咏唱钱塘风物的词,自名曰《逍遥词》,并有致朋友一信表述创作时的思考:

>……闻诵诗云:"入郭无人识,归山有鹤迎。"又云:"犬睡长廊静,僧归片石闲。"虽无妙用,亦可播于人口耶!然诗家之流,古自犹少,间代而出,或谓比肩。当其用意欲深,放情须远,变风雅之道,岂可容易而闻之哉!其所要《酒泉子》曲十一首,并写封在宅内也。若或水榭高歌,松轩静唱,盘泊之意,缥缈之情,亦尽见于兹矣。其间作用,理且一焉。

历来诗人作诗皆是求有功用于世,潘阆却渴望写出"虽无妙用"

又能"播于人口"的作品，即是说，他已厌于以"言志"为使命，欲自在自由地"遣兴"，岂正不合西蜀、南唐词人的创作观？但他不屑于仅遣"杯酒间闻见"之"兴"，而求"用意欲深，放情须远"，不弃"风雅之道"，而合于"变风""变雅"之诗。于是将诗学理论（如云"立言盘泊曰意"的释皎然《诗式》）用于指导词的创作，认为"其间作用，其理一也"。在创作方法上，他已开词的诗化之先。

苏轼被后人尊为诗化的开拓者，南宋刘辰翁曰："词至东坡，倾荡磊落，如诗如文，如天地奇观，岂与群儿雌声学语较工拙？"（《辛稼轩词序》）其实，苏轼在诗化的理论层面并没有纲领性的文字，只留下散见于少量书信和短跋中的零言细语，稍加归纳，可得有四：一是承前"歌词"乃诗之"余波"，给出词明确定位为"诗之裔"，在《祭张子野文》评价张先一生文学成就说："清诗绝俗，甚典且丽。搜研物情，刮发幽翳。微词婉转，盖诗之裔。"二是词与诗都以陶写情性、述感抒怀为依归。他将陶渊明《归去来兮辞》，"微加增损，使其可入音律"而改作为般涉调《哨遍》，"虽微改其辞，而不改意"（《与朱康叔书》）；还将韩愈《听颖师弹琴》诗"稍加隐括，使就声律"，改作为《水调歌头》。以诗、文入词，苏轼开了先例，不只是运用诗的创作方法而已。三是不反对"婉转""婉丽"为词的特色，但也不妨有豪放，只是不要"豪放太过"（《答陈季常书》）。他向来的艺术主张是："端庄杂流丽，刚健含婀娜。"（《与子由论书》）因此他对黄庭坚清新婉丽的《浣溪沙·渔父》"新妇矶头眉黛愁。女儿浦口眼波秋。惊鱼错认月沉钩"，认为将"山光水色替其玉肌花貌"显得过于婀娜，以调侃语气说："此乃真得渔父家风也。然才出新妇矶，又入女儿浦，此渔父无乃太澜浪乎？"（《跋黔安居士渔父词》）四是不惜无词的"风味"而强调自己的诗化词作与柳永词比较"自是一家"。柳永一生专力于词，多调风弄月之作，有"绮罗香泽之态"，工致委婉，音律谐协，"凡有井水饮处，皆能歌柳词"（《避暑录话》卷三记一西夏官员语），可见柳词流传之广。苏轼曾问一善歌幕士："我词何如柳七？"对曰："柳郎中词只合十七八女郎，执红牙板，歌'杨柳岸，晓风残月'；学士词须关西大汉，铜琵琶，铁绰板，唱'大江东去'。"显然，柳永词有"举纤纤之玉指，拍按香檀"的《花间》风味。在《与鲜于子俊书》中东坡自云：

　　……近却颇作小词，虽无柳七郎风味，亦自是一家。呵呵！数日前猎于郊外，所获颇多，作得一阕。令东州壮士抵掌顿足而歌之，吹笛击鼓以为节，颇壮观也。

信中提及的词指《江城子·密州出猎》（时东坡任密州太守），上半阕描写雄壮的出猎场景，下半阕抒"酒酣胸胆尚开张，鬓微霜，又何妨！持节云中，何日遣冯唐？会挽雕弓如满月，西北望，射天狼"之豪情。所谓"自是一家"可析三义：一则他个人作词不同于柳永工致的"绮罗香泽之态"；二则词完全可以与诗一样，"山川之秀美，风俗之朴陋，贤人君子之遗迹，与凡耳目之所接者，杂然有触于中而发于咏叹"（《南行前集叙》中语）。三则可歌唱之词，不止宜于"十七八女郎"委婉地唱，"壮士"亦可"抵掌顿足"雄壮地唱。对"自是一家"说最先予以全面肯定的北宋南渡的胡寅，他在《题酒边词》中说，自唐以后，词曲成为文人们的"谑浪游戏"，自温飞卿至柳永等，"掩众制而尽其妙，好之者以为不可复加。及眉山苏氏，一洗绮罗香泽之态，摆脱绸缪婉转之度，使人登高望远，举首高歌，而逸怀浩气超然乎尘垢之外，于是《花间》为皂隶，而柳氏为舆台矣"。

"自是一家"说，在当时就有人不以为然。师从于黄庭坚的陈师道说："退之以文为诗，子瞻以诗为词，如教坊雷大使之舞，虽极天下之工，要非本色。"（《词评》）陈氏首次提词的"本色"说，但没有在理论上展开，比他年轻一辈的女词人李清照（1084—约1155）专著《词论》一篇，就她心目中的"本色"展开了论辩。依次论述：（一）"乐府诗"是歌唱的产物，唐代歌唱业盛行，使曲子词广为流行。（二）"自后郑、卫之声日炽，流靡之变日烦"，新的词牌不断出现，词的格调却流于靡靡之音，南唐则变调为"亡国之音"。（三）"逮至本朝"，词大兴,但无一家尽善词之本色,"协音律者"柳永"词语尘下";"时有妙语"的张子野、宋祁辈"破碎何足名家";"学际天人"的晏殊、欧阳修、苏轼等文坛大家"皆句读不葺之诗尔";"文章似西汉"的王安石、曾巩也作小词,更令人"绝倒"。强调了词的音乐属性,词的雅正之质,为词的体式完整和词性的纯正,而否定诗化倾向三者之后,又从几位词家不足之处,补足她对词从内容到形式整体的认识:

乃知词别是一家,知之者少。后晏叔原、贺方回、秦少游、黄鲁直出,始能知之。又晏苦无铺叙;贺苦少典重;秦即专主情致而少故实,譬如贫家美女,虽极妍丽丰逸,而终乏富贵态;黄即尚故实而多疵病,譬如良玉有瑕,价自减半矣。

所列四家"始能知之"的是什么呢,其实他们"知"的是词的音乐性规范。词不同于诗文分平仄,"而歌词分五音,又分六律,又分清浊轻重……"且不同的词牌,平、上、去、入韵有不同的押法,否则"不可歌矣"。四家虽知音律,但不知音韵所依附内涵及使词整体而美诸要素:有"铺叙"、见"典重"、"主情致"、"尚故实"。所谓"铺叙"是指长调,晏幾道多小令,少慢词长调,后正是柳永"变旧声作新声"一大成果,所谓"苦无铺叙"实为晏氏把握词体有缺憾,李清照本人有《如梦令》等清新自然的小令之作,也有深妙稳雅的长调,的确有过叔原之处。"典重"是轻靡的对立面,据张耒为贺方回词作序云:"是所谓满心而发,肆口而成,虽欲已焉而不得者。若其粉泽之工,则其才之所至,亦不自知也。"(《贺方回乐府序》)李清照可能是就贺之"肆口""粉泽"缺乏锤炼而言的。"主情致"本是词之特性,"尚故实"本是诗人所长,秦观擅长于言情,其词清新俊逸,晁补之说他《满庭芳·山抹微云》词中的"斜阳外,寒鸦万点,流水绕孤村","虽不识字人,亦知是天生好语言"。东坡却批评他的《水龙吟》"小楼连苑横空,下窥绣毂雕鞍骤":"十三个字,只说得一个人骑马楼前过。"而东坡自作《永遇乐》下阕之"燕子楼空,佳人何在,空锁楼中燕",同样是十三个字,晁补之说:"只三句,便说尽张建封事。"秦观于"故实"无所长,陈师道说:"秦少游诗如词。"黄庭坚以作诗善将古人语及典故"点铁成金","脱胎换骨",也将此习惯地运用于词,又是晁补之说:"黄鲁直间作小词固高妙,然不是当行家语,是著腔子唱好诗。"李清照可能是认同了这些评语而作了理性的思辨。《词论》没重复出现陈师道批评东坡"虽极天下之工,要非本色"语,陈氏于"本色"无所发挥,李清照未用"本色"一词,却对词的本体本性本来面貌作了全面地阐述。南宋胡仔说:"易安历评诸公歌词,皆摘其短,无一免者,此论未公,吾不凭也。其意盖自谓能擅其长,以乐府名家者。"其实,女词人是凭自己对词的热爱,遍读诸家词,比较各家的长处与短处,而后做出自己的判断,这正是理论建立所必须的。关于她自己的词作,时代距她不远的王灼说:"作长短句,能曲折尽人意,轻巧尖新,姿态百出,闾巷荒淫之语,肆意落笔。"(《碧鸡漫志》)虽有贬意,句句所道皆合词之特性,确非诗之质。清代沈谦则说:"男中李后主,女中李易安,极是当行本色。"(《填词杂说》)她正是以纯正本色之词,在中国文学史上留下不朽之名。

  词的诗化倾向与回归本色,北宋词人由创作实践而逐渐形成词坛的两派。此后,对两派创作现象的评述与理论探讨,形成各据一派的词论家、词评家,在不同的时间和空间少有直接交锋地并行着,直到明代晚期,才有共容共处的趋势。现将两方的论述分别梳理一下。

  诗化说的拥护者,最先前已引其文的胡寅,还有王灼更强调:苏轼"偶而作歌,指出向上一路,新天下耳目,弄笔者始知自振"。南宋是民族危机严重的时代,"以诗为词"而参与救亡,文人们易于接受和更加张扬。为爱国词人张孝祥词集作序的汤衡说:"夫镂玉雕琼,裁花剪叶,唐末词人非不美也,然粉泽之工,反累正气。东坡虑其不幸而溺乎彼,故援而止之,惟恐不及,其后元祐诸公,嬉弄乐府,寓以诗人句法,无一毫浮靡之气,实自东坡发之也。"他明确地肯定了苏轼的开创之功,又对元祐以来词的诗化方向的进展予以褒扬,再而至张孝祥,"笔酣兴健,顷刻即成,初若不经意,反复究观,未有一字无来处。如歌头凯歌、登无尽藏、岳阳楼诸曲①，所谓骏发踔厉，寓以诗人句法者也"。南宋"以诗为词"的还有陆游、辛弃疾、陈亮、刘过等著名的爱国诗人，汪莘在《方壶诗余序》中，将他喜好的三位词家标举为"宋词三变"的旗帜性人物："盖至东坡而一变，其豪妙之气隐隐然流出言外，天然绝世，不假振作。二变而为朱希真，多尘外之想，虽杂以微尘，而清气自不可没。三变而为辛稼轩，乃写其胸中事，尤好称渊明。此词之三变也。"他将可归入"本色"派的晏幾道、秦观、周邦彦、李清照等完全排除在"变"之外，只谈"以诗为词"的方向而有所变。此中朱希真且不诧，辛弃疾将"诗之余波"变而为"言志"的主要载体，现将南宋三篇著名的辛词序择精引录于此，可见他以词"言志"的豁然气象。

第一篇是辛氏门下弟子范开（生卒年不详）所作《稼轩词序》发语即曰："器大者声必宏，志高者意必远。知夫声与意之本原，则知歌词之所自出。是盖不容有意于作为，而其发越著见于声音言意之表者，则亦随其所蓄之浅深，有不能不尔者存焉耳。"如此"器大"者为词，当然不再是"娱宾而遣兴"或"以资羽盖之欢"，而是全承"用意欲深"的"诗言志"传统，那么，辛弃疾的"志""意"何在，又为什么不用诗而用词来表现呢：

> 公一世之豪，以气节自负，以功业自许，方将敛藏其用以事清旷，果何意于歌词哉，直陶写之具耳。其词之为体，如张乐洞庭之野，无首无尾，不主故常；又如春云浮空，卷舒起灭，随所变态，无非可观。无他，意不在于作词，而其气之所充，蓄之所发，词自不能不尔也。

辛氏有报国之志却报国无门，于是运用比诗更自由的词体"陶写"之，所谓"意不在于作词"是指他本不在于词原是娱乐之具，只是因

---

① "歌头凯歌"即《水调歌头·凯歌寄湖南安抚托刘舍人》，"登无尽藏楼"即《水调歌头·汪德邵作无尽藏，楼于栖霞之间》，"岳阳楼"即《水调歌头·过岳阳楼》。

他"气之所出,蓄之所发"更适于词的形式,于是词"变"而为"稼轩体"。但稼轩虽承东坡"诗化"方向,却也注意了词的艺术特征,"其间固有清而丽,婉而妩媚,此又坡之所无,而公词之所独也"(此应是指亦言"志""意"的如《摸鱼儿》"更能消几番风雨"之类)。也就是说,他并不是一味"豪放"。第二篇是刘克庄(1187—1269)的《辛稼轩集序》,在叙述辛弃疾的"著节本朝,为名卿将""文墨议论尤英伟磊落"之后而论其词:

> 世之知公者,诵其诗词,而以前辈谓有井水处皆唱柳词,余谓耆卿直留连光景歌咏太平尔;公所作大声镗鞳,小声铿鍧。横绝六合,扫空万古,自有苍生以来所无。其浓纤绵密者,亦不在小晏、秦郎之下。

这应是描述刘克庄心目中辛词的豪壮兼婉丽的艺术风格,"扫空万古"实言前代擅词者皆不如他一举登上了词的艺术高峰。惜刘克庄未提及他如何超过了东坡,这在稍后刘辰翁(1232—1297)的《辛稼轩词序》中倒有展开。刘氏序开头说了"词至东坡,倾荡磊落"(已见前引)后,接着说:

> (东坡)然犹未至用经用史,牵雅、颂入郑、卫也。自辛稼轩前,用一语如此者必且掩口。及稼轩横竖烂熳,乃如禅宗棒喝,头头皆是;又如悲笳万鼓,平生不平事并厄酒,但觉宾主酣畅,谈不暇顾,词至此亦足矣。……稼轩胸中今古,止用资为词,非不能诗,不事此耳。

度他之意,稼轩不但"以诗为词",而且以经以史入词;他胸中今事古事,皆是词的材料,皆可熔铸为词的艺术语言,皆可在杯酒间酣畅道来。陈子宏在《论稼轩词》一文中,一举《贺新郎》"绿树听鹈鴂",曰"此词尽集许多怨事,全与李太白《拟恨赋》手段相似";再举《沁园春·将止酒》"杯汝前来",曰"此又如《宾戏》《解嘲》等作,乃是把古文手段寓之于词";三举《沁园春·灵山齐庵赋》"叠嶂西驰",曰"说松及谢家子弟、相如车骑、太史公文章,自非脱落故常者未易闯其堂奥"。仅此三例,可证刘辰翁之言非虚!如果说东坡的"自是一家"仅是有别于柳词的话,稼轩则又超越李清照"别是一家",新创了一种词体——"稼轩体"!清代《四库全书总目提要》之《稼轩词提要》曰:

其词慷慨纵横,有不可一世之概,于倚声家为变调;而异军特起,能于剪红刻翠之外,屹然别立一宗,迄今不废。

"别立一宗",正是"稼轩体"显豁的特征。诗化的实践与理论,到辛弃疾的时代已到极致,此后因为再无超越苏、辛的词人,理论领域虽然还有后续的阐发,如金代元好问有再推苏轼的《新轩乐府序》,明代叶蕃有称许刘伯温之词"写其忧世拯民之心"的《写情集序》,清代推尊词体的各派"尊体"理论中有关词与诗与乐府与《骚》的关系的种种论述,实很难超越南、北两宋以创作实践成就和经验为背景为资源的理论积淀了。

"别是一家"即比较纯正的词体理论,在南宋前中期,因诗化理论已成主潮,响应者不多。刘肃推崇周邦彦"以旁搜远绍之才,寄情长短句",称其"缜密典丽,流风可仰。其征辞引类,推古夸今,或借字用意,言言皆有来历,真足冠冕词林。欢筵歌席,率知崇爱,知其故实者几何人斯"(《片玉词序》),似有承李清照之说。柴望推举姜白石词有言:"大抵词以隽永委婉为尚,组织涂泽次之,呼嗥叫啸抑末也。"(《凉州鼓吹序》)似是对辛弃疾、陈亮、刘过等的"豪气词""非词家本色"的不满。真正在理论上有所展开的是南宋晚期沈义父的《乐府指迷》和张炎的《词源》。

沈义父(生卒年不详)欣赏的词人是《花间》温庭筠,两宋柳永、周邦彦、姜夔、吴文英等"晓音律"的名家(一字不及苏、辛),其中最推崇的是周邦彦:"凡作词,当以清真为主。盖清真最为知音,且无一点市井气,下字运意,皆有法度,往往自唐宋诸贤诗句中来,而不用经史中生硬字面,此所以为冠绝也。"他不是盲目崇拜,而是指出他们的得失为作词者"指迷",如说姜白石词"清劲知音,亦未免有生硬处"；梦窗词"深得清真之妙，其失在用事下语太晦处，人不可晓"。《乐府指迷》中从《起句》至《咏物忌犯题字》，皆是具言创作技巧与法则，唯首章《论词四标准》有较重要的理论意义：

> 盖音律欲其协，不协则成长短之诗；下字欲其雅，不雅则近乎缠令之体；用字不可太露，露则直突而无深长之味；发意不可太高，高则狂怪而失柔婉之意。

他以为"词之作难于诗"，难就难在这"四标准"。"音律协"前人已多有论述，而"雅""不可太露"二者，诗也有如此标准，唯"发意不可太高"则是与诗之"立意"说反其道，而这又与音律有关："近世作词者不晓音律，乃故为豪放不羁之语。"（《豪放与叶律》）他首出"赋情"一词，《咏花卉及赋情》云："作词与诗不同，纵是花卉之类，亦须略用情意，或要入闺房之意。……又有直为情赋曲者，尤其宛转回互可也。""赋情"与"言志"是诗与词的重要区别之一，他实是远绍《花间》词说。

张炎（1248—1314 后）是一位有着丰富创作实践经验的词论家，他的《山中白云词》受到他同时代人高度的评价，邓牧为其"序"云："美成、白石，逮今脍炙人口，知者谓丽莫若周，赋情或近俚；骚莫若姜，放意或近率。今玉田张君，无二家所短，而兼所长。"《词源》是张炎晚年之作，将一生对词的思考和创作实践的体会凝集于斯。全书分上下两卷，上卷论词乐，详述音律及歌唱方法；下卷多阐释词的文学性及具体作法，具有理论批评性质，提出了"雅正""赋情""意趣高远""清空"四个重点论题。所谓"源"者，本源之谓也，张炎所论可归于词的本体、本色论，在《字面》一节中有云："盖词中一个生硬字用不得，须是深加锻炼，字字敲打得响，歌诵妥溜，方为本色语。"可见"本色"二字在他的意识中。他于词推重姜白石，不佩服"辛稼轩、刘改之作豪气词"，也整个地否定"豪迈"词风，《赋情》明确地说："簸弄风月，陶写性情，词婉于诗。"但似乎不反对东坡的诗化倾向，书中多称道他的佳作"清丽舒徐，高出人表"，对隐括《归去来分辞》的《哨遍》

称"更是精妙,周(邦彦)、秦(观)诸人所不到"。细推全书之意,又从"骚雅"一词细析,原来张炎是继李清照立于维护词的本色立场,将诗中适于词艺表现的精华吸收过来,无诗化之嫌而兼有诗之美。后来,清代的查礼一语道破:"词不同乎诗而后佳,然词不离乎诗方能雅。"(《铜鼓书堂词话》)足见"雅"的本质所在。

"雅正",是《词源》论证词之"源"一个关键词。《序》中发语云:"古之乐章、乐府、乐歌、乐曲,皆出于雅正。"以"正"辅之"雅",表明张炎认定词乐是正统之传,而非来自民间俗乐,宋代纯正的词乐是宋徽宗崇宁年间"立大晟府,命周美成诸人讨论古音,审定古调",才部分地确定下来。张炎"雅正"的架势,比李清照所言"典重"更有来头。接着,他用"和雅""古雅""淡雅"各一次,用"骚雅"三次。"美成负一代词名,所作之词,浑厚和雅,善于融化诗句,而于音调且间有未谐。""和雅"与诗相关,周美成本是"审定古调"之人,为什么他的词得不到"雅正"之誉?《杂论》有云:"词欲雅而正,志之所之,一为情所役,则失雅正之音。"周氏词中多有"为情所役"之句,"如'为伊泪落',如'最苦梦魂,今宵不到伊行',如'天便教人,霎时得见何妨',如'又恐伊寻消问息,瘦损容光',如'许多烦恼,只为当时,一晌留情',所谓淳厚日变成浇风也。"看来,"雅正"是一个非常神圣的观念,他将"雅正"之词置于崇高的地位。"淡雅"地位与"和雅"相当,"秦少游词,体制淡雅,气骨不衰,清丽中不断意脉,咀嚼无滓,久而知味。"(《杂论》)这实是一种美感表述。"骚雅"本义是《离骚》和《诗》之大、小雅的合称,后人遂以代指中国诗歌的正源。张炎继"雅正"又申之以"骚雅",有词之美源于诗骚美之意。值得特别注意的是,他将"骚雅"置于与"清空""赋情""意趣"皆相关联的一个重要位置。三次见"骚雅",两次用于姜白石词。一在《清空》,说"白石词如《疏影》《暗香》《扬州慢》等曲,不惟清空,又且骚雅,读之使人神观飞越"。二在《杂论》,又说周邦彦"采唐诗融化如自己者,乃其所长,惜乎意趣却不高远"。如果"出奇之语,以白石骚雅句法润色之,真天机云锦也"。白石词之"骚雅"具体表现哪些方面呢？在《制曲》中说他的词上下过片"意脉不断"；《句法》说"平易中有句法"，即"于好发挥笔力处，极要用功，不可轻易放过，读之使人击节可也"；在《意趣》中说《暗香》《疏影》"清空中有意趣"；《用事》中又说此二词"用事不为事使"；《咏物》继说"全章精粹，所咏瞭然在目，且不留滞于物"等等。在《赋情》谈到词言情"盖声出莺吭燕舌间，稍近乎情可也"，若是为情所役，与郑、卫之风与民间之"缠令"何异？接着他倒是列举了辛弃疾委婉无"豪气"的《祝英台近》"宝钗分，桃叶渡"是"景中带情，而有骚雅"。

张炎所言之"雅"又至"骚雅"，其对立面不再是柳永"词语尘下"之类形而下之"俗"，而是将"清空""意趣""赋情"融合而一的形而上的审美观念，三位一体形成词的整体美学品格和美的风貌，从而产生的最佳审美效应，那是"神观飞越"，那是"天机云锦"，那是"屏去浮艳，乐而不淫，是谓汉魏之遗意"。他不但将词的本色理论提到一个更高层面，更提升了词的美学档次，从而提高了词在中国诗歌发展序列中的地位。他的"清空"说，实质是将诗的境界理论引进了词学领域，此将在后文论及。

自北宋始，词分二派，诗化论与本色论也随之并行发展，前者是从诗的立场、角度对待词这一新文体，终因词有它的特性，不可能完全诗化。至辛弃疾，只能说是词中又分化出一种个性化的新体。后者维护词的特性，反对"以诗为词"的诗化，最后转变为从词的立场、视角而"化诗"，吸取诗美入词。双方在理论方面的进步，实质上都丰富了词学。后人常以"豪放"定义前者，以"婉约"定义后者，其实前者并不排斥婉约、婉丽、清婉，苏、辛亦有此类典范之作，后者倒一直拒斥"豪气"，但也未影响两派的共存共荣。到了明代，张綖在《诗余图谱·凡例》中说："按词体大略有二：一体婉约，一体豪放，婉约者欲其词情蕴藉，豪放者欲其气象恢宏。盖存乎其人，如秦少游之作多是婉约，苏子瞻之作多是豪放。"以理论的思维析辨，"豪放"

与"婉约"已无关于词的文体形式,而是词在发展过程中形成的两种经典性的艺术风格。清代"神韵"派诗人王士禛说:"仆谓婉约以易安为宗,豪放惟幼安为首,皆吾济南人,难乎为继矣。"(《花草蒙拾》)两种经典风格不但在词学领域大放异彩,在中国整体的诗学发展史上也不可磨灭!

三 词学深致之一:由"比兴"而"寄托"

词的创作与理论由宋、金而至元、明,有衰落之势。元代有散曲与杂剧的兴起,明代有小说、戏曲的发达,几种新的文学样式出现,自然更吸引了文人们的注意力(在诗方面又忙于流派之争)。没有杰出词家、作品出现,其理论也处于怀旧状态,刊刻前人词集、评评点点,作点序跋传世,亦或小有收获,如前所述赋予"诗余"以新义。明亡之后,这种局面终于改变了,有清二百余年,是集历代学术之大成的时代,文学方面各种文体创作与研究的发展几乎同时并进,词与词学勃然复兴。清代诗学有"神韵""格调""性灵""肌理"四个著名流派,词学则有以地域命名的"云间""阳羡""浙西""常州"四大流派,活跃于自清初历康、雍、乾至"五四"新文学运动兴起之前。陈子龙(1608—1647)、陈维崧(1625—1682)、朱彝尊(1629—1709)、张惠言(1761—1802)皆为领袖词坛一时的名家,加上他们门下众多的弟子、追随者,再加上不少派外的词人,词坛阵容相当可观。他们各凭丰富的创作成果而开宗立派或与之颉颃,因而也少不了阐述创作主张与经验的理论文字。二百年间的词学理论,远溯秦汉,中绍两宋,近述"清代",统而观之,可大略归纳为"尊体""正变""比兴寄托""词心词境"四大论题。就诗学整体格局平心而论,"尊体"与"正变"都因流派不同而各言其是,于诗学理论并无多补。"正变"论落后于叶燮在《原诗》中关于"正"与"变"的辩证说,仅于"豪放""婉约"乃至"玉田""白石"等词派谁"正"谁"变",各说不休;纯正的理论意义不大。"尊体"论摔脱了"诗余"之陈说,将词的起源远溯至许慎《说文》云"'意内而言外'谓之词",可谓极至之尊;词与诗、文、赋的文体功能比较,前已引明代沈际飞言词"传其情,传其今古纵横,体莫备于斯"说,清末之沈祥龙提高一层:"词于古文诗赋,体制各异。然不明古文法度,体格不大;不具诗人旨趣,吐属不雅;不备赋家才华,文采不富。"(《论词随笔》)那就是说词优于以往任何一种文体。不带派别意识而综览比较,深入探析,发现"比兴""境界"两题论述的展开与延伸,较之传统诗学中的同类论述颇多新意,理有深致。本节先述前者。

"比""兴",最早见于《周礼·春官·大师》,被称"六诗",与音乐之"六德""六律"并称,其次序是:风、赋、比、兴、雅、颂。从见之于《诗》已有"风""雅""颂"三体之分,赋、比、兴也具"体"的意义。到了战国时,荀子与宋玉果然将"赋"单列一体。汉代《诗大序》正式确定诗之"六义",还是六种"体"的意义,但因为"比"与"兴"在《诗》中杂处,未以"体"的方式单独标出。东汉郑玄曰"比,见今之失,不敢斥言,取比类以言之;兴,见今之美,嫌于媚谀,取善事以喻劝之",还隐约可见"体"之义,但有了方法论的明显迹象;到了西晋,挚虞的《文章流别论》曰"比者,喻类之言也。兴者,有感之词也",则似乎成了修辞手法。此后,刘勰在《文心雕龙》中作了文学化的解释:"比者,附也;兴者,起也。附理者切类以指事,起情者依微以拟议。起情,故兴体以立;附理,故比例以生。"刘勰虽将"比兴"单独列为一章,置于《丽辞》之后《夸饰》之前,因此主要是创作方法的论述,但也言"兴"还与"体"关联,而"比"只是"附也"。稍后钟嵘的《诗品》将"六义"减为三义,且将"兴"提到"赋""比"之前,说"文已尽而意余,兴也;因物喻志,比也;直书其事,寓言写物,赋也。宏斯三义,酌而用之……""兴"与他所说的"穷情"("指事造形,穷情写物")密切相关,"兴"即为"穷情"而"酌而用之","宏斯三义"实为"方法"之意义。唐代孔颖达在《毛诗正义》中"疏"曰"风、雅、颂者,《诗》篇之异体;赋、比、兴者,《诗》文之异辞耳。……

赋、比、兴是《诗》之所用"云云,从此"比"与"兴"是作诗之法,为历代诗人的共识。但是,"兴"与"情"密切相关,可说互为因果,并且"兴"是情被激发的状态,这从杜甫诗中多用"兴"可见。陈世修关于词的"遣兴"一词,或出自杜甫诗"宽心应是酒,遣兴莫过诗""愁极本凭诗遣兴"等句。词论家胡寅在《与李叔易书》中转述了李仲蒙对"三义"又有新意的解释:"叙物以言情谓之赋,情物尽者也;索物以托情谓之比,情附物者也;触物以起情谓之兴,物动情者也。故物有刚柔、缓急、荣悴、得失之不齐,则诗人之情亦各有所寓。"(《四库全书》珍本初集本《斐然集》卷十八)将"三义"全从"情"解释,似乎是为更适用于"陶写性情,词婉于诗"的需要。

两宋词论中言"兴"者极少,当"情"成为词之本体,作为"触物"之"兴"就没有了特别的意义。直到清初,纳兰性德才重提"兴",在《填词》诗中说:"诗亡词乃盛,比兴此焉托。往往欢娱工,不如忧患作。"他认为表现"欢娱"之情,不如表现"忧患"之情,若仅及"欢娱"则有失"风人之旨"。稍后,厉鹗在为本朝人一部词作写的《群雅词集序》中说:"今诸君之词之工,不减小山,而所托兴,乃在感时赋物,登高送远之间。远而文,淡而秀,缠绵而不失其正。"即是说"国朝"词之"兴"已不同于晏幾道的"杯酒间闻见"之"兴"。他所言之"兴",是"感时"与形式相对的情感性内涵。同纳兰性德一样,他认为词的情感性内涵应该有所变化。其实,这已不是新见,南唐李后主失国后的词浸透了"忧患",南宋稼轩词更多"感时赋物,登高送远"之作。赋予"比兴"以新义的是约半个多世纪后的常州人张惠言。

张惠言(1761—1802)字皋文,号茗柯先生,生活在经学大盛的乾嘉时代,他本人也是出色的经学家,深入究里的兴趣亦旁及词,他以精严的学风编选了唐宋词选本,简洁地称为《词选》。在《词选序》首段即言:

> 传曰:意内而言外谓之词。其缘情造端,兴于微言,以相感动。极命风谣里巷男女哀乐,以道贤人君子幽约怨悱不

能自言之情，低回要眇，以喻其致。盖《诗》之比兴变风之义，骚人之歌，则近之矣。……然要其至者，莫不恻隐盱愉，感物而发，触类条鬯，各有所归，非苟为雕琢曼辞而已。

这段话的要义在于：他将情起于"兴"的关系颠倒过来。"兴"由"缘情"而起，"兴"本身不是情，而是成了"微言"。所谓"微言"，就是"贤人君子不能自言之情，低回要眇，以喻其致"，是情之外"义有幽隐"。词中"微言"者何？只需看他为《词选》中所选词"并为指发"，就可领略一二：温庭筠的《菩萨蛮》"小山重叠金明灭，鬓云欲度香腮雪……"这哪里仅为描写一位美女晨起梳妆的美态？"此感士不遇也。篇法仿佛《长门赋》而用节节逆叙"；"照花前后镜，花面交相映。新帖绣罗襦，双双金鹧鸪"四句，是"《离骚》初服之意"。（即"进不入以离尤兮，退将复修吾初服。"）冯延巳三首《蝶恋花》（"六曲阑干偎碧树""莫道闲情抛掷久""几日行云何去处"）这哪是描写少妇怀春思夫？"三词忠爱缠绵，宛然骚辨之义。延巳为人，专蔽嫉妒，又敢为大言。此词盖以排间异己者，其君之所以弗疑也。"原来，这就是他所谓的"微言"，"微言"包蕴"大义"，这是中国历代经学家"皓首穷经"所尊奉的"圣教"。如此搜求"微言大义"，两汉《诗经》博士们已运用娴熟。南宋的鲖阳居士编著《复雅歌词》曾用此"解经"方式评点苏轼的《卜算子》："'缺月'，刺明微也。'漏断'，暗时也。'幽人'，不得志也。'独往来'，无助也。'惊鸿'，贤人不安也。'回头'，爱君不忘也。'无人省'，君不察也。'拣尽寒枝不肯栖'，不偷安于高位也。'寂寞沙洲冷'，非所安也。此词与《考槃》诗极似。"张惠言很诚实地将鲖阳居士寻得的"大义"，一字不改录入自己的《词选》，也等于承认了他的"义有幽隐，并为指发，几以塞其下流，导其渊源"，就是如汉儒解释《诗·卫风·考槃》那样，在一首描写独善其身独得其乐的诗中，发现君上"不能继先公之业，使贤者退而穷处"的"大义"。词也是"兴于微言"的新说，启发了冯延巳的后人冯煦，他在《四印斋刻阳春集序》中，完全推翻了陈世修原序中"金陵盛时，内外无事"的"娱宾而遣兴"说，为之翻案云："翁俯仰身世，所怀万端，缪悠其辞，若显若晦，揆之六义，比兴为多。"南唐将亡，"翁负其才略，不能有所匡救，危苦烦乱之中，郁不能自达者，一于词发之。……世直以靡曼目之，诬已！"请看，同是一个"兴"字，相距七百年，其义绝对相悖。

张惠言重新界定"比兴"之义，是要将"簸弄风月"的词重新定位，由"陶写性情"进位到"兴于微言"，以"声出莺吭燕舌间"之情，包蕴"幽隐之意"，"微言"之"兴"成为词的灵魂，于是大大超越了原来的"本色"论，"微言大义"从此也成为词家创作终极意义的追求。词的地位大大提高了，"诗之余"说显然要永远逐出词坛。简言之，词之体就是"兴"之体，是文学领域唯一能体现"微言大义"的一种文体。《诗》之"六义"中，"兴"继"赋"之后，又单独成为一种文体，"毛公述传，独标兴体"（刘勰语），两千年后，"兴体"果然被重新确立了。词有如此之"体"，何得不尊？

张惠言评词思路今人看来未免过于穿凿，但"兴体以立"却给词家的创作思想以极大的启发，开拓了新的路子，为词有别于诗的审美创造标示了新的方向。他的弟子宋翔凤说，"穷比兴之体"的词，"能包含蕴蓄，不尽其声，俾皆平其气以和其疾。是以填词之道，补诗境之穷，亦风会之所必至也"。（《浮溪精舍词自序》）且以为南宋姜白石之词就是"补诗境之穷"："其流落江湖，不忘君国，皆长短句寄之。如《齐天乐》，伤二帝之北狩也；《扬州慢》，惜无意恢复也；《暗香》《疏影》，恨偏安也。盖意愈切，则辞愈微，屈宋之心，谁能见之？乃长短句中，复有白石道人也。"竟高誉姜白石"犹诗家之杜少陵，继往开来，文中关键"（《乐府余论》）。由他们新发现的词的奥秘，再反观唐宋词人，冯延巳、姜夔等原来受到正宗文学鄙薄的词作，大大地升值，而南宋诸多爱国词人因多"壮语"而少"微言"，与他们相较，至少在艺术方面略逊一筹。

将前人合于自标审美尺度的作品视为"兴"体，言之不难，但自己要创作出如此达标的作品，则"知易行难"。张惠言的"比兴"说实际上还停留在观念阶段，如何用于创作实践，理论上有待完善，须有创造性的发挥。比他年轻20岁，同样治经世之学也工词的周济，有著论3篇，历时20年（1812—1832），基本完成了"兴体"之词创作理论的建设。

周济(1781—1839)字保绪，一字介存，号止庵，最大的贡献是将"比兴"说推进到"寄托"说，具有指导创作的作用。他30岁之前写的《词辨序》，表明他是服膺"比兴"说的：

> 夫人感物而动，兴之所托，未必咸本庄雅，要在讽诵纽绎，归诸中正，辞不害志，人不废言，虽乖缪庸劣，纤微委琐，苟可驰喻比类，翼声究实，吾皆乐取，无苟责焉。后世之乐，去诗远矣，词最近之，是故入人为深，感人为远，往往流连反复，有平矜释躁、惩忿窒欲、敦薄宽鄙之功。

他承认词不是像诗那样严肃的文体，情的表现在词中可以更为活跃，不必故作文雅高尚，关键是"兴之所托"，有无"幽隐之义"在其中，有此"中正"的核心内容，则词反可净化那些不健康之情。此说远承《乐记·乐象》的"反情以和其志"，将来自民间歌唱的文体，提升到与诗并列的地位。在《介存斋论词杂著》中，他开始对"兴之所托"的主体，即词人的文化素养及"所托"的指向，作出理论性的规范：

> 感慨所寄，不过盛衰：或绸缪未雨，或太息厝薪，或已溺已饥，或独清独醒，随人之性情、学向、境地，莫不有由衷之言。见事多，识理透，可为后人论世之资。诗有史，词亦有史，庶乎自树一帜矣！

他心目中的"兴"，不是一己之私，而是有关君国治乱，时局安危，个人"兼济"之志与不能实现而无奈"独善其身"之兴。如此之"兴"，唯有人品、学问、识见皆到高"境地"的词人，才能在词史上"自树一帜"。他继张惠言将词转换为"兴体"，确立词在文学史上的崇高地位。由此，他指导出一条词人创造"兴体"的途径：

> 初学词求空，空则灵气往来。既成格调求实，实则精力弥满。初学词求有寄托，有寄托则表里相宣，斐然成章。既成格调求无寄托，无寄托则指事类情，仁者见仁，知者见知。

"寄托"，可视为"兴于微言"的方法论，是周济一大发明，为全面探析，将其晚年所作《宋四家词选目录序论》有关论述并录如下：

> 夫词，非寄托不入，专寄托不出。一物一事，引而伸之，触类多通，驱心若游丝之胃飞英，含毫如郢斤之斫蝇翼，以无厚入有间，既习已，意感偶生，假类毕达，阅载千百，謦欬弗违，斯入矣。赋情独深，逐境必寤，酝酿日久，冥发妄中，虽铺叙平淡，摹缋浅近，而万感横集，五中无主，读其篇者，临渊窥鱼，意为鲂鲤，中宵惊电，罔识东西，赤子随母笑啼，乡人缘剧喜怒，即可谓能出矣。

"寄托"本来就是一个他向性动词，由此"寄""托"于彼，由主体而及客体，由创作主体而及创作对象。周氏认为，词家所"寄托"于词的不应是一般之情，而是由感物触发后思之于心的深远幽微之意，有家国之忧与人生戚戚之感含蕴其中。所谓先求其空，就是先在头脑中排去种种由浮躁之情滋生的种种杂念，将思力凝聚于欲托之"大义"，待"兴"之已至，"大义"已明，即既成"格调"（此"格调"不能从形式方面理解），"有寄托入"就实现了（这有点像"主题先行"论）。"入"而后，调动艺术的想象与联想，纵横驰骋。周济强调的是以艺术功力去运作这一"寄托"，举重欲轻，如庄子所描述的"斫匠"，以沉重的斧子轻飘飘地削去郢人鼻端一点白垩，又如庄子所描述的庖丁解牛："彼节者有间，而刀刃者无厚，以无厚入有间，恢恢乎其于游刃必有余地矣。"（《庄子·养生主》）将重大意旨"寄托"于"偶生"的轻盈灵动的情思、意象，这就是"无厚"，负重却如含毫毛之轻，就像南宋将亡时的王沂孙（《宋四家词选》入选者之一），将《黍离》《麦秀》之感，只以唱叹出之，无剑拔弩张之气，又如其词虽多标咏物（如咏"落叶""新月""萤""蝉"等），但他"最争托意，隶事处以意贯串，浑化无痕"。如此"寄托"之入，在意兴意象化的艺术熔炉里，融而为"词理意兴无迹可求"（严羽《沧浪诗话》语）的美感态势，那"入"时的"寄托"便像射箭无需着意瞄准靶子却无发不中，无目的而合目的，无在无不在，作者自己也感到是"万感横集，五中为主"。读者所得唯是"精力弥满"之"兴"无形入怀，此刻如临渊观鱼，只见鱼在水中畅游之美，谁还会辨其是鲂是鲤？又好像黑暗之中有闪电明灭，不知闪自东还是西……设若一篇作品的创作只徘徊在"有寄托"阶段，便会显得过于坐实，实而不能虚，情思不能飞动，"兴"不能舒展，有寄托便成了"专寄托"，成了苏轼所说的"赋诗必此诗"。周济将"有寄托""无寄托"说发挥得淋漓尽致，若不计较常州词派的"寄托"之特殊内涵（实有关于美、刺、讽之政教），在文学创作理论中确有很高的价值，是继严羽《沧浪诗话》中说"盛唐诸人，惟在兴趣，羚羊挂角，无迹可求，故其妙处玲珑，不可凑泊，如空中之音、相中之色、水中之月、镜中之象，言有尽而意无穷"之后，又一精彩之说。

周济之后，刘熙载深然"词深于兴"，对于"寄"又有所发挥："词之妙莫妙于不言言之。非不言也，寄言也。如寄深于浅，寄厚于轻，寄劲于婉，寄直于曲，寄实于虚，寄正于余，皆是。"（《艺概·词概》）他所说"寄言"，正是使有言化为"微言"，使"兴"有"低回要眇"之致。孙麟趾说："何谓托？泥煞本题，词家最忌，托开说去，便不窘迫，即纵送之法也。"（《词径》）亦应周济"一物一事"引而伸之，触类旁通。黄燮清在《寒松阁词题评》中虽不明言周济之说，然对其"题评"对象（张鸣珂之词）的勉励之意，实承"寄托"说：

> 每作一调，必先定其命意之所在，或言外感慨，或借端寄托，则此中有胆。凡似是而非，描头画角之语，自无从绕其笔端。且须音在弦外，不可意尽句中。收处尤宜缥缈无迹，其线索关合，须在有意无意之间，方能不著迹相。盖一著迹相，便无深趣也。

所谓"著迹相"与"不著迹相"，通于"专寄托"与"无寄托"出，他说得更明白易晓。莫友芝从读者角度描述了对此类词作自己的感受：

> 读之迷离惝恍，使人无端哀乐，一往而深。非真有妙会于风舒水别之微旨，决不能道其一字。（《香草词序》）

"微言""微旨"及所含之"大义"，不是一般读者所能领悟和"指发"的，需要较多的人生阅历，较高的鉴赏水平，丰富的接受经验，莫友芝说"微旨"需要"妙会"，可与现代接受美学相沟通。

常州词派之创作实绩，是否在"阳羡""浙西"及派外词人之上，不可确论；"比兴——兴于微言"说也有一定的片面性，反对者、不以为然者有之。福建长乐人谢章铤（1820—1888）就说："词本于诗，当知比兴，固已。究之尊前花外，岂无即境之篇，必欲深求，殆欲穿凿。"的确，张惠言所标举的"兴体"，可视为历来流派化、个性化词体中（如"花间体""易安体"）倾向高深的一体，当然不可取代全体。词如诗一样，题材、表现手法及作者时空处境之不同，其风貌、风味、艺术品位亦各不相同，"即境"之篇已有多少传世佳作！至于有些本是"即境"的佳作（谢举东坡《贺新郎》"乳燕飞华屋"、稼轩《祝英台近》"宝钗分，桃叶渡"），"今竟一概抹杀之，而谓我能以意逆志，是为刺时，是为叹世，是何异读《诗》者尽去小序，独创新说，而自谓能得古人之心，恐古人可起，未必任受也。……故皋文之说不可弃，亦不可泥也"（《赌棋山庄词话》续编卷一），此为公正、通达之论。张惠言之说"不可弃"，其功还在于引出了周济的"寄托"说。"寄托"一词早在《荀子》《楚辞》中已出现，王羲之著名的《兰亭集序》有"或因寄所托，放浪形骸之外"的名言，言及人的精神意志之所寓。历代诗人都有善"寄托"者，但将它提升到理论层面营构一说，实周济之所创，谭献说："推明张氏之旨而广大之，此道遂与于著作之林，与诗赋文笔，同其正变。"（《复堂词话》）"寄托"说的确是词学深致之一者，在中国诗学传世至今的诸说中，应有它的位置。

四 词学深致之二:由"词心"而"词境"

王国维《人间词话》发语即曰:"词以境界为最上,有境界则自成高格,自有名句。五代北宋之词所以独绝者,在此。"他将自唐以来诗学领域的"意境""境界"说,引入词学并目之"最上"。但需要说明的是,从五代至南北宋的词论、词评中,尚未出现"境""境界"等语词。明末清初云间派之陈子龙在《幽兰草词序》中始说,词"或秾纤婉丽,极哀艳之情;或流畅淡逸,穷盼倩之趣",随后出现言"境"之语:

然皆境由情生,辞随意启,天机偶发,元音自成。

"境由情生",已有别于王昌龄在"诗有三境"中的"物境",即"泉石云峰"之"境";也别于"张之于意而思之于心"之理性色彩的"意境"。词之境,主要是词家表现于词的感情境界,合于王昌龄所列"娱乐愁怨皆张于意而处于身,然后驰思,深得其情"的"情境"。陈子龙据沈义父、张炎皆谓词为"赋情"之体,将词境定位于"情"之境,为论词境之先声。他之后,评论词作言及"境界"也不乏其人,但皆是零言碎语,如刘体仁云:"词中境界,有非诗之所能至者,体限之也。"(《七颂堂词绎》)邹祗谟评吴伟业词有"词家妙境,重见桃源矣"一短语,又说某人作词"精于取境"(《远志斋词衷》)。吴锡麟评某人词"情因境造,声假形露"。皆浅浅言及境与情的关系,无一言及此境的前因后果。直到较王国维年纪稍长的陈廷焯、况周颐两部论著问世,词学领域的"境界"论才正式展开。

如果不限于有无"境界"一词,关于词的审美境界的描述,在张炎的《词源》中就出现了,那就是:

词要清空,不要质实;清空则古雅峭拔,质实则凝涩晦昧。姜白石词如野云孤飞,去留无迹。吴梦窗词如七宝楼台,眩人眼目,碎拆下来,不成片段。

"空"而又"清",即是言词要有一个澄明的审美空间,此正合于"境界"之本义,①唯有审美境界清澈开阔的诗作与词作,才能使人读之"神观飞越"。"清空"一说为此后言词者不断援引。明代的陈霆,于"清"或云"清楚流丽",或云"婉约清丽",或云"清便绮丽"(《渚山堂词话》),强调情的清纯而不杂。他提到宋代女词人朱淑真《断肠集》中咏雪的《念奴娇》等词皆"清楚流丽",清初金圣叹评朱淑真《生查子·春恨》("去年元夜时,花市灯如昼……")亦说:"其清空一气如话,盖其笔法高妙,非人之所及也。"后来谢章铤承张炎之说又稍进:"夫词欲清空,忌填实。清空生于静,静则心妙。其寄意也微,其托兴也孤。"(《抱山楼词叙》)沈祥龙则专就"空"说:"词当于空处起步,闲处着想。空则不占实位,而实意自笼住;闲则不犯正位,而正意自显出。若开口便实便正,神味索然矣。"(《论词随笔》)谢、沈之说与后来况周颐言"词境以深静为至",王国维言"无我之境,人惟于静中得之",皆可见"清空"说影响之深远。

况周颐(1859—1926)字夔笙,别号蕙风,著有《蕙风词话》正续编共七卷,在王国维之前,他全面地论述了词人与词境创造的对应关系,即"词心"与"词境"。始云:

> 填词要天资,要学力。平日之阅历,目前之境界,亦与有关系。无词境,即无词心。矫揉而强为之,非合作也。境之穷达,天也,无可如何者也。(卷一·七)

词本从民间来,《敦煌曲子词》中那些男女率口而出的曲子词,有何学力?西蜀南唐词开始成为文人的案头把玩,到清代,填词升阶为与诗文写作并举的事业(康熙赐旨编《历代诗余》并为之"序"),因此对其创作要求越来越高,对词的评论愈益细致,词学理论的探讨也步步深入,况周颐深入到创作心理层面。作诗,古人已有"诗心"之说,诗"本于心",早见于《乐记》,五代齐己《谢灉湖茶》有"还

---

① 陈良运:《境界·意境·无我之境:读〈论情景〉与王文生教授商榷》,《文艺理论研究》2003年第3期,中国人民大学复印资料《古代近代文学研究》2003年第10期。

是诗心苦"之叹,宋代王令《庭草》亦有"独有诗心在"之兴,似乎是诗人在精思苦吟时心灵活动不断强化的体验,并无什么特别的意义。"词心"不是况氏首发,在他之前,冯煦在《宋六十一家词选》评秦观词时,已从赋与诗推导出来:"昔张天如论相如之赋云:'他人之赋,赋才也;长卿,赋心也。'予于少游之词亦云:'他人之词,词才也;少游,词心也。'得于内,不可以传。虽子瞻之明隽,耆卿之幽秀,犹若有瞠乎其后者,况其下邪?"依冯煦之推导解析,"词心"是作词者先天所具;秦观的天赋情性就适于填词而不是作诗,词之体性本色与他个性本色及心态相契,"真古之伤心人也,其淡语皆有味,浅语皆有致,求之两宋词人,实罕其匹"。因此他的词作出于"词心"。况氏之"词心",不强调天生情性及心态与词的关系,而是由个人主观方面的"天资""学力"与客观方面的"平日之阅历""眼前之境界"自然而然地冥会默契,不期而有,亦似得之于天。"词心"与"词境"相生相随,他如此描述自己获得"词心"的体验:

  吾听风雨,吾览江山,常觉风雨江山外有万不得已者在。此万不得已者,即词心也。而能以吾言写吾心,即吾词也。此万不得已者,由吾心酝酿而出,即吾词之真也,非可强为,亦无庸强求。视吾心之酝酿何如耳。吾心为主,而书卷其辅也。书卷多,吾言尤易出耳。(卷一·二七)

在中国的心理科学尚不发达的时代,况周颐的体验与感悟,实有艺术创造心理学的意义。五官感觉而后有心灵的感觉,种种感觉愈凸显,愈强烈,于是就有创作灵感电光火石般迸发;屡言"万不得已者",正是灵感跃动、创作欲望急于释放的心理态势。其实,这种特殊的心理活动,大凡从事精神性创造的人都会发生,岂止词的创作是如此,一切艺术之"真"的诗、书、画、音乐创作皆如此。创作者这种心理态势之流,都会流入自己最当行的艺术形式中去,形成不同美感样式的佳作,在况氏,则是词。他对那种"万不得已"的心态,还有更精细的描述:

> 吾苍茫独立于寂寞无人之区，忽有匪夷所思之一念，自沉冥杳霭中来。吾于是乎有词。洎吾词成，则于顷者之一念若相属若不相属也。而此一念，方绵邈引演于吾词之外，而吾词不能殚陈，斯为不尽之妙。非有意为是不尽，如书家所云无垂不缩，无往不复也。（卷一·二八）

前论周济"寄托"说，评其"有寄托入"颇有点"主题先行"的味道。况氏所言，将"有寄托"化为"忽有匪夷所思之一念，自沉冥杳霭中来"，那就摒弃了任何功利、使命之念而纯粹地心灵化、情绪化、灵感化了。他的"匪夷所思"之念不是平常生活的希冀之念，不是"每饭不忘君"的政教之念，而是"听风雨""览江山"等人生、宇宙之感念久久酝酿于"吾心"的心智的果实，当是人的生命与世界关系刻骨铭心的体验与真切的感悟。这种体验感悟又难以坐实，"若相属，若不相属"，可谓此刻不知何者为我，何者为物，物我时合时分。"洎吾词成"之后（即如周济所说"既成格调"后）"不能殚陈"，又有"不尽之妙"，岂不是"无寄托出"了！"引演于吾词之外""吾词不能殚陈"云云，与张惠言的"必于微言"要由自己或他人"并为指发"，不能等同视之，"吾词"正是有"词心"而呈现"境之穷达，天也"之妙。再看他的"词境"如何呈现于"吾心"：

> 人静帘垂，灯昏香直。窗外芙蓉残叶飒飒作秋声，与砌虫相和答。据梧冥坐，湛怀息机，每一念起，辄设理想排遣之。乃至万缘俱寂，吾心忽莹然开朗如满月，肌骨清凉，不知斯世何世也。斯时若有无端哀怨怅触于万不得已，即而察之，一切境象全失。唯有小窗虚幌，笔床砚匣，一一在吾目前。此词境也。三十年前，或月一至焉。今不可复得矣。（卷一·二六）

这段话有丰富的创作心理学内涵，有从"词心"而"词境"心理运动全过程的感性描述。从"据梧冥坐"到"不知斯世何世"，其先行感觉是心理时空的净化，如前引沈祥龙所说"于空处起步"。此"空"不是一切生命信息寂灭的虚空，而是万缘屏息、虚位以待之"空"，已有心灵睿智之光（以"满月"喻之）普照之"空"。"有无端哀怨枨触于万不得已"，则是"实意自笼住"，"正意自显出"，"词境"的核心内涵涌现于已净化的心理空间，境界展开了。"一切境象全失"，失的是引发"枨触"的现实世界之象，它们已转化为"恍兮惚兮"似有若无非真即真的词之境象，"枨触"的"无端哀怨"也转化为词境"不尽"之"无"，即如严羽所说的"水中月""空中音"……当"词心"又从"不知斯世何世"闪回，眼前又是现实的世界，"此词境"好像一个白日梦，这样的梦可不易得啊！由"空"而"实"再而"无"，况周颐将纯粹精神化了的"词境"烘托出来了，从心理发生、转换、升华的全过程展开描述，比张炎、周济、沈祥龙高明多了。所谓"不可质实"的"清"与"空"、"有"与"无"，至此有了令人信服的阐述，与现代心理科学中的灵感理论不期而遇。

"词境"形成之后，况周颐对其美感品位有所偏重，当然是与他主张"词境"由"静""空"得之相关：

词有穆之一境，静而兼厚、重、大也。淡而穆不易，浓而穆更难。（卷二•一）

在此以前，他已提出"作词有三要：曰重、拙、大"，似不完全就词境而言，"拙"者，是指语言风格，与华言艳词相反。而此说则是三者浑成之极境。"穆"，有温静、清雅、优美之意，"吉甫作诵，穆如清风"（《诗•大雅•丞民》），是中国最早出现的重要审美观念之一。"静"而"穆"，老子说"致虚极，守静笃"是其状态，"不欲以静""清静为天下正"（《老子》第十六、三七、四五章）体现道家的人生态度。况氏于词境先释"静"："词境以深静为至。韩持国《胡捣练令》过拍云：'燕子渐归春悄。帘幕垂清晓。'境至静矣，而此中有人，如隔蓬山，思之思之，遂由浅而见深。"这是由"写景而情在其中"，言静之美。他还深一层言"静而兼厚、重、大"，无疑又是他对"穆如清风"有新的理解。"大"，可能就是遵孟子所说"充实而有光辉之谓大"，而"厚"，则是"重"的内涵，又引申出"沉著"：

重者,沉著之谓,在气格,不在字句。于梦窗词庶几见之,即其芬菲铿丽之作,中间隽句艳字,莫不有沉挚之思,灏瀚之气,挟之以流转,令人玩索而不能尽,则其中之所存者厚。沉著者,厚之发见乎外者也。欲学梦窗之致密,先学梦窗之沉著。即致密,即沉著。非出乎致密之外,超乎致密之上,别有沉著之一境也。(卷二·八一)

以性灵语咏物,以沉著之笔达出,斯为无上上乘。(卷五·三十九)

"厚",似言词家赋予作品感情意蕴之深厚,"沉著"则是"厚"的外现。"沉著",司空图在《诗品》中就作过一番意象式描述,① 没有理论的阐释。况周颐以"如七宝楼台眩人眼目,碎拆下来不成片段"的梦窗词佐证"沉著",是否准确且不论,他说"沉著"与"厚"与"致密"与"性灵"特有关系倒值得注意。同时代的另一位词学家对与"沉著"一字之别的"沉郁"说,有更精辟的诠释。

陈廷焯(1853—1892),字耀先,在《白雨斋词话》中首先说:"作词之法,首贵沉郁。沉则不浮,郁则不薄。顾沉郁未易强求,不根柢于《风》《骚》,乌能沉郁?十三国变风,二十五篇楚词,忠厚之至,亦沉郁之至,词之源也。"(卷一·三)他定义"沉郁"是"不浮""不薄",也即是"重"而"厚",而"厚"又是"忠厚之至"。接着说:

诗词一理,然亦有不尽同者。诗之高境,亦在沉郁,然或以古朴胜,或以冲淡胜,或以钜丽胜,或以雄苍胜,纳沉郁于四者之中,固是化境;即不尽沉郁,如五七言大篇,畅所欲言者,亦别有可观。若词则舍沉郁之外,更无以为词。盖其篇幅狭小,倘一直说去,不留余地,虽极工巧之致,识者终笑其浅矣。(卷一·四)

---

① 《诗品·沉著》:"绿林野屋,落日气清。脱巾独步,时闻鸟声。鸿雁不来,之子远行。所思不远,若为平生。海风碧云,夜渚月明。如有佳语,大河前横。"

他将"沉郁"推为诗词之"高境",且是词唯一的最佳之境。杜甫曾在《进雕赋表》中说他的诗是"沉郁顿挫,随时敏捷",何谓"沉郁"?没有细说,千载之后,陈廷焯作出了理论的界定:

> 所谓沉郁者,意在笔先,神余言外。写怨夫思妇之怀,寓孽子孤臣之感,凡交情之冷淡,身世之飘零,皆可于一草一木发之。而发之又必若隐若现,欲露不露,反复缠绵,终不许一语道破。匪独体格之高,又见性情之厚。(卷一·八)

随后,他又由"沉郁"言及"顿挫":

> 顿挫则有姿态,沉郁则极深厚。既有姿态,又极深厚,词中三昧,亦尽于此矣。(卷一·四七)

他关于"沉郁"的理论表述是非常杰出的,若以此验证杜甫诗的艺术风格,可谓句句道着。从结合"顿挫"之"姿态"言,与况氏之谓"沉挚之思,灏瀚之气"以"沉著之笔达出",可说基本一致。况氏以梦窗词拟之"沉著",陈氏亦以温庭筠《菩萨蛮》的"懒起画娥眉,弄妆梳洗迟""春梦正关情,镜中蝉鬓轻"等词称之"皆含深意""凄凉哀怨,真有欲言难言之苦",为"沉郁"之佐证,又以周邦彦词之"妙处","亦不外沉郁顿挫",则见他们词论中都有常州派"兴于微言"的影子。不过,陈廷焯后来倒是更多地称道稼轩词:"辛稼轩,词中之龙也,气魄极雄大,意境却极沉郁。""稼轩词自以《贺新郎·别茂嘉十二弟》一篇为冠,沉郁苍凉,跳跃动荡,古今无此笔力。""稼轩'更能消几番风雨'一章,词意殊怨,然姿态飞动,极沉郁顿挫之致。"等等,倒与杜甫的"沉郁顿挫"相近了。

况、陈二人从"词心"而及"词境"创造心理机制的揭示,从"厚、重、大"而及"沉郁顿挫"词境的美学表述,有发前人未发之功。将他们的论述与所举实例剥离,那些颇有新意的观念、观点,具有普遍的理论价值,不但于词学,而且于三千年来的诗学,都是极为重要的补充。他们为清末最后一位词学理论大师王国维,以论述词之境界而完善和升华中国诗学中最具民族特色的境界理论,作了基础性的铺垫。

第二十六章
曲论对中国诗学的贡献

"唐诗、宋词、元曲",三种不同的文学体裁,辉煌了中国历史上三个朝代。曲,包括散曲与戏曲(元称杂剧)两种文体;散曲(又有"套数"和"小令"两体)是作者直接自我抒情或结合叙事的诗歌文体;戏曲是通过人物故事情节展开而代作者"立言"的叙事文体,其中的唱词(元剧中仅限于正旦、正末)即是散曲的"套数",如现代歌剧中谱曲之诗。散曲的"套数"与"小令"应列入中国诗歌发展史之诗歌文体递变序列;戏曲中的唱词本质上也是诗,亦应以诗(剧诗)视之,是诗这一文体的旁出而为另一新文体作出贡献。

任何一种文体,有辉煌的创作成果,随之必有评论作家作品和总结、升华创作经验的理论批评出现。自元至清三个朝代,积累了相当丰富的曲学论著,但这些论著,绝大多数是散曲与戏曲合论,没有像诗论、词论那样形成专一的理论形态,以至后人所著的文学理论发展史或中国诗学史,不列散曲理论,或在阐述戏曲理论时稍兼及之,于是本质是诗的"曲",在诗学领域没有明确的定位。

仔细研读各种有关曲学的单篇文章及较有系统的长篇论著,笔者发现专论散曲或戏曲唱词的创作与鉴赏时,多数论者有或深或浅的诗学修养(有的就是著名诗人),所论之内容及所用语汇,皆与中国传统诗学有关联,令人耳目一新的是,有很多重大问题对传统诗学有所突破、有所发展。比如情感、"本色"、语言等曲学论著中不断讨论的问题,几乎皆以诗学观念为起点、为依托,完全可以还原到诗学领域,作中国诗学的整体观。本章试作探讨和展示,以论证曲论对中国诗学也有不可忽视的贡献。

一 "曲如赋"——诗歌文体再次新变

散曲,中国古代诗歌发展史上最后出现的一种诗歌新文体,王国维在《人间词话》那个"一切文体所以始盛终衰"的著名论断,说了"四言敝而有楚辞,楚辞敝而有五言,五言敝而有七言,古诗敝而有律绝,律绝敝而有词"之后,却未再及散曲,似乎尚未将散曲视为独立的诗体。后来在《宋元戏曲考》中说:"元曲分三种,杂剧之外,尚有小令、套数。小令只用一曲,与宋词略同。套数则合一宫调中诸曲为一套,与杂剧之一折略同,但杂剧以代言为事,而套数则以自叙为事,此其所以异也。元人小令、套数之佳,亦不让于其杂剧也。"又在评马致远小令《天净沙》与《〔双调〕夜行船·秋思》一套时说:"此二体虽与元杂剧无涉,可知元人之于曲,天实纵之,非后世所能望其项背也。"可见他对散曲(套数、小令)还是给予了很高的评价。

散曲作为继诗、词之后一种更新的诗歌文体,之所以没有引起特别关注,散曲文体及创作、鉴赏等方面的理论,各种文学理论史、诗学史没有特别标目、专述,其原因大概有三:一是散曲不是单一的文体,包括"套数"与"小令",产生伊始,便是种种歌曲体式,据明代王骥德说:"董解元倡为北词,初变诗余,用韵尚间俗词体。独以俚俗口语谱入弦索,是词家所谓'本色''当行'之祖。"(《新校注古本西厢记评语》)金代董解元的《西厢记诸宫调》是叙事性的套曲,实即后来散曲中的"套数"之祖。以后的文人亦用"套数"取代诗、词"抒写性情""自叙为事",区别于剧本的"套数",或称"散套",于是"套数"也就成为了抒情与叙事的诗歌文体,而"小令",又不过是取"套数"中一曲独成一体,如诗中之五、七言绝句。"散曲"一名实是后人为区别于戏曲（元人称杂剧，明人称"南戏"）而使用的，即指不入剧本的"散套"与"小令"。如此说来，散曲是戏曲、说唱文体的副产品，其母体是"曲"，虽然是以新的诗歌文体面目出现，与戏曲这一叙事文体的界限难免混淆，在诗学理论层面上还缺少文体的自觉性。元代散曲作家将自己创作的套数、小令称为"乐府"，据元初燕南芝庵《唱论》："成文章曰乐府。有尾声名'套数'，小令唤'叶儿'。套数当有乐府气味，乐府不可似套数。"元末的杨朝英编选本朝的散曲两书名《乐府新编阳春白雪》《朝野新声太平乐府》，显然是借传统之名并暗示散曲已经"成文章"，此是为散曲争一席地位之尝试。散曲与戏曲与乐府文体界线不清晰，影响专家和读者对它深入研究和正确认识。二是自元末到明清两代，散曲作为一种独立文体虽然已为有识之士论及，但又不止一家说"词者，诗之余；曲者，又词之余"，将散曲贬为剩余之余的地位，实在尴尬。散曲自元代兴盛以来，派生的两种现象使正统文学界睥视之：一方面是它的作者大多数在政治界与社会上没有较高的地位，像关汉卿不过是"太医院尹"，自称"盖世界浪子班头"，马致远也不过是"江浙行省务官"，他们的作品抒发的是"不平之气"，远离正宗风雅的"风以动之，教以化之"。另一方面，"直""俚""显"是元代散曲自民间带来的天然特色，"其体则全与诗词各别"，"使愚夫愚妇共见共闻，非文人学士自吟自咏之作也"（余大椿《乐府传声·元曲家门》）。明代的散曲虽然力求"雅化"，力求"工"，但终究其出身低微，如王国维《录曲余谈》所云："曲之为体既卑，学士大夫论者颇少。"三是因"论者颇少"而使这一新的诗歌文体缺乏诗学理论的支持。理论落后于创作，本是正常的事，有元一代不足百年（1271—1368），自金代起算，百年间散曲创作已取得与诗、词三峰并立的辉煌成就，但在文学理论方面之学理性建设几近于无，元代理论批评家主要在音韵、歌唱方面用功着力，而于文体建设仅泛泛而谈（如"成文章"云云）。关于散曲作家的风格批评，贯云石在《阳春白雪序》中所出"滑雅""媚妩""豪辣灏烂""造语妖娇"等新词，堪称空谷足音,惜一闪而过。明、清两代的理论批评家,于散曲的历史渊源、文体特征、美学特色等,倒是多有论说,但是绝大多数与戏曲理论、批评纠缠到一起(李渔的《闲情偶记·词曲部》则完全撇开散曲,专谈戏曲),散曲理论始终没有一个清晰的、完整的面目。

但是,散曲既然作为继词之后再次更新的诗歌文体,已客观存在,其历史地位不可动摇,或许正是因为关于它的理论表述与戏曲理论(还包括歌唱理论)纠结难分,所以反显示这一新文体有更突出的外部和内在的新特征,由诗、词文体而新变,大概集中表现在如下凡方面。

第一,"其体制之成,首在解放词体"。词,本是以"杂言"对传统"齐言"(五、七言)的一次解放,但词之"杂言"又有许多新格式,散曲只得就这些新格式再来一次解放。词中每句字数有定,乃至全首之字数都有严格限制(如《念奴娇》别名《百字令》),不能随意增减;而散曲,一曲之中不但可用衬字衬语(如"也么哥"之类),而且同一个曲牌中的多首作品字数可以不等,如关汉卿《〔南吕〕一枝花》《赠珠帘秀》3段31句,《不伏老》则4段55句,其中长句竟多至30字("恁子弟每谁教你钻入他锄不断斫不下解不开顿不脱慢腾腾千层锦套头")。词一般分上下两阕,上阕写景,下阕抒情,最多也不过四阕(如《莺啼序》);散曲的套数没有这种限制,以马致远的《〔双调〕夜行船》("百岁光阴如梦蝶")为例,包括了从《乔木查》到《离亭宴煞》六支曲,而《〔般涉调〕耍孩儿·借马》则自序曲后有七煞、六煞至一煞、尾煞共九段,一个套数的容量远远超过一个词牌的容量。明人王骥德有论及此:"……宋词句有长短,声有次第矣,亦尚限边幅,未畅人情。至金元之南北曲,而极之长套,敛之小令,能令听者色飞,触者长靡,洋洋缅缅,声蔑以加矣!此岂人事,抑天运之使然哉。"(《曲律·杂论》)散曲篇幅可以长短自如,实是将词体解放后获得的自由。散曲还有一个更重要的"解放",那就是语言的解放,俚言俗语不可入文人之词,但可以入散曲,关汉卿的《不伏老》、马致远的《借马》、睢景臣的《高祖还乡》,尤其是杜仁杰的《庄家不识构栏》可谓是"方言俚语皆可驱使"的典范之作，词之作者只能望尘惊骇。本文在"俗而不俗"一节还将细论，此不赘述。

第二，"词如诗，曲如赋。赋可补诗之不足者也"。这是刘熙载在《艺概·曲概》中从整体性质道出散曲与诗词之别很重要的一句话，尤是对以叙事性为主的套数而言（小令以抒情为主，不需"如赋"）。"赋""比""兴"本来同属诗的表现手法，按汉代郑玄解释："赋之言铺，直铺陈今之政教善恶。"大概是《诗》亡"之后的诗歌，由于封建专制的加强，不再"铺陈政教善恶"，于是文人诗歌中"赋"的表现不断淡化而突出"比""兴"。至西汉，赋脱离比、兴发展成为一种歌功颂德或"劝一讽百"的文体（但赋的创作中并不排除比、兴手法），充分发挥赋"铺陈"叙事的功能，刘勰在《文心雕龙·诠赋》篇发语说："赋者，铺也；铺采摛文，体物写志也。"将"体物"置于"写志"之前，标志"赋"与诗从此有别。散曲从它诞生伊始，便显见其叙事即"铺陈"的特色，前已提及的《西厢记诸宫调》，就是以叙事性套曲铺陈张生与崔莺莺的恋爱故事，确如元初曲家胡祗遹所说："发明古人喜怒哀乐，忧悲愉佚，言行功业，使观听者如在目前，谛听忘倦，唯恐不得闻。"唐代已出现元稹歌咏男女眷恋且叙事生动详致的长诗《会真记》（即西厢故事的原型），可能从未取得如此效果。散曲中的套数可说皆是"铺也。铺采摛文"，使赋重返诗歌文体，因而让它能更好地与作为叙事文学的戏曲联姻。高则诚的《琵琶记》，其"只看子孝共妻贤"固然值得今人称道，但其"铺陈"的艺术性，却使后人赞不绝口，王世贞评"其体贴人情，委曲必尽；描写物态，仿佛如生；问答之际，了不见扭造，所以佳耳"（《曲藻》），那些佳处，正是一曲曲唱词表现出来的。与王氏同时代的何良俊特别提到其中的唱词："高则诚才藻富丽，如《琵琶记》'长空万里'，是一篇好赋，岂词曲能尽之。"(《四友斋丛说·词曲》) 该剧第二十七出，整个的就是描述男主人公蔡伯喈在月下怀念赵五娘的情怀，由《念奴娇》《本序》至《余文》八段组成，其中《本序》云：

长空万里，见婵娟可爱，全无一点纤凝。十二栏杆，光满处,凉侵珠箔银屏。偏称身在瑶台,笑斟玉斝,人生几见此佳景?惟愿取,年年此夜,人月双清。

以下几曲,描写了主人公的离情别绪,想象妻子"香鬟云鬓,清辉玉臂,广寒仙子也堪并",继而盼望夫妻团圆,"但愿人长永,小楼看月共同登。……"一出戏就是一篇月下怀妻赋,又是作为全剧情节、情感的重要贯穿线,确是"体贴人情,委曲必尽"。在元、明人戏曲中,诗与词往往只作为过场语(或曰"定场诗"),而要既富诗情画意又有助于情节展开,非散曲中的套数莫属。此种"如赋"的曲,较之传统的赋体又有它独特的写法,元末陶宗仪首提"凤头、猪肚、豹尾"六字法:"大概起要美丽,中要浩荡,结要响亮。尤贵在首尾贯穿,意思清新。"(《辍耕录·今乐府作法》)显然,这已不同于传统的"起承转合"的诗文作法。明人王骥德更论套数作法曰:"有起有止,有开有阖。须先定下间架,立下主意,排下曲调,然后遣句,然后成章。……务如常山之蛇,首尾相应,又如鲛人之锦,不著一丝纰颣。"《曲律·论套数》明确地将叙事文学的结构章法引进曲的创作,此后,曲论家李渔在《闲情偶寄》论戏剧之词曲时,干脆标"结构第一",其结构包括"立主脑""脱窠臼""密针线""减头绪""戒荒唐""审虚实"等内容,看来是离诗词作法愈来愈远了。但是,不管是散套也好,戏曲中的唱词也好,其本质还是诗,王骥德又一语道破:

而其妙处,政不在声调之中,而在字句之外。又须烟波渺漫,姿态横逸,揽之不得,抱之不尽。摹欢则令人神荡、写怨则令人断肠,不在快人,而在动人。此所谓"风神",所谓"标韵",所谓"动吾天机"。不知所以然而然,方是神品,方是绝技。

即使是曲与诗词在形而上的层次,同归于诗美领域,但因曲有擅长叙事的特质,其审美效应还是有所不同,明末戏曲家和剧本选家孟称舜有较为冷静的论述:"盖诗词之妙,归之乎传情写景。顾其所为情与景者,不过烟云花鸟之变态,悲喜愤乐之异致而已。境尽于目前,而感触于偶尔,工辞者皆能道之。迨夫曲之为妙,极古今好丑、贵贱、离合、死生。因事之造形,随物而赋象。时而庄言,时而谐诨,狐、末、靓、狙,合傀儡于一场,而征事于千载。笑则有声,啼则有泪,喜则有神,叹则有气,非作者身处于百物云为之际,而心通乎七情生动之窍,曲则恶能工哉!"(《古今名剧合选序》)这是专就戏曲而言,诗与词表现是诗词家主观情感,纯属个人之事,戏曲所表达的是社会、历史的客观之事,它须沟通大众的情感;"工辞者"可以为诗,不身处于实际生存环境之中洞悉并把握各种事物发展变化的作者,不可以为曲;诗的欣赏可以是静态的默会神契,曲的观听则必是动态的啼笑神扬。

第三,或许正是有前一种区别,传统诗学中的核心观念"境""境界""意境",曲作家与曲论家的理解和运用也有所不同。诗人之"境"主要是指"意境"、词家之"境"重在"情境"。曲家之"境"可分两类:抒情性散套与小令的境界大体与诗词同,亦是心境、情境与意境,如马致远的套数和小令两首题《秋思》者即是;而叙事性散套却是情节与场面的展开,"境"即是作品中的一个生动的世界,睢景臣的《高祖还乡》、杜仁杰的《庄家不识构栏》即是。戏曲作品之"境",更是指情节、故事的展开与发展所形成的种种戏剧性场面,是作者、演员、观众在想象中不断演变的艺术世界。汤显祖《红梅记总评》曰:"境界迂回宛转,绝处逢生,极尽剧场之变。"孔尚任《桃花扇凡例》有一条:"排场有起伏转折,俱独辟境界;突如而来,倏然而去,令观者不能预拟其局面。"皆是此类。吕天成与祁彪佳更多以"境"品戏,吕氏在《曲品》中用"真情若境"评《教子》,用"境惨情悲"评《双忠记》,用"巧妙叠出,无境不新"评《还魂记》(即《牡丹亭》),用"有境有情"评《明珠记》等等,虽然也关及戏的背景情节,亦注目于情、事之"真"与"新"。祁氏在《远山堂曲品》与《远山堂剧品》中,评"直写苦境"的《寻亲记》为"能品",评"境界妙、意致妙、词曲更妙"的《真傀儡》为"妙品",评王实甫《西厢记》以《惊梦》终是"不欲境之尽也",而"田叔再补《出阁》《催妆》《迎奁》《归宁》

四出"的《崔氏春秋补传》"俱是合欢之境",是为"雅品"。他评一出《八仙庆寿》的戏"境界逐节敷演而成";评《缠夜帐》"以俊仆狎小鬟,生出许多情致,写至刻露之极",因此是"境不刻不现"。这些都说明戏剧唱词境界不全同于诗的境界,它是虚构戏剧中人物的精神世界与其生活环境的综合呈现,是戏剧作家通过对人物及其生存状态的观察、体验而创造"生出许多情致"的艺术境界。

以上仅略述散曲与诗词几个不同的显豁特征,可窥这一新文体大致新在何处,虽然它是词体的解放,以叙事为擅长,对于"境界"等诗的核心观念也有变通,但它的诗性特质仍在,传统诗歌的种种观念仍内在地深深影响它,有承续但有变化,有发展。这是本节以下所要论及的。

二 "豪辣""至情"——传统情感论的突破

诗"发乎情",情感表现是中国诗学历来的核心论题,自《毛诗序》设定受制于伦理道德的"怨而不怒,哀而不伤,乐而不淫"所谓"止乎礼义",经曹丕《典论·论文》的"文以气为主",到陆机《文赋》的"诗缘情而绮靡",作为美感载体的"情文"(刘勰语),诗学中的情感理论实现了第一次飞跃。但是,诗与生俱来所具的"言志"观念还在继续制约着"情",待"词"这一新文体出现,似乎可以卸下"言志"的历史重任。作词可以专致于"情",南宋张炎在《词源》中用了"赋情"一词,并说:"簸弄风月,陶写性情,词婉于诗。"词的本色是"婉约",实质上又受传统诗学中"温柔敦厚"的制约。当曲出现时,我们从杜仁杰、睢景臣、关汉卿等早期散曲作家的作品就了见,他们创作的抒情或叙事的散套和小令,对"言志""温柔敦厚"有了历史性的突破。关汉卿《〔南吕〕一枝花·不伏老》所言"我是个普天下郎君领袖,盖世界浪子班头",绝非圣贤之志,而"蒸不烂、煮不熟、捶不扁、响珰珰一粒铜豌豆"云云,也非婉约之情,岂可与"温柔敦厚"同日而语?更不必说杂剧《窦娥冤》中那些咒天骂地的唱词了。

元人的散曲和杂剧唱词中，无论抒写个人家国之情、男女之情，多有不同于诗人、词人的表现。明代的批评家已有深刻的见地，李开先在《乔梦符小令序》中说乔吉甫的小令作品"蕴藉包含，风流调笑，种种出奇，而不失之怪"；屠隆在《章台柳玉合记叙》中，则从元曲作家所受异族压迫的情境，论元人写情的"出奇"：

> 元中原豪杰，不乐仕元，而發其雄心，洸洋自恣于草泽间，载酒征歌，弹弦度曲，以其雄俊鹘爽之气，发而为缠绵婉丽之音。故泛赏则尽境，描写则尽态，体物则尽形，发响则尽节，骋丽则尽藻，谐俗则尽情。

他所说之六"尽"，显然是没有"止乎礼义"的局限，有违于儒家诗教。屠隆似乎只看到"缠绵婉丽"一面，明末清初，与元曲家境遇相同的著名诗人吴伟业，看到对"怨而不怒，哀而不伤"的突破：

> 盖士之不遇者，郁积其无聊不平之概于胸中，无所发抒，因借古人之歌呼笑骂，以陶写我之抑郁牢骚，而我之性情，爰借古人之性情，而盘旋于纸上，宛转于当场。于是乎热腔骂世，冷板敲人，令阅者不自觉其喜怒悲欢之随所触而生，而亦于是乎歌呼笑骂之不自已……（《北词广正谱序》）

这是专就元人"北词"而言。元散曲中特标"叹世""讥时"的作品不少，如张鸣善《〔双调〕水仙子·讥时》："铺眉苫眼早三公，裸袖揎拳享万钟，胡言乱语成时用，大纲来都是烘。说英雄谁是英雄？五眼鸡岐山鸣凤，两头蛇南阳卧龙，三脚猫渭水非熊。"这简直是将那些权势人物骂个狗血喷头！无名氏〔正宫·醉太平〕则笔锋直指"大元"王朝："堂堂大元，奸佞专权。开河变钞祸根源，惹红巾万千。官法滥，刑法重，黎民怨。人吃人，钞买钞，何曾见？贼做官，官做贼，混愚贤。哀哉可怜！"这的确是道地的"热腔骂世"。著名曲家睢景臣的套数《〔般涉调〕哨遍·高祖还乡》极尽嬉笑怒骂之能事，矛头直指至高无上的皇帝。此类发怨情、怒情之极而诉诸文字表现，若以诗、词为之，实难想象；若非时势所逼，也难得一泄。所以吴伟业又说:"其中属词比事,引宫刻羽,不爽尺寸,浑然天成,仍自雕划众形,而意象豪迈,不为法律拘缚者,又多以北调擅场。"

对情感表现如此大幅度的突破,元代之曲可谓石破天惊,后人欲以"豪辣"概括之。"豪辣"一词首出于维吾尔族曲家贯云石评冯子振之语:"冯海粟豪辣灏烂,不断古今,心事天与。"近代任中敏先生释"豪辣"曰:"豪辣者,尖新而能入于大方,情之热烈,可以炙手。"刘永济先生在《元人散曲选·序论》中再释曰:

豪辣者,气高而情烈,其言也,喷薄铦锐,鞭辟入里之谓也。

"豪辣"不同于表述诗、词情感状态的"豪放""豪迈","辣"者,火性十足,炙手可热,给人以强烈刺激也,正是"气高情烈"。刘先生将"豪辣"列为散曲"与词家大异者"的四端之首。其第二端是"宏肆","挥斥八极,横放杰出,绝无顾籍之谓也",与"豪辣"相辅相成。他又说:"此二者,盖有得夫阳刚之美者。""阳刚"与"阴柔",本为文学之通性,"惟散曲作者为能造其极,为能尽其用也"。他更别有识见,谓"情烈"之元曲"盖有阴刚与阳柔者焉"。

阴刚之喻,如霜月悽魂,冰澌折骨。阳柔之喻,如炎曦丽物,烈火镕金。

这确是前所未闻,非深验元曲之情者,不可言此。前引屠隆之说"以其雄俊鹘爽之气,发而为缠绵婉丽之音",或可谓"阳柔"说之先声,而贯云石评与"豪辣"之冯海粟"不可同舌共谈"的卢挚(疏斋),既有"媚妩,如仙女寻春"之"柔",又有"自然笑傲"之"刚",那应是"阴刚"之所属了(刘先生论此有"发感慨""赋丽情"之别,并举张可久、马致远等的曲作证之。此不赘引)。

元代曲家创作实践中有了"气高情烈"的表现,可用"豪辣"给予理论的命名。而当曲发展到明代,明代又回到了汉族的封建专制统治,且以程、朱理学为统治思想,"豪辣"之特色淡薄了。明代曲家主要通过戏曲的创作,推出了另一个新的情感观念,那就是"至情"。

这一观念，是从新的方位对"止乎礼仪"的突破，更与程、朱理学的"存天理，灭人欲"针锋相对。

"至情"一词（或曰"情之至"），首先也见于屠隆为梅鼎祚所作《章台柳玉合记叙》。他谈罢元曲"洸洋自恣"后，继云：

> 传奇之妙，在雅俗并陈，意调双美，有声有色，有情有态，欢则艳骨，悲则销魂，扬则色飞，怖则神夺。极才致则激赏名流，通俗情则娱快妇竖，斯其至乎！

他评梅之剧作，实评其唱词，"其词丽而婉，其调响而俊……"然后说：

> 每至情语出于人口，入于人耳，人快欲狂，人悲欲绝，则至矣，无遗憾矣。

所谓"至情语"，在屠隆的鉴赏体验中，那是极情之所有，尽情之所出，以至使众读者"欲狂""欲绝"。与他同时代的李贽、汤显祖，则就情本身言"至"的态势。李贽的《杂说》评论《拜月》《西厢》与《琵琶》，其中有云："其胸中有如许无状可怪之事，其喉间有如许欲吐而不敢吐之物，其口头又时时有许多欲语又莫可所以告语之处，蓄极积久，势不能遏，一旦见景生情，触目兴叹，夺他人之酒杯，浇自己之垒块，诉心中之不平，感数奇于千载。"这是情动而至极欲发而不可遏的心理态势，那么，此种情发而出之的状态是怎样的呢？——

> 既已喷玉唾珠，昭回云汉，为章于天矣，遂亦自负，发狂大叫，流涕恸哭，不能自止，宁使见者闻者切齿咬牙，欲杀欲割……

他未用"至情"一词，但此种表现非屠隆所述"人快欲狂"的"至情"莫属，与他在《童心说》中所说"天下之至文"相呼应，亦与此文结语所言"此自至理，非干戏论"之"至理"相承接。

汤显祖在著名的《牡丹亭题词》中先言"情之至"，确定他心目中"至情"的标准：

> 情不知所起，一往而深。生者可以死，死可以生。生而

不可与死，死而不可复生者，皆非情之至也。

在他看来，情到极至，无理可言，"人世之事，非人世可尽。自非通人，恒以理相格耳。弟云理之所必无者，安知情之所必有邪！"一般人视为常理绝不可能有的事（如杜丽娘死而复生），在情到极至之境完全可能发生。在《沈氏弋说序》中又重申此论："今昔异时，行于其时者三：理尔，势尔，情尔。……事固有理至而势违，势合而情反，情在而理亡，故自古名世建立，常有精微要眇不可告语人者。……是非者，理也；重轻者，势也；爱恶者，情也。三者无穷，言者无穷。"情既不为"理"所格，也不为"势"所制，他赞其好友达观和尚所说"理无我，而情有我"是"一刀两断语"，更伸之曰："情有者，理必无；理有者，情必无。"（《寄达观》）"一往情深"的"至情"，将产生怎样的社会效应和审美效应？"瞽者欲玩，聋者欲听，哑者欲叹，跛者欲起。无情者可使有情，无声者可使有声。寂可使喧，喧可使寂，饥可使饱，醉可使醒，行可以留，卧可以兴。鄙者欲绝，顽者欲灵。"（《宜黄县戏神清源师庙记》）其效应也达到极致。中国历久的诗学文论所强调的"情理相洽""情理双至""情理设位，文采行乎其中"等说，皆被汤显祖的"情有者，理必无"之说突破了，他也的确在《牡丹亭》创造了一个"理必无"的万古不灭的艺术的"至情"极境！

从人的生理、心理角度，继续对"至情"说，进行深度阐释的是明末张琦。他在《衡曲麈谭》中，首先论及最适宜表达"至情"的"曲之道"：

心之精微，人不可知，灵窍隐深，忽忽欲动，名曰心曲。

曲也者，达其心而为言者也，思致贵于绵渺，辞语贵于迫切。

在他看来，唯有曲这一文体才最能表现人"心曲"之微妙，至于诗、赋文体的"长门之咏""命题杂咏"之类，不过是"触物兴怀而杂景揣摩"，不"在其即事"（《填词训》）。所谓"即事"，就是汤显祖所云"情不知所起，一往而深"。人们常说的"多情"不等于"至情"，他反感于"今之所称多情"，那些自作多情者，实是"匿情而猎名者"；他们的"悲愤、调笑、慰劳、寒暄"皆非真情,"若伶人之搬演,落场即已,掉臂去之,转眼秦越";表现于文学之中,"其为辞也,浮游不衷,必多雕琢虚伪之气,欲自掩饰而不能"。"多情"与"至情"不可同日而语,他认为大凡是血肉之躯的人,"眉宇现乎外,血性注乎内,情缘煎其中",那么,他一涉情感之途,必定"靡心就其维系",绝不可能漠然置之度外。由此,他提出一个截然不同于庄子"至人"(《庄子·田子方》:"得至美而游乎至乐,谓之至人。"彼为心性修养极高之人)的"情至之人"新观念:

> 夫人,情种也;人而无情,不至于人矣,曷望其至人乎?情之为物也,役耳目,易神理,忘晦明,废饥寒,穿九州,越八荒,穿金石,动天地,率百物,生可以生,死可以死,死可以生,生可以死,死又可以不死,生又可以忘生,远远近近,悠悠漾漾,杳弗知其所之。

张琦心目中的"情至之人",与"忘情"而"割河斩筏者"的"不至于人"的所谓"至人",有血肉之躯与抽象浮躯的崭然之别,作为芸芸众生中的"情种","情"是他无处不在、无所不往的生命之力,情动而至极境,"常情"而升为"至情",则有杜丽娘之辈"情种"在!他崇尚"至情","挟一真率有情之侣与俱,不胜其向往也",若此种"至情"有违于世俗、道德,也不能"违心以就世法"。"至情"造就了人间的"情痴",张琦郑重地说:"斯情者,我辈亦能痴焉,但问一腔热血,所当酬者几人耳!"(《情痴寱言》)将"至情"推到做人的极至,新发明"情痴"一语,则是较"至情"更通俗、可为更多的人易于接受的话语。

"至情"说给散曲、戏曲创作以积极的良性的影响,"写情之至,亦极情之变;若出之无意,实亦有意所不能到"。这是晚明祁彪佳《远山堂曲品》为他列为"逸品"的《西楼》写下的评语。"至情"说也影响明代的诗歌创作,"七子"派诗人李梦阳等提出"真诗在民间","性灵"派诗人袁宏道等以"真诗"作为至高的美学诉求,而"真诗"

的情感本体就是"至情""情之至"。袁宏道在那篇陈述"性灵"派理论纲领的《叙小修诗》中说:"大概情至之语,自能感人,是谓真诗,可传也。而或者犹似太露病之。曾不知情随境变,字逐情生,但恐不达,何露之有?"清代的"性灵"诗人袁枚也有类似议论。曲家反过来影响诗人,曲论丰富了诗论,由此可见一斑。

三 "本色"——充实内涵与拓展外延

"本色"一词,原义是本来的颜色,天地万物自然生成的色彩。《文心雕龙·通变》有云:"夫青生于蓝,绛生于蒨,虽逾本色,不能复化。"一种"本色"可以染化出其他颜色,但染变的颜色不能复归本色。《墨子·所染》记述墨翟曾对使雪白的丝入于染缸失去了本色而叹:"染于苍则苍,染于黄则黄。所入者变,其色亦变。五入必,而已则为五色矣。"自刘勰从"变"的角度拈出"本色"一词,诗、词评论中也引入"本色",以宋代二家为例,他们又各有所指。江西诗派陈师道在《后山诗话》中曰:"退之以文为诗,子瞻以诗为词,如教坊雷大使舞,虽极天下之工,要非本色。"此"本色"已非原义,代指诗、词两种文体本来的艺术特色。词本于"赋情"而非"言志",宜婉约而非豪放,可苏东坡却以诗之特色入词,所以失去词的"本色"(李清照《词论》中论述更详,此不赘)。严羽《沧浪诗话·诗辨》云:"大抵禅道惟在妙悟,诗道亦在妙悟。且孟襄阳学力下韩退之远甚,而其诗独出退之之上者,一味妙悟而已。惟悟乃为当行,乃为本色。"此言"本色"乃是严羽心目中盛唐之诗的特色:"盛唐诸人惟在兴趣,羚羊挂角,无迹可求,故其妙处透彻玲珑,不可凑泊。"由"兴趣"而入"妙悟",其妙处又"无迹可求",才是盛唐诗之"本色"。由此两段著名的"本色"论可知,诗、词批评中的"本色"是抽象的,是刘勰所言"本色"的演绎。

元人曲学著作中,出"本色"一词的仅见于胡祗遹的《优伶赵文益诗序》,他谈到因"后世民风机巧,虽郊野山林之人,亦知谈笑,亦解弄舞娱喜",他们也学唱曲演戏,"人知优伶发新巧之笑,极下里之欢,反有同于教坊之本色者"。他所言之"本色",是指民间演唱也臻至官方正式演出机构(教坊)的表演水平。若按"本色"原义演绎,元人曲论中下列话语近似:

  三教所唱,各有所尚:道家唱情,僧家唱性,儒家唱理。
(燕南芝庵《唱论》)

  自关、郑、马、白一新制作,韵共守自然之音,字能通天下之语,字畅语俊,韵促音调。(周德清《中原音韵序》)

  珠玑语唾自然流,金玉词源即便有,玲珑肺腑天生就,风月情忒惯熟……(贾仲明《录鬼簿挽词·关汉卿》)

这些话,从曲之特性、语言音韵、情词表达等方面触及曲的"自然"本色。明初朱权《太和正音谱·新定乐府一十五家》以"怏然有雍熙之治,字句皆无忌惮"两句描写"盛元"之曲的特征,既区别了金朝"华观伟丽,过于佚乐"的"承安体",也有别于南方"清丽华巧,浮而且艳"的"东吴体"。他是以"盛元"(指鼎盛时期的至元、大德年间)体为曲中最本色。

曲论中的"本色"说主要是由明人阐发,上述元人之说,或可认为是他们发挥"本色"论的由头。

李开先在为其友人袁崇冕散曲集而作的《西野春游词序》,首从文体风格言"本色":"词(文中所言"词"皆指曲)与诗,意同而体异。诗宜悠远而有余味,词宜明白而不难知。以词为诗,诗斯劣矣;以诗为词,词斯乖矣。"此即陈师道分辨诗与词之意。曲"肇于金而盛于元,元不戍边,赋税轻而衣食足,衣食足而歌咏作,乐于心而声于口。"元亡之后,明初之曲"尚有金、元风格","乃后分而两之:用本色者,为词人之词,否则为文人之词矣"。则如严羽以盛唐之诗为"本色",李开先以"乐于心而声于口"的元曲为曲之"本色",所言尚无多少新意,但引发了何良俊等曲论家对此作出新的发挥。

何良俊言"本色",主要集中在语言方面,在《四友斋丛说·词曲》

一书中，他首先亦将北曲与南曲进行比较，但又认为北曲中王实甫的《西厢》"全带脂粉"，高则诚的《琵琶》"专弄学问"，皆是"其本色语少"，郑重提出："盖填词须用本色语，方是作家。"因此，他的"本色"语第一个定义是不"带脂粉"，不"弄学问"。对元代四大曲家是否都有完美的"本色语"，他认为马致远"词老健而乏姿媚"，关汉卿"激厉而少蕴藉"，白朴"颇简淡，所欠者俊语"，以郑德辉"为第一"。对"本色语"一连提出六个审美判断——"老健""姿媚""激厉""蕴藉""简淡""俊语"，而郑德辉全备。他评郑的《王粲登楼》第二折之曲："摹写羁怀壮志，语多慷慨，而气亦爽烈。至后〔尧民歌〕、〔十二月〕托物寓意，尤为妙绝，岂作调脂弄粉语者可得窥其堂庑哉！"察其意，《王粲登楼》应是"老健""激厉"又"蕴藉"。他又引出《㑳梅香》《倩女离魂》两剧"情词"分别评曰：

> 郑德辉所作情词，亦自与人不同。如《㑳梅香》头一折〔寄生草〕"不争琴操中单诉你飘零，却不道窗儿外更有个人孤零"，〔六幺序〕"却原来群花弄影将我来唬一惊"，此语何等蕴藉有趣！〔大石调〕〔初开口〕内"又不曾荐枕席，便指望同棺椁，只想夜偷期，不记朝闻道"，〔好观音〕内"上覆你个气咽声丝张京兆，本待要填还你枕剩衾薄"，语不着色相，情意独至，真得词家三昧者也。

> 郑德辉《倩女离魂》〔越调〕〔圣药王〕内："近蓼花，缆钓槎，有折蒲衰草绿兼葭，过水洼，傍浅沙，遥望见烟笼寒水月笼沙，我只见茅舍两三家。"如此等语，清丽流便，语入本色，然殊不秾郁，宜不谐于俗耳也。

明标"蕴藉有趣"之后，所列"不着色相，情意独至""清丽流便"三例，皆可体认为"姿媚"。关于"简淡"，他说"郑词淡而净"，对同时代王实甫作的《西厢》多有"脂粉"语颇不满，认为"浓而芜"。但对王实甫另一名剧《丝竹芙蓉亭》又评价很高："通篇皆本色词，词殊简淡可喜。"又不乏"俊语"。他对"简淡"以其反面对比作了如下阐述:"若既着相,辞复浓艳,则岂画家所谓'浓盐赤酱'者乎?画家以重设色为'浓盐赤酱',若女子施朱傅粉,刻画太过,岂如靓妆素服,天然妙丽者为之胜耶!"正面之意即朴素、自然是"简淡"之美。他引《芙蓉亭》几段唱词,说"此等皆俊语也",从女主角所唱〔混江龙〕"想着我怀儿中受用,怕什么脸儿上抢白"句看,所谓"俊语",就是机智的调侃语,狡黠的调皮话,令读者、观众听了忍俊不禁。他对"俊语"释曰:"夫语关闺阁,已是秾艳,须得以冷言剩句出之,杂以讪笑,方才有趣。"在他的眼中,《琵琶记》缺少"讪语",没有"蒜酪",所以有欠"本色",可见民间风味口语之"蒜酪",是酿造"俊语"亦是"本色语"不可或缺的元素。

继何良俊之后,有明一代著名诗人、画家、戏剧家徐渭论"本色",也从语言着眼,但他更注重"本色语"的情感内涵。在《南词叙录》中先从文体而言:"夫曲子本取于感发人心,歌之使奴童妇女皆喻,乃为得体;经、子之谈,以之为诗且不可,况此等耶?直以才情欠少,未免矮补成篇。""得体",亦"本色"之谓。因此,他批评明人邵灿所作书卷气与"时文"(即八股文)气很重的《香囊记》不得体,"如教坊雷大使舞,要非本色"。在《题昆仑奴杂剧后》,他结合梅鼎祚所作《昆仑奴》的剧情进一步说:

　　语入要紧处,不可着一毫脂粉,越俗越家常,越警醒,此才是好水碓,不杂一毫糠衣,真本色。

　　凡语入要紧处,略着文采,自谓动人,不知减却多少悲欢,此是本色不足者,乃有此病。……越俗,越雅;越淡薄,越滋味;越不扭捏动人,越自动人。(《题昆仑奴杂剧后》)

不"着脂粉",不"弄学问",不刻求"文采",他同于何良俊;但他更强调情的本色,由此提出不避"俗",俗语、家常语,也是表现真感情的"本色语"。这个观点,后来得到徐复祚、凌濛初等人的响应,徐评《香囊记》"以诗语作曲,处处如烟花风柳。……丽语藻句,刺眼夺魄。然愈藻丽,愈远本色"(《三家村老委谈》)。凌濛初则说:

"曲始于胡元，大略贵当行不贵藻丽。其当行者曰'本色'，盖自有一番材料，其修饰词章，填塞学问，了无干涉也。"他批评明人那些"剿袭靡词……启口即是，千篇一律，甚者使僻事、绘隐语、词须累诠、意如商谜"的曲作："不惟曲家一种本色语抹尽无余，即人间一种真情话，埋没不露已。"（《谭曲杂札》）他将"本色语"等同于"真情话"，这对发明"本色"有重大的意义。

明代曲家讨论"本色""当行"，其观念的直接源头是严羽的《沧浪诗话》，王骥德已指出这一点："当行本色之说，非始于元，亦非始于曲，盖本宋严沧浪之说诗。"（《曲律·杂论》）但经过百年的讨论，各家的概念还很不一致，尤其是常将"当行""本色"混为一谈。鉴于此，与凌濛初同庚仅活到38岁的青年曲论家吕天成，在其大著《曲品》卷上《新传奇品》之小序中，有擘肌析理之论：

> 博观传奇，近时为盛。大江左右，骚雅沸腾；吴浙之间，风流掩映。第"当行"之手不多遇，"本色"之义未讲明。"当行"兼论作法，"本色"只指填词。"当行"不在组织饾饤学问，此中自有关节局段，一毫增损不得；若组织，正以蠹"当行"。"本色"不在摹剿家常语言，此中别有机神情趣，一毫妆点不来；若摹剿，正以蚀"本色"。今人不能融会此旨，传奇之派，遂判为二：一则工藻缋以拟"当行"，一则以袭朴淡以充"本色"。甲鄙乙为寡文，此嗤彼为丧质。而不知果属当行，则句调必多本色矣；果具本色，则境态必是当行矣。

他将"当行"与"本色"界定为因果关系。"当行"，即作家把握这一文体的当家本领，是内行里手。作传奇不是作文、作诗，无须"弄学问"，有了曲家真正的本领，则填词须"本色"不在话下，那是"当行"的应有之义。"本色"，他不反对"家常语""朴淡"等说，反对的是"摹剿"，即生硬地摹拟抄袭，用以妆点"本色"。若是行家里手，他的"本色"语自有"机神情趣"（沟通徐渭关于有情感内涵的"本色"说）。因此，"当行"是"本色"之体、之因，"本色"是"当行"之用、之果，二者关系始终是密切不可分割。判断一位作家是否"当行",不能仅凭语言是否"朴淡"有无"家常语",其语有"机神情趣",方显示"当行"者的"本色"。

吕天成将"当行"与"本色"一体而论,将作家的思想与艺术素质、情感特色、语言表达能力等综合而观,这实与明代的诗论相呼应。明代"后七子"之一的王世贞论诗有句很重要的话:"盖有真我而后有真诗。"(《邹黄州鹡鸰集序》)强调了"真"(即"本色")与诗人主体的归属关系。"性灵"诗人袁宏道更说,只要是诗人"性灵"所至,"情与境会,顷刻千言,如水东注,令人夺魄,其间亦有佳处,亦有疵处,佳处自不必言,即疵处亦多本色独造语。然予则极喜其疵处;而所谓佳者,尚不能以粉饰蹈袭为恨,以为未能尽脱近代文人气习故也。"(《叙小修诗》)他激赏"本色独造语",实是重其"本色"的情感内涵。他将曲论家关于"本色语"的创造与论述,吸收到他的诗歌创作与理论批评中来,成为明代颇具叛逆性的"性灵"诗论。值得特别一提的是,"本色"论对"五四"以后的新诗运动也有启迪意义,开拓者之一的郭沫若有句名言"旧诗靠打扮,新诗靠本色",说的是新诗(初期称"白话诗")突破了旧体诗词的"雅言""格律"等陈规后,在表达情感与运用语言方面更需具有自由的现代人"本色"。以创作"自由体"新诗而著名的艾青,力倡"诗的散文美"和"鲜活的口语"入诗,在《诗论》《诗人论》等理论著述中,不断张扬他的"本色"论,影响及整个新诗界,惜在此不能多言。

原出于诗、词评论但一语带过的"本色"概念,竟在曲论中得到如此热烈的回应,对其内涵与外延,多方位地充实与拓展,尽现其诗美的辉光,不能不说这是曲论对于诗学又一贡献。

四 "俗而不俗"——"雅、俗之辨"新论

明代著名曲论家王骥德在《曲论·杂论》有云:

晋人言"丝不如竹,竹不如肉",以为渐近自然。吾谓

> 诗不如词,词不如曲,故是渐近人情。夫诗之限于律与绝也,即不尽于意,欲为一字之益,不可得也。词之限于调也,即不尽于吻,欲为一语之益,不可得也。若曲,则调可累用,字可衬增,诗与词不得以谐语方言入,而曲则惟吾意之欲至,口之欲宣,纵横出入,无之而无不可也。故吾谓快人情者,要毋过于曲也。

这段话谈的是曲的语言问题,指出曲这一新的诗歌文体在用字、用句、可用方言俗语三方面与诗词不同的特点。清代黄周星在《制曲枝语》中也有类似的论述,他更言曰"三易":"可用衬字衬语,一也;一折之中,韵可重押,二也;方言俚语,皆可驱使,三也。是三者,皆诗文所无,而曲所有也。"他也讲了"三难":"叶律一也,合调二也,字句天然三也。"从"套数""小令"的整体性而言,由于对音乐的依附性太强,不懂点音乐的人似乎难以填词为曲,但除"叶律""合调"的规矩之外,言语方式有了更多的灵活性,诚如刘永济先生所说:"在从极严密之矩矱中,寓极自由之杼柚。"(《元人散曲选·序论》)单从曲的语言形态而观,综合王、黄二家所列,实际上已有增字、益句、用韵灵活、可用谐俗俚语四大自由,其实,"字句天然"较之于雕章琢句也是一大自由;"方言俚语皆可驱使"与"字句天然"相结合,更显自由的美,对规范严格的诗词语言来说,也是一大突破。或者说另辟一途。

"子所雅言,《诗》、《书》、执礼,皆雅言也。"(《论语·述而》)诗为"雅言",是孔子时代就立下了的一条诗歌语言审美标准。"不学《诗》,无以言",孔子要求儿子学好雅化的政治、生活言语用于朝廷和外交场合。"雅言"(一说"雅言"是周朝国都通行的语言,如今天以北京语为基础的"普通话")是经过了人为文饰的语言,因此可与"文言"并称,《周易》"十翼"之一的《文言》,被后人称为"千古文言之祖"(阮元《文言说》)。中国传统的书面语言皆是文言,与人们日常生活中的方言、白话、俗语有一条难以逾越的界线。古代诗文理论中虽然早有"雅俗共赏"的命题，但只从读者接受即"赏"的角度而用。从创作角度，在诗、词这样的高级文学样式、语言艺术中，"避俗"已成为严格的律条，若写俗人、俗事、俗情，皆有所不屑。唐代王梵志的诗有意为此，虽然为百姓众庶所赏，但终不能登大雅之堂。

"谐语方言""俚语"，属于"俗"语，清人徐大椿更以"直""俚""显"立为"元曲家门"，并且他将此三者视为曲之文体所必需，颇理直气壮地说："若其体则全与诗词各别，取直而不取曲，取俚而不取文，取显而不取隐，盖此乃述古人之言语，使愚夫愚妇共见共闻，非文人学士自吟自咏之作也。若必铺叙故事，点染词华，何不竟作诗文，而立此体耶？"有"雅""文"高标于前，曲之"俗"如何能与之并存？这是自元及此后曲作家与曲论家面临的两难问题。

元代中晚期出现的《中原音韵》，周德清在该书《作词十法·二·造语》有云：

造语必俊，用字必熟，太文则迂，不文则俗。文而不文，俗而不俗，要耸观，又要耸听。

由于传统积习之故，言"俗"似乎还在躲躲闪闪，何谓"不文"，又何谓"不俗"，让我们读一点元代散曲或可领会一二。请看早期散曲作家商正叔所作套数《〔双调〕新水令》中两曲：

〔乔牌儿〕自从他去了，无一日不惦道。眼皮儿不住了梭梭跳，料应他作念着。

〔太平令〕骂你个短命薄情才料，小可的无福怎生难消。想着咱月下星前期约，受了些无打算凄凉烦恼。我啊，你想着，记着，梦着，又被这雨打纱窗惊觉。

完全是一个女子的寻常话语，可谓"不文"。至于杜仁杰的名作《〔般涉调〕耍孩儿·庄家不识构栏》，更是写俗人俗事，俗语一通到底，其〔尾〕竟有"则被一泡尿，爆的我没奈何"这样极直而显的鄙俗之语。即使像关汉卿这样的大作家，他抒写自己情事的《〔南吕〕一枝花·不伏老》，也是"谐语"连篇；马致远的套数《借马》、睢景臣的套数《高祖还乡》，无不是俗话、俚语合成……当我们仔细地深入地揣摩这些作品的意味，商正叔描写女子情深情热，杜仁杰逼真表现庄稼人之本相，关汉卿抒写不得志而放荡情怀，马致远揭示某种世俗人情，睢景臣借农夫之口鄙视权贵，皆是言近旨远、语浅情真，全合诗文表达的内在要求，皆可称"绝妙文章"！原来，周德清所谓"文而不文"，前一个"文"指曲的整体语境而言，整体语境合于"文章"达意表情的要求。孔子云"言之不文，行而不远"，既"耸观"，又"耸听"，当然可以"行而远"了。"俗而不俗"，前一个"俗"是指所用俚言俗语，造成了两"耸"的审美效果，待到形成了"文"的整体语境，自然也就"不俗"了。惜周德清当时还含糊其词，直到晚清的刘熙载，终于道破此中天机：

<blockquote>
《魏书·胡叟传》云："即善为典雅之词，又工为鄙俗之句。"余变换其义以论曲，以为其妙在借俗写雅，面子疑于放倒，骨子弥复认真。虽半庄半谐，不皆典要，何必非《庄子》所谓"直寄焉，以为不知己者诟厉"耶？
</blockquote>

他似乎找到了历史的依据，但胡叟所云是雅言与俗语之间的平行关系，而非"鄙俗之句"进入整体语境，刘氏已见此因而"变换其义"。"借俗写雅"正是以"俗"成"文"，"面子"是俗语层面，"骨子"即是深含意味的"文"而"雅"的整体语境。用俗语"直寄"又何妨？只要是妙文章，不一定要曲折致意，不惧因不像一本正经的"经典"文章而遭人诟骂。

明代曲论家虽然尚未道破此中秘妙，但他们中的多数，以深厚的文学素养，敏锐的审美目光，觉察到"俗"在曲的创作中有"另类"的美感作用。李开先评乔吉甫的小令说：

<blockquote>
句句用俗，而不失其文。自谓可与之传神……（《乔梦符小令序》）
</blockquote>

何良俊评郑德辉《㑇梅香》中"满口里之乎者也没拦挡，都喷在那生脸上，吓的那有情人恨无个地缝藏"等曲语后说：

止是寻常说话，略带讪语，然中间意趣无穷，此便是作家也。(《四友斋丛说》)

前已见徐渭评《昆仑奴》"越俗，越真"等说，在《南词叙录》中评高则诚《琵琶记》几支"从人心中流出"的曲子，又说：

　　严沧浪言"水中之月，空中之影"，最不可到，如《十八答》，句句是常言俗语，扭作曲子，点铁成金，信是妙手。

他们都直觉地感悟了"俗""讪""谐"等话语向整体语境美的转化，"传神""意趣无穷""点铁成金"，是之谓也！

"文而不文，俗而不俗"，最早在元代散曲中得以生成，随后进入杂剧，而在杂剧中更显其非常的重要性，因为杂剧中有各种各样的人物，剧作者要模拟各有特定身份的人物，其中不乏"俗人"，都要为他们"代言"，徐大椿说："如演朝廷文墨之辈，则词语仍不妨稍近藻绘，乃不失口气；若演街巷村野之事，则铺述竟作方言可也。总之，因人而施，口吻极似，正所谓本色之至也。"但剧作家毕竟是文人学士，他如何把握"俗而不俗"的分寸，使读者在"不文"中见"文"，也确是煞费苦心的事。臧懋循是精通元曲的专家，研读大量的作品后，深感曲之创作有"三难"，除"音律谐叶之难"，其两"难"皆与雅、俗关系处理相关：

　　曲本词而不尽取材焉，如《六经》语，子史语，二藏语，稗官野乘语，无所不供其采摭；而要归断章取义，雅俗兼收，串合无痕，乃悦人耳，此则情词稳称之难。宇内贵贱妍媸幽明离合之故，奚啻千百其状，而填词者必须入习其方言，事肖其本色，境无旁溢，语无外假，此则关目紧凑之难。(《元曲选序二》)

他所郑重提出的，正是"稗官野乘"之"情词"如何与整体语境——"关目"(全剧的结构铺排)协调，使之成为完整的艺术品。文学的艺术是语言的艺术，用方言也好，用俗语也好，都是指向美的创造，这就需要确定一个"殊途"可以"同归"于美的指标，这一指标在作家

心目中就是雅与俗可以沟通的明确的审美观念。这个观念,实由李开先的"传神"、何良俊的"意趣无穷",而后由汤显祖统合起来:

> 凡文以意、趣、神、色为主。四者到时,或有丽词、俊音可用,尔时能一一顾九宫四声否?(《答吕姜山》)

此四者融合之美,即从"俗"来说,来自现实生活的鲜活口语,庶几全备,较之经过人工修饰的"雅言",或许更胜一筹,这可在前举商、杜、马、睢几首散曲中充分领略。当然,以"俗语"入曲,作家也有一个选择、提炼、锻造的过程。如何经历这一过程而臻至"意趣风神"之美境?王骥德在《曲律》首出十"宜"、十"不宜"说:

> 宜婉曲不宜直致,宜藻艳不宜枯瘁,宜溜亮不宜艰涩,宜轻俊不宜重滞,宜新采不宜陈腐,宜摆脱不宜堆垛,宜温雅不宜激烈,宜细腻不宜粗率,宜芳润不宜嘁杀;又总之,宜自然不宜生造,意常则造语贵新,语常则倒换须奇。他人所道,我则引避;他人用拙,我独用巧。

这段一气呵成的话,反映了明代散曲与戏曲创作走向雅化的趋势,如"不宜直致""不宜激烈"等实已偏离元曲的审美情趣,与他前说"惟吾意之欲至,口之欲宣,纵横出入无之而无不可"的"快人情"之论,也有矛盾,但"溜亮""新采""摆脱""自然"四者有普遍的意义,是雅俗可共的审美标尺。有趣的是,标举"情痴"说的张琦,亦提出六"不贵"、六"贵":

> 不贵摭实而贵流丽,不贵尖酸而贵博雅,不贵剽袭而贵冶创,不贵熟烂而贵新生,不贵文饰而贵真率肖吻,不贵平敷而贵选句走险。(《衡曲麈谭·填词训》)

与王氏之说比较一下,张琦的六"贵"的确更贴近曲的语言炼造,皆是从他所强调的"其情真"而出。他自己也满有信心地说:"有作者起,必首肯吾言矣。"但他所言,我以为不如徐大椿所言爽快:"直必有至味,俚必有实情,显必有深义。随听者之智愚高下,而各与其所能知,斯为至境。"张琦之后,李渔从戏曲创作与鉴赏接受的角度,又对"新""真"

以及"机趣""显浅"等加以发挥,其言"贵显浅",纯粹从接受角度提出两条衡量标准:一是"有令人费解;或初阅后不见其佳,深思而后得其所在者,便非绝妙好词"。凡显浅而通俗,听众、读者喜闻易懂者,才有元曲风味;二是"绝无一毫书本气",作者心要深口要浅,"以其深而出之以浅,非借浅以文其不深",凡"心口皆深者",人人必不欲观听而去之。

综览中国文学史和理论批评史,"雅"与"俗"关系的论辩,从未有如曲学界进行的长时间广泛而深入的讨论。王骥德说:"雅俗浅深之辨,介在微茫。"虽然讨论中各家见解有明有昧,集焦点各有所不同(关于散曲中的套数与戏曲唱词"用俗",各家观点基本一致,于小令则有异议。王氏本人就说"作小令与五七言绝句同法,要蕴藉,要无衬字,要言简而趣味无穷。昔人谓五言律诗如四十个贤人,著一个屠沽不得。小令亦须字字看得精细,著一戾句不得,著一草率字不得"),但对于经过艺术处理的"俗"也有不让于"雅"的审美意义和价值,自此得到了多数论家和作家的肯定;进而对"俗"的美感特征与态势,有明确的体认和把握,甚至可说是空前的发现,这对于中国古典美学,也是一个重要的补充。

曲学界"雅俗之辨",反过来又影响到诗学领域,晚明诗论家陆时雍在《诗镜总论》中谈到诗要"避俗",先说"诗有灵襟,斯无俗趣矣;有慧口,斯无俗韵矣"。这当然是强调"文"与"雅"。接着又说:"乃知天下无俗事,无俗情,但有俗肠与俗口耳。古歌《子夜》等诗,俚情亵语,村童之所赧言,而诗人道之,极韵极趣。"大凡"俗"之情、事、言,经过有"灵襟"的诗人艺术处理,可转化为"都雅""极美",岂不正是周德清所说的"俗而不俗"!他一气列出作诗"易俗"十九条,其中"虚而无物""芜而不理""卑而不扬""高而不实""局而不舒""质而无色""文而过饰""故而不变""典而好用""巧而过斫""媚而逢世"等"易俗"病症的揭示,对于如何协调雅、俗关系,是很好的鉴戒,也似乎受了曲学界"雅俗之辨"的启示。清代"性灵"派诗人袁枚所谓"语虽俚,闻者动人"的诗"人称为天籁","口头语,说得出便是天籁","家常语入诗最妙"等说,亦是承"文而不文"而换言为"不文"而"文"。"雅言""俗语"并举而论,中国诗学的语言理论于是乎更加丰富,更为全面。

五 "真诗在民间"——民歌理论的发生

兴起于金、元的散曲,是在北方民间歌曲的基础上产生的,其曲牌名,绝大多数保留了原来的民间风味,如《人月圆》《干荷叶》《耍孩儿》《一半儿》《一枝花》《快活年》《喜春来》等等。或许是金、元曲家所作散曲也保留了直、俚、俗的民间特点,套数多用于杂剧,更有演剧艺人在民间传播之功,经过百年之久,使下层百姓耳熟能详,于是沿腔自唱,演化为新一轮民歌热。明代中叶以后,出现了民歌空前繁荣的景观,引起当时文坛人物骇然注目。首先见于正德、嘉靖年间文坛领袖李梦阳所作的《诗集自序》。李梦阳的信息来源是一位民间人士——曹县王叔武。王叔武大概是读过李氏及他门下弟子模拟古人"格调"的诗作,极不满意,认为"文人学子,顾往往为韵言,谓之诗"。因而发高论曰:

> 夫诗者,天地自然之音也。今徒号而巷讴,劳呻而康吟,一唱而群和者,其真也,斯之谓风也。孔子曰:"礼失而求之野。"今真诗乃在民间。

王叔武很直率地指出,在台阁体、格调派风行的当时,文人无真诗,真诗在民间,也就是当时已勃兴的民间诗歌。当时民间流行什么样的"真诗"呢?元亡百年之后,还在流行"金、元之乐"!李梦阳对此不以为然:"予尝聆民间音矣,其曲胡,其思淫,其声哀,其调靡靡,是金、元之乐也,奚其真?"王叔阳回答说,所谓"真","音之发而情之原也",《诗经》十五国风,不也是在不同的地区发出的吗,皆是"即其俗成声"。当今时代南北国土,曾经历过金、元"胡人"长期统治,年长月久,岂有不受金、元歌曲影响?所谓"真",指的是当今民间歌者的感情真，真诗发自真感情，"非雅俗之辨也"；你听民歌，虽是金、元之"谱"，但听其"声"，"不有卒然而谣,勃然而讴者乎"？你感动至极，"莫之所从来，而长短疾徐无弗谐焉，斯谁使之也"？答案只有一个，"音之发而情之原"者皆是"真诗"。

自王叔武首发，民歌之发达引起了更多文人的关注。沈德符在《顾曲杂言·时尚小令》，一章，将元人散曲在明代民间的影响说得更具体：

> 元人小令行于燕、赵后，浸淫日盛。自宣（德）、正（统）至（成）化、（弘）治后，中原又流行《锁南枝》《傍妆台》《山坡羊》之属。……自兹以后，又有《耍孩儿》《驻云飞》《醉太平》诸曲，然不如三曲之盛。嘉（靖）、隆（庆）间乃与《闹五更》《寄生草》《罗江怨》《哭皇天》《干荷叶》《粉红莲》《桐城歌》《银绞丝》之属，自两淮之江南，渐与词曲相远，不过写淫亵情态，略具抑扬而已。……

这段文字中所提到的曲名，不少在金、元散曲中就已反复出现：《山坡羊》，张养浩写过《潼关怀古》等名作；《耍孩儿》，是杜仁杰套曲《庄家不识构栏》的头个曲牌，马致远亦以此为《借马》套曲之名；《醉太平》，"堂堂大元，奸佞专权"即此曲牌；《干荷叶》，元初刘秉忠以"干荷叶"为首句，作小令多首；《寄生草》，也有元代范康写"酒""色""财""气"四首广为流传（《尧山堂外纪》误为白朴作）等等。嘉靖时距元亡已两百多年，而《寄生草》《干荷叶》等曲名还在沿用，可见"元人小令"影响之久远。

随着时间推移，前代流传下来的曲牌自然要赋予新的内容，"渐与词曲相远"是必然的事，而更重要的作用是引发了新的民歌问世。沈德符又说："比年以来，又有《打枣干》《挂枝儿》二曲，其腔调约略相似，则不问南北，不问男女，不问老幼良贱，人人习之，亦人人喜听，以至刊布成帙，举世传诵，沁人心腑。其谱不知从何来，真可骇叹！"此二曲可说地道的明代民歌。他提到的《挂枝儿》，盛行于吴地，即今江、浙一带，由冯梦龙"刊布成帙"，即《童痴一弄·挂枝儿》。该书收抒写男女爱情生活与社会生活状况的民歌435首，分为10卷，其中《泥人》一首，即是已流行百年以上的《锁南枝》"傻俊哥"的民间版，回溯追踪一下，可证实元人小令对民歌的影响和在民间的几度转化。

《锁南枝》据说是元代著名画家赵孟頫夫人管道昇所作，据《尧山堂外纪》卷七十记载："赵松雪欲置妾，以小词调管夫人云：'我为学士，你做夫人，岂不闻陶学士有桃叶桃根，苏学士有朝云暮云？我便多娶几个吴姬越女何过分？你年纪已过四旬，只管占住玉堂春'。管夫人答云：'你侬我侬，忒煞情多，情多处，热似火。把一块泥，捻一个你，塑一个我。将咱两个，一齐打破，用水调和。再捻一个你，再塑一个我。我泥中有你，你泥中有我。与你生同一个衾，死同一个椁。'松雪得词大笑而止。"（转引自《明散曲纪事·无名氏》）管夫人所作显然是一首小令，有元曲"豪辣"之味。这首小令流传到明代，开始向民歌转化，李梦阳闻得此曲，对"自旁郡至汴省"来向他学诗的学子说："若以得传唱《锁南枝》，则诗文无以加矣！"据李开先《词谑·论时调》记载，当时流传的民间版本是："傻酸角，我的哥，和块黄泥儿捏咱两个。捏一个儿你，捏一个儿我。捏来一个似活托，捏的来同床上歇卧。将泥人儿摔碎，着水儿重和过，再捏一个你，再捏一个我——哥哥身上也有妹妹，妹妹身上也有哥哥。"对比一下，民间版本增加了调侃的语气，直称哥哥妹妹，显得更亲热，语言也更生动、通俗。待到冯梦龙采入《挂枝儿》一书时，则是南方吴地流行的民间版，题曰《泥人》："泥人儿，好一似咱两个。捻一个你，塑一个我。看两下里如何？将他揉和了重新做，重捻一个你，重塑一个我，我身上有你也，你身上有了我。"冯梦龙评曰："此赵承旨赠管夫人语，增添数字，便成绝调。赵云：'我泥里有你，你泥里有我。'此改'身上'二字，可谓青出于蓝矣！"冯氏点出了民歌"青出于蓝"之处，可见民间集体的智慧更胜文士才女个人创作一筹（他将原作说是赵孟頫，是否另有所据，今不可考）。通过《锁南枝》流传这一个案，元人小令"浸淫日盛"推动了明代民歌的繁荣，似乎无可怀疑。

散曲从民间来，又到民间直接推动民歌的发展，这是它对中国诗歌发展一个意外的贡献。据陈宏绪《寒夜录》引明代曲论卓人月语，谓"我明诗让唐，词让宋，曲让元，庶几《吴歌》《挂枝儿》之类，为我明代一绝耳"。与此相伴随，既偶然又必然的是，民歌发达导致了民歌理论的出现。

在漫长的诗歌发展历史上，民歌出现最早，《诗经》里的国风本来就是民歌，但后人对风诗的论述，将其纳入儒家诗教；沿此而下，后来有关乐府诗的论述，或褒或贬，也被纳入正统的诗学。明代破天荒出现了将民歌与文人学子之诗崭然划界的民歌理论，始作俑者，还是那个"曹县王叔武"，李梦阳《诗集自序》中又郑重地记录了"王子曰"：

> 诗有六义，比兴要焉。夫文人学子，比兴寡而直率多，何也？出于情寡而工于词多也。夫途巷蠢蠢之夫，固无文也。乃其讴也，咢也，呻也，吟也，行呫而坐歌，食咄而寤嗟，此唱而彼和，无不有比焉兴焉，无非其情焉，斯足以观义矣。
>
> 故曰：诗者，天地自然之音也！

王叔武认为民歌生命力的表现是"比兴"，其生命的本质是"情"，情真且发而自然（不求工于辞），因此民歌就是"天地自然之音"。这是三千年来诗学原理中一个颠扑不破的结论，是诗歌美学最高的升华。中国历代诗人追求诗的自然美的大有人在，但他们的创作大抵越不出"人文"范围，而"声之发而情之原"的民歌，实为"天文"，换句话说，前者是"人籁"，后者是"天籁"。"天籁"即是"真诗"。王叔武说："夫孟子谓《诗》亡然后《春秋》作者，雅也。而风者遂弃而不采，不列之乐官，悲夫！"在他看来，"天籁"被弃置久了，"天地自然之音"没了，"韵言"取代了"真诗"，这是历史的悲哀。他对李杜歌行、六朝诗、晋魏诗以及赋、骚等"人文"创造，皆有所不以为然。如此一概否定可能过激，但关于"真诗"的观念，却很快被文人学子普遍接受，此后成为李开先、冯梦龙等民歌理论之关键词。

李开先是继王叔武后关注民歌的著名文人，有《市井艳词序》《市井艳词又序》《词谑·论时调》等关于民歌的专论。前《序》重点在为民歌的"淫艳亵狎"辩护，发语即曰："忧而词哀，乐而词亵，此今古同情也。"认为"词亵"并不是民歌的缺点，不过是"伤也""悦也"的真情表现。他评当时流传的《山坡羊》《锁南枝》曰：

> 二词哗于市井，虽儿女子初学言者，亦知歌之。但淫艳亵狎，不堪入耳，其声则然矣。语意则直出肺肝，不加雕刻，俱男女相与之情，虽君臣友朋，亦多有托此者，以其情尤足感人也。故风出谣口，真诗只在民间。《三百篇》太半采风者归奏，予谓今古同情者此也。

他肯定民歌，不在于其"亵狎"之曲调，而在于其"语意"，"语意"即歌词，才是其"情"的真正载体，因而反对因音调淫艳而废弃"直出肺肝"的歌词。《三百篇》中的"郑声"不也被人们斥为"淫"吗？孔子说过"放郑声"，但并未将郑、卫之诗删去，还置于风诗之列，"放郑声，非放郑诗也，是词可作一时之谑笑"。很显然，李开先高度评价市井艳词，聚焦于可凭文字呈现的"真诗"的价值。在后来写的《又序》中又说："至于《市井艳词》，鄙俚甚矣，而予安之，远近传之。米南宫尝谓东坡：'世皆以某为狂，请质之。'东坡笑曰：'吾从众。'予之狂于词，其亦从众者欤……"综两"序"而观，李开先关于如何对待、评价民歌实际解决了两个问题：一是将音声曲调与歌词区别开来，其声"可放"而其"真诗"可传；二是不以孤傲清高的文人姿态对待民歌，"从众"即从民众，以大众所好而好之，如此才能坦然地接受、亲切地感受民歌。前者是评价民歌的方法问题，后者是对待民歌的态度问题。

冯梦龙是明代的民间文学大家，戏曲、小说、时调、笑话等皆在他搜集、整理、编辑、研究之列，对于民歌的贡献尤大，编辑出版了《挂枝儿》《山歌》《夹竹桃》《黄莺儿》（尚有《广挂枝儿》未刻），他的《序山歌》，文字不多，可视为民歌理论的纲领性文献：

书契以来，代有歌谣。太史所陈，并称风雅，尚矣。自楚骚唐律，争妍竞畅，而民间性情之响，遂不得列于诗坛，于是别之曰山歌，言田夫野竖矢口寄兴之所为，荐绅学士家不道也。唯诗坛不列，荐绅学士不道，而歌之权愈轻，歌者之心亦愈浅，今所盛行者，皆私情谱耳。虽然，桑间濮上，《国风》刺之，尼父录焉，以是为情真而不可废也。山歌虽俚甚矣，独非《郑》《卫》之遗欤？且今虽季世，而但有假诗文，无假山歌，则以山歌不与诗文争名，故不屑假。苟其不屑假，而吾藉以存真，不亦可乎？抑今人想见上古之陈于太史者如彼，而近代之留于民间者如此，倘亦论世之林云尔。若夫借男女之真情，发名教之伪药，其功于《挂枝儿》等，故录《挂枝词》而次及《山歌》。

　　这篇不到三百字的短文，列出了民歌基础理论四个大项：（一）民歌为诗之祖：民歌的历史比诗更悠久，有文字以来就有歌谣。后世的文人学子们因诗忘祖，使民歌从强势转变为弱势。（二）民歌历史的传承：民歌的生命力顽强，虽受到"楚骚唐律"的压抑"不得列于诗坛"，但它"别之曰山歌"，一直活跃在"田夫野竖"之口；因其"情真而不可废"，孔子不删郑卫之诗，后世民歌实为郑卫之诗一脉之传。（三）民歌的价值品位："有假诗文，无假山歌"，"山歌不与诗歌争名"，民歌的天然品质高于诗。（四）民歌的社会功能："借男女之真情"，揭露封建礼教的虚伪，使"名教之伪药"相形见其恶与丑。最后一项，在理论方面绝对是发前人所未发，将民歌的功能效应，竟提升到批判中国几千年政治、伦理、道德"名教"的高度，岂不令封建卫道士们瞠目结舌！冯梦龙所处的时代，正值明代文学思想解放的高潮期，有李贽、汤显祖等先行，有倡"性灵派"之袁宏道、江进之等与之同道，他们皆痛恨当时的社会文坛"以假人言假言，而事假事，文假文"乃至"满场是假"（李贽语），因此他不无激愤道出了这振聋发聩的"真心话"，也是他那个时代历史的警示！第三项所云"假诗文"，倒是在他前后已有诗人自省,李梦阳率先深感自惭:"予之诗,非真也。王子所谓文人学士韵言耳。"那位文坛执牛耳的老诗人,不得不拜服于"天地自然之音"。袁宏道在《叙小修诗》中也说:"吾谓今之诗文不传矣,其万一传者,或闾阎妇人孺子所唱《擘破玉》《打草竿》之类,犹是无闻无识真人所作,故多真声,不效颦于汉魏,不学步于盛唐,任性而发,尚能通于人之喜怒哀乐嗜好情欲,是可喜也。"在《陶孝若枕中呓引》中又说:"……要以情真而语直,故劳人思妇有时愈于学士大夫,而呻吟之所得,往往快于平时。"可以这样说,王叔武一句"真诗在民间",使明代很多著名诗人都"怃然"而失去了自信,"假诗文"之斥令他们诚惶诚恐。

明代论述民歌的诗人、作家之多,为以往任何朝代所无,而这些论者如李开先、沈德符等又多是曲论专家(王骥德、凌濛初等也论及民歌,此未一一论及),将曲论与民歌论对读即可发现,后者多有与前者相承迹象。王叔武所云"真诗",实由曲论所谓"尖新茜意""豪辣灏烂""韵共守自然之音"以及"本色"等等而来;冯梦龙在《挂枝儿》一书写了若干评语,如评一首《调情》歌:"语云'色胆大如天',非也,真是'情胆大如天'耳。天下事尽胆也,胆尽情也。"岂不也是"豪辣"之谓?又评《真心歌》曰:"真心何必说,说真心未必真也。定要说句真心话,果痴心矣。又曰:痴心便是真心。不真不痴,不痴不真。"显然与张琦《衡曲麈谭》所提出的"情痴语言"说相呼应。其他如"亦真,以上二篇,毫无奇思,然宛然如口语,却是天地自然之文,何必胭脂涂牡丹也"(评《调情》后二首)、"最浅最俚,亦最真"(评《送别》)等等,亦似曲论言说语气。综合以上所述:正如民歌受元人小令"浸淫日盛"的影响而发生、繁荣一样,民歌理论也是受曲论的启迪而激发,从曲论延伸而后独辟一域。

中国古代诗学,因诗论、词论、曲论、民歌论皆备而浑然一体,日趋完整且完善!

主要引用书目和参考书目

《马克思恩格斯选集》(第一卷),人民出版社1976年版。
《二十五史》,上海古籍出版社、上海书店1986年版。
《十三经注疏》,中华书局1980年版。
《诸子集成》,中华书局1954年版。
《周易正义》,孔颖达撰,《十三经注疏》本。
《尚书正义》,孔颖达撰,《十三经注疏》本。
《古诗源》,沈德潜选,中华书局1963年版。
《毛诗正义》,孔颖达撰,《十三经注疏》本。
《诗集传》,朱熹撰,广益书局校印本。
《四书集注》,朱熹撰,广益书局校印本。
《春秋左传注》,杨伯峻编著,中华书局1990年版。
《老子释义》,卢育三著,天津古籍出版社1987年版。
《庄子浅注》,曹础基著,中华书局1982年版。
《周礼》,郑玄注,贾公彦疏,《十三经注疏》本。
《楚辞章句》,王逸撰,《四库全书》本。
《楚辞选》,马茂元选注,人民文学出版社1980年版。
《宋玉辞赋今读》,袁梅译注,齐鲁书社1986年版。
《荀子》,荀况著,《四库全书》本。

《礼记集说》，陈澔注，上海古籍出版社1987年版。
《乐记》，《四部备要》本。
《韩诗外传集释》，韩婴撰，许维遹校释，中华书局1980年版。
《新语》，陆贾著，《诸子集成》本。
《新书》，贾谊著，《诸子集成》本。
《春秋繁露》，董仲舒著，中华书局1975年版。
《史记》，司马迁著，中华书局1989年版。
《汉书》，班固著，《二十五史》本。
《后汉书》，范晔著，《二十五史》本。
《淮南子》，刘安等著，上海古籍出版社《诸子百家丛书》本。
《扬子法言》，扬雄著，《四部丛刊》影宋本。
《文选》，萧统编著，中华书局1977年版。
《全上古三代秦汉三国六朝文》，中华书局影印严可均校辑本。
《陆机集》，陆机著，中华书局1982年版。
《抱朴子·外篇》，葛洪著，《诸子集成》本。
《宋书》，沈约著，《二十五史》本。
《南齐书》，萧子显著，《二十五史》本。
《世说新语》，刘义庆著，上海古籍出版社1982年版。
《文心雕龙》，刘勰著，人民文学出版社范文澜注本。
《诗品》，钟嵘著，人民文学出版社陈延杰注本。
《梁书》，姚思廉著，《二十五史》本。
《金楼子》，萧绎著，浙江人民出版社《百子全书》第六册。
《梁简文帝集》，萧纲著，《汉魏六朝百三名家集》，光绪十八年刻本。
《玉台新咏》，徐陵编选，成都古籍书店影印本。
《隋书》，魏徵等著，《二十五史》本。
《文中子中说》，王通著，《四部丛刊》影宋本。
《王子安集》，王勃著，《四部丛刊》影明本。
《杨盈川集》，杨炯著，《四部丛刊》影明本。

《陈子昂集》，陈子昂著，中华书局 1960 年校点本。

《李太白全集》，王琦辑注，中华书局影印《四库备要》本。

《李白集校注》，瞿蜕园、朱金城校注，上海古籍出版社 1980 年版。

《杜诗详注》，仇兆鳌注，中华书局 1979 年版。

《读杜心解》，浦起龙著，中华书局 1961 年版。

《杜诗解》，金圣叹著，上海古籍出版社 1984 年版。

《文镜秘府论校注》，遍照金刚编著，王利器校注，中国社会科学出版社 1983 年版。

《诗格·诗中密旨》，王昌龄著，顾龙振刻《诗学指南》本。

《诗式校注》，皎然著，李壮鹰校注，齐鲁书社 1987 年版。

《权载之文集》，权德舆著，《四部丛刊》影印本。

《刘禹锡集》，刘禹锡著，上海人民出版社 1975 年版。

《元次山集》，元结著，中华书局 1960 年版。

《韩昌黎全集》，韩愈著，《四部备要》本。

《柳河东集》，柳宗元著，上海人民出版社 1974 年版。

《白居易集》，白居易著，中华书局 1979 年版。

《元稹集》，元稹著，中华书局 1982 年版。

《樊川文集》，杜牧著，上海古籍出版社 1978 年版。

《李义山文集》，李商隐著，《四部丛刊》本。

《皮子文薮》，皮日休著，上海古籍出版社 1981 年版。

《甫里先生文集》，陆龟蒙著，《四部丛刊》本。

《诗品集解》，司空图著，郭绍虞集解，人民文学出版社 1981 年版。

《司空图〈诗品〉解说二种》，孙联奎、杨廷芝著，齐鲁书社 1980 年版。

《司空表圣文集》，司空图著，《四部丛刊》影印本。

《雅道机要》，徐寅著，顾龙振刻《诗学指南》本。

《唐黄御史公集》，黄滔著，《四部丛刊》影明本。

《徐公文集》，徐铉著，光绪年间影宋本。

《全唐文》，董诰等编，中华书局影印本。

《全唐诗》，彭定求等编，上海古籍出版社1986年版。

《唐人选唐诗》（十种），殷璠等选，上海古籍出版社1958年版。

《欧阳文忠公集》，欧阳修著，《四部丛刊》本。

《梅尧臣集编年校注》，朱东润校注，上海古籍出版社1980年版。

《苏学士文集》，苏舜钦著，《四部丛刊》本。

《嘉祐集》，苏洵著，《四部丛刊》本。

《经进东坡文集事略》，苏轼著，文学古籍刊行社版。

《苏轼选集》，王水照选注，上海古籍出版社1984年版。

《东坡诗话》，旧题苏轼撰，《萤雪轩丛书》本。

《二程集》，程颢、程颐著，中华书局1981年版。

《周子通书》，周敦颐著，《四部备要》本。

《伊川击壤集》，邵雍著，《四部丛刊》影明本。

《皇极经世书》，邵雍著，《四库全书》本。

《朱文公文集》，朱熹著，《四部丛刊》影明本。

《朱子语类》，黎靖德编，中华书局1981年版。

《敝帚稿略》，包恢著，《四库全书》本。

《山谷全集》，黄庭坚著，《四部备要》本。

《豫章黄先生文集》，黄庭坚著，《四部丛刊》影宋本。

《后山居士文集》，陈师道著，上海古籍出版社1984年版。

《陆游集》，陆游著，中华书局1976年版。

《诚斋集》，杨万里著，《四部丛刊》影宋钞本。

《杨万里选集》，周汝昌选注，上海古籍出版社1979年新1版。

《白石道人诗集》，姜夔著，《四部备要》本。

《后村先生大全集》，刘克庄集，《四部丛刊》影钞本。

《后村诗话》，刘克庄著，中华书局1983年版。

《诗人玉屑》，魏庆之编，上海古籍出版社1978年新1版。

《苕溪渔隐丛话》，胡仔著，人民文学出版社1962年版。

《宋诗话辑佚》，郭绍虞辑，中华书局1980年版。

《岁寒堂诗话》，张戒著，中华书局1983年版。

《沧浪诗话校释》，郭绍虞校释，人民文学出版社1961年版。

《滹南遗老集》，王若虚著，《四部丛刊》影旧抄本。

《滹南诗话》，王若虚著，人民文学出版社排印本。

《遗山先生文集》，元好问著，《四部丛刊》影明本。

《刘辰翁集》，刘辰翁著，江西人民出版社1987年版。

《瀛奎律髓汇评》，方回选评，上海古籍出版社1986年版。

《桐江集》，方回著，上海商务印书馆影钞本。

《桐江续集》，方回著，《四库全书珍本》初集本。

《养吾斋集》，刘将孙著，《四库全书》本。

《东维子文集》，杨维桢著，《四部丛刊》影旧钞本。

《高青丘集》，高启著，上海古籍出版社1985年版。

《唐诗品汇》，高棅辑，上海古籍出版社1982年版。

《李东阳集》，李东阳著，岳麓书社1984年版。

《明史·文苑传》，张廷玉等撰，《二十五史》本。

《空同集》，李梦阳著，《四库全书》本。

《大复集》，何景明著，《四库全书》本。

《谈艺录》，徐祯卿著，何文焕辑《历代诗话》本。

《王氏家藏集》，王廷相著，台湾伟文图书社影印本。

《沧溟集》，李攀龙著，《四库全书》本。

《诗家直说笺注》，谢榛著，李庆立等注，齐鲁书社1987年版。

《弇州山人四部稿》，王世贞著，《四库全书》本。

《艺苑卮言》，王世贞著，丁福保辑，《历代诗话续编》本。

《诗薮》，胡应麟著，上海古籍出版社1958年版。

《象山先生全集》，陆九渊著，《四部丛刊》本。

《王文成全书》，王阳明著，《四库全书》本。

《王奉常集》，王世懋著，《四库全书》本。

《澹园集·续集》，焦竑著，《金陵丛书》本。

《由拳集》，屠隆著，《四库全书》本。

《太泌山房集》，李维桢著，《四库全书》本。

《闲居集》，李开先著，《四库全书》本。

《徐渭集》，徐渭著，中华书局1983年版。

《焚书》，李贽著，中华书局1975年版。

《汤显祖集》，徐朔方笺校，中华书局1962年版。

《袁宏道集笺校》，钱伯诚笺校，上海古籍出版社1981年版。

《诗归》，钟惺、谭元春编，《四库全书》本。

《隐秀轩文集》，钟惺著，《中国文学珍本丛书》本。

《谭友夏合集》，谭元春著，《四库全书》本。

《诗源辩体》，许学夷著，人民文学出版社1987年版。

《古诗镜·唐诗镜》，陆时雍撰，《四库全书》本。

《诗镜总论》，陆时雍著，《历代诗话续编》本。

《陈忠裕全集》，陈子龙著，鲜山草堂本。

《陈子龙诗集》，陈子龙著，上海古籍出版社1983年版。

《历代诗话》，何文焕辑，中华书局1981年版。

《历代诗话续编》，丁福保辑，中华书局1983年版。

《列朝诗集小传》，钱谦益著，上海古籍出版社1983年新1版。

《牧斋初学集》，钱谦益著，上海古籍出版社1985年版。

《牧斋有学集》，钱谦益著，《四部丛刊》本。

《围炉诗话》，吴乔著，《清诗话续编》本。

《答万季埜诗问》，吴乔著，《清诗话》本。

《黄梨洲文集》，黄宗羲著，中华书局1959年版。

《南雷文定》，黄宗羲著，《四库全书》本。

《姜斋诗话笺注》，王夫之著，人民文学出版社1981年版。

《王船山诗文集》，王夫之著，中华书局1962年版。

《原诗·一瓢诗话·说诗晬语》，叶燮、薛雪、沈德潜著，人民文学出版社1979年版。

《已畦集》，叶燮著，《四库全书》本。

《唐贤三昧集》，王士禛编撰，《四库全书》本。

《精华录》，王士禛著，《四库全书》本。

《渔洋诗话》，王士禛著，《四库全书》本。

《带经堂诗话》，王士禛著，张宗柟编，人民文学出版社1982年版。

《沈归愚诗文全集·文钞》，沈德潜著，乾隆教忠堂刻本。

《小仓山房文集·诗集》，袁枚著，《四部备要》本。

《随园诗话》，袁枚著，人民文学出版社1982年版。

《瓯北集》，赵翼著，嘉庆寿考堂本。

《瓯北诗话》，赵翼著，人民文学出版社1963年版。

《复初斋文集》，翁方纲著，光绪刻本。

《谈龙录·石洲诗话》，翁方纲、赵执信著，人民文学出版社1981年版。

《清诗话》，丁福保辑，上海古籍出版社1978年版。

《清诗话续编》，郭绍虞辑，上海古籍出版社1983年版。

《昭昧詹言》，方东树著，人民文学出版社1984年版。

《石遗室诗话》，陈衍著，商务印书馆排印本。

《万首论诗绝句》，郭绍虞等编选，人民文学出版社1991年版。

《龚自珍全集》，龚自珍著，上海人民出版社1975年版。

《射鹰楼诗话》，林昌彝著，上海古籍出版社1988年版。

《人境庐诗草笺注》，黄遵宪著，钱仲联笺注，上海古籍出版社1981年版。

《饮冰室诗话》，梁启超著，人民文学出版社1982年印本。

《康有为诗文选》，康有为著，广东人民出版社1983年版。

《人间词话》，王国维著，人民文学出版社1961年版。

《王国维遗书》，王国维著，上海古籍出版社1983年版。

《王国维文学美学论著集》，北岳文艺出版社1987年版。

《坟》（《鲁迅全集》单行本），鲁迅著，人民文学出版社1973年新1版。

《汉文学史纲要》，鲁迅著，人民文学出版社1973年新1版。

《尚书综述》，蒋善国著，上海古籍出版社1986年版。
《中国中古文学史·论文杂记》，刘师培著，人民文学出版社1959年版。
《中国诗史》，陆侃如、冯沅君著，人民文学出版社1983年版。
《中国历代文论选》，郭绍虞主编，上海古籍出版社1980年版。
《中国美学史资料选编》，北大哲学系编，中华书局1980年版。
《中国哲学史资料选编》，中国社科院哲学所编，中华书局1984年版。
《两汉文论译注》，曹顺庆主编，北京出版社1988年版。
《隋唐五代文论选》，周祖譔编选，人民文学出版社1990年版。
《宋金元文论选》，陶秋英编选，虞行整理校订，人民文学出版社1984年版。
《中国近代文论选》，人民文学出版社编选小组编选，人民文学出版社1959年版。
《中国文学批评史》，罗根泽著，上海古籍出版社1984年新1版。
《中国文学批评史》（上、中），复旦大学中文系撰著，上海古籍出版社1979、1981年版。
《中国文学批评史》（下），王运熙等主编，上海古籍出版社1985年版。
《中国文学理论史》，蔡钟翔、黄保真、成复旺著，北京出版社1987年版。
《先秦两汉文学批评史》，顾易生、蒋凡著，上海古籍出版社1990年版。
《魏晋南北朝文学批评史》，王运熙、杨明著，上海古籍出版社1989年版。
《隋唐五代文学思想史》，罗宗强著，上海古籍出版社1986年版。
《明代文学批评史》，袁震宇、刘明今著，上海古籍出版社1991年版。
《中国诗论史》，(日)铃木虎雄著，许总译，广西人民出版社1989年版。
《中国文学思想史》，(日)青木正儿著，孟庆文译，春风文艺出版社1988年版。
《中国诗话史》，蔡镇楚著，湖南文艺出版社1988年版。
《管锥编》，钱锺书著，中华书局1979年版。
《谈艺录》，钱锺书著，中华书局1981年版。

《宋诗选注》，钱锺书选注，人民文学出版社 1958 年版。

《闻一多全集》（第三卷），闻一多著，三联书店 1982 年版。

《朱自清古典文学论文集》，朱自清著，上海古籍出版社 1981 年版。

《照隅室古典文学论集》，郭绍虞著，上海古籍出版社 1982 年版。

《历代论画名著汇编》，沈子丞编，文物出版社 1982 年版。

《中国绘画理论发展史》，葛路著，上海人民出版社 1982 年版。

《中国历代词学论著选》，陈良运、方志范著，百花洲文艺出版社 1998 年版。

《介存斋论词杂著·复堂词话·蒿庵词话》，屈坎校点，人民文学出版社 1959 年版。

《艺概》，刘熙载著，上海古籍出版社 1978 年版。

《唐宋名家词选》，龙榆生编选，古典文学出版社 1957 年版。

《稼轩词编年笺注·附录》，邓广铭笺注，中华书局 1962 年版。

《词源注·乐府指迷》，蔡嵩云笺释，人民文学出版社 1981 年版。

《沧浪诗话校释》，郭绍虞校释，人民文学出版社 1961 年版。

《蕙风词话·人间词话》，王幼安校订，人民文学出版社 1961 年版。

《白雨斋词话》，杜维沫校点，人民文学出版社 1959 年版。

《中国历代赋学曲学论著选》，陈良运主编，百花洲文艺出版社 2002 年版。

《词源》，张炎著，夏承焘校注，人民文学出版社 1981 年版。

《元人散曲选》，刘永济编，上海古籍出版社 1981 年版。

《汤显祖集》，徐朔方笺校，中华书局 1962 年版。

《中国历代诗学论著选》，陈良运主编，百花洲文艺出版社 1998 年版。

《中国历代文章学论著选》，陈良运主编，百花洲文艺出版社 2003 年版。

《全元散曲简编》，隋树森选编，上海古籍出版社 1984 年版。

《历代诗话续编》，丁福保辑，中华书局 1983 年版。

《随园诗话》卷八，《补遗》卷二，袁枚著，顾学颉点校，人民文学出版社 1982 年版。

《明散曲纪事》，田守真编著，巴蜀书社1996年版。
《中国历代文论选》第三册，郭绍虞主编，上海古籍出版社1980年版。
《挂枝儿》，冯梦龙编，陆国斌校点，江苏古籍出版社2000年版。
《山歌》，冯梦龙著，江苏古籍出版社2000年版。
《袁中郎随笔》，袁宏道著，立人编选校订，作家出版社1996年版。

后记

一

多年前就知道,日本著名汉学家铃木虎雄早在20世纪初就出版了一部《支那诗论史》,经孙俍工先生汉译于1928年与中国读者见面。大概绝版之故,我一直无缘见到此书,1989年才读到了江苏青年学者许总的新译本——《中国诗论史》。读罢掩卷而思,有两点感想:一是作为泱泱诗歌大邦的中国,诗歌理论之丰富,全世界没有哪个国家可与之相比,竟没有一位中国学者写出自己国家的诗论史,而让一位外国学者先着鞭!又令人不解的是,铃木的著作问世六七十年了,这期间,中国学者撰写并出版了不少单卷本或多卷本的中国文学批评史,却无人写出一部比铃木虎雄之作更扎实一点的中国诗论史,这令爱读古代诗论者颇感失望!二是铃木虎雄先生的《中国诗论史》是一部并不完整的著作,严格地说,还够不上"史"的标准。全书分三篇,第一篇《周汉诸家的诗说》;第二篇《魏晋南北朝时代的文学论》,尚有"史"的构架;第三篇《格调、神韵、性灵三诗说》,实为一大专题。使我更感到缺憾的是:诗歌最发达的唐、宋两代,及至金、元,不立专篇专章,只在第三篇中稍作回顾。《绪言》有云:"……六朝以后直至明清之前这一段漫长时期,尽管产生了大量的优秀文学作品,但从理论的角度看,毕竟算不上中国诗论史上的发达时期,因而只以较少的篇幅略述其梗概。"我多年从事中国诗学理论研究所得出的结论，与铃木先生的观点截然不同，认为历时近八百余年的唐宋两朝，是中国诗学批评发展史上的大转折时期，中国诗学体系的美学建构，至此才得到全面的确立，此后的明清诗学，以流派理论为特征，只是对这一美学建构的拓展和某些领域的深化。没有唐宋诗论的诗论史，实是没有中枢、没有核心的诗论史。

拙著《中国诗学体系论》经历了"廿年积累，十年探索"由中国社会科学出版社印出之后，有幸得到国内许多著名学者的谬奖，一位著名的文学批评史专家赐信与我说："十多年来，'中国文学批评史'著作出了不少，但从横的方面对专题进行归纳、总结的，尚缺少有系统、有分量的著作。大著在这方面有筚路蓝缕之功……"基于以上两点感想和此后进一步的思考，我内心实在早就萌动了从纵的方面再理一理中国诗学批评发展态势的设想，而机会也很快就到了。1990年岁末，在一次国际性学术讨论会上，中国社会科学出版社季寿荣先生找到我说，他们准备出一套中国文体理论批评史，"小说、戏剧、诗学已在上海组稿，诗歌理论批评史，上海有专家推荐由你来写……"我欣然应命，当即表示，要写出一部比铃木虎雄《中国诗论史》更完整（不敢自诩"更好"）的中国诗学批评史，与《中国诗学体系论》配合，一纵一横，描绘出三千年来中国诗学的整体面貌。

1991年伊始，我一面拟定全书写作提纲，章节目录，并撰写了先秦两汉三章作为送审样章；一面向国家社会科学基金会申报课题。这年第四季度，《中国诗学批评史》列入了中华社会科学基金资助项目。同时，也收到了中国社会科学出版社的《著作稿选题单》。

为了将这部书写得更扎实一些，在1992年至1993上半年间，结合此书的写作，我接受本省百花洲文艺出版社约稿，主编《中国历代诗学论著选》，目的是想将中国历代诗学资料系统地重新理一理。在省内外20位学者的积极参与、通力合作下，一部包容自先秦至清末157家、350余篇90余万字有注有释有评的资料专著，以较快的速度完成了。有这么一次较大规模的资料清理,《中国诗学批评史》的写作更顺手些。

二

中国诗学发展的历程太长了,诗论家太多了,诗学理论著作太丰富了,怎样在不是太长的篇幅内把中国诗学发展的主线尽量较为清晰地描述出来?我认定:全书及各大篇结构要收紧,而各章各节在确定了论述重点后即要放松,利用一些概括性叙、议,作时间、空间的展开,作"天外数峰,略有笔墨"的写意式描述;而对于那些重要的诗学命题、诗论家及其诗论专著,非详说不可的,那就不惜浓墨重笔。我的著史原则是:在关键处体现中国诗学的发展或涉及诗歌本体本质属性的东西,或在某一时代确属新的创见,都不放过,恭请入史;对于那些多是重复前人训诫的诗论诗评家,哪怕他诗学著作数量颇丰,哪怕因他在当时官方地位颇为显赫而给一代诗坛造成了很大影响(如明代"台阁体"),宽则略述数语,有的则付之阙如。我希望并努力做到,凡是对于中国诗学批评全程展开,或正或反都不可缺少的人物及其理论(后者如宋代理学家诗论),在本书中都有一些眉目,其中重要者,当然更有"点睛"之笔。为了实现上述原则,我尝试了一些新的写法:

(一)史中有专题,专题中有史。为力避在有限的篇幅内平均使用笔墨而写成一部没有一定理论深度的"简史"或"史略",在每一个大的历史时期都设有专题性展述的章节。著者早在1987年写的《关于中国文学批评史分期的思考》一文中说过:"一个时代的批评理论与前朝后代都有着千丝万缕的有机联系;理论批评家不是同时代的人,但他们可能在相隔几个朝代的情况下,共同完成某一项理论建设,自成一个超越政治朝代的完整的理论体系。因此,如果仅以政治朝代为主要标志规定单元期,很可能肢解某些重要的理论体系。"在中国诗学占中枢地位的"意境"理论,远源是汉朝的《淮南子》,近源是佛家"唯识宗"学说。唐代发明意境理论者,从盛唐到中晚唐皆有,若按唐代诗学总体发展时序一一道来,则有关意境的论述势必分散;于是，在第九章集中将此说的发展（史的顺序）作递进式展开，既作为唐代诗学史中一个重要环节，又不模糊此说的历时轨迹；其他典型者如宋代理学家诗论，江西诗派诗法理论及其嬗变，都跨北宋、南宋两个时代。集中于专题论述与展开，反觉得史的线索更明显。专题是史在一定范围内的提升与集中表述，突出这一大时期某一理论的体系特征；史是专题内部的贯穿线，体现某一理论发展变化的历时性与系统性。

（二）着眼"共时"，摄取精华。中国历代诗论诗评繁富难量，精粹与芜杂同时并存。一本又一本厚厚的诗话，只能掏出数条或一条确有点理论光彩的东西；一篇又一篇谈诗的书信或诗集序言，精辟之论往往夹杂在一些套话、言不由衷的谀美之词中间；有的诗论家精彩之论颇不少，但若其中有超众拔萃者，相形之下，其他的就不显得那么重要了。在处理原始资料时，经过反复揣摩比较，我常常取其精华，不及其余。所谓精华，就是在大量诗论诗评中尤显其特见卓立者。中国三千年的诗论，逐朝逐代浏览过来，谁优谁次，谁是陈言谁是新见，往往一眼便可判断；一部诗论史，应以其代代之精华显示中国诗学之辉煌！那些可称为精华性的东西，对昔日诗学的发展有推动性意义，着眼于今天，对新的诗学建设亦可资参照，给今人以启迪，发挥其共时效应。

（三）浓缩重点，标题豁目。读者打开本书初见目录就会发现，篇、章、节三级标题，多数都有突出该篇该章该节重点的定性词。这些定性词经过了深思熟虑、反复挑选而后才确定，旨在向读者揭示本篇本章本节重点之所在，或某诗论家其理论精华之所在。著者力求每章每节都写得简洁明了，对于前人的某论某说力求作出概括而又较为准确的判断，不愿含糊其词以蒙混读者；对于某些层次较为复杂的诗论，如叶燮《原诗》的体系性，王国维"境界"说的系统观，为了让读者明晰地把握，则设计图表以示，阅读了前面依次层层展开的文字陈述，至此更一目了然。

由于国内尚无多少同类型的著作可资参照，只凭著者个人步步探寻摸索前进，不足、失误之处，一定在所不少，可能这是一枚酸涩的青果！在此，著者又想重申在《中国诗学体系论·跋》中所说过的几句话："读者眼睛雪亮，我渴求认真的、科学的，这种或那种形式的批评。春风的和煦，霜雪的凌厉，我都将满怀喜悦地消受。"

三

这部书的写作，历时三年有多，而这三年多来，学术著作的出版愈见艰难，其原因在此无须赘言。中国社会科学出版社出版拙著《中国诗学体系论》后，另一部拙著《〈周易〉与中国文学》因经济困难，一次又一次推迟发稿，《中国诗学批评史》还能在同一个出版社顺利出版吗？我心怀忧虑。江西省新闻出版局副局长、诗人刘国藏同志偶尔见到此书稿，他以内行者目光扫描一番后，即对我说：这本书很有学术价值，你是江西学者，是否将它放在江西出版？……我蓦地感到，"柳暗花明又一村"，国藏同志很快向江西人民出版社林学勤总编辑和《东方文化丛书》常务编辑游道勤同志推荐，林总编等审阅了全书的写作提纲和部分样章后也很爽快地表了态，建议将此书列入《东方文化丛书》出版，《丛书》主编季羡林先生欣然应允。要抽回选题，有失信之嫌吗？我内心又颇为犹豫、矛盾。去年三月，不得已给原定本书责任编辑的季寿荣先生去信，不久收到回复：根据目前经济状况，社科出版社实难承担此书的出版，"鉴于江西人民出版社有意接纳大作，万般无奈，我们只好割爱，对此，我也非常惋惜和心疼。我社的一套选题构想从此不能圆满实现了……"是语诚挚感人，留作历史的纪念吧。

国藏同志文学科班出身，十分关心本省文化、学术事业的发展；新诗、旧体诗词都写得不错，酷爱、谙熟中国古典诗词，对古代诗论也广有涉猎，使他虽然在行政事务极为繁忙的情况下，仍有兴致担任本书的责任编辑，这使著者感到再遇知音。《中国诗学批评史》，终于从一个又一个格子中"爬"出来，但若无江西省新闻出版局、江西人民出版社诸多同志的热诚相助，可能还得让铃木虎雄先生独自着鞭于前……

最后，我还要特别感谢著名文学理论家钱中文先生，他在20世纪80年代中期就关注到我的诗学研究，《中国诗学体系论》出版后，得到了他热情的鼓励，本书行将问世之时，他又欣然为之作序。这篇理论色彩浓郁的序言，论证研究古代文论也能够为当代文艺理论建设添砖加瓦，这使我在大苦大累后感到十分欣慰。

1995年2月26日
江西师范大学东区新居

新版跋

继《中国诗学体系论》《中国历代诗学论著选》于1998年有了新版后,《中国诗学批评史》也出新版本了。三部书稿分别于1992年和1995年在北京、南昌三家出版社惴惴面世之后,它们没有在出版社仓库赖住不走,没有被抛到"特价"书摊,没有遭到直接送到纸厂再化纸浆之厄,可谓三生有幸!这表明:诗,还是人们所需要的;诗学论著,也是有人偏爱的。

本人在七年之内,基本完成了资料、论、史的系列建构,原是为适应"中国诗学"研究生学位课程教学的需要,不意出版之后,在国内外有些反响。最近出版的复旦大学王运熙、黄霖主编的《中国古代文学理论体系》,其首卷《原人论》中,黄霖君所撰《古代文论体系的探究》一节,叙述了1946年傅庚生《中国文学批评通论》,"首次冲出了'纵观'的定势,站在'横观'的角度上,较为系统地梳理了中国古代文学理论批评中的'感情论''想象论''思想论''形象论',以及'个性时地与文学创作''文学之表里与真善美''中国文学之文质观'等问题,使人耳目一新"。而至"近年来出现的一些有关著作",为"研究'体系'的第一层次",接着说:"第二层次是随着民族精神的张扬和比较文论的兴起,人们逐渐注意挖掘传统文论的民族个性,用'言志''缘情''兴象''意境''形神'等术语来构筑框架,描述体系。这比之前者无疑是一大进步。"很显然，拙著《中国诗学体系论》属第二层次（《文学报》第1149期头版《中国古代文论标志性转折》报道中，则将傅著与拙著示名并提）。黄君也很直率地指出，"令人感到不足"的是："由于这种研究缺乏深层次的提炼、概括和抽象，往往还是停留在排比材料或是类编若干传统概念专论的基础上，甚至其演绎的内在逻辑仍然是沿袭前者的思路。"（复旦大学出版社2000年5月版第1页）揭示这些缺憾不悖我意，因为拙著初版《跋》中就曾写道："这本书权充愚者一得之砖，它抛出之后，大有可能引出同代和后来的智者多种建构说，这正是我所希望和期待的。如果他们提出了更能正确地表述中国诗学体系建构的新说，把我的五字建构说敲打得体无完肤，我会欣然！因为这将更雄辩地证明，中国诗学确有一个体系在！而这恰恰是我写作此书时深藏于心的一个他向动机！"十年后之今日，作为"第三层次"的《中国古代文学理论体系》三卷本出台了，我欣然，我欢呼！

《体系论》和《批评史》，在"第三层次"大著尚未出来时，确也发挥了一点作用。1999年7月我到韩国大田市忠南大学出席第一次"东方诗话学国际学术发表大会"，该校文科博士班文姬顺女士出示一本《中国诗学体系论》初版本，请我签字留念。我翻到目录页，发现在篇章目录之下，已签了十几个韩文名字。文女士告诉我："您的这部著作是我在北京得到的，现在已成了我们博士班的必读书，可惜只有一本，大家轮流研读，每人读完后要签名。"捧着这本有幸在外国学子手上传读的书，我感动了，欣签"人、书异域相逢，中、韩诗谊长存"十二字。台湾成功大学中文系杨文雄先生则从"古典诗歌接受史"的角度，评价《批评史》，他在大著《李白诗歌接受史研究》中多次提到我有关接受理论的文章，而后说："其实，陈良运最大的劳绩还在于出版了《中国诗学体系论》和《中国诗学批评史》两部著作。……我们都知道中国古代诗学发端于'言志'说，陈氏从接受角度提出'《诗》以言志'，并认为'《诗》以言志'应是中国最早的接受理论。这个观点延续到下一部书作为主轴,《中国诗学批评史》的第一章就讨论'接受观念的萌芽',并阐述了《左传》中的诗歌接受观念,然后第十二章讨论唐代诗选家的审美接受准则;在第十三章专节讨论了宋人对唐诗的接受与评价。可以说这是中国第一部用接受理论讨论诗学的批评史,对今后接受史研究有样板作用。"(骆驼出版社 1998 年 6 月修订再版第 26 页)"批评"本身,就是一种接受形态,我注意了"接受理论"是实,说"有样板作用"则过誉了。

本书至今还存在一个很大的缺憾是未及词、曲理论。词、散曲小令,是中国古典诗歌两个很重要的新文体,词、曲理论批评,自然是诗学理论有机的组成部分,在《中国诗学体系论》中我尚能顾及,但因当年中国社会科学出版社组此书稿时,已有词学批评史、戏剧理论史(曲学理论在其中)的选题,我在写作本书时便有意回避。缺此两项,显然不足以称为综合各种诗歌文体(词、曲又是新兴的各有一代之誉的新文体)的诗学批评史。1995 年改在江西人民出版社出版,来不及补写。此后,我主编了《中国历代词学论著选》《中国历代赋学曲学论著选》,感到至少需在第三篇中补写两宋词学、第四篇中补写元明清曲学、清代中兴之词学等三章,这次酝酿再版,又因忙于他事,再度付之阙如。但愿在有生之年,尚有余力之时,能弥补这一缺憾,成就一部较为完整的《中国诗学批评史》。

庚辰夏、花甲之年、离赣入闽之前月
写于洪都诗学斋